EMMA MARS

Hotel de Paris

STUNDEN
DER LUST

EMMA MARS

Hotel de Paris

STUNDEN DER LUST

AUS DEM FRANZÖSISCHEN VON
CHARLOTTE NOECKER
UND LUCIA GLÜCK

carl's books · ROMAN

Die Originalausgabe trägt
den Titel »Hot*elle*, Chambre n° 1«.

MIX
Papier aus verantwortungsvollen Quellen
FSC® C083411

Verlagsgruppe Random House FSC® N001967
Das für dieses Buch verwendete FSC®-zertifizierte Papier
Lux Cream liefert Stora Enso, Schweden.

1. Auflage

Umschlaggestaltung: semper smile, München
Satz: Uhl + Massopust, Aalen
Druck und Bindung: CPI – Clausen & Bosse, Leck
Printed in Germany
ISBN 978-3-570-58532-0

www.carlsbooks.de

Wenn es dir gelingt, ohne einen Meister – einen Meister, egal welcher Art – zu leben, dann sag es mir, ja? Denn du wärst der Erste in der ganzen Geschichte der Menschheit.

Lancaster Dodd in *The Master*, Paul Thomas Anderson,
Annapurna Pictures und Ghoulardi Film Company,
Metropolitan Filmexport, 2012

Paris in den ersten Junitagen im Jahr 2010, ein Hotelzimmer am Nachmittag

Ich habe nie zu den Frauen gehört, die behaupten, alle Hotelzimmer sähen gleich aus. Sie seien anonyme Räume, ohne Eigenheiten und Charakter. So etwas wie ein kalter Durchgangsort, im ewig gleichen Design, der einen Standardkomfort bis zum nächsten Tag biete. Diese Frauen haben hier sicherlich nichts anderes getan, als zwischen zwei Bahnfahrten oder zwei Flügen, erschöpft von der Reise, zu schlafen. Man muss ein Hotelzimmer am Tag erleben, wenn das Haus leer ist – oder beinahe –, um das Besondere, das Einzigartige an ihm zu genießen. Man muss hier beben, seine Sinne schärfen, einen nach dem anderen, um die Spuren der Menschen zu erahnen, die vor einem hier gelacht, geweint und geliebt haben. Hier im Hotel habe ich in diesen letzten Monaten gelernt, dass man genauso viel zurückbekommt, wie man gibt. Wenn Sie nur im Schlaf, in der Eintönigkeit oder der Melancholie vor sich hin dämmern, nehmen Sie lediglich das Abbild Ihrer eigenen Traurigkeit oder Ihres Überdrusses wahr. Und Sie werden es genau so verlassen, wie Sie es betreten haben – unverändert.

Lauscht man hingegen auf das, was uns ein Hotelzimmer zu erzählen hat, erfährt man tausend Geschichten, tausend Anekdoten, tausend Seufzer, denen man zu gerne die eigenen hinzufügen möchte. Die Neugierigsten fühlen sich manchmal sogar geradezu besessen von dem, was ihre Vorgänger hinterlassen haben. Einen Duft in den Vorhängen oder im Bettüberwurf. Einen kleinen Fleck, der dem Putzlappen entgangen ist. Einen Spiegel, dessen Altersflecken einen Schatten, beinahe eine Silhouette, umreißen. Diese Einzelheiten strömen in Sie hinein, entfalten sich in Ihnen und verführen Sie, die Geschichte zu erleben, die Sie hier erwartet.

Und genau das tue ich gerade, nackt, während meine Handgelenke an Bettpfosten gefesselt sind. Ich füge einer Geschichte neue Seiten hinzu, die weit vor diesem Tag, weit vor mir begonnen hat. Wie die meisten Zimmer im Hôtel de Paris hat auch das Joséphine einen riesigen Spiegel an der Decke. Darin kann ich mich mit Muße betrachten, während ich darauf hoffe, dass es bald ernst wird. Ich, Annabelle Barlet, geborene Lorand, dreiundzwanzig Jahre alt, seit wenigen Monaten verheiratet, bereit, mich ganz und gar einem Mann hinzugeben, der sich im angrenzenden Badezimmer vorbereitet. Wer wird es sein? Ich weiß es noch nicht. Ganz sicher nicht mein Ehemann. Wären wir hier, wenn er es wäre? Ganz ehrlich, wären wir so weit gekommen?

Mein Kosename ist Elle. Seit jeher und in allen Situationen. Bestimmt, weil Belle, die Schöne, zu schwer auszuhalten wäre. Aber Elle, glauben Sie mir, ist noch schlimmer. Elle, das klingt, als würde ich in mir alle Frauen vereinen! In mir all ihre Anmut bündeln. All ihr Begehren konzentrieren. Als würden in mir alle Fantasievorstellungen verschmelzen – dieses Rohmaterial, aus dem die Männer bestehen.

Als schließlich die Badezimmertür knarzt, stoße ich überrascht kleine spitze Schreie aus. Vielleicht ein wenig zu schrill. Bestimmt hatte ich letztendlich geglaubt, seine Gegenwart sei nur ein Traum. Der Unbekannte erstarrt und zögert, das Zimmer zu betreten. Ich stelle mir seine Hand vor, welche die Türklinke umklammert, seinen stockenden Atem.

»Madame? Madame Barlet? Ist alles Ihrem Wunsch gemäß?«

Diese Stimme ist nicht seine. Sie kommt vom Flur. In den Kulissen ist man um mich besorgt. Man legt Wert darauf, dass ich zufrieden bin. Madame ist Stammgast. Madame ist in diesen Räumen eine Privilegierte. Mein Freier hat ihnen seine Anweisungen gegeben. Er gehört zu denen, auf die man hier hört, die man hört und erhört.

»Ja, Monsieur Jacques … Keine Sorge, es ist alles in Ordnung.«

Als ich vor einem Jahr zum ersten Mal in diesem Zimmer war, wurde ich nicht so umsorgt. Ich war auch noch nicht so selbstsicher. Die großen Spiegel warfen mir ein ganz anderes Bild zurück. Ich hatte schon dieselben Formen wie heute, dieselben Rundungen, und sie waren mir eine Bürde und ein Versprechen. Aber ich kannte noch nicht ihre Macht und noch weniger ihren Nutzen. Ich genoss den anderen nicht – und mich selbst noch weniger.

Was bringt dich zum Orgasmus, Elle? Wie? Was mich zum Orgasmus bringt? Weiß ich es denn? Was genau ist es, das mich heiß macht? Das mich feucht werden lässt, ohne dass ich mich berühre, allein schon beim bloßen Gedanken? Der Körper eines nackten Mannes? Sein Geruch? Der Anblick eines mir unbekannten Schwanzes, erigiert für mich? An mir? In mir?

(Notiz vom 5. Juni 2010, von mir selbst verfasst)

Nein, noch vor einem Jahr wusste ich nicht, dass jedes Zimmer ein Liebesnest ist, wo jede Frau sich ausbrütet und schließlich lernt, sie selbst zu sein. Ich war nicht gefesselt wie jetzt, und dennoch war ich sehr viel unfreier, als ich es augenblicklich bin. Heute, täuschen Sie sich nicht, bin ich die Herrin, und nicht allein des Mannes, der da an der Tür zittert. Meine Hingabe ist absolut, aber nie zuvor habe ich den Lauf der Dinge so sehr kontrolliert wie heute.

Vor einem Jahr war ich nur ich, Elle. Die Gemeinschaft aller Frauen – abzüglich mir. Die ganze Frau, die ich noch werden musste …

1

Ein Jahr zuvor, 3. Juni 2009, im selben Hotelzimmer

An jenem Tag konnte ich mich frei bewegen und lag zusammengerollt in den zerwühlten Laken des Joséphine-Zimmers. Frei und dennoch so unbeholfen. Den Mann, der das Bett mit mir teilen sollte, kannte ich seit drei oder höchstens vier Stunden. Ich wusste wenig von ihm, nur seinen Familienstand und die Dicke seiner Brieftasche – schon bald auch anderes. An dem ganzen Abend, der diesem einen Augenblick vorausging, hatte ich nicht ein Sterbenswörtchen seines Gesprächs mit unseren Tischnachbarn mit angehört. Ich hatte nur mit sanftem Nicken daran teilgenommen und gelächelt. Ein schönes Geschöpf, so wie man es von mir erwartete. Er hingegen flößte den anderen Respekt ein – und manchmal erzwang er auch ihr Schweigen.

»Bevorzugst du eine bestimmte Stellung?«, fragte er mich, als er mir half, mein leichtes weißes Kleid auszuziehen.

Amüsant: Als wir uns noch vor wenigen Minuten über unsere mit Heidelbeeren gefüllte Gänseleberpastete beugten, siezten wir uns. Kaum hatten wir die Schwelle des Zimmers überschritten, war er einfach so zum Du übergegangen. Das liegt an der trügerischen Intimität von Menschen, die sich zu rasch ausziehen.

»Wie bitte?« Ich erstickte fast an meinem Schluck Wasser.

Ein Mensch, der Sie aufrichtig begehrt und von dem Sie sich fiebrig erhoffen, dass er Sie bewundert, würde sich nie mit derlei technischen Überlegungen aufhalten. Ihr Körper würde ihm durch die Art der Hingabe reichlich Antwort geben. Jedes Wort wäre überflüssig. Alles wäre nur Musik, und der Einklang Ihrer Sinne wäre offenkundig.

»Ich will sagen … Gibt es Stellungen, die dir unangenehm sind? Sachen, die dich blockieren?«

Ich drehte mich um und beäugte ihn aufmerksamer, als ich es bislang getan hatte. Er war eher gut aussehend, in den Vierzigern, schon leicht ergraut, athletisch gebaut, bestimmt sehr sportlich, was womöglich den Anstoß für meine Anwesenheit in diesem Zimmer gegeben hatte. Sonst wäre mir nie der Gedanke gekommen, nach unserem ermüdenden Dinner mit ihm zu gehen. Ich hätte mich an die Grundleistung gehalten. Es war auch erst das dritte Mal, dass ich so einer »Fortsetzung« – so heißt das bei uns – zustimmte. Innerhalb von acht Monaten Arbeit also recht wenig.

An seiner Ungeschicklichkeit, an seiner liebestötenden Art, mich nach meinen Vorlieben zu fragen, erriet ich, dass er nicht erfahrener war als ich. Vielleicht war ich sogar sein erstes Escortgirl. Ich hielt mich zurück, ihm die Frage zu stellen, um nicht auch noch den restlichen Zauber zwischen uns zu zerstören.

»Nein … nein, nicht besonders«, log ich mit einem Lächeln, das verlockend wirken sollte.

»Okay …« Er nickte sichtlich beruhigt. »Nur damit ich Bescheid weiß.«

Ich hatte meine Gedanken woanders …

~~Die Hundestellung ist mir peinlich, weil sie so tierisch ist. Und darum kann ich sie nur mit Männern machen, die ich kenne.~~
Die Hundestellung ist für mich lustvoller als andere Stellungen … Vielleicht gerade weil sie so tierisch ist? Und deshalb träume ich davon, sie mit einem Unbekannten, dessen Gesicht am besten mit einer Maske verhüllt ist, zu machen.

(Handgeschriebene Notiz, anonym, vom 3. Juni 2009, unbemerkt in meinen Briefkasten geworfen)

Ich dachte an die Zettel, die ich seit einigen Wochen bekam, seit ich dieses Ringbüchlein mit silbernem Einband in meiner Handtasche gefunden hatte, jungfräuliches Papier, das mir ein Unbekannter bei einer Rempelei in der Metro zugesteckt haben musste. Darin klebte dieser rätselhafte Zettel mit einer mir unbekannten Schrift; er hätte mir eine Warnung sein müssen:

Eine Studie hat herausgefunden, dass Männer etwa neunzehnmal am Tag an Sex denken, Frauen nicht öfter als zehnmal. Und Sie, wie oft am Tag lassen Sie sich von derartigen Gedanken in Beschlag nehmen?

Einige Tage später habe ich in meinem Briefkasten ein einzelnes loses Blatt gefunden, dessen Löcher mit denen meines Ringbuchs übereinstimmten. Es hatte keinen Stempel und keine Briefmarke. Jemand musste es unbemerkt eingeworfen haben. Der Schreiber hatte offensichtlich Freude daran, sich meine Träumereien auszumalen. Er hatte in der ersten Person geschrieben, als wäre er ich.

Beinahe hätte ich das beschriebene Blatt ungelesen in den Papierkorb geworfen. Ich hatte sogar daran gedacht, bei der Polizei Anzeige wegen Belästigung zu erstatten. Doch meine Neugier als Journalistikstudentin war stärker, und ich habe das Blatt brav in meinem Miniordner abgeheftet, ohne im Geringsten zu ahnen, dass es das erste einer langer Reihe sein würde. Denn die unbekannte Hand hörte hier nicht auf … o nein.

»Mich blockiert nichts«, antwortete ich schließlich meinem Kunden.

Letztendlich war er nicht schlechter als die wenigen Männer, denen ich nach gewissen zu alkoholträchtigen Abenden oder nach manch mittelmäßigem Restaurant erlaubt hatte, mich zu besitzen. Und wenn ich an mein erstes Mal mit Fred dachte, die ernsthafteste Geschichte damals, musste ich zugeben, dass es auch dabei an Glamour fehlte. Wenn ich es genau bedachte, hatte ich an jenem Abend, an dem wir schließlich miteinander schliefen, nachgegeben, weil die Gelegenheit sich bot, weil der natürliche Verlauf des Abends es erforderte … und nicht aus wahrer Lust. Was sollte also heute schlecht daran sein, dem Ganzen einen geschäftsmäßigen Anstrich zu verleihen? War ich denn nicht mehr wert als ein Stück Pizza und zwei Gläser Rotwein?

Der Typ hier war zumindest reich, sauber, gut aussehend und vor allem elegant in seinem zweireihigen Maßanzug mit fuchsiafarbenem Seidenfutter und Ziernähten, die zu den Knopflöchern passten. Dank ihm würde ich an diesem Abend zu weit mehr

Geld kommen, als ich innerhalb einer Woche mit kleinen Jobs verdient hätte.

Kurzum, ich motivierte mich, so gut es ging. Doch trotz der Blankovollmacht, die ich ihm gerade gegeben hatte, nahm mich der maßgeschneiderte, nun ganz in Latex gehüllte Monsieur ohne – oder beinahe ohne – Vorspiel und vor allem ohne ein Wort in keuchender Missionarsstellung. Dieses Unvermögen angeblich gut erzogener Leute bei der körperlichen Liebe wird mich immer wieder überraschen. Womöglich weil es das einzige Wissen ist, das man nicht eingebläut bekommt und für das es keine Nachhilfestunden gibt.

»Tu ich dir nicht weh?«

Nein, er tat mir weder weh noch sonst irgendwas. Mein ganzer Unterleib schien mir wie betäubt. Ich wusste, es ging um mich, um mein Geschlecht, um Penetration, um einen tatsächlichen Liebesakt, doch ich fühlte mich nicht betroffen. Dennoch begleiteten meine Hände auf seinem Hintern sanft seine Bewegungen in mir.

»Alles in Ordnung«, ermutigte ich ihn.

Meine eigene Unerfahrenheit verbot mir, die Initiative zu ergreifen, die er berechtigterweise von mir erwarten durfte. Sollte ich stöhnen, keuchen oder ihm obszöne Worte ins Ohr flüstern? Bis zu welchem Punkt sollte ich ihm eigentlich etwas vorspielen? War das Teil der Dienstleistung?

»Und ist es gut für dich?« Etwas anderes fiel mir gerade nicht ein. Ich weiß, das war ziemlich schwach.

»Ja«, stieß er röchelnd aus, was ein baldiges Ende ahnen ließ. Als kluger Geschäftsmann, der er ansonsten sein musste, wollte er diesen kostbaren Moment auskosten und hielt etwa fünfzehn Sekunden inne, bis er sich, regelmäßig wie ein Schweizer Uhrwerk, wieder in Bewegung setzte.

Obwohl ich ein wenig abwesend war, empfand ich keine Scham, keinerlei Abscheu und noch weniger Wut. Ich streichelte seinen Rücken, ganz langsam von seinen Schultern bis zu den Hüften, war mithin voll des guten Willens und wollte ihm Lust bereiten. Sein lauter werdendes Grunzen deutete ich als Zeichen seiner Zufriedenheit. Ganz ehrlich, dieses Miteinander war nicht schlechter als viele andere horizontale Gymnastikübungen, die ich in der Vergangenheit absolviert hatte. Und außerdem bietet ein leidenschaftsloser Koitus den Vorteil, dass man sich in aller Ruhe die Ausstattung des Zimmers anschauen kann. Und die des Hôtel de Paris war es wert, genauer betrachtet zu werden. Mit Ausnahme des großen Spiegels an der Decke – eines der wenigen Zugeständnisse an die Ansprüche unserer Zeit – war die Einrichtung eine getreue Nachbildung jenes Zimmers, das Madame de Beauharnais, Bonapartes Ehefrau, in ihrem Schloss Malmaison bewohnte. Der runde Raum wirkte wie ein höchst luxuriöses Zelt, das von einer Reihe schlanker goldener Säulen getragen wurde. Sie waren durch großzügige rote Stoffbahnen miteinander verbunden, deren altertümliche Drapierung ihnen eine Üppigkeit und einen höchst anmutigen Schwung verlieh. Das große Himmelbett, über dem ein Adler mit ausgebreiteten Schwingen ragte, als wollte er gleich davonfliegen, war an seinem Kopfende mit zwei goldenen Schwänen und am Fußende mit zwei Füllhörnern verziert. Das übrige Mobiliar, darunter auch die Sessel und eine Chaiselongue am anderen Ende des Zimmers, war in denselben Farbtönen gehalten, Gold und Blutrot, und nahm auch das Blumendekor, das schon auf dem Bettüberwurf und den seitlichen Pfosten des Bettgestells vorhanden war, wieder auf.

Die Illusion war vollkommen, und es bedurfte keiner großen Vorstellungskraft, sich zwei Jahrhunderte zurückversetzt zu fühlen. Nahm Napoleon seine Joséphine mit derselben mechanischen Präzision, oder variierte er seine Partitur? Ich war gerade in meine ästhetischen oder sexhistorischen Überlegungen vertieft, als Monsieur mich mit einem letzten Beckenstoß beglückte und ein abschließendes Keuchen ausstieß. Er hatte höchstens drei, vier Minuten ausgehalten, vielleicht weil ihn der majestätische Ort so sehr beeindruckte oder auch ganz einfach weil ihm das Abendessen schwer im Magen lag und ihn der Alkohol schwächte.

Kaum hatte er sich aus mir herausgezogen, rollte er sich auf die Seite, sodass seine Hüfte fast meine berührte, und machte mir mit postorgiastischer Dankbarkeit das kleine Kompliment: »Du bist sehr schön, weißt du.«

»Danke.«

Was soll man auch anderes entgegnen, zumal wenn man vom Gegenteil überzeugt ist? Mein Spiegelbild an der Decke gefiel mir nicht. Es hatte mir noch nie gefallen. Und ich wusste, dass derartige Situationen mich auch nicht so bald mit ihm versöhnen würden. Zu rund, zu sehr dies, zu sehr das. Ich war ich, eher eine plumpe junge Frau als eine Femme fatale. Kurzum: hoffnungslos unvollkommen.

»Ich tu mich schwer mit diesen mageren Mädchen«, sagte er. »Ich habe Angst, ich könnte sie zerbrechen …«

Das war seine Art, mir zu sagen, dass ihm meine üppigen Formen nicht missfielen. So war zumindest einer von uns beiden zufrieden mit dem Menü, das ich zu bieten hatte. Fülle auf allen Ebenen. Und keine hervorstehenden Ecken. Offenbar genügend, um vorerst seinen Hunger zu stillen.

Ich griff nach dem kleinen Bündel Geldscheine, das für mich auf dem Mahagonitischchen lag, checkte mit einem Blick die Summe und nutzte die Gelegenheit, als er im Badezimmer verschwand, meinerseits das Zimmer zu verlassen, stumm wie die Geister, die in ihm wohnten. Was hätte ich ihm auch sagen sollen, das nicht wie eine Lüge oder ein falsches Versprechen klang?

Draußen schlüpfte ich in meine Schuhe und ging schnurstracks in die Halle und zur Rezeption. Dort gab mir Monsieur Jacques hinter seinem glänzenden Tresen diskret ein Zeichen – eine unmissverständliche Einladung, näher zu kommen.

»War alles zu Ihrer Zufriedenheit, Mademoiselle?«

»Ja, ja«, sagte ich leise. »Ja, sehr.«

Der Portier des Hôtel de Paris war imposant in seiner schmalen, mit Gold- und Silberposamenten verzierten Livree eines Kammerdieners aus der Zeit Ludwigs XIV. Doch mehr noch als seine Uniform beeindruckte mich sein Aussehen: Der alte Mann hatte nicht ein einziges Haar am Kopf, keinen Schnauzer, keinen Bart, keine Augenbrauen. Nicht einmal Wimpern um seine großen, leicht vorstehenden blauen Augen. Ausgeschlossen, dass jemand noch glatter rasiert war als er oder eine weißere Haut hatte.

Meine Mutter hingegen hatte erstaunlicherweise trotz ihrer

Chemotherapie ihre grauen Haare nicht verloren. Die Behandlung hatte in den letzten sechs Monaten zwar ihre Muskeln und ihre Spannkraft angegriffen, aber nicht ihr Haupthaar. Maude Lorand zeigte Stehvermögen. Wie immer hielt sie mit Mut und Demut durch, ohne ein Wort zu viel und ohne die geringste Klage. Ihre Lungen gingen kaputt, aber ihre Würde war unerschütterlich. Eine Bronzestatue inmitten von Asche.

»Werden Sie in den kommenden Tagen ein Zimmer benötigen? Vielleicht morgen?«

»Das weiß ich noch nicht. Und sollte es der Fall sein… dann bestimmt zum letzten Mal.«

Er schien nicht überrascht von der Endgültigkeit meiner Aussage, sondern beinahe glücklich, wie er mir mit seinem aufrichtigen Lächeln zu verstehen gab. Monsieur Jacques wollte nur mein Bestes. Oder genauer gesagt – bei jeder unserer seltenen Begegnungen hatte ich den Eindruck gehabt, dass er das Gute in mir sah. Dass er ungeachtet des Anscheins und der objektiven Gründe für meine Anwesenheit in seinem Etablissement erkannte, was ich an Gutem oder sogar Besserem tun konnte. Sein Blick, der einige Sekunden auf mir ruhte, genügte, um mich aufzubauen.

Doch an diesem Abend verweilte ich nicht länger an dieser wohltuenden Quelle. Er lächelte mich noch an, als ich bereits draußen auf der Straße war und die milde, noch junge Nacht mich umfing.

2

Ein wenig später am selben Tag

»Also Basisleistung … oder Fickbasis?«

Dieses schlechte Wortspiel stammte von Sophia, die permanent ins Vulgäre verfiel und so ganz bewusst ihren ordinären Charme aufpeppte. Sie war meine beste Freundin. Eigentlich meine einzige, um ehrlich zu sein. Sophia Petrilli, mir an Alter zwei Jahre und an Erfahrungen mit Männern und Sex mindestens fünf Jahre voraus. Mit dunklen Locken, die alle Blicke auf sich zogen. Mit Brüsten, die danach gierten, dass Hände ihre perfekten Rundungen umschlossen. Mit Augen, in die alle Männer sich versenken wollten. Einer ihrer ersten Liebhaber hatte sie Esmeralda genannt, weil sie, die junge Tänzerin, wilde Unabhängigkeit verströmte und glühende Leidenschaft weckte. Im Alltag war sie einfach nur Sophia, etwas verloren, ohne ernsthafte Beziehung und ohne feste Arbeit. Doch das reichte, um sie zu dem lebendigsten und unabhängigsten Wesen zu machen, das ich kannte, und sie war mir eine unerschütterlich treue Gefährtin. Die Verehrer kamen und gingen, aber Sophia blieb.

»Hmmm …« Ich wich der Frage mit einem Schulterzucken aus. »Letzteres.«

»Hab ich mir fast gedacht um diese Uhrzeit.«

An den Abenden, an denen wir beide im Dienst waren, galt die Verabredung, dass wir uns im Café des Antiquaires, Rue de la Grange-Batelière, trafen, das nur zwei Schritte vom Auktionshaus Drouot entfernt mitten im neunten Arrondissement lag. Die Regel war ganz einfach: Die eine, die zuerst ihren Kunden verabschiedet hatte, wartete auf die andere. Die erste Option dehnte sich selten über elf Uhr nachts hinaus. Die zweite konnte schon mal bis nach Mitternacht dauern.

»Und wie war es bei dir? Ein schöner Abend?«

»Das kann man wohl sagen.« Sie verzog das Gesicht zu einem anzüglichen Lächeln.

»Ein reicher Typ?«

»Widerlich reich, meinst du wohl. Ich habe noch nie so eine fette Rolex gesehen. Und das Beste ist, ich konnte alle Register ziehen, die Pompadour-Suite und das ganze Trallala.«

Das war die andere Besonderheit des Hôtel de Paris: Alle Zimmer – jedes stundenweise zu mieten – trugen den Namen einer großen Verführerin oder Kurtisane der französischen Geschichte: Lieblingsfrauen, Mätressen, Königinnen und einfache Freudenmädchen, die in der Nachwelt fortleben, und eine erstaunliche Mischung von Tänzerinnen, Spioninnen, Künstlerinnen und Damen aus der Halbwelt, die alle berühmt waren für ihren außergewöhnlichen Einfluss auf Männer und für die Art und Weise, wie sie ihn im Laufe ihres turbulenten Lebens genutzt hatten. Diesen Namensgeberinnen waren keine Zimmernummern zugeordnet, und an den Türen standen auch keine. Dafür stimmte die Dekoration eines jeden Zimmers mit dem Charakter und der Zeit der jeweiligen Abenteurerin bestens überein, sodass jeder Raum ein einzigartiges Schmuckkästchen war. Jedes Zimmer verkörperte eine Frau, jede Traumwelt nahm in einem dieser Räume Gestalt an.

»Nicht schlecht«, sagte ich mit etwas gezwungener Begeisterung. »Ich hab die Joséphine beerbt.«

»Ganz große Klasse! Warst du da noch nie?«

»Nein, bisher nicht.«

Sophia ging im Paris viel regelmäßiger ein und aus als ich. Bisweilen zwei-, dreimal im Monat, aber aus Prinzip nicht öfter als ein Mal in der Woche. Dabei waren je nach Gegebenheiten und je nach ihren Bedürfnissen diese Rendezvous ihre Haupteinnahmequelle.

»Und dann?« Sie warf mir ihr mehrdeutigstes Lächeln zu. »Wie war's? Gut?«

»Ach, Sophia!«, empörte ich mich der Form halber. »Du weißt doch … Ich kann nicht.«

Sie kannte die Regeln genauso gut wie ich: Die Agentur, die uns unsere vermögenden Kunden vermittelte, verbot uns ausdrücklich, dass wir hinterher über sie redeten. Alles, was in diesen kostbaren und herrlich altmodischen Alkoven geschehen war, durfte nie den Raum verlassen. Manche Männer, die wir begleiteten, waren bedeutende Persönlichkeiten, einige hatten sogar Macht, und jede Information über ihr Intimleben, insbesondere Einzelheiten über ihre sexuellen Vorlieben, konnte in den Händen ihrer Gegner zu einer höchst gefährlichen Waffe werden. Verschwiegenheit war angesagt, Geheimhaltung war für uns ein Dogma.

Um ganz ehrlich zu sein, diese Forderung kam mir entgegen. Sie schützte mich vor Sophias Enthüllungen und bedeutete auch für mich eine hilfreiche Barriere. Über Sex zu reden war für sie ein Vergnügen, das dem Akt zumindest ebenbürtig war. Eine natürliche Fortsetzung, als wäre für sie die Zunge ein ebenso erregbares Organ wie die Klitoris und als wären die beiden Körperteile geheimnisvoll miteinander verbunden. Sie sprach über dieses Thema bei jeder Gelegenheit, an jedem Ort, mit Vertrauten genauso wie mit dem Erstbesten. »Jetzt mal ganz im Ernst, kennst du etwas, das interessanter ist als Sex?«, provozierte sie mich oft. »Wir wollen doch wohl nicht über die Börse oder über Kinder reden. Wir haben keinen Cent in der Tasche und, unterbrich mich, wenn ich mich irre, wir sind doch noch weit davon entfernt, Kinderchen in die Welt zu setzen. Einunddreißig, das ist das Durchschnittsalter einer Erstgebärenden in Paris! Einunddreißig!«

Da sie nun wieder bei ihrem Lieblingsthema angekommen war, war sie nicht zu bremsen. Sie genoss es, ohne jede Scham Details auszubreiten, und weidete sich an denen, die sie ihrem Gegenüber entlocken konnte.

»Mein Kunde heute Abend … du hättest sehen müssen, wie gut er ausgestattet ist! Gigantisch! Ein Riesending! Noch dicker als sein Bankkonto, das sagt ja wohl alles.«

»Sophia!«, empörte ich mich und unterdrückte ein Lachen.

»Der Typ müsste im Zirkus auftreten, ich schwör's dir.«

»Hör auf!«

»Aber was denn? Ich habe doch seinen Namen nicht genannt! Ich rede nur von seinem Penis.«

»Genial«, sagte ich ironisch. »Erzähl die Abenteuer eines namenlosen Glieds.«

»Nein, wirklich, er war so riesig, dass ich geglaubt habe, ich ersticke, als ich ihn gelut…«

»Ja, du hast recht«, unterbrach ich sie, um nicht mehr davon zu hören. »Mit dem Blowjob darf man sich keinesfalls zu lange aufhalten. Sonst werden sie süchtig danach und wollen nur noch das.«

Das war meine klassische Reaktion auf ihren Tsunami an unpassenden Vertraulichkeiten, die einzige, die ich kannte: Ich verschanzte mich vorsichtig hinter Klischees und vorgefertigten Sätzen, die ich hauptsächlich in den neuesten Sexartikeln der Frauenzeitschriften gelesen hatte.

»Trotz allem«, setzte sie wieder an, »ist das doch nichts gegen den, der mich nicht angerührt und von mir verlangt hat, dass ich mich zwei Stunden lang vor ihm selbst befriedige. Der hat mich fertiggemacht.«

»Ja, schon, aber wenn du dich vor ihm befriedigst, zeigst du ihm, wie er dir Lust bereiten kann. Das ist nicht unbedingt verlorene Zeit.«

Cosmo, Sonderheft Sex, Juli-August 2007. Daraus musste ich es haben. Aber was wusste ich eigentlich davon, ich, Annabelle Lorand? Nicht allzu viel.

In Wahrheit war die Klausel der Agentur mein bestes Alibi, um nicht mehr von mir preiszugeben. Meistens reichte sie aus, Sophias Neugier zu besänftigen oder ihre schamlose Logorrhö zu ersticken. Meine Beichten hätte ich mir für mein kleines Ringbuch aufheben können. Doch eine andere Hand schrieb für mich auf diese weißen Seiten.

Es ist verrückt, aber ich habe das Gefühl, dass jedes Geschlechtsteil sein verwandtes Pendant hat. Als gäbe es für jede Vagina nur ein einziges männliches Glied auf der Welt, das in Form und Größe perfekt zu ihr passt. Und umgekehrt. Solange das Pendant nicht gefunden ist, kann das Geschlechtsteil sich nicht vollends entfalten. So ist das bei mir, davon bin ich überzeugt: Mein Geschlechtsteil hat sein männliches Pendant noch nicht gefunden.

(Handgeschriebene Notiz, anonym, vom 2. Juni 2009, in meinen Briefkasten geworfen. Er hat nicht unrecht.)

Dass eine andere Hand an meiner Stelle schrieb, erregte mich genauso, wie es mich empörte, ohne dass ich diese beiden Gefühle auseinanderhalten konnte. Jedenfalls musste mich der Gedanke dermaßen verwirren, dass ich ihm beipflichtete, denn ich hatte das Ringbuch aufgehoben und die unmoralischen Träumereien brav eingeheftet, die der Unbekannte mir zukommen ließ, manchmal mehrere an einem Tag. Ein-, zweimal hatte ich mich stundenlang, den Briefkasten im Blick, auf die Lauer gelegt. Aber erwischt hatte ich ihn nie.

Anfangs gelang es mir, dieses Ringbuch vor Sophia, die ja geradezu einen siebten Sinn für Geheimnisse dieser Art hatte, zu verheimlichen. Bis ich einige Tage später in einem Café, genau zu ihren Füßen, meine Handtasche umwarf. Reflexartig beugte sie sich über den auf dem Boden verstreuten Inhalt.

»Was ist denn das?«

»Nichts… Gib her!«

»Ganz schön bling-bling, dieses Ding! Ist das dein Fickverzeichnis?« Sie gluckste.

»Nicht doch… hör auf…«

»Doch, doch… du wirst ja ganz rot!«

Ohne mich um Erlaubnis zu fragen, schlug sie das Ringbüchlein auf und begann mit leiser Stimme, die ersten Seiten zu lesen…

»Ich werde nicht rot! Gib es mir sofort zurück!«

…dann las sie lauter.

»›… und ich frage mich auch, was ein Typ riecht und schmeckt, wenn er mich unten leckt…‹ Wahnsinn! Mademoiselle Lorand! Du lässt dich ja ganz schön gehen!«

»Sophia, gib es mir, verdammt!«

Schließlich gehorchte sie, aber das Unglück war geschehen.

»Hast du beschlossen, das *Sexleben der Annabelle L.* zu schreiben, oder was?«

»Ich habe das nicht geschrieben…«

»Ach, komm schon.«

»Ich schwör's dir. Irgendein Typ wirft diese Zettel in meinen Briefkasten, jeden Tag. Ich habe keine Ahnung, wer es ist und was er von mir will.«

»Wirklich? Und du heftest sie einfach hier drin ab?«

»Ich versichere dir, das ist die Wahrheit.«

Da ich nun in der Falle steckte, erzählte ich ihr, unter welch mysteriösen Umständen dieses Ringbuch in meinen Besitz gelangt war und dass Tag für Tag ein anderer – eine andere? – diese Seiten eines intimen Tagebuchs schrieb, das meines hätte sein können.

Sie war eher amüsiert als schockiert über diese Anekdote. Mir war kurz der Gedanke gekommen, dass vielleicht Rebecca, die Chefin unserer Agentur, hinter diesem heimtückischen Geschenk stecken könnte. Doch wenn es so wäre, warum war ich dann die einzige der Belles de nuit, die diese Zettel erhielt? Denn andernfalls hätte Sophia sofort vor mir damit angegeben.

»Ich glaub, ich spinne. Unter all den Mädchen von Paris kommt dieser Verrückte ausgerechnet auf *dich*!«

»Warum sagst du das?«

»Ach, Elle … So etwas ist doch eher mein Ding als deins. Ich würde es irre finden, wenn mir ein Typ so ein Geschenk macht! Und ich sage dir, ich hätte nicht abgewartet, dass er es für mich schreibt.«

Ich reichte ihr das silberne Ringbuch, als wollte ich es loswerden. »Wenn ich dir damit eine Freude machen kann … ich schenk es dir.«

»Hör auf, nein! Es gehört dir«, entgegnete sie plötzlich ernst.

»Ach was … Er hätte es genauso gut in die Handtasche irgendeines anderen Mädchens in der Métro stecken können.«

»Nein«, wehrte sie ab. »Wenn man es genau bedenkt, glaube ich nicht, dass es ein Zufall war. Er hat gespürt, dass du es brauchst. Mehr als all die anderen Tussen um ihn herum.«

Damit du lockerer wirst! Diese Bemerkung hatte sie womöglich gerade noch hinuntergeschluckt. Ich sah sie zweifelnd an.

Seit jenem Ereignis – und erst recht, seit David in mein Leben getreten war – fiel es mir immer schwerer, die stürmischen Fragen meiner Freundin abzuwehren. Der Freund, den ich seit drei Monaten hatte, war kein Kunde. Er war es nie gewesen. Die Regeln, die für Kunden galten, waren bei ihm außer Kraft gesetzt.

»Und David, du hast mir nie erzählt…«

»Nie was erzählt?«

»Na, wie er ausgestattet ist. Normal? Riesig? Mini, aber mit dem Maximum an Einsatz?«

»Glaubst du wirklich, ich antworte dir auf diese Frage?!«

Fragen kostet ja nichts, sagte mir ihr lachendes Gesicht.

»Triffst du ihn gleich?«

Sie ging wieder zu Keuscherem über.

»Ja. Nein. Er wird erst spät nach Hause kommen. Ich sehe ihn erst morgen früh. Wenn ich ihn sehe…«

Der gelinde gesagt außergewöhnliche David, seine Person, sein Status, weckte in ihr den Teenager, die Nymphomanin, die Träumerin und Männerfresserin zugleich. Dass ich mir so ein Exemplar hatte angeln können, hatte sie verblüfft. Und sie hielt es für ausgemacht – sei es nur aus Solidarität oder im Namen unserer Freundschaft –, dass ich ihr alles erzählte, was ich an Exotischem oder Erregendem an ihm entdeckte.

»Ist das nicht komisch für dich, ihn nach einem Kunden zu treffen?«

»Ich hab's dir doch gerade gesagt. Wahrscheinlich sehe ich ihn erst morgen.«

»Dennoch…«, beharrte sie. »Hast du keine Angst, dass er etwas erfährt?«

»Und kommt es dir nicht komisch vor, dass du nie zwei Mal hintereinander mit demselben Kerl schläfst?«, konterte ich.

Getroffen. Sogar zu gut. Ihr Gesicht verfinsterte sich.

Sophia gelang es, ohne dass sie sich anstrengen musste, Begehren zu wecken. Doch dieses Talent, gepaart mit ihrer ausgeprägten Vorliebe für Sex, hinderte sie daran, einen Mann mehr als nur einige Nächte neben sich zu ertragen. Wenn sie nicht gerade ihren augenblicklichen Liebhaber mit dem nächsten betrog, knüpfte sie auf ein Neues mit einer alten Liebschaft an, was bisweilen zu Zwischenfällen führte, für die allein sie den Preis zahlte. Daher verbrachte sie, wenn sie mal wieder erwischt worden war oder ganz einfach von dem einen oder anderen die Nase voll hatte, die meiste Zeit mit ihren Sexspielzeugen. Sie hatte es im Laufe der Jahre zu einer stattlichen Sammlung gebracht.

»Entschuldige …«

»Nein, schon okay. Du liegst ja nicht völlig daneben … Schnappen wir ein bisschen frische Luft?«

Wir liebten diese Spaziergänge durch das nächtliche Paris, durch menschenleere Straßen, über die nur die Scheinwerfer der Taxis strichen. Ziellos flanierten wir umher.

Eines unserer größten Vergnügen war, in die Auslagen der Antiquitäten- und Schmuckgeschäfte zu schauen, von denen es um das Auktionshaus Drouot herum nur so wimmelte. Da feststand, dass all diese Schätze – selbst der bescheidenste – unseren Geldbeutel bei Weitem überstiegen, ließen wir unseren Fantasien freien Lauf. Wir träumten in aller Ruhe von dem Tag, an dem mit einem Mal der Reichtum über uns käme und ein Geldsegen vom Himmel fiele.

»Mensch! Hast du diese Uhr gesehen?« Ich deutete auf ein Modell ganz vorn in der Auslage.

»Den Chronometer für Herren?«

Dieser Laden, Antiquités Nativelle, legte klugerweise neben jeden Gegenstand ein kleines erklärendes Kärtchen, so wie manche Buchhandlungen ihre Leseempfehlungen mit einem bunten Zettel kennzeichneten.

»Ja, schau doch … die ist hundert Prozent mechanisch, 1969 hergestellt!«

»Na und? Suchst du etwa eine erotische Uhr?«, neckte sie mich ironisch.

»69, année érotique«, hatte Jane Birkin im selben Jahr zu der schmachtenden Musik von Serge Gainsbourg gesäuselt.

»69, das ist Davids Geburtsjahr. 5. Januar 1969.«

»Jetzt sag mir nicht, dass du ihm so ein Geschenk machen willst.«

»Lust hätte ich schon. Sie ist wunderschön, nicht?«

Diese schlichte, feine Uhr blinkerte mir von ihrem kleinen Samtsockel zu, denn im Halbdunkel funkelte ihr nachtblaues Zifferblatt prächtig. Insbesondere die leichte Wölbung des Glases fiel mir auf, sie bürgte bestimmt für das Alter und die Echtheit der Uhr.

»Eine winzige Spielzeuguhr im Vergleich zu der meines Kunden …«, spottete Sophia. »Aber wenn ich sie geschenkt bekäme, würde ich sie nicht ablehnen. Ganz klar.«

»Boah … Hast du den Preis gesehen?«

»Ja, dreitausendzweihundert Euro. Du wirst Extraschichten einlegen müssen, Süße, wenn du deinen Krösus verwöhnen willst!«

Dieses Luxusteil kostete mehr, als ich für zwei ganze Monate zum Leben hatte. Ganz zu schweigen von …

Ich seufzte. »Mit den Behandlungskosten für Mama kann ich mir das nie leisten.«

Ihre Krankenkassengrundversorgung deckte bei Weitem nicht die Kosten für die Behandlung, und ich bezahlte, soweit es meine Mittel zuließen, den Rest der Rechnungen und bemühte mich, ihr ein Minimum an Komfort zu bieten, zu Hause ebenso wie während ihrer häufigen Klinikaufenthalte. Eine Woche Chemo, eine Woche, um sich davon zu erholen, und schließlich eine Woche, die sie in einem einigermaßen guten Zustand genießen konnte, um sich dann wieder sieben Tage lang der harten Therapie auszusetzen. So war der höllische Rhythmus, dem sie sich unterwerfen musste. Sie hatte in meiner ganzen Kindheit so viel für mich getan, sie hatte mir so viel gegeben, dass sie es verdiente, dass ich nun im Gegenzug ein Gutteil meiner Einkünfte für sie ausgab.

Hinter der Uhr zog noch ein anderer Gegenstand meine Aufmerksamkeit auf sich. Eine silberne Ziernadel fürs Haar, »die der Schauspielerin Mademoiselle Mars gehörte«, wie das Kärtchen daneben erklärte. Ein Prachtstück aus der ersten Hälfte des 19. Jahrhunderts, das die Kleinigkeit von eintausendsiebenhundert Euro kosten sollte. Noch so eine Kostbarkeit, die ich mir nicht leisten konnte.

Ohne Vorwarnung zerrte mich Sophia von dem verführerischen Schaufenster weg. »Komm schon, Süße! Dein Märchenprinz wird sich schon nicht in Luft auflösen, nur weil du ihm nicht bei jedem Treffen ein Spielzeug schenkst, das einen Preis von drei Mindestlöhnen hat!«

»Na klar …«

»Im Übrigen, wenn du erlaubst, wäre es doch eher an ihm, dir solche Geschenke zu machen. Er hat schließlich das Geld.«

»Genau das ist das Problem«, stimmte ich zu. »Es ist *sein* Geld und nicht meins …«

Ich konnte meiner Freundin nur recht geben. Beim Spielchen der Liebesbeweise in klingender Münze lag ich von vornherein bei einem Rivalen wie David im Hintertreffen. Wie viel verdiente er wohl im Monat? Doch eigentlich war es mir lieber, dass ich es nicht wusste. Meine bescheidene Herkunft und die armseligen Verhältnisse, in denen ich aufgewachsen war, hatten mein Bewusstsein geschärft für das, was in Geldangelegenheiten anständig war und was nicht. So eine Uhr zu kaufen, überstieg daher bei Weitem den Rahmen, den ich mir normalerweise zugestehen würde. Dennoch konnte ich nicht umhin, von ihr zu träumen.

»Und verdient er sie überhaupt, dieser Monsieur?«, fragte Sophia etwas beschwingter. »Du zerreißt dich für ihn, und man weiß nicht einmal, wo er auf der Hitliste deiner Liebhaber steht. Unter den Top Fünf? Oder den Top Drei?«

Schon war sie wieder bei ihrem Lieblingsthema. Sie hielt sich für mein Ringbuch – bald würde sie sich angewöhnen, es mein »Zehnmal-am-Tag« zu nennen, entsprechend der Anzahl der erotischen Gedanken, die ich tagtäglich darin festhalten sollte – und war jeden Augenblick bereit, meine geheimsten Gedanken in sich aufzunehmen.

»Mit David ist es anders …«

»Anders als was? Ist er nicht so mies wie die anderen Männer? Schlägt er dir merkwürdige Dinge vor?«

»Ich liebe ihn.«

Ich hatte mich bemüht, es nicht im Jammerton zu sagen, denn ich wollte nicht einfältiger und hasenherziger klingen, als ich mich im Innersten fühlte. Doch das Gesicht, das Sophia daraufhin zog, zeigte mir, dass sie beinahe überkochte.

»Oh, pardon, dieses Detail hatte ich ausgelassen … Duuu liiiebst iiihn! Darum darf er dich bespringen wie ein Bock, ist doch egal, na klar, wie blöd von mir.«

»Hör auf … Du weiß genau, dass ich das nicht meine.«

»Hat er dir zumindest einmal einen Orgasmus bereitet, dein Millionär?«

Bingo. Darauf wollte ich nicht antworten. Nein. Tatsächlich

wollte ich mir diese Frage keinesfalls stellen. Ich ließ es deshalb bei einem Schulterzucken bewenden und schenkte ihr ein Lächeln, das rätselhaft wirken sollte. Sie war ja nicht naiv. Sie kannte mich viel zu gut. Und um jede weitere Frage zu verhindern, wechselte ich abrupt das Thema. Die Schilder verschiedener Kabaretts kamen mir wie gerufen.

»Und du, das Tanzen … Hast du neue Engagements in Aussicht?«

»Puh. Ich hör nur überall: ›Wir sind in der Krise.‹ Ich schwör dir, ich habe nicht den Eindruck, mit Choreografen oder Produzenten zu tun zu haben, sondern mit Bankleuten!«

»Und deine Tanztruppe, da in Neuilly?«

»Sie hat sich aufgelöst. Die Misere ist so groß, dass selbst die Betuchtesten unter uns in Schwierigkeiten geraten.«

»Kannst du dich über Wasser halten?«

»Geht schon, ich komm zurecht …«, versuchte sie mich halbherzig zu überzeugen.

Ich wusste ganz genau, welche Konsequenzen für sie die Arbeitslosigkeit hatte.

»Du bist gezwungen, mehr Typen zu treffen. Ist es das?«

»Hmm«, brummte sie und ließ den Blick über die bunten Neonreklamen wandern.

»Viele?«

»Im Schnitt … zwei pro Woche.«

Das hieß, sie musste über die Grenze hinausgehen, die sie niemals überschreiten wollte. Wie würde sie das verkraften?

Unwillkürlich runzelte ich die Stirn. Ich machte mir Sorgen um sie. Sophia würde die Agentur nicht so schnell verlassen. Wie so viele andere gewagte Arrangements, die man unter dem Vorwand, sie seien nur vorübergehend, akzeptiert, würde auch dieses andauern. Das war jetzt ihr Leben.

3

Paris, Dezember 2008, acht Monate zuvor

Es liegt nicht nur an der mir eigenen Diskretion. Ich kann mich heute tatsächlich nicht mehr daran erinnern, wie und wann genau Sophia mir gegenüber zum ersten Mal die Belles de nuit, die Schönen der Nacht, erwähnt hatte. Ich glaube, damals hatte sie den Vertrag noch nicht unterschrieben, auch wenn sie schon den einen oder anderen Auftrag angenommen hatte. Gerüchte hatten sie irritiert und verschiedene Fantasien, die zum Teil ihrer Lektüre und Filmen entsprangen. Sie hatte *Belle de jour* von Luis Buñuel und *China Blue bei Tag und Nacht* von Ken Russel gesehen oder erst kürzlich das finstere Buch von Laura D., *Mein teures Studium*, gelesen, eine wahre Geschichte.

Wie hatte sie selbst von der Agentur erfahren? Hatte sie jemand dorthin gebracht, damit sie aufgenommen würde? Und falls ja, wer hatte diese Rolle des Vermittlers übernommen?

»Belles de nuit, *Belle de jour*… Ich gebe zu, sie haben sich nicht gerade ein Bein ausgerissen für den Namen«, sagte sie mit ihrer üblichen kritischen Haltung. »Aber man geht ja auch nicht wegen ihrer Kreativität dahin.«

Wir standen vor einem recht prunkvollen Gebäude mitten im Marais, auf einer dieser Straßen, die am Rand des Schwulenviertels liegt. Das Schildchen über der Sprechanlage verriet nichts über die Art der Tätigkeit. Die Firma hätte genauso gut Kopfkissen verkaufen oder leichte Tänzerinnen vermitteln können. *Belles de nuit, 5. Stock, geradeaus.*

»Ich finde, das klingt ganz gut.« Ich versuchte, es positiv anzugehen. »Geradezu poetisch.«

»Bist du sicher, dass du da hineinwillst?«

»Sophia, es ist doch nur ein erstes Treffen. Ich will mich informieren, das ist alles.«

»Okay, okay ... Aber komm mir nicht eines Tages mit dem Vorwurf, ich hätte dich zu etwas gedrängt, das du selbst nicht gewollt hast. Klar?«

Ich verdrehte die Augen und sprach wieder mit dieser kehligen, etwas plärrenden Stimme, die ich mir im Laufe der Radiopraktika nun im letzten Jahr meines Journalistikstudiums versucht hatte abzugewöhnen. Noch vier, fünf Monate, und ich würde mit einem Diplom in der Tasche bei den renommiertesten Medien des Landes anklopfen, eine kleine Karrieristin, die zu allem bereit war, um ihren Namen unter einem Artikel zu lesen.

»Ich bin zweiundzwanzig. Alles klar. Ich bin ein großes Mädchen.«

»Kommt herein!«

Die blonde, schlanke Frau um die fünfzig, die uns die Tür öffnete, verströmte eine Aura höchster Eleganz. Erleichtert sah ich, dass sie nicht dem Bild einer Geschäftsführerin eines Stundenhotels entsprach.

Sie reichte mir die Hand, die mit Ringen und Armreifen überladen war, als sollten sie die Altersflecken verbergen, die hier und da hervorspitzten.

»Guten Tag ... Rebecca Sibony. Ich bin die Leiterin von Belles de nuit«, stellte sie sich mit der rauen Stimme einer starken Raucherin vor.

Wir folgten ihr in der Wolke ihres leicht berauschenden Parfüms in das große, schlicht möblierte Büro.

»Annabelle ist etwas ... nervös«, begann Sophia.

Ich hätte sie umbringen können.

»Sie sollten ihr erklären, was Sie von den Mädchen, die für Sie arbeiten, *wirklich* erwarten.«

Ich verteidigte mich mit kindlicher Unbeholfenheit: »Überhaupt nicht! Ich habe das sehr gut verstanden!«

Mit meiner geflickten alten Jeans, den abgetragenen Ballerinas und den seit Monaten ungeschnittenen Haaren sah ich aus wie eine dumme Gans ohne einen Cent in der Tasche. Ich konnte gut darauf verzichten, dass Sophia es mit ihrer Bemerkung noch schlimmer machte.

Rebecca musterte mich von Kopf bis Fuß, um dann zu einem Monolog anzusetzen, den sie bestimmt auswendig kannte: »Hören Sie, ich weiß nicht, was man Ihnen über uns erzählt hat, aber vieles davon ist mit Sicherheit falsch. Unsere Tätigkeit ist Gegenstand vieler Gerüchte und jeder Menge Verleumdungen. In Wirklichkeit ist das, was wir anbieten, ganz einfach und vor allem, darauf lege ich besonderen Wert, absolut legal: Bei unseren Kunden handelt es sich um reiche, meist unverheiratete Männer, die es sich nicht erlauben können, zu den zahlreichen gesellschaftlichen Verpflichtungen, die sie im Laufe des Jahres wahrnehmen müssen, ohne Begleitung zu erscheinen. Ihre Aufgabe, wenn Sie denn für uns arbeiten wollen, wird darin bestehen, Ihr schönstes Kleid anzuziehen, einen ganzen Abend zu lächeln, ohne sich den Kiefer auszurenken, und sich nur dann an der Unterhaltung zu beteiligen, wenn man sie nach Ihrer Meinung etwa über den letzten Woody-Allen-Film fragt. Sie sehen, es ist wirklich halb so schlimm.«

Was hab ich dir gesagt!, bedeutete mir Sophia mit beredter Geste.

Dabei war sie es, die mir von einem heißen Rendezvous erzählt hatte, das vor einiger Zeit von der Agentur für sie arrangiert worden war. Diese Begebenheit hatte mir übrigens einige Argumente geliefert, die mich ihr Angebot, ich solle doch auch für Rebecca Sibony arbeiten, zunächst ablehnen ließen.

»Ein Fick bei einem totalen Blind Date! Wahnsinn!«

»Ach ja? Aber wie hast du ...«

»Na ja, wie im Film, meine Liebe. Ich sollte um Punkt drei im Raphaël sein, keine Minute später. Die Fensterläden waren schon geschlossen, die Vorhänge zugezogen. Vermutlich hatte er dem Personal entsprechende Anweisungen gegeben. Ich musste mich nackt aufs Bett legen und das Licht ausmachen.«

»Und dann?«

»Dann war der Typ da. Etwa zehn Minuten später.«

»War dir nicht ziemlich ... mulmig?«

»Im Gegenteil! Na ja, erst war mir etwas kalt, als ich so reglos auf dem Bett lag, so ganz nackt, und auf ihn gewartet habe. Doch dann hat er sich ausgezogen und mich in die Arme genommen, um mich zu wärmen.«

»Habt ihr sofort miteinander geschlafen?«

»Nicht sofort. Wir haben uns einige Minuten aneinandergeschmiegt, bis er angefangen hat, mich zu streicheln.«

»Und hat er nichts zu dir gesagt?«

»Kein Wort! Seine Hände waren supersanft. Ich schwör dir, so zärtlich hat mich noch nie jemand gestreichelt. Ich war sofort feucht.«

»Hast du nicht versucht, sein Gesicht zu sehen? Vielleicht war der Typ ja Quasimodo!«

»Den Eindruck hatte ich nicht, zumindest soweit ich es ertasten konnte. Aber ehrlich, so wie der mich berührt hat, hätte ich, auch wenn er E.T. gewesen wäre, Ja gesagt.«

»So toll?«

»Er hat mir mindestens eine Viertelstunde lang die Möse massiert. Mit den Fingern, mit der Nase, mit der Zunge … Ich konnte nicht mehr! Ich war völlig nass. Ich glaube, ich bin mindestens zwei-, dreimal gekommen, einfach so, ehe er in mich eingedrungen ist. Und das war nur die Vorspeise! Wir sind über drei Stunden im Bett geblieben.«

»Zwei-, dreimal«, wiederholte ich versonnen.

»Und außerdem roch er gut, der Kerl!«

»Wie … gut?«

»Ach, ich weiß nicht, irgendwie total süß. Und sein Schwanz, ich schwör's dir, der hat nach Erdbeeren oder Himbeeren geschmeckt … Ich hätte ihn den ganzen Tag lutschen können!«

»Sophia!«

»Was denn? Das kannst du dir nicht vorstellen … Das ist wie Kaviar mit verbundenen Augen essen. Was du nicht siehst, nimmst du mit den anderen Sinnen umso deutlicher wahr. Vor allem Geruch und Geschmack.«

»Okay, okay, ich glaub, ich hab verstanden.«

Rebecca riss mich mit ihrer rauen Stimme aus meinen Erinnerungen.

»Natürlich hat die Agentur einen gewissen Ruf. Wir engagieren und vermitteln nur hübsche Mädchen, jung, sauber und vor allem kultiviert, mit einer tadellosen Sprache. Kleiderständer oder Porzellanfiguren gibt es bei mir nicht. Aber nach dem, was ich sehe und höre, mache ich mir bei Ihnen keine Sorgen.«

»Und das ist wirklich alles?«, wagte ich nachzufragen.

»Ja. Das ist alles, wozu Sie sich uns gegenüber vertraglich verpflichten, und mehr stellen wir unseren Kunden nicht in Rechnung.«

»Gut«, sagte ich lakonisch.

»Sie wirken enttäuscht. Was haben Sie denn erwartet?«

Ihr Ton war schroffer geworden. Ja, Rebecca Sibony wusste sich Respekt zu verschaffen.

Dann huschte ein kaum wahrnehmbares Lächeln über ihr Gesicht, das an Mona Lisa denken ließ, und sie raunte: »Danach … falls Ihnen der betreffende Herr gefällt … das ist eine andere Geschichte. *Ihre* Geschichte. Sie sind beide erwachsen. Und ich werde nicht auftauchen, um Sie und ihn daran zu hindern, Ihrem Verlangen nachzugeben.«

»Genau das sag ich auch immer«, ergänzte Sophia ernst.

Ich versuchte, das Bild meiner Freundin aus meinem Kopf zu verscheuchen: sie nackt in einem dunklen Luxuszimmer, ausgeliefert jenem Unbekannten mit dem Geschmack nach roten Früchten, dem erfahrenen Mösenstreichler.

»Und ich werde auch nicht nur Frauen kurz vor den Wechseljahren engagieren, um … Fälle dieser Art zu vermeiden!«

Das Wort »Fälle« hatte sie mit einem leisen Seufzer untermalt, als fände sie so etwas nicht so tragisch. Dann stieß sie ein kehliges Lachen aus, fast schon ein Husten.

Die Botschaft war klar: Es stand uns frei, die Herren nach den vertraglich zugesicherten Leistungen ins Hôtel de Paris oder sonst wohin zu begleiten. Doch sie wollte nichts davon wissen und noch weniger davon hören. Dieser Teil war allein unsere Sache, Zeit, Tarif und Verdienst eingeschlossen. Damit übernahmen wir auch die Risiken, die damit verbunden waren.

Sie warnte mich: »Ich übernehme keinerlei Verantwortung für das, was in diesen Zimmern geschieht. Von dem Moment an, wo Sie sich auf so etwas einlassen, genießen Sie keinen Schutz mehr. Sind wir uns da einig?«

»Und wenn einer gewalttätig wird?«

»Hör auf mit deinen Filmgeschichten!«, mischte sich Sophia ein. »Das sind Abgeordnete, Anwälte, Firmenchefs ... Niemand von denen geht das Risiko ein, dir eine zu knallen, nicht mal zum Spaß.«

»Wie auch immer«, unterbrach Rebecca sie. »Ich wiederhole: Von dem Augenblick an, da Sie mit Ihrem Kunden ein Zimmer betreten, sind Sie auf sich gestellt. Was auch passiert, ich werde Ihnen dann auf keinen Fall zu Hilfe eilen. Haben Sie mich verstanden? Auf keinen Fall!«

»Ja«, sagte ich und nickte.

»Und sollten Sie den Fehler begehen, mich doch zu Hilfe zu rufen oder die Agentur gegenüber Dritten zu erwähnen, zum Beispiel gegenüber der Polizei, werde ich rundheraus abstreiten, Ihnen jemals begegnet zu sein. Und noch in derselben Minute werde ich Sie aus meiner Kartei löschen.« Plötzlich entspannte sich das strenge Gesicht, das sie aufgesetzt hatte. »Schön! Dann also: Glückwunsch! Und willkommen bei Belles de nuit!«

In der nächsten Viertelstunde wurde der Papierkram erledigt, und schon gehörte ich offiziell zur Agentur. Es folgten die grundsätzlichen Anweisungen, mit denen Sophia mich bereits vertraut gemacht hatte: niemals über die Aufträge sprechen, mit niemandem, auch nicht mit Freunden oder Verwandten oder einem anderen Mädchen aus der Agentur; niemals eine Information oder eine Vertraulichkeit ausplaudern, die ein Kunde während des Auftrags geäußert hat; niemals den Namen eines Kunden erwähnen; niemals versuchen, einen Kunden außerhalb der Vermittlung durch die Agentur wiederzusehen.

»Sophia hat mir erzählt, dass Sie Journalistin sind«, sagte die Agenturleiterin schließlich und neigte sich leicht argwöhnisch vor.

»Na ja, noch nicht. Ich schließe gerade mein Studium ab.«

»Perfekt. Aber ich werde nie eine Zeile über unser Gespräch oder Ihre Aufträge in der Presse lesen, nicht wahr?«

Die Frage klang wie eine Drohung.

»Nein. Ich brauche Geld. Keinen Ärger.«

»Perfekt!«, rief sie erneut und hob die Hände. »Übermorgen am späten Vormittag. Haben Sie da Zeit?«

Es verschlug mir die Sprache. Hatte sie etwa bereits einen Kunden für mich? Hatte sie auf das, was Sophia ihr möglicherweise von mir erzählt hatte, vertraut – ich hörte meine Freundin geradezu ihr von meiner »aristokratischen Sinnlichkeit« und meinem »Sexappeal aus gutem Hause« vorschwärmen –, und hatte sie sich berechtigt geglaubt, meine Dienste im Voraus an einen ihrer Stammkunden zu verkaufen?

Als ich wegen meines rasanten Auftakts verärgert die Stirn runzelte, wurde sie plötzlich ganz milde. Sie stand auf, legte mir fast mütterlich die langen, beringten Finger auf die Schulter und tätschelte meinen billigen Wollpullover.

»Das kriegen wir schon hin. Ich werde Ihnen dabei behilflich sein. Wir beide gehen erst mal shoppen. Ich liebe das!«

»Shoppen?«, stammelte ich.

Sophia trampelte mit den Füßen auf den Boden wie ein Schulmädchen.

»Ja, Sie werden sehen, zwei, drei kleine Einkäufe, und Sie sehen bezaubernd aus!«

Bezaubernd.

Dieses Wort kam mir vor wie ein Kleid, das mir drei Nummern zu groß war. Aber ich würde mich daran gewöhnen müssen. Und zwar schnell.

4

Aus Paris heraus in die Vorstadt zu fahren, zerriss mir jedes Mal das Herz. Mehr noch, ich empfand es als einen Abstieg. Die Hauptstadt übte eine große Anziehungskraft auf das kleine Mädchen aus Nanterre aus, das ich noch immer war. Der RER in Richtung Westen, den ich abends an der Haltestelle Les Halles, Opéra oder Étoile nahm, kam mir vor wie ein Schinderkarren. Nur dass ich ihn jeden Tag bestieg.

Die Qualen würden so lange andauern, bis ich in der Lage wäre, mir eine eigene Wohnung zu mieten. Und was das betraf, war ich mir jetzt schon ganz sicher: lieber ein schäbiges, winziges Zimmer mitten in Paris als eine Zwei- oder Dreizimmerwohnung mit allem Komfort in einer der Vorstädte. Ich wollte im Herzen der großen Stadt wohnen, im Herzen der Welt. Am Puls der Zeit.

An jenem Abend stieg ich mit dem Vertrag der Agentur in der Tasche in die Bahn, deren Inneres frisch mit Graffiti besprüht war, Sitze und Notsitze eingeschlossen. Kaum hatte ich mich gesetzt, spürte ich Blicke auf mir. Blicke von Männern, versteht sich. Ich war sie zwar bereits gewöhnt, doch sie machten mich noch immer verlegen. »Ich versteh nicht ganz, worüber du dich beschwerst!«, wunderte sich Sophia manchmal. »Warte mal ab, wenn du fünfzig bist und dir die Titten bis auf die Knie hängen, bist du froh, wenn dich die Kerle anstarren.«

Doch so weit war es noch nicht, und jedes Augenzwinkern, jeder anzügliche Blick quälten mich. Ich wusste nicht, wie ich damit umgehen sollte. Ich jonglierte mit ihrem heimlichen Begehren wie ein Einarmiger mit einer gefrorenen Sardine.

Da fiel mein Blick zufällig auf die Titelseite von *Le Monde*, die mein Sitznachbar, ein etwa dreißigjähriger Mann in dunklem Anzug und mit schwarzem Aktenköfferchen, in der Hand hielt. Fette Schlagzeilen beherrschten die Seite, von denen eine mir besonders ins Auge sprang.

»David… David Barlet«, murmelte ich und streckte die Hand nach seiner Zeitung aus.

Der Mann zu meiner Linken ergriff die Gelegenheit beim Schopf. »Äh… nein… Ich bin Bertrand Passadier. Und Sie?«

Er hielt mir seine weiche Hand hin, die ich aber übersah. Ich hatte mich bereits in seine Zeitung vertieft und las die ersten Zeilen über den Chef einer privaten Sendergruppe, die seinen Namen trug, der »Barlet-Gruppe«, in deren Besitz sich insbesondere der beliebteste Informationssender Frankreichs, BTV, befand.

Der Mann neben mir rutschte unruhig auf seinem Sitz hin und her und suchte verzweifelt nach einem Weg, meine Aufmerksamkeit auf sich zu lenken.

»Interessieren Sie sich fürs Fernsehen?«, fragte er.

»Hm…«, brummte ich.

»Wenn Sie wollen, kann ich Ihnen gute Anlagetipps in diesem Bereich geben, wissen Sie. Barlet ist nicht schlecht, eine solide Sache, aber für kurzfristige Platzierungen gibt's was Besseres.«

Ich hörte kein einziges Wort mehr von dem, was er sagte. Nachdem ich den Artikel über die Strategie von BTV, Zuschauer anzulocken, überflogen hatte, betrachtete ich das Foto von David Barlet. Ich hatte ihn bereits häufiger im Fernsehen oder auf den Seiten der Wirtschaftsbeilagen gesehen, aber zum ersten Mal fiel mir seine frappierende Ähnlichkeit mit dem Schauspieler Gérard Philipe auf. Wirklich verblüffend. Ich meinte förmlich, seine so schöne, sanfte, vertraute Stimme zu hören, die mir in Kinderjahren auf Mamas altem Plattenspieler die Geschichte vom *Kleinen Prinzen* oder von *Peter und der Wolf* erzählt hatte.

Doch statt der Zerbrechlichkeit, die der ewig jugendliche Liebhaber des französischen Theaters und Films an sich gehabt hatte, strahlte David Barlet Kraft und Entschlossenheit aus, einen starken Kampfeswillen und die absolute Gewissheit, seine Ziele zu erreichen. Das lag wahrscheinlich an dem etwas kantigen Gesicht und seiner Statur, die gut in eine Rugbymannschaft gepasst hätte. Und auch an seinen Augen, mit denen er einen von der Zeitungsseite herausfordernd ansah.

»… nur knapp drei oder vier Prozent jährlich, also so gut wie nichts …«, sprach mein lästiger Nachbar ins Leere.

BTV. Da sollte ich mich bewerben, sobald ich mein Diplom in der Tasche hätte. Der lockende Blick von David Barlet erschien mir wie eine Aufforderung.

Die kreischenden Bremsen holten mich abrupt zurück in die Wirklichkeit und zu dem Bahnsteig, wo das blau-weiße Schild vor meinem Fenster »Nanterre Ville« anzeigte.

Meine Station.

Ich sprang auf, stolperte fast über Bertrand Passadiers Beine, und kaum stand ich auf dem Bahnsteig, knallten auch schon die Türen wieder zu.

Das Häuschen meiner Mutter Maude liegt nur drei-, vierhundert Meter vom Bahnhof entfernt. Ein Reihenhaus ohne Garten – wenn man von den wenigen Quadratmetern Terrasse zur Straße hin einmal absieht – und mit seinen drei winzigen Etagen deutlich höher als breit. Solange ich denken kann, habe ich hier mit ihr gewohnt, wir beide, und niemand hat unseren angenehmen Trott gestört.

Seit ihre Krankheit ausgebrochen war, versuchte ich, öfter zu Hause zu sein und ihr, soweit es mein Studium und die Gelegenheitsjobs zuließen, bei den vielen kleinen Dingen des Alltags zu helfen, die für sie nun zu Herausforderungen geworden waren: Haushalt, Einkaufen, Kochen, Toilette …

»Alles in Ordnung, mein Schatz? Warst du in der Uni?«

Die Haare waren ihr nicht ausgefallen, aber ihr Gesicht war grau geworden. Der wächserne Teint machte ihre Falten sichtbarer und gab ihrem Ausdruck etwas Starres. Es war noch immer sie, und doch hatte ich manchmal Mühe, in ihr die in meinen Augen so schöne Mama wiederzuerkennen, die meine vaterlose Kindheit in einen warmen Kokon gehüllt hatte.

An manchen Tagen zog sie ihren alten Damastmorgenmantel gar nicht erst aus, was eigentlich nicht weiter schlimm war, mir aber heimlich Tränen in die Augen trieb.

»Nein… Sophia wollte mir von einem Job erzählen, den eine Freundin vielleicht für mich hat…«

»Interessant?«

»Ja… nein… weiß noch nicht.«

Sie dankte mir ständig und beglückwünschte sich, ein so liebes, nettes Mädchen zur Welt gebracht zu haben – und erzählte es jedem, der es hören wollte. Kinder waren ja so undankbar heutzutage. Aber ich vergaß ganz einfach nicht diese Tage, an denen sie in aller Herrgottsfrühe, bevor ich wach wurde, schon zur Arbeit gegangen war; diese Weihnachtsfeste ohne einen Centime, an denen sie dennoch eine Prinzessin aus mir gemacht hatte; bis hin zu diesem anspruchsvollen Studium, das ihr größte Opfer abverlangt hatte, und das in einem Alter, in dem man mit Fug und Recht die Füße hochlegen darf. Darum versuchte ich, soweit es meine mageren Einkünfte zuließen, sie zu unterstützen und bisweilen sogar ein wenig zu verwöhnen.

»Hier, für dich.« Ich reichte ihr eine Schachtel mit einer türkisfarbenen Schleife.

»Was ist das?«, fragte sie voll Vorfreude auf die Leckerei.

»Verschiedene Macarons mit roten Früchten: Erdbeere, Himbeere, Kirsche…«

Dass die kleinen Köstlichkeiten aus Paris kamen, verlieh ihnen einen unvergleichlichen Geschmack. Ich gebe zu, manchmal mogelte ich und kaufte in der Konditorei am Bahnhof rasch irgendwelche Süßigkeiten, die ich auf dem Heimweg in eine prächtigere Schachtel umpackte, die ich am Morgen von zu Hause mitgenommen hatte. Wichtig war nicht die Sorte, sondern das Ritual, das uns miteinander verband.

Das mehrmalige kurze Läuten an der Haustür störte unser kleines Glück. Félicité, unsere alte Katze, die kaum noch das Haus verließ, schmiegte sich an meine Beine und reagierte mit einem trägen Maunzen.

»Ach ja, Mist… Das hab ich ganz vergessen, dir zu sagen! Fred hat angerufen, er will vorbeikommen und dich abholen. Das wird er sein.«

Ich unterdrückte meinen Ärger und lief hinaus ans Tor, hinter dem eine behelmte Gestalt auf den noch warmen tausend Kubik seines schwarzen Motorrads hockte. Fred. Seit mehreren Monaten mein Freund. Der einzige, den ich meiner Mutter je vorgestellt hatte. Fred Morino, arbeitsloser Tontechniker, Kampfsportler und Liebhaber dicker Maschinen, blond, dünn und muskulös, stets in Leder gekleidet. Sein größter Vorzug bestand meines Erachtens darin, dass er während meiner Studienzeit mein Gejammer ertragen hatte. Fred, ein Liebhaber, wie man ihn in so einer Gegend eben haben konnte, leicht verletzlich, zupackend, im ständigen Kampf mit sich selbst und dem Rest der Welt.

»Hallo, meine Schöne! Noch nicht angezogen?«

»Angezogen wofür?«

»Na ja … fürs Kino! Die Vorstellung beginnt in knapp zwanzig Minuten, in der Défense. Hat deine Mutter dir nichts gesagt?«

»Nein.«

»Tja … Beeilst du dich trotzdem?«

»Fred … Ich fühl mich nicht danach. Ich bleib zu Hause, bei ihr.«

Ohne mich umdrehen zu müssen, spürte ich den Blick meiner Mutter durch die Riffelglasscheibe der Eingangstür auf uns beiden.

»Hat sie einen Rückfall?«, fragte er, ohne Mitgefühl vorzutäuschen.

»Nein … Ich hab nur einfach keine rechte Lust.«

Fred betrachtete mich kurz, dann ließ er seinen Blick über das Häuschen wandern. »Vor einem halben Jahr hättest du mich nicht so abblitzen lassen, hm?«

Er sagte es ohne jede Bitterkeit, mehr wie eine einfache Frage, um Gewissheit zu haben.

»Vor einem halben Jahr war meine Mutter noch nicht sterbenskrank, Fred«, zischte ich ihm leise zu, aus Angst, Maude könnte mich hören.

»Aber du erinnerst dich doch noch daran, dass wir um ein Haar eine Wohnung zusammen genommen hätten, oder?«

Er beklagte sich nicht. Er beschränkte sich darauf, seine Vorwürfe aufzuzählen. Und ich muss zugeben, dass mein Leben in den letzten Wochen eine neue Wendung genommen hatte und ich viel dazu beitrug, dass die Konflikte sich häuften.

Eine gemeinsame Wohnung, ja. Wunderschöne zwei Zimmer mit allem Komfort in Nanterre, von denen wir einige besichtigt hatten. Genau das, was ich nicht mehr wollte.

»Du weißt doch genau, dass ich mir das nicht leisten kann«, wich ich aus. »Wenn ich diese Behandlung für Mama in den Vereinigten Staaten bezahlen will, muss ich …«

»… fünfundzwanzigtausend Euro zusammenkratzen, ich weiß«, unterbrach er mich müde. »Das hast du mir schon hundertmal gesagt.«

Fünfundzwanzigtausend Euro, das war der Preis für die Gentherapie. Die letzte Chance. Ein Eingriff, der weltweit nur in einer einzigen Klinik gemacht wurde, in Los Angeles. Eine Behandlung, die sich normalerweise nur Stars und Großverdiener leisten konnten. Das Leben hatte eben seinen Preis. Aber das meiner Mutter war unbezahlbar, jedenfalls in meinen Augen, und ich hätte alles dafür getan, sie zu retten.

Zum Beispiel bei Belles de nuit den Vertrag zu unterschreiben, ohne dass die anderen es wussten.

»Und ich sag's dir noch mal: Solange ich das Geld nicht beisammenhabe, lege ich jeden Cent, den ich verdiene, dafür zurück.«

Er nickte, gab sich plötzlich verständnisvoll.

Man stelle sich vor, dass ich diesen Körper bis zum Wahnsinn begehrt hatte, dass er als einer der Ersten mein Geschlecht gestreichelt hatte, dass er jene geheimnisvollen Akkorde der Lust in meinem Bauch zum Klingen gebracht hatte! Mit der ersten Begeisterung war es nun vorbei. Jetzt sah ich nur noch diesen ausgemergelten Motorradtypen, der mit feuchten Augen um einen Rest Zärtlichkeit bettelte, ja flehte.

»Na gut, aber das heißt doch nicht, dass du dich nicht von deinem Freund ins Kino einladen lassen darfst.«

»Nicht heute Abend … Lass gut sein, bitte.«

Ein wenig unterkühlt streichelte ich seinen Unterarm. Entschlossen, aber nicht roh stieß er meine Hand zurück.

»Ich weiß genau, was dich so verändert hat, Elle«, sagte er angriffslustig.

»Ach ja?«

Ein leises Rascheln verriet mir, dass meine Mutter vor die Tür getreten war und jetzt nur wenige Stufen hinter mir stand.

»Es ist nicht Maudes Krebs, nein, es ist dein Scheißjournalismus.«

»Was auch immer…«

»Doch, doch, deine Spießer, deine verwöhnten Söhne reicher Eltern, die *Le Monde diplomatique* lesen und uns dann im Fernsehen erzählen, dass man den Arsch hochkriegen muss, um Arbeit zu finden! Diese Leute verdrehen dir den Kopf und ziehen dich auf ihre Seite!«

»Scheiße… Mir verdreht niemand den Kopf, Fred! Ich bin vollkommen erledigt!«

»Ja und?!«, ertönte da die aufgeregte Stimme meiner Mutter. Mit einer zittrigen Hand am Geländer kam sie die Stufen herunter, offenbar bereit, sich mit meinem Freund anzulegen. »Ist es etwa eine Sünde, erfolgreich sein zu wollen? Hm? Was willst du? Dass meine Tochter ihr ganzes Leben lang hinter dir auf dem Motorrad kauert? Ist das alles, was du ihr zu bieten hast?«

»Maude, ich…«

»Und was dann? Du machst ihr zwei Blagen und lässt sie sitzen, weil es dich ankotzt, was du aus deinem Leben gemacht hast?«

»Mama…!« Ich fasste sie an den Schultern und versuchte, sie ins Haus zurückzubringen. Klar, dass sie sich eingemischt hatte, rührte mich. Selbst in ihrem Zustand lag ihr nur eines am Herzen: mich zu beschützen. Aber ich wollte nicht, dass sie sich anstrengte. Fred Morino war mein Problem, und ich musste es lösen. Ich allein.

Durch die angelehnte Tür hörte ich den Lärm, als der Motor angelassen wurde, und Fred fuhr ohne ein weiteres Wort unter ohrenbetäubendem Dröhnen davon. Das war seine Art, aufzuheulen und seine Enttäuschung hinauszuschreien.

Auf der Bahnfahrt am nächsten Morgen in umgekehrte Richtung, nach Auber, war ich in weit fröhlicherer Stimmung. Rebecca Sibony hatte ihr Versprechen gehalten und mir am späten Abend zuvor in einer kurzen SMS mitgeteilt, sie erwarte mich zu dem, was sie schlicht »Niveauanpassung« nannte.

Als ich mit der Rolltreppe oben am Boulevard Haussmann ankam, erkannte ich sie auf Anhieb an ihrer hochgewachsenen Gestalt. Mit einer Zigarette im Mund und dem Handy am Ohr ging sie vor dem Eingang zum Printemps auf und ab. Sie begrüßte mich mit einem Augenzwinkern und einem Raubtierlächeln, das wohl nichts anderes bedeutete als: *Aus dir, mein Schätzchen, machen wir eine richtige Frau.*

Laut Rebecca ging es an diesem Tag nur darum, mich mit der Grundausstattung zu versorgen, die ich für meine Aufträge brauchte. Sie bestand aus drei kompletten Outfits: das erste für repräsentative Verpflichtungen am Tag sowie für offizielle Anlässe, Typ hübsches Beiwerk oder distinguierte Erscheinung – anthrazitfarbener Hosenanzug »Zadig et Voltaire«, schwarze Unterwäsche »Aubade«, die aus dem Jackenausschnitt hervorlugte, unechte Perlenkette »Agatha«; ein zweites für Cocktailpartys und Abendessen in kleinem Kreis – enges schwarzes Kleid mit tiefem Rückendekolleté »Armani«, purpurrote Dessous »Lejaby« und fächerartige Ohrringe mit Halbedelsteinen »Fred«; ein drittes für Galaempfänge und große Bälle – perlmuttfarbene Abendrobe »Jean-Paul Gaultier«, perlgraue Dessous »La Perla«, Armreifen und Diadem »Bulgari«. Dazu drei Paar passende Schuhe, deren Absatzhöhe sich nach der Tageszeit richteten: tagsüber sechs Zentimeter, abends neun, nachts zwölf.

Schon bevor wir beladen zur Kasse gingen, räusperte ich mich verlegen und sagte: »Rebecca, ich finde das alles wunderbar, aber …«

Ihr erhobener Zeigefinger ließ darauf schließen, dass sie auf diesen Moment gewartet hatte. »Mach dir keine Sorgen, die Agentur streckt dir alles vor …«

Sie sprach ausdrücklich von »vorstrecken«, nicht von »schenken«.

»Aber ich kann das niemals zurückzahlen!«

»Keine Angst, es wird deinen Geldbeutel schon nicht belasten.«

Ich begann zu begreifen. Wie Dealer oder Schleuser gab Rebecca ihren neuen Mitarbeiterinnen einen großzügigen Vorschuss auf das Geld, das sie in Zukunft verdienen würden.

»Sie ziehen es von meinen ersten Einkünften ab, stimmt's?«

»Stimmt.«

»Und solange ich nicht alles zurückbezahlt habe, arbeite ich umsonst für Sie?«

Sie warf mir einen kurzen Blick zu und ließ dann ihr kehliges Lachen ertönen. »Und ich habe gedacht, du seiest nur die Hübschere von euch beiden! Jetzt stelle ich erfreut fest, dass du auch die Schlauere bist.«

Schlau, vielleicht, aber von nun an gehörte ich ihr.

Es genügte jedoch, dass sie mir all diese glitzernden Tüten und Schachteln in die Hand drückte, und schon sah ich nicht mehr das vergiftete Geschenk, sondern das Versprechen auf eine goldene Zukunft. Ein Leben, in dem ich nicht mehr von einer Rebecca Sibony abhängig wäre, um mir solche Verrücktheiten gestatten zu können.

Fred hatte recht. Ich war tatsächlich auf die andere Seite übergewechselt. Und ich hatte nicht die geringste Lust, wieder umzukehren.

5

April 2009

»Sie können die Augen aufmachen, Elle.«

Wie hatte er ein solches Wunder vollbracht? In knapp zwanzig Sekunden hatte sich der große Saal geleert, die rund fünfzig Gäste und die Kellner waren verschwunden. Wir waren nun allein, nur er und ich, inmitten der goldenen Dekoration und der geöffneten Champagnerflaschen und eingehüllt in das flackernde Licht unzähliger Kerzen. Sie standen auf allen Tischen und ersetzten die Kronleuchter, die eben noch den Prunksaal erleuchtet hatten. Plötzlich umgaben uns kristallklare Akkorde eines Cembalos, die aus dem angrenzenden Salon drangen und sich nach Rameau anhörten.

»Wie … Wie haben Sie das gemacht?«

Er und seine einnehmende Stimme, sie war von einer Klarheit, die mich schon bei dem Darsteller des *Cid* und *Fanfan, der Husar* verzaubert hatte! Ich hatte meine eigene Theorie dazu: Bis zu einem gewissen Grad erzeugt ein bestimmter Körperbau eine Klangfarbe, die von Mensch zu Mensch mehr oder weniger gleich klingt. David Barlets Stimme klang aber nicht exakt so wie die von Gérard Philipe, sondern ein bisschen tiefer, dunkler und hallte ein wenig nach. Und trotz ihrer erstaunlichen Jugendlichkeit, die der des Vorbilds gleichkam, jagte sie einem Schauer über den Rücken wie ein Bass oder ein Bariton. Kräftig und durchdringend zugleich.

Jetzt weiß ich es: Die Stimme eines Mannes, allein seine Stimme, kann in mir unwiderstehliche Lust auf ihn wecken.
Seine ist wie ein Sexspielzeug, das meine Klitoris mit jedem Satz kitzelt.
~~Ob es davon wohl eine Vibrator-Version gibt …~~

(Handgeschriebene Notiz vom 15. April 2009, anonym. Ich kann nicht leugnen, dass Davids Stimme …)

Vor einer Minute – wir kannten uns erst seit einer halben Stunde – hatte er mich gebeten, die Augen zu schließen. Ich hatte gerade noch sehen können, dass er dem Oberkellner etwas ins Ohr flüsterte und hastig etwas auf eine Visitenkarte kritzelte, die er unseren unmittelbaren Tischnachbarn hinschob. Wenige Augenblicke später war das Wunder geschehen. David hatte diese Fähigkeit. Die eines Zauberers. Die eines Mannes, dessen Macht mir von nun an grenzenlos schien.

Seit meiner Shoppingtour mit Rebecca Sibony hatte ich mehrere Aufträge bekommen, einen bis zwei pro Woche. Wie Rebecca es mir bei unserem ersten Gespräch erklärt hatte, ging es dabei tatsächlich im Wesentlichen darum, auf ebenso protzigen wie überflüssigen Abendgesellschaften eines der verführerischen Kleider zu tragen, die sie mir gekauft hatte, und am Arm eines Mannes, der doppelt oder dreimal so alt war wie ich, einen guten Eindruck zu machen: die Beine durch übermäßig hohe Absätze verlängert, den Oberkörper und Nacken stolz gereckt wie eine Primaballerina. Zumindest verschaffte mir das Zutritt zu einigen der schönsten Gebäude von Paris – hochherrschaftliche Stadthäuser, Ministerien, Museen und private Zirkel –, und während der Gespräche konnte ich Indiskretionen aufschnappen, die die Journalistin in mir klugerweise in einem Winkel ihres Gedächtnisses abspeicherte.

Selten nur stellten mir andere Gäste irgendwelche Fragen. Sie begnügten sich damit, mir wegen meines Kleids, meiner Eleganz oder meiner angeblichen Reize Komplimente zu machen, denn sie wussten sehr wohl, welche Rolle ich an der Seite ihres Gesprächspartners spielte: Ich sollte ihm Geltung verschaffen. Es störte mich nicht, auf diese Rolle reduziert zu sein. Ich kannte meinen Wert. Deshalb ertrug ich es mit Geduld und nahm am Ende des Abends meinen Scheck entgegen – und das war alles. Im Übrigen hütete ich mich davor, mehr auf diese Komödie zu geben, als sie es verdiente.

»Wie läuft's mit deinen Probeaufnahmen?«, hatte mich Sophia ein paar Stunden vor dieser Abendgesellschaft gefragt.

Da ich nun endlich mein Diplom in der Tasche hatte, klapperte ich sämtliche Fernsehstudios der Hauptstadt ab, um eine Stelle als Moderatorin zu ergattern. Ich konzentrierte mich aufs Fernsehen und wollte erst einmal alle Möglichkeiten dort ausschöpfen, bevor ich eine Anstellung beim Radio oder bei den Printmedien auch nur in Erwägung zog. Keinen Sender ließ ich aus, nicht mal die mit den niedrigsten Einschaltquoten. Meine Probeaufnahmen schienen mir nicht schlechter als die meiner Konkurrentinnen, doch die Antwort war jedes Mal dieselbe: nicht genügend Erfahrung.

»Wie soll man auch Erfahrung haben, wenn man keine Gelegenheit bekommt, welche zu machen!«, regte ich mich vor meiner Freundin auf. »Das ist doch absurd!«

»Ich weiß, das ist Schwachsinn... Von mir wird genau das Gleiche verlangt: die Frische einer kleinen Tanzmaus *und* die Erfahrung eines Stars, der seit Jahren über die Bühne wirbelt.«

»›Nicht genug Erfahrung!‹ Ich weiß genau, was das in Wirklichkeit bedeutet!«

»Ach ja? Und was?«

»Nicht genug Vitamin B.«

Beziehungen, der kleine freundschaftliche Wink, der den Ausschlag gibt, der »Fahrstuhl zwischen den maßgebenden Leuten«, wie irgendein Komiker mal gesagt hatte... Dieses typisch französische Übel sorgte dafür, dass die Elite sich schneller vermehrte als die Ratten, immer nur unter sich, immer zugunsten derselben Privilegierten. Allen anderen blieben die Türen verschlossen: Mädchen wie Sophia und mir, ohne Namen, ohne Geld, ohne Unterstützung.

Ohne Empfehlungsschreiben hatte ich keine Chance, das war mir klar.

»Sie sind entzückend!«

Der Mann, der mir im superschicken siebten Arrondissement dieses Kompliment machte, war an diesem Abend mein Kavalier. Wir gingen zum Treffen der ehemaligen Schüler der Finanzhochschule HEF. Auf der Liste meiner letzten Aufträge folgte er einem Zahnarzt bei einem Kongress, einem Diplomaten bei einer seiner repräsentativen Verpflichtungen, mehreren Chefs börsennotierter Unternehmen und einigen leitenden Angestellten, die anlässlich der Jahresfeier ihrer Firma Eindruck hatten schinden wollen, indem sie sich mit einer Frau wie mir präsentierten.

»Danke, sehr freundlich«, erwiderte ich und rückte mein Outfit Nummer zwei zurecht, das Armani-Kleid, dessen Oberteil gefährlich ins Rutschen geraten war.

»Das meine ich ganz aufrichtig.«

François Marchadeau, ein renommierter Wirtschaftsjournalist, sah deutlich besser aus als die Kunden, die ich in den letzten Wochen gehabt hatte. Weniger kahlköpfig, weniger dickbäuchig, ein sonnengebräunter Vierzigjähriger mit guter Figur und in einem Anzug, der seinen muskulösen Körperbau noch betonte. Bestimmt ging er ins Fitnessstudio, und das – man musste es zugeben – mit großem Erfolg.

»Wissen Sie, wo wir sind?«, fragte er mich, als er meinen Arm nahm, um mich in die Empfangshalle zu führen.

»In der Maison des Polytechniciens.«

»Ja, aber zu welchem Anlass, meine ich. Wissen Sie, was hier heute Abend gefeiert wird?«

»Nicht genau, nein …«

»Die HEF ist sicherlich weniger bekannt als die HEC, die Hochschule für Wirtschaftswissenschaften, aber die meisten Bosse der vierzig führenden Aktiengesellschaften Frankreichs sind aus ihr hervorgegangen. Sie werden hier der Crème der französischen Unternehmerschaft begegnen. Und alle oder fast alle stammen aus denselben zwei, drei Jahrgängen unserer Schule.«

Die Präsidentin des französischen Arbeitgeberverbands, die ich schon häufiger in den Fernsehnachrichten gesehen hatte, grüßte ihn freundschaftlich. Sie hatte bereits ein Champagnerglas in der Hand.

»Und welche Rolle spielen Sie hier?«

»Man betrachtet mich als den Versager meines Jahrgangs. Ich bin wahrscheinlich der Einzige, der kein Konto auf den Kaimaninseln oder ein Chalet in Gstaad hat.«

»Und warum gehen Sie dann auf so ein Fest? Um sich demütigen zu lassen?«

Mein freimütiger Gesprächspartner entlockte ihr ein kleines Lachen ohne jede Bitterkeit.

»Weil ich für meine Artikel Informationen brauche, die sie mir nach zwei Gläsern gerne geben werden. Und sie brauchen mich, damit ich ihr Krisenmanagement lobe, mit dem sie ihre Aktionäre und die Politiker beruhigen.«

»Gibst du mir, so gebe ich dir.«

»Genau.«

Beim Aperitif hatte ich Gelegenheit, Informationen über den unmittelbar bevorstehenden Sozialplan einer Automobilgruppe und die Einführung eines revolutionären Tablets sowie einige Insidertipps aufzuschnappen. In meiner Rolle als naive Schönheit tat ich so, als würde ich sie sogleich wieder vergessen, kaum dass ich sie gehört hatte. Doch natürlich bewahrte ich sie sorgfältig in einem verborgenen Winkel meines Gedächtnisses auf.

Obwohl ich die Gespräche anfangs aufregend fand, langweilten sie mich nach einer Weile. Und als wir zu Tisch gegangen waren, hatte ich nur noch den einen Gedanken: nach dem letzten Bissen Erdbeer-Rosen-Meringue frei zu sein.

In einem meiner wiederkehrenden erotischen Träume bin ich zu einem sehr formellen Empfang geladen. Aus Spaß und auch ein wenig zur Provokation trage ich keine Dessous unter meinem Kleid, das so eng ist, dass man dies auch sieht. Vor allem kein Höschen. Jeder Luftzug fährt unter die Seide und umschmeichelt meine Spalte, reizt meine Klitoris mit einer zarten Liebkosung. Durch ihre immer eindringlicheren Blicke auf meine Wölbungen zeigen mir die Männer wortlos, dass sie alle dieses Detail bemerkt haben.

Sie sind so stark erregt, dass sie sich trotz der Anwesenheit ihrer Ehefrauen erlauben, wenn ich an ihnen vorbeigehe, verstohlen meinen Hintern, meine Brüste oder meine Schenkel zu berühren ...

Ihre gemeinsamen Begierden wirken auf mich wie ein Jungbrunnen. Ich empfinde mich als unendlich viel schöner, als ich in Wirklichkeit bin.
Ich höre auf, zwischen ihnen umherzugehen, und spüre eine fremde Hand zwischen meinen Beinen. Zwei Finger spreizen meine Schamlippen und legen mein feuchtes Geschlecht frei. In dem Augenblick, wo ich aufwache, stießen sie gerade tief in mich. Diese plötzliche Unterbrechung ist schmerzlich. Ich habe das dringende Bedürfnis, genommen zu werden ... im Traum und genauso in der Wirklichkeit.

(Handgeschriebene Notiz, anonym, vom 18. April 2009)

»Ich bin mir sicher, dass das Ganze Sie mehr begeistert, als Sie zugeben wollen. Täusche ich mich?«

Ich hörte diese unvergleichliche Stimme, noch ehe ich ihn sah. Er hatte sich über meine Schulter gebeugt, ohne dass ich bemerkt hatte, dass er sich mir näherte. Die zweite Wahrnehmung war ein Kitzeln in meiner Nase, ein ebenso lieblicher wie kräftiger Duft mit dem überraschenden Bouquet von Hesperiden und hellem Leder, in der Herznote Tuberosen, vielleicht Iris. Noch nie hatte ich so etwas gerochen. Es musste sich um eine spezielle Komposition nur für ihn handeln. Wie seine Stimme mischten sich in seinem Duft meisterhaft Frische und Kraft.

Er streckte mir eine große Hand entgegen, und da erst sah ich zum ersten Mal sein Gesicht in natura.

»David Barlet.«

»Ann… Elle.«

»Annelle?«, wiederholte er. »Oder Anaëlle?«

Seine Frage klang arglos, hatte vielleicht einen leicht ironischen Hauch, aber es war unmöglich, ihm daraus einen Vorwurf zu machen, denn sein Lächeln verzauberte das Ganze mit betörendem Charme.

Rebecca hatte mir geraten, ich solle mir für meine Rendezvous einen Decknamen zulegen. Alle Mädchen machten das. Sophia wiederum nahm jedes Mal einen anderen Vornamen an, mal hieß sie Brenda, mal Zoë oder Cleopatra. Ich hatte mich für meinen üblichen Kosenamen entschieden, den ich für geheimnisvoll genug hielt, um die Fantasie dieser Herren zu beflügeln, und der gleichzeitig mir selbst vertraut war, sodass ich mich nicht versprach oder verriet.

»Nein, Elle… wie die Zeitschrift. Anne ist mein zweiter Vorname«, log ich.

Ihn so plötzlich auftauchen zu sehen, als wäre er dem Artikel von *Le Monde* entsprungen, den ich Wochen zuvor gelesen hatte, hatte etwas von einer Fata Morgana. Am liebsten hätte ich ihn angefasst, um mich davon zu überzeugen, dass er echt war. Stattdessen ergriff ich seine Hand.

»Ich sollte mehr in Frauenmagazinen blättern«, scherzte er leise.

»Ach, das habe ich nur so gesagt… Eigentlich lese ich die nicht.«

»Ach ja? Und was lesen Sie?«

Wie durch Zauberkraft war der Mann zu meiner Linken verschwunden, sodass der Platz neben mir frei war. David setzte sich geschmeidig auf den Stuhl, ohne mich aus seinen blauen Augen zu lassen, und hörte auch nicht auf zu reden, da ihm mit Sicherheit die Wirkung seiner Worte bewusst war.

»Ich weiß nicht… Tageszeitungen, Nachrichtenmagazine…«

Jetzt bloß nicht den Groupie spielen und etwas von *Le Monde* erwähnen!

»Sagen Sie mir nicht, dass Sie das Drecksblatt unseres Freunds François lesen«, sagte er laut genug, dass es mein Kavalier hörte.

Er, der gerade in ein Gespräch zu seiner Rechten vertieft gewesen war, drehte sich um und lächelte ihn statt einer Antwort weltmännisch an.

»Hören Sie nicht auf diesen alten Fuchs! Er ist ein frustrierter Journalist! Schon damals hat er von uns allen am schlechtesten geschrieben.«

»Vollkommen richtig«, gestand Barlet mit triumphierendem Blick. »Aber ich konnte noch mit anderen Argumenten verführen als mit meinen kleinen Gedichten.«

»Ja, ich bin nicht mit einem goldenen Löffel im Mund geboren, und was diesen Punkt angeht, das muss ich dir zugestehen, mein Lieber, habe ich nie den Kampf aufnehmen können.«

Allgemeines Gelächter besiegelte ihren kurzen Schlagabtausch.

»Erzählen Sie mir, Elle, wie haben Sie und dieser gerupfte Vogel Marchadeau sich kennengelernt?«

»Wir …«

Eine derartige Frage hatte ich nicht erwartet. Ich fürchtete vor allem, dass mein Kunde unser gemeinsames Geheimnis lüftete. Doch Marchadeau schwieg. Es war nun ganz allein an mir, eine glaubwürdige Geschichte zu erfinden. Auf der Stelle. Und jeder weiß, die besten Lügen sollten zumindest ein Körnchen Wahrheit enthalten.

»Ich studiere Journalismus.«

»An der Sorbonne?«

»Nein, an der Journalistenschule. Ich bin gerade fertig geworden. Ich habe eines meiner Praktika bei François gemacht.«

»Und Sie fanden sich sympathisch.«

»Genau.«

Der Blick meines Gesprächspartners, der bisher so sanft, so zärtlich war, bohrte sich kurz in seinen alten Freund. Er hätte ihn auf der Stelle erschießen können. Die Mischung aus Feinfühligkeit und Rohheit bei diesem Mann schlug mich in ihren Bann. In einer Sekunde war er so wohltuend wie ein Balsam und in der nächsten messerscharf. Erst jetzt konnte ich mich ein wenig seiner unwillkürlichen Faszination entziehen und betrachtete die anderen Gäste der Abendgesellschaft, Männer und Frauen, die wie Nachtfalter um seinen Lichtkreis schwirrten. Manche konnten mit seiner Bekanntheit und seinem Reichtum mithalten, und dennoch schienen alle den Kontakt mit ihm zu suchen, sodass ein wenig seines Glanzes auf sie fiel. Da ich direkt neben ihm saß, spürte ich, je länger er mir seine unschätzbar wertvolle Zeit widmete, die Welle des Neids anschwellen.

»Wer ist das?«

»Kennst du sie?«

Ich hörte Gemurmel. Nur einige Stühle weiter sprach man schlecht von mir. Wer ich denn sei, dass ich den Star des Abends so in Beschlag nähme. Wie ich es wagen könne, mich derart in den Vordergrund zu drängen. Ob ich nicht selbst die Unterhaltung mit dem Medienprinz abbrechen müsse, sodass ein jeder die Chance bekomme, mit ihm zu reden.

»Und wo arbeiten Sie jetzt?«

David konzentrierte sich weiterhin nur auf mich.

Da ich vollkommen verwirrt war, hatte ich noch nicht einmal kapiert, welch gute Gelegenheit mir das Leben gerade bot. Sie war so gut, dass ich sie beinahe übersah, so sehr faszinierte mich der Mann neben mir.

»Hmm… Es tun sich einige Möglichkeiten auf. Ich lasse mir Zeit.«

»Verstehe. Kurzum… Sie haben nichts.«

Solch gnadenlose Sätze bewirken normalerweise, dass man sein Gegenüber ohrfeigen möchte. Warum also blieb ich so glückselig und lächelte gutmütig, ohne dass sich der Stolz in mir aufbäumte?

Als ich ihm nichts zu entgegnen hatte, hob er langsam eine Hand an mein Gesicht und bat mit dunkler Stimme: »Schließen Sie die Augen, bitte.«

»Wie bitte?«

»Sie haben richtig gehört. Schließen Sie die Augen! Nur für einen Moment.«

»Was…?

»Keine Angst«, beruhigte er mich mit der ganzen Kraft seines natürlichen Zaubers.

Marchadeau hatte derweil aufgehört, interessiert in die Runde des halbdunklen Speisesaals zu spähen, und wollte wieder vereinnahmen, was ihm für einen Abend gehörte: mich. Womöglich war das seine Art, seinem alten Kumpel die Stirn zu bieten oder zu zeigen, dass die Unabhängigkeit der Presse noch nicht ganz gestorben war.

David beugte sich als guter Verlierer. »Die unmäßige Ausbeutung von Praktikanten empört mich zutiefst, aber du, François, könntest mich womöglich umstimmen. Vor allem wenn du sie so gut aussuchst.«

»Ja, findest du auch?« Marchadeau verzog verärgert das Gesicht.

Es musste ihm auf der Zunge brennen, meine wahre Funktion an seiner Seite zu verraten, aber schon zum zweiten Mal an diesem Abend hatte er die Größe, nichts zu sagen.

»Bis bald, Elle.«

David streckte mir seine Visitenkarte hin. Dabei rutschten die Ärmel seines Anzugs und Hemds ein wenig hoch, sodass ich einen kurzen Blick auf ein Stück seines linken Unterarms erhaschte. Er war mit einem perlmuttfarbenen Seidentüchlein umwickelt, das von einem dünnen, recht eng geschnürten Band gehalten wurde. Diese merkwürdige Zierde zog meine Aufmerksamkeit eine Sekunde zu lang auf sich, und plötzlich hatte er es eilig.

»Wenn Sie sie jetzt nicht nehmen… Gott weiß, wann wir uns wiedersehen.«

»Ja… aber natürlich«, stammelte ich. »Entschuldigung.«

In helles Licht gehüllt, ging er davon, als sollte ich endgültig davon überzeugt werden, dass alles, was wir gerade gemeinsam erlebt hatten, nur ein Traum sein konnte.

»Elle? Wären Sie bereit, mir noch ein wenig Ihrer Zeit zu gewähren?«

Die Einladung meines Kunden entsprach den Regeln der Höflichkeit, und dennoch erschien sie mir völlig unschicklich. Genauso deplatziert und vulgär wie eine Hand auf meinem Hintern bei einer Gartenparty. Es gab nur einen einzigen Mann, mit dem ich mir vorstellen konnte, jetzt das Bett zu teilen. Einen einzigen, der mich jede Beherrschung hätte verlieren lassen. Und dieser Mann war gerade in die Nacht entschwunden.

»Warum nicht…«, sagte ich zögerlich.

»Rebecca Sibony hat mir vom Hôtel de Paris erzählt. Offenbar ist es sehr nett. Kennen Sie es?«

Ich war ein-, zweimal dort gewesen in den letzten Monaten; leicht beschwipst durch den Champagner, hatte mich das Geld gelockt.

Maude, Fred, Sophia, Rebecca… David. Ihre Gesichter schwirrten mir durch den Kopf. Was würden sie denken? Was mir zuraunen? Das Geld zu nehmen? Oder brav nach Hause zu fahren?

Dennoch gefiel mir die Vorstellung von den vier Hunderteuroscheinen, die am Ende dieser Nacht mein amerikanisches

Sparschwein bereichern würden, als mit einem Mal mein vibrierendes Handy mich aufschreckte.

Eine SMS von einem unbekannten Absender, und sie besiegelte meine Entscheidung:

Wir sollten nicht so auseinandergehen. Nein, ich will sagen: Wir sollten nie mehr auseinandergehen.

6

4. Juni 2009

Woran lässt sich die Unantastbarkeit unserer größten Geheimnisse ermessen? Vielleicht daran, dass man sie letztendlich selbst vergisst; sie sind so gut eingebunden, so tief geborgen in unserem Schweigen und in den tausend Arten, sie zu verstecken, dass sie unseren eigenen Gedanken entgehen.

Nur Gott weiß, ob David Barlet mir in den Wochen nach unserem magischen und unerwarteten Zusammentreffen nahegekommen war. Tatsächlich waren wir, wie es seine allererste SMS vorschlug, nicht mehr auseinandergegangen. Sicher übernachtete ich von Zeit zu Zeit bei Mama in Nanterre, aber es war kein einziger Tag mehr vergangen, an dem wir uns nicht sahen, und sei es auch nur für ein Stündchen am Mittag, in einem Restaurant in der Nähe des Barlet-Turms, eines ultramodernen Gebäudes aus Stahl und Glas, das David zehn Jahre zuvor am südlichen Périphérique hatte errichten lassen und wo sich alle Aktivitäten seiner Sendergruppe bündelten.

»Wo treffen wir uns heute Abend?«

»Im Divellec«, hatte er mir kurz zuvor aus seinem Auto gesagt. »Weißt du, wo das ist?«

Ja, ich wusste es, aber ich war noch nie in diesem Restaurant gewesen, das als eines der besten Lokale von Paris für Fisch und Meeresfrüchte galt und eine der bevorzugten Adressen des verstorbenen Präsidenten Mitterrand war, der oft mit seiner heimlichen Tochter Mazarine dorthin ging.

»In der Rue de l'Université, oder?«

»Genau. Ich habe einen Tisch für halb neun bestellt. Klappt das für dich?«

Obwohl er wusste, dass ich viel weniger zu tun hatte als er, war er so galant zu fragen, ob ich Zeit hätte, während doch bei ihm jede Sekunde den Gegenwert von einigen Cents des Aktienindex hatte. Die vergangenen Wochen waren der Spiegel dieser Aufmerksamkeit gewesen: Zuvorkommenheit, Behutsamkeit und Überraschungen, die um Verzauberung und Erlesenheit wetteiferten. David kannte insbesondere meine Vorliebe für Jakobsmuscheln oder für einen halben Hummer in gesalzener Butter. Seine heutige Wahl entsprang also nicht einem Zufall, sondern seiner erwachenden Liebe.

Das Außergewöhnliche war mir zwar zur Norm geworden, feinstes Essen in angesagten Lokalen, doch der ganze Luxus war mir nicht zu Kopf gestiegen. Ich hatte zu sehr die andere Seite des Lebens kennengelernt, als dass dies jemals geschehen könnte, dachte ich.

»Guten Abend, Mademoiselle. Monsieur Barlet erwartet Sie bereits.«

Ich folgte dem Oberkellner brav durch das leise Restaurant, in dem eine Handvoll ergrauter Gäste und einige Berühmtheiten aus der Musikszene, der Politik und der Medienwelt saßen.

David saß bereits vor einem Kübel mit Weißwein und betrachtete gedankenverloren das Aquarium, in dem die Scherentiere furchtlos auf das kochende Wasser warteten. Mein Kommen riss ihn aus seiner Benommenheit – ein Zustand, in den er nur selten verfiel – und zauberte ihm ein unzweifelhaft spontanes Lächeln ins Gesicht.

»Liebling!«

Kosenamen gehörten sonst nicht zu seinem Standardrepertoire, ein Zeichen dafür, dass dieser Abend für ihn etwas anderes war als nur ein weiteres Essen in meiner Gesellschaft. Sein eigens für ihn kreiertes Parfüm erfüllte mit seinem Duft den für uns reservierten Platz wie ein vertrautes Empfangskomitee.

»Großartig, dieses Lokal.«

»Ja, finde ich auch«, gab er beinahe gleichgültig zurück.

»Spiel nicht den Unschuldigen. Du weißt sehr gut, warum wir

hier sind«, sagte ich und deutete mit dem Kopf zu den Hummern, die dicht gedrängt aufeinanderhockten.

Sein Lächeln, das an einen jugendlichen Liebhaber erinnerte, wich einem erstarrten, beinahe schmerzlichen Gesichtsausdruck, als fürchtete er plötzlich, ich hätte irgendein Geheimnis aus seinem Innersten zutage gefördert. Nein, Sophia, David Barlet hatte mir vielleicht noch nicht den ultimativen Orgasmus beschert, diese erotische Achterbahn, mit der du dich fast jeden Abend mit einem anderen Gespielen in die Höhen schwingst. Aber er hatte bei jeder Gelegenheit dieses offene, aufrichtige jugendliche Gesicht – wie dieser Schauspieler, nach dessen Ebenbild ihn die Natur geschaffen hatte –, sodass jedes Mädchen an meiner Stelle ihm wohin auch immer gefolgt wäre.

»Erster Gang des Menüs, ›Blauer Hummer‹«, verkündete der Kellner, der mit zwei kunstvoll arrangierten Tellern an den Tisch kam.

Mit einem Kescher zog er das Krustentier aus seinem Sud. Mit strahlenden Augen vor dieser Köstlichkeit konnte ich meine kindliche Begeisterung nicht zurückhalten. Diese Variante meines Lieblingsessens war eine charmante Aufmerksamkeit. David verwöhnte mich unentwegt, doch dies überstieg alles, was er mir bisher geboten hatte.

»Hmmm… Hast du das gesehen?«

»Hummer lauwarm, mit Chips von Topinambur und roter Bete«, erläuterte der Mann in der schwarzen Weste. »Guten Appetit, Mademoiselle, guten Appetit, Monsieur.«

»Es ist köstlich«, rief ich beim ersten Bissen, als mich der Geschmack des feinen Fleischs überwältigte.

»War es kein Problem für deine Mutter, dass ich dich ihr heute Abend entführt habe?«

Er legte eine Hand auf meine. Es gefiel mir, ihr Gewicht zu spüren; es war die Ankündigung eines anderen Zusammenseins, eines anderen Gewichts, bei dem mein ganzer Körper ihm ausgeliefert sein würde. Allein bei diesem Gedanken lief mir ein Schauer über den Rücken…

Es hätte mir gefallen, dass er mich in die Toilette zieht und mich im Stehen – mein Höschen zu meinen Knöcheln, sein Glied ungeduldig an meinen Hintern gepresst – umgehend mit dringlicher Lust nimmt.
Noch nie hat mich ein Mann in einer öffentlichen Toilette geliebt. Ich flöße ihnen Liebe ein, edle Gefühle, viele sehr schöne Dinge, nach denen ich mich natürlich auch sehne. Aber ich will, dass zumindest einer von ihnen mich auf die Schnelle, überstürzt, in Besitz nimmt, über mich verfügt wie über ein Objekt, das seinem Vergnügen und seiner Gier nach augenblicklichem Sex dient. Vielleicht würde ich schließlich auf den fleckigen Fliesen vor ihm knien, und sein zum Bersten praller Schwanz bahnte sich den Weg zu meinem Mund. Er würde in mein Haar greifen und sein aufgerichtetes Glied tief in mich stoßen, mich wie eine Schlampe ficken, den Rhythmus beschleunigen, um rasch fertig zu werden, ehe ein anderer Gast hereinstolperte. Er würde schnell zum Orgasmus kommen, in mehreren kurzen Stößen mit einem gedämpften Keuchen. Und mir bliebe gerade Zeit genug, den Mund auszuspülen und die Spuren seines Spermas abzuwaschen. Und dennoch würde, wieder am Tisch, der betörende Geruch seines Schwanzes auf meinen Lippen haften und jeden meiner Bissen parfümieren.

(Handgeschriebene Notiz, anonym, vom 5. Juni 2009. Würde mich das wirklich so sehr erregen? Ich denke, ja …)

Schon bei den ersten Zetteln hatte ich es bemerkt, doch mit der Zeit war es noch viel deutlicher geworden: Die anzüglichen Schreiben meines Unbekannten kamen jedes Mal den Ereignissen in meinem Leben ein bisschen näher. Sie versuchten, sich einzuschleichen und die Gedanken, die mir durch den Kopf gehen könnten, realistisch wiederzugeben. War er hier, der Unbekannte, in diesem Restaurant, gerade in diesem Augenblick? Beobachtete er mich?

Ebenso wenig, wie ich David die Arbeit bei Belles de nuit gestehen konnte, fand ich den Mut, ihm von dieser schuldbeladenen Verbindung mit diesem Verrückten zu erzählen, der meine geheimsten Gedanken ergründete. Auf seine Art hatte er das Spiel bereits gewonnen, denn ich hatte zugelassen, dass er in mein Leben drang.

»Deine Mutter … wolltest du nicht bei ihr bleiben?«, setzte David wieder an.

»Nein ... überhaupt nicht«, schwindelte ich mit vollem Mund.

Ganz eindeutig, ich war die Königin im Filtern von Nachrichten ... Maude hatte ich kaum etwas von Davids plötzlichem, betörendem Auftauchen in meinem Leben erzählt. Vor allem hatte ich peinlichst darauf geachtet, seinen Nachnamen nicht zu erwähnen, aus Angst, sie könnte sofort die Verbindung zu diesem Geschäftsmann herstellen, den sie ab und zu um acht in ihrem kleinen Fernseher sah. Im Augenblick wusste sie nur das Allernotwendigste, damit sie nicht in mütterliche Unruhe verfiel: Ein David, sehr höflich und finanziell bestens gestellt, hatte den Platz dieses Fred eingenommen, den sie nicht besonders in ihr Herz geschlossen hatte. Das genügte, um sie zu beruhigen, und das hatte mir bisher den Zusammenprall meiner beiden Welten erspart, den ich mehr als alles andere fürchtete. Ich wusste, er würde unvermeidlich sein, so wie meine Beziehung zu diesem Mann sich entwickelte.

»Du hast recht, es ist ganz ausgezeichnet ...«, bestätigte er mit genießerisch halb geschlossenen Augen und biss in ein Stück Topinambur, »... oder wie rehabilitiert man ein zu Unrecht missachtetes Gemüse?«

Das Geld war aber nicht alles. David war mehr als ein wandelndes Bankkonto, das reichlich gefüllt war, sodass wir uns an jedem Abend der Woche so einen Festschmaus hätten leisten können. Er besaß noch etwas anderes, das kein Lottogewinn oder keine noch so erfolgreiche Finanztransaktion ihm hätte geben können: Bildung. Die einzige Zutat, die Freds Pizzas immer fehlen würde, obwohl er sie mit so viel Liebe darbot – und mit weit größeren finanziellen Opfern.

Der nächste Gang stand dem göttlichen Vorspiel nicht nach: Hummerpfanne mit schwarzen Pfefferkörnern. Anschließend gab es einen Hummer, gebraten in Muschelsud mit Champagner. Diese Soße entlockte mir entzückte Grunzlaute, die ich nicht zurückhalten konnte, da der Gaumen durch den Schaumwein so fein gekitzelt wurde.

»Dafür könnte ich sterben!«, flüsterte ich, während er beobachtete, dass mir ein Tropfen über die Unterlippe lief.

Mein Glück war sein Glück, das sah man. Er genoss es mehr,

mich von diesen Gaumenfreuden überwältigt zu sehen, als dass er selbst von diesen unglaublichen Wohlgeschmäcken schlemmte, die ihre ganze Fülle in unserem Mund entfalteten. Er frohlockte durch mich, und ich meinerseits war glücklich, allein durch die Magie meiner äußerst sensiblen, noch unerfahrenen Papillen seine Fantasie zu beflügeln. Seine Zunge kannte diese wunderbaren Geschmacksakkorde bereits zur Genüge.

»Ganz im Ernst, ich würde gerne mal wissen, wie man so etwas Gutes kocht.«

»Wirklich?«

»Du nicht?«

»Doch, doch …« Er lachte verzückt.

Seitdem wir uns kannten, hatte ich nur wenig Gelegenheit gehabt, ihm meine mageren Kochtalente darzubieten, die nur ein matter Abklatsch der Künste meiner Mutter waren. Für das Essen und für alles andere hatte ich mich diesem wunderbaren Wirbel hingegeben, den er scheinbar mühelos veranstaltete und von dem ich mich nur mittragen lassen musste. »Wirbel« ist vielleicht nicht der richtige Begriff, wenn ich darüber nachdenke – die Wahl des richtigen Worts oder Bilds ist absolut entscheidend für ein journalistisches Küken wie mich. Es war eher ein Tornado, wenn man bedenkt, dass die Bewegung, die mich in ihren Bann zog, unzweifelhaft an Rasanz zunahm und ihre Kraft schwindelerregend war.

Mit kaum wahrnehmbarer Geste winkte David den Kellner heran und flüsterte ihm etwas zu.

»Sag mir nicht, dass du noch einen Wein bestellst … Ich bin schon halb beschickert.«

»Beschickert?!« Er brach in schallendes Gelächter aus. »Pass auf, wenn du weiter dieselben Ausdrücke wie deine Mutter benutzt, dann könnte ich das nächste Mal gleich sie einladen.«

Der Kellner, der während dieses Wortwechsels kurz verschwunden war, tauchte plötzlich mit einem zusammengefalteten Blatt Papier wieder auf. Zu meiner großen Überraschung streckte er es mir hin und ermunterte mich durch ein Nicken, es doch entgegenzunehmen.

»Mademoiselle … Mit freundlichen Grüßen vom Chef.«

»Danke…«, stammelte ich.

Ein Gemurmel hatte sich im Restaurant erhoben: Kein berühmter Koch verrät seine Geheimnisse an die Gäste. Noch weniger in einem Fresstempel wie diesem. Doch Davids Wunsch hatte genügt, dass der Chef alle Regeln umstieß. Nur um einer Laune zu entsprechen, meiner Laune. Aus Freude und Verwirrtheit wurde ich rot.

»Jetzt hast du keine Entschuldigung mehr: Schon morgen bitte ich Armand, dir die Küche zur Verfügung zu stellen«, forderte mich mein großer Zauberer heraus.

Armand war sein Mann für alles und sein Hausdiener, dem zu verdanken war, dass Monsieur Barlets Alltag in jedem Augenblick und bis in die kleinste Kleinigkeit perfekt verlief.

Ich verzog den Mund zu einer Schnute, von der ich wusste, dass er sie rührend fand. »Du läufst Gefahr, enttäuscht zu werden.«

»Keine Gefahr. Gehen wir?«

So war David, er war bereits aufgestanden und zerstreute das Trugbild, das er gerade erst selbst hatte entstehen lassen; er war Aladin mit der Wunderlampe und zugleich der kräftige Windstoß, der ihn in sein Märchenland zurückjagte.

Bei der sichtbaren Zufriedenheit des gesamten Personals und seiner Beflissenheit, uns einen ebenso diskreten wie raschen Abgang zu erlauben – die Blicke, die uns musterten, waren penetranter denn je –, vermutete ich, dass der Geldschein, den mein Freund lässig auf dem Tisch zurückgelassen hatte, seine Wirkung getan hatte.

»Nehmen wir nicht das Auto?«, fragte ich verwundert, als er mir draußen meine dunkelblaue Strickjacke umlegte.

Sein schwarzer Jaguar war nirgends zu sehen.

»Nein. Wir laufen ein bisschen, wenn du einverstanden bist.«

Während unserer Hummerorgie war es dunkel geworden, und trotz der leichten Abkühlung lud die noch immer laue Luft zu einem Spaziergang ein. David umschlang meine Taille und führte mich in die Rue Fabert in Richtung der Quais, weg vom Invalidendom, dessen Kuppel im letzten Licht leuchtete. Es gefiel mir, an die Hand genommen und geleitet zu werden. Doch wiederum bedauerte ich, dass dem, was ein Vorspiel hätte sein können, keine weiteren Offensiven und keine Taten folgten. Nicht einmal ein Kuss.

Als wir am Quai d'Orsay angelangt waren, bogen wir nach rechts zum Pont Alexandre III, einer der prunkvollsten Brücken der Stadt. Am Fuß eines Laternenpfahls fiel der Blick unweigerlich auf die *Ronde des amours*, auf die drei Cherubinen, die eine fröhliche Sarabande tanzten. Über die Brücke aus Stein und Eisen – die zur Weltausstellung im Jahr 1900 eingeweiht wurde – erreichten wir das gegenüberliegende Ufer, die Rive droite, wo ein paar Stufen zu einem Anleger hinunterführten.

»Du weißt«, scherzte ich, »ich bin vielleicht eine einfache Vorstadtgöre, dennoch habe ich schon mal auf so einem Ausflugsboot gesessen!«

Daraufhin deutete er auf einen Kahn, der ein Stück weiter am Quai lag und dessen frisch lackierte Bordwände flaschengrün glitzerten. Auf seiner Brücke sah man einen kleinen Baldachin, unter dem mehrere Kerzen in der leichten Brise flackerten. Unser Schiffchen hatte nichts von einer Touristenfalle an sich. Auf dem schmalen Steg stand in Habachtstellung ein Majordomus in Uniform und mit weißen Handschuhen.

»Mademoiselle, Monsieur Barlet …«, begrüßte er uns.

»Guten Abend«, murmelte ich und war beeindruckter, als ich es zeigen wollte.

Kaum hatten wir den Fuß auf die lackierten Bohlen gesetzt, ertönten hinter dem gebrochen weißen Zelt die ersten Klänge eines Streichquartetts, eine Vivaldi-Melodie. Ich zögerte: Sollte ich jetzt einen Lachanfall bekommen oder dieser Kitschlawine erliegen, wie es offensichtlich von mir erwartet wurde? Selbst die Autoren der süßlichsten Liebesromane griffen nicht mehr zu so abgedroschenen Klischees.

David, der meine Gedanken las, sagte: »Der Schimmel hat gerade Schnupfen, er bittet dich, ihn zu entschuldigen. Er kann heute Abend nicht bei uns sein.«

»Oooh …« Ich heuchelte Enttäuschung. »Du sagst ihm, dass ein Beamter der Sozialversicherung prüfen wird, ob er wirklich erkältet ist.«

»Ich werde es ihm ausrichten«, erwiderte er. »Aber wenn du dich herbemühen möchtest …«

Der Diener hatte eine Seite des Zelts beiseitegeschlagen, und ein rundes, einfach gedecktes Tischchen wurde sichtbar: eine weiße Tischdecke, zwei Gartenstühle von derselben Farbe wie der Schiffsrumpf, zwei Kerzen, zwei Sektflöten und eine Flasche Champagner. Erst in diesem Augenblick bemerkte ich, dass der Baldachin nach oben offen war und über unseren Köpfen sich nichts außer einem sternenklaren Frühlingshimmel befand.

»Ich sag es dir sofort, ich bekomme nichts mehr runter, nur noch ein paar Schlückchen Champagner.«

»Das trifft sich gut. Ich habe nur im Sinn, dich betrunken zu machen.«

»Ach, und mehr nicht?«, fragte ich kokett und leicht ordinär.

Bei diesen Worten hatte er meine Hand ergriffen und streichelte sie, wie man einen Kieselstein poliert, mit flüchtigen Berührungen, bei denen der Gegenstand der Behandlung mehr Zärtlichkeit abgibt, als er empfängt.

Ganz allmählich hatte sich unser Boot vom Ufer entfernt, mit einem Dröhnen, das unsere Gläser klirrend aneinanderstoßen ließ, ein heller Ton zu den langen Vibratos der Streichinstrumente. Als er den Champagner einfach mit dem Daumen öffnete, fuhren wir an der Place de la Concorde und der Assemblée Nationale vorbei, die bereits in nächtlichem Glanz erstrahlten, und bald darauf passierten wir das Musée d'Orsay mit seinen hohen Bogenfenstern, dessen Fassade ebenfalls festlich beleuchtet war.

Ich offenbarte meine Kapitulation mit einem Seufzer, dann mit einem Lächeln. Das war das Mindeste, was sein bezauberndes Arrangement verdiente. »Na, auf was wollen wir anstoßen?«, fragte ich und streckte ihm mein Glas entgegen.

»Warte …«

Er, der sonst immer so selbstsicher war, schien plötzlich überrumpelt. Heimlich richtete er den Blick auf das Postkartenpanorama, das beidseits an uns vorbeiglitt, als suchte er verzweifelt nach irgendeinem Halt.

»Weil es jetzt eine bestimmte Zeit zum Anstoßen gibt?«, neckte ich ihn.

»Nein, natürlich … Sagen wir mal, ich wünsche mir ein Dekor, das mehr …«, er suchte nach dem treffenden Wort, »… das passender ist.«

Für mich hingegen hätte die Umgebung nicht passender sein können. Das Boot hatte nun den Pont des arts, diese elegante Fußgängerbrücke erreicht, die für Liebespaare der Treffpunkt schlechthin geworden war. Vom Fluss aus konnte man Tausende Schlösser erkennen, die die Leute im Rausch ihrer ersten Verliebtheit an den eisernen Brückengeländern verriegelt hatten, für die Ewigkeit, wie sie glaubten. Ein Beweis für ihre Treue und für die Nachwelt, der anderen Unsterblichen, ihren Nachbarn am Quai Conti, den Mumifizierten unter der Kuppel der Académie française, ein Lächeln abrang.

»Es gibt Leute, die sind da anderer Meinung!«

Gerade als wir unter dem Eisenbogen hindurchfuhren, begrüßte uns eine Salve an begeisterten Beifallsrufen. Ja, solche Szenen sah man nicht nur im Film, manch einer hatte das Glück, sie zu leben, und an diesem Abend war ich es.

Hat eines dieser Paare sich hier schon überstürzt geliebt, nur durch einen Baumstamm oder einen Laternenpfahl vor Blicken geschützt?
Eine Freundin hat mir einmal anvertraut, sie habe vor Jahren per Internet an einer Art Wettbewerb unter Liebenden teilgenommen. Es ging darum, wer an dem einsehbarsten oder überraschendsten öffentlichen Ort vögelte und wem es gelang, ein Beweisfoto davon vorzulegen. Sie hatte sich daher von einem ihrer damaligen Gespielen in der Parkgarage unterm Centre Pompidou nehmen lassen, in einem Gestrüpp unten auf den Champs-Élysées und dann, ihr Meisterstück, an einem Doppeldeckerbus voller Touristen, die so fasziniert das Schauspiel der erleuchteten Stadt bei einbrechender Dunkelheit bewunderten, dass sie von dem Liebesspiel an der Rückseite des Busses nichts bemerkten.

(Handgeschriebene Notiz, anonym, vom 5. Juni 2009. Sophia?)

Die Pointe du Vert Galant, diese grüne Landzunge an der Spitze der Île de la Cité, entschwand bereits zu unserer Linken, und David war noch immer so merkwürdig verhalten.

»Annabelle, ich …«, stammelte er. Sein sonst so strahlendes Gesicht hatte einen dunklen Ausdruck, den ich nicht an ihm kannte.

Ach, man muss wirklich mitten in einer Situation stecken, um so blind und so taub zu sein. Jeder Außenstehende hätte es längst kapiert.

»Ja?«

»Du weißt, es heißt immer, dass solche Vorschläge nicht einfach vom Himmel fallen …«

»Wovon sprichst du?«

Ich musste einer dieser steinernen Theatermasken ähneln, welche die Brüstung des Pont Neuf zieren, kleine Wasserspeier, deren Gesichtsausdruck Fassungslosigkeit, Vergnügen, Freude oder auch Angst zeigt. Machtvoll spürte ich die Sogwirkung des Gewölbes, in das unser Boot jetzt fuhr – wir bekamen einen Schub nach vorn – und den Sog der möglichen Enthüllung von David.

Was würde er mir sagen? Ein deutlich unruhiger Schauder durchlief mich, und ich konnte es nicht vor ihm verbergen. Er stand sofort auf, rückte die Strickjacke auf meinen Schultern zurecht und drückte seine heißen Lippen auf meinen Nacken, der nach Zärtlichkeit gierte.

»Du wirst dir den Tod holen …«

»Das würde ich lieber vermeiden«, bemerkte ich in diesem scherzhaft ironischen Ton, der mir eigen ist.

Der Seitenarm der Seine, den wir nun hinauffuhren, verlor auf dieser Höhe einen Gutteil seines Zaubers, er verengte sich, und an seinen Ufern stand kein einziger Baum. Diese plötzlich finstere Umgebung lag zudem noch im Schatten des Quai des Orfèvres 36, dem berühmten Sitz der Kriminalpolizei, der den dreckigen, hier von heftigen Strudeln aufgewühlten Wasserlauf noch mehr verdunkelte. Würde mein Unbekannter eines Tages dort hinter diesen Mauern landen?

Sicher nicht, wenn ich ihn weiterhin nicht für seine schuldhaften Nachstellungen anzeigte …

Als sich zu meiner Linken die beiden Türme von Notre-Dame erhoben und der Blick sich endlich wieder weitete, hörten wir plötzlich das Brummen eines großen Insekts über uns, über unserem Tisch. Was bei meinem Freund eine reflexartige Bewegung hätte auslösen sollen, zauberte ihm stattdessen ein Lächeln ins Gesicht, in dem ich eindeutig Erleichterung las.

»Was ist das denn …?«

Auch ich blickte nach oben und entdeckte ein schwarzes, kreisrundes Etwas von der Größe eines Frühstückstabletts mit vier kleinen Rotoren, das einige Meter über dem offenen Baldachin … über unseren Köpfen verharrte. Eine Drohne!

Die Luftwirbel waren so gewaltig, dass die Möwen, die ihren Weg vom Meer bis hierher gefunden hatten und uns schreiend umschwebten, flohen. Schon senkte sich das Gerät mit ungeheurer Präzision auf uns herab. In knapp einem Meter Höhe über dem Tisch öffnete sich in der Mitte der Plastikscheibe mit einem kurzen Klacken eine Metallzange, die ein mit einer Schleife verziertes Päckchen abwarf. Es fiel mitten auf den Tisch.

»Es heißt immer, derartige Dinge fallen nicht vom Himmel«, sagte David noch einmal. »Aber für dich wollte ich unbedingt, dass es wahr wird. Wirklich: Es fällt vom Himmel.«

Sprachlos schaute ich auf das Päckchen. Und immer noch stumm vor Ungläubigkeit nahm ich es in die Hand. Seine Bootstour hatte uns weit über die Klischees hinausgeführt, weit über diese Prinzessinnenträume, auf die ich mit all meinem Ehrgeiz seit jeher mit so viel Herablassung blickte.

»Komm schon, Elle …«, säuselte er mit seiner einmaligen Stimme, die direkt aus einem Film von Christian-Jaque oder Marcel Carné zu sein schien. »Mach es auf.«

Das also war es, das er bestimmt seit Wochen vor mir verheimlicht hatte.

Nachdem ich rasch das goldene Papier aufgerissen hatte, klappte ich die kleine schwarze Samtschatulle auf: Der Ring – Rotgold und Diamanten, wie ich intuitiv schätzte – war das üppigste Schmuckstück, das ich je gesehen oder dem ich mich auch nur genähert hatte. Seine schlichte Fassung, die Größe und die extreme Kostbarkeit der Materialien standen in raffinierter Ausgewogenheit zueinander. Besser noch: Auf den ersten Blick erfasste man seine Geschichte, die sich in seinem Glitzern, in jeder seiner Facetten widerspiegelte. Dieser Ring stammte nicht aus der Vitrine eines Schmuckhändlers. Er barg gelebtes Leben.

»Er hat meiner Mutter Hortense gehört«, erklärte David mit feierlichem Ernst. »Und vor ihr meiner Großmutter. Und du sollst die dritte Generation von Frauen in unserer Familie sein, wenn du denn willst, die diesen Trauring trägt. Ich habe ihn auf deine Größe ändern lassen.«

Familie. Trauring. Hochzeit? Mein Hirn, das auf null geschrumpft war, nahm nur noch Schlüsselwörter auf, die sich in einem wirren Tanz gegenseitig abstießen. Es war nicht lustig. Ein noch nie da gewesenes Klopfen hämmerte in meinen Schläfen. Ich hatte das irrationale Gefühl, die Sommersprossen in meinem Gesicht würden wie eine rote Ampel aufleuchten.

»Trauring?«

Ich tat so, als wagte ich nicht zu verstehen.

»Verlobungs- und Ehering in einem. Am Tag X zieht man ihn ab und steckt ihn der Braut wieder an den Finger. Das ist unsere Tradition.«

Um seine Worte zu unterstreichen, nahm er den Ring aus der kleinen Einkerbung und wollte ihn mir an den linken Ringfinger stecken.

»Warte… Nein!« Ich zog meine Hand brüsk zurück und bemerkte sofort, wie kränkend das für ihn sein musste. Und doch war er es, der sich entschuldigte.

»Verzeih mir… Ich überstürze mal wieder alles.«

Die Schaulustigen, die sich um die Kathedrale drängten, erfassten sicher nicht, wie heikel dieser Moment für uns war und wie prekär, denn sie spendeten uns tosenden Beifall.

Die Widersinnigkeit dieser Situation ließ mich unerwartet auflachen.

»Findest du das lächerlich?«

»Nein! Nein, überhaupt nicht!«

Nur mühsam unterdrückte ich meine Heiterkeit, denn ich wollte ihn keinesfalls verstimmen.

»Es ist nur so…«

Unerwartet. Unglaublich. Verblüffend. Fantastisch. Und trotz allem ein bisschen kitschig. Ich wusste einfach nicht, welches Gefühl in mir überwog, wenn nicht eine unendliche Dankbarkeit. Sie erfüllte mich so ganz und gar, dass ich meinte, in mir eine warme, stärkende Kugel wachsen zu spüren. Und die Sicherheit, dass mein Leben mit ihm von nun an ein ebenso ruhiger, friedvoller und romantischer Fluss sein würde wie der, auf dem wir gerade schipperten.

Madame Annabelle Barlet. Ich, das Mädel aus Nanterre, das mit dem RER durch die Gegend fuhr.

»Antworte mir nicht sofort! Lass dir Zeit!«

»Ja … also ich meine: Danke, dass du ihn mir schenkst«, entgegnete ich ebenso trocken.

Doch irgendetwas stimmte nicht, auch wenn ich nicht sagen konnte, was es war. Eine Einzelheit wirkte falsch in diesem in allen Punkten perfekten Bild. Der Majordomus, der sich bisher im Hintergrund gehalten hatte, trat vor, um unsere Gläser nachzufüllen, an denen wir kaum genippt hatten.

Die Bläschen, die nun wieder sprudelnd aufstiegen, erinnerten mich an andere. Vom Abend zuvor. Mit dem, der – so hatte ich es beschlossen – mein letzter Kunde sein sollte. Diese Erinnerung weckte weitere; und die Umstände, unter denen David und ich uns kennengelernt hatten, lebten wieder auf in diesen Nebelschwaden, in die ich mich seit Wochen aus gutem Grund hüllte. Diese Geheimnisse, die man schließlich selbst vergisst …

Und falls François Marchadeau, der uralte Freund meines zukünftigen Ehemanns, sein langjähriger Tennispartner, der Mann, den ich an genau dem Abend begleitete, als David in mein Leben trat … Falls also François auspackte? Die Schönen der Nacht, Belles de nuit, Auswahl im Online-Katalog … das Zimmer im Hôtel de Paris.

»Nur damit wir uns richtig verstehen«, sagte David, der nichts von meinen nächtlichen Abenteuern wusste. »Ich sage das nicht, um dich unter Druck zu setzen. Aber wenn du dir nicht allzu lange Zeit lassen könntest … Ich würde den Tag gern schon recht bald begehen.«

Was sollte ich diesem strahlenden, gutgläubigen Lächeln entnehmen, das von meinen Schandtaten meilenweit entfernt war? Welche Andeutung entging mir?

»Was verstehst du unter ›recht bald‹?«, fragte ich ihn in eisigem Ton, den er taktvoll überging.

»Den achtzehnten Juni.«

Mein Geburtstag. Mein dreiundzwanzigster.

Mademoiselle Annabelle Lorand, möchten Sie den hier anwesenden David Barlet zu Ihrem angetrauten Ehemann nehmen und sich für das ganze Leben an ihn binden – und das in einem Alter, wo Sie eher muntere Unbekümmertheit genießen sollten?

»Aber das ist ja quasi morgen!«, übertrieb ich.

»Ich weiß, aber das soll dich nicht beunruhigen. Wenn du einverstanden bist, machen wir das *bei uns zu Hause*.«

»Im Hôtel Duchesnois?«

»Ja. Armand wird sich um alles kümmern. Du musst ihm nur deine Gästeliste geben. Und natürlich ein paar Papiere unterschreiben.«

Ich konnte ihn nicht länger schmachten lassen. Der versteckte Hinweis auf den wichtigsten und angeblich »schönsten Tag meines Lebens« war der Todesstoß, die ultimative Meisterleistung des unvergleichlichen Verhandlers David. Was konnte ich ihm anderes antworten als …

»Ja.«

Ganz im Gegensatz zu meinem strahlenden Lächeln öffnete sich in meinem Inneren, in dieser tief sitzenden Gegend, die man verkennt und nicht weiter beachtet, ein Abgrund – ganz tief unten in meinem Bauch. Ein grauenhaftes Grummeln, das eine schmerzhafte Welle auslöste, verteilte sich in meinem ganzen Körper und strahlte in jedes einzelne Organ, in jeden Körperteil aus.

War das nur die Angst? Die Freude?

Er sprang auf, lief um den Tisch und beugte sich über mich, um mir den zärtlichsten Kuss zu geben, den ich je auf meinen Lippen gespürt hatte. Eher zärtlich als feurig, wie ich an den fehlenden Zuckungen zwischen meinen Beinen merkte. Aber diese Empfindungen nehmen manchmal lange, verschlungene Wege. Mit der Zeit würden sie sich schon einstellen, redete ich mir ein.

Mit flehendem Flackern in den Augen bat er mich um eine Bekräftigung: »Ja … Ja?«

7

Ja.

Es braucht kaum mehr als dieses Wort, damit eine Frau sich hingibt. Manchmal weiß sie, dass sie der Zukunft vorgreift. Doch meist weiß sie nicht, ob diese beiden Buchstaben der Zustimmung sie für einige Minuten oder für lange, lange Jahre ihres Lebens binden. Und nur ein wenig ihrer Zeit und ihres Körpers oder ihre ganze Seele einfordern. Sie lauscht auf ihr gegenwärtiges Verlangen, auf ihre Triebe. Aber kennt man seine zukünftigen Begierden? Weiß man im Voraus, wie viele »Vielleichts« und manchmal sogar »Neins« auf ein einziges »Ja« folgen können, und sei es noch so aufrichtig gemeint gewesen?

Ich hatte nicht so viele Orgasmen in meinem Leben. Zehn allerhöchstens. Doch eine Kleinigkeit verblüfft mich jedes Mal, wenn ich einen habe: Ich gehöre zu den Frauen, die in diesem schicksalhaften Augenblick »Nein« schreien und nicht »Ja«. Ich weiß, dass manche »Mein Gott!« oder »Mehr« oder ganz einfach den Vornamen ihres Geliebten rufen. Was sagt das aus? Warum bin ich eine »poupée qui fait non, non, non«? Ich habe keine Ahnung. Ich bin mir nicht einmal sicher, ob ich wirklich verstehen will, was das verrät.

(Handgeschriebene Notiz, anonym, vom 6. Juni 2009. Wie kann er das nur wissen???)

Ich hatte also Ja gesagt, drei Mal, als könnte ich dadurch den Verlauf meines Schicksals besser bestimmen, und in dieser Nacht befand ich mich wieder in Davids Schlafzimmer, mitten in seinem Stadtpalais, Rue de la Tour des Dames, Nummer drei.

»Komm!«

Er zog mich in den modernen Salon seiner Privaträume, wo der Innenarchitekt mit viel Gefühl den Geist des romantischen

Interieurs bei den Tapisserien und der Wahl der Farben gewahrt, doch das Überladene, das Charakteristische für diesen Stil, insbesondere dank ultramoderner, rechtwinkliger, schlichter Möbel gebrochen hatte.

Kaum hatte ich die Schwelle übertreten, presste er sich an meinen Rücken, vergrub die Nase in meinem Nacken, stellte sich breitbeinig hin und rieb sich an meinem Hintern. Diese Direktheit gefiel mir. Diese herrische Striktheit. Mir gefiel, dass er mich ohne Umschweife und langes Gerede wollte, und vor allem, dass er nicht um Erlaubnis gefragt hatte.

»Zieh es aus.«

Mein Höschen natürlich, dessen Nähte sich unter meinem dünnen schwarzen Wollkleid abzeichneten. Da ihm meine Verrenkungen wohl nicht schnell genug gingen, schob er seine Hand unter meinen Hintern, griff in den Schritt meines Spitzenslips und zerrte in der eindeutigen Absicht, ihn zu zerreißen, mit kräftigem Ruck daran.

»Au!«, kreischte ich auf, an meinen Hüften zeigten sich tiefrote Streifen.

Das Höschen hatte nicht nachgegeben. Ich hatte ihm – symbolisch gesehen – widerstanden, ihm, der beinahe alles bekam, was er begehrte.

»Entschuldige, entschuldige …«, flüsterte er mir eher hechelnd und enttäuscht als wirklich betrübt ins Ohr.

»Nicht schlimm …«

Bei diesen Worten stützte ich mich mit der einen Hand auf die Kommode und schob mit der anderen das bestickte Dreieck, das letzte Hindernis für seine Lust, an die Seite meiner vor Ungeduld angeschwollenen Schamlippen und reckte das Hinterteil so weit, wie ich konnte, nach hinten.

Er schob seinen bebenden Mittelfinger in meine Möse. Ich war nicht so feucht, wie ich es geglaubt und er es sich erhofft hatte. So ist es eben: Ich gehöre nicht zu den Mädchen, die schon beim ersten Kuss nass werden. Mein Saft fließt erst nach einem zarten Vorspiel. Mein Körper ist ein Diesel, und meine Sinne erhitzen sich langsam. Das muss man wissen. David weiß es.

Und dennoch hoffte er womöglich an diesem Abend, dass

die vereinte Wirkung des Champagners und des Heiratsantrags die Macht hätten, in mir eine Flut auszulösen, die mich bereit machte, ihn in mir aufzunehmen. Doch stattdessen hatte er nur Anrecht auf einen zarten Tau, der zaghaft in mir perlte.

»Elle …«, hauchte er in meinem Nacken.

Sein Finger bahnte sich dennoch einen Weg zwischen meine Schamlippen, die sich ihm weit öffneten. Als er in mich eingedrungen war, kreiste er in mir, ein wenig zu weiträumig, um wirklich angenehm zu sein, und ein bisschen zu wenig tief, um diese empfindsamen Abgründe zu berühren, die manche von uns wie einen Schatz in sich verbergen.

So wird er mich nicht zum Höhenflug bringen!

Nein, David würde mich nicht zum Höhenflug bringen, und es war überflüssig, dass diese kleine Stimme in mir sich aus dem Irgendwo meldete und es auch noch betonte.

Als hätte auch er sie gehört, öffnete er hastig seinen Reißverschluss, holte seinen Schwanz heraus, dessen achtbare Länge sowie auch dessen samtige Zartheit ich anerkennen musste – unglaublich reizvoll bei einem Blowjob –, und schob ihn ohne Ankündigung in meine störrische Möse. Es war nicht gerade ein Festtag für sie, doch zumindest bebte sie dankbar. Sie wollte gefüllt werden, und am liebsten von dem Mann, den ich liebte. Sein Rein-Raus war ein bisschen linkisch, und der ungünstige Winkel, der seinen Schwanz krümmte, behinderte ihn. Bis er dann leicht in die Knie ging, sodass unsere Geschlechter gut zueinanderfanden.

Sophia hätte gebrüllt, würde sie hören, dass ich diese in ihren Augen so irre Sache auf eine Geometrie im Raum reduziere. Und um ehrlich zu sein, seine Bewegungen in mir waren alles andere als unangenehm. Ich gab mich dieser Woge nahezu hin, die – ohne atemberaubend zu sein – in mir ein leichtes Empfinden diffuser Wärme auslöste, als er plötzlich abrupt innehielt.

»Was ist?«, stieß ich keuchend aus.

»Nichts … Nur wenn ich so weitermache, komme ich zu schnell.«

Ich verschluckte den Ausdruck meines Missmuts, der mir auf der Zunge lag, und tröstete ihn mit dunkler Stimme: »Okay … okay, Liebling, warte.«

Einige Male habe ich gehört, dass Freundinnen sich über ihre Liebhaber beschwerten, zugegeben, nicht über die meisten, sie fanden sie zu ausdauernd. »Es ist zwei Tage her, und in mir brennt es noch immer!« Solche Männer gibt es. Ich hingegen habe eher die Standardversion kennengelernt, »drei kleine Stöße und das war's«, oder auch öfter die Typen, die ihre zehn gewerkschaftlichen Minuten durchhalten. Ich wüsste gern, und sei es auch nur ein einziges Mal, wie es sich anfühlt, endlos lange und ganz und gar ausgefüllt zu sein, bis ich das Empfinden für meine Vagina ohne ihren Besitznehmer verliere. Ist es wirklich so schmerzhaft? Empfindet man nicht vielmehr ein Gefühl der Fülle, ja, der Macht, wenn man feststellt, dass man ein so dauerhaftes Begehren weckt? Wäre ein Mann in der Lage, über Stunden in mir zu bleiben, erigiert, vielleicht sogar ohne sich zu bewegen?

(Handgeschriebene Notiz, anonym, vom 6. Juni 2009. Aber nein, was geht mich das an!!!)

»Mein Liebster«, sagte ich da zum ersten Mal zu ihm, ein wenig angesäuselt und beinahe ohne, dass es mir bewusst war, mit seinen Händen auf meinen ausladenden Pobacken und in einer Position von grotesker Schwäche – obwohl ich es war, die da auf seine Lust abzielte. Ich weiß nicht, ob er dieses jähe Geständnis gehört hatte. Und dennoch musste es ihn angespornt haben, denn nach und nach nahm er seine Kolbenstöße mit erneuter Leidenschaft wieder auf. Nein, mit »neuer« Leidenschaft sollte ich sagen, denn noch nie zuvor hatte ich einen solchen Rhythmus bei ihm erlebt und ebenso wenig diesen Willen, meine Möse bis in die tiefsten Tiefen auszuloten.

Da er immer einen bestimmten Punkt in dieser warmen, samtigen Höhle traf, löste er in mir ein leichtes Zucken aus, doch kaum eine richtige Kontraktion. Ich fühlte mich von einem Orgasmus zwar noch weit entfernt, war aber doch schon in diesem Bereich, wo der Körper brodelt und braust vor Lust, die er mehr erhofft als wahrhaftig empfindet.

»Magst du es so?«

»Ja«, sagte ich und stöhnte absichtlich etwas lauter. »Mach weiter!«

Alle Frauen wissen es, sogar ich: Wenn das Simulieren nicht den Höhepunkt vortäuscht, sondern sich darauf beschränkt, die

Reaktionen unserer erogenen Zonen auf die Zärtlichkeiten, die uns zuteil werden, zu beflügeln, ja, dann hat es nichts Verwerfliches. Es ist eher eine Ermutigung, die sich an den Partner richtet, in der – oft belohnten – Hoffnung, dass er sich noch mehr bemüht und uns dahin bringt, wo wir beide hinwollen. Es ist der Turbo für unsere manchmal so träge, so störrische Lust.

Während er meine Möse gerade verließ, bremste ich mit einer Hand seinen Unterleib, weil ich ihn dazu verleiten wollte, dass er nun ganz langsam und behutsam wieder in mich eindrang. Doch wie es vorauszusehen war, missverstand er meine Absicht und meinte, ich hätte dasselbe Empfinden wie er.

»Du auch … Kommst du auch?«

Nein. Meine Liebeskünste waren vielleicht nicht so vollendet wie Sophias, doch ich liebte über alles diesen unsicheren Moment, wenn die Eichel meine prallen Schamlippen streifte, sie mit einem nervösen Beben kitzelte und sich dann ganz langsam in mich schob, zögerlich, beinahe ängstlich ihren Weg suchte, ehe sie dann mutiger in die versteckten Winkel meines rosigen Fleischs drang, in dieses unwiderstehliche Unbekannte. Um Davids Bemühungen zu belohnen, badete sein Schwanz nun plötzlich in überraschend üppigem Saft. Unweigerlich beschleunigte er seinen Rhythmus, ließ diesem hechelnden, etwas lächerlichen Ächzen freien Lauf, das mir normalerweise ein unmittelbar bevorstehendes Ende ankündigte.

Seit drei Monaten waren wir nun schon ein Liebespaar, und dieser verstrichene Zeitraum und ebenso die serologischen Untersuchungen, die wir hatten durchführen lassen, brachten es mit sich, dass wir nun auf Kondome verzichteten. Diese für Paare normalerweise gute Nachricht, eine wichtige Etappe in der Entwicklung ihrer Beziehung, war für mich die Ankündigung …

»O nein!!! Nein!«

… von noch kürzerem Sex, leider.

Er war mit langen und regelmäßigen Stößen in mir gekommen, seine eine Hand an mein Haar geklammert wie ein Seemann, der sich im Sturm an einem Seil festzurrt. Dann sank er über meinem gebeugten Rücken zusammen, presste seine Arme um meine Brust und verharrte so einen Moment. Anschließend richtete er mich endlich auf und trug mich zu seinem unglaublich großen Bett, das kaum erbebte, als wir gemeinsam auf das perlmuttfarbene Seidenlaken sanken.

Mit geschlossenen Augen, während Davids regelmäßiger Atem mir übers Gesicht strich, gab ich mich der gleichen Benommenheit hin wie er, wenn mir auch der Grund fehlte, der ihn in diesen Zustand gebracht hatte. Ich versuchte, andere Bekundungen meines Körpers festzustellen, doch vergeblich. Außer der Verdauung unseres Festessens, das meinen Magen herausforderte, war Ruhe im Körper.

Als ich die Augen aufschlug, entdeckte ich neben mir diesen tief schlafenden, zusammengekauerten Mann unter der Steppdecke in einem Pyjama, der aus demselben Stoff wie unsere Laken war. Es fiel mir schwer zu glauben, dass wir gerade erst Sex gehabt hatten. Wie lange hatte ich vor mich hin gedämmert?

Meine Überraschung wurde noch größer, als ich feststellte, dass ich ein kurzes Nachthemd trug, das ich nicht kannte und das er bestimmt vorsorglich für mich gekauft hatte. Wenn ich annehmen musste, dass man mich im Halbschlaf umgezogen hatte, konnte ich mir nicht vorstellen, dass David ohne meine Einwilligung meine Genitalien gewaschen hatte. Denn mein Schritt, den ich mit rascher Hand erkundete, erwies sich als genauso sauber und trocken wie der eines Babys, das gerade gepudert worden ist.

Als ich mich aufsetzte und mich an das Kopfteil aus weißem Leder lehnte, fielen mir unsere beiden sorgsam gefalteten Kleiderstapel und das Möbelstück, an dem er mich genommen hatte, ins Auge. Hatte er das gemacht? Nichts in dem Zimmer verriet die Dringlichkeit eines gerade vergangenen Gefühlsausbruchs. Kein Duft nach Sex in der ruhigen Luft des Zimmers.

»Geht's nicht?«

Seine leise Stimme in der schläfrigen Stille ließ mich zusammenfahren. Dennoch war ich es, die ihn beruhigte. Ich flüsterte ihm zu: »Alles in Ordnung. Schlaf.«

Er ließ sich nicht lange bitten – der Beweis, dass er aus dem Tiefschlaf aufgewacht war. Mir war klar, dass meiner sich nun nicht einstellen würde. Ich stand auf, schlüpfte in die bereitgestellten Babuschen und ging hinunter ins Erdgeschoss.

In der Haupthalle, die weniger groß als vielmehr unglaublich hoch war und zu beiden Seiten von derselben Prachttreppe gesäumt wurde, machte sich ein graues Gespenst zu schaffen. Es konnte sich nur um Armand handeln, der seit jeher Davids Majordomus war und zuvor der seiner Eltern André und Hortense.

»Sie schlafen nicht, Mademoiselle?«

»Sie offenbar auch nicht.«

Zerstreut polierte er das Glas einer riesigen Sanduhr in einem Mahagonigehäuse, das ebenso groß und breit wie ein Rugbyspieler war. Es war eine der jüngsten Errungenschaft von David, der sich für Antiquitäten begeisterte und häufig in den benachbarten Auktionshäusern stöberte.

»Wissen Sie, in meinem Alter… wird der Schlaf unbeständig. Außerdem gibt es in diesem Haus immer etwas zu tun.«

Er hatte es ohne jede Bitterkeit oder Vorwurf gesagt. Der alte Mann schien mir die Liebenswürdigkeit und Gutmütigkeit in Person zu sein. Wie sein Arbeitgeber – oder musste man ihn seinen Herrn nennen – hatte er Ähnlichkeit mit einem Schauspieler, mit einem britischen dieses Mal, mit dem sehr distinguierten Michael Caine. Schon als er mir zum ersten Mal die verglaste Doppeltür zum Hôtel Duchesnois geöffnet hatte, hatte mich diese Ähnlichkeit verblüfft. Bereits die Eleganz dieses kleinen Stadtpalais mit der erstaunlich nach innen gewölbten Fassade hatte mich in Staunen versetzt, und als er, eine perfekte Mischung aus Vornehmheit und Phlegma, aufgetaucht war, war ich baff gewesen. Ich lebte also in einem Märchen, und Armand fügte sich bestens hinein.

»Vielleicht haben Sie auch die Bauarbeiten nebenan geweckt.«

Der Majordomus hatte mir bereits einige Tage zuvor davon berichtet: Das Hôtel von Mademoiselle Mars, das direkt an unseres stieß, wurde seit Monaten umgebaut. Sein Besitzer verfolgte den ehrgeizigen Plan, dieses Stadtpalais zu restaurieren und es in seiner ursprünglichen Gestalt wiedererstehen zu lassen. Arbeiten von pharaonischen Ausmaßen, die nicht enden wollten.

»Also nein, nicht um diese Zeit«, sagte er.

»Ich erinnere mich nicht mehr. Armand … Hat dieses Haus Davids Mutter oder seinem Vater gehört?«

In Wahrheit schwieg mein Verlobter über dieses Thema, es fiel auf, dass er überhaupt allen Fragen zu seinen Eltern auswich, die vor etwa fünfzehn Jahren schnell hintereinander verstorben waren.

»Madame Hortense«, antwortete er, als fürchtete er, wir könnten bei unserem Plausch überrascht werden. »Sie war eine direkte Nachfahrin von Mademoiselle Duchesnois.«

»Und sie, wer war sie, dass ein solches Haus nach ihr benannt ist? Es war doch damals vermutlich nicht so häufig, dass eine Frau ihr eigenes Haus besaß …«

»Da haben Sie recht. Aber Catherine-Joséphine Duchesnois war nicht irgendwer. Sie war eine der bedeutendsten französischen Tragödinnen in der Zeit des Ersten Kaiserreichs. Und die große Rivalin von Mademoiselle George von der Comédie française.«

Voll Freude schlug er dieses historische Kapitel auf.

Ich spielte die Unwissende und fragte: »Mademoiselle George?«

»Georgina!«, rief er, als wäre es sonnenklar. »Eine der heißblütigsten Mätressen Napoleons.«

Ein Haus der Frauen und der Leidenschaft also. Und nun trat ich in die Geschichte dieses Hauses ein, ich, die kleine Annabelle aus Nanterre. Ich träumte von den prächtigen Bällen, die hier auf diesem schwarz-weißen Schachbrettboden stattgefunden haben mussten und in dem Gesellschaftssalon nebenan, der mit ehrfürchtiger Treue restauriert war, als Hundegebell mich aus meinen Traumbildern riss.

Die beiden Möpse, die an meinen Füßen schnüffelten, schauten mit inquisitorischem Blick zu mir auf. Du schon wieder!, schienen sie mit ihren kugelrunden Augen sagen zu wollen.

»Sinus! Cosinus!«, rügte sie der Majordomus. »Leise, euer Herrchen schläft.«

»Ach, übrigens, Armand, hat David Sie informiert … über Félicité?«

»Über Ihre Katze, nicht wahr?«

Er sprach ohne Feindseligkeit, aber doch mit einem Hauch

von Verachtung. Er würde sich mit ihr arrangieren müssen. Sie und ich würden schon bald beide hier sein – und länger als nur für einige schlaflose Nächte. Koffer würden sich zu meiner Reisetasche gesellen, die ich hier hin und wieder abstellte. Was Félicité betraf, hatte Mama darauf bestanden, dass sie mit mir ging. »Nimm sie mit, nimm sie mit. Es ist *deine* Katze … und du weißt, ich habe nicht mehr die Kraft, mich um sie zu kümmern. Letztendlich werde ich noch vergessen, sie zu füttern, die Arme.«

»Ja, ich habe an alles gedacht: Fressnapf, Katzenstreu …«

»Nein, ich meine … wegen dieser beiden hier.«

Ich deutete auf die zwei hellbraunen Fellknäuel, die sich in Erwartung ihres Morgenspaziergangs wanden.

»Machen Sie sich keine Sorgen. Das sind brave Jungs.« Er klopfte beiden liebevoll auf den Rücken und fügte verschmitzt hinzu: »Ein weiteres weibliches Wesen ist nicht schlecht unter all den Männern hier.«

»Bestimmt.« Ich nickte und wollte mich wieder nach oben begeben. »Danke für alles, Armand.«

»Gern geschehen, Mademoiselle.«

Ich war bereits die ersten Stufen hinaufgegangen, als sein leiser Ruf mich stehen bleiben ließ.

»Oh, Mademoiselle …«

»Ja?«

»David hat mir nicht genau gesagt …«

Er nannte ihn David und nicht Monsieur David oder einfach Monsieur, eine Vertrautheit, die es aus seinem Munde jedoch nicht an dem gehörigen Respekt fehlen ließ.

»Hat Ihre Frau Mutter sich entschieden, nach Ihrer Hochzeit hier mit uns im Haus zu wohnen?«

Mama dachte gar nicht daran, Nanterre und ihre Nachbarin und einzige Freundin Madame Chappuis und all die lieben Gewohnheiten des Bahnhofsviertels zu verlassen – erst recht nicht in ihrem Zustand. Solange sie es schaffte, sich zu bewegen, würde sie allein in die Bäckerei oder in die Apotheke gehen und mit dem Bus ins Krankenhaus fahren.

»Nein, im Augenblick nicht. Aber danke, dass Sie mich gefragt haben.«

Er nickte höflich.

Ich hatte zwar schlimme Skrupel bei dem Gedanken, sie allein zu lassen, ihr auch die Gesellschaft von Félicité zu nehmen, doch ich für meinen Teil kam mit ihrer höflichen Ablehnung gut zurecht. Es gelang mir nicht, mir die Pfropfung ihrer Welt auf die meines zukünftigen Mannes vorzustellen. Die Abstoßung erschien mir unabwendbar, entweder vonseiten des Baums oder des Pfropfreises, denn die gesellschaftliche Kluft zwischen den beiden erschien mir zu groß. Trotz all seiner Liebe zu mir würde David meine Mutter nicht so akzeptieren, wie sie war. Und sie würde trotz unserer bedingungslosen Anhänglichkeit niemals ertragen, in so einer Welt aus Geld, Macht und List leben zu müssen.

»Wird sie bald reisen?«

Zumindest einen Teil von Davids Geschenken hatte ich ohne zu zögern angenommen: die gesamte Finanzierung der Reise und der Behandlung meiner Mutter in Los Angeles. Fünfundzwanzigtausend Euro, die er bar bezahlen wollte, sofort, obwohl Maude und er sich noch nicht einmal kennengelernt hatten.

»In knapp einem Monat, im Prinzip. Aber ich warte noch auf die Bestätigung der Klinik.«

»Gut.« Er klang mitfühlend.

»Ach, wo ich gerade daran denke, ich muss Ihnen noch meine Gästeliste geben.«

»Keine Sorge, es eilt nicht. David bittet mich immer, großzügig zu planen …«

»Gut …«

»Gute Nacht, Mademoiselle.«

»Gute Nacht, Armand.«

Auf den wenigen Stunden Schlaf, die mir blieben, lastete das Gewicht meiner Ängste. Als ich aufwachte, war David natürlich bereits verschwunden, denn ab den frühen Morgenstunden forderten ihn die tausend Verpflichtungen seines Arbeitstags. Eine unwirkliche Stille – Armand führte wahrscheinlich gerade die Hunde aus –, von morgendlichen Sonnenstrahlen durchflutet, herrschte in dem alten Gemäuer. Im Schlafrock und mit nackten

Füßen auf den kühlen Steinplatten durch die Räume zu streifen, war mir jeden Tag aufs Neue eine Freude. In der Halle erstrahlte in ihrem ganzen Glanz die riesige Sanduhr – das Ergebnis von Armands nächtlichen Bemühungen.

Ich bemerkte auf der Stelle, dass er sie – vielleicht auf Davids Bitte hin – umgedreht hatte. Seit das erste Sandkorn in den unteren Kolben gerieselt war, lief die Zeit. Ein kleines helles Häuflein hatte sich bereits angesammelt. Wie viele Minuten oder Stunden waren wohl schon gezählt? Und wie viel Zeit verblieb noch, bis der obere Kolben ganz leer sein würde?

Ein Glitzern auf der Glasoberfläche enthüllte mir eine Reihe von Zeichen, die von oben nach unten in diesen erstaunlichen Zeitmesser geätzt waren: eine Skala. Sie ging von eins bis fünfzehn. Minuten, Stunden … Tage? Angesichts der Langsamkeit, mit der der Sand rieselte, entschied ich mich für die letzte Möglichkeit. Fünfzehn Tage. Das bedeutete, zwei Wochen lang Sandkorn für Sandkorn bis zu unserer Hochzeit. Die Genialität und die Finesse dieses Dings entlockten mir ein glückseliges Lächeln. Ich war nicht das Mädchen, dessen flatterhaftes Herz man mit romantischen Gesten eroberte … und dennoch, welch eine schöne Aufmerksamkeit.

Erst da sah ich auf dem Konsoltischchen aus Ebenholz, auf das Armand immer Davids persönliche Post legte, einen kleinen eierschalenfarbenen Umschlag, so einen, in dem man üblicherweise Anzeigen verschickt. Hatte der Hausdiener mir so weit vorgegriffen, dass er mich nicht einmal gefragt hatte? Da kein Empfänger darauf stand, zögerte ich einen Augenblick, ihn zu öffnen. Mir fiel ein, dass ich in drei gemeinsamen Monaten mit David seine Handschrift nicht gesehen hatte. Er hatte mich zwar mit SMS und Mails überschüttet, aber nicht ein einziges Mal hatte ich von ihm Handgeschriebenes gelesen … Eine Lücke, die ihn, was mein Ringbüchlein anging, in den Rang der Verdächtigen hätte heben können. Aber nicht doch, das war unmöglich: Nicht er!

Ich hielt es nicht mehr aus und erlag mit bangem Herzen der Versuchung. Ich hob die rückseitige Lasche und zog ein gefaltetes Blatt heraus. Es hatte Löcher und war identisch mit denen, die ich seit Wochen erhielt … Und doch war es das erste, das ich an diese Adresse bekam. Mein Verrückter hatte also bis hierher meine Spur ausgemacht.

Auch die Worte kamen mir bekannt vor, aber aus anderen Gründen. Sie waren mir so bekannt, dass ich einen Augenblick meinte, das Zimmer wanke um mich herum:

So wird er Sie nicht zum Höhenflug bringen!

8

5. Juni 2009

»Sie« nicht zum Höhenflug bringen … Warum sollte David mich siezen? Und dennoch sah ich in diesem Augenblick nur eine Möglichkeit: David war mein Unbekannter, mein Stalker. Klar, es war nicht sonderlich logisch, dass er von sich in der dritten Person sprach, zumal er sich herabwürdigte.

War er dermaßen verrückt?

Diese Frage verdrängte eine andere, auf die es ebenso wenig eine Antwort gab: Wie hatte er meine Gedanken lesen können? Hatte ich sie ausgesprochen? Vielleicht in diesen unsicheren Momenten, wo der Traum mit der Realität wetteifert … Mama behauptete, als Kind sei ich einige Male geschlafwandelt, ich sei aufgestanden und hätte sogar im Schlaf gesprochen. Vielleicht hatte ich es wieder getan …

Ich zog mich rasch an und verbrachte den restlichen Vormittag damit, hektisch das ganze Haus abzusuchen nach irgendetwas Handschriftlichem von David. Nichts im Schlafzimmer, das bald *unser* Schlafzimmer sein würde, nichts im Salon oder in den anderen Gesellschaftsräumen. Auch nichts auf dem berühmten Konsoltischchen am Eingang. Und die Tür zu seinem Arbeitszimmer, logischerweise der Raum, wo ich am ehesten eine Schriftprobe finden würde, war abgeschlossen. Und ich sah keine Möglichkeit, Armand zu bitten, sie mir aufzuschließen, ohne dass er Verdacht schöpfte.

»Kann ich Ihnen helfen, Mademoiselle?«

Und schon überraschte er mich mit der Nase im Abfalleimer und auf allen vieren auf den Fliesen.

»Nein …«, brummelte ich. »Nein, ich glaube, ich habe einen

Einkaufszettel weggeworfen. Dabei habe ich die Einkäufe noch gar nicht gemacht.«

»Ach, das ist dumm … Wünschen Sie, dass ich für Sie nachschaue? Ich glaube, ich erkenne Ihre Handschrift.«

Wäre die Nachricht auf dem losen Blatt nicht so persönlich, so zweideutig, wäre mir seine Vertrautheit mit David eine wichtige Quelle gewesen. Aber so … »So wird er Sie nicht zum Höhenflug bringen.«

»Danke, Armand, ich … das geht schon. Nicht nötig, dass Sie sich auch noch schmutzig machen.«

Er verschwand im Bedienstetenraum nebenan.

Dann endlich …

Tennis François verschoben: Freitag 21 Uhr.

Keine Verwechslung möglich, dieser neongelbe Zettel mit Milch- und Tomatensoßenflecken konnte nur von David sein. Eine viel rundere und regelmäßigere Schrift als die auf den anonymen Zetteln, weniger unruhig, beinahe feminin. Der Vergleich zeigte es unwiderruflich. Die enorme Erleichterung löste in mir eine kurze Niedergeschlagenheit aus, sodass ich eine Weile mit dem Hintern auf den kalten Fliesen sitzen blieb. Wie hatte ich nur an ihm zweifeln können?

Schließlich heftete ich den neuen Zettel in das silberne Ringbüchlein zu den anderen und betrachtete einen Augenblick die besondere Schrift meines Unbekannten, dessen Identität mir rätselhafter denn je war. Welches Problem nur hatte der Schreiber oder die Schreiberin? Woher kam das eigenartige Unbehagen, das von diesen unharmonischen, verkrampften, geradezu zufällig wirkenden Buchstaben ausging? Weshalb hatte man beim Lesen das Gefühl, dass ihr Verfasser im Moment des Schreibens litt?

Meinen Nachmittag verbrachte ich mit verschiedenen Telefonanrufen – Mama, Sophia und einige unfruchtbare Gespräche wegen meiner letzten Probeaufnahmen –, als mich eine SMS von David erreichte.

Ich komme heute Abend voraussichtlich früh nach Hause. Möchtest du ausgehen?

Früh bedeutete in David Barlets Sprachgebrauch bestenfalls einundzwanzig Uhr.

Nein, tut mir leid. Habe Mama versprochen, sie ins Krankenhaus zu begleiten zu ihren letzten Untersuchungen vor der Abreise nach L. A.

Ist der Termin so spät?

Einen Mann, der den ganzen Tag mit Halbwahrheiten umgeht, lügt man nicht problemlos an.

Um 18 Uhr 30, aber du weißt, wie das ist ... Erstens mindestens eine halbe Stunde warten, dann die Untersuchung ... Ich fürchte, wir kommen frühestens um 20 Uhr 30 oder 21 Uhr da raus, dann muss ich sie nach Hause bringen.

Verstehe. Keine Sorge. Schick mir eine SMS, wenn du auf dem Heimweg bist.

O. k., aber warte nicht mit dem Essen auf mich. Ich esse bestimmt in Nanterre mit Mama. Du weißt, wie sie ist. Wenn ich erst einmal bei ihr bin, lässt sie mich nicht mehr los.

Das ist normal. Viel Mut euch beiden. Ich küss dich.

Ich küss dich auch. Und noch mal danke für alles, was du für sie tust.

Die SMS, die mich eine Stunde später erreichte, kam nicht von ihm.

Erinnerung BDN: Rendezvous in der Galerie Alban Sauvage, Rue de Sévigné 15, 75003, Punkt 20 Uhr 30. Der Kunde wird Sie erkennen.
Einladung hängt als Datei an dieser Nachricht.
Einen schönen Abend.

BDN stand für »Belles de nuit«. Rebecca als gute Anstandsdame dachte immer daran, uns kurz vor der verabredeten Zeit solche Gedächtnisstützen zu schicken. Und kam keine Reaktion von uns, meldete sie sich so lange, bis sie die Gewissheit hatte, dass wir unsere Verpflichtung einhielten. Der Ruf ihrer Agentur hing davon ab.

Die ersten Male hatte sie noch Empfehlungen für meine Kleidung dazugeschrieben. Dank der einhelligen Rückmeldungen ihrer Kunden vertraute sie mir mittlerweile in diesem Punkt.

Dabei hatte ich ihr doch in unseren letzten Gesprächen deutlich gesagt: bis auf Weiteres keine Aufträge mehr. »Aus persönlichen Gründen«, hatte ich nüchtern angegeben. Doch ihre SMS bewies, dass sie sich offenbar nicht darum scherte. Aus ihrer Sicht stand ich noch immer in der Kartei der Agentur. Ich begnügte mich also damit, den Termin zu bestätigen.

Schließlich brauchte ich dieses Geld mehr denn je. Und aus den besten Gründen: Dank dieses letzten Auftrags – vorausgesetzt, dass eine Fortsetzung im Hôtel de Paris in Betracht kam – würde die alte Uhr aus dem Antiquitätenladen Nativelle mir gehören. Oder genauer, David. *Mein* Hochzeitsgeschenk. Meine Art, ihn zu überraschen.

Ich würde David nicht betrügen, denn nur für ihn akzeptierte ich dieses letzte Opfer. »Ich betrüge David nicht«, wiederholte ich mir immer wieder wie ein Mantra.

Ja, wirklich, zum allerletzten Mal. Ernsthaft.

»Zum letzten Mal, hä?

»Zum letzten Mal.«

Ich versuchte, meine ganze Überzeugung in diese Worte zu legen. Doch ich wurde kleinlaut. Ich konnte nicht einmal mehr mich selbst überzeugen: Zum letzten Mal, wirklich, und dann läge all das hinter mir?

»Ich mach dich darauf aufmerksam, dass du das schon neulich gesagt hast«, erinnerte mich die Moralpredigerin Sophia am Telefon, während ich gerade mein Parfüm aussuchte. »Und davor auch schon!«

Um nicht unter Schuldgefühlen zusammenzubrechen, konzentrierte ich mich lieber auf die unaufschiebbaren Belanglosigkeiten des Augenblicks. Zuerst einmal auf meine Klamotten: ein schwarzes Kleid mit schwingendem Tüllrock, dazu passende Ballerinas, eine schwarze Ledertasche und ein angesagtes Top der Saison. Dann kam der vielleicht delikateste Augenblick, nämlich zu diesem Ensemble den richtigen Duft auszuwählen.

Sogar hier, auf diesen geheimen Seiten, schäme ich mich ein bisschen, es zu gestehen: Ich liebe den Geruch von Schwänzen. Nein, genauer, ich liebe den Schwanzgeruch des Mannes, den ich liebe. Schon bei meinem ersten Mal, ich war sechzehn, habe ich diesen unglaublichen Rausch verspürt, als ich das Glied des Mannes roch, der mich besitzen sollte. Wenn ich mich konzentriere, kann ich noch heute in mir diese etwas schwere Duftmischung aus Vanille, Alkohol und welken Blumen heraufbeschwören.
Daher stelle ich mir auch immer wieder die Frage, wie ich wohl selbst rieche und ob dieser Duft das Begehren meiner Partner weckt, so wie ihrer meines. Natürlich ahnt es keiner von ihnen, aber wenn ich einen Mann treffe, der mir gefällt, und sei es auch nur ein bisschen, geht mir als Erstes die schelmische Frage durch den Sinn: Welchen Geruch hat er wohl? Wird er meine Nase betören, meine Sinne entflammen, und wird sich alles in mir vorbereiten, um den Mann, der ihn verströmt, in mir aufzunehmen?

(Handgeschriebene Notiz, anonym, vom 5. Juni 2009. So ein Quatsch!)

Ohne Parfüm fühle ich mich nackt und sehe mich nicht in der Lage, das Haus zu verlassen. Ab sechzehn habe ich einige Jahre lang fast jedes Wochenende als Verkäuferin in einer Parfümerie in der Défense gejobbt. Ein unverzichtbares Einkommen damals für mich. Aus dieser Zeit stammten noch etliche Testflakons und Proben und auch meine chronische Untreue, was das Parfüm anging, denn ich wählte den Duft des Tages ganz nach Lust und Laune aus.

»Bist du noch dran … oder bist du schon abgehauen?«

Sophia brachte mich in die Gegenwart zurück.

»Doch, doch, ich bin da …«

»Sag bloß nicht, du tust es, um diese Scheißuhr für deinen Typen zu kaufen?«

Sie spottete derb und traf ins Schwarze.

»Nein!«, protestierte ich lauthals.

»Scheiße, das darf doch nicht wahr sein … Dafür tut sie es! Du bist wirklich eine blöde Ziege! Hör mal, da könntest du genauso gut den ersten dahergelaufenen Arsch heiraten!«

Na also, Miss Dior Chérie, ein Klassiker, nur ein wenig älter als ich. Ich sprühte mir je zwei Stöße rechts und links auf den Hals.

»Sehr charmant für David!« Ich tat so, als würde ich mich aufregen.

»Ach … übrigens … gestern Abend, wie war's? Was war seine große Überraschung?«

Ohne dass ich wusste, warum, beschloss ich, ihr die entscheidenden Ereignisse der letzten Stunden zu verschweigen, Heiratsantrag und anonymer Zettel inklusive.

»Ach, nichts. David kennt meine Leidenschaft für Hummer, er hat mich zum Abendessen ins Divellec eingeladen.«

»Sag mir bloß nicht, ›ins beste Restaurant für Meeresfrüchte von ganz Paris‹ und bla, bla, bla …«

»Doch, so etwas in der Art …«

»Und danach … auch drei Sterne?«, fragte sie anzüglich.

»Hmm … achtzehn von zwanzig Punkten.«

»Okay, ich verstehe … mit viel Wohlwollen eine gute Zwei.«

Unmöglich, Sophia bei so einem Thema an der Nase herumzuführen. Aber möglich war immerhin, dem Gespräch ein Ende zu setzen.

»Sophia, ich muss mich fertig machen …«

»Gut, Süße, mach dich auf den Weg!«

Das tat ich eine halbe Stunde später.

Die Galerie Alban Sauvage lag in der Rue de Sévigné, mitten im Marais. Hinter der schmalen Fassade ahnte man, dass die Räume in die Tiefe gingen, drei sich aneinander anschließende kleine Säle, die nur durch bewegliche weiße Wände voneinander getrennt waren. Im Schaufenster thronte – ohne Hinweis auf den Künstler – ein riesiger Phallus aus rosafarbenem Kunstharz, der wie eine Puppe angezogen war: weißes Kleidchen, Perlenkette …

Ein rascher Blick ins Innere zeigte mir, dass die übrigen Konzeptkunst-Installationen dementsprechend waren: ein Hodensack, verkleidet als Teddybär, ein weibliches Geschlechtsteil in Handwerkerkleidung und so weiter, jedes sexuelle Attribut sah wie ein Kinderspielzeug aus.

»Gefällt Ihnen das?«

Ein kahlköpfiger junger Mann mit einem Hauch von Bart war mit debilem Lächeln und feurigem Blick wie der Teufel aus der Galerie gestürzt. Durch die halb offene Tür hörte ich mondänes Glucksen, aneinanderstoßende Sektgläser und Bosheiten, die man sich zuraunte. Eine richtige Pariser Vernissage. Es war völlig egal, ob man die Kreationen des Künstlers schätzte oder nicht. Wichtig war nur, dabei zu sein, sich am Buffet zu erfreuen und, vor allem, bei der nächsten ähnlichen Gelegenheit wieder eingeladen zu werden.

»Ich weiß nicht … Ich warte hier nur auf jemanden.«

»Kommen Sie doch rein, vielleicht ist er schon da.«

Die Geziertheit seiner Einladung ließ wenig Zweifel an seiner sexuellen Orientierung. Doch ich zögerte noch.

»Kooommen Siiie«, beharrte er, zog mich am Arm und seufzte. »Sie wollen doch wohl nicht wie ein Tollpatsch hier stehen bleiben.«

Mir blieb keine andere Wahl, als ihm zu folgen, hinein in die dicht gedrängte Menge in allen möglichen Outfits, die Journalisten im Einheitsschwarz, die Künstler schludrig, tätowiert oder gepierct und die Offenherzigen in ihren Luxusroben.

Ich fragte mich, wer wohl inmitten so einer Versammlung von angesagten Leuten die Begleitung eines Escortgirls brauchte, wo sich hier doch alle zu kennen schienen und sich mit Bedacht von oben herab behandelten. Da reichte mir der Kahlkopf mit Hornbrille ein Glas und zugleich seine Hand.

»Alban Sauvage.«

»Ah …!«, stieß ich aus. »Dann sind wir also in Ihren vier Wänden.«

»Vier Wände auf Kredit, die mich ein Vermögen kosten, aber ja, man kann sagen, es sind meine vier Wände.«

Hatte er eine Mutter, die er hinters Licht führte? Oder Investoren, die er überzeugen musste, dass er endlich vernünftig wurde?

Schlimmer noch: War ich selbst, ohne dass ich es wusste, eine Art konzeptuelles Happening, das sich einer der hier anwesenden Verrückten ausgedacht hatte? Das Callgirl im Land der Gegenwartskunst…

Ich wusste nicht, wie ich die Sache direkt angehen sollte.

»Sie…?«

»Nein. Ich bin es nicht. Folgen Sie mir, ich werde Sie vorstellen.«

Ich hielt das alles wirklich für einen Scherz, als ich meinen Kunden entdeckte: einen Mann um die vierzig in einem taillierten Anzug, der seine Eleganz unterstrich, das Sakko offen, die Weste dazu passend; er hatte einen Stock mit goldenem Knauf in der rechten Hand und eine Sonnenbrille auf der Nase. Ohne ein verbindliches Wort überließ Alban mich ihm, machte auf dem Absatz kehrt und gurrte seine Ausrede.

»Ich lass euch allein, ich muss meine Chinesen ausnehmen. Geschäft ist Geschäft, Mädels!«

Als ich zwei Schritte vor dem Unbekannten stehen blieb, nahm er seine dunkle Brille ab und musterte mich eindringlich, anfangs ohne ein Wort. Aber bräuchte er welche? Ohne sein etwas groteskes Accessoire hatte er allein durch seinen Blick eine magnetische Ausstrahlung. Seine Augen waren zwar von einem nicht ungewöhnlichen Haselnussbraun, schimmerten aber je nach Beleuchtung golden auf; und da sie etwas tief in den Höhlen lagen, war ihr Ausdruck von einer seltenen Intensität. Ein Killerblick, dachte ich und verscheuchte den Gedanken gleich wieder. Vergeblich, denn er versenkte ihn in meine Augen und fesselte mich, erforschte mich, versuchte, in mich einzudringen.

»Guten Abend, Elle.«

Der ganze Mann war einnehmend: langes, ovales Gesicht, hohe Wangenknochen, aufrechte Statur, stolze Haltung, ein etwas steifer Nacken und recht schlanke Hände wie die eines Chirurgen oder Pianisten…

Unbestritten, er gehörte zu den Top Drei meiner attraktivsten Kunden. Nicht schön wie diese lebenden Statuen am Eingang mancher Modegeschäfte, sondern mit dieser Aura, die den anziehendsten Figuren der Fiktion eigen ist, wenn sie auf der Bühne oder auf der Leinwand Gestalt annehmen und dann zu uns, den normalen Männern und Frauen, herabsteigen.

Ich brauchte mich nicht umzusehen, um zu bemerken, dass die ganze Aufmerksamkeit ihm galt. Insbesondere die der Frauen, die um uns herum erzitterten wie Blätter im Wind. Er tat nichts Besonderes – eigentlich gar nichts, denn auch er stand völlig reglos da –, und dennoch stach er die männliche Konkurrenz allein durch seine strenge Haltung aus. Er war ganz präsent und trotzdem unbeteiligt, als schwebte er einige Sphären über der nichtswürdigen Menge.

»Guten Abend«, stammelte ich.

Der Humpelschritt, den er auf mich zumachte und bei dem er sein Gewicht auf den Stock aus wertvollem Holz stützte, bewies mir, dass diese Behinderung nicht vorgetäuscht war. Doch statt sein Bild anzukratzen, machte sie ihn noch zauberhafter. Eindeutig, er war mehr als nur eine Hülle oder eine Pose. Er trug eine ganze Geschichte in sich – eine Geschichte, von der man ahnte, dass sie schmerzvoll war – und war darum nur noch faszinierender.

»Endlich bin ich mal nicht enttäuscht von den übermäßigen Versprechungen unserer Freundin Rebecca.«

Doch sein Kompliment, mit dem er durchschimmern ließ, dass er Stammkunde der Agentur war, gefiel mir nicht, ich fand es sogar grob. Im Allgemeinen bemühten sich unsere Kunden, Normalität vorzutäuschen, sodass wir beide uns in der Situation wohlfühlten, als hätten wir keine Vermittlung gebraucht, um uns kennenzulernen. Doch nicht er. Und diese ungewöhnliche Offenheit irritierte mich. Als wollte er plötzlich den ersten Eindruck, den seine Erscheinung hervorgerufen hatte, ganz gezielt trüben.

»Aber genau das erfüllen wir doch jedes Mal«, entgegnete ich etwas zu lebhaft, »… unsere Versprechen einhalten.«

»Sie haben den ganzen Abend Zeit, mich davon zu überzeugen … Elle.«

Ich hasste die Art, wie er meinen Vornamen vom Satz abtrennte und mit ihm spielte wie eine Katze mit ihrer Beute. Natürlich hätte ich für meinen letzten Auftrag lieber einen süßen, ungelenken Teddy gehabt, der einfach stolz gewesen wäre, sich mit mir am Arm zu zeigen. Nun ja, Escortgirls stellen nie ihr eigenes Menü zusammen.

»Ich weiß nicht einmal Ihren Namen«, griff ich ihn frontal an. »Sie sind Monsieur …?«

»Geduld … Auch dafür haben wir den ganzen Abend Zeit.«

Mit jeder Sekunde, die verging, verrauchte der Zauber ein bisschen mehr, und ich verlor ein wenig die Fassung. Mein Wunsch zu fliehen wuchs. Nur das Bild der Uhr aus dem Jahr 1969 vor meinem geistigen Auge brachte mich noch zur Vernunft. Ohne diesen Mann und seine Geldscheine – Rebecca hatte mir, um meine letzten Widerstände zu brechen, erklärt, er zahle für mich, speziell für mich, den doppelten Tarif – könnte ich sie vergessen. Ich musste also durchhalten. Aber wie lange noch?

Als spürte er die Panik in mir aufsteigen, verwandelte er sich zu einem liebenswürdigeren, humorvolleren Gesprächspartner. Er stellte mir höfliche Fragen: Studentin oder nicht? Pariserin oder aus der Provinz? Kunstliebhaberin oder eher desinteressiert?

»Galerien sind nicht so sehr Ihre Sache, geben Sie es zu …« Sein Lächeln wurde offener, nahezu charmant.

»Nein … nicht so sehr.«

»Darf ich mir in diesem Fall erlauben, Ihr Führer zu sein?«

»Mein Führer?«

»Ja, hier, heute Abend. Wissen Sie, David Garchey ist ein aufsteigendes Talent, schon sehr hoch im Kurs in New York und London.«

David. So hieß er also, der Künstler, der hier ausstellte. Mit einem feinen Lächeln nahm ich die Ironie des Zufalls wahr. David Barlet. David Garchey.

»Einverstanden, führen Sie mich herum«, stimmte ich etwas entspannter zu.

Mit einladender Geste bot er mir seinen Arm, der dünn war und nicht übermäßig muskulös, doch es ging eine fieberhafte Energie, eine unablässige Spannung von ihm aus. Der Unbekannte, der mich mal zu diesem, mal zu jenem Kunstwerk, mal in diese, mal in jene Ecke der Galerie zog, nutzte unsere Nähe, um sich vertraute Gesten zu erlauben, wie es Verliebte tun. So richtete er zum Beispiel die mir aus dem Knoten entwischte Strähne mit den Fingerspitzen und berührte dabei den zarten Flaum meines Nackens, dass mich schauderte.

»Sehen Sie«, dozierte er nun mit ruhigerer, auch dunklerer Stimme. »David ist ein verwöhntes Kind, er kommt aus einer gut situierten Familie und will seine Herkunft entwerten.«

»Wenn Sie es sagen …«

So nahe bei ihm, roch ich die beiden Duftkomponenten seines Parfüms, Vanille und Lavendel, aufgeheizt von glühender Kohle, die wohl dauernd in ihm war.

»Ich betone: Die gesellschaftliche Tragweite seines Schaffens geht weit über seine familiäre Zugehörigkeit hinaus.«

Bei diesen Worten zeigte er mit ausladender Geste auf eine riesige *Sophie, die Giraffe*, voller Brustimplantate mit großen Mützen und mit einem Silberlaméstring bekleidet, der ihr in den Hintern kniff. Die Ärmel seines Sakkos und seines Hemds legten dabei ein Stück seines linken Unterarms bloß und gaben den Blick frei auf einen eintätowierten Buchstaben, ein A, winzig wie die Federspitze eines Füllers. Unmöglich zu erkennen, was sich weiter oben auf seiner Haut daran anschloss.

»Tut mir leid, aber ich kann Ihnen nicht ganz folgen. Warum das Spielzeug seiner Kindheit lächerlich machen, warum es zu so grotesken Sexobjekten degradieren …? Entspricht er damit nicht dem Archetypus des Kleinbürgers, der in die eigene Suppe spuckt?«

Es war über mich gekommen. Er hatte meinen kritischen Geist gereizt, und der hatte auf Knopfdruck reagiert.

Ich machte mich darauf gefasst, rücksichtslos stehen gelassen zu werden – ohne mein Geld – oder zumindest von seinen feurigen Blicken getötet zu werden. Doch im Gegenteil: Seine Augen glänzten vor neuem Interesse. Dazu setzte er ein Lächeln auf, dem ich ebenso viel Erstaunen wie Aufregung entnahm.

»Achten Sie gut auf die Wahl seiner Gebilde, Elle. David hätte genauso gut Spielzeug übersexualisieren können, das schon für seine provokanten Attribute bekannt ist, wie zum Beispiel die Barbiepuppe. Er hingegen transformiert Objekte, die für Kindheit und Unschuld stehen, in Symbole der sexuellen Emanzipation …«

»Okay, wenn Sie so wollen. Na und?«

»Was er zeigen will, ist die Schnelligkeit und Gewalt, mit der die Kinder heute von ihrer ursprünglichen Arglosigkeit in den Zustand von geschlechtlichen Wesen übergehen. Er geht so weit, dass er das Kind und den sexuellen Räuber zu ein und derselben Person werden lässt. Beute *und* Jäger.«

Der moralisierende Beigeschmack, der seiner Darstellung zugrunde lag, bereitete mir Unbehagen. Und vor allem überraschte es mich bei einem Mann, von dem ich so gut wie nichts wusste, der aber keine sehr strengen Prinzipien zu haben schien.

»Wissen Sie, in welchem Alter Kinder ihren ersten Pornofilm sehen?«, fragte er ernst.

»Nein … ich weiß nicht … Mit vierzehn?«

»Mit elf. Schon mit elf Jahren weiß die Mehrheit der präpubertären Kinder, Jungen und Mädchen zusammengenommen, alles über Fellatio, Sodomie, Doppelpenetration und über noch viel extremere Praktiken.«

»Ja, klar, das stellt ein Probl…«

»Aber nein!«, rief er mit Verve. »Im Gegenteil, sie wissen nichts! Und genau darum geht's. Die Banalisierung der Darstellung von Sexualität schürt die Illusion, jeder wisse bestens über dieses Thema Bescheid. All diese sexualisierte Werbung, all diese aufreizende Kleidung, all diese Serien, die die Kinder verschlingen und in denen dauernd von Sex die Rede ist … nichts von all dem erweckt sie zur Sexualität. Es ist nur ein gigantischer, ungeheuer lukrativer Markt, aber keinesfalls eine sexuelle Erziehung, die diesen Namen verdient. Alles ist gefälscht, entstellt, lächerlich, manchmal sogar gewalttätig … nur nicht erotisch. Nur nicht wahr!«

»Wenn ich Sie also recht verstehe, besteht das Problem nicht nur darin, dass es all diese sexualisierten Inhalte gibt, sondern darüber hinaus darin, dass die Kinder damit konfrontiert werden, ehe sie die Sexualität *natürlich* entdecken.«

»Ja«, entgegnete er leidenschaftlich. »Und genau das drücken Davids Werke aus. Zu viel Sex rundum stürzt jeden in eine trügerische Sexualität, und die Zeit, die für ihr Erlernen notwendig ist, wird schlicht und einfach unterschlagen. Keines dieser Kinder, die von jungen Jahren an Sex konsumieren, ist gewappnet, diese Bilder zu filtern und so etwas wie Wahrheit wiederherzustellen. Sie nehmen diese ganze Scheiße für bare Münze. Das ist das Drama, der Skandal!«

»Was ist denn Ihrer Meinung nach das richtige Alter, um an die ersten Erfahrungen herangeführt zu werden?«, hakte ich nach. »Und vor allem durch wen?«

Das Bild meines Ringbuchs mit seinen rätselhaften Zetteln schoss mir durch den Kopf. Verfolgte der, der sie mir schrieb, nicht auf seine so schonungslose, zudringliche, an Missbrauch grenzende Weise dasselbe Ziel: mich zu erziehen?

»Das ist für jeden anders. Es gibt nicht *ein* bestimmtes Alter, in dem man seine Libido entfaltet, wie es uns die Gesetzgeber und Statistiker vorgaukeln. Es gibt ebenso viele richtige Zeitpunkte wie Menschen. Manche sind früher reif als andere. Doch das ist kein Grund, die ersten Erfahrungen mit Sexualität nach einem Standardmodell auszurichten.«

Jeder solle sich natürlich an die Sexualität herantasten, und währenddessen solle er vor den merkantilen, in die Irre führenden Einwirkungen der Gesellschaft geschützt sein, so war die Philosophie dieses Rousseau des Sex. Mir fiel auf, dass er meine zweite Frage unbeantwortet gelassen hatte: Wem solle man das Lehren von Sexualität anvertrauen? Ja, wem, wenn er doch das vom Markt vorgeschlagene Modell ablehnte?

Auf den zweiten Blick ließen mich seine Worte keineswegs ungerührt. Doch war es notwendig, zu diesen speziellen Formen zu greifen, um sie zu verbreiten? Was war mit den Schülern des benachbarten Gymnasiums, die mehrmals am Tag an der Galerie vorbeigingen und Monstern wie dieser *Sophie* ausgeliefert waren, ohne dass sie durch erklärende Worte vorbereitet waren? Sind diese Kunstwerke wirklich weniger schädlich als die Pornografie, die sie im Netz finden? Machte sich der Künstler nicht zum – unfreiwilligen – Komplizen des Übels, das er angeblich anprangerte?

Ich behielt meine Vorbehalte für mich. Denn mein Begleiter sprach mit so viel Engagement, dass ich schon glaubte, er selbst sei David Garchey.

»Sieh an, kaum spricht man vom Teufel … dringt sein Schwefelgeruch zu uns!«

Mit einer hektischen Kopfbewegung deutete er auf jemanden hinter mir, der sich langsamen einen Weg durch die Menge bahnte und sich zu uns gesellte.

»Guten Abend«, sagte ein Beinaheteenager in weißem Hemd, dessen eine Gesichtshälfte hinter einer langen braunen Strähne versteckt war.

»David, ich möchte dir Elle vorstellen. Elle, hier der junge Mann, dessen Arbeit ich so glühend verteidige.«

Das war noch untertrieben.

Ich verzog das Gesicht zu einem dem Anlass entsprechenden Lächeln und fühlte mich so locker wie ein Kleiderständer.

»Guten Abend … und bravo.«

»Danke«, erwiderte er schüchtern.

»Ich vermute, Ihre Installationen haben die Presse nicht gleichgültig gelassen.«

»Ja, tatsächlich«, erwiderte mein Kavalier an seiner Stelle. »Es gab ein paar schöne Artikel. Aber das ist nicht das Wichtigste. Wichtig ist, dass einige Ihrer Kollegen sich nicht mit dem Provokanten in Davids Werk aufgehalten haben, das nur dazu dient, die Aufmerksamkeit des Publikums zu fesseln. Sie haben sehr gut die gesellschaftliche und erzieherische Tragweite seiner Botschaft verstanden.«

Woher kannte er meinen zukünftigen Beruf? Sollte Rebecca derartig vertrauliche Informationen nicht für sich behalten?

Ich wollte ihn gerade danach fragen, als eine wunderschöne Mestizin in einem Paillettenkleid sich ihm an den Hals hängte. Hingebungsvoll schmiegte sie sich an ihn. Ganz im Gegenteil zu David, *meinem* David, ähnelte er keinem Schauspieler. Doch dieses Fieber, das in ihm zu spüren war, stellte ihn in eine Reihe mit Willem Defoe, Christian Bale oder Anthony Perkins, in diese Gruppe der Unruhigen und Finsteren. Nicht schön wie eine Statue, nein: glühend.

»Gehen wir, Loulou?«

»Ja, gehen wir. – Elle, ich lasse Sie mit der Zukunft der zeitgenössischen Kunst allein.«

Die betreffende Zukunft schaute auf ihre spitzen Schuhe.

»Warten Sie… Sie gehen?«

Es geschah zum ersten Mal, dass mich ein Kunde so einfach stehen ließ und mit einer Frau abzog, die hundertmal schöner und geheimnisvoller war als ich. Ich bebte vor Wut und Empörung. Dass er mich allein ließ, ärgerte mich so sehr, dass ich darüber den nächtlichen Bonus vergaß, den mir seine Flucht vorenthielt. Ich fühlte mich gedemütigt. Einfach abgewiesen.

»Keine Sorge. Wir sehen uns wieder«, versprach er und umschlang die Taille der schönen Frau, die mich mit Blicken aus ihren dunklen Augen noch kleiner werden ließ. »Ach, ich vergaß…«

Was vergaß er? Die Grundlagen der Höflichkeit? Oder mich zu bezahlen vielleicht?

Er hob seinen tätowierten Arm zu meinem tiefen Haarknoten, der sich im Laufe des Abends zum Teil gelöst hatte.

Ich erstarrte abrupt, als seine Hand ihn flüchtig streifte. »Was ist?«

»Sie sollten besser eine Haarnadel tragen statt Spangen«, schlug er vor, als läse er in meinen Wünschen. »Das würde Ihren Nacken noch freier lassen. Es wäre schade, ihn zu verstecken.«

»Ich weiß nicht…«, stammelte ich.

»Gute Nacht, Elle.«

Die beiden verschwanden zwischen den Gästen, jeder Schritt des Mannes begleitet vom kurzen Klacken seines Stocks auf dem versiegelten Betonboden, als er sich plötzlich umdrehte und allein zu mir zurückkam. Was wollte er denn noch?

»Mir ist eingefallen, dass ich mich nicht einmal vorgestellt habe.«

»So ist es…« Wird auch Zeit, dachte ich.

»Ich bin Louis…«

Louis wer? Mit einer vagen Handbewegung zeigte ich ihm meine gerechtfertigte Neugier. »Louis…?«

»Barlet. Ich bin der Mäzen von David Garchey…«

Louis Barlet, sagte ich mir mehrere Male in meinem Inneren, um mich von der Namensgleichheit zu überzeugen, eine Tatsache, die dann plötzlich wie eine Bombe einschlug.

»… und der Bruder von David Barlet.«

Er ging wieder davon, blieb aber mit einem breiten Lächeln kurz stehen, Zeit genug, so etwas wie eine Granate hinter sich zu werfen, deren tödlichen Wind ich voll ins Gesicht bekam.

»Aber das haben Sie doch längst begriffen, oder?«

Dieser Bruder, von dem David so selten sprach, von dem er mir kaum ein Foto zeigen wollte und mit dem er das Datum, an dem ich ihn kennenlernen sollte, immer wieder verschob. Jetzt war es geschehen. Unter den denkbar schlechtesten Umständen.

Sein Geschöpf und er verschwanden nun endgültig und ließen mich beinahe atemlos zurück.

»Elle?«

Alban, der Zauberer aus der Puppentrickkiste, war noch einmal vor mir aufgetaucht und reichte mir einen dicken Briefumschlag.

»Hier. Louis hat mich gebeten, Ihnen das zu geben.«

»Danke. Aber was ist das?«

»Tut-tut. Beeilen Sie sich! Ihr Taxi wartet draußen. Machen Sie ihn im Wagen auf.«

Ohne mich vom Künstler zu verabschieden, stürzte ich hinaus, wo eine große dunkle Limousine mit laufendem Motor halb auf dem Bürgersteig stand. Ich zögerte einen Augenblick, welche Adresse ich dem Fahrer nennen sollte. Dann sagte ich: »Rue de la Tour des Dames 3, bitte. Im neunten Arrondissement.«

Bequem auf den Rücksitz gekuschelt, konnte ich in aller Ruhe Louis' Briefumschlag öffnen. Darin waren acht Hunderteuroscheine, die, so glatt, wie sie waren, direkt aus einem Tresor der Banque de France zu kommen schienen. Also achthundert Euro für mich, genau das Doppelte, was ich bekommen hätte, wenn wir im Hôtel de Paris gelandet wären. Ein Betrag, dessen Höhe seinem Versprechen entsprach. Unter dem Deckmantel der Anonymität hatte Louis Barlet darauf verzichtet, mich zu besitzen … Doch er hatte meine Dienste in Anspruch genommen, als wäre ich eine x-beliebige Kurtisane.

Seine Großzügigkeit machte mich zu einer vulgären Nutte, und das wusste er. Ebenso wusste er bestimmt, dass uns schon bald Familienbande vereinen würden.

Gerade als ich David eine SMS schicken und ihm mitteilen wollte, ich sei auf dem Heimweg, erschien eine Nachricht auf meinem Smartphone – ohne Angabe des Absenders und dennoch ohne jeden Zweifel, was seine Identität anging.

Bis morgen.

Ich hätte mein Handy zum Fenster hinauswerfen oder ganz einfach diese beiden Wörter aus meinem Gedächtnis streichen sollen. Und doch tat ich nichts dergleichen. Ich kämpfte nur gegen die Tränen an, gegen diesen unaufhaltsamen Fluss, der von einem alten Schmerz herrührte – ich weiß nicht, von welchem.

So trat Louis Barlet in mein Leben.

9

6. Juni 2009

An diesem Morgen wünschte mir David keinen guten Tag. Zumindest nicht persönlich. Er hatte seine Kreditkarte und ein Zettelchen auf meinen Nachttisch gelegt – wieder ein Beweis für seine Unschuld, was das Ringbuch anging –, sodass ich, kaum aus dem Bett gehüpft, lächelte und voller Tatkraft war.

Du hast doch heute Probeaufnahmen, wenn ich mich nicht irre.
Mach dich schön, ganz nach Lust und Laune und vor allem, wie es dir gefällt.
Ich liebe dich
D.

Eine charmante Aufmerksamkeit, wie alle, mit denen er mich seit drei Monaten überhäufte. Und doch gelang es mir nicht, ihren ganzen Reiz zu genießen. Ein Rädchen klemmte in mir. Das Gefühl floss nicht so, wie es sollte. Nicht wie zu Anfang. Dabei hält eine Liebe doch drei Jahre an, oder? Und nicht nur drei Monate!

Als ich am Abend zuvor nach Hause gekommen war, lag David bereits im Bett und war offenbar im tiefsten Tiefschlaf. Ich war so leise wie möglich, als ich zu ihm unter die weiche, dicke Decke aus Seide und Daunen schlüpfte. Doch ich konnte nicht vermeiden, dass ich mich drehte und drehte, immer wieder, während mir die schlimmen Bilder des Katastrophenabends durch den Kopf gingen.

Ich fand weder eine passendere Einschätzung noch genügend Gelassenheit, um die Situation anders zusammenzufassen: Mein zukünftiger Schwager, der allem Anschein nach entschlossen war, mich in die Falle zu locken – weshalb, wusste ich noch nicht –, hatte ohne das Wissen meines Verlobten meine Dienste als Luxuspuppe in Anspruch genommen. Ein einziges Wort von Louis an David, und all meine Zukunftspläne wären innerhalb einer Sekunde verflogen, wie Staub im Wind. Zu Ende mein erträumtes Leben; zu Ende die Wunderbehandlung für Maude … Seine niederträchtige und kurz gesagt unerklärliche List hatte alles vernichtet, was David und ich in diesen letzten Monaten gesät hatten. Selbst dieses Geld, das ich hinten im Taxi immer wieder gezählt hatte und das so schmutzig war, weil er es nicht für nötig befunden hatte, es mir selbst zu überreichen, hatte das Symbol meiner Liebe zu seinem Bruder beschädigt: Ich scheute mich jetzt, diese Uhr für David zu kaufen, denn sie wäre die Frucht meiner Scham und dieses Geheimnisses, das nun Louis und mich verband.

Es wollte mir nicht gelingen, die deutliche Feindseligkeit eines Mannes zu akzeptieren, den ich bis zu diesem Abend gar nicht gekannt hatte. Was hatte ich ihm getan? Sah er in mir nur eine dieser ehrgeizigen Frauen, dieser Karrieristinnen, dieser Intrigantinnen ohne Qualitäten und Hirn, die wie die Blutsauger um das Familienvermögen kreisten? Mir kam sogar der Gedanke, David selbst könnte Louis beauftragt haben, die Aufrichtigkeit meiner Gefühle für ihn zu überprüfen, so wie er mit Sicherheit seine engsten Mitarbeiter im Laufe eines endlosen Bewerbungsprozesses immer wieder testen ließ. Aber doch nicht mich. Ich glaubte nicht an diese widerliche These … Nicht nach dem Heiratsantrag auf dem Boot. Ein Mann, der so etwas Schönes inszeniert hatte, konnte unmöglich in seinem Privatleben so ein Manipulator sein. Und das unterschied ihn von Louis, der, soweit ich es beurteilen konnte, zu allen Machenschaften in der Lage war.

»Schläfst du?«, murmelte er plötzlich.

Ich war so wenig darauf gefasst gewesen, dass ich beinahe in der tiefen Dunkelheit des Zimmers aufgeschrien hätte.

Als hätte er mein Bedürfnis gespürt, beruhigt zu werden, schmiegte er sich von hinten an meinen Rücken, Oberschenkel schob sich an Oberschenkel. Und er streichelte mit seinem regelmäßigen Atem meinen Nacken.

»Sie sollten besser eine Haarnadel tragen statt Spangen. Das würde Ihren Nacken noch freier lassen«, hatte Louis vor knapp einer Stunde zu mir gesagt. »Es wäre schade, ihn zu verstecken.«

Die Erinnerung an seine Worte und mehr noch an seine Finger, die meinen empfindsamen Nacken berührt hatten, löste in mir eine ungeahnte Hitzewelle aus. Eine eigenständige Energiekugel schien ganz nach Belieben vom Hals bis zur Hüfte in mir umherzuwandern, um sich dann meines Hinterns und der fleischigen Falten meiner Möse zu bemächtigen, die geradezu unmittelbar vor unbezähmbarer Lust anschwollen. Mit einer reflexartigen Bewegung presste ich meinen Po an Davids Glied, das sogleich aus seinem Schlummer erwachte.

»Versetzt dich das Krankenhaus in diesen Zustand?«, murmelte er dumpf an meinem Ohr.

Mit einer Laszivität, die ich nicht an mir kannte, hauchte ich: »Ich habe Lust auf dich … Nimm mich … sofort.«

»Du möchtest nicht, dass ich dir …«

»Nimm mich!«, forderte ich.

Er ließ sich nicht lang bitten, befreite seinen erigierten Schwanz aus seinem Baumwollgefängnis und schob sich in der Löffelchenstellung in mich – ohne Vorspiel und ohne einleitendes Streicheln. Diese Stellung ließ meinen Händen völlige Freiheit, sodass ich mein Schamhaar kraulen, dann mit zwei gespreizten Fingern mich zu beiden Seiten des kleinen erregbaren Hügels streicheln konnte, der nun zwischen meinen Schenkeln glühte. Meine Atmung wurde schneller. Ich röchelte leise, je mehr der zartrosa Knopf unter meiner Berührung anschwoll. Ich spürte noch nicht die große Erschütterung, auf die alle Frauen warten, doch ein dumpfes Beben durchlief mich. Ich wollte mehr, viel mehr und vor allem länger. Ich wollte, dass es nicht aufhörte, und die gute Nachricht war, es hing ganz allein von mir ab. Von meiner Fähigkeit, meinem Körper die richtigen Berührungen zukommen zu lassen. Mit meiner freien Hand griff ich zu der von David und ermutigte ihn, kräftiger in meine harte Brustwarze zu kneifen. Diese Aktion an meinen beiden erregten Punkten stellte eine Art Lichtbogen zwischen ihnen her. Die Muskeln meines Rückens und meiner Oberschenkel zogen sich in schönstem Zusammenspiel fast schmerzhaft zusammen. Ich hätte mir gewünscht, dass diese Entladung länger gedauert hätte als nur diesen kurzen Augenblick, für meinen Geschmack war sie viel zu kurz.

Ich erinnere mich nicht mehr, wann ich die richtige Technik entdeckt habe, mit der ich mich zum Orgasmus bringen kann. Ich habe die Vorstellung, dass es in meinem Jungmädchenbett war, mit einem Poster von Depeche Mode vor mir und zwischen zwei Plüschtieren.

Seit jenem Tag gehe ich fast jedes Mal auf die gleiche Weise vor: Zuerst streichle ich die weichen Rundungen meiner Brüste. Ich weiß nicht genau, wie es funktioniert, aber mir scheint, dass all meine Organe, die erigieren können, miteinander verbunden sind. Wenn ich mit der Handfläche über meine Brustwarzen streiche, bewirkt es immer sofort, dass die kleine zartrosa Knospe unter ihren Blättern erwacht. Aber ganz wichtig ist, dass ich sie nicht eilig berühre. Ich erforsche weiter meinen Oberkörper: Brustwarzen, Hals, Nacken ... Manchmal fahre ich mir auch durchs Haar, das mir wie kitzelnde Fingerchen langsam übers Gesicht gleitet. Erst wenn ich spüre, dass mein Schritt allmählich feucht wird, lasse ich eine Hand zum Bauchnabel gleiten, sie hüpft über meinem Bauch bis zu meinem Schamhaar. Mit ihm spiele ich eine Weile, wickle seine wilden Locken um Daumen oder Zeigefinger. Mit der anderen Hand berühre ich meine Lippen. Von Zeit zu Zeit stecke ich mir einen oder auch zwei Finger in den Mund, wo meine Zunge sie feucht umschlingt.

Nun wird es untenherum ernst: Mittel- und Zeigefinger zu einem V gespreizt, reibe ich mich mit dieser natürlichen Gabel zu beiden Seiten. Bei jeder Bewegung trifft die Basis meines Werkzeugs den kleinen Hügel, der nun schon recht erregt ist. Ich habe den Eindruck, dass er im Nu anschwillt. Dass er aus mir herausschießt wie eine Zauberbohne, die im Zeitraffer wächst. Ich setze dieses Hin und Her fort – ohne Pause. Manchmal schließe ich dabei die beiden Finger wie eine Klemme um meine Klitoris und drücke sie zusammen, in meiner Vorstellung ist sie jetzt tiefrot. Dann weiter und weiter. Wenn meine Lust dringlicher wird, kommt meine andere Hand ins Spiel. Mit einer kreisenden Bewegung meines Zeigefingers direkt auf den Kitzler erwacht in ihm eine unbezähmbare Lust. Oder ich stecke denselben Finger in meine Möse, wo er umhertastet und in alle Richtungen meines nassen Inneren dringt. Durch die irre Wirkung *dieser gleichzeitigen Handlungen geht von meiner Klitoris eine erste Welle aus, spitz, stark, und breitet sich in meinen ganzen Bauch aus. Eine zweite, der manchmal weitere folgen, grummelt wie ein Tsunami im Epizentrum, das sich in meinem Schoß verbirgt, und brandet langsam in zwei gegensätzliche Richtungen: nach unten bis in meine Zehenspitzen und nach oben, wo sie meine Brust hebt und meinen Kopf nach hinten wirft. »Oh, nein, nein …«, stöhne ich meist, ehe ich schlagartig zusammensinke und mich dann erschöpft auf die Seite lege. Befriedigt, aber nicht wirklich glücklich.*

(Handgeschriebene Notiz, anonym, vom 6. Juni 2009. Abgesehen vom Depeche-Mode-Poster stimmt alles oder beinahe… Wie macht er das?)

David, der sich ermutigt fühlte durch das, was er für den Erfolg seiner Bemühungen hielt, beschleunigte seinen Rhythmus, und nur kurz darauf kam er mit einem klagenden Schrei der Hingabe, der auch ein Schmerzensschrei hätte sein können. Seine Zuckungen in mir zu spüren, erschien mir wie eine Belohnung. Eine Ermutigung.

Denn hinter mir war alles beendet, David zog sich rasch aus mir heraus. Doch vorn strich ich noch immer mit Daumen und Zeigefinger jetzt über die ganze Fläche meiner Möse und schob mal den einen, mal den anderen Finger in meine endlich nasse Spalte. Schon bald machte es Klick, und eine Welle, die ihren Ausgang unter meinem Bauchnabel nahm, brandete über den verlassenen Strand meines Unterleibs und meiner Beine. Eine einzige Welle dieses Mal.

»Neiin …«

Es war nicht der Orgasmus des Jahrhunderts, aber es war einer. Einer, den ich mir selbst verschaffen konnte, ein sicheres Vergnügen zum raschen Konsum. Darin unterschied sich meine Sexualität nicht besonders von der, die ich mit Fred oder während der Monate ohne Freund kennengelernt hatte, eine Lust, bei der es nur auf mich ankam, ganz allein auf mich.

Ich hoffte, dass ich meinen Geliebten hatte täuschen können, dass er sich meine Lust selbst zuschrieb, doch ein leises Schnurren, das bald in ein viel lauteres Schnarchen übergehen würde, ertönte schon an meiner Seite. David schlief, und kurz darauf ich auch. Erschöpft von dieser Lawine gegensätzlicher Gefühle, versank ich sogleich in einen merkwürdigen Traum, in dem David Garchey, der kleine, von Louis protegierte Wunderknabe, in den gleichen Puppenkleidern wie sein riesiger Penis, mir mit zurückhaltendem Lächeln zumurmelte: »Warum bringst du ihm nicht bei, wie er dich befriedigen kann? Was erwartest du eigentlich?«

Verrückt, welche Zauberkräfte in einer Kreditkarte ohne Limit stecken, ob nun in Platin oder Schwarz … Als ich die von David im Lauf des Vormittags sechs-, siebenmal zückte, verschwanden die Ängste und Irrungen des Abends zuvor. Jedes Mal, wenn ich den PIN-Code eingab, Beweis seines höchsten Vertrauens, vergaß ich Louis ein bisschen mehr, das perverse Werk dieses David Garchey und ebenso dieses ganze schwülstige Geschwafel über Konzeptkunst und das Erlernen der Liebe. Ich vergaß, in welch bedrohliche Lage mich das Zusammentreffen mit meinem Schwager gebracht hatte. Ich hörte nur noch das Plappern der Verkäuferinnen, einen betörenden Sirenengesang.

»Das macht vierhundertachtundfünfzig Euro, bitte, Mademoiselle.«

»Die Weste, der Rock, die Pumps, die kleine Handtasche … Die Rechnung beläuft sich auf achthundertdreiundzwanzig Euro fünfzig, bitte.«

»Zweihundertsiebenundsechzig Euro, bitte. Haben Sie eine Kundenkarte unseres Geschäfts?«

»Oh, ich sehe, Sie sind schwer beladen. Möchten Sie, dass ich Ihnen ein Taxi rufe?«

»Fünfhunderteinundzwanzig Euro, mit den fünfzehn Prozent Rabatt für einen Einkauf über fünfhundert. Einverstanden?«

»Haben Sie einen Blick auf die neue Kollektion geworfen? Ganz Ihr Stil!«

Was man mir auch sagte, ich stimmte zu, ohne richtig hinzuhören, denn ich saß auf einem fliegenden Teppich aus Wohlgefühl und mühelosem Geld. In wenigen Stunden klapperte ich all die kleinen Läden der mehr oder weniger angesagten Modeschöpfer ab, die sich im Quartier des Abbesses angesiedelt hatten, in diesem magischen Dreieck zwischen den bekannten Straßen Rue Lepic, Rue des Martyrs und Rue des Trois Frères. Die Sonne strahlte, und die schmeichelnde Luft vertrieb mir die wenigen Gedanken, die noch bei den Barlets verweilten.

Vom Quartier des Abbesses zur Place Pigalle war es über die etwas abschüssige Rue Houdon nur ein Katzensprung, eine kurze Strecke, auf der ich ein Falafel-Sandwich verschlang, fettig und triefend, wie ich es mochte. Das Schild, vor dem ich schließlich am Boulevard de Clichy stehen blieb, war sehr viel schreiender als das der Modeboutiquen, aus denen ich gerade kam. Die rosa und roten Neonfarben formten eine nackte Silhouette, die blinkend zur Wollust aufrief. Männer hoben den Blick, manche blieben stehen, und eine Handvoll drängte sich im verspiegelten Eingang.

»Komm rein, Mademoiselle, ist auch klasse für Frauen!«, redete mir ein Anwerber mit rasiertem Schädel und starkem maghrebinischem Akzent zu. »Komm rein!«

»Nein… Ich will nur eine Freundin besuchen, die hier tanzt. So…« Ich konnte mich gerade noch bremsen. Gott weiß, unter welchem Pseudonym sie sich an so einem Ort produzierte. Ich wollte nicht ihre wahre Identität enthüllen.

»Wie sieht sie aus, deine Freundin?«

»Lange braune, lockige Haare… mit…«

Mit puterroten Wangen deutete ich mit gewölbten Händen ihre füllige Oberweite an.

»Aha!« Er lachte lauthals auf und zeigte dabei seine kaputten Zähne. »Aber was glaubst du denn, meine Gazelle? Alle Mädels hier haben dunkle Haare und große Titten!«

»Wie kann ich sie finden?«, fragte ich so treuherzig, wie es ging.

Er legte mir freundlich eine Hand auf den Rücken und schob mich ins Innere des Etablissements. »Komm, geh schon… Nach den Spiegeln gehst du rechts in den Flur. Du gehst durch die Tür, wo ›Privat‹ draufsteht, und da findest du alle Mädels. Deine Freundin ist bestimmt in einer der Kabinen.«

Ich gehorchte, fluchte aber auf Sophia, dass sie ihren Arbeitsplatz als Treffpunkt ausgesucht hatte. »Du weißt schon, so 'n Tanzschuppen, um die Kerle aufzugeilen, ehe sie nach Hause gehen und Mutti vögeln«, hatte sie auf meiner Mailbox hinterlassen; sie hatte es heruntergespielt und es wie eine weibliche Version der Chippendales dargestellt.

Ich wusste, dass sie in diesen schwierigen Zeiten ihren Ehrgeiz hatte deutlich herunterschrauben müssen. Aber sich etwas vorzustellen, war das eine, Zeuge ihres Niedergangs zu werden, hingegen etwas anderes. Etwas völlig anderes.

Ich ging in den langen Schlauch, der schlecht beleuchtet und für mich und meine vielen Tüten viel zu schmal war. Durch eines der winzigen Fensterchen in den vielen Türen sah ich meine Freundin von hinten, sie trug einen so kleinen String, dass ich ihn erst entdeckte, als sie sich kurz zu mir umdrehte. Lang genug, um zu sehen, dass sie die beiden Piercings, die sonst in ihrem Bauchnabel steckten, entfernt hatte. Ihr laszives Wiegen in den Hüften hatte mit Choreografie nichts zu tun. Ihre Bewegungsabläufe zu dem drängenden Discosound, der in der Kabine dröhnte, hatten allein das Ziel, ihre Brüste, ihren Mund und ihren Hintern vor der undurchsichtigen Glasscheibe bestens zur Geltung zu bringen. Einen Augenblick presste sie sogar einen ihrer Körperteile an diesen Einwegspiegel. Hinter dem mit Sicherheit ein Mann masturbierte.

Fünf Minuten!, zeigte sie mir heimlich mit der linken Hand, Zeichen, dass sie mich gesehen hatte.

In einem anderen meiner feuchten Träume liege ich auf meinem Bett, ich bin nackt und streichle mich. Es muss Sommer sein, denn ich spüre die Hitze, und leichter Schweiß perlt über meine nackte Haut. Ich habe nichts an, und wenn ich mich so frei meiner Lust hingebe, dann weil ich davon überzeugt bin, allein in diesem Ferienhaus zu sein.
Meine Schenkel sind gespreizt, meine Möse ist weit offen, und ich wende meine unfehlbare Methode an: die Finger in V-Stellung um meinen angeschwollenen Kitzler, den Mittelfinger meiner anderen Hand tief in mir. Ich bin schon ganz nass, in mir ist es heiß. Der leichte Duft meiner Säfte steigt mir in die Nase. Das erregt mich noch mehr.
Gerade als ich spüre, dass ich mich dem Höhepunkt nähere, höre ich ganz deutlich Schritte hinter der Tür. Das alte Parkett knarzt unter dem Gewicht desjenigen, der sich dort – plötzlich reglos – befindet. Ich nehme beinahe

den angehaltenen Atem wahr, das Keuchen des Unbekannten, der sich nicht mehr zu rühren wagt. Hat er mich durch Zufall überrascht? Hat er mir nachspioniert?

Unter anderen Umständen hätte ich mich rasch angezogen oder mich mit dem weißen Laken zugedeckt. Doch es ist stärker als ich. Ich mache weiter, ich vergrößere sogar die Kreise, die meine beiden Finger auf der Suche nach den sensiblen Zonen ganz tief in mir ziehen. Ich beiße mir auf die Unterlippe. Gleich würde ich meinen Schrei nicht mehr zurückhalten können. Zu wissen, dass dieser Mann so nah ist, erstarrt vor Erregung, bebend vor eigenem Begehren, verzehnfacht meine Empfindungen. Ich keuche laut... und er nun auch. Er muss seinen Schwanz umfasst haben und reibt sich jetzt im selben Rhythmus wie ich, darauf bedacht, sein Stöhnen zu unterdrücken.

Ich wache auf, kurz bevor wir, so vermute ich, gemeinsam kommen. Im anschließenden Halbschlaf stelle ich mir vor, dass er sich davonstiehlt, ohne mir seine Identität preisgegeben zu haben.

(Handgeschriebene Notiz, anonym, 6. Juni 2009. Diesen Traum habe ich nie gehabt, aber, mein Gott… ich habe diese Situation bereits erlebt!)

Ich blieb noch einige Sekunden stehen, um Sophia bei ihrer Nummer zuzusehen, als plötzlich ein rotes Licht an der Decke der Kabine zu blinken anfing, das offenbar den Countdown einleitete.

Zehn, neun, acht…

Sophia, die dem unbekannten Kunden den Hintern entgegenreckte, schob das dünne Band ihres Tangas beiseite und steckte sich den Mittelfinger in die Scheide. Erst bewegte sie ihn ganz langsam, dann immer schneller, und simulierte, dass etwas ganz anderes in sie eindrang.

…sieben, sechs, fünf…

War das Teil des Vertrags? Sie schob sich den Finger kraftvoll rein und raus, als wollte sie ihr eigenes Begehren befriedigen – und nicht das des Kunden.

…vier, drei, zwei…

Sie schien bei dieser Darbietung große Lust zu empfinden, doch ich litt, sie in dieser erniedrigenden Pose zu sehen, bei diesem Austausch der Betrogenen: ein paar Geldscheine gegen eine ungestillte Sehnsucht. Sie öffnete den Mund. Ihre Lider flatterten. Würde sie einen Orgasmus haben, hier, nur wenige Schritte vor mir, für diesen armen, so tief gesunkenen Typen?

...eins, null.

Plötzlich war es stockdunkel in der Kabine. Instinktiv flüchtete ich in Richtung Ausgang.

Die versprochenen fünf Minuten waren gerade vergangen, als sie unter den Blicken des Anwerbers draußen zu mir kam.

»Wenn du sagst, dass es dir gefallen hat, mache ich mir Sorgen... und wenn du mir sagst, dass es dir nicht gefallen hat, dreh ich dir den Hals um!«, stieß sie hervor und packte mich mit liebevollem Schwung an den Schultern.

Ich hatte zwar nie gewagt, sie direkt darauf anzusprechen, aber ich war doch so gut wie überzeugt, dass es unter der Vielzahl ihrer Liebhaber auch einige Frauen gab.

»Ich habe doch gar nichts gesagt!«

Dieser strahlende frühe Nachmittag lud trotz der Tüten, die mir schwer am Arm hingen, eindeutig zum Flanieren ein. Mir blieben noch gut zwei Stunden bis zu meinen Probeaufnahmen, eine halbe Stunde bräuchte ich für die Métro bis zum Studio in der Nähe von Levallois-Perret. Sophias berauschendes Parfüm, eine Mischung aus blumigen Duftnoten und Patschuli, wetteiferte mit dem üblen Geruch des riesigen Kebabs, den sie sich auf dem Weg genehmigte. Auch wenn sie ihren Imbiss noch so sehr mit der Anmut eines Lastwagenfahrers verschlang, zog sie die Blicke der Männer auf sich. Das war schon immer so gewesen, ein Beweis für das Signal der sexuellen Verfügbarkeit, das sie beinahe unbewusst aussandte.

Als sie ihren Kebab aufgegessen hatte, setzten wir uns auf der Place des Abbesses an einen Tisch in der Sonne, um einen kühlen Monaco, ihren Lieblingscocktail, zu schlürfen. Lag es am leichten Alkohol? Zumindest vertraute ich ihr gleich die Geschichte vom Abend zuvor an...

»Der Typ ist krank! Du musst unbedingt mit David darüber reden!«

»Und was soll ich ihm sagen? Dass sein Bruder mich zehn Minuten lang wie eine Prinzessin und den Rest des Abends wie eine

Hure behandelt hat? Und warum sollte ich? Ach ja, warte, ich weiß: weil ich eine Hure *bin*!«

Die beiden Biertrinker am Nachbartisch, junge schicke Müßiggänger, die nach ihren nächsten Eroberungen Ausschau hielten, warfen uns lüsterne Blicke zu.

»Hör mal, Elle, er hat dir hinter dem Rücken seines Bruders eine Falle gestellt. Du kannst nicht einfach so darüber hinweggehen!«

»David kann vieles verstehen, Sophia … Er akzeptiert mich schon so, wie ich bin, obwohl ich gesellschaftlich zehn Stufen unter ihm stehe. Aber über diesen Teil meiner Vergangenheit könnte er nie großzügig hinweggehen. Stell dir doch mal die Schlagzeilen vor: ›David Barlet, Chef der Barlet-Gruppe, heiratet ein Callgirl!‹«

»Du bist kein Callgirl, verdammt noch mal … Du bist ein Escortgirl, das ist etwas völlig anderes.«

»Ach ja? Dann erklär das mal diesen Schakalen von der Klatschpresse!«

Sie reagierte auf die Aufmerksamkeit, die uns die beiden aufdringlichen Typen entgegenbrachten, mit einem finsteren Blick. Dann wandte sie sich wieder zu mir. »Aah, das habe ich jetzt aber nicht geträumt … Du hast schon gesagt ›heiratet‹?«

»Hm, ja …« Ich seufzte. »Ja, das war vor dem gestrigen Abend.«

»Na, na, na! Jetzt nicht in Depression verfallen! Das ist verboten! Einer der am besten aussehenden und reichsten Kerle von ganz Frankreich will dir einen Ring an den Finger stecken, *dir*. Also sei brav, du wirst doch nicht alles im letzten Augenblick platzen lassen.«

Plötzlich vibrierte das Handy in meiner Handtasche und unterbrach ihre guten Ratschläge.

Dringend BDN: Annabelle, sind Sie heute Abend frei für einen Auftrag? Theater an den Champs-Élysée, um 20 Uhr 30. Dreifaches Honorar vonseiten des Kunden als Entschädigung für Bestellung in letzter Minute.
Danke für rasche Antwort.

Tut mir leid, nein, habe anderes vor.

Ich hatte geantwortet, ohne auch nur eine Sekunde zu zögern. Denn nicht nur, dass natürlich David nichts von meiner Arbeit für die Belles de nuit wusste, ebenso hatte ich Rebecca wegen der Berühmtheit meines zukünftigen Ehemanns meine bevorstehende Heirat verheimlicht.

Was den Geldgeber dieses überraschenden Auftrags anging, hatte ich keinerlei Zweifel an seiner Identität: Louis Barlet. Wer sollte es denn sonst sein? Er hatte ja angekündigt: »Bis morgen.«

»Irgendetwas an deiner Geschichte ist nicht ganz klar«, meinte Sophia. »Wie hat sein Bruder über dich erfahren können?«

»Ich weiß es nicht. Ich vermute, er ist Kunde der Agentur. Bei der Frau, mit der er gestern aus der Galerie abgezogen ist, überrascht mich das nicht einmal.«

»Rebecca hat hunderte Mädchen in ihrer Kartei. Es ist schon ziemlich eigenartig, dass er ausgerechnet auf dich stößt.«

»David muss ihm ein Foto von mir gezeigt haben …«, spekulierte ich. »Vielleicht hat er mich beim Blättern im Katalog wiedererkannt.«

Wieder forderte das Handy meine Aufmerksamkeit.

Sie haben im letzten Monat bereits drei Aufträge abgelehnt. Sie kennen doch die Regel: Noch eine Absage, und ich streiche Sie. Überlegen Sie es sich gut.

Alles gut überlegt.

Gut. Aber ich muss Sie an die Ausgaben zu Ihren Lasten erinnern, die Ihre Aufträge bisher nicht decken. Ich erinnere Sie daran, dass ich die Rückzahlung auf IHRE Bitte hin gestaffelt habe. Sie sind erst dann aus dem uns bindenden Vertrag entlassen, wenn Sie mir dieses Geld bis zum letzten Cent zurückgezahlt haben. Ich bin entgegenkommend, aber ich führe keinen Wohltätigkeitsverein!

Ich wusste es nur zu gut. Noch eintausendsiebenhundertfünfundfünfzig Euro. Eine Summe, die ich von meinen Ersparnissen leicht hätte bezahlen können. Aber das würde auch bedeuten, dass ich auf mein Geschenk für David verzichten müsste.

»Alles okay?«, wollte Sophia wissen.

»Ja, ja ... Nur Rebecca, die mir nachstellt.«

»Schick sie in die Wüste, diese alte Schlampe! Du bittest deinen Milliardär um ein kleines Taschengeld und klatschst ihr die Kohle, die du ihr schuldest, ins Gesicht. Bedienung!«

Verächtlich warf sie einem hypothetischen Kellner ein imaginäres Geldbündel hin. Mein Aufbegehren machte auch ihr die Last ihres Sklaventums leichter, zumindest ein bisschen, zumindest für die Dauer eines Witzes.

»Millionär, nicht Milliardär«, stellte ich richtig.

»Tja, auch das dürfte reichen, um deine Schulden abzulösen. Tu mir einen Gefallen und lösch diese Drecksau aus deinem Handy.«

Schon drückte ich Rebeccas bedrohliche SMS weg. Doch im selben Augenblick erschien mit dem charakteristischen Surren eine andere in der Liste der nicht gelesenen Nachrichten.

»Sie lässt nicht locker, die Alte!«, geiferte Sophia.

»Ach, ne, das ist nicht von ihr ... Scheiße!«

Was ich da gerade mit höflichen und ausführlichen Worten erfuhr, machte mir deutlich mehr zu schaffen als die engstirnigen Erwägungen einer Rebecca Sibony. An Geld würde es mir nie mehr fehlen, das war eine unumstößliche Tatsache und für mich ein Sieg über dieses schnöde Schicksal einer ärmlichen Herkunft.

Doch die berufliche Anerkennung konnte ich mir davon nicht kaufen.

»Wer ist es?«

»Meine Probeaufnahmen ... sie sind gestrichen. Sie haben bereits ein anderes Mädchen genommen. Die Ische vom Wetterbericht.«

»Das ist doch eine richtig dumme Tusse!«

»Ich weiß ... Aber sie ist der Jungstar im Sender und jeden Tag zu sehen. Sie kennt man bereits.«

»Hmm… Ich kapier nicht, warum du so darauf versessen bist, für diese Idioten vom Fernsehen zu arbeiten. Ich bin mir ganz sicher, dass du bei der Zeitschriftenpresse groß rauskommen würdest.«

»Nur zur Erinnerung, mein Verlobter ist einer dieser Idioten vom Fernsehen«, erwiderte ich schroff.

»… und bis vor fünf Minuten wusste ich nicht einmal, dass ihr heiratet.«

Vergebens suchte Sophia nach tröstenden Worten. Obwohl sie erschöpft war von den vielen Stunden, in denen sie sich vor einer Scheibe in den Hüften gewiegt hatte, fand sie noch die Kraft, mir Mut zuzusprechen.

»Jedenfalls wirst du nie mehr wieder eine *Hotelle* sein.«

»Eine Ho-was?«, fragte ich verblüfft.

»Hat Rebecca diesen Ausdruck dir gegenüber nie erwähnt?«

»Nein…«

»So nennt sie die Mädchen, die öfter mit ihren Kunden in einem Hotelzimmer landen. ›Hot‹ und ›elle‹ ergibt ›Hotelle‹. Das trifft es doch gut, findest du nicht?«

Mädchen wie sie, wie Sophia. Eine Hotelle, die tagsüber in der Kabine die feurigen Begierden der Männer entfachte, um sie am Abend mit bezahlten Zärtlichkeiten zu löschen.

»Ich wusste gar nicht, dass sie sich Wortspielereien hingibt«, spöttelte ich.

»Für dich jedenfalls ist all das vorbei.«

Ich wollte, ich könnte mir da wirklich sicher sein. Ich wollte, diese Probeaufnahmen hätten mir erlaubt, ein für alle Mal die Tür des Joséphine und alle anderen Türen des Hôtel de Paris hinter mir zuzumachen. Ich wollte Annabelle sein, ganz einfach. Und nicht *hot*.

»Stört es dich, wenn ich mal eben David anrufe?«

»Aber nein. Nur zu. Soll ich dich allein lassen?«

»Nein, bleib.«

Ich hielt sie an ihrem gebräunten Unterarm zurück. Im Sommer hatte sie immer diesen Hautton, der ihr so gut stand…

»Nicht sehr verfügbar, sag mal, dein Medienzar«, bemerkte sie, als ich kurz darauf schon wieder auflegte.

»Tagsüber nie. Aber komisch ... Er möchte, dass ich zu ihm ins Büro komme.«

»Jetzt?«

»Ja, sofort. Er hat gesagt, dass er auf mich wartet.«

»Vielleicht hat er eine nette Pressekonferenz für dich vorbereitet. ›Annabelle Lorand, Sie heiraten demnächst David Barlet, und zudem arbeiten Sie abends als Escortgirl ... Wie erleben Sie die Kluft zwischen diesen beiden doch sehr unterschiedlichen Welten?‹«

»Dummkopf!«

Ich verabschiedete mich eilig von ihr und nahm wegen meiner vielen Tüten ein Taxi, das mich zur Porte de Sèvres brachte. Bislang kannte ich den Barlet-Turm nur von außen. Dieses funkelnde Hochhaus, das den Périphérique und darüber hinaus den ganzen Süden von Paris überragte, stand im krassen Gegensatz zu Davids privater Vorliebe für alte Gebäude. Von Nahem wirkte der Turm noch kühler, wie ich feststellte, als ich die schwindelerregend große Eingangshalle betrat.

»Mademoiselle Lorand?«

Kaum hatte ich einen Fuß ins Gebäude gesetzt, sprach mich eine kleine pummelige Blonde an, deren geflochtener Haarknoten ihre Ähnlichkeit mit einem Pferd noch unterstrich.

»Ich bin Chloé. Monsieur Barlet hat mich beauftragt, Sie in sein Büro zu führen. Wenn Sie mir bitte folgen wollen.«

»Ja, gern.«

»Eigentlich«, sprach sie weiter, »wird er Sie im Konferenzraum treffen. Er hat gerade eine Besprechung in seinem Büro.«

»Gut.«

»Darf ich Ihnen einen Kaffee bringen? Einen Tee? Wasser? Oder eine Limonade?

»Nein danke, nichts. Es ist alles gut so.«

»Okay. Monsieur Barlet wird in weniger als ...«, Kontrollblick auf die Uhr, »... drei Minuten, in höchstens vier, bei Ihnen sein.«

»Perfekt.«

Beinahe hätte ich einen Lachanfall bekommen. Doch ich riss mich zusammen und überlegte, dass dieses Leben, in dem jeder Termin auf die Sekunde genau austariert ist, für dieses arme

Mädchen der Alltag war, aber auch für den Mann, mit dem ich zusammenlebte. Ich setzte mich in einen der neuen Ledersessel und blätterte in den Wirtschaftsmagazinen, die auf dem Tisch lagen, als sich ein Schatten hinter der Glastür zeigte. Sein Duft, diese typische Mischung aus Lavendel und Vanille, stieg mir in die Nase, noch ehe ich ihn sah. Ich hob den Kopf von meiner Zeitschrift, als die Stimme von der Tür zu mir drang.

»Elle! Bei uns! Ganz leibhaftig! Welche Ehre!«

Louis Barlet, der beide Hände auf den Knauf seines Stocks gestützt hatte, betrachtete mich mit seinen wachen Augen. Er trug einen ebenso schmal geschnittenen – und nicht minder eleganten – Anzug wie am Abend zuvor. Mir blieb die Luft weg. Wahrscheinlich habe ich ausgesehen wie ein toter Fisch oder etwas ähnlich Verlockendes, denn sein Lächeln wurde breiter, aus seinem Blick verschwand diese Geringschätzung, die ihm eigen war, und er hatte wieder diesen gefälligen Gesichtsausdruck, mit dem er mich am Vorabend begrüßt hatte.

Aber durfte ich dieser guten Miene vertrauen? Konnte es sein, dass er mich bis hierher verfolgt hatte, da er nicht die Antwort erhalten hatte, die er sich durch Rebeccas Vermittlung erhofft hatte?

Ich ging energisch auf ihn zu und baute mich so nah vor ihm auf, dass er einer Erklärung nicht ausweichen konnte.

»Verdammt, was haben Sie hier zu suchen?«

»Was ich hier zu suchen habe?«

Die merkwürdige Situation schien ihm zu gefallen, ja, ihn heiter zu stimmen. Sein Auftreten, das mir noch ungehöriger vorkam als in der Galerie, machte mich ebenso sprachlos wie am Abend zuvor. Es war nervenaufreibend und dennoch so intensiv, so richtig, als wüssten alle seine Zellen, dass er sich genau in diesem Moment rechtmäßig an diesem Ort befand.

»Ich glaube, meine Antwort war eindeutig. Ich stehe heute Abend nicht zur Verfügung. Und übrigens auch an keinem anderen Abend.«

Er nickte. »Das hatte ich bereits verstanden.«

Zumindest gab er zu, hinter dieser Einladung zu stecken. Ich war fuchsteufelswild und widerstand nur mit Mühe der Lust, ihm an die Gurgel zu gehen oder gegen sein krankes Knie zu treten.

»Also … warum sind Sie mir bis hierher gefolgt?«

»Ich bin Ihnen nicht gefolgt, das schwör ich Ihnen.«

»Sie lügen!«, brauste ich auf.

»Beruhigen Sie sich. Chloé hat mir nur Ihren Vorna…«

»Ah! Sieh an! Ihr beide hier!«

Davids heiterer Ton drängte sich in meine Wut. Und schon wich sie der Überraschung, und mit gemessener Herzlichkeit schloss er mich in die Arme.

»Die Präsentationen sind endlich vorbei. Großartig.«

Für David war immer alles »prächtig« oder »großartig«. Wenn er mal nicht eines dieser Wörter benutzte, um seine Begeisterung auszudrücken, musste man annehmen, dass er die Situation für mittelmäßig, sprich für schrecklich, hielt. Nun wirkte er aufrichtig erfreut, uns beide hier zu sehen.

Louis bemühte sich, seinen inneren Jubel zu verbergen, und suchte meinen Blick, um sich daran zu weiden.

»Das kann man sagen, ja wahrhaftig.«

»Das also ist mein grauenhafter älterer Bruder!«, scherzte David und legte ihm den Arm um die Schulter. »Und nebenbei der Chef der Unternehmenskommunikation der Barlet-Gruppe.«

»Chef der …«, stammelte ich verstört.

»Der einzige, den wir bisher hatten … und dennoch bei Weitem der beste.«

Davids doppelzüngiger Humor brachte Louis auf, sehr sogar, das war ersichtlich. Und dennoch zeigte er in Gegenwart seines Bruders eine Zurückhaltung, die ganz im Gegensatz zu seiner Ungezügeltheit am Abend zuvor stand. Bestimmt der Respekt des Angestellten für seinen Boss. Oder des verlorenen Sohns für seinen erfolgreichen Bruder.

Der oberste Chef wandte sich an seine rechte Hand und bat ihn in professionellem Ton: »Wenn es dir nichts ausmacht … ich möchte kurz mit Annabelle sprechen. Allein.«

»Selbstverständlich.«

Louis verneigte sich servil, warf mir einen undurchdringlichen Blick zu und humpelte davon.

Louis Barlet hat einen muskulösen, knackigen Hintern, den ich mir göttlich apfelförmig vorstelle, unter seiner Hose, deren Stoff aufs Äußerste gespannt ist. Einen Hintern, den man unwillkürlich anfassen möchte, kneten, vielleicht sogar anbeißen oder …

(Handschriftliche Notiz, unvollständig und anonym, vom 6. Juni 2009. Kein Kommentar!)

»Mein Schatz?«

»Ja?«

»Bitte, setz dich!«

Ich gehorchte und befand mich zum ersten Mal gegenüber David in der Position derjenigen, die es als ihre Pflicht ansah, ihm mit der erforderlichen Fügsamkeit einer guten Ehefrau zuzuhören.

»Ich habe über deine Geschichte mit den Probeaufnahmen und all das gut nachgedacht …«

»Sprechen wir nicht mehr davon.«

»Doch, doch … lass uns drüber reden. Ich habe heute Nachmittag mit Luc Doré, dem Chef von Antenne BTV darüber diskutiert. Er denkt schon seit Längerem darüber nach, sein Vorabendprogramm durch eine Kultursendung zu ergänzen. Unsere Primetime am Donnerstagabend läuft nicht sonderlich gut. Bislang habe ich ihn eher gebremst … doch jetzt habe ich ihm grünes Licht gegeben.«

Bremsen. Grünes Licht. Mit diesen Worten klang Davids Job so leicht und erfreulich wie eine Partie des Kartenspiels *Tausend Kilometer*. Ein Spiel, das er natürlich immer gewann.

»Ja und?«, fragte ich und tat so, als schaute ich ihm nicht in die Karten.

Er nahm meine Hand. »Also, Mademoiselle Lorand … oder ich sollte besser Madame Barlet sagen … Ich habe die große Freude, Ihnen anzukündigen, dass Sie bereits in wenigen Wochen die neue Kultursendung von BTV *Cultur'Mix* moderieren werden.«

»Du machst Scherze.«

»Nein, keineswegs. Ich habe deine Demobänder von CFJ angefordert und Luc vorgeführt. Er ist ganz begeistert.«

»Aber, David … ich war doch mein Lebtag noch nicht auf Sendung!«

»Na und? Du wirst es so machen wie neunundneunzig Prozent aller Moderatoren: Du lernst vor Ort.« Er ließ meine Hand los und stand auf. »Natürlich ist das nur ein Arbeitstitel … Wenn er dir nicht gefällt, änderst du ihn. Ich muss weiter. Ich bin schon zwei Minuten zu spät. Wir reden heute Abend zu Hause noch mal darüber.«

Mein Mann hatte gerade mein Leben noch viel radikaler auf den Kopf gestellt, als ich es mir hätte träumen lassen. Und mein Chef war gegangen, ohne sich zu verabschieden, geschweige denn, mich zu küssen.

Ach, schade, dass es sich dabei um ein und denselben Mann handelte.

10

Der RER nach Nanterre war mir nie so schön und die Fahrt von Paris-Mitte noch nie so schnell vorgekommen. Ich vergaß alles bis hin zu Louis' Machenschaften und denen meines verrückten Stalkers, die mich nicht weniger beunruhigten. Ich glaube, ich habe auch ein-, zweimal mein Gegenüber etwas dümmlich angelächelt. Ich wollte, meine Glückswolke wäre ansteckend und jeder Mensch im Zug würde auf seiner eigenen sitzen. Aber das war vielleicht ein bisschen viel verlangt …

Ich war so aufgekratzt, dass ich darüber sogar vergaß, in der Konditorei Leckereien für Mama zu kaufen.

»Das ist nicht schlimm«, beruhigte mich Maude, die mich in ihrem ewigen Bademantel empfing. »Ich habe ein Kalbsfrikassee nach Großmutters Rezept zubereitet.«

Sie war weder in dem Alter, noch hatte sie die Neigung, sich gehen zu lassen, aber die Krankheit zeichnete sie bereits: dieser aschfahle Teint, diese Falten, die sich jeden Tag tiefer in ihre Haut zu graben schienen, diese Schwere bei der geringsten Anstrengung …

Ich hatte erst ein wenig Skrupel, mein Glück vor ihr auszubreiten, doch als ich dann das Kalbsragout in der hellen Soße umrührte, dessen lieblicher Duft nach Muskat und Lorbeer mir in der Nase kitzelte, wagte ich es. Und Félicité strich mir um die Beine und schnurrte, als freute sie sich für mich.

Ich versuchte, die unglaubliche Chance herunterzuspielen, die mir David bot, doch meine Mutter wusste genug von diesem Metier, um den wahren Wert seines Angebots zu ermessen.

»Das ist wunderbar, mein Liebling! Das ist wunderbar …«

Sie schmiegte sich an meinen Rücken und umfing mich mit ihren schwachen Armen, dass ich meinte, sie klammere sich an mich, um nicht umzufallen. Ich griff mit einer Hand nach hinten, um sie zu streicheln, während ich den Blick starr auf die sämige Soße richtete.

»Ja, ganz bestimmt…«

»Aber…?«

»Es macht mich verlegen, dass er all das für mich tut.«

»Aber warum denn?«

»Na ja, ich bin gerade mal dreiundzwanzig, habe eben erst meine Ausbildung abgeschlossen… und ich bekomme *meine* Sendung, zu einer Uhrzeit mit hoher Sehbeteiligung, bei einem der beliebtesten Sender Frankreichs. Was meinst du, wie die Leute das einschätzen werden?«

»Schwein gehabt, werden sie denken.« Sie kicherte über ihre jugendliche Ausdrucksweise.

»Nein… Vitamin B, werden sie sagen. Sollte ich nicht herausragend gut sein, wird man mich in der Luft zerreißen.«

»Du *wirst* herausragend gut sein, Elle. Und damit basta.«

»Mama…« Ich seufzte und lächelte gleichzeitig. »Das ist lieb von dir. Aber glaub mir, diese Art Freifahrtschein bezahlt man am Ende immer teuer, vor allem in dieser Sparte. Die Geliebte des Chefs vereinnahmt den Sender, das ärgert alle: die Zuschauer, die Kommentatoren… und ganz zu schweigen von den anderen Moderatoren, die meinetwegen abgelehnt worden sind. Ich selbst habe genug darunter gelitten.«

Ich musste an die Absage per SMS denken, die ich erst wenige Stunden zuvor erhalten hatte.

Der vertraute Rosenduft meiner Mutter, der für mich früher immer so etwas Beruhigendes hatte, mischte sich mit dem Wohlgeruch des Frikassees.

»Ich glaube nicht an Glück und genauso wenig an den Zufall«, entgegnete sie mit all der Entschiedenheit, die sie noch aufbringen konnte. »Wenn dir so etwas passiert, dann, sei sicher, weil du es verdienst.«

»Hm…«

»Hast du nicht gesagt, dass diesem Luc Dingsda deine Probeaufnahmen sehr gefallen haben?«

»Ja… Eigentlich hat es David gesagt. Und ich glaube, Luc

wollte vor allem seinem Chef schmeicheln. Nach dem, was ich heute gesehen habe, ist mein Liebster nicht unbedingt ein einfacher Chef.«

»Nicht gerade freundlich, wie du von deinem Freund sprichst«, rügte sie mich sanft, aber dennoch streng.

Etwas überrascht drehte ich mich zu ihr um. »Nicht freundlich? Mit David?«

»Du könntest seinem Urteil etwas mehr vertrauen. Schließlich sagst du selbst: Er ist der Chef einer großen Sendergruppe. Wenn er meint, du bist für diesen Posten kompetent, sehe ich keinen Grund, ihm nicht zu glauben.«

Sprachlos betrachtete ich sie eine Weile, und Tränen drohten mir aus den Augen zu kullern. Rasch warf ich einen Blick durch die halb offene Tür zum Wohnzimmer. Auf der Anrichte stand ihre Sammlung von Fotos von mir, die sie geradezu andächtig pflegte, Erinnerungen an all die kleinen Triumphe meines noch jungen Lebens, die neuesten vom Tag meines Abiturs und diese Aufnahme, auf der Sophia und ich, mit unserem Unidiplom in der Hand, uns in den Armen liegen.

»Es ist normal, dass du zweifelst, Liebling«, sagte sie. »Aber angesichts der Verantwortung, die David trägt, kann er es sich nicht erlauben, falsche Entscheidungen zu treffen. Und für *dich*, Liebling, hat er sich entschieden.«

Sie fand die richtigen Worte, erhellende und beruhigende, wie immer, wie all die Male, wenn ich etwa nach meinem Vater fragte und mir als einziger Trost ein verblasstes Foto blieb: er und ich als pausbäckiges Baby, im Jahr 1987, als er verschwand.

Richard Rodriguez, ein aus Spanien stammender Bauleiter, den sie spät und womöglich aus Trotz geheiratet hatte, war nach Quebec gereist, um ein neues Bauprojekt zu organisieren, eigentlich nur für einige Wochen, doch er war nie wiedergekommen. Pfft, ein Phantom.

»Danke, Mama ...«

Ich drückte sie an mich, gerade fest genug, um ihr ein bisschen von meiner Wärme abzugeben.

»Oh ... wie dumm ... beinahe hätte ich das Wichtigste vergessen!«

Aufgeregt wie ein kleines Kind hatte ich in die Hände geklatscht.

»Was meinst du?«

»Warte …«

Ich sauste in die Diele, kramte in meiner Handtasche und kam mit einem länglichen Umschlag zurück, auf dem mit zarten Strichen eine Weltkarte abgebildet war.

Maude schaute mich fragend an. »Was ist das?«

»Tataa«, stieß ich freudig aus. »Was glaubst du: deine Jahreskarte für Disneyland.«

»Was?« Sie wusste nicht, ob sie lachen oder mich tadeln sollte.

Wie mit einem Florett fuchtelte ich mit dem Papier vor ihr herum. »Aber nein! Unsere Tickets für L. A.! Davids Assistentin hat sie mir vorhin gegeben.«

»›Ellä‹?«

»Los Angeles, Mama … da musst du dich sprachlich aber noch ein bisschen fit machen.«

Solange ich gewisse Grenzen nicht überschritt, liebte sie es, wenn ich sie foppte, denn es zeigte zwischen uns eine Verschworenheit, die ansonsten nur gleichaltrige Freundinnen miteinander haben.

»Du hättest Madame Chappuis' Gesicht sehen sollen, als ich ihr erzählt habe, dass ich in diesem Sommer nach Amerika fahre!«

»Ich wette, sie hat dir nicht geglaubt.«

»Sie hat gemeint, ich spinne! ›Ach, komm, Amerika …‹«

»Du wirst ihr eine Postkarte schicken.«

»Und du wirst sie auch unterschreiben. Dann zetert sie noch mehr, die alte Ziege.«

Sie griff nach dem Umschlag und zog die rechteckigen, steifen Tickets heraus, die mit Informationen und Strichcodes übersät waren.

»Wir fliegen am zwanzigsten Juni?«, fragte sie.

Zwei Tage nach meiner Hochzeit, dachte ich, behielt aber diese entscheidende Nachricht für mich, denn ich sah mich nicht in der Lage, ihr von meinem Glück zu erzählen, wo doch ihr Leben am seidenen Faden hing.

Meine Hochzeit … Selbst mir erschien sie irreal, da ich so wenig darüber sprach. In unserer knapp bemessenen gemeinsamen Zeit sprach auch David nicht davon, als wäre, nachdem ich einmal eingewilligt hatte, für ihn die Sache bereits erledigt und als wären die kommenden Ereignisse nur eine belanglose, lästige Formalität. Wie versprochen, arbeitete Armand im Hintergrund, damit am Tag selbst alles perfekt sein würde; doch seine Bemühungen waren so diskret, dass er mich von den wesentlichen Entscheidungen ausschloss – der Wahl der Anzeigen, der Blumen, des Menüs … Erst durch entfernte Reaktionen erfuhr ich davon, als er längst alles abgesegnet hatte; selbst Sophia, die normalerweise bei solchen Themen nicht zu bremsen war, schien es peinlich, mit mir über dieses so nahe Datum zu reden. War sie neidisch? Oder beleidigt, dass ich sie nicht sofort gebeten hatte, meine Trauzeugin zu sein?

»Ja, wir fliegen am zwanzigsten. Warum? Hast du da etwas anderes vor?«, fragte ich heiter.

»Und wann beginnt deine neue Arbeit?«

»Eigentlich in drei Tagen. Am Dienstag, den neunten.«

Sie schloss den Umschlag, nahm meine Hände in ihre, die so zerbrechlich waren, und sah mich ernst und entschlossen an. »Ich fahre allein.«

»Was?«, kreischte ich auf.

»Du kannst mich nicht begleiten. Du hast dann ja gerade erst deinen neuen Job übernommen.«

»Aber Mama, das Flugzeug geht an einem Samstag! Kein Problem!«

»Sei vernünftig. Du wirst nicht an einem Wochenende hin- und zurückfliegen. Es liegt schließlich am anderen Ende der Welt. Und außerdem ist es wichtig für dich. Du kannst doch nicht, kaum dass du angefangen hast, schon mehrere Tage freinehmen.«

»David war es, der den Flug hat reservieren lassen. Und David ist auch mein Chef, Mama. Wenn es für ihn ein Problem gäbe, hätte er es mir gesagt – und auch nicht dieses Datum gewählt.«

Obwohl durch die Krankheit geschwächt, blieb sie immer noch meine Mutter, die mir, wenn sie es denn wollte, durch einen einzigen Blick, ein einziges Wort ihren Willen aufzwingen konnte.

»Nein, nein ... Du bleibst hier, mein Kind. Ich kann die Reise sehr gut alleine machen.«

Es klang aus ihrem Mund, als ginge es darum, für einige Wochen an Bord eines Überseedampfers zu gehen.

»Ich mache mir nicht nur Sorgen wegen der Reise ...«

»Täusche ich mich, oder warst du es, die mir erklärt hat, diese Klinik sei ganz *hervorragend* und schon am Flughafen erwarte mich eine Krankenschwester, die nur für meine Bedürfnisse bereitstehe?«

»Ja, das war ich ...«, gab ich zu und seufzte schuldbewusst. »Und die Klinik *ist* ganz hervorragend. Sie gehört zu den besten der Welt. Viele Hollywoodstars und mindestens zwei amerikanische Präsidenten sind dort behandelt worden.«

»Was könnte mir denn dort Schlimmeres zustoßen als hier?«

Nichts, tatsächlich. Sie setzte sich nur dem Abenteuer einer Heilung aus, die hier in Nanterre trotz aller Bemühungen jeden Tag ein wenig weiter in die Ferne rückte.

»Ich muss dir ja nicht erzählen, wie das läuft: Du bist glücklich, *ich* bin glücklich. Und wenn ich glücklich bin ...«

Sie brach ihren Satz ab, bestimmt aus Aberglauben. Sie wollte sich keine Zukunft ausmalen und träumte lieber von meiner, die von nun an prächtig sein würde. Ich widersprach ihr nicht und wollte das Gespräch ein anderes Mal fortsetzen.

Das Frikassee hielt, was sein Wohlgeruch versprach. Und meine Mutter zeigte mehr Appetit als die Male zuvor. Ich war sehr erleichtert, sie die zarten Fleischstückchen mit sichtbarem Vergnügen essen zu sehen.

»Hast du deine Post schon durchgeschaut?«

Ich hatte beim Postamt noch nicht meine neue Adresse angegeben.

»Nein. Warum? Ist was Besonderes dabei?«

»Nein. Der übliche Papierkram: Rechnungen, Prospekte ... Ah, doch.«

Erstaunlich behände stand sie abrupt auf und ging zu dem Tischchen am Eingang.

»Du hast eine eigenartige Einladung bekommen.«

»Warum ›eigenartig‹ …?«, wollte ich wissen.

»Weil auf dem Umschlag keine Adresse steht. Nur dein Name.«

Mit anderen Worten: Jemand hatte ihn für mich in ihren Briefkasten geworfen. Dieser Jemand wusste nicht nur, dass meine Post bei meiner Mutter ankam, sondern auch, dass ich sie regelmäßig dort abholte. Wie der Schreiber der Seiten meines Ringbüchleins!

Ich erwartete keine Post. Falls David mich mit einer Einladung hätte überraschen wollen, hätte er sie nie hierher geschickt.

Als Maude zum Tisch zurückkam, reichte sie mir das Kuvert.

Fassungslos starrte ich den Umschlag an.

»Geht es dir nicht gut?«, fragte meine Mutter verwundert.

»Doch, doch …«

Die Farbe, ein gesprenkeltes Silber, ähnelte sehr der von Anzeigen für eine Hochzeit oder auch für eine mondäne Einladung wie etwa einer Vernissage.

Vor allem hatte es genau dieselbe Farbe wie mein Zehnmal-am-Tag. Konnte ich an einen derartigen Zufall glauben? Diese Farbe war so selten, so außergewöhnlich.

»Willst du ihn nicht öffnen?«

Der Umschlag war nicht zugeklebt, nur die Lasche war eingesteckt. Jeder hätte seinen Inhalt lesen können. Ohne dass ich genau verstand, warum, durchfuhr mich bei diesem Gedanken ein Schauer des Entsetzens.

Darin befand sich eine Plastikkarte mit einem Magnetstreifen. Als ich das Logo darauf erkannte, wurde mir übel.

Hôtel de Paris

Auch das wusste er also …

Da keines der Zimmer dieses Hotels eine Nummer hatte, war es unmöglich, zu wissen, zu welchem diese Schlüsselkarte gehörte. Merkwürdigerweise war der erste Gedanke, der mir nach dem anfänglichen Schock kam: Ohne diese Information war die Karte unbrauchbar.

Ich habe schon einige Male in diesem Hotel Sex gehabt, aber noch nie hatte ich dort einen Höhepunkt. Ich habe bisher nicht meinen kleinen Teil zu den Phantomen der Lust beigetragen, die in diesen Wänden spuken. Ist das so schlimm?

(Handgeschriebene Notiz, anonym und unvollständig, vom 7. Juni 2009. Was kann er schon davon wissen? Schließlich befindet er sich nicht in mir, sodass er darüber spekulieren könnte, was ich empfinde oder nicht!)

Auf der Rückseite der Karte hing ein zartrosa Klebezettel. Mich überfiel so etwas wie Enttäuschung, als ich feststellte, dass die Handschrift dieser Notiz nicht mit der der geheimnisvollen Botschaften an meinen Körper übereinstimmte.

Liebe Zelle,
heute Abend, zweiundzwanzig Uhr.
Seien Sie pünktlich.
Bringen Sie kein Handy mit.

Diese Schrift wirkte auf mich ausgeglichener, regelmäßiger. Es war die eines besonnenen Menschen, während die erste von Unruhe und Lebensüberdruss zeugte.

»Schlechte Nachrichten?«, fragte meine Mutter, die mit Sorge mein bleiches Gesicht bemerkt hatte.

Kaum hatte ich die beiliegende Karte überflogen, konnte ich ihr wohlweislich und beinahe ohne zu lügen entgegnen: »Ja … Ja, du hattest recht, es ist eine Einladung.«

Auch diese beiliegende Karte war bedruckt. Es stand nur ein einziger Satz auf dem ansonsten strahlend weißen Karton:

1 – Du sollst deinen Körper lieben

Die Ähnlichkeit dieser Weisung mit den Zehn Geboten konnte mir nicht entgehen.

»Ach ja? Und wo?«

Maude, die meine Privatsphäre gewissenhafter achtete als ein Sakrament, wurde nun neugierig.

»Äh … zu einem Kostümball.«

»Wirklich? Wie schön! Wer organisiert ihn?«

Sie zwang mich zu improvisieren: »Das Studentenwerk. Der Leiter wohnt nicht weit von hier. Wahrscheinlich fand er es netter, mir die Einladung persönlich vorbeizubringen.«

»Du siehst nicht gerade begeistert aus«, bemerkte sie und schenkte sich noch ein halbes Glas Rotwein ein.

»Ach, weißt du, große Feste waren nie so mein Ding.«

»Geh hin! Du wirst schon deinen Spaß haben.«

Wenn meine eigene Mutter mich schon bestärkte …

Dieses Mal war die Identität des Absenders einigermaßen klar. Wer außer Louis Barlet konnte mich in ein Zimmer bestellen und eine Dienstleistung einfordern, die er bereits bezahlt hatte? Doch noch mehr als diese Annahme verwirrte mich, dass vermutlich er es war, der mich seit Wochen mit seinen schlüpfrigen Botschaften verfolgte. Der Mann mit dem Ringbüchlein. Dieser Perverse, der sich in den Kopf gesetzt hatte, meine sexuelle Erziehung zu vervollkommnen. Von wem sollte man an die Liebe herangeführt werden, hatte ich mich auf der Vernissage gefragt. Hier bekam ich also die Antwort …

In Gedanken versetzte ich mich einige Stunden zurück, als ich mit David und Louis ganz oben im Barlet-Turm war. In *ihrem* Turm. Beiden Barlets gegenüberzustehen, hatte in mir einen merkwürdigen Eindruck hinterlassen; es war nicht nur unangenehm gewesen, sondern auch beinahe gegen die Natur; einer der beiden schien mir zu viel, ohne dass ich sagen konnte, wer von ihnen. Ich sah vor meinem geistigen Auge ihre linken Unterarme nebeneinander, in denen sich die Unterschiede der beiden manifestierten; Davids war mit einem hellen Seidentüchlein umwickelt, und der etwas schmalere Arm von Louis zeigte ein Tattoo, das ich in seiner Gesamtheit noch nicht gesehen hatte.

Der Ton der Klingel riss mich aus dieser ergebnislosen Grübelei.

»Das ist Fred«, sagte Mama lakonisch.

»Was will er?«

»Seine Sachen aus deinem Zimmer abholen.«

»Hat er sich angekündigt?«

»Tja … Er hat nur gesagt, dass er vorbeikommt.«

Mein Ex tat den ganzen lieben langen Tag gar nichts, und jetzt kam er ganz zufällig zu der Zeit, wo er sicher sein konnte, mich anzutreffen. Erneut klingelte es.

»Geh in den Keller«, riet mir meine Mutter.

»Was?«

»Ich sage dir, geh in den Keller. Da unten wird er nicht nach dir suchen.«

»Ich habe keinen Grund, vor ihm wegzulaufen. Ich liebe ihn einfach nicht mehr, das ist alles …«

»Du kannst so etwas im Augenblick nicht brauchen«, bestimmte sie mit erschöpfter Stimme.

»Annabelle?«, rief Fred in diesem Augenblick.

»Geh runter«, forderte meine Mutter erneut.

»Annabelle? Ich habe gesehen, dass du da bist. Mach auf!« Schon hämmerte er mit dumpfen Fausthieben gegen die Scheibe der Haustür. »Mach auf, verdammt! Ich bin's! Erinnerst du dich? Ich bin der Typ, den du wie ein Stück Scheiße abserviert hast!«

Als ich die Hand zur Klinke ausstreckte, hielt mich Mama mit einem raschen Klaps davon ab. »Annabelle, ich verbiete dir, diese Tür zu öffnen. Er ist völlig betrunken.«

Freds raue, bedrohliche Stimme gab ihr recht.

»Ich will doch nur mit dir reden …«, presste er hervor. Fünf Minuten werden doch wohl drin sein. Danach lasse ich dich dein ganzes Leben in Ruhe, dann kannst du machen, was du willst. Fünf Minuten, Elle … Nur fünf Minuten.«

»Sie will nicht mit dir reden, Frédéric.«

Mamas erschöpfte Stimme schien ihn aus dem Konzept zu bringen, denn nun klang er friedlicher.

»Es tut mir leid, Maude … Ich wollte Ihnen keine Angst einjagen. Ich will nur, dass sie es mir ins Gesicht sagt.«

»Dir was sagt? Verdammt noch mal.«

»Dass Schluss ist …«

»Dann sag ich es dir: Es ist aus!«, kreischte sie am Ende ihrer Kräfte. »Aus, Schluss, vorbei!«

Einige Sekunden Schweigen, doch er ließ nicht locker, hörbar angeschlagen von dieser Herausforderung.

»Warum sagen Sie das?«

»Weil es die Wahrheit ist. Sie hat einen anderen. Einen guten Mann.«

Nein! Sag ihm das nicht, flehte ich sie mit Blicken an.

»Wer ist es?«

Und während sie ihm nun von David erzählte, von meiner gesicherten Karriere, meinem Traumhaus, meinem garantierten Erfolg und von diesem Glück, das ich leben würde, aber mit einem anderen, schweiften meine Gedanken wieder ab …

… hin zu diesem Kuvert.

Durch Freds überraschendes Auftauchen hatte ich sein ungewöhnliches Gewicht nicht bemerkt. Tief unter der Karte befand sich ein dicker, tief gezackter Schlüssel, der durch die Zeit und den Gebrauch blank geworden war. Nichts wies darauf hin, was er wohl aufschloss. Ebenso wenig fand ich eine Erklärung, was man von mir an diesem Abend erwartete oder wie es zu diesem merkwürdigen Schreibfehler meines Namens kam: Zelle.

Dennoch war ich ganz erfüllt von einer einzigen Gewissheit: Ich hatte keine andere Wahl, als der Aufforderung Folge zu leisten.

Kneifen war jetzt unmöglich.

11

Unser Methodikprofessor hat mal im Laufe meines Studiums behauptet, hinter jeder sprichwörtlichen Redensart stecke eine Wahrheit. »Wenn man das, was man schreibt, etwas mehr durchlebt und weniger intellektualisiert…«, erklärte er und zwirbelte dabei die Spitze seines Schnauzbarts, »dann nehmen die Worte eine ungeheure Kraft an. Sie *sind*, was Sie empfinden. Sie werden dann eins mit Ihnen.«

Doch ich fand nicht eine einzige Formulierung, die das Fieber, das mich an diesem frühen Abend überfiel, hätte ausdrücken können. Schmetterlinge im Bauch? Frosch im Hals? Gänsehaut? Es war dieses ganze Bestiarium gleichzeitig und noch viel mehr. Viel dumpfer. Und viel mächtiger.

Ich hatte den silbrigen Umschlag rasch in meine Handtasche gesteckt und eilte nun zum nächsten Zug nach Paris, nachdem Fred endlich abgezogen war. Er hatte kapituliert, aber nicht ohne zu schwören, er komme wieder für ein letztes Gespräch von Angesicht zu Angesicht.

In dem halb leeren Waggon trotzte ich den Unzulänglichkeiten des Mobilfunknetzes und versuchte immer wieder, Rebecca anzurufen – und dann Louis direkt unter seiner Geschäftsnummer. Der absolute Wahnsinn. In ihrem Transportkorb miaute die unzufriedene Félicité übrigens in allen Tonlagen.

Bei Rebecca erreichte ich nur den Anrufbeantworter und in Louis' Büro eine barsche Assistentin, die behauptete, ihr Chef sei bereits nicht mehr im Hause.

»Können Sie mir nicht seine Handynummer geben?«

»Nein, tut mir leid. Dazu bin ich nicht berechtigt.«

»Hören Sie, ich verstehe sehr gut, dass Sie angehalten sind, sein Privatleben zu schützen. Aber ich wurde gerade von David Barlet persönlich angestellt. Chloé wird es Ihnen bestätigen.«

»Ich bezweifle nicht, was Sie sagen. Aber ich bin nicht berechtigt, Ihnen seine Handy…«

»Einverstanden!«, unterbrach ich sie. »Das habe ich sehr wohl verstanden! Aber ich versuche Ihnen gerade zu erklären, ich bin die…«

… Freundin des großen Chefs, seine zukünftige Frau? Wie sollte ich mich ausdrücken, ohne dass es angeberisch klang oder die junge Frau meinte, ich würde sie von oben herab behandeln. Sie stammte bestimmt aus einem ähnlichen Vorstadtmilieu wie ich.

Schließlich sagte ich: »Ich bin die Moderatorin der neuen Kultursendung von BTV.«

Ich war mir nicht sicher, ob diese Version sich nicht als noch schlechter erweisen würde.

»Ich kann nichts für Sie tun«, erwiderte sie unbeeindruckt. »Es tut mir wirklich sehr leid.«

Als der Zug in den Tunnel fuhr, der unter der Défense hindurch in die Stadt führt, brach die Funkverbindung ab.

Gedanklich bereits auf dem Weg zum Hôtel de Paris, war mir sehr wohl bewusst, dass ich mich dem perversen Spiel beugte, das Louis mit unserer ersten Begegnung aufgenommen hatte. Ach, früher schon, überlegte ich fiebrig, als mir klar wurde, dass seine ersten unsittlichen Zettel mich bereits erreicht hatten, als ich David noch gar nicht kannte. Würde ich mich ihm verweigern, setzte ich mich natürlich der Gefahr aus, dass er David auf der Stelle enthüllte, was er von mir wusste. Und im Übrigen untersagte mir seine Verwandtschaft mit meinem zukünftigen Ehemann, juristische Schritte gegen ihn zu unternehmen, wie ich es noch Stunden zuvor tatsächlich erwogen hatte. Ich konnte ihn nicht kurzerhand bei der Polizei anzeigen. Und dieses Ringbuch, das ich immer bei mir trug, in Ichform geschrieben und voll intimer Details, war alles andere als ein belastendes Beweisstück. Da ich es in mein Leben aufgenommen hatte, verwickelte es mich genauso wie seinen eigentlichen Urheber.

Doch zu dem, was ich eindeutig für Erpressung hielt, war

noch etwas anderes hinzugekommen, das ich mir noch wenige Tage zuvor nie hätte vorstellen können: prickelnde Neugier.

Zuvor jedoch musste ich meine Katze noch in ihr neues Zuhause bringen.

»Guten Abend, Mademoiselle. David hat mich gebeten, Ihnen zu sagen, dass er heute nicht mit Ihnen zu Abend isst.«

Das Hôtel Duchesnois, das nur im Erdgeschoss beleuchtet war, atmete diese charakteristische Stille, die die Abwesenheit des Hausherrn anzeigte. Armand stand auf den Stufen der Eingangstreppe mit einem Geschirrtuch in der Hand und hatte diesen emsigen Ausdruck eines Menschen, den man bei der Vorbereitung des Essens überrascht.

»Ach … gut.«

Es wunderte mich etwas, dass David es mir nicht selbst gesagt hatte … ehe ich feststellte, dass auf meinem Handy drei vergebliche Anrufversuche registriert waren. Unter den bestürzten Blicken des alten Hausdieners befreite ich Félicité aus ihrem Korb. Vorsichtig machte sie ihre ersten Schritte auf dem Schachbrettmuster des Marmorbodens und schnüffelte. Bestimmt witterte sie den Duft von Sinus und Cosinus, die sich irgendwo versteckten.

»Sein Termin mit den Koreanern könnte bis in die tiefe Nacht dauern. Er rät Ihnen, nicht auf ihn zu warten.«

»Okay. Machen wir uns eine Kleinigkeit zu essen?«, fragte ich Armand, als wäre er eine Freundin, die zufällig vorbeikommt.

»Es ist bereits vorbereitet und erwartet uns in der Küche, wenn Sie schon Hunger haben sollten.«

»Ich habe keinen Hunger. Ich *sterbe* vor Hunger.«

Das war gelogen. Das frühe Abendessen mit Mama lag mir noch im Magen. Doch meine übertriebene Freude war in diesem Augenblick mein einziges Mittel, mit den widerstreitenden Gefühlen umzugehen, die mich zu zerreißen drohten. Meine Begeisterung war hingegen nicht vorgetäuscht, als ich unter den Silberglocken das noch dampfende Mahl entdeckte.

»Gebratene Gambas in Muschelsud mit Champagner«, verkündete Armand feierlich.

Das Rezept des Küchenchefs vom Divellec! Ich konnte es gar nicht fassen und strahlte wie ein kleines Mädchen an Weihnachten. Die Aufmerksamkeit war so bezaubernd, dass sie meine Zweifel hinwegfegte.

»David dachte, dass Ihnen das Freude macht.«

»Es ist… es ist großartig! Danke!«

Begeistert drückte ich ihm einen keuschen Kuss auf die pergamentene Wange. Daraufhin zeigte er mit einer scheuen Handbewegung auf die goldbraunen Crevetten.

»Zu Tisch?«, fragte er leicht errötend.

»Zu Tisch!«

Das Ergebnis verzauberte meine Geschmacksnerven fast ebenso wie damals im Lokal. Ich überlegte, dass Armand, der immer so bescheiden auftrat, genauso gut ein Restaurant führen könnte, statt abgekapselt ein anonymes Dienerdasein zu führen. Doch sein glückseliges Lächeln darüber, mich zufrieden zu sehen, brachten mich davon ab, ihn darauf anzusprechen.

»Ich weiß nicht, ob Sie es bemerkt haben, aber ich erhalte seit einiger Zeit viele Nachrichten. Anonyme Nachrichten.«

»Anonym?«

»Kleine gelochte Blätter mit meinem Namen darauf und zweimal gefaltet… Sie legen sie zusammen mit der anderen Post auf das Konsoltischchen.«

»Ach ja…« Er verzog das Gesicht, als er weitersprach. »Ich habe sie natürlich gesehen, aber da ich mich nicht in die Angelegenheiten…«

»Keine Sorge, Armand«, beruhigte ich ihn. »Ich weiß sehr genau, dass Sie äußerst diskret sind. Ich habe mich nur gefragt, ob Sie vielleicht etwas Ungewöhnliches bemerkt haben… oder vielleicht Gelegenheit hatten, mit unserem Briefträger darüber zu sprechen?«

»Ja, ich habe ihm die Frage gestellt. Aber Post ohne Briefmarke und Anschrift liefert er nicht aus. Derjenige, der Ihnen diese Nachrichten schickt, wirft sie direkt in unseren Briefkasten. Wenn Sie es wünschen, kann ich, soweit es mir möglich ist, unser Eingangsportal überwachen.«

»Das wäre sehr nett von Ihnen, ja, das wäre gut.«

»Meinen Sie, wir sollten die Polizei verständigen?«

»Nein … Danke, nein, so weit muss ich wohl nicht gehen.«

So weit – bis zu Louis, dachte ich.

Da die Situation mir gerade geeignet schien, schlug ich einen vertraulichen Ton an.

»Armand … Kennen Sie Louis gut?«

Als ich den Namen des Bruders seines Arbeitgebers aussprach, kräuselte er die Stirn, sodass sich zwischen seinen Brauen eine steile Falte bildete und sein Gesicht plötzlich ganz ernst wurde.

Ein gedämpftes Rumpeln, das von oben drang, deutete darauf hin, dass Davids Möpse und meine Katze sich gerade kennenlernten. Kein Gekläffe, kein Fauchen: Sie spielten offenbar miteinander.

»Ich kenne ihn beinahe genauso gut wie Monsieur David. Wie Sie wissen, stand ich bereits in Diensten ihrer Eltern. Ich kann also ohne Übertreibung sagen, ich habe die beiden aufwachsen sehen.«

»Könnte …?«

Ich brach meine Frage ab, um aus den Fältelungen seines Gesichts vielleicht ein Unbehagen oder eine mögliche Unruhe herauszulesen.

»Ja?«

»Könnte Louis Gründe haben, seinem Bruder böse zu sein?«

»Meine Mutter sagte immer: ›Zeige mir die Geschwister, bei denen nicht jedes der Kinder alle Gründe der Welt hat, seinen Brüdern und Schwestern böse zu sein, und ich rahme sie ein.‹«

»Einverstanden«, stimmte ich ihm zu, ohne dass mich seine Formulierung täuschen konnte. »Aber sehen Sie nicht in dem Fall der beiden etwas … ganz Besonderes?«

Auch wenn ihn meine Frage nicht zu überraschen schien, brachte sie ihn sichtlich in Bedrängnis. Bedächtig schenkte er sich noch ein Glas Weißwein ein und trank einige Schlucke, bis er sich an eine Erklärung wagte. Seine Nase, die von geplatzten Äderchen übersät war, sowie die hohe Zahl leerer Weinflaschen, die ich schon einige Male im Schuppen gesehen hatte, waren für mich eindeutige Zeichen, dass Armand einen ausgeprägten Hang zum Alkohol hatte. Ja, sogar einen maßlosen.

»Wenn ich über David und Louis etwas erzähle, ohne zuvor André Barlet zu erwähnen, würden Sie nichts begreifen …«

»Aber gerne doch.« Ich lächelte, um ihn zu ermutigen.

Noch einen großen Schluck, und er setzte an. Wenn ich die Ohren spitzte, vernahm ich das leise Rieseln der Körnchen in der Sanduhr; sie würden rinnen, bis ich in die Arme meines Ehemanns David sinken würde.

»Um die Brüder Barlet zu verstehen«, sagte er, »muss man wissen, dass ihr Vater mit geradezu nichts angefangen hat. Nach dem Krieg hat er nur eine kleine Schreinerei in der Nähe von Nantes geerbt, die kurz vor der Pleite stand. Die schwierige Zeit hatte die Firma allein deswegen überstanden, weil sie schlecht zusammengezimmerte Särge aus Fichtenholz herstellte. An Kundschaft hat es damals nicht gemangelt.«

Mich schauderte bei dem Gedanken an endlose Reihen heller Holzplanken; auf den für Armand ungewöhnlichen schwarzen Humor reagierte ich nicht.

»Särge?«

»Niemand konnte sich mehr Möbel leisten, aber Särge, ja, die brauchte man mehr denn je. Das können Sie mir glauben.«

Wie alt mochte Armand im Krieg gewesen sein? Er war doch nicht alt genug, um die Schrecken der deutschen Besatzung erlebt zu haben …

»Sie werden sich doch wohl nicht an den Beerdigungen bereichert haben?«, fragte ich, in der Hoffnung, dass er es verneinte.

»Nein! Pierre, der Vater von André, hatte das Geschäft schon ausgeweitet. Vom Holz war er nach und nach zu Papier übergegangen. Und vom Papier zum Drucken und zum Verlegen. Er hatte Gelder in mehrere Lokalzeitungen investiert, vor allem in eine, der man hinterher nachsagte, sie habe den Besatzern mit Gefälligkeiten gedient. Das war *Le Salut*.«

»Und dann? Was ist dann bei der Befreiung geschehen?«

»Der Vater und der Sohn müssen kräftig Schmiergelder bezahlt haben, denn wie durch ein Wunder wurde *Le Salut* zu *L'Océan Libéré* und damit zu einem der wichtigsten Organe der Résistance im Westen. Zu diesem Zeitpunkt übrigens hat Pierre seinen Sohn André auf den Chefsessel gehievt.«

Das Porträt eines kleinen Oberhaupts der Regionalpresse passte nicht zu dem Medienimperium, das David heute leitete. Was war geschehen, dass die Barlets von den Ufern der Loire an die Seine gezogen waren? Dass aus einem Kleinunternehmen eine der vierzig wichtigsten Aktiengesellschaften an der Pariser Börse wurde?

»André hat rasch einen größeren Ehrgeiz entwickelt, als sein Vater je hatte«, fuhr Armand fort.

»Wie kam das?«

»Er hat von den neuen Beziehungen seiner Familie mit dem CNR profitiert …«

Ich erinnerte mich an meinen Geschichtsunterricht: Der CNR, der Conseil National de la Résistance, der Nationale Widerstandsrat, war die provisorische Organisation, die nach dem Sturz der Vichy-Regierung den Übergang verwaltete.

»… und nach und nach alle Tageszeitungen der Region, die eindeutig kollaboriert hatten, aufgekauft. Natürlich für einen Appel und ein Ei.«

»So haben sie eine riesige Leserschaft gewonnen«, vervollständigte ich seine Ausführungen.

»Genau, und das in einer Dimension, von der Pierre niemals zu träumen gewagt hatte. Seit Anfang der Fünfzigerjahre ist *L'Océan Libéré*, die in *L'Océan* umbenannt wurde, die bedeutendste Tageszeitung des ganzen Nordwestens. Und ich spreche hier von einer Zeit, als es noch so gut wie kein Fernsehen gab und gerade mal zwei Radiosender im ganzen Land. Das Blatt erreichte jeden Tag Millionen von Lesern. Ein einziger Artikel konnte den Ruf eines jeden aufbauen oder zerstören, und die Kassen waren rasch enorm gefüllt.«

Was dann folgte, war einigermaßen vorhersehbar.

»Ich vermute, sie haben ihre Politik des Zukaufens weitergeführt?«

»Ja, genau. Pierre ist 1956 gestorben. Doch André hat nicht mehr aufgehört, alles zu kaufen, was in seinen finanziellen Möglichkeiten lag: Zeitungen, Zeitschriften, aber auch Radiosender, als in den Achtzigern die Hörfunkfrequenzen geradezu explodierten, und dann in den Neunzigern Fernsehsender … Mitte der Siebziger hat die Mediengruppe Nantes aufgegeben und sich in Paris niedergelassen. Bis David den Turm hat bauen lassen, spielte sich alles noch in einem Jugendstilgebäude in der Rue de Miromesnil ab. Die Journalisten im Hause nannten es ›das Frachtschiff‹ – wegen seiner Fenster, die an Bullaugen erinnerten.«

Eine Familiensaga, wie Frankreich zu der Zeit viele gekannt hat: die Hersants, die Arnaults, die Pinaults, die Lagardères … Die Geschichte der Barlet-Dynastie war aufregend. Doch ich brannte vor allem darauf, mehr über die jüngste Generation zu erfahren.

»Und die Barlet-Söhne, wie verhält es sich mit denen?«

»Genau darauf wollte ich hinaus, Annabelle. André hat sie mit einem einzigen Gedanken im Kopf erzogen: seine Nachfolge an der Spitze des Unternehmens. Während ihrer ganzen Kindheit hat er sich den beiden gegenüber nie wie ein Vater verhalten, sondern wie ein Schiedsrichter.«

»Ein Schiedsrichter? Sie wollen sagen, dass …«

»Mit der Geburt des zweiten Sohns, David, hat er entschieden, dass sich zwischen ihnen ein Wettstreit entspinnt. Und dass der Bessere von den beiden seine Nachfolge antreten soll. Und für die Bewertung kam alles in Betracht: Schulnoten natürlich, aber auch sportliche Leistungen, die Anzahl der Freunde, die Beliebtheit und sogar die Erfolge bei den Mädchen. Als hätte er den Punktestand der beiden in einer Tabelle festgehalten. Vielleicht war das ja sogar der Fall.«

Ihre ersten Jahre mussten also eine Folge von Tests und Prüfungen gewesen sein, um herauszufinden, wer von beiden würdig wäre, das väterliche Zepter zu übernehmen.

Ich frage mich, ob David und Louis – weil sie auf dem speziellen Gebiet der Eroberungen von Frauen eine Entscheidung herbeiführen wollten – wohl damals der Versuchung nachgegeben haben, sich in einem Bett zu messen. Haben sie schon einmal Sex zu dritt oder mit mehreren gehabt?
~~Die Vorstellung, die beiden Brüder wären durch ein und dieselbe Frau zwischen ihnen vereint, der eine in ihrer Möse, der andere in ihrem Mund, und abwechselnd in allen möglichen Kombinationen, und die beiden würden ihr einen so lustvollen Höhepunkt verschaffen, wie sie ihn nie zuvor erlebt hat, diese Vorstellung erregt und ekelt mich in gleichem Maße.~~

(Handgeschriebene Notiz, anonym, vom 7. Juni 2009)

Bei seinen letzten Worten war Armands Stimme rau geworden. Er wirkte angegriffen von dem, was er mir geschildert hatte.

»Wie schrecklich …«, sagte ich.

»Hortense war immer bemüht, die Auswirkungen dieses offenen Kampfs abzumildern. Manches Mal ist sie sogar heftig mit ihrem Mann aneinandergeraten. Doch wenn er im Hause war, ließ sich daran nichts ändern. André hetzte die beiden gegeneinander auf, als wären sie verrückte junge Hunde.«

»Es muss ja wohl einen Augenblick gegeben haben, wo die beiden sich beruhigt haben. Schließlich hat ihr Vater irgendwann seine Wahl getroffen, oder?«

Er nickte, doch an seinem kummervollen Lächeln erriet ich, dass die Zeit danach, die ein Epilog zu diesem Bruderkampf hätte sein können, nichts gelöst hatte.

»Ja, und übrigens nicht lang vor seinem Tod. Vielleicht war es ein Unfall, doch er hat sicherlich gespürt, dass es ans Sterben ging.«

Obwohl mir Armands Zweifel über die Todesumstände von André Barlet nicht entgangen waren, enthielt ich mich jeden Kommentars.

»Sie waren noch immer Rivalen?«

»Mehr denn je! Mit der Firmenleitung hat David zwar eine bedeutende Partie gewonnen, aber sie haben nicht aufgehört, sich auf allen Gebieten herauszufordern: die hübscheste Freundin, die teuerste Uhr, das ertragreichste Aktiengeschäft und so weiter. Ob er nun unerwartet war oder nicht, Andrés Tod kam so plötzlich, dass er das Spiel nicht mehr abpfeifen konnte. Der Schiedsrichter war gestorben, ehe er dem Kampf ein Ende setzen konnte, und so zog er sich hin, Jahr um Jahr, bis heute und bei jeder Gelegenheit, die sich bietet. Die beiden verausgabten sich in ewigen Verlängerungen.«

»Keiner von ihnen wird wohl je das Gefühl haben, wirklich gewonnen zu haben … nicht wahr?«

»Ich fürchte, Sie haben recht«, sagte er mit erstickter Stimme.

Und doch war David mit seiner angekündigten Eheschließung nicht mehr weit davon entfernt, Louis definitiv eine K.-o.-Niederlage beizubringen. Es genügte, dass wir in naher Zukunft ein

Kind bekämen, und der Sieg wäre ihm tatsächlich gelungen, was auch immer sein Herausforderer dazu sagen würde. Sein Nachkomme wäre die Zukunft der Barlets. Das unverbrüchliche Siegel seiner Macht über die Familie.

In diesem Zusammenhang erstaunte es mich, dass der Verlierer Louis offenbar bereitwillig den ihm von seinem Bruder aufgezwungenen, zweitrangigen Posten akzeptiert hatte: Kommunikationschef der Mediengruppe. Wie hatte er sich mit einem so mageren Trostpreis begnügen können? Aber vielleicht gab er sich damit nicht so zufrieden, wie es den Anschein hatte. Vielleicht läutete sein undurchsichtiger Plan, mit dem er versuchte, mich für sich zu gewinnen, auch seine Rache ein.

Bei diesem Gedanken musste ich wieder an die Energie denken, die durch seinen langgliedrigen Körper strömte und die übersprang, sobald man ihn auch nur ganz leicht berührte.

»Das ist die ganze Geschichte …«

Mit erwartungsvoll hochgezogenen Augenbrauen schien Armand sich von mir etwas anderes zu erhoffen. Eine andere Reaktion. Was hätte ich noch hinzufügen können? Dass ich mich plötzlich wie eine billige Trophäe fühlte?

Ich verdrängte diesen erniedrigenden Gedanken, so gut es ging. Stattdessen zählte ich innerlich all die offenkundigen Zeichen der Liebe auf, die David mir entgegenbrachte, bis hin zu diesem Abendessen, von dem er, obwohl er nicht dabei war, wollte, dass es perfekt für mich sei.

»Er liebt mich wirklich«, sagte ich, als wäre es ein Eingeständnis von Schwäche. »Und ich liebe ihn auch.«

Meine Stimme bebte leicht.

»Das hoffe ich aufrichtig für Sie beide.«

Merkwürdig, dass ich einem beinahe Unbekannten meine Liebe zu David gestand, während ich noch immer nicht den Mut gefunden hatte, meiner Mutter meine unmittelbar bevorstehende Hochzeit anzukündigen … Ich rechtfertigte mich vor mir selbst, Fred habe mich durch sein überraschendes Auftauchen daran gehindert. Denn sonst wäre ich heute bereit gewesen, ihr alles zu erzählen. Doch so ganz konnte ich mich nicht überzeugen. Ich fühlte mich so, als würde der angeblich »schönste Tag meines

Lebens«, der so nah bevorstand und mit dessen Vorbereitungen ich nichts zu tun hatte, mich nichts angehen.

Plötzlich vibrierte mein Handy und riss mich aus meinem Gefühlszustand. Fiebrig öffnete ich die Mitteilung. Sie umfasste zwei angehängte Fotos: Das erste zeigte mich beim Betreten des Hôtel de Paris, das zweite am selben Tag, doch der Beleuchtung nach Stunden später in der Nacht aufgenommen, als ich es verließ. Beide Bilder waren von einem Standort aus fotografiert. Derjenige, der auf den Auslöser gedrückt hatte, hatte mir die ganze Zeit reglos aufgelauert. An meiner Kleidung erkannte ich, dass es an jenem Abend war, als ich David kennengelernt hatte, da war ich mir ganz sicher. Der Abend, den ich mit seinem alten Freund Marchadeau im Hôtel de Paris fortgesetzt hatte. Ich zitterte.

Die Mitteilung selbst enthielt keinen Text, war somit ohne die geringste Zweideutigkeit. Man erwartete mich dort. Und nicht erst in zwei Stunden.

Jetzt.

12

Diskret, schmuck, romantisch. So erschien mir an diesem Abend das Hôtel de Paris. Es lag von meinem neuen Domizil nur wenige hundert Meter entfernt, und ich brauchte nur ein paar Minuten für den Weg, wenn ich die blinkenden Schaufenster der zahlreichen Musikgeschäfte in diesem Viertel links liegen ließ.

Die Kreuzung der Rue de la Rochefoucauld mit der Rue Jean-Baptiste Pigalle bildete so etwas wie eine längliche Spitze, einen kleinen dreieckigen Platz, den das Hotel an seiner Südseite dominierte. Schon beim ersten Blick überraschte, wie schmal das Haus war: auf jedem der fünf Stockwerke nur zwei ranke Fenster, vor denen die gleichen rot blühenden Blumen gepflanzt waren.

Außer Atem und mit Klamotten, die ich mir in aller Eile übergestreift hatte – meinen überstürzten Aufbruch hatte ich Armand mit einem dringenden Treffen mit Sophia erklärt –, traf ich in dem Augenblick vor dem Hotel ein, als es in der Telefonzelle davor plötzlich ins Leere klingelte.

Ich nahm den Hörer von dem blauen Gerät, warf einen Blick über den kleinen Platz und suchte nach einem möglichen Beobachter. Da ich mich wider Willen in einen schlechten Spionageroman versetzt fühlte, bekam ich es mit der Angst zu tun.

»Hallo?«

Doch hinter den drei rachitischen Bäumen, die dort standen, konnte sich kein Neugieriger verstecken. Genauso wenig hinter den Autos, die dort für die Nacht geparkt waren. Regelmäßiges Atmen war von der anderen Seite der Leitung zu hören, dann wurde abrupt aufgelegt.

Auch der Hoteleingang an der Rue Jean-Baptiste Pigalle entsprach den Notwendigkeiten der Diskretion. Kein auffälliges

Schild, kein großtuerisches Vordach und kein Baldachin. Nur eine simple verchromte Plakette mit dem Namen des Hotels.

Hôtel de Paris
Individuell gestaltete Zimmer
Stundenweise zu mieten

Fiebrig. Starr. Erregt?

Als ich die Empfangshalle betrat – es war ja nun wahrhaftig nicht zum ersten Mal –, fühlte ich mich wie eine Göre vor ihrem ersten Ball. Vor ihrem allerersten Rendezvous. Ich kämpfte gegen dieses lächerliche Gefühl an und atmete tief durch, als könnte ich damit die Empfindungen verscheuchen, die sich tief in meinem Inneren regten. Ich begrüßte den Glatzkopf in seiner Livree mit einem verschwörerischen Lächeln.

»Guten Abend, Monsieur Jacques.«

Seine stets aufgerissenen Augen blitzten freundlich.

»Guten Abend, Mademoiselle. Wünschen Sie ein Zimmer?«

»Nun ja … ich habe bereits eine Schlüsselkarte.«

Ich zog das harte Plastikrechteck aus der Tasche und reichte es ihm. Er zeigte weder Überraschung noch Zustimmung und begnügte sich damit, die Karte entgegenzunehmen.

»Gut. Ich vermute, jemand hat sie Ihnen gegeben?«

»Sie waren es also nicht, der sie mir geschickt hat …?«

»Nein. Ich war es nicht. Solange die Kunden mir die Karte hinterher zurückgeben, können sie damit machen, was sie wollen.«

»Ich verstehe. Können Sie denn in Erfahrung bringen, welches Zimmer sich damit öffnen lässt?«

»Aber ja.«

Daraufhin schob er die Karte in den schwarzen Schlitz eines Magnetlesers und starrte auf den Computerbildschirm. »Ach … Das ist merkwürdig«, sagte er und seufzte.

»Was ist denn?«

»Nichts. Das ist es ja. Die Karte trägt keinerlei Information, und dennoch …«

»Und dennoch?«

»Der Magnetstreifen ist noch aktiv. Er ist offenbar nicht neu initialisiert worden. Ich sehe leider nur eine einzige Möglichkeit: Sie müssen die Karte an allen bereits vermieteten Zimmern ausprobieren. Das sind im Augenblick … elf, auf vier unserer fünf Etagen.«

Jede Sekunde, die mich von der Lösung trennte, verschlimmerte das Gefühl des Verrats, das mich plagte, seit ich Davids Haus verlassen hatte. Ich konnte ihm das nicht antun … und ich musste es tun – für ihn. Für uns. Denn eine juristische Lösung kam nicht infrage. Selbst auf die Gefahr hin, in einem der Zimmer auf Louis zu treffen.

»Warten Sie …«

Plötzlich kam mir die Idee, den dicken gezackten Schlüssel aus dem silbrigen Umschlag zu ziehen.

»Sagt Ihnen der hier irgendwas?«

Der Schlüssel entlockte ihm ein amüsiertes Lächeln. »Nein … ich bedaure. So etwas Antiquiertes haben wir bestimmt seit zwanzig Jahren nicht mehr.«

»Mist.«

Dann zeigte ich ihm als allerletztes Mittel den zartrosa Klebezettel auf der Karte. »Und das hier?«

Liebe Zelle,
heute Abend, zweiundzwanzig Uhr.
Seien Sie pünktlich.
Bringen Sie kein Handy mit.

Sein Lächeln hatte etwas Befreiendes. »Der Mann, der Ihnen das geschickt hat, kennt unser Haus sehr gut, Elle.«

Ich glaube, es war das erste Mal, dass er mich mit meinem Kosenamen ansprach. Vermutlich hatte ihn der Kunde ins Vertrauen gezogen.

»Was wollen Sie damit sagen?«, hakte ich nach.

»Zelle, das ist nicht Ihr falsch geschriebener Vorname, sondern der Nachname einer unserer berühmtesten Musen … nach der eines der Zimmer benannt ist.«

»Ach ja? Und wer ist sie?«

»Nicht die Geringste: Margaretha Geertruida Zelle.«

»Wie bitte?«

Das sagte mir nichts …

»Mata Hari, wenn Sie es so lieber wollen.«

Ja, so wollte ich es lieber.

»Fünfte Etage«, kam er meiner Frage zuvor. »Es ist die Tür ganz rechts, wenn Sie aus dem Aufzug kommen. Aber Ysiam wird da sein, um Ihnen zu helfen.«

Ysiam? Diesen exotischen Namen hörte ich zum ersten Mal.

Eine andere Besonderheit des Hôtel de Paris war seit jeher, dass auf jedem Stock ein Page bereitstand.

Nach dem dunklen Teint und dem offenen Lächeln zu urteilen, war es ein Pakistani oder ein Sri Lanker, der mich in der fünften Etage empfing. Seine Wimpern, die so lang waren, dass man sie für künstlich halten konnte, umschatteten seine sanften Augen, die sofort Vertrauen einflößten.

Kaum war ich aus dem Aufzug getreten, fragte er mit ausgesuchter Höflichkeit nach dem Namen des Zimmers und führte mich sofort zu einer tiefroten Tür, an der kein Schild war.

»Mademoiselle, brauchen Sie noch etwas?«

»Äh, nein … ich glaube nicht.«

Zumindest keine Hilfe, dachte ich, es sei denn, um den niederzuschlagen, der mich in diesem Zimmer erwartete. Ich wollte, ich könnte dem Moment mit großer Distanz entgegensehen, vielleicht sogar mit einem Hauch von Spott. Doch ich war ein Nervenbündel; das kleinste Geräusch, das kleinste Licht- und Schattenspiel auf der karminroten Tür machten mich verrückt; alles zog mich zu diesem Zimmer, in dem ich wie in einem bösen Traum zu Kinderzeiten ein Spinnennetz aus all meinen ältesten Ängsten vermutete.

Ysiam ließ mich allein, und nachdem ich sekundenlang die Luft angehalten hatte, steckte ich die Magnetkarte in den Schlitz. Dem Klicken folgte ein elektronisches Piepsen, und ich musste nur noch die Klinke herunterdrücken.

Verblüfft. Verunsichert. Verzaubert.

Das Zimmer war menschenleer, aber prachtvoll. Sein Belle-Époque-Stil erinnerte mich an eine dieser Fotografien vom Anfang des 20. Jahrhunderts, die ein orientalisches Ambiente abbilden, voll kostbarer, bemalter Gegenstände, wie man sie auf dem Flohmarkt von Saint-Ouen und in Trödelläden in Hülle und Fülle findet. Die Wandmalereien zeigten Blumenmotive und eine Vielzahl von Insekten, die in alle Richtungen schwirrten. Schrank, Konsoltischchen und Kommode waren aus drei verschiedenen exotischen Holzarten, die ich nicht benennen konnte. Doch am besten charakterisierten die Accessoires jene Zeit, in die ich mich zurückversetzt fühlte: mehrere Gallé-Lampen aus vielschichtigem, ornamentiertem Glas sowie einige kleine erotische Bronzestatuen, die hauptsächlich Satyrn darstellten, die sich an den nackten Körper einer wollüstigen Jungfrau schmiegten. Das Meisterstück war ein riesiger Paravent aus Holzelementen, die in Maschrabiyya-Manier gelöchert waren.

Ich betrachtete diesen faszinierenden Raum eine Weile. Da ich niemanden kommen sah, wollte ich schon wieder gehen. Mit mir wie mit einer Stoffpuppe zu spielen oder wie mit einer dieser virtuellen Figuren in einem Videospiel, war es das, was Louis Barlet erregte? So wie er mich in die Galerie Sauvage hatte kommen lassen, um mich dann einfach stehen zu lassen, hatte er mich hierhin bestellt, ohne sich auch nur einen Moment herabzulassen, mich mit seiner Gegenwart zu beehren.

Ich weinte vor Ohnmacht und Wut, als ein Schatten einen zusammengefalteten Zettel unter der Tür hindurchschob.

Ziehen Sie sich aus.

Der kurze Befehl war eindeutig von derselben Hand geschrieben wie das Kärtchen, das ich erst wenige Minuten zuvor Monsieur Jacques gezeigt hatte.

Ohne über diese Übereinstimmung nachzudenken, schnappte ich mir meine Handtasche und drehte den kunstvollen Knauf der Tür … nur um festzustellen, dass sie verschlossen war. Der sanfte Ysiam oder irgendjemand anderes hatte den einzigen Zugang des Zimmers versperrt. Ich verfiel nicht gleich in Panik. Schließlich war mir das Haus vertraut. Auch wenn ich mich hier nicht so oft aufhielt wie Sophia. Und doch hatte die Angst bereits meinen Stoffwechsel verändert. Ich zitterte leicht. Mein Nacken war starr. Ich spürte, dass mich die Furcht packte, von den Füßen bis hinauf zum Kopf, bis hin zu den Sommersprossen im Gesicht, die wie winzige Brandwunden schmerzten.

Ich ging zum Telefon, einem alten Gerät mit einer Wählscheibe, und drehte die Nummer der Rezeption: 00. Doch mein Anruf verklang im Leeren. Niemand antwortete.

Da ich vermutete, Monsieur Jacques mache einen Kontrollgang durch die Etagen, rief ich durch die Tür leise um Hilfe. Ich war mir der Lächerlichkeit der Situation zu sehr bewusst, um laut zu schreien.

»Monsieur Jacques? Monsieur? Ist da jemand?«

Die einzige Antwort war die Stille des menschenleeren Flurs, wo der hochflorige Teppich jeden Schritt dämpfte. Ohne allzu große Hoffnung versuchte ich, den gezackten Schlüssel ins Schloss zu stecken, doch er war viel zu dick für den schmalen Schlitz. Monsieur Jacques hatte recht gehabt.

Es gab nur mich. Mich und dieses mit Möbeln und Bildern überladene Zimmer, das so hermetisch verschlossen war wie ein Schmucktresor. Selbst das einzige Fenster war verriegelt. Unmöglich, den Griff zu drehen. Durch die mattierte Scheibe ahnte ich in der Ferne die elegante, angestrahlte Silhouette von Sacré-Cœur.

»Bringen Sie kein Handy mit.« Dummerweise hatte ich mich an diese Anweisung gehalten, sodass ich nun von der Außenwelt abgeschnitten war. Falls ich nicht das Fenster zerschlug und mich aus dem fünften Stock hinunter auf den kleinen Platz stürzte, um als eine erbärmliche rote Blume auf dem Pflaster zu enden, würde ich so lange in diesem Raum gefangen sein, wie es meinem Gastgeber gefiel.

Ich begann mit den Fäusten gegen die Tür zu hämmern, als sich hinter mir ein erstaunliches Phänomen ereignete: Alle Holztäfelungen, an denen die blumig bunten Wandbehänge angebracht waren, drehten sich gleichzeitig im ganzen Zimmer um, und vom Boden bis zur Decke zeigten sie nun Spiegel.

Ich war nicht mehr allein, nein. Mein ins Unendliche vervielfachtes Bild leistete mir mit allen Facetten meiner Gestalt Gesellschaft. All meine Ansichten, all meine Gesichter, all meine schönen und unschönen Seiten waren endlich vereint. Ich begriff, dass dies nur eine Erinnerung an die vorherige Aufforderung war: »Ziehen Sie sich aus.«

»Macht Sie das an, ja? Glotzen? Ist das Ihr Ding?«, schrie ich den möglichen Voyeur an.

Natürlich bekam ich keine Antwort, ich hörte nur meine wutverzerrte und durch die dicken Teppiche gedämpfte Stimme.

Ich zog das kleine silberne Ringbuch aus meiner Handtasche und fuchtelte damit herum wie ein Prediger mit seiner Bibel. »Das erregt Sie, ja, sich vorzustellen, was sich in meinem Kopf abspielt? Und in meinem Hintern auch, oder?«

Die Stille stachelte meine Wut nur noch mehr an.

»Sie glauben also wirklich, dass man Menschen erzieht, indem man ihre Intimsphäre missachtet? Sie glauben wohl, dass Sie ein Anrecht auf mich haben, nur weil Sie zwei, drei Schweinereien über mich zu Papier gebracht haben. Aber ich gehöre Ihnen nicht! Ich werde Ihnen niemals gehören! Ich gehöre David! David! Verstehen Sie?«

Einige Minuten vergingen, ohne dass innerhalb oder außerhalb des Zimmers etwas geschah. Während mir die Schauer durch den Körper liefen und Tränen sich an meinen Wimpern sammelten, entschloss ich mich, endlich zu gehorchen. Wenn ich aus dieser Falle wieder herauskommen wollte, blieb mir keine andere Wahl. Ich war rasend vor Wut. Gott weiß, wie lange Louis mich gefangen halten würde, wenn ich mich nicht fügte. Die ganze Nacht? Und wie sollte ich in diesem Fall gegenüber David all die Stunden meiner Abwesenheit rechtfertigen? Dann müsste ich ihm alles erzählen, darum …

Zuerst öffnete ich die Schnallen meiner Schuhe, ein Paar von Louboutin, das David mir geschenkt hatte und dessen Spangen in Form einer Blume mich begeistert hatten. Die anderen Sachen waren schlichter, denn ich trug nur eine enge Bluejeans und ein kleines Oberteil aus Rohseide, dessen Wasserfallausschnitt immer ein anderes Dekolleté zauberte. Ich zog erst das eine Teil, dann das andere aus, behielt aber meine Dessous an, Höschen und BH aus feiner Spitze, durch die meine braunen Brustwarzen und mein üppiges Schamhaar zu ahnen waren.

Wie konnte ein solcher Anblick den Betrachter zufriedenstellen, der – daran zweifelte ich nicht eine Sekunde – in den Kulissen durch einen venezianischen Spiegel oder eine Kamera seinen Spaß hatte?

Was ich sah, war kaum betörender als die Annabelle, die mich jeden Morgen aus dem Badezimmerspiegel anguckte. Dieselben zu breiten Hüften. Dieselben zu fülligen Schenkel und Pobacken. Derselbe Bauch mit der kleinen Wölbung. »Du sollst deinen Körper lieben.« Aber dazu müsste er verführerisch sein!

Als wäre es eine Antwort auf mein Ansinnen, änderte sich plötzlich das Licht. Alle Glühbirnen leuchteten schwächer, sodass das Zimmer in ein Halbdunkel getaucht war, das von hellen Strahlen durchkreuzt wurde. Diese modellierten meinen Körper auf ganz ungeahnte Weise. Jeder Körperteil, jede Rundung, jede Fülle nahm eine neue, weichere Form an, die üppig und harmonisch war. An Größe und Gewicht war ich noch immer genau dieselbe und dennoch viel schöner, als ich mich jemals gesehen hatte.

Plötzlich fiel mir auf, dass es wärmer geworden war, denn trotz meiner Nacktheit fror ich nicht. Die Schauer, die mich durchfuhren, hatten nichts mit der Temperatur zu tun, sondern hingen mit meiner inneren Fiebrigkeit zusammen, die zwischen Wut und Verwirrung hin- und herschwankte.

I could feel at the time
There was no way of knowing.

Die hohe, leicht näselnde Stimme des Sängers war nach einigen schwebenden Gitarrenklängen, die mir nicht unbekannt waren, aus unsichtbaren Lautsprechern aus allen Ecken gedrungen. Ich hatte diesen Song vor langer Zeit schon einmal gehört. Aber wann? Und wo? Ich wusste es nicht mehr genau. Dieser sanfte Soul-Rock, unterlegt mit recht altmodischen elektronischen Schwaden, entsprach nicht so wirklich Freds Musikgeschmack. Dem Refrain konnte ich dann den Titel entnehmen und die Botschaft, die mir durch ihn übermittelt werden sollte.

More than this
Tell me one thing …
More than this.

Mehr als das. Man konnte es nicht deutlicher zum Ausdruck bringen als Bryan Ferry in seiner gesäuselten Aufforderung: Er wollte mehr sehen.

Hatte ich es ebenso eilig damit, es zu einem Ende zu bringen, wie es mir das Hirn wegpustete? Oder gab ich etwas anderem nach? Der Lust? Nein. Ich verspürte einen richtigen Schub. Einen unbeherrschbaren Impuls, der womöglich die Folge dieser widersprüchlichen Gefühle war.

Mit flinkerer Hand denn je hakte ich meinen BH auf, der zu Boden fiel und meine schweren Brüste freigab. Mit einem Zucken und dem Anschwellen der Brustwarzen zeigten sie ihre Freude darüber. Ich berührte sie mit der flachen Hand und stellte fest, dass sie nicht wegen eines kühlen Luftzugs hart geworden waren. Sie waren warm, beinahe heiß. Mein Streicheln brachte die Nippel zum Glühen, und ihr leuchtendes Rot färbte sich dunkler.

More than this
You know there's nothing …

Doch. Da blieb noch etwas.

Mein Spitzenhöschen glitt geschmeidig an meinen Beinen hinunter und landete bei meinen anderen Klamotten auf dem Boden. Nun verstellte ihm nichts mehr den Blick auf mein Geschlecht. Ich glaube, selbst David hatte ich mich nie so unverhohlen, so unschicklich gezeigt. Ich hatte übrigens nicht den Reflex, die Hand auf den Unterleib zu legen, wo die Schamlippen und die Spalte hinter braunen Härchen verborgen waren.

Ich habe fünfzehn Jahre gewartet, um mich an diesen Bereich meines Körpers heranzuwagen, den nur ein Blick von außen wirklich erkennen kann. Ich glaube übrigens, dass ich um diese Zeit begonnen habe, mich selbst zu befriedigen, und wusste, was ich tat. Vorher hatte ich mich damit begnügt, mich mit einem Stofftier oder einem Kissen irgendwie zwischen den Beinen zu reiben.

Ich hatte mir einen Taschenspiegel von meiner Mutter geliehen und habe ihn, nachdem ich mich im Badezimmer eingeschlossen hatte und einen Fuß auf den Rand der Badewanne gestellt hatte, vor meine Spalte gehalten. Es war nicht genügend Licht, darum ahnte ich meine Möse mehr, als ich sie sah. Ich erinnere mich, dass ich diese Erfahrung drei-, viermal wiederholte, bis ich das passende Hilfsmittel fand: eine Taschenlampe, die ich auf den Boden stellte und deren Licht auf meinen Schritt gerichtet war. Als der Spiegel nun auf dem Wannenrand lag, hatte ich die Hände frei, um die beiden braunen Hautfalten zu spreizen und endlich diese unbekannte Welt zu entdecken. Ich war fasziniert. Ich verbrachte viel Zeit damit, jeden Winkel zu betasten, vor allem die Stellen, die feucht glänzten. Ich hatte ein wenig Angst, ich könnte mir wehtun. Aber als ich schließlich über meine zartrosa Knospe strich, begriff ich, dass ich mich gerade vor Schmerz nicht zu fürchten brauchte. Ich habe sie eine Weile massiert, eher ungeschickt, aber doch mit genügend Beharrlichkeit, sodass mir einige Seufzer entschlüpften und ich beinahe in die Wanne gefallen wäre. Ich hatte entdeckt, was ich wissen wollte. Und ich verstehe es eigentlich nicht, dass ich diese Selbsterforschung nie mehr wieder da aufgenommen habe, wo ich damals aufgehört hatte.

(Handgeschriebene Notiz, anonym, vom 7. Juni 2009. Es war in meinem Zimmer und nicht im Bad. Und das Übrige …)

Als ich meinen Körper so vielfach gespiegelt aus allen Blickwinkeln und mit all seinen Rundungen sah, hatte ich den befremdlichen Eindruck, ich entdeckte ihn zum ersten Mal. Das war also das Bild, das die Männer begehrten, wenn ich mich vor ihnen auszog. Diese Frau war es also – und nicht die, die mein kritischer Blick, der durch jahrelange Komplexe und Erziehung verzerrt war, in fehlerhafte Bruchstücke aufteilte. Das Überraschendste war, dass meine Unvollkommenheiten gar nicht so sehr verschwanden. Aber sie zum ersten Mal zu einem einzigartigen großen Ganzen zusammengefügt zu sehen, verlieh ihnen eine nicht zu verleugnende Attraktivität, die ich mir nie und nimmer hatte vorstellen können.

Mein einziger körperlicher Vorzug, den ich mir in meiner Kompromisslosigkeit immer zugestanden hatte, war meine weiche Haut. Ich pflegte sie nach allen Regeln der Kunst mit reichlich Kokosöl, Mandelöl und Karitébutter und war überzeugt, mein Reiz beruhe vor allem auf dem gepflegten Aussehen meiner Haut.

Instinktiv schloss ich die Augen und strich mir zart über den Bauch, den Hals, über die wohlgerundeten Brüste – eine Berührung, die mir bestätigte, dass meine Mühen sich gelohnt hatten und ich zu Recht stolz darauf war. Meine Hand wanderte lustvoll umher, erwärmte leicht jeden berührten Körperteil und fühlte sich auf natürliche Weise zum nächsten hingezogen, bis sie bei den Hüften ankam, bei den Pobacken und schließlich an den samtigen Innenseiten meiner Schenkel.

Der Sänger gurrte nun nicht mehr sehnsüchtig durchs Zimmer. Es erklang ein Instrumentalpart, der die Melodie dehnte und mit Gitarrenklängen im Pizzikato zierte. Das Ende des Songs war nahe. Plötzlich wurde er von einem Rattern übertönt, das mich aufschrecken ließ.

Das Geräusch kam von einem Konsoltischchen mit zwei Fächern, das ich bislang nicht bemerkt hatte, da es versteckt hinter dem Paravent stand. Ein kleiner Drucker hatte sich in Gang gesetzt und spuckte hartes Papier aus. Ich nahm das erste Blatt in die Hand und drehte es um.

Versteinert. Geschmeichelt. Dankbar.

Es waren Farbfotos. Jedes Bild zeigte mich aus einem anderen Blickwinkel, mehr oder weniger herangezoomt: das Puzzle meiner Reize, an denen der Drahtzieher dieses Versteckspiels sich gerade noch geweidet hatte. Merkwürdigerweise war mein ganzer Groll verflogen. Ein Wohlgefühl, eine Sanftmut hatte sich in mir entfaltet, als ich mich so wunderschön in diesen tausendfach aufblitzenden Spiegeln gesehen hatte. Heute war ich nicht allein für meine körperlichen Verlockungen anerkannt worden, für diese Seite von mir, die ich noch nicht ganz als zu mir gehörig empfand; es war viel mehr als das: Ich fühlte mich mit mir im Einklang. Ein gewandeltes und vor allem angenehmes Selbstbild.

Als plötzlich das Türschloss klickte, hatte meine Gefangenschaft ein Ende, doch dieses einzigartige Gefühl blieb. Das Anziehen meiner Kleider empfand ich wie ein langsames Streicheln, ich kostete jeden Moment aus, jedes Fleckchen Haut fühlte sich liebkost. Nachdem ich die Fotos in meine Handtasche gesteckt hatte, verließ ich ein wenig erschöpft das Zimmer. Auf meinem Weg durch das Hotel bis hinaus auf die Straße traf ich niemanden, was mich nicht wirklich überraschte. Nicht einmal Monsieur Jacques saß hinter seinem Empfangstresen.

Wie ferngesteuert und dennoch merkwürdig schwächelnd ging ich die Rue Jean-Baptiste Pigalle wie im Traum entlang. Zu dieser späten Stunde hatten nur noch wenige Bars geöffnet. Die rüpelhaften Trinker, die auf einer Terrasse saßen und hinter mir herpfiffen, nahm ich kaum wahr.

Manchmal, so wird mir bewusst, habe ich mit Männern Sex für Geld gehabt. Ich, Annabelle. Elle. Auch wenn ich mir einrede, dass ich mich dadurch nicht sonderlich von den ausgehaltenen Zicken unterscheide, die die Beine breitmachen, um sich den gewünschten Lebensstil zu sichern, ekle ich mich selbst ein wenig vor mir. Paradoxerweise überfällt mich, wenn ich den erniedrigenden Satz: »Ich bin eine Nutte«, mehrere Male vor mich hin sage, eine dumpfe Erregung.

(Handgeschriebene Notiz, anonym, vom 8. Juni 2009. Noch einmal: kein Kommentar!)

Vibrierend, feucht, verfügbar.

Mein Höschen kitzelte bei jedem Schritt meine Möse, fast schob es sich in sie hinein. Die Berührung umschmeichelte meine prallen Schamlippen, meine glühende Klitoris, meine offene und vor Lust pochende Spalte, sodass ich hier auf offener Straße, hielte mich nicht Scham zurück, die Hand in die Hose stecken und mir vor aller Augen die Streicheleinheiten verpassen wollte, deren wohltuendes Ende ich kannte.

Meine bebende Möse! Zu. Fast. Allem. Bereit. Gierig.

13

7. Juni 2009

Was hätte ich sagen können, hätte ich eine Zeugenaussage machen müssen über das, was mir in dieser Nacht widerfahren war? Dass ich mich ausgezogen hatte, allein, letztendlich aus freien Stücken, in dem Zimmer eines Hotels, das nur wenige hundert Meter von meinem neuen Domizil entfernt lag und das ich in der Vergangenheit schon öfter aufgesucht hatte? Welcher Schandtat könnte man denjenigen bezichtigen, der mich in diese Lage gebracht hatte? Wie sollte man sein Verhalten bezeichnen, wenn man nicht zu dem Schluss kam, dass es eine zumindest unschickliche Verrücktheit von mir war?

Dass Louis nicht im Hôtel de Paris aufgetaucht war, hatte mich aus dem Gleichgewicht gebracht, aber das war kein Argument, das man gegen ihn kehren konnte. Genauso wenig diese Feuchtigkeit, die ich noch beim Aufwachen zwischen meinen Beinen spürte, als David schon seit Langem aus dem Haus war.

Was man hingegen als Beweis gegen den älteren Barlet hätte anführen können, war diese neue Botschaft:

Sie spüren mich tief in sich, nicht wahr?

Wie all die anderen Nachrichten zuvor erwartete sie mich auf dem Konsoltischchen am Eingang. In der Sanduhr war bereits eine beeindruckende Menge Sand in den unteren Glaskolben gerieselt. Unsere Hochzeit war nur noch wenige Körnchen entfernt …

»Guten Morgen, Elle …«

Der heitere, fast schalkhafte Ton hob sich mit seiner Leichtigkeit von meinen finsteren Gedanken ab. Er brachte mich dermaßen durcheinander, dass ich die Stimme erst Sekunden später erkannte.

»Louis!«

...die vermutliche Quelle meiner Qual, die sich mal wieder mit dem berauschenden Duft ankündigte, den er stets mit sich brachte.

»Ja, ich bin's. Ihr zukünftiger Ehemann schickt mich.« Dazu verbeugte er sich übertrieben unterwürfig.

Was redete er da? Wie konnte er es wagen, hier aufzutauchen? Reichte ihm meine Erniedrigung am Abend zuvor nicht, dass er mich verhöhnte, kaum dass ich aufgestanden war?

Ich unterdrückte einen wütenden Aufschrei, fragte stattdessen: »David?«

»Ach, gibt es noch einen anderen?«, scherzte er.

War es möglich, am Abend dieses manipulierende Monster zu sein und am Tag darauf sich so distanziert zu verhalten? Offensichtlich. Er setzte ein strahlendes Lächeln auf und spielte mit seinem Stock, den er geradezu akrobatisch zwischen den Händen herumwirbelte. Nichts an seinem Verhalten verriet unsere »Begegnung« am Abend zuvor.

»Nein, natürlich nicht. Aber was...«

»David hat mich beauftragt, aus Ihnen eine ›wahre Athenerin‹ zu machen.« Mit diesen Worten nahm er meine Hand und wollte sie gerade küssen.

Brüsk entriss ich sie ihm und hätte ihn beinahe geohrfeigt. »Eine Athenerin...«, wiederholte ich fast tonlos.

»Das sind seine Worte. Also hier bin ich!«

Der Majordomus, der unvermutet aus dem hinteren Anrichtezimmer gekommen war, nickte mit einem treuherzigen Lächeln. Sein Auftauchen verbot mir jede Gefühlsaufwallung. Mit Mühe brachte ich ein dünnes Lächeln zustande, das ihn zu täuschen schien.

»Das stimmt, Mademoiselle. David wünscht, dass Sie sich nicht nur in diesem Haus, sondern auch in diesem Viertel zu Hause fühlen.«

»Haben Sie das fantastische Wetter gesehen?«, sagte Louis begeistert und ganz ohne diese Arroganz, die er bei unserer ersten Begegnung gehabt hatte. »Ist das nicht der perfekte Tag für einen Spaziergang?«

Da der Kopf der Familie – und mein zukünftiger Ehemann – dieses Vorhaben unterstützte, konnte ich schlecht ablehnen. Noch weniger vor einem Zeugen. Ich musste eine Entschuldigung finden, und zwar schnell.

Mit einem kurzen Seitenblick spähte Louis auf Félicité, die nicht weit von uns dahertrottete. Schon war auf der Treppe das Getrappel von Sinus und Cosinus zu vernehmen, die ihre neue Spielgefährtin suchten.

»Ja, doch, stimmt … Aber ich fühle mich nicht gut«, redete ich mich heraus.

»Genau darum wird Ihnen die frische Luft guttun!«, unterstrich Armand.

»Ganz ehrlich, Elle, was könnten Sie heute Schöneres machen? Nutzen Sie doch Ihre letzten freien Tage vor dem großen Debüt beim Sender. Sie werden sehen, wenn Sie erst einmal in den Mühlen der Programmplanung gefangen sind, werden *Zerstreuungen* dieser Art äußerst selten sein.«

Ich kniff die Lippen zusammen, um ihm nicht meinen ganzen Abscheu entgegenzubrüllen. *Zerstreuungen?* Und wie nannte er das, was am Abend zuvor stattgefunden hatte? Eine unschuldige Abwechslung?

»Nein, wirklich … Das ist sehr nett, aber ich bin nicht … Wenn ich am Montag präsentabel sein möchte, sollte ich mich besser ausruhen.«

Warum lieferte David seine Verlobte dem Mann aus, der sie seit Tagen so sehr peinigte? Ich klammerte mich an die Antwort: Er wusste nichts von der Heimtücke seines Bruders. Und ich verscheuchte den anderen Gedanken aus meinem Kopf: Er konnte keinesfalls der Komplize sein. Nicht er. Nicht David.

»Ach, lassen Sie sich verführen. Kommen Sie!«

Wieder griff er nach meiner Hand und fasste dieses Mal so kräftig zu, dass ich mich nicht befreien konnte, ohne Wirbel zu machen.

»Lassen Sie mich los! Sie tun mir weh!«

Wie ein schuldbewusster Lausbub lockerte er den Druck um mein Handgelenk. »Wie Sie wollen«, stammelte er und senkte die Lider. »Ich dachte nur …«

Ich unterbrach ihn harsch: »Was dachten Sie?«

»Dass dieser Spaziergang die Gelegenheit wäre, Ihnen etwas mehr begreiflich zu machen?«

»Etwas mehr? Von was?«

»Von uns … von David und mir. Ich kenne ihn. Er ist ein großer Schweiger. Bestimmt hat er Ihnen nichts oder fast nichts über unsere Kindheit erzählt. Und sicher genauso wenig über dieses Haus.«

Ins Schwarze getroffen.

Das Angebot war verlockend. Und zudem böte sich mir die Gelegenheit, ihn meinerseits auszuhorchen. Vielleicht könnte ich ihm die Maske vom Gesicht reißen, hinter der er sich bei unseren Zusammentreffen verbarg – und ihn ein für alle Mal beschämen.

Beruhigend schien mir auch der Gedanke, dass er am helllichten Tag mitten auf der Straße schon nichts Ungehöriges unternehmen würde. Armands ermunterndes Zwinkern brachte letztlich diese Furie in mir zum Schweigen, die seit dem Abend zuvor in mir tobte.

»Na gut … einverstanden«, willigte ich ein. »Gestehen Sie mir ein bisschen Zeit für eine Dusche zu?«

»So viele Duschen Sie wollen. Wir haben noch den ganzen Tag vor uns.«

Aus seinem Munde und in meinem Ohr klang das nicht nach einem Versprechen auf eine unschuldige Vergnügung unter der Frühlingssonne, sondern eher nach einer Drohung für lange qualvolle Stunden. Ich erwartete nichts anderes.

Ich zerknüllte den handgeschriebenen Zettel – er würde dem silbernen Ringbüchlein entgehen – und eilte ins Bad. Eine Viertelstunde später stand ich wieder vor meinem Peiniger. Ich hatte mir ein schlichtes Blumenkleid angezogen, das ich auf meine Art mit einigen handgenähten Filzeinsätzen verziert hatte, und beigefarbene Ballerinas; dazu trug ich eine kleine Handtasche, die nur das Nötigste enthielt. Also adrett genug, um der Kritik keine Breitseite zu bieten, und hinreichend dezent, um jede Zweideutigkeit zu vermeiden. Obwohl man es nicht sah, hatte ich das dickste und züchtigste Höschen aus meiner Wäschekollektion übergestreift, das so ganz anders war als jenes nektargetränkte, das ich letzte Nacht zu Hause ausgezogen hatte.

Als wir den sichelförmigen kleinen Hof und den alten Torbogen durchschritten hatten, empfing uns vor dem Hôtel Duchesnois, dem Haus Nummer 3 der Rue de la Tour des Dames, strahlender Sonnenschein. In diesem Punkt konnte ich Louis nicht widersprechen: Es war ein wunderschöner Tag, der ganz eindeutig zum Flanieren einlud.

Er war ausgesprochen gut gelaunt, sodass ich mich schwerlich nicht von seiner Fröhlichkeit anstecken lassen konnte. Und dennoch erinnerte mich jeder Blick, den er mir zuwarf, unwillkürlich an dieses Zimmer, wo ich mich für ihn ausgezogen hatte und nackter gewesen war als je zuvor.

»Elle … Haben Sie überhaupt eine Vorstellung, was David sagen wollte, als er mich bat, Sie zu einer Athenerin zu machen?«

Das klang nicht nach einer Fangfrage. Da sie ohne Schärfe und Unterton gestellt war, wollte er wohl nur erkunden, auf welchem Wissensstand ich war. Während er auf meine Antwort wartete, schaute er mich mit seinem intensiven Blick an.

»Nein. Eigentlich nicht«, gab ich zu.

»Sie müssen wissen, dass man dieses Viertel hier das Neu-Athen nennt. Zwischen der Rue des Martyrs im Osten, der Rue Jean-Baptiste Pigalle im Westen und der Rue Saint-Lazare im Süden stehen einige Häuserblocks, die nichts Geringeres als die Geburtsstunde der Romantik miterlebt haben.«

Ungewollt riss ich neugierig die Augen auf. Ich hatte mich auf verletzende Sticheleien, vielleicht sogar auf obszöne Bemerkungen eingestellt, aber nicht auf eine Geschichtsstunde. Er wirkte fest entschlossen, sich so zu verhalten, als hätte es die Ereignisse im Mata-Hari-Zimmer nicht gegeben.

»Wie das?«

»Mitte der 1820er-Jahre haben sich hier die berühmtesten Vertreter dieser neuen Kunstrichtung niedergelassen, natürlich Dichter und Schriftsteller wie George Sand, Eugène Scribe, Marceline Desbordes-Valmore, Alexandre Dumas und etwas später sogar der große Victor Hugo. Außerdem die Musiker Liszt, Berlioz, Auber, Chopin und Wagner. Auch Maler, unter ihnen Delacroix, Vernet, Gavarni und Ary Scheffer. Doch man vergisst häufig, dass die ersten Künstler, die sich hier in diesem Künstlerviertel angesiedelt …«

Er hörte auf, weitere Namen aufzuzählen, und schaute voll Bewunderung auf das Haus, das wir soeben verlassen hatten. Es war wirklich einzigartig wegen seiner nach innen gewölbten Fassade, die sich zu einem kleinen Ehrenhof öffnete.

Mir fiel auf, dass er sich seit unserer letzten Begegnung einen Wangenbart hatte wachsen lassen, der aber sein schmales Gesicht nicht erdrückte, sondern es vielmehr noch hohlwangiger aussehen ließ. Dieser Bart auf seiner Haut schien mir Ausdruck des Fiebers zu sein, das in seinem Innern tobte.

»Ja?«

»Also die ersten Künstler hier waren Schauspieler, Elle. Einfache Schauspieler.«

»So wie Mademoiselle Duchesnois?«

»Ja, genau. Doch vor ihr waren bereits andere große Namen in die Gegend gezogen. Zum Beispiel Mademoiselle Mars, hier nebenan, im Haus Nummer eins …«

Ich musste einen Augenblick an die Haarnadel im Schaufenster des Antiquitätenladens Nativelle denken, die einige Tage zuvor Begehrlichkeiten in mir geweckt hatte. Doch Louis fuhr bereits fort und legte mir eine schmale Hand auf den Unterarm, um meine ganze Aufmerksamkeit zu gewinnen.

»Der großartige Talma, Bonapartes Lieblingsschauspieler, im Haus Nummer neun. Aber auch Marie Dorval, die Mätresse von Alfred de Vigny, ein bisschen weiter in der Rue Saint-Lazare. Anfang der 1830er-Jahre war diese Straße, in der Sie heute wohnen, die Champs-Élysées der neuen Künstlerszene.«

Während ich seinen klugen Erklärungen lauschte, vergaß ich fast den Perversen, den unredlichen Schwager, der als Preis für sein Schweigen sonderbare Vorrechte einforderte. Den Verrückten, der sich über Einzelheiten meiner Sexualität ausließ wie in einem Teufelsbuch, Seite für Seite.

Er durchlebte so intensiv, was er erzählte, dass sein ganzes

Wesen in die Zeit zurückversetzt schien, die er mir lebendig vor Augen führen wollte.

»Aber warum ›Neu-Athen‹?«, fragte ich nun mit erwachter Neugier. »Und warum sind sie alle hierher geströmt?«

»Laut der offiziellen Darstellung entstammt die Bezeichnung der Feder eines Leitartiklers des *Journal des Débats*, Dureau de la Malle mit Namen, im Jahr 1823. Doch meines Erachtens sind die Gründe ziemlich diffus. Mit dem Aufstand der Griechen gegen das Joch der Osmanen im Jahr 1821 kamen die Griechen damals sehr in Mode. Der neuklassizistische und neoraffaelitische Baustil der Gebäude von Auguste Constantin hat sicher auch eine Rolle gespielt.«

»Neoraffaelitisch?«, fragte ich und verriet meine Unkenntnis.

Während er sprach, hatte er einen Arm unter meinen geschoben, als wäre es die natürlichste Sache der Welt, und führte mich nun in Richtung der Rue de La Rochefoucauld. Es war genau der Weg, den ich am Abend zuvor gegangen war. Er tat es mit so großer Unbefangenheit, dass ich meine Vorsicht ablegte und eine wohlige Wärme mich durchströmte.

»Je mehr du ihn dich berühren lässt, umso mehr bereitest du dich darauf vor, ihn anderswo in dir aufzunehmen.«
Es ist die Innenseite meines Arms, ja, diese kleine, so empfindliche Stelle zarter Haut in der Beuge, die mir das zugesäuselt hat, glaube ich. Ich frage mich, ob man von einer erogenen Zone, die scheinbar so harmlos ist, einen Orgasmus bekommen kann.

(Handgeschriebene Notiz, anonym, vom 7. Juni 2009)

Und doch liefen mir wieder Schauer über den Körper, als ich überlegte, zu welcher Version von mir – der schamlosen, der sich anbietenden – er mich verleitet hatte. Warum folgte ich ihm nur so willig?

»Ja, sehen Sie sich dieses Haus an. Sehen Sie diese gerundeten Nischen über dem Gesims zwischen der ersten und zweiten Etage? Und darüber dieses dreigliedrige Fenster à la Serlio, die mittige Öffnung mit ihrem Rundbogen und rechts und links davon die beiden schmaleren Fensterteile, die ein einfacher Sturz abschließt?«

Sein Wissen erschlug mich nicht, sondern öffnete mir die Augen für etwas völlig Neues. Er deckte so viele Geheimnisse dieser Stadt auf, die ich doch zu kennen glaubte. Der Druck seiner Hand auf meiner Schulter ließ mich beinahe in Ohnmacht fallen.

»All das ist kennzeichnend für den Manierismus der italienischen Architektur in der Renaissance.«

»Für Raffael?«, fragte ich.

»Ja, und auch für Palladio, Serlio, Sangallo … Percier und Fontaine, die beiden offiziellen Architekten des Empire, haben sich in großem Maße davon inspirieren lassen. Und ihre Bauten wiederum haben all die großen Entwürfe für Siedlungen mit Privathäusern in den 1830er-Jahren beeinflusst. Insbesondere in Neu-Athen.«

Nun hakte ich mich bei ihm unter. Meine linke Brust berührte zufällig seinen Bizeps, der, wie ich spürte, aufs Äußerste gespannt war. Als wäre nichts gewesen, rückte ich wieder von ihm ab. Ich durfte ihn nicht diesen rebellischen Nippel spüren lassen, der schon bei diesem geringen Kontakt hart wurde und meine keimende Erregung verraten konnte.

»Und da hier so viel Schönheit und Intelligenz aufeinandertrafen, wurde das Viertel rasch zum maßgebenden kulturellen Anziehungspunkt, dessen Ruf weit über unsere Grenzen drang. Die Leute kamen aus ganz Europa! Stellen Sie sich vor: Um 1850 wohnten in diesen Straßen mehr als hundert Künstler. Nicht alle leben in der Nachwelt fort, aber alle gemeinsam haben den Geist dieses Orts geprägt.«

Wehmut klang aus seinen Worten, als bedauere er, jene Zeit nicht miterlebt zu haben.

Die Begeisterung hatte ihn so sehr mitgerissen, dass ihm warm wurde. Er zog seine Jacke aus und krempelte die Ärmel seines weißen Hemds hoch. Zum ersten Mal sah ich das ganze Tattoo auf der Innenseite seines linken Handgelenks. Dass sich nun er vor mir entblößte, und sei es auch nur teilweise, verwirrte mich. Doch ich versuchte, mich ganz auf die Tätowierung zu konzentrieren. Warum nur kamen mir diese beiden ausgebreiteten Schwingen und diese Schlingungen um eine Art Zepter herum so bekannt vor?

Als er meinen Blick bemerkte, erklärte er mit einem etwas verkniffenen Lächeln: »Das ist ein Hermesstab.«

Ja, genau, das war's, das Sinnbild für Wirtschaft und Handel. Doch im Gegensatz zum Äskulapstab, der in vielen Arztpraxen steht, winden sich um den Hermesstab zwei Schlangen.

Etwas tiefer, in Höhe des Handgelenks, stand außerdem ein Buchstabe, ein winziges »A«, ganz allein, und in einer Schrift, die an eine alte Schreibmaschinentype erinnerte.

»Und der Buchstabe da … Warum nur ein A? A wie ›Artist‹? Wie ›Anarchie‹?«

Sein Gesicht verfinsterte sich abrupt, und die Leichtigkeit, die er bislang an den Tag gelegt hatte, war dahin. »Nein, ganz einfach der erste Buchstabe des Alphabets«, murmelte er schließlich.

Seine plötzliche Zurückhaltung hätte mich davon abhalten müssen, weiterzubohren, dennoch fragte ich: »Nur der erste?«

»Oh, seien Sie gewiss, die anderen folgen noch.«

Ich verstand andeutungsweise seinen Plan, sich alle Buchstaben auf den Körper tätowieren zu lassen. Ihn zu einer lebendigen Silbe zu machen, zu einem Instrumentarium, das er auf sich, in sich, tragen würde, und zwar für immer. Das war schön und albern zugleich. Berührend und lächerlich. Und auch kindisch. Eine Unternehmung von der Art, wie man sie sich als Jugendlicher vornimmt, als Erwachsener doch eher nicht.

»Und was soll die Feder bei dem Ganzen?«

Schon an dem Abend unserer Begegnung in der Galerie Sauvage hatte ich gesehen, dass der Stab nicht in einer normalen Spitze mündete, sondern mit der Feder eines Füllers.

»Sagen wir mal, der Stift stellt die Möglichkeit dar, jeden einzelnen Buchstaben freizusetzen. Er fügt sie zu Wörtern zusammen. Und letztendlich liegt in ihm die Macht, uns zu heilen.«

Mitten auf der Rue Chaptal blieb er plötzlich stehen und zog den Hemdsärmel über das Tattoo. Das war seine Art, mir zu erklären, das Kapitel sei beendet.

Wir waren auf der Höhe der Hausnummer 16. Hier quoll ein Baum zwischen den Fassaden empor und warf seinen blättrigen Schatten auf den Gehweg. Ein schmaler Durchgang mit etwas

Grün an den Seiten führte geradewegs zu einem sonnigen Innenhof, der zauberhaft wirkte. Weiter hinten saßen im Schatten eines riesigen Rosenbuschs zwei alte Damen auf einer Bank.

Mein Blick blieb an einem Schild hängen, das auf der Straße angebracht war:

MVR
Musée de la Vie Romantique

»Da wir gerade vom Alphabet sprachen…«, sagte er mit zurückhaltendem Lächeln. »Dieser Ort vermittelt das ABC der Pariser Romantik. Sie können dieses Arrondissement und seine Geschichte nicht verstehen, wenn Sie dieses Museum nicht besucht haben.«

Wollte er von der Anmut dieser aus der Zeit gefallenen Oase sprechen, die nur durch das kurze, gepflasterte Gässchen dem modernen Getriebe entrückt war? Das Gebäude hinten im Hof – zur Hälfte hinter hohen Teerosenbüschen verborgen – war entzückend mit seinen grünen Fensterläden und Balkonen.

Kraftvoll hielt er mich am Arm, als ich beinahe auf den Pflastersteinen gestolpert wäre. Dabei berührte ich ihn wieder mit meiner Brust, dieses Mal an seinem muskulösen Oberkörper.

Ich stellte ihm die erstbeste Frage, die mir in den Sinn kam, um ihn bloß nicht meine Verwirrung spüren zu lassen. »Wem gehörte dieses Haus?«

»Ary Scheffer, dem Maler. Er war so etwas wie der offizielle Porträtist der romantischen Intelligenzija. Liszt, Sand, Chopin, Renan… Hinter diesen Mauern hat er sie alle verewigt.«

Statt mich geradewegs in das Gebäude hineinzuführen, zog er mich an der Hand in einen kleinen Garten rechts davon. Hinter Beeten mit rosafarbenen Blumen, zwischen denen einige Bänke standen, erhob sich ein herrlicher Wintergarten, ein großes Glashaus mit Rundbogen, das sich an das Hauptgebäude anschloss. Draußen wie drinnen tranken Touristen mit umgehängten Fotoapparaten und glückseligem Lächeln auf den Lippen an runden Tischchen ihren Tee.

»Hübsch hier, nicht?«

Ich nickte begeistert, meine Hand noch immer in seiner. Dass es so einen Ort fern vom Getöse in dieser Stadt gab, erschien mir wie ein Wunder. Und dass er es war – ja, genau er –, der ihn mir zeigte, war Teil der grausamsten Ironie.

Louis rückte mir einen Stuhl zurecht und setzte sich dann selbst. Er fühlte sich in dieser wie aus der Zeit gefallenen Umgebung offensichtlich wohl. Melancholische Klavierklänge ertönten von einem kleinen künstlichen Wasserfall; die Lautsprecher waren bestimmt hinter den Steinen versteckt. Nachdem er nur einige Sekunden aufmerksam dem Stück gelauscht hatte, nannte er mit entrücktem Blick den Titel: »Nocturne Nr. 20 von Frédéric Chopin in cis-Moll, eines seiner posthumen Stücke.«

Wer sonst um mich herum war in der Lage, nach nur wenigen Takten eine Komposition von Chopin zu erkennen? Doch ich fasste mich gleich wieder, weil mir der Gedanke kam, er hätte genauso gut Schubert oder Beethoven sagen können, und es wäre mir nicht als falsch aufgefallen.

»Sehen Sie«, setzte er wieder an. »Hier hat die Liebe zwischen George Sand und Frédéric Chopin ihren Anfang genommen. Man erzählt oft von ihrer Begegnung im Hôtel de France bei Liszt oder von ihrem kleinen Paradies am Square d'Orléans. Aber in Wirklichkeit ist es Scheffer zu verdanken, dass sie ihre erste Abneigung überwunden haben, Scheffer und seiner Gepflogenheit, all seine Freunde unbedingt miteinander in Verbindung zu bringen.«

Dazu machte er eine langsame, umfassende Handbewegung zu dem Gebäude hin, dessen Tür zum Garten hinter einem dicken grauen Samtvorhang verschwand, als gelte es, das Geheimnis ihrer Liebe zu schützen.

»Ihre Abneigung?«, staunte ich. »Ich habe geglaubt, Sie seien verrückt nacheinander gewesen.«

»Ja, vollkommen richtig. Ich habe sehr wohl ›Abneigung‹ gesagt. Wissen Sie, was Chopin über Sand geschrieben hat, nachdem er sie zum ersten Mal gesehen hatte?«

»Nein.«

»›Was für eine unsympathische Frau sie doch ist, diese Sand! Ist's denn wirklich eine Frau? Ich habe meine Zweifel.‹«

»Charmant! Ein wahrer Gentleman!«

»Zumindest ist es eine nette Lektion für die Demut in der Liebe. Finden Sie nicht? Man weiß nie, wohin uns ein erster Eindruck führt, und sei er noch so katastrophal…«

Nun war es an mir, das Gespräch über ein zu heikles Thema abzuwenden. Ich begriff, dass der Ort, den er gewählt hatte, und die Themen, die er ansprach, uns unweigerlich zu unserer Geschichte führen würden. Oder vielmehr zu dieser krankhaften Obsession, die ihn mit mir verband.

Ich werde nicht in Gänze diesen freimütigen Brief von George Sand an ihren damaligen Geliebten Alfred de Musset niederschreiben. Aus dem Gedächtnis zitiert, beginnt er so:

> Zutiefst bewegt sage ich Ihnen, dass ich
> letzten Abend wohl erkannt habe, dass Sie
> stets eine unbändige Lust verspüren,
> mich zum Tanze zu führen. Eine Erinnerung auf ewig, von Ihnen
> innigst umarmt zu werden, und ich wollte,
> es sei ein Beweis, dass ich geliebt sein könnte
> von Ihnen.

Um die Botschaft zu entschlüsseln, lässt man jede zweite Zeile weg, und es ergibt sich daraus:

> Zutiefst bewegt sage ich Ihnen, dass ich
> stets eine unbändige Lust verspüre,
> innigst umarmt zu werden, und ich wollte,
> von Ihnen.

(Handgeschriebene Notiz, anonym, vom 7. Juni 2009. Wenn er geglaubt hat, er könnte mir etwas Neues beibringen, hat er sich geirrt. Sophia hatte mich bereits zu Unizeiten auf diesen Text aufmerksam gemacht.)

Ich entschied mich zum Gegenangriff: Jetzt wollte ich mal die Zügel des Gesprächs in der Hand halten.

»Ist es auch eine Tätowierung?«

Dieses eine Mal überrumpelte ich ihn mit meiner Frage.

»Wie bitte?«

»Das seidene Tüchlein, das David am Arm trägt. Versteckt sich darunter ein ähnliches Tattoo?«

Er wurde blass und fand keine Worte, er, der für gewöhnlich so redegewandt war.

Zumindest reagierte er nicht mit Wut. Als ich einige Tage zuvor versucht hatte, meinen Verlobten im Bett auf dieses Thema anzusprechen, hatte er mich mit einer zornigen Antwort abgespeist, die endgültig schien.

»Es war ein Unfall, und das geht niemanden etwas an.«

»Nicht einmal deine Frau?«

»Das … Jedenfalls gehört es der Vergangenheit an.«

Kapitel abgeschlossen.

Louis zupfte an seinem Ärmel, um seinen Hermesstab zu bedecken, als läge in dieser Geste die Macht, das Geheimnis seines Bruders zu bewahren.

»Nein … David redet nicht gern über so was.«

»Über was?«

Nie zuvor hatte er mich so hartnäckig erlebt. Er sah nur das in mir, was er sehen wollte: eine leichte Beute, die seiner Willkür ausgeliefert war, ein simples Spielzeug, und ein Mädchen, dessen Körper er nunmehr aus allen Blickwinkeln kannte.

Dennoch sah ich einen Augenblick Panik in seinen umschatteten Augen aufblitzen.

»David hat Ihnen also nichts erzählt?«

»Was erzählt?«

»Über seinen Arm …«

»Nein. Was sollte ich denn wissen?«

»Bei dieser Geschichte geht es nicht allein um den Arm …«, sagte er mit großem Ernst und atmete tief durch.

Schon diese Einleitung gab mir zu verstehen, dass es sich hier nicht um eine nette Anekdote handelte.

Mit wohlwollendem Blick ermutigte ich ihn weiterzuerzählen.

»Als ich zwanzig war und David neunzehn, haben wir in den Sommerferien eine junge Frau kennengelernt. Und wir haben uns in sie verliebt. Alle beide. Zur selben Zeit.«

Armands Schilderungen über ihre Rivalität schossen mir wieder durch den Kopf. Wer von den beiden die hübschesten Frauen erobern konnte, sollte die Macht bekommen…

»Wie hieß sie?«

»Aurore. Aurore Delbard.«

Als er ihren Namen aussprach, zog er ein Gesicht, als äße er sauren Fisch.

»Wie haben Sie sie kennenge…?«

»Das Wie spielt keine Rolle«, unterbrach er mich schroff. »Obwohl David noch so jung war, hat Aurore sich für ihn entschieden. Sie haben sich verlobt und ganz rasch, schon nach wenigen Wochen, geheiratet.«

Geheiratet? Ich würde also nicht die erste Madame David Barlet sein? Ich schob diesen Gedanke beiseite, der so ätzend war wie Säure und so nervenaufreibend wie ein Juckreiz, und lauschte ihm mit größter Aufmerksamkeit.

Louis hatte somit diesen Kampf gegen seinen Bruder verloren. Die Spuren, die diese Niederlage in ihm hinterlassen hatte, waren in seinem verzerrten Gesicht zu lesen. Ob dies wohl der erste der entscheidenden Erfolge war, die David auf den Thron der Familie Barlet geführt hatten? Und war ich für Louis also nichts anderes als ein Trostpreis, ein Spielzeug, das er bereit war sogar in den Händen seines Bruders zu zerstören, da er es ihm nicht entreißen konnte?

Zum ersten Mal wollte ich spontan seine Hand nehmen, doch er entzog sie mir so schnell, dass ich sie nicht greifen konnte.

»Sie waren das perfekte Paar. Alle nannten sie die Delbarlets. Sogar ihre Nachnamen fügten sich bestens zusammen.«

Ich widersprach ihm nicht – das Namensspiel hätte sich schließlich auch für Louis ergeben –, sondern ließ ihn lieber weitererzählen, solange er willens war, sich zu öffnen. Seit Wochen drangsalierte er mich nun bereits, und zum ersten Mal hatte ich das Gefühl, ich sei die treibende Kraft. Durch eine nervöse Handbewegung entblößte er wieder seinen linken Unterarm, sodass das winzige A zu sehen war. A wie »Aurore«, fiel mir unwillkürlich ein.

»Aber was David und ich nicht wussten, war, dass Aurore depressiv war.«

»Depressiv in welchem Maße?«

Er reagierte auf meine Nachfrage mit einem wirren Blick. »Zerstörerisch. Und manipulatorisch. Damals gab es noch keinen Begriff für ihre Krankheit...«

»Und heute?«

»Heute nennt man es das Borderlinesyndrom. Fast ausschließlich Frauen sind davon betroffen. Alle wurden in ihrer jüngsten Kindheit verlassen oder missbraucht. Ich habe mich mit diesem Krankheitsbild ziemlich genau auseinandergesetzt.«

Ich widerstand der Versuchung, mehr über die schreckliche Vergangenheit der ersten Frau meines zukünftigen Mannes erfahren zu wollen. Einer Frau, deren Existenz er mir bis zum heutigen Tage verheimlichte. Ich zügelte meine Irritation, verscheuchte das Bild eines lügenden und unaufrichtigen David und versuchte, mir vorzustellen, welch ein Martyrium Aurores Krankheit für ihn gewesen sein musste. Bis zu einem gewissen Grad rechtfertigte sein Schmerz sein Schweigen.

Und letztendlich: Wer war ich, dass ich über ihn urteilte, wo ich mich doch schon scheute, ihm meine eigene Mutter vorzustellen?

»Und was geschah dann? Ich meine, nach ihrer Hochzeit?«

»Zu Anfang ging es einigermaßen. David schaffte es, ihre Stimmungsumschwünge und Anmaßungen in den Griff zu bekommen. Und weiß Gott, es waren viele. Denn es entspricht diesem Krankheitsbild, den Partner so vielen Prüfungen zu unterwerfen wie nur möglich, in der morbiden Hoffnung, dass er die Nerven verliert und sich abwendet. Aurore zum Beispiel konnte ohne Weiteres an einem Abend den ganzen Inhalt des Kühlschranks in sich hineinschlingen, nur um sich dann zu erbrechen und meinem Bruder zu befehlen, er möge den Kühlschrank wieder auffüllen, und das mitten in der Nacht, wenn alle Supermärkte geschlossen haben. Sie wurde grausam tyrannisch in diesen Situationen.«

Ich tat mich schwer, mir David, den großen Boss, David, den etwas autoritären Charmeur, als Befehlsempfänger vorzustellen. Die beiden Bilder passten nicht zusammen.

»Und hat er es schließlich getan?«

»Sich von ihr abgewandt?«, rief er, von meiner Frage überrascht. »Nein! Er hat standgehalten bis zum Schluss. Ich will nicht verheimlichen, dass er nach so manch heftiger Krise darüber nachdachte, das Handtuch zu werfen. Aber er hat durchgehalten. Und ich … habe ihn bestmöglich unterstützt.«

»Waren Sie denn kein bisschen eifersüchtig?«

Sollte er, der Stolze, der Hochmütige, sich wirklich ohne Liebeskummer vom abgewiesenen Verehrer zum Vertrauten seines Bruders gewandelt haben? Irgendetwas machte mich skeptisch. Dass Louis sich eine so edle, so ritterhafte Haltung zuschrieb, kam mir verdächtig vor und flößte mir nur noch größeres Mitgefühl für denjenigen ein, der mir als das einzige wirkliche Opfer dieses Dramas erschien: David.

War Louis wirklich so verliebt in Aurore gewesen, wie er behauptete?

»Ob ich eifersüchtig war auf diese Hölle, in der er lebte? Nicht wirklich, nein … In gewissem Sinne dankte ich jeden Tag dem Schicksal, dass Aurore sich für David entschieden hatte und nicht für mich. Und trotz alledem hatte ich noch immer Gefühle für sie. Ich träumte nicht mehr davon, mit ihr zusammenzuleben, sondern hatte vielmehr den aufrichtigen Wunsch, dass sie mit ihm zu einem Frieden findet. Dass sie auf ihre Weise ein bisschen glücklich wird.«

Es erübrigte sich, seinen tränenfeuchten Blick weiter zu hinterfragen, um zu begreifen, dass dies nicht der Fall gewesen war. Louis hielt von sich aus den Epilog zu dieser Geschichte.

»Im Jahr nach ihrer Hochzeit haben wir alle zusammen den Sommer am Meer verbracht. Unsere Eltern lebten noch. Es war herrliches Wetter, und die Stimmung war lockerer als sonst … Selbst Aurore schien es besser zu gehen.«

»Was ist geschehen?«

»Plötzlich kam sie auf die Idee, um Mitternacht schwimmen zu gehen. Die Brandung war recht hoch, und David versuchte, sie davon abzubringen. Sie hatte keinen Badeanzug dabei, aber sie erklärte fest entschlossen, sie gehe nackt ins Wasser.«

»Sie ging dennoch schwimmen?«

Sein Blick verlor sich einen Augenblick gen Himmel, als

suchte er nach einer Antwort oder einer möglichen Linderung, dann richteten sich seine noch immer umflorten Augen wieder auf mich.

»Ja. Sie handelte immer nach demselben Ritual. Sie forderte David heraus, und da er störrisch war, ging sie das Wagnis schließlich alleine ein. Sodass er ihr dann eiligst zu Hilfe kommen musste. Doch an jenem Abend tosten die Wellen… Er konnte nichts tun. Aurore verschwand zwischen den zwei Felsen, die aus dem Wasser ragen und eine stete Unterströmung verursachen, sie muss förmlich in sie hinein und unter Wasser gezogen worden sein… Sie ist nie mehr wieder an die Oberfläche gekommen.«

»Und dabei hat er sich am Arm verletzt?«

»Nein… So war es nicht. Obwohl es für alle besser so gewesen wäre.«

Auf diese letzte Bemerkung folgte ein erdrückendes Schweigen.

Zumindest, so dachte ich, versuchte er nicht, sich selbst in ein gutes Licht zu rücken. Dieses grausame Drama konnte sein Image nicht aufpolieren. Denn um Aurore, die ihn hatte abblitzen lassen, zu retten, hatte er nicht mehr getan als sein Bruder. Er hatte sich damit begnügt, zuzusehen, wie das Paar immer tiefer im Irrsinn der jungen Frau versank und sie selbst schließlich in der Meeresströmung unterging.

»Warum sagen Sie das?«

Zwitschernde Vögel mischten sich in unser Gespräch, als wollten sie uns einen Hauch Leichtigkeit überbringen. Vergebens. Jede Sekunde seines Schweigens dehnte sich quälend in die Länge.

Ein leichter Luftzug ging durch den Wintergarten, als eine Besuchergruppe durch den grauen Vorhang trat, sodass wir einen flüchtigen Blick ins Innere des Museums werfen konnten, dessen üppiges Dekor ich erahnte. George Sand, eine rote Blüte im Haar, und von Ary Scheffer porträtiert, musterte mich streng mit schwerem Blick aus ihrem Rahmen.

»Ich bedaure, dass seine Verletzung nicht aus jener tragischen Nacht stammt, denn David hat Jahre gebraucht, um sich davon zu erholen«, sagte er schließlich. »Drei Jahre nach Aurores Verschwinden hat er seinerseits versucht, sich umzubringen.«

»Was?« Ich unterdrückte einen Schrei.

Louis gebot mir mit entschiedener Geste, ich möge mich beruhigen. »Zum Glück ist es diesem Idioten nicht gelungen. Er hat es ungeschickt angestellt – und sich dabei gründlich die Adern des linken Unterarms ruiniert. Seine Narben sind unheimlich ... spektakulär.«

Darum also das verhüllende Seidentuch.

Der junge untröstliche Mann, der sich das Leben nehmen wollte, passte überhaupt nicht zu dem unerbittlichen Wirtschaftsboss, der er mittlerweile geworden war. Seine Armbinde war mithin eine Vorsichtsmaßnahme, um seine so wenig glorreiche Vergangenheit unter Verschluss zu halten und sein aktuelles Image in den Augen aller zu bewahren.

Mich eingeschlossen.

Ich machte mir große Vorwürfe, ein Geständnis zu diesem Thema eingefordert und diese Verletzung, die ihn zweifellos noch quälte, ans Licht gezerrt zu haben, statt sie vielmehr unter dem Seidentüchlein in Ruhe zu lassen. Er brauchte meine Zärtlichkeit, meine Liebe, mich an seiner Seite. Und keine inquisitorischen Fragen.

14

Ich wollte ihn in die Arme nehmen und ihm Tröstendes ins Ohr flüstern. Dass ich nicht Aurore sei. Dass ich niemals gegen alle Vernunft in einer stürmischen Nacht im Meer schwimmen gehe. Dass ich ihm nicht das Leben zur Hölle machen und ihn mit meinem Tod quälen werde. Denn ich hatte keinerlei Absichten zu sterben, sondern wollte ganz im Gegenteil an seiner Seite leben. Lange. Sanft. Vielleicht ohne Leidenschaft, aber mit all der Liebe, die er verdiente.

Doch es war nicht David, der mich da anlächelte – mit diesem leicht spöttischen Zug im Gesicht.

»Haben Sie mir etwa geglaubt?«

Grausamer Triumph lag in seinem Blick, als hätte er gerade ein erbärmliches Insekt unter seinem Schuh zerquetscht. Und das Insekt war ich!

»Sie haben mir mein Schauermärchen abgenommen, oder, Elle?«

Ich war stumm vor Wut. Ich erstickte geradezu an der Verblüffung über seine unglaubliche Heimtücke. Wie konnte man sich nur eine so finstere, so schreckliche Geschichte ausdenken, und das allein aus der Freude, Betroffenheit beim Gegenüber auszulösen, und um zu beobachten, dass es ihm bei jeder Einzelheit auf den Leim ging, wie eine Fliege, die mitten in einem nur für sie gespannten Spinnennetz festhängt?

Louis war geradezu heiter. Ganz offensichtlich jubelte er darüber, wie leicht er mich in den Bann hatte schlagen können. Der stumme Triumph der Spinne in dem Augenblick, in dem sie ihre Beute verspeist.

»Verrückt, wie leicht das Romantische in jungen Frauen zu wecken ist! Ein Garten, ein bisschen Musik und die Zutaten zu einem Drama … und Sie entflammen sogleich wie das erstbeste Streichholz. Beinahe zu einfach. Aber wirklich sehr rührend.«

Obwohl ich taumelte, schaffte ich es, wortlos aufzustehen, so würdevoll wie möglich den Tisch zu verlassen und in Richtung Straße zu gehen.

»Annabelle! Bleiben Sie!«

Ungeachtet seines Hinkebeins stürzte er hinter mir her und versuchte, mich am Arm festzuhalten.

»Lassen Sie mich in Ruhe!«

Das war das Ende. Er könnte seinem Bruder über mich erzählen, was er wollte. Ich war bereit, das Risiko einzugehen, dass die Liebe, die David mir entgegenbrachte, durch die ganze Wahrheit auf die Probe gestellt würde. Ganz sicher hingegen war: Ich würde es nicht mehr ertragen, den Schurkereien von Louis, diesem verletzten, durch seine Niederlagen gebrochenen und grausamen Mann, ausgeliefert zu sein. Er würde nichts mehr bei mir erreichen. Und er könnte mir so viele Botschaften schicken, wie er wollte; all dieser krankhafte Unsinn würde im Müll landen, ohne dass ich ihn läse. Meine Gedanken würden wieder allein mir gehören.

Es reichte, dass ich langsam trabte, um ihn auf Abstand zu bringen, denn er konnte nicht rennen.

»Es tut mir leid …«, rief er hinter mir her. »Annabelle!«

Dass er mich zum ersten Mal bei meinem ganzen Vornamen nannte, besänftigte mich nicht mehr als die überraschten Blicke der Passanten, denen wir ein wahres Schauspiel boten. Nachdem ich die Rue Chaptal erreicht hatte, bog ich nach rechts in die Rue Blanche ab.

Doch nach nur wenigen Metern klingelte mein Handy und zwang mich, langsamer zu gehen.

»David?«

»Hallo, meine Schöne. Wie läuft der Ausflug mit Louis?«

»Äh … ich … geht, geht …«, log ich mit erstickter Stimme.

»Das war doch eine gute Idee, nicht? Ist das Wetter nicht großartig?«

»Ja, doch …«

»Ich wusste, es würde dir gefallen. Er ist ein leidenschaftlicher Fremdenführer.«

Je länger ich mit ihm telefonierte, umso mehr spürte ich meinen Verfolger Boden gutmachen.

»Könntest du ihn mir mal geben?«

»Nein … nein, er ist auf der Toilette«, faselte ich.

»Ah … das wundert mich nicht. Was das angeht, ist er ein echtes Mädel.«

»Soll ich ihn bitten, dich zurückzurufen?«

Ich hoffte inständig, dass er, der ja nie eine Sekunde Zeit zu verlieren hatte, diese Lösung akzeptieren würde.

»Nein … Ich warte. Es freut mich, mitten am Tag deine Stimme zu hören. Das kommt ja nicht so häufig vor.«

Louis war jetzt nur noch zwei, drei Schritte entfernt. Schon packte er mein freies Handgelenk.

Seine Kraft erstaunte mich, und ich konnte einen kleinen Schrei nicht unterdrücken.

»Elle? Elle? Was ist?«, fragte David beunruhigt.

Antworten Sie ihm, befahl mir Louis mit unerbittlichem Blick.

»Ach, nichts … ich habe mich gestoßen an einem …«

»An einem …?«

Louis streckte eine Hand zum Hörer, ohne den Schraubstock zu lockern, mit dem er mich am Arm festhielt. Ich konnte nicht mehr davonlaufen und noch weniger schreien. David hätte alles gehört.

»Hallo, Brüderchen!«, sagte Louis mit verwirrender Leichtigkeit. »Ja, ja, alles gut. Annabelle ist, sagen wir mal … eine etwas undisziplinierte, aber sehr neugierige Schülerin. Am Ende dieses Tages *wird sie alles wissen, was sie* über dieses Viertel *wissen muss.*«

Diese Worte hatte er absichtlich für mich betont. Welche Botschaft wollte er mir damit übermitteln?

Sie sprachen über eine Banalität, die den Sender betraf – über eine Werbeaktion für den Sommer –, dann beendete Louis das Gespräch, behielt aber mein Handy in der Hand.

Nun endlich konnte ich aufbegehren.

»›Tut mir leid‹? Etwas anderes fällt Ihnen nicht ein?«

»Reden Sie nur weiter in diesem Ton«, sagte er schneidend, »und ich rufe sofort wieder unseren lieben David an. Ich bin sicher, wenn er Ihre Handynummer sieht, ist es ihm eine Herzensangelegenheit, den Anruf entgegenzunehmen.«

Seine Lügengeschichte über seinen Bruder war im Vergleich zu dem unguten Spiel, in das er mich am Vorabend verwickelt hatte, nur eine Kleinigkeit. Wegen meiner Scham, bei dieser Maskerade mitgemacht zu haben, hatte ich nicht übel Lust, ihm ins Gesicht zu spucken.

»Machen Sie doch! Ja, rufen Sie ihn an!«, forderte ich ihn heraus. »Und wenn Sie schon dabei sind, erzählen Sie ihm auch, was Sie am Abend in den Hotelzimmern mit seiner zukünftigen Frau anstellen!«

»Ich bezweifle, dass ihn das interess…«

»Aber ja doch! Das wird ihn begeistern! Und vergessen Sie nicht, ihm von den Briefen zu erzählen! Er wird sicher entzückt sein zu erfahren, dass sein eigener Bruder sich daran aufgeilt, seiner Verlobten sexuelle Fantasien zu schreiben!«

Ohne dass ich etwas dagegen hätte tun können, waren meine Brüste prall geworden. Meine Nippel malten sich unter den dünnen Stoffschichten meines BHs und meines Kleids ab, als wären sie aus hartem, kaltem Porzellan. Das Gesetz des Schweigens, das er mir auferlegt hatte, zu durchbrechen, hätte mir Erleichterung verschaffen müssen. Und dennoch hatte ich das Gefühl, im Treibsand zu versinken: Daran zu denken verwirrte mich; gewaltsam die Erinnerung an seine Botschaften verscheuchen zu wollen, würde mich bestimmt noch mehr versacken lassen und in noch tiefere Tiefen ziehen, aus denen ich mich unmöglich wieder befreien könnte.

Vor allem nicht an seine Hand denken, die sie umfasst, sie kneift wie eine Frucht, deren Kern man herausdrücken möchte, und sie zwischen den Fingern zwirbelt, um herauszufinden, an welchem Punkt die Lust bei mir zu Schmerz wird und sich dann wiederum zu einem durchdringenden, klaren Glück wandelt, das von der kleinen Stelle aus durch meinen ganzen Körper strömt.

(Handgeschriebene Notiz, vom 7. Juni 2009. Selbstverständlich hat er noch lange nicht aufgehört, mir Botschaften zu schicken…)

Er musste die abrupte Veränderung meines Zustands bemerkt haben, denn er zeigte sich mit einem Mal sanfter und entschlossener, auch stolzer. Als er mein Handgelenk losließ, war es rot marmoriert.

»Ich schwöre Ihnen, ich habe diese Briefe, von denen Sie da reden, nicht geschrieben.«

Er hatte es mit einer solchen Selbstsicherheit gesagt, dass meine Wut für einen Augenblick besiegt war.

Nach der ersten Verwirrung zog ich mein silbriges Ringbüchlein heraus und schlug auf gut Glück eine der Seiten mit dieser fieberhaften Schrift auf.

»Sie behaupten, dass diese Schrift … nicht die Ihre ist? Können Sie mir das noch einmal bestätigen, Louis, und mir dabei in die Augen sehen?«

Er ließ eine Sekunde verstreichen und sagte dann sehr ernst: »Ich bestätige es Ihnen geradeheraus. Und ich werde es Ihnen sogar beweisen.« Nun zog er seinerseits ein kleines, in schwarzes Leder gebundenes Notizbuch und einen gleichfarbigen Kugelschreiber aus der Tasche. Die Spitze des Stifts schwebte über dem jungfräulichen Blatt, als er sagte: »Ich bitte Sie, diktieren Sie mir etwas.«

Seine Aufforderung verblüffte mich.

»Ich weiß nicht …«

»Irgendetwas, das Ihnen gerade durch den Kopf geht.«

»Aurore Delbard ist im Meer ertrunken«, sagte ich schließlich und war selbst verdutzt über diese Provokation.

Er sah mich einen Augenblick mit einem Gesichtsausdruck zwischen stummer Wut und einem Anflug von Bewunderung an – er musste mich sehr gereizt finden – und schrieb schließlich, ohne aufzublicken, diesen Satz nieder. Dann reichte er mir sein aufgeschlagenes Notizbuch. »Hier. Urteilen Sie selbst.«

Aurore Delbard ist im Meer ertrunken.

Ich war wie versteinert. Diese Schrift war zwar ebenso holprig wie die in meinem Ringbuch, wenngleich spröder, maskuliner. Aber es war keine Verwechslung möglich. Diese hier huschte noch schneller dahin, wie ein einziger Strich, und tänzelte atemlos über das Papier, da, wo die Buchstaben meines unbekannten Stalkers viel runder waren und auch lesbarer.

Um sicherzugehen, legte ich die beiden Blätter fast übereinander. Ich vergegenwärtigte mir auch noch einmal, wie er einige Sekunden zuvor die goldene Spitze seines Kugelschreibers völlig normal – nicht gekünstelt, nicht verkrampft – über das Papier geführt hatte. Da war nichts zu machen: Diese Schrift war nicht die meines Zehnmal-am-Tag.

All die verrückten Vermutungen, die ich in den letzten Tagen angestellt hatte, all dieser Groll, all das brach in sich zusammen wie eine Sandburg zu Füßen eines Kindes nach einem langen Nachmittag am Strand.

»Ich bin verwirrt, ich …«

Auf seinem Gesicht zeigte sich ein zurückhaltender Triumph, als hätte er genau das erwartet.

Während ich ihn stumm und starr ansah, wartete er mit einem Lächeln auf, das ich nie zuvor bei ihm gesehen hatte: Es war irgendetwas zwischen der Bitte um Vergebung und verschwörerischer Versöhnung.

»Da wir nun so einiges geklärt haben, das Sie beunruhigt hat, schlage ich vor, dass wir unseren Spaziergang – jetzt unter besseren Bedingungen – fortsetzen. Was halten Sie davon?«

Die Faust, die mir den Magen zusammenquetschte, sagte mir, ich solle mich hüten und sein plötzlich freundliches Gesicht nicht für bare Münze nehmen, während die unerträgliche Spannung in meinen Brüsten mir genau das Gegenteil suggerierte.

»Ich verspreche Ihnen: keine Dummheiten mehr.«

Von welchen sprach er?

»Keine weiteren Lügen bis zum Ende dieses Tages«, setzte er mit plötzlichem Ernst hinzu.

»Wirklich keine einzige?«

Ganz ehrlich hatte ich in diesem Augenblick nur den einen Wunsch: nach Hause zu gehen, allein, und diesen niederträchtigen Menschen in meinem ganzen Leben nie mehr wiederzusehen.

Doch er war Davids Bruder, und ich konnte ihn nicht in einer Anwandlung von Wut aus unserem Leben streichen. Was würde mein zukünftiger Ehemann sagen, wenn er erführe, dass ich seinen älteren Bruder einfach stehen gelassen hatte, nur weil er mir einen geschmacklosen Streich gespielt hatte?

»Ich halte mich strikt an meine Rolle als Fremdenführer. Keine Gefahr, dass ich Ihnen irgendwelche Lügenmärchen über die Geschichte dieses Quartiers auftische. Ich kenne sie besser als irgendjemand sonst.«

Das hätte ich erneut als Ausdruck seiner Arroganz werten können, doch ich wusste, dass er sein Wissen zu diesem Thema nicht überschätzte.

Mürrisch, aber beinahe beruhigt, ließ ich mich also durch die Straßen von Neu-Athen führen. Wie versprochen war er nun nichts weiter als der wortreiche Fremdenführer.

»Sehen Sie die Hausnummer dort über der Tür? Sie ist größer als die anderen.«

Wir gingen gerade durch die Rue Blanche, und tatsächlich fiel mir auf, dass manche emaillierte Hausnummer ungewöhnlich groß war.

»Ja, merkwürdig …«

»Allein daran kann man heute noch die alten Freudenhäuser erkennen.«

»Ach ja?«

Meine Naivität entlockte ihm ein Lächeln, das er aber sogleich wieder zurücknahm, aus Angst, er könnte mich erneut kränken.

»Bevor 1946 das Marthe-Richard-Gesetz die Bordelle ein für alle Mal verbannte, unterlagen sie und andere derartige Etablissements bereits der Vorschrift, sich unauffällig zu präsentieren. Sie durften keine Schilder an der Straße anbringen und auch keine Schaufenster haben wie in Amsterdam. Nur wenige dekorative Elemente an der Fassade dienten den Eingeweihten als Erkennungsmerkmal.«

»Welche zum Beispiel?«

»Die berühmten roten Laternen, aber auch spitzfindigere Kleinigkeiten wie matte Fensterscheiben, ein vergittertes Guckloch in der Eingangstür oder stets geschlossene Fensterläden. Die große Hausnummer gehörte auch dazu.«

Ich gab dazu keinen Kommentar ab, und der restliche Rundgang verlief dementsprechend: Er erklärte ausführlich die Geschichte der Orte, an denen wir vorbeispazierten, aus dem einzigartigen Blickwinkel der irdischen Liebschaften und losen Sitten unserer Vorfahren: Am Square d'Orléans war noch einmal die Rede von George Sand und ihrer alles verschlingenden Liebe zu Chopin; an der Rue La Bruyère Nummer 8 erzählte mir Louis haarklein von der außerehelichen Beziehung der Dichterin Marceline Desbordes-Valmore, die sie dreißig Jahre lang mit ihrem Geliebten Henri de Latouche führte … Doch der unbestrittene Höhepunkt war, als er begeistert von den Freudenmädchen sprach, die sich um die im Bau befindliche klassizistische Kirche herum niedergelassen hatten.

»Da sie die Arbeiter an der Baustelle ansprachen und später, als die Kirche fertiggestellt war, die Gemeindemitglieder, hat man sie nach diesem Ort ›Loretten‹ genannt.«

Die vier korinthischen Säulen und der Portikus von Notre-Dame de Lorette erhoben sich vor uns.

»Ich hatte Ihren Worten bisher entnommen, das sei hier eher eine elegante Ecke, oder?«

»Aber das waren die Loretten doch auch!«, entfuhr es ihm. »Sie waren ganz anders als die Grisetten an der Bastille oder von Belleville, die in der Regel nur kleine Putzmacherinnen waren und ihre Reize heimlich verkauften, um das Monatsende zu überstehen.«

»Und für die Loretten galt das nicht?«

»Nein! Im Großen und Ganzen waren es Mädchen von Stand. Sie waren gebildet, konnten lesen und schreiben und wurden nur zum Teil von ihrem Ede ausgehalten. Prostitution gehörte für sie zur Lebenskunst, der sie nicht aus finanzieller Notwendigkeit nachgingen.«

»Also eher Kurtisanen als Prostituierte.«

Frequentiert er oft solche Mädchen wie uns, Loretten oder Escortgirls, wie diese wunderschöne Mestizin am Abend der Vernissage? Vielleicht sogar echte Prostituierte, wie man sie auf den Alleen des Bois de Vincennes aufgabelt und die man auf die Schnelle hinten auf kleinen rostigen Lieferwagen besteigt? Was macht dieser namenlose, beinahe gesichtslose Sex mit einem? Fühlt man sich als Mann stärker, männlicher und begehrenswerter für andere Frauen? Ganz ehrlich, fühlt man sich anders, nachdem man mit einem Gummi, ohne Gefühl, ohne Zärtlichkeit, in eine fügsame Möse eingedrungen ist, die man nie mehr wieder vögeln wird?

(Handgeschriebene Notiz, anonym vom 7. Juni 2009. Das sind eindeutig Überlegungen eines Mannes … Der da meint, er kenne sich aus in meinem Kopf, liegt diesmal völlig daneben.)

Meine pointierte Formulierung reizte ihn zu einem spontanen Lachen. Ein helles Lachen und, wie mir schien, frei von Zynismus oder Berechnung. Die Spannung unserer Auseinandersetzung schien von ihm vollkommen abgefallen zu sein. Ich wollte, ich könnte von mir Ähnliches behaupten … Ich spielte einfach meine Rolle weiter und wünschte, ich könnte sie so schnell wie möglich beenden.

»Ja, so kann man es sagen, ja.«

Die Stunden waren dahingerast und mit mehr Geschichten und architektonischen Details gespickt gewesen, als ich in Erinnerung behalten konnte. Es fiel mir zwar schwer, es mir einzugestehen, aber ich fand ein wahres Vergnügen daran, ihn über Neu-Athen sprechen zu hören.

Zur Mittagszeit aßen wir ein Omelette in der Brasserie Le Central, nahe dem Drouot und nur wenige Schritte von den Antiquitätenhändlern entfernt, an deren Schaufenstern Sophia und ich uns oft die Nase platt drückten. Und merkwürdigerweise blieb Louis genau vor meinem Lieblingsgeschäft stehen, dem Antiquitätenladen Nativelle. Nachdem er einen Blick in die Auslagen geworfen hatte, machte er Anstalten hineinzugehen.

»Geben Sie mir einen Augenblick?«

Ohne meine Antwort abzuwarten, betrat er den Laden. Beklommen und machtlos beobachtete ich, dass er vor dem Händler, einem kleinen Mann mit lichtem Haar und einer Brille, auf diese Haarnadel deutete, nach der ich schon seit Wochen gierte. Die silberne Haarnadel von Mademoiselle Mars, meiner neuen Nachbarin über die Jahrhunderte hinweg.

Schon nach wenigen Minuten kam er mit einer eilig verpackten Schachtel wieder heraus.

»Für Sie.«

»Louis … Das kann ich nicht annehmen. Wenn David davon erfährt …«

Er unterbrach mich sanft: »Da gibt es keinerlei Zweideutigkeit und keinerlei Irrtum, Elle. Ich befolge nur seine Anweisungen: Sie herumführen … und verwöhnen. Auf seine Kosten, versteht sich.«

Darin erkannte ich die Zuvorkommenheit meines Verlobten, der vorübergehend und in aller Unschuld diese Gabe in die Hände seines Bruders gelegt hatte.

»In diesem Fall … muss ich es akzeptieren.«

Meine fügsame Billigung nahm er mit einem noch intensiveren Leuchten in seinen Augen auf. Er tat nichts weiter, als Davids Anordnungen auszuführen, das sah ich nun. Und er hatte offensichtlich seine Freude daran.

»Ich muss noch etwas anderes einkaufen. Etwas Abschreckendes. Wenn Sie einverstanden sind, warten Sie in diesem Café auf mich. Ich brauche eine knappe halbe Stunde.«

Mein angestammter Tisch im Café des Antiquaires kam mir vor wie ein Heimathafen nach vielen Tagen auf stürmischer See. Es fehlte nur noch Sophia, der ich meine letzten Erlebnisse schildern könnte, doch leider war sie auf ihrem Handy nicht erreichbar. Da mir also ihr teilnahmsvolles Ohr versagt blieb, ließ ich mich von der gemütlichen Atmosphäre umfangen und hing Tagträumen nach, in denen Louis' Launenhaftigkeit das strahlende Bild seines Bruders trübte.

Was war in ihn gefahren, dass er solche Lügengeschichten erzählte? Welchen Genuss zog er daraus, so mit mir zu spielen? Die Macht, die er über mich hatte, konnte keine hinreichende Erklärung sein für dieses Bedürfnis, meine Nerven bei jeder unserer Begegnungen auf die Probe zu stellen.

Als er plötzlich das Bistro betrat, fuhr mir frischer Wind ins Gesicht.

»Hier bin ich! Fertig. Sind Sie bereit?«

Er hatte eine Plastiktüte in der Hand, rot-blau mit einem großen D darauf: Drouot, das große Auktionshaus. Was hatte er dort wohl so eilig kaufen müssen? Die längliche Form des Päckchens verriet nichts über seinen Inhalt.

Ich unterdrückte meine indiskrete Frage und folgte ihm bei unserem letzten Spaziergang durch die elegante überdachte Passage Joffroy, ein weiteres Bauwerk des Paris der Romantik. Wie dieser Ort und die Wachsfiguren im Musée Grévin zu unserer Linken schien mir Louis zu einer anderen Zeit zu gehören als die Passanten um uns herum. Manche bestaunten ihn übrigens wie eine Touristenattraktion, wie ein Relikt des damals sehr beliebten Dandytums.

»Bringen Sie mich nach Hause? Ich bin allmählich müde …«

Wir liefen schließlich bereits seit den Morgenstunden herum, und meine Bitte muss ihm legitim vorgekommen sein, denn er stimmte zu. Als wir nach einigen Schritten auf den Boulevard Montmartre kamen, hielt er ein Taxi an.

Zehn Minuten später bog der Wagen unten in die Rue de La Rochefoucauld, und an der nächsten Kreuzung bemerkte ich plötzlich das schwere schwarze Motorrad.

»Halt!«, forderte ich den Taxifahrer auf.

»Aber es ist noch ein Stück, Mademoiselle.«

»Ich weiß … aber lassen Sie uns hier raus, bitte.«

»Okay, wie Sie wollen.«

Louis, der in Gedanken gewesen war, wunderte sich. »Stimmt irgendetwas nicht?«, fragte er.

»Doch, doch, alles in Ordnung«, log ich beklommen.

Nun entdeckte auch er ihn: Ein Typ in einer Lederjacke, dessen Hand durch den Integralhelm gesteckt war, stützte sich auf sein monströses Gefährt. Fred.

»Sie sind ja ganz blass, Elle. Liegt das an diesem Kerl da?«

»Ja …«, jammerte ich und stieg aus.

»Wer ist das?«

»Mein Ex… er hat hier nichts zu suchen.«

»Macht er Ihnen Angst?«

Ich wurde ganz starr. Ich konnte nicht sagen, was mir mehr Unbehagen bereitete: dass mein Ex so unvermutet auftauchte oder dass Louis Zeuge meiner Verwirrung war.

»Nein… nein. Ich möchte aber dennoch lieber hintenrum gehen.«

Von der Rue Saint-Lazare Hausnummer 56 führte ein schmaler Durchgang nach Norden und bot einen versteckten Zugang zu den Gärten der Privathäuser der Rue de la Tour des Dames. Nur die Anwohner kannten ihn.

Doch Louis, nun neben mir, packte mich mit entschlossenem Gesichtsausdruck am Arm und zerrte mich ungefragt auf Fred zu.

»Ich verstehe ihn, wissen Sie. Sie gehören nicht zu den Mädchen, die man ohne Weiteres einfach gehen lässt. Und da er nun einmal hier ist, sollten wir ihm auch etwas bieten.«

Sehr schlechte Idee!

Fred hatte uns entdeckt und stürzte auf uns zu. Ich kannte sein Gebaren vor einer Prügelei nur zu gut – die Augen hohl, die Schultern vorgebeugt, die Stirn gesenkt und die Fäuste geballt.

»Du bist es also?«, sprach er Louis plump an.

»Ich bin's.«

Louis, der keineswegs eingeschüchtert schien, setzte einen herausfordernd aristokratischen Gesichtsausdruck auf.

Fred, offenbar gereizt durch diesen Widerstand, schlug ihm mit der flachen Hand auf die Brust. »Du Schwein! Kotzt dich das nicht an, den Prolos das Mädel auszuspannen? Hä? Reicht es dir nicht, sie das ganze Jahr über auf der Straße zu vögeln? Musst du uns unsere Frauen auch noch abspenstig machen?«

Die Verachtung war offenkundig. Fred glaubte, David vor sich zu haben, und Louis, ganz Kavalier, war bereit, diese Rolle, die so schlecht zu ihm passte, zu übernehmen, um mich vor den Angriffen meines Ex zu schützen.

Verzweifelt umklammerte ich Freds Arm. »Fred! Hör auf!«

»Ist der da deine große Liebe, verdammte Scheiße? Ein Krüppel?«

»Jetzt gehen Sie aber zu weit, junger Mann.«

Nun ging Louis mit gerecktem Stock auf ihn los. Ohne nachzudenken, fing ich an zu schreien, in der Hoffnung, Armand oder irgendein Nachbar könnte sich dazwischenwerfen oder um Hilfe rufen.

»Hört auf!«

»Ah, ihr ganzes schweinisches Geld, das hilft, die Augen zu- und die Beine breitzumachen!«, schrie Fred, der seinen Helm wie einen Schild vor sich hielt.

Ein erster Stockschlag donnerte auf das Visier, ein zweiter traf Freds Hand. Er schrie auf.

»Arschloch!«

Trunken von verletztem Stolz und Schmerz, wollte sich der Getroffene gerade auf seinen Gegner stürzen, als Louis in die Drouot-Tüte griff. Mit erstaunlicher Geschwindigkeit zog er einen biegsamen, dünnen Gegenstand hervor, mit dem er energisch durch die Luft hieb. Eine Reitpeitsche!

Jedes seiner Worte wurde von einem scharfen Zischen des Leders unterstrichen: »Sie … kommen … Elle … nie … mehr … wieder … zu … nahe! Verstanden?«

»Krankes Arschloch!«, brüllte Fred nun schon eindeutig weniger überheblich.

Der Anblick der beiden, die kurz davor waren, sich zu prügeln, hat mich in Angst und Schrecken versetzt. Aber ich muss gestehen, dass sich in mir auch der Instinkt des Weibchens gemeldet hat, das sich fragt, welches der beiden Männchen seine Rechte geltend machen und es gleich, wenn der Kampf entschieden wäre, bespringen würde. Im selben Augenblick ist in mir der flüchtige Wunsch erwacht, die beiden würden sich vollkommen nackt in Stücke reißen.

(Handgeschriebene Notiz, anonym, vom 7. Juni 2009. »Weibchen«? Für wen hält er sich eigentlich? Für einen Superhelden?)

Als Fred zurückgewichen war, hatte ihn das lange Ende der Peitsche im Gesicht getroffen und einen blutroten Striemen hinterlassen. Obwohl kein Blut floss, reichte dies, ihn definitiv davonzujagen. Mit der Hand im Gesicht und gedemütigtem Blick sprang er auf sein Motorrad.

Doch Louis genügte dieser Sieg offenbar noch nicht. Hartnäckig bedrohte er Fred weiterhin mit der Peitsche, mit der er um sich schlug. Erst als das Motorrad aufjaulte und davonbrauste, erinnerte er sich, für wen er diese Schlacht geschlagen hatte. Er hob seinen Stock auf und kam eher verlegen als triumphierend auf mich zu.

»Es tut mir leid…«

»Sie können doch nichts dafür.«

Dann nahm er meine Hand, drehte ihre Fläche nach oben und legte feierlich die lederne Reitgerte hinein.

»Was tun Sie…?«

»Das ist Ihr zweites Geschenk. Ich hätte es eigentlich nicht benutzen dürfen, ehe ich es Ihnen überreiche.«

»Es ist prachtvoll.«

Aber was soll ich damit?, fragte ich mich still.

»Diese Peitsche hat um 1850 einer eleganten Engländerin gehört«, erklärte er. »Derartige Accessoires waren damals sehr in Mode. Auch bei Frauen, die nicht ritten.«

»Danke…«

Zwei Geschenke, eine Rettung. Trotz seines so unberechenbaren, so wankelmütigen Verhaltens und dieser abscheulichen Erpressung, mit der er mich in der Hand hatte, konnte ich meinen Held des Tages nicht ohne Dank verabschieden. Und als ich ihn keusch auf beide Wangen küsste, legte er eine zarte, weiche Hand auf meinen Nacken. Zum zweiten Mal roch ich sein Parfüm: Durch den Kampf war der Lavendel verflogen und die Vanillenote hervorgetreten. Wider Willen musste ich mir eingestehen, dass es eine Wonne war, die zusammen mit seiner Berührung wellenartige Schauer in mir auslöste, erst ganz leichte, deren Stärke aber zunahm, als sie von meinem Hals bis in mein Becken strömten. War es denkbar, dass die Stimulanz einer erogenen Zone, die so wenig aufregend war wie der Nacken, einen Orgasmus zur Folge haben konnte?

Ich wartete nicht ab, bis der Beweis womöglich eintrat, sondern löste mich mit brennender Stirn und leidenschaftlichem Blick aus der Umarmung.

»Geht es Ihnen gut?«, fragte er besorgt.

»Ja … alles in Ordnung. Ich bin nur ein wenig durcheinander nach all dem.«

In diesem Moment trat Armand durch das Tor auf uns zu.

»Ich überlasse Sie den besten Händen von ganz Paris«, sagte Louis.

»Ja, ich weiß … Armand ist …«

»Dieser Lärm eben … Was ist passiert?«, fragte Armand aufgeregt und mit aschfahlem Gesicht.

»Nichts«, antworteten wir beide wie aus einem Mund.

Und nachdem Louis sich verabschiedet hatte und davonhinkte, führte Armand mich am Arm bis zur Schwelle, als hätte ich mich bei dieser Rauferei verletzt.

Als ich auf dem Konsoltischchen das Kuvert entdeckte: ein zweiter silbriger Briefumschlag, der ganz genauso aussah wie der erste, wurde mir beinahe schwarz vor Augen.

»Wer hat ihn abgegeben?«, fragte ich hektisch.

»Das weiß ich nicht. Er war heute Morgen in der Post. Gibt es ein Problem?«

»Es ist keine Briefmarke darauf.«

»Ah … Darauf habe ich nicht geachtet.«

»Haben Sie nicht gesehen, wer ihn eingeworfen hat?«

Louis war es nicht, folgerte ich für mich, denn er hatte den ganzen Tag mit mir verbracht.

»Nein. Ich bedaure … Alles in Ordnung, Mademoiselle?«

»Ja, ja …« Ich zwang mich zu einem dankbaren Lächeln. »Danke, Armand.«

Als er endlich gegangen war, öffnete ich den Umschlag. Wie beim letzten Mal enthielt er die Schlüsselkarte zu einem der Zimmer des Hôtel de Paris, ein beschriebenes Kärtchen und eine gedruckte Visitenkarte …

Heute Abend, zweiundzwanzig Uhr
am gewohnten Ort.
Bringen Sie Ihre Ausrüstung mit.

Meine Ausrüstung? Was wollte der geheimnisvolle Absender mir damit sagen? Dann drehte ich die Visitenkarte um …

2 – Du sollst deine Sinne wachrufen

… als Armand wiederum in der Halle erschien.

»Bei all diesen Aufregungen habe ich vergessen, Ihnen zu sagen …«

»Ja?«

Ich versteckte das kleine Papierbündel eilig hinter meinem Rücken.

»David hat zu einem Abendessen eingeladen, hier, heute Abend. Um neun.«

»Zu einem Abendessen?«

Na also, die Zwickmühle war entschieden, so wie der Wecker den Albträumen ein Ende setzt.

»Er möchte Ihnen einige Leute vorstellen, die für BTV von Bedeutung sind. Ihre zukünftigen Kollegen in gewisser Weise.«

Aber Louis wird nicht dabei sein, dachte ich. Fast tonlos reagierte ich auf die Information: »Gut, danke.«

»Nichts Formelles«, versicherte er mir gleich. »Ein kleines Essen unter Freunden. Es sind nur Leute, die David nahestehen. Man könnte sagen, ein intimer Kreis.«

Mit plötzlich trockener Kehle wurde mir der inoffizielle Grund dieser überraschenden Einladung bewusst: Dieses Abendessen würde meine wahre Aufnahmeprüfung sein. Und von ihrem Erfolg würde selbstverständlich meine Eingliederung in die Hierarchie des Senders abhängen. Ich würde überzeugend sein müssen, aber ohne zu viel Chichi. Hübsch zurechtgemacht, aber ohne die anderen anwesenden Frauen in den Schatten zu stellen. Heiter, aber bloß nicht überdreht. Und ich dürfte auf keinen Fall die Rolle der Schlossherrin spielen, die der Ort und meine kurz bevorstehende Hochzeit mir womöglich aufdrängten. Ein Profi und keine Pute.

»Ich kümmere mich um alles. Sie müssen sich nur hübsch machen.«

Reflexartig kramte ich in der kleinen Tasche in der Seitennaht meines Kleids. Den ganzen Tag hatte ich nicht an ihn gedacht, obwohl ich ihn die ganze Zeit bei mir hatte und sein Gewicht an dem dünnen Stoff zerrte: der große gezackte Schlüssel, der Sesam-öffne-Dich zu einer neuen Welt, von der ich noch nichts wusste.

15

8. Juni 2009

»Mein Gott, ist der... bekloppt!«

Das war Sophias erste Reaktion, als ich ihr am Telefon die Ereignisse vom Tag zuvor schilderte. Und in dem Augenblick konnte ich nicht mit Gewissheit sagen, ob sie Louis oder Fred meinte. Ich spürte jedoch, dass sie bereits Partei ergriffen hatte, auch wenn sie es nicht so offen aussprach, wie es sonst ihre Art war. Meine beste Freundin hatte meinen Motorradfreund nie ins Herz geschlossen. »Dieser Typ ist ein Loser *und* eine wahre Problemschleuder«, war ihr Lieblingssatz, wenn es um ihn ging. Leider hatte Fred in letzter Zeit reichlich Anlass geboten, um ihr recht zu geben: Arbeitslosigkeit, chronischer Geldmangel, in einem fort Prügeleien und Verstrickungen und vieles andere mehr. Seine unglücklichen Übergriffe – in der Rue Rigault ebenso wie am Vortag – zeigten einmal mehr die Verwirrung, in der er sich befand.

Louis hingegen, so wie Sophia ihn durch meine wenn auch zurückhaltenden Äußerungen wahrnahm, hatte Glamour. Und obwohl ich noch nicht den Beweis hatte, dass Davids Bruder auch der sonderbare Mensch war, der mir das Ringbüchlein in die Handtasche geschmuggelt hatte, reichte allein schon diese Möglichkeit, dass meine Freundin in Verzückung geriet.

»Willst du ihn mir nicht mal vorstellen?«

»Wen? Louis?«

»Ja! Ich liebe diese Spielernaturen!«

»Sophia... Der Typ ist bescheuert! Unter dem Vorwand, mir die Geschichte des Viertels zu erzählen, hat er den ganzen Tag nur über Sex gesprochen.«

»Da sehe ich kein wirkliches Problem«, sagte sie.

»Er hat mich ständig angelogen. Er hat mir erzählen wollen, David hätte mir seine Vergangenheit verschwiegen, damit ich mich von ihm abwende. Ist das etwa nicht ausgekocht?«

War ich mir dessen so sicher? Gut, er hatte das Gesagte zurückgenommen und seine falschen Enthüllungen dann als Farce dargestellt. Aber wer bewies mir, dass es Aurore wirklich nicht gegeben hatte? Und sich unter Davids Tuch nicht doch Narben verbargen, die ein Suizidversuch hinterlassen hatte?

»Hmm ...«, spielte sie meine Bedenken herunter. »Jedenfalls bist du fixiert auf dein Zehnmal-am-Tag: Er ist es nicht.«

»Nein, aber ich glaube, du kapierst es nicht: In zehn Tagen wird er mein Schwager!«

»Ein Grund mehr, ihn an mich weiterzureichen. Das hätte doch Klasse, du und ich wären Schwägerinnen!«

»Ich habe wirklich keine Lust, dich in der Psychiatrie enden zu sehen. Und zur Teestunde will ich auch nicht zu dir kommen.«

Als ich sie bat, meine Trauzeugin zu sein, reagierte sie kaum, stattdessen hing sie laut ihren Träumen nach.

»Ein Sexbesessener wie er und mit so einer Familie im Hintergrund ... Ganz ehrlich, ich glaube, ich würde über seine kleinen Fehler einfach hinwegsehen.«

Sophia hatte wirklich ein Talent, mit Volldampf in Probleme hineinzurauschen! Auch wenn sie über Fred herzog, sie war kaum besser als er. Einer ihrer letzten Escortkunden, der sie zwei-, dreimal in den letzten Wochen ins Hôtel de Paris geführt hatte, hatte sich so sehr in sie verknallt, dass er nun von ihr forderte, sie solle ihren Job aufgeben, um ganz allein ihm zu gehören; als Gegenleistung biete er ihr seine ewige Liebe. »Stell dir mal diese Ratte vor. Wenn er wirklich will, dass ich seine Dauerschnepfe werde, muss er mir schon mehr bieten als ›mein Liebling‹ und ›meine Liebste‹!«

Natürlich verschwieg ich ihr, was mich an diesem Tag mit Louis Barlet beunruhigt hatte, bis hin zu dieser tierischen Verwirrung, die bei der Rauferei über mich gekommen war und die mein Stalker durchschaut hatte. *Ein wahres Weibchen in ihren brünstigen Momenten ...*

Während unseres Geplauders hörte ich plötzlich zu meiner Überraschung das Wasser im Badezimmer nebenan rauschen. Ausnahmsweise war David an diesem Montagmorgen noch da.

»Ach, übrigens, ich habe es dir noch nicht gesagt … Ich hatte Rebecca an der Strippe. Sie war ziemlich wütend wegen deiner Absage letztens abends.«

»Hattest nicht du mich ermutigt, sie abblitzen zu lassen?«

»Ja, doch … Ich will dich nur vorwarnen, sie macht mir nicht den Eindruck, als wolle sie die Sache mit dem Geld unter den Tisch fallen lassen.«

»Ich komm damit schon klar«, wich ich leicht genervt aus.

Ich würde schon sehr bald die Mittel dazu haben.

Das Abendessen, zu dem David mir zu Ehren eingeladen hatte, bedeutete meinen Eintritt in die Wunderwelt der Medien: Die zehn Gäste hatten den ganzen Abend über eine Menge Leute hergezogen, die ich nicht kannte. Da ich mich dabei zurückhielt, hatte ich mein eigenständiges Agieren und Denken unter Beweis gestellt. Mit anderen Worten: Ich war nicht nur die diensthabende hübsche Staffage am Arm des großen Chefs. Alice, eine große Blonde von klassischer Schönheit, die sich mir als die »Direktorin für internationales Marketing von BTV« vorgestellt und ihren Titel mit Nachdruck betont hatte, hatte sich eindeutig wie eine potenzielle Rivalin verhalten. Mörderische Blicke, perfide Bemerkungen und vor allem diese Heimtücke, das Gespräch auf Themen zu lenken, von denen sie im Voraus wusste, dass sie mir Unbehagen bereiten würden; dazu übertriebenes Namedropping und kryptische Abkürzungen.

Hat diese Frau mit David geschlafen?
Vielleicht … Warum sollte er sich auch nicht hingezogen fühlen zu diesem sinnlichen Mund, diesen azurblauen Augen, diesen Brüsten, die so straff sind, als wären sie gerade erst operiert worden, zu diesen Pobacken, von einem Etuikleid reizend umfangen, dessen tiefer Ausschnitt den Ansatz ihres Busens enthüllt? Unmöglich, dass ein Mann keine Lust hat, sich auf ein derartiges Wesen zu stürzen …
Alice und David. David und Alice. Das klingt sehr gut. Vielleicht zu gut, um zu funktionieren. Und wenn ich ihm eines Tages vorschlage – ehe er mei-

ner überdrüssig wird –, dass wir zu dritt ins Bett gehen? Könnte ich mir eine bessere Partnerin für ein solches Spiel vorstellen? Dann könnte auch ich herausfinden, welche Empfindungen die Lippen einer so schönen Frau hervorrufen. Ob ihr Busch wohl genauso blond ist wie ihre Mähne? Ich glaube nicht, dass sie eine Möse wie ein junges Mädchen hat, zart und rosafarben, sondern eher eine große Spalte, mit fleischigen Lippen, und die inneren Lippen mit langen Flügeln und weit geöffnet. ~~Die Möse einer Amazone, einer Eroberin, mit kräftigem Moschusduft.~~ Wie würde mein Mann reagieren, wenn er sähe, dass ich sie lecke oder mehrere Finger in sie hineinschiebe? Würde es mir gelingen, sie allein durch mein Streicheln zum Orgasmus zu bringen?

(Handgeschriebene Notiz, anonym, vom 8. Juni 2009)

Es war spät geworden, und als verantwortungsvoller Kapitän hatte David letztendlich seine Gäste nach Hause geschickt, denn er erwartete sie am nächsten Morgen wieder auf der Brücke seines Unternehmens. Doch vorher hatte er ihnen noch zur Vorsicht geraten, denn Armands raffinierte Speisen waren reichlich mit Alkohol begossen worden. Da wir beide todmüde waren, fragte er nur kurz nach meinem Tag mit Louis und lauschte meinen Antworten eher gedankenverloren.

»Hat dir die Brosche gefallen?«, fragte er mich schließlich.

»Die Brosche … Ach, du meinst die Haarnadel.«

»Ja, genau, die Haarnadel.«

»Sie ist wunderschön. Danke.«

Zum Glück hatte ich, bevor ich nach unten gegangen war, um unsere Gäste zu begrüßen, die englische Reitgerte hinter Kleiderstapeln versteckt. Doch es war mir klar, dass dieses Versteck nicht sicher war und ich diesen kompromittierenden Gegenstand so schnell wie möglich loswerden musste.

Mit einem weißen Handtuch um die Hüften trat David jetzt ins Zimmer. Sein flacher Bauch, seine herrlich modellierten Brustmuskeln, seine ganze Gestalt verrieten den beharrlichen Sportler. Fröhlich neckte er mich: »Komm schon, du Faulpelz, steh auf. Wir kommen sonst zu spät.«

»Äh … Fang ich denn nicht erst morgen an?«

»Dienstag, den 9. Juni, um 8 Uhr 30«, hatte die aufs Wesentliche verdichtete Nachricht von Chloé gelautet, die sie mir zwei Tage zuvor auf meiner Sprachbox hinterlassen hatte.

»Na klar, Mademoiselle … Aber wer sagt denn, dass ich dich zur Arbeit mitnehme?«

Sein strahlendes Lächeln verströmte großes Wohlwollen. Er besaß die seltene Gabe, für Entspannung zu sorgen, zu beruhigen, die Seele des anderen mit seiner in Einklang zu bringen. Louis war im Vergleich mit ihm nur ein undurchsichtiger, harter und unergründlicher Klotz.

»Wohin geht's denn?«

»Aaah … Zieh dich an, und das Licht wird dir leuchten!«

Das war nicht nur ein einfaches Wortspiel gewesen, denn als wir knapp zwei Stunden später ins Dunkel tauchten, blitzte das Licht auf. Also gut, schon weit vor dem Tunnel hatte ich Hinweise auf unser Ziel aufgeschnappt: die Gare du Nord, der Aufzug zum Zwischengeschoss, die Zollkontrolle, die Hostessen in Uniformen, die man eher bei Fluggesellschaften sieht, der gelbweiß-blaue TGV …

Meine grünen Augen leuchteten in kindlicher Freude auf.

»Wir fahren nach London?«

»*Yes, Madam.* Ist das nicht großartig? Du wirst dich nicht mehr beklagen können, dass ich dich die ganze Woche vernachlässige.«

»Du verbringst den Tag mit mir?« Fast hätte ich mit den Füßen getrampelt, so sehr freute mich seine Überraschung.

»Nein …«, gab er etwas betreten zu. »Ab mittags habe ich einen Termin nach dem anderen. Aber ich habe gedacht, es macht dir Spaß, mit mir gemeinsam zu reisen. Das ist doch nett … und du kannst den ganzen Tag einkaufen gehen.«

»Du willst sagen, das ist genial! Und wann fahren wir zurück? Heute Abend?«

»*Du* fährst heute Abend zurück. Ich muss zu einem schrecklich langweiligen Abendessen, und morgen früh habe ich noch eine letzte Sitzung. Nicht nötig, dass ich dir das zumute. Es sei denn, die Fusionen beim digitalen terrestrischen Fernsehen begeistern dich ebenso wie mich.«

»Nicht so ganz«, sagte ich und grinste.

Seine Zeiteinteilung kam mir sehr entgegen, denn so konnte ich noch ins Auge fassen, den Abend in Nanterre zu verbringen. Ich zerbrach mir schon den Kopf, welche Überraschung *made in Britain* ich Mama mitbringen könnte.

Während mich die Landschaft, die nur noch aus langen grauen, grünen und blauen Strichen bestand, in den Bann zog, gewannen meine Gedanken an Tiefe… Ich spielte mit Hortense' Ring, der meinen Ringfinger zusammenquetschte – obwohl David ihn auf meine Größe hatte ändern lassen, war er noch immer zu eng für mich –, und heftete den Blick auf das Seidentüchlein, das knapp unter seinem Hemdsärmel hervorlugte.

Wer ist Aurore Delbard, David? Was bedeutet sie dir?

Nein, diese Frage kam mir nicht über die Lippen. Vom leisen Schwanken des Hochgeschwindigkeitszugs getragen, dachte ich noch einmal über diesen grausamen Streich nach, den Louis Barlet mir gespielt hatte. Warum hätte er mir dieses Schauermärchen erzählen sollen, wenn das Mädchen niemals existiert hatte oder wenn sie nicht bei David den Platz eingenommen hatte, wie Louis es zuerst dargestellt hatte? Und wenn sie doch existiert haben sollte, warum hatte er die Geschichte so rasch widerrufen und sich selbst in das schlechte Licht eines Schwätzers gestellt?

Obwohl Sophia mir gut zugeredet hatte, ich solle ein für alle Mal David ins Vertrauen ziehen, verzichtete ich darauf. Zehn Tage vor unserer Hochzeit würde das schlicht an Selbstmord grenzen. Er würde es niemals verstehen. Er würde mir niemals verzeihen. Und eine Uhr, egal, wie schön sie war, und egal, wie viel Demütigung und Opfer sie mich gekostet haben mochte, würde nicht ausreichen, um mein Ansehen wiederherzustellen. In seinen Augen war ich bestimmt so rein, wie er mich an dem Abend unserer ersten Begegnung gewollt hatte.

Seit ich vor zwei Tagen das Hôtel de Paris betreten hatte, hatte ich mein Schicksal in die Hände seines Bruders gelegt. Zu meinem Eintrag im Katalog der Agentur Belles de nuit gesellten sich nun diese Fotos, die mich nackt, total schamlos und seinem Blick ausgeliefert zeigten. Eines davon lag noch tief unten in meiner Handtasche, da, zu meinen Füßen.

Doch ich erbebte bei dem Gedanken, dass das, was ich nicht sah und nicht hörte, was sich stumm in mir regte, tief in meinem Schoß, in diesem Augenblick, sodass meine Möse unabsichtlich zuckte, mich noch mehr überwältigen könnte als alles faktisch Sichtbare.

»Elle, ist alles okay?«

Ich musste unwillkürlich gezuckt haben.

»Ja … ich glaube, ich bin eingeschlummert.«

Um die Zeit totzuschlagen und manch finsteren Gedanken aus meinem Kopf zu verjagen, zog ich mein Tablet heraus und vollzog auf dem Stadtplan den Weg nach, den Louis und ich am Vortag gegangen waren: Rue de la Tour des Dames, Rue de La Rochefoucauld, links in die Rue Chaptal, dann die Rue Blanche fast bis zur Trinité …

Ach, das ist lustig … das ergibt ein kleines »e«.

Da mich diese Ungewöhnlichkeit aufmerken ließ, vollzog ich in Gedanken unseren weiteren Rundgang nach: die Rue Saint-Lazare Richtung Osten, dann die Rue Taitbout nach Norden, bevor wir eine kleine Schleife über den Square d'Orléans gemacht hatten und dann wieder bis zur Rue Saint-Lazare zurückgegangen waren …

Unglaublich … jetzt ein »l«!

Buchstabe für Buchstabe erschien mein Kosename, so eindringlich, als würde er gerufen, auch wenn sich sein Schriftzug hier durch die Anordnung der Straßen ergab. Noch ein »l«, als wir den Umweg durch die Rue La Bruyère gemacht hatten, dann das letzte »e«, das uns über die elegante Place Saint-Georges bis zur Kirche Notre-Dame-de-Lorette geführt hatte, wo wir die Métro zur Rue Drouot genommen hatten. Um mich vollends zu überzeugen, nutzte ich die Markierfunktion und fuhr mit der Fingerspitze die ganze Strecke erneut ab.

»elle« … Das konnte unmöglich Einbildung oder Folge meiner Verwirrung sein. Er wusste ganz genau, welch verschlungenen Weg wir in Neu-Athen gegangen waren. Louis hatte mir nicht nur die Stadt zu Füßen gelegt, nein, er hatte mich in ihre Geschichte hineingeschrieben, in ihren Stein, als wäre auch ich eine dieser Heroinen, deren Leben er geschildert hatte.

Der jähe Luftzug, als der Zug in den Tunnel unter dem Ärmelkanal einfuhr, und der plötzliche Druckanstieg im Abteil setzten meinen Abschweifungen auf einen Schlag ein Ende. Das war einfach zu viel. Ich verstand sein Spiel nur zu gut: Wie die Autoren der Romantik, seine Vorbilder, pflanzte er um mich herum einen regelrechten »Wald aus Symbolen«, ein weites Feld aus Hinweisen und Übereinstimmungen, die alle nur ein Ziel hatten: mich zu seiner Geisel zu machen. So bliebe mir, wo auch immer ich meinen Blick oder meine Aufmerksamkeit hinwenden würde, nichts anderes übrig, als an ihn zu denken.

Liste von ganz normalen und doch zweideutigen Symbolen, die mich stets an Sex denken lassen: Tunnel, Lutscher, Eis mit zwei Kugeln, Weihnachtskugeln, Spargelspitzen, Dreiecke, deren eine Spitze nach unten weist, flambierte oder halb geschälte Bananen, Gurken, Eicheln, Champignons, aufgeschlitzte Aprikosen, die kleine fleischige Falte in der Ellbogenbeuge, Feuerwehrschlauch, der pralle Fruchtknoten so mancher Blüte etc.
Ebenso geht es mir mit folgenden Wörtern, auch wenn sie im wahren Wortsinn verwendet werden: Sack, Riemen, Niere, Spalte, Loch, Busch, Pelz, stoßen, stopfen, versenken, rammen, lutschen, lecken, befeuchten, befingern, abfeuern ...
(Fortsetzung folgt)

(Handgeschriebene Notiz, anonym, vom 8. Juni 2009)

Obwohl ich hellwach war, schloss ich für den Rest der Reise die Augen, aus Angst, David könnte, wenn er von seinem Laptop aufschaute, in meinem Gesicht so etwas wie Verwirrung entdecken. Um ruhig zu bleiben und einen neuen unsichtbaren Faden zwischen meinem Sitznachbarn und mir zu spannen, wiederholte ich unentwegt eine meditative Formel, die Sophia mir beigebracht hatte: »Ich liebe dich. Es tut mir leid. Bitte verzeih mir. Danke.« Wenn man sie ständig vor sich hersagte, hatte sie laut der hawaiianischen Mystik die Macht, unseren Körper von fremden Einflüssen zu reinigen und uns mit uns selbst zu versöhnen.

Als wir in der britischen Hauptstadt ankamen, war ich in einem benommenen, fast tranceähnlichen Zustand. David, der bereits an seinem Handy hing, bemerkte nichts davon. Nachdem er mich im Savoy abgesetzt hatte, dessen Steinplatten im Schachbrettmuster in der Eingangshalle mich sofort an das Hôtel Duchesnois erinnerten, brach er gleich auf. Vorher gab er mir noch einen keuschen Kuss auf die Stirn.

»Amüsier dich, *Darling*«, sagte er. »Wenn du irgendetwas brauchst, wende dich an Clive, den Portier. Er ist die britische Liebenswürdigkeit in Person. Höflicher geht nicht.«

»Du kennst ihn?«

»Ja, seit fünfzehn Jahren, Liebling. Wir sind hier früher schon mit meinen Eltern abgestiegen. Es wird ihm ein Vergnügen sein, sich für dich ein Bein auszureißen.«

»Okay.«

»Ich eile. Wir sehen uns morgen.«

Clive und seine Beflissenheit erwiesen sich tatsächlich als unschlagbar. Nachdem er dafür gesorgt hatte, dass mir die Wohltaten des Spas und des Kosmetiksalons zugute kamen, stellte er mir einen hoteleigenen Wagen zur Verfügung, der mich den ganzen Nachmittag von einer Boutique zur anderen fuhr.

So verhätschelt, hatte ich nichts weiter zu tun, als Geld auszugeben, das mir noch nicht gehörte. Ich hatte vor, mir eine Garderobe zuzulegen, die über die Basics hinausging, die mir Rebecca gekauft hatte. Alice hatte mir immerhin eine Vorstellung davon vermittelt, welcher Dresscode beim Sender herrschte. Ich war es mir schuldig, meinem Mann und Chef Ehre zu machen. Ich glaube, ihm ging es nicht allein darum, mich zu verwöhnen: Diese Ausgaben betrachtete er bestimmt auch als eine Art Kapitalanlage. Das war sein gutes Recht.

Gegen vier Uhr am Nachmittag ließ mich Will, der Fahrer, auf meine Bitte hin einige Straßen vor dem Savoy aussteigen. Er würde meine Einkäufe aufs Zimmer bringen, von wo man sie direkt nach Paris schickte. Das gehörte zu den Privilegien, die nur Stammgästen zuteil wurden. Ich brauchte ein bisschen frische Luft, ein bisschen Freiheit.

Ich bummelte gemächlich dahin, hielt die Nase in den Wind und witterte den urbanen Geruch Londons, der so ganz anders als der von Paris war, metallischer, maskuliner. Ich musste unweigerlich an die frivolen Anekdoten denken, mit denen Louis einen solchen Spaziergang sicher ausgeschmückt hätte. War dies das Hotel, in dem Diana und Dodi sich heimlich zum ersten Mal geliebt hatten? Hatten hier auf diesem Pflaster einst Prostituierte gestanden?

Ohne dass ich wusste, warum, musste ich an Fred denken. Fred, der Besiegte am Tag zuvor. Fred, der Verhöhnte, der Gedemütigte. Ich schuldete ihm wirklich eine Erklärung und vor allem eine Entschuldigung. Er hatte recht: Er verdiente es, dass ich mit ihm von Angesicht zu Angesicht sprach. Doch auf seinem Handy erreichte ich ihn nicht. Vielleicht blockierte er meine Anrufe, weil Scham und Groll noch in ihm gärten.

Nur wenige Schritte vom Savoy entfernt, kam ich an einer der wenigen noch vorhandenen roten Telefonzellen vorbei. Wie ihr französisches Pendant vor dem Hôtel de Paris klingelte es plötzlich. Ich drehte mich um und suchte die Stelle, von der aus man mir auflauerte, doch ich konnte nichts Verdächtiges ausmachen. Nur diesen beharrlichen Klingelton. Ungläubig betrat ich die Zelle und nahm den schwarzen Hörer ab.

»Hello? Hello?… Is there anybody here?«, stammelte ich in meinem Schulenglisch.

Nein, niemand am anderen Ende …

In diesem Moment wurde ich auf eine Londoner Eigenart aufmerksam: Auf der Metallfläche klebten unzählige kleine Werbezettel für eine spezielle Sparte; auf jedem wurden die Vorzüge einer Stripteasetänzerin, eines Call- oder Escortgirls gerühmt. Von der Inderin in Folklorekleidung bis hin zur vollbusigen Matrone, die New Burlesque darbot – für jeden Geschmack war etwas dabei. Da fiel mir einer besonders auf:

FRENCH LOVE WITH ELLE

Das Schlimmste war nicht, dass mein Kosename genannt war, sondern dieses Foto von mir, das mich so nackt zeigte, wie ich mich im Hôtel de Paris, im Dekor des 19. Jahrhunderts im Mata-Hari-Zimmer, zur Schau gestellt hatte. Ich riss den Zettel ab und wollte ihn gerade zusammenknüllen, als die Rückseite mich in den Bann zog:

Wort für Wort dasselbe Gebot, das ich am Tag zuvor erhalten und dem ich mich entzogen hatte.

Ich lehnte mich einen Augenblick an die kühle Scheibe, als es in meinem Kopf heftig zu dröhnen begann. Ich ließ sogar den zerknüllten Zettel fallen, denn ich konnte mich nicht mehr bewegen. Die Botschaft konnte nicht klarer sein: Ob ich nun in London, Paris, New York oder sonst wo wäre, er würde nicht aufgeben. Wohin ich auch ginge, er würde mich finden und mich an sein Begehren erinnern, das ich im Tausch gegen sein Schweigen akzeptierte. Sein Netz bestand nicht allein aus Symbolen, sondern vielmehr aus einer ganz realen Präsenz, die, obwohl unsichtbar, beklemmend war, eine Präsenz, wie sie die Helden von Spionageromanen empfinden, die von einer geheimen Macht gejagt werden.

Ich taumelte aus dem zinnoberroten Häuschen und winkte ein Taxi heran. Unnötig, ins Hotel zurückzukehren: Alles, was ich brauchte, trug ich bei mir, auch mein Ticket für die Rückfahrt. Ich konnte problemlos umbuchen und bestieg den nächsten Eurostar.

Auf der ganzen Fahrt – Lichtjahre entfernt von der Erregung, die ich auf der Hinfahrt verspürt hatte – drehte und wendete ich mich unruhig auf meinem Sitz wie ein Schlafloser in seinem Bett. Ich bebte bei der Vorstellung, noch mehr Zettel mit meinem Bild könnten in den Telefonzellen um das Savoy herum kleben oder gar im Hotel selbst.

Nicht einmal Sophias Mantra brachte mich zur Ruhe. Meine Wut wandelte es stattdessen in: »Ich liebe dich nicht, ich hasse dich … Es tut mir kein bisschen leid. Ob es dir nun gefällt oder nicht, verschwinde aus meinem Leben! Danke.«

An der Gare du Nord nahm ich die Linie B des RER und stieg dann an Les Halles auf dem gegenüberliegenden Bahnsteig in die Linie A. Knapp vierzig Minuten später erreichte ich Nanterre.

»Hast du was gegessen?«, wollte Mama fürsorglich wissen.

Es war nach neun Uhr abends, und außer einem Gurkensandwich, das ich bei meiner Shoppingtour durch Covent Garden vertilgt hatte, hatte ich nichts im Magen.

»Nein …«

»Es ist noch Kalbfleisch in weißer Soße da. Magst du? Ich kann dir aber auch einen Kartoffelsalat machen.«

»Ja, Salat, das ist gut.«

Erst als ich am Tisch saß, fiel mir auf, dass ihre Stimme noch kehliger klang als sonst und ihr das Atmen schwerfiel. Es ging ihr nicht gut, das war offensichtlich. Und dennoch wirkte sie fröhlich.

»Sieh doch mal, was heute vor meiner Tür lag!« Sie ging rasch ins Wohnzimmer und kam mit einer Vase in den Händen zurück, in der ein wunderschöner Strauß aus Feldblumen steckte. »Warte, das ist noch nicht alles …«

Sie zeigte mir eine riesige flache Schachtel, und ich erkannte auf der Stelle das zarte Grün und den goldenen Zierstreifen.

»Macarons?«, fragte ich zögerlich.

»Fünfzig Rosenmacarons!«

»Das sind deine liebsten …«

»Ja!«

Sie freute sich wie ein kleines Mädchen, dem man nach der Schule eine Tüte Bonbons schenkt.

»Weißt du, woher das kommt? War eine Karte dabei?«

»Nein, nichts. Aber ich habe da so eine Ahnung …«

Dieselbe wie ich, wenn ich das dankbare Lächeln, das sie mir zuwarf, richtig deutete: David. Wie konnte man nur so perfekt sein? Sogar mehr als perfekt. Ich musste ihm gegenüber einmal ganz naiv die Vorliebe meiner Mutter erwähnt haben, und nun verwöhnte er sie, wie er es auch mit mir tat.

Seine direkte Kontaktaufnahme mit ihr bereitete mir allerdings ein gewisses Unbehagen. Aber diese Aufmerksamkeit, die ja alles in allem zehn Tage vor der Hochzeit nur berechtigt war, hatte vielleicht nur ein einziges Ziel: dass ich ihn ihr endlich vorstellte, was ich ja immer wieder verschoben hatte. Ich dankte ihm dennoch per SMS.

Danke für die Blumen und die Macarons. Mama ist selig. Ich liebe dich.

Kaum eine Minute später:

Ich liebe dich auch. Tut mir leid, habe mit den Blumen nichts zu tun.
Deine Mama hat einen anderen Bewunderer!

Louis! Wer denn sonst? Bestimmt nicht Fred. Auch nicht dieser Nachbar, der perverse Opa des Viertels, der eine Zeit lang seinen Fetischistenblick auf unser Häuschen geworfen hatte.

Es war Louis, der dazu neigte, sich in die kleinste Lücke meines Lebens zu drängen, und auf seine Art alle Hohlräume ausfüllen wollte. Doch die Freude – von welch kurzer Dauer sie auch sein mochte –, die er Maude bereitet hatte, war von unschätzbarem Wert. Dafür konnte ich ihm nicht böse sein. Und er wusste es genau: Auf dem Umweg über sie umschloss er mein eigenes Herz mit seiner schlanken Hand.

»Auf jeden Fall heute kein Grund, neidisch zu sein«, sagte Mama. »Auch du bekommst ein Geschenk.« Sie zeigte auf ein in Silberpapier gewickeltes Päckchen, das auf der Anrichte im Wohnzimmer lag, vor meinen Fotos.

Ich seufzte und schüttelte das Päckchen, als wäre es verdächtig und als hätte ich die Aufgabe, es auf Sprengstoff zu untersuchen. Um es zu öffnen, zog ich mich jedoch vorsichtshalber in mein Zimmer zurück. Unter den missbilligenden Blicken meiner alten Stofftiere entnahm ich ihm ein längliches Ei aus glänzendem Metall. Ob Sophia wohl so ein Modell in ihrer Sammlung von Sexspielzeug hatte? Seine Funktion erschien mir eindeutig, doch ich wollte lieber nicht daran denken und verscheuchte die Bilder aus meinem Kopf, die dieses Ding in mir heraufbeschwor.

In dem Umschlag, der dabeilag, befanden sich wieder eine Schlüsselkarte vom Hôtel de Paris und natürlich ein rosafarbener Klebezettel. Die Schrift stammte eindeutig von derselben Hand wie auf den beiden Karten zuvor.

Zweiundzwanzig Uhr.
Vergessen Sie nicht Ihr Geschenk.
Ich bin sicher, dieses Mal liegt Ihnen daran,
unser Rendezvous einzuhalten.

16

Auf dem Weg ins Hotel nahm ich mir vor, dass Louis in Wirklichkeit nur ein Phantom verschlingen würde. Er würde nur in einen Schatten beißen. Und ich würde am Ende in diesem Zimmer alles hinter mir lassen, das mich noch von David fernhielt, einschließlich der Dinge, die ich über ihn erfahren hatte und niemals hätte wissen dürfen. Dann, erst dann würde ich ihm endgültig gehören und nur ihm allein. Annabelle Barlet, Davids Ehefrau.

Ich bin mir nicht ganz sicher, wen ich zu betrügen glaubte, als ich diesen naiven Gedanken nachhing. Es ist anzunehmen, dass ich es so brauchte … Statt weiterhin Anlass für die Zwietracht der beiden Brüder zu sein, stellte ich mir gar vor, ich könnte eine Verbindung zwischen ihnen herstellen. Ihr Engel der Versöhnung sein.

»Guten Abend, Elle. Ich hatte nicht erwartet, Sie so rasch wiederzusehen … Aber es freut mich natürlich sehr.«

Monsieur Jacques, der hinter dem Empfangstresen stand, begrüßte mich wie immer zuvorkommend und voller Respekt. Er verbeugte sich kurz, und dabei stieg mir der herbe Bergamotteduft seines Eau de Toilette in die Nase.

»Danke«, erwiderte ich. »Sagen Sie mir …« Ich zog das metallisch glänzende Ei aus der Tasche, das mir zugeschickt worden war.

»Ah!«, rief er mit leuchtendem Blick. »Ein neues Rätsel?«

Schon oft hatte ich darüber gegrübelt, welche Rolle wohl Monsieur Jacques in Louis' Inszenierungen spielte. Schließlich war es sein Hotel. Die Schlüsselkarten zu den Zimmern würden ja wohl nicht so ohne Weiteres in der Gegend herumgetragen, ohne dass er davon wusste. Begnügte er sich damit, sie dem älteren Barlet zuzustecken und ansonsten die Augen zu schließen, oder war er womöglich sein Komplize?

»Es sieht so aus, ja ...«

»Keine Hinweise dieses Mal?«

»Nein. Nur das da ...« Ich legte den Gegenstand in seine Hand. Sie war lang, dünn und so zart, dass es beinahe beunruhigend war.

Er umschloss das glänzende Metall und hielt es sich vor die Augen. »Marie ...«, sagte er nach kurzem Überlegen und lächelte.

»Marie?«

»Marie Bonaparte.«

»Die Tochter von ... Napoleon III.?«, fragte ich zögerlich.

Er verbesserte mich mit der ihm eigenen Höflichkeit, doch ich entdeckte ein undeutliches Flackern in seinem Blick, vielleicht einen Hauch von Scham; das passte so gar nicht zu seiner starren, undurchdringlichen Haltung, die ich ansonsten an ihm kannte.

»Die Urgroßnichte von Napoleon I.«

»Gut. Ich glaube Ihnen aufs Wort. Aber warum dieses Ei?«

»Hmm ... Hat man Ihnen nie etwas über ihre Beziehung zu der Familie Freud erzählt?«

»Nein«, gab ich zu.

»Marie Bonaparte war in den Salons und intellektuellen Kreisen des frühen 20. Jahrhunderts sehr angesehen. Da sie dort regelmäßig zugegen war, hat sie sich mit manchen Größen ihrer Zeit angefreundet, darunter auch mit dem französischen Psychologen Gustave Le Bon.«

»Nie gehört, diesen Namen ...«

»Damals war er sehr bekannt. Sein Buch über die Psychologie der Massen war sogar eine Art Bestseller. Er war es, der Marie riet, sie solle die *Vorlesungen zur Einführung in die Psychoanalyse* von Freud lesen.«

Er redete wie ein Wasserfall, und endlich begriff ich, worauf er mit seinem gelehrten Wortschwall hinauswollte.

»Sie hat dann Freud kennengelernt, oder?«

»Viel besser noch: Sie ist fast fünfzehn Jahre von ihm analysiert worden.«

»Unglaublich. Aber was hat das mit dem Ei zu tun?«

»Na ja, die liebe Marie Bonaparte hatte gewisse Marotten. Sexuelle, meine ich.«

»Ach ja?«

»Sie war unfähig, wahre Lust zu empfinden. Und aus einem Grund, den man bis heute nicht kennt, war sie der Überzeugung, die weibliche Frigidität entspringe nicht irgendeinem unbewussten Trauma … sondern sei *anatomisch* bedingt.«

Bei dem vorletzten Wort senkte er seine dunkle Stimme, als fürchtete er, es zu sehr zu betonen und damit eine unliebsame Wirkung hervorzurufen.

»Anatomisch? Was soll das heißen?«

»Sie behauptete allen Ernstes, die Klitoris habe einen zu großen Abstand zur Vagina, um ihre einzig bekannte Aufgabe wirkungsvoll zu erfüllen: den Orgasmus. Sie hat sogar einige Artikel zu diesem Thema verfasst.«

»Hat sie geglaubt, das Problem *hiermit* lösen zu können?« Ich deutete auf den ovalen Gegenstand, den er wie einen Kieselstein zwischen den Handflächen hin- und herrollte; dafür hatte er sogar seinen Füllfederhalter, der schwarz gelackt war und goldene Ringe an der Kappe hatte, beiseitegelegt.

»Nein, nicht ganz. Erst hat sie geglaubt, sie könne richten lassen, was die Natur so schlecht gestaltet hat. Sie hat nicht weniger als drei Operationen über sich ergehen lassen, damit dieses, ihrer Meinung nach falsch platzierte, kleine Organ näher an die Kopulationsöffnung gerückt wurde.«

Mir entfuhr ein Schrei. »Was? Die Frau war doch total bescheuert!«

»Ein bisschen, ja. Dann hat sie ihre Hoffnungen in die Psychoanalyse gelegt, die damals noch in den Kinderschuhen steckte. Doch trotz all der Jahre auf dem Diwan ist es selbst Freud persönlich nicht gelungen, sie von ihrer Fixierung zu befreien. Was dieses kleine Ding betrifft …« Er hob das Ei, eine fragile Trophäe zwischen seinen Fingerspitzen, mit schwärmerischem Blick hoch. »… es gehört zu der Reihe von Sexspielzeugen, die sie gebraucht und missbraucht hat, um durch innere Stimulation die Lust auszulösen, die äußere Stimulation ihr versagte. Sie war so sehr überzeugt, dass es mit ihnen gelinge, ihre ›Verklemmung‹ – verzeihen Sie den Ausdruck – zu beseitigen, dass sie massiv Werbung für die ersten elektrischen Vibratoren machte, die damals auf den Markt kamen, und zwar unentgeltlich… Sagen wir mal, es war so etwas wie ein erotisches Priestertum.«

»Unglaublich.«

»Aber täuschen Sie sich nicht. So exzentrisch sie auch bei gewissen Themen war, sie war eine gute Frau. Während des Zweiten Weltkriegs – da war sie schon nicht mehr so jung –, hat sie sich persönlich dafür eingesetzt, dass viele jüdische Intellektuelle Österreich und Deutschland verlassen konnten. Freud war auch darunter.« Er neigte sich zu mir, um mir mein kostbares Gut zurückzugeben, und sagte leicht melancholisch: »Jetzt wissen Sie alles. Das Zimmer Marie Bonaparte befindet sich im dritten Stock, erste Tür links, wenn Sie aus dem Aufzug kommen. Ich wünsche Ihnen einen schönen Abend, Elle.«

Kein schlüpfriger Unterton in seiner Stimme. Nur seine übliche Höflichkeit.

Als ich mich umdrehte, sah ich zu meiner Überraschung Ysiams strahlendes Lächeln. Ysiam, der mich in das erste Zimmer geführt hatte. Der auf meine Hilferufe nicht reagiert hatte. Derjenige, der Louis' Befehle unter der Tür hindurchgeschoben hatte. Trotz seiner Unschuldsmiene war er nichts anderes als ein Kerkermeister.

»Wenn Sie mir bitte folgen wollen, Mademoiselle?«

Aber ist es vernünftig, den Boten zu beschuldigen? Ich drängte mich vor ihm in den Aufzug, der sich alsbald mit sanftem Ruckeln in Bewegung setzte. Beim Aussteigen trat er beiseite, um mich vorbeigehen zu lassen, und zeigte auf eine nachtblaue Tür. Diese Farbe prägte die ganze Etage, ebenso wie das Rot die fünfte kennzeichnete oder Gold die erste, wo sich das Joséphine-Zimmer befand.

Als ich mit der Schlüsselkarte in der Hand vor dem Raum stand, wollte ich ihn gerade zu seinem Auftraggeber befragen. Da brach er selbst das Schweigen, das ihm wohl bei unserer ersten Begegnung auferlegt worden war.

»Dieses Mal wird es keine Anweisungen geben. Sie werden schon verstehen, was zu tun ist. Ganz von allein.«

»Keine Anweisungen?«, fragte ich verwundert und scheinbar arglos. »Und wer hat angeordnet, dass es heute keine Anweisungen gibt?

»Das kann ich Ihnen nicht sagen.«

»Das ist die Anweisung an Sie, oder?«

»Ja.« Er nickte.

Ich hätte schwören können, dass er unter seiner dunklen Haut errötete.

»Ich bin sicher, dass Sie es mir für Ihr Leben gern verraten würden …!«, forderte ich ihn heraus. Seine Zurückhaltung lockte in mir die Spielerin, die Katze, die die Maus in die Enge treibt.

Der arme Junge hatte seine gleichbleibende Ruhe verloren. Er war so rührend mit seinen ängstlich aufgerissenen Augen, mit denen er verzweifelt nach einem Fixpunkt Ausschau hielt.

»Keineswegs!«

Schließlich heftete sich sein Blick auf die Schlüsselkarte, die ich in der Hand hielt. Ohne mich zu fragen, griff er danach, schob sie in den Schlitz, und schon ging die Tür auf. Mein Gefängnis war seine Befreiung.

Ohne ein weiteres Wort entschwand er dann ans andere Ende des Flurs. Louis konnte stolz auf ihn sein: Ysiam hatte seine Aufgabe bestens erfüllt. Er musste ihn großzügig bezahlen, dass er ihm so zu Diensten war.

Und doch wusste ich, dass er schnell wiederkommen würde, was er auch tatsächlich tat. Kaum hatte ich die Tür hinter mir zugezogen, schloss er sie von außen ab.

Das Zimmer sah nicht aus wie ein Hotelzimmer, sondern erinnerte eher an ein nüchternes Sprechzimmer. Sein Stil ließ sich nicht so genau datieren: ein Schreibtisch aus gelacktem Kirschholz mit grünem Saffianleder, eine Kugellampe aus Metall, ein kleiner abgewetzter Klubsessel und vor allem an der hinteren Wand, genau unter dem einzigen verriegelten Fenster, ein mit blutrotem Samt bezogener Diwan, auf dem viele goldbestickte Kissen wild durcheinander lagen.

Eine stimmige Atmosphäre insgesamt, wenn man bedachte,

welcher Person dieser Raum zugeordnet war. Da mir ziemlich eindeutig schien, was man hier von mir erwartete, streckte ich mich auf der Couch aus, ohne eine Anweisung abzuwarten.

Wie beim ersten Mal verging viel Zeit, ohne dass irgendetwas geschah. Ich nahm nur gedämpfte Geräusche wahr, das Auf und Ab des Fahrstuhls, Türen, die hier und da geschlossen wurden, und etwas, das wie das Rütteln eines Teewagens klang, den ein Page durch den Flur schob.

Das einzig moderne Element im Raum, einen Flachbildschirm, der wie ein Rahmen an der Wand gegenüber vom Diwan hing, bemerkte ich erst, als er plötzlich aufflackerte. Ich schaute nach, ob ich mich nicht vielleicht auf eine Fernbedienung gelegt hatte. Nein. Das Gerät musste von außerhalb des Zimmers gesteuert werden. Rasch folgte auf den elektronischen Schnee der Blick in ein anderes Zimmer.

Es war so ganz anders als alles, was ich von diesem Haus kannte und was seinen Ruf ausmachte. Kein Retrodekor und kein erlesenes Heraufbeschwören einer historischen Person. Die Wände waren schwarz mit einem kleinen Stich ins Blau; die Einrichtung beschränkte sich auf ein Bett, das aus einem Gestell, einer dicken Matratze und einer Daunendecke bestand, sowie auf zwei dunkel bezogene Sessel im Louis-quinze-Stil. Das Licht war gedämpft, und erst als zwei Gestalten auftauchten, ein Mann und eine Frau, beide nackt und mit maskiertem Gesicht, begriff ich, welcher Kunstgriff zu dieser seltsamen Atmosphäre beitrug: Ihre Körper leuchteten im Halbdunkel wie zwei Glühwürmchen; magisches Schwarzlicht, auf das die Tänzer in den Nachtklubs abfahren, entriss sie der Dunkelheit; ihre Haut schimmerte erstaunlich und schien dennoch unwirklich, da der doppelte Filter des diffusen Lichts und seiner elektronischen Wandlung jeden Makel auslöschte.

Wussten sie, dass sie beobachtet wurden? Und falls ja, wer waren sie, dass sie sich für so ein Spektakel zur Verfügung stellten? Da sie schnell zur Sache kamen – unter Auslassung jeglichen Vorspiels, das ihnen wahrscheinlich überflüssig vorkam –, sah ich in ihnen einfache, von Louis angeheuerte und bezahlte Söldner, die mir das Schauspiel ihres Liebesspiels bieten sollten. Die junge Frau, offenbar kleiner und auch zarter als ich, mit Brüsten wie zwei Äpfelchen, kniete sich vor ihren Partner nieder und wollte das noch schlaffe, reglose Etwas zwischen den Beinen des jungen Mannes mit ihrem Mund zum Wachsen bringen. Sie lutschte ihn mit Hingabe, man könnte sagen, mit peinlicher Gründlichkeit. Sie reizte sein Vorhautbändchen immer wieder mit schnellen Zungenschlägen, um dann seinen ganzen Schaft in sich aufzunehmen, diese privilegierte Behandlung wurde ihm aber jeweils nur einen kurzen Augenblick zuteil. Die raschen Sturmangriffe, die dem Mann ein immer lauteres Keuchen entlockten, ließen seinen Schwanz in der Tiefe ihrer Kehle mächtig anschwellen.

Dass diese Darbietung gestellt war, nur exklusiv für mich und wahrscheinlich von zwei Akteuren aus irgendeiner Liveshow von Pigalle – diese ganze Künstlichkeit, diese Inszenierung –, hätte mich cool bleiben lassen sollen. Doch meine anfängliche und mit leichtem Abscheu gefärbte Gleichgültigkeit wich rasch der Neugier – ich wollte sehen, wie sie es anstellte, ihm sogar vor dem Höhepunkt so viel Lust zu verschaffen. Was mich bei einem x-beliebigen Film abgestoßen hätte, wirkte plötzlich auf mich wie der verführerischste Scharfmacher. Das war die Macht des Faktischen. Fasziniert beobachtete ich ihre Lippen, die nun mit der dunklen, prallen, zur ganzen Größe angewachsenen Eichel spielten, die von beider Lust glänzte. Es widerstrebte mir, es zugeben zu müssen, und doch, ja, ja, ja … ihre Nummer erregte mich wahnsinnig.

»Mach weiter … Ja!«

Ich hatte den Eindruck, die Stimme des Typen doppelt zu hören, denn jedes Wort hatte ein merkwürdiges Echo. Ich stand vom Diwan auf, ging zu der Wand, an der der Fernseher hing, und stellte fest, dass es außer den Lautsprechern im Gerät noch eine andere Quelle gab. Sie klang direkter, in gewisser Weise präsenter und darum noch verwirrender: Die beiden liebten sich im Nachbarzimmer, und die Wand war so dünn, dass sie das leiseste Aufstöhnen durchließ.

Sie so nah zu wissen, hier, so dicht, dass ich sie hätte berühren können, weckte in mir die irre, gierige Lust, mich zu ihnen zu gesellen. Mitzumachen, zumindest auf meine Art. Hin- und hergerissen zwischen Bild und Ton, legte ich das Ohr an die Wand und entfernte mich immer wieder für wenige Sekunden von ihr, um mich an den Bildern zu weiden, die sie mir vorführten; jeder Blick bot mir eine andere Stellung, ein Kamasutra, aus dem einer der beiden, je nach Lage, eine besondere Lust zog. Ysiam hatte recht, und der Mann, der uns aus dem Dunkel steuerte, auch: Ich wusste, was ich zu tun hatte. Dieses Mal brauchte ich keinerlei Befehle, keinerlei Anweisungen.

Ich musste nur den Händen des Mannes folgen, die nun über seine Partnerin strichen, hier eine fleischige Wölbung drückten, da durch eine Furche fuhren, während ein Finger sich zwischen ihre Pobacken drängte oder sich zwischen ihre hochroten, vor Begehren prallen Schamlippen wagte. Nun zog ich mich diesseits des elektronischen Spiegels aus, langsam, Kleidungsstück für Kleidungsstück; jedes setzte, wenn es an mir herabglitt, ein spezielles Stück Haut in Flammen: Hintern, Bauch, Schenkel, Schultern, Nippel… Ich konnte die Hände des Mannes nicht aus den Augen lassen… Ich stand in meiner Spitzenunterwäsche da und ahmte jede seiner Gesten nach. Ich wurde zu meinem eigenen Liebhaber und entdeckte mit meinen Fingern eine ganze neue Zartheit.

Als ich meine Klitoris berührte, die nun zwischen meinen Schamlippen hervorlugte und stolz über ihre neue Größe sich an mein Spitzenunterhöschens drängte, sah ich, dass der Mann seinen Kopf zwischen die Beine der kleinen Dunkelhaarigen schob. Bei jedem Zungenstrich ging ein wellenförmiges Beben durch ihren Körper, ihr Hintern hob sich, und ihre Brüste reckten sich ihm entgegen. Obwohl sie so klein waren, schienen sie mit jeder Welle, die die Frau ihrem ersten Höhepunkt näher brachte, größer und praller zu werden. Und trotz all der Zierlichkeit der Frau verschwand der Kopf des Mannes plötzlich noch tiefer zwischen ihren Beinen. Er verschmolz mit ihrer Möse, die Nase in der dunklen Grotte wie ein Verhungernder. Er saugte, er biss, er labte sich an der kleinsten pulsierenden Hautfalte. Als sie dann zu stöhnen anfing, immer heftiger, immer regelmäßiger, nahm ich an, dass er seine Zunge, ein natürliches und offenbar sehr geschicktes Sexspielzeug, in sie hineingeschoben hatte.

Der Orgasmus packte sie ganz überraschend, er bog ihren Rücken zu einer unglaublichen Wölbung, knickte ihren Nacken ab und ließ jeden ihrer Muskeln zucken. Dann sackte sie in sich zusammen, als hätte sie einen tödlichen Stromschlag bekommen.

Der Mann zog den Kopf aus ihrer süßen Höhle und betrachtete sie eine Weile wie ein Maler sein Meisterwerk. Er hatte sie zum Höhepunkt gebracht, er ganz allein. Seine Zunge war sein Pinsel, sein Geniestreich. Doch dieser Triumph dürfte nicht ausreichen, ihn zufriedenzustellen, denn ohne zu fragen, spreizte er wieder ihre Schenkel und versenkte seinen Schwanz in ihr, der mir nun noch größer erschien als vorher, als er ihn in den Mund der Frau geschoben hatte.

Der Mann stöhnte laut auf, als er stehend von vorn in sie eindrang, während sie auf einem kleinen Tisch lag. Und sie keuchte ihrerseits lustvoll, als er sich an ihren Rücken schmiegte, mit seinem Glied an ihren Pobacken vorbeiglitt, bis er in die feuchte Möse fand und dann in sie hineinstieß, während er gleichzeitig mit einer Hand, die er unter den Bauch der Frau geschoben hatte, ihre geschwollene Knospe reizte.

»Ja … ja, mach weiter so«, flehte sie ihn an.

Ihre Stimme war nur noch ein Ächzen. Die Kameraeinstellung ließ nicht zu, dass ich mehr sehen konnte, doch ich erahnte ihren halb offenen Mund – der sicher genauso feucht war wie ihre Scham –, über dem einige rebellische Haarsträhnen hingen und dem sich ein Stöhnen entrang, das immer rascher und immer kehliger wurde.

Die gleichzeitige Stimulanz ihrer empfindsamsten Zonen schien sie zu überwältigen. Jedes Mal, wenn der Mann in sie stieß, reckte sie ihm ihren zuckenden Hintern entgegen. Sie grunzte jetzt, ja, sie stieß ein raues, urzeitliches, animalisches Fauchen aus, Laute der Lust, die offensichtlich ihren ganzen Körper erfasst hatte, wenn ich das unkontrollierte Beben ihrer Glieder und ihres Nackens richtig deutete.

Ihr zweiter Orgasmus traf sie wie ein Kinnhaken. Ihr Kopf flog zur Seite, und während ein langer Krampf durch ihr Rückgrat jagte, rührte sie sich nicht.

Auch ich war angeschlagen. Die Feuchtigkeit in meiner Möse

und das plötzliche Schlottern meiner Beine gaben mir mein ganzes Gewicht zurück. Ich schwebte nicht mehr. Ich war ein Jahr alt, ich war tausend Jahre alt, ich war wie gelähmt vor unerfülltem und zu lange gezügeltem Begehren. Ich hielt mich an der Wand, sank dann nieder und schaffte es gerade so, mich bis zum Diwan zu schleppen. Die Nase in den roten Samt gedrückt, fiel mein Blick auf das metallische Ei, das brav in einer Stoffmulde lag. Es sah mich an. Es provozierte mich. Es erwartete von mir, dass ich handelte.

Auf dem Monitor hinter meinem Rücken waren die Kampfhandlungen noch lange nicht zu Ende. Er war zwar zufrieden, seine Gespielin zum Höhepunkt gebracht zu haben – er tätschelte ihren Po und bedachte ihn mit eher erniedrigenden Formulierungen –, doch er hatte noch immer nicht genug. Schon setzte er zu einem wütenden Sturm auf ihre weit geöffnete, feucht glänzende Möse an. Nun erschien mir das, was vorausgegangen war, nur wie eine simple Aufwärmübung, so ungestüm bearbeitete er den von Lust gemarterten Körper. Die Frau brüllte fast, ohne dass man auseinanderhalten konnte, ob es Ermutigungen oder Hilferufe waren, Schmerz oder Wollust.

In dem Augenblick, als ich meinem Spitzenstring auszog, der meine Scham verhüllt hatte, und sich eine durchsichtige Flüssigkeit auf meine Innenschenkel ergoss, dachte ich, kein Mann habe mich bisher je in so ein Dilemma geführt: mehr zu wollen und doch im selben Moment mit demselben Glücksgefühl zu wünschen, dass es aufhöre. Alles und sein Gegenteil, vereint in der Lust, die ganz einzigartig mitreißt und erschöpft.

Oder vielleicht doch … Vielleicht dass dieser Augenblick, dieses Ei, diese Unterwerfung meines Körpers der Gnade eines triumphierenden Louis, dessen heimlichem Blick sicher nicht das Geringste entging … vielleicht würde ich genau jetzt zum ersten Mal den Zustand dieser überwältigenden Zerrissenheit erreichen.

Als ich schließlich das ovale Ding in meine triefende Möse steckte, schrie das Mädchen gerade ihren nächsten Orgasmus heraus. Ohne jeden Widerstand schob ich das Ei entschlossen tief in mich hinein, als hätte ich es eilig, es ihr gleichzutun und meinerseits zu schreien. Überrascht von diesem unerwarteten Besuch des kalten Eindringlings, zog sich mein Geschlecht erst zusammen, dann nahm es ihn an, spielte sogar nach einigen Zuckungen meines Hinterns und meines Damms mit ihm, verschlang ihn in Gänze und sog ihn in Tiefen, aus denen meine Finger ihn nicht befreien könnten. Ein neuer König in meinem Reich.

Endlich fand ich die Kraft, mich auf das Kanapee zu hieven, das mich mit der Weichheit eines alten Polstermöbels empfing, welches nachgiebig geworden war durch die vielen Körper, die sich ihm bereits ausgeliefert hatten. Die Beine weit gespreizt, die Möse in Richtung Fernseher, fühlte ich mich, als ob die beiden Darsteller in mich eindringen würden. Als ob ihre Lust durch die Mattscheibe drängte, in mich hineinführe und ihre überschäumende Glückseligkeit sich in mich senkte.

Das noch immer mit der Halbmaske bedeckte Gesicht des Mannes, das nur hin und wieder aus dem Dunkel auftauchte, wenn sie die Stellung wechselten, nahm je nach Lichteinfall immer wieder andere Züge an, mal war es mehr oder weniger weich, mal mehr oder weniger hohlwangig. Zuerst erschien mir David, lächelnd, beruhigend, der mit seinem jugendlichen Gesicht zwischen meine Schenkel tauchte.

Genau in diesem Augenblick spürte ich die ersten Vibrationen des Eis in meinem Inneren, sie waren so stark, dass sie meine ganze Möse, meine Schamlippen und sogar die glühende Knospe meiner Klitoris durchströmten. Ich konnte sie nicht einmal berühren, so empfindsam war sie, als sie diese wohltuenden Wellen reizten, die eine unbekannte Hand aus der Ferne lenkte.

Dann, im nächsten Augenblick, als mein elektrischer Liebhaber den Kopf zwischen meinen Beinen hob, nahm er Louis' finstere Gesichtszüge an, angespannt und von diesen hungrigen, glühenden Augen durchdrungen. Es war ein Raubtier, ein Wolf, der all seine Zähne in mein gevierteiltes Fleisch schlagen wollte. Die Zuckungen, die von meiner Möse ausströmten, fühlten sich wie beißende Fangzähne an. Ich fühlte mich zerrissen, verschlungen, jedes Fitzelchen meiner Möse zermalmt von dem kräftigsten Kiefer, den sie je gesehen hatte. Plötzlich ereignete sich in meinen Tiefen eine Explosion. Eine lautlose, merkwürdig verlangsamte Verpuffung, als würde meine Matrix auf null gesetzt. Der Schauder, der mich einen Moment zuvor überwältigend durchflutet hatte, flaute mit jeder dumpfen Welle ein bisschen mehr ab. Nun war ich diejenige, die völlig aufgelöst war. Mein Kopf flog nach hinten. Und ich stieß einen langen stummen Schrei aus, und mein weit offener Mund schlürfte jede Sekunde der Lust, diese Wonne, von der ich wollte, sie würde nie enden.

Als ich schließlich auf den Diwan zurücksank – schwer, als wäre ich zerstückelt, ein Puzzle aus erschöpftem Fleisch –, sah ich, dass der Fernseher erloschen war. Ebenso das Ei, das nun aus meiner verdutzten Spalte herausglitt.

Er hatte mich nicht eine Sekunde angerührt. Er hatte nicht einmal das Zimmer betreten. Und dennoch, so gab ich mit einem glücklichen Schluchzer, einem verzückten und bitteren Lächeln auf den Lippen zu: Louis hatte mich zum Höhepunkt gebracht. Louis Barlet hatte mich besessen.

17

9. Juni 2009

Nichts auf dem Konsoltischchen am Eingang. Und nichts im Briefkasten des Hôtel Duchesnois. Der nächste Vormittag verging ohne einen anonymen Brief. Ich beherrschte mich, Armand dazu zu befragen, denn ich war überzeugt, dass er mir jedes neue Schreiben mit seiner üblichen Beflissenheit überreicht hätte.

Dieses Ausbleiben hätte eine gute Nachricht sein können. Ich hätte es sogar für einen Rückzug halten können, für einen Waffenstillstand. Satt von den Bildern des Abends zuvor, hätte mein Raubtier, wer auch immer es war, seine Beute freigegeben oder seine Umklammerung für einen Moment gelöst.

Doch ich glaubte nicht daran. Dieses Schweigen kam mir noch viel bedrohlicher vor als die engen Maschen, die er vorher um mich gezogen hatte.

Das richtige Outfit zu finden, beschäftigte mich eine gute halbe Stunde. An meinem ersten Tag bei BTV wollte ich perfekt aussehen. Ich wusste, dass mir Missgunst gewiss war und jede Alice des Senders mich schon beim ersten Blick mit Heimtücke betrachten würde. Ich schuldete es mir – und auch David –, tadellos gekleidet zu sein; obwohl ich mich wegen meiner zu üppigen Kurven und Rundungen nicht so anziehen konnte, wie ich es mir erträumt hätte. Den letzten Touch gab ich dem Ganzen mit meinen Louboutins. Ich erinnerte mich, dass ich sie unter Davids heiterem Blick anprobiert hatte und hin- und hergerissen war zwischen meiner kindlichen Freude und dem Bewusstsein für das Spiel mit diesen Oberflächlichkeiten. Meine Mutter starb an Krebs, und ich stand mit offenem Mund vor einem Paar Pumps für tausend Euro.

»Guten Morgen, Annabelle.«

»Guten Morgen, Chlo…«

»Es ist acht Uhr achtundzwanzig«, unterbrach sie mich in ihrem straff sitzenden Kostüm. »David erwartet Sie um acht Uhr fünfunddreißig mit der ganzen Belegschaft im großen Konferenzraum. Wenn Sie wollen, haben Sie gerade noch Zeit für eine Tasse Kaffee.«

Sie stand in der Eingangshalle des Barlet-Turms und hatte offenbar schon seit einigen Minuten auf mich gewartet. Auf dem Arm trug sie einen Schreibblock, einen Stapel Mappen, einen Haufen Zeitschriften und mindestens ebenso viele frankierte Umschläge, und das Ganze war sicher für ihren Arbeitgeber bestimmt: meinen Mann.

»Nein danke.«

Meine Antwort erleichterte sie sichtbar.

»Okay, super. Dann gehen wir.«

Im Aufzug betete sie nervös meine – vermutlich von David zusammengestellten – Termine herunter.

»Nach der offiziellen Vorstellung treffen Sie um neun Uhr dreißig für mindestens zwei Stunden Albane Leclerc. Danach zeige ich Ihnen Ihr Büro. Sie werden sehen, es liegt sehr gut, nach Süden ausgerichtet und zwischen dem von David und Louis.«

Warum überraschte mich das nicht?

Ich spulte ihre Litanei zwei Sätze zurück.

»Albane Leclerc?«

»Hat David Ihnen nicht von ihr erzählt?«

»Nein…«

»Sie ist die Chefredakteurin Ihrer Sendung. Sie wird Sie dabei unterstützen, die Inhalte zu Ihren ersten Moderationen von *Cultur'Mix* zu erstellen, und auch die Redaktion briefen, damit sie die verschiedenen Themen aufbereitet.« Da sie meine Fragen offenbar vorhersah, setzte sie hinzu: »Jung, aber sehr professionell. Ihr Vater hat zwanzig Jahre lang *L'Océan* geleitet. Sie arbeitet Hand in Hand mit Luc.«

Luc Doré war der Leiter der Sendung. Das wusste ich bereits, denn er hatte zu den Gästen des Abendessens gehört, das David mir zu Ehren gegeben hatte.

»Sie ist also quasi in das Metier hineingeboren.«

»Ja, das kann man so sagen.«

Hier war also die Grenze des Vertrauens, das David in mich setzte. Er hatte mich zwar seiner kleinen Armee als Geheimwaffe aufgezwungen, aber ein Anstandswauwau würde jeden meiner Schritte lenken. So könnten kleinste Schnitzer auf der Stelle korrigiert werden, ohne dass es zu unheilvollen Auswirkungen käme.

»Heute Nachmittag«, nahm Chloé ihr Stakkato wieder auf, »haben Sie also um vierzehn Uhr dreißig eine erste Sitzung für die Produktion mit Luc Doré, dabei sein werden auch Philippe Di Tomaso, der Produktionsleiter, und Christopher Haynes, unser Artdirector. Auf der Tagesordnung steht die Studioausstattung. Chris hat bereits einige Modelle vorgestellt. Im Grunde genommen müssen Sie nur noch gemeinsam mit Luc entscheiden.«

Alles ging so schnell! Und kein Notstoppschalter in Reichweite … Was hätte ich entgegnen sollen? Dass es ein Irrtum war, ein groteskes Missverständnis? Dass ich hier nichts zu suchen hatte und eine Schar von viel kompetenteren Anwärterinnen draußen vor der Eingangstür wartete?

Ich erkannte den gläsernen Raum wieder; hier war mir Louis vorgestellt worden. Automatisch hielt ich nach seiner hageren Vogelgestalt Ausschau; eine Gruppe von etwa zwanzig Personen, die alle einen Becher in der Hand hielten, erwartete uns bereits. Zu meinem Erstaunen war Louis nicht dabei.

Im selben Augenblick trat David auf uns zu. Er strahlte in seinem perlgrauen Anzug, den ich noch nie an ihm gesehen hatte. »Alle sind da. Perfekt!«, sagte er.

»Acht Uhr dreiunddreißig«, bestätigte Chloé. »Sollen wir noch zwei Minuten warten?«

»Nein, fangen wir an. Ich habe in fünfzehn Minuten eine Telefonkonferenz mit Seoul.«

Eine Viertelstunde widmete er meinem Ritterschlag, wobei er geschickt ungezwungenen Humor mit strengeren Tönen mischte.

Er sprach von der »großartigen Herausforderung zur Hauptsendezeit am Donnerstag, an diesem Abend, an dem wir die Fernsehzuschauer so in den Bann ziehen müssen, dass sie das ganze Wochenende nicht mehr umschalten«. Währenddessen machte ich mich darauf gefasst, dass sein Bruder jeden Moment auftauchen würde. Doch es kam niemand. Über die gläsernen Flure liefen nur Journalisten in weißen Hemden und Klone von Chloé.

Hinter einer Reihe von Köpfen, die mich mit höflichem Argwohn musterten, saß an einer Tischecke Alice, die große Blonde. Sie zeigte ein himmelschreiendes Desinteresse für die Worte, für den Redner und mehr noch für das Thema. Stattdessen spielte sie an ihrem Smartphone und war ganz einfach taub für das, was gesagt wurde; nur ab und zu grinste sie verächtlich, als mein Mann von dem Vertrauen sprach, das er in mich setze, um den genannten Sendeplatz wieder attraktiv zu machen.

Als David zum Ende kam und mir zu Ehren klatschte – ein Beifall, in den die Belegschaft nur verhalten einstimmte –, trat Chloé zu meiner Rivalin und flüsterte ihr irgendeine Anweisung ins Ohr.

Das schöne Wesen, dessen künstliche Brüste durch ein superenges Kleid noch betont wurden, sprang auf und rief sichtlich verärgert: »Jetzt? Aber was will er denn von mir?«

Das roch nach einem Anpfiff. Doch unweigerlich musste ich denken, dass ein Chef, der eine seiner Angestellten umgarnte, nicht anders gehandelt hätte, um die anderen hinters Licht zu führen und die Angebetete in seinem Büro rasch zu vögeln, ohne dass jemand Verdacht schöpfte.

Die Assistentin nahm sie am Arm und zog sie hinter sich her in den Gang – ein kleiner Schleppkahn, der dem majestätischen Ozeandampfer den Weg bahnte, dessen schlingernde Flanken bei den Männern diesen unbezähmbar gierigen Blick hervorriefen. Sie waren wie magnetisiert, obwohl sie Alice' Reize doch schon seit Jahren kannten.

»Hallo, ich bin Albane. Und du bist Elle, nicht?«

In dieser steifen, von Davids freundlicher Allmacht erdrückten Atmosphäre fand ich das freundliche Lächeln und den direkten Ton dieser jungen, hübschen Dunkelhaarigen – eine kleine zierliche Frau mit burschikosem Benehmen – gleich sympathisch. Offene Bluse, zerknitterte Hose, Laufschuhe, die eher zu Wanderwegen passten als zu dicken Teppichen, und als einziges Accessoire eine schlichte goldene Halskette ... Welten trennten sie von den Fashionistas von BTV.

Sie war hinter den fülligeren Leuten hervorgetreten und reichte mir eine zarte, aber auch kraftvolle Hand.

»Na ja, eigentlich Annabelle ... Aber alle nennen mich Elle.«

»Der große Manitu hat entschieden, dass du im Sender und in den Pressemitteilungen Elle heißen sollst ... Bleiben wir also dabei, wenn du einverstanden bist.«

»Kein Problem.«

Sie war dominierend, aber offen und erwies sich als eine sehr viel bessere Lehrerin, als es ihr forscher Ton vermuten ließ. Einen Großteil des Vormittags erklärte sie mir die Grundbegriffe des Metiers und erläuterte mir jedes Konzept und jedes Wort des branchenüblichen Jargons, mit dem sie selbst seit vielen Jahren umging. Sie bemühte sich um Geduld, schimpfte aber auch freiheraus, wenn ich mich ein bisschen schwerfällig anstellte. Mein Status der zukünftigen Ehefrau des Senderchefs schien sie nicht zu beeindrucken. Ich entnahm dem, dass die berufliche und freundschaftliche Beziehung, die ihre Familie mit den Barlets verband, sie aller Repressalien enthob ... oder vielleicht lag es auch an ihrer ausgewiesenen Kompetenz und dass sie keinerlei Schwierigkeiten hätte, woanders eine gut bezahlte Stellung zu finden, sollte sie in Ungnade fallen.

»Ich muss weg«, sagte sie um Punkt zwölf. »Aber wir sehen uns schnell wieder. Du wirst mich noch eine ganze Weile nicht los!«

Das klang eher nach einem Versprechen als nach einer Drohung. Albane würde meine Verbündete sein, davon hatten mich die Stunden mit ihr überzeugt.

Zwölf Uhr neun, hätte Chloé festgestellt, die mir rasch mein Büro zeigte. Sie hatte nicht gelogen: Mein Raum war hell und angesichts meines Alters und meiner Unerfahrenheit außergewöhnlich groß. Er lag mitten auf der Chefetage, was ein unverschämtes Privileg war. Aus dem großen Fenster bot sich ein spektakulärer Ausblick auf den Périphérique.

Zwölf Uhr zwölf: Nicht ohne mir eine Karte für den Zugang zum Haus und zur Kantine ausgehändigt zu haben, mit einem Foto von mir, auf dem ich mich kaum erkannte – wo hatte David das bloß ausgegraben? –, ließ sie mich unvermittelt stehen. Eine gackernde Schar, bestimmt ihre Kolleginnen, hatte sie gerufen, um sich auf den Weg zum Firmenrestaurant zu machen, das sich in der ersten Etage des Turms befand.

Zwölf Uhr zweiundzwanzig. Ich spielte schon eine ganze Weile mit dem fabrikneuen Telefon, das als einzig sichtbare Ausstattung auf meinem Schreibtisch stand, in der lächerlichen Hoffnung, ich würde zum Mittagessen eingeladen. Ich widerstand der Versuchung, David anzurufen, der zwangsläufig keine Zeit haben würde, um einer schmerzhaften Abfuhr auszuweichen. Louis, der sich noch immer nicht hatte blicken lassen, kam nicht infrage.

Zwölf Uhr fünfundvierzig… Ich hielt es nicht mehr aus und rief Sophia an.

Zwanzig Minuten später tranken wir auf der Terrasse des Saint-Malo, eines Bistros in der Nähe, unseren Monaco, der viel zu süß, fast schon widerlich schmeckte. Vor unseren gemischten Salaten nahmen wir den Faden unserer üblichen vertraulichen Gespräche wieder auf. Es war wie ein beruhigender Anker in dieser neuen, fremden, beinahe feindlichen Umgebung.

»Sag mal, dein Ring ist ja schrecklich eng!«, sagte meine Freundin, als sie meinen roten Ringfinger sah. »Glaubst du, du wirst ihn am Tag X ablegen und wieder überstreifen können?«

»Aber ja, schau…«

Mit viel Mühe befreite ich meinen Finger von dem Rotgoldring. Sophia streckte die Hand aus, um ihn zu betrachten.

Ihre Augen glänzten vor Neid.

»Also, meine Liebe, zunehmen solltest du besser nicht…«

»Ich werde ihn weiter machen lassen.«

»Pass bloß auf, so ein Material lässt sich nicht endlos dehnen. Es ist schön, aber auch sehr heikel.«

Sprach sie nur vom Ring?

Eine Weile betrachtete sie das Schmuckstück von allen Seiten; sie war voll stummer Bewunderung, freudig und träumerisch. Als sie es noch näher ans Auge hob, sagte sie plötzlich: »Sag mal, wem hat dieser Ring vorher noch gehört?«

»Hortense, Davids Mutter. Und davor deren Mutter. Aber ihren Namen weiß ich nicht. Jedenfalls ist es gut, dass ich ihn ausgezogen habe. Armand muss noch unsere Namen und das Datum eingravieren lassen.«

Ohne den Blick vom Ring zu wenden, schüttelte sie selbstvergessen den Kopf. »Hm, hm … Und in welchem Jahr haben Davids Eltern geheiratet?«

»Keine Ahnung. Ich vermute mal Mitte oder Ende der Sechzigerjahre, wenn man überlegt, wie alt David und sein Bruder sind. Warum?«

»Weil in diesem Fall … dein charmanter Ehemann in spe die Frucht eines Geisterpaars ist!«

»Was erzählst du denn da?«

Mit für sie ungewöhnlichem Ernst hielt sie mir den Ring entgegen und kippte ihn so, dass ich die Innenseite sehen konnte, die abgeschliffen worden war, um die früheren Gravierungen zu entfernen.

»Hier, sieh selbst.«

»Ich sehe nichts …«

»Doch. Du musst den Ring so halten, dass das Licht schräg auf die Innenseite fällt. Dann erkennst du noch einen Teil einer alten Gravur. Der Tag lässt sich nicht entziffern, aber das Jahr. 1988.«

Sie hatte richtig geguckt und so die Wahrheit ans Licht gebracht.

»Du hast recht …«, sagte ich leise. »Unglaublich, dass ich das vorher nicht gesehen habe.«

Die Vertiefungen waren wirklich minimal, aber sie reichten, um in einem bestimmten Winkel die vier Zahlen zu erkennen. Eine winzige Wendung in die eine oder andere Richtung ließen sie wieder im Nichts verschwinden. Sah man sich den Ring von vorn an, hütete er sein Geheimnis.

Ich war wie vom Donner gerührt.

»Und dein Traumprinz, wie alt war er 1988?«

»Neunzehn …«, sagte ich tonlos.

»Sie haben sich verlobt und ganz rasch, schon nach wenigen Wochen, geheiratet«, hatte Louis gesagt. 1988, das Jahr von Davids erster Hochzeit, das schrie mir diese Zahl entgegen. Sie spuckte es mir geradezu ins Gesicht.

Warum nur war Louis daran gelegen gewesen, diese Wahrheit, vielleicht die einzige unter all seinen Geschichten, mir dann als Lüge darzustellen? Warum hatte er sie widerrufen? Aus Angst? Aber Angst wovor, vor wem?

»Also gut. Du sagst deinem Liebsten, dass es nicht besonders stilvoll ist, dir einen Ring zu schenken, den er auf dem Flohmarkt gekauft hat, und ihn dir als Familienschmuck unterzujubeln.«

»Ich werde ihm sagen …«

Schnell: ein anderes Thema, bloß nicht zittern, bloß nicht vor ihr zusammenklappen. Um mich zu fangen, rang ich mir ein Lächeln ab, das in keinem Zusammenhang mit meiner Frage stand.

»Und Rebecca? Was hörst du von ihr?«

»Nichts. Da ist wieder Funkstille. Das geht mir langsam auf den Geist. Ich habe keinen Cent mehr in der Tasche und bin zwei Mieten im Rückstand. Wenn sie mir nicht bald einen Job vermittelt, weiß ich nicht, wie ich den nächsten Monat überstehen soll.«

»Schlimmstenfalls ziehst du in mein Zimmer bei Mama«, antwortete ich rasch.

»Das ist nett von dir. Aber du musst zugeben, dass es im Moment spaßigere Orte gibt als das Haus deiner Mutter.«

Mit einem gutmütigen Lächeln bat sie, die wenig einfühlsame Bemerkung zu verzeihen.

»Bist du in der Agentur gewesen?«, wich ich dem Problem geschickt aus.

»Ja, aber Rebecca ist nie da. Ich weiß nicht, wie sie ihren Laden schmeißt, aber auf die Art werden wir nie reich. Na ja, dich betrifft das ja nicht mehr …«

Es war kein Vorwurf, es klang eher nach ein bisschen Wehmut nach dieser in ihren Augen sicher zu kurzen Zeit, als wir gemeinsam in aller Heimlichkeit diese merkwürdige Schicksalsgemeinschaft gebildet hatten. Sophia hatte uns beide immer als Schwestern sehen wollen. Als dann David in mein Leben trat, riss dieses Band, das seit unserer Jugendzeit bestand.

Ich wusste genau, dass Sophia immer zu meinem Leben gehören würde. Doch als wir uns vor dem Barlet-Turm trennten, klangen unsere Küsse eher nach einem Adieu.

Im Aufzug musste ich das Schweigen und die Verlegenheit einiger Leute ertragen, die ich bereits am Morgen bei meiner Vorstellung gesehen hatte. Niemand wagte mich zu fragen, ob alles gut laufe oder ob mir mein Mittagessen allein geschmeckt habe. Das Syndrom des ersten Arbeitstags in seiner ganzen Schönheit. Ach, was wusste ich denn schon davon, wo ich doch gerade erst meinen richtigen ersten Arbeitstag erlebte?

Aus Hektik, vielleicht auch weil ich unter dem Schock von Sophias Entdeckung stand, folgte ich brav den Leuten, als sie den Aufzug verließen. Erst als ich die Hälfte des Flurs entlanggegangen war, stellte ich fest, dass ich auf der falschen Etage ausgestiegen war. Hier befanden sich einige Studios und Regieräume des Senders. Auch hier waren die Zwischenwände aus Glas, doch das Tageslicht war ausgesperrt, sodass in den Gängen nicht diese außergewöhnliche Helligkeit herrschte wie im obersten Stock. Trotz des Halbdunkels erkannte ich sofort die beiden Gestalten, die sich rechts von mir in einem der kleineren Studios befanden. Sie konnten mich zwar nicht sehen, aber ich befürchtete, ich könnte mich durch irgendeine Bewegung verraten. Ich blieb also wie angewurzelt stehen und beobachtete sie. Bei dem Gedanken, sie könnten plötzlich herauskommen und wir stünden uns dann gegenüber, blieb mir die Luft weg.

David kam mir sehr ruhig vor, er schien seine Gesten und Emotionen im Griff zu haben. Seine Gesprächspartnerin hingegen verriet ihre Wut. Sie fasste sich ständig ins Haar, nervös, mit zitternder Hand, ihr Oberkörper war durch einen eher schmerzhaften als anmutigen Hüftknick verdreht. Aus dieser Entfernung war es unmöglich, es mit Gewissheit zu sagen, aber ich hätte schwören können, dass ihre Brust sich rascher und höher hob als normalerweise. Schluchzte sie? Auf alle Fälle sprach sie nicht, sie begnügte sich damit, den Worten ihres Chefs zuzuhören, von denen ich annahm, dass sie gemäßigt waren, vielleicht sogar beruhigend, wenn ich seine Hand auf ihrem Arm richtig deutete.

Mit einem Mal gab Alice ihre traurige Reserviertheit auf und warf sich David in die Arme. Er hielt sie einen Augenblick fest – für mich eine Ewigkeit voller Bestürzung und gezügelter Wut –, bis er sie langsam mit dieser aristokratischen Milde von sich schob, die nur ihm eigen war.

In Gedanken legte ich mir die Worte zurecht, die sie vielleicht miteinander sprachen: »Wirklich… bist du dir ganz sicher… du ziehst sie mir vor?« – »Ja, ich will sie. Es tut mir leid.«

Welche Worte er auch immer gesprochen hatte, sie hatten Alice beruhigt und doch gleichzeitig zutiefst gequält. Sie senkte den Kopf und ging einen Schritt rückwärts, ehe sie durch eine im Dekor versteckte Tür das Studio verließ.

Ich war stolz auf ihn. Er hatte ihr alle Hoffnung genommen, ohne sich brutal oder böse zu zeigen. Er hatte als Firmenchef gehandelt, entschlossen, aber gerecht, verantwortungsbewusst für die Interessen des Ganzen, aber auch darauf bedacht, keines seiner Bestandteile zu verletzen. Ich vermutete, auch wenn Alice nun wieder an ihren Platz verwiesen war, dass unweigerlich andere Rivalinnen auftauchen würden, eines Tages, irgendwann, hier oder bei den unzähligen Gelegenheiten, bei denen ich nicht zugegen sein würde. Doch seine Treue heute, mit der sich in ihm die Tür für eine alte Versuchung geschlossen hatte, öffnete in mir die Tür für meine Bindung an ihn.

Dass ich mich in der Etage geirrt hatte, konnte meines Erachtens kein Zufall gewesen sein. Es war wichtig für mich, an David zu glauben, seine Liebe für mich sich entfalten zu sehen, insbesondere über seine sagenhaften Geschenke hinaus. Ich wollte, dass sie sich mehr in seinen Taten zeigte als in seinen Worten. Das kleine stumme Schauspiel, dem ich gerade beigewohnt hatte, wog mehr als alle Geschenke. Weniger wichtig war mir nun, ob er vor mir eine Aurore oder sogar eine Alice geheiratet hatte. Mich hatte er erwählt, mich, hier und jetzt, allem zum Trotz.

Mich mehr als alle anderen.

18

Isolation: Vereinzelung eines Individuums innerhalb einer Gruppe.

Isolieren: Aus bestimmten Gründen jemanden streng von anderen, von seiner Gruppe trennen.

Im Wörterbuch fand ich eine dünne Erklärung für meinen melancholischen Zustand, doch das half mir auch nicht weiter. Ich las deshalb die Notizen noch einmal, die ich mir während Albanes Unterweisung gemacht hatte, was meine Versagensangst nur noch verstärkte. David hatte mir das schönstmögliche Geschenk gemacht, mir kam es aber vor wie ein erbarmungsloser Spiegel, in dem sich all das, was ich nicht war – noch nicht, hätte Mama schnell nachgeschoben –, besonders hervorhob.

Ich muss einen Moment eingenickt sein, denn als Chloé hektisch eintrat, fuhr ich zusammen und brauchte einige Sekunden, um zu mir zu kommen.

»Ist alles in Ordnung?«, fragte sie.

»Ja …«

»Man erwartet Sie. Konferenzraum Nummer drei. Vierzehn Uhr dreißig …«

Dass ich ihre schöne Planung schon am ersten Tag durchkreuzte, regte sie auf, aber sie ließ sich das natürlich nicht anmerken. Sie begnügte sich damit, mir die Tür zu zeigen, als könnte ich die verfehlen.

Ich weiß nicht mehr, was ich als Erstes wahrnahm. Seine Gestalt? Sein Lachen? Oder war es die Lavendelnote seines Parfüms, die vor dem Saal hing, als würde sie nach mir rufen?

Er war von drei Männern umringt – an dem grauen Schopf und dem Gesicht wie aus patinierter Bronze erkannte ich Luc

Doré –, er sprach laut, in einem fort, mit sichtlichem Wohlgefallen. Und doch war es irgendwie befremdlich, ihn in dieser Umgebung zu sehen. Nicht nur, weil ich ihn eher bei anderen Gelegenheiten traf. Ich konnte es an seiner zur Schau getragenen Selbstsicherheit erkennen: Er war nicht in seinem Element. Er spielte eine Rolle, die, selbst wenn er sich voll und ganz auf sie einließ, doch nur eine Komödie war und ihn sich selbst entfremdete. Vermutlich fühlte er sich seinen Gesprächspartnern überlegen.

»Elle!«, rief Louis, als ich in sein Blickfeld trat. »Wir hatten die Hoffnung schon aufgegeben. Aber ich sehe, Sie haben lediglich die Gesetze des Unternehmens verinnerlicht: Die Macht liegt bei dem, der am längsten auf sich warten lässt.«

Ich errötete. Die restliche Gruppe drehte sich nach mir um und stellte sich vor, mit Ausnahme von Luc, der sich das Recht auf eine freundschaftliche Umarmung herausnahm.

»Willkommen, Elle. Heute Morgen war keine Gelegenheit, es dir zu sagen: Wir sind glücklich, dass du zu uns stößt. Wirklich!«

Während er so sprach, legte er mir seine Hände auf die Schultern. Es war eine rein freundschaftliche Geste, Luc war einer von denen, die immer alles anfassen mussten, aber ich hätte schwören können, dass der ältere der Brüder Barlet angesichts von so viel Freundschaftsgetue genervt das Gesicht verzog. Einen Moment lang, einen unschuldigen Moment lang, den Händen eines anderen Mannes ausgeliefert …

»Louis, bleibst du noch da?«, fragte Luc.

»Hm, warum nicht? Die Ausstattung einer neuen Flaggschiffsendung betrifft schließlich auch das Image der Gruppe, nicht wahr?«

Beifälliges Gemurmel.

Ich hatte Louis seit seiner Auseinandersetzung mit Fred vor zwei Tagen nicht mehr gesehen. Er sah müde aus, sein Gesicht war noch schmaler, als ich es in Erinnerung hatte. Diese Veränderung ließ ihn noch animalischer, reiner und sinnlicher wirken. Trotz seiner Behinderung kam er mir vor wie ein Raubtier, in dessen Bewegungen sich die Kraft und Energie zeigten, die sich gleich in einem explosiven, lebhaften Sprung entladen würden.

Der Barlet'sche Büroturm war sein Glaskäfig. Er fügte sich seinem Schicksal, aber wie jedes wilde Tier in so einer Situation würde er es nie aufgeben, nach einem Ausweg zu suchen, einem Weg in den Dschungel, der ihm die Freiheit schenkte. Seine Wärter und Pfleger würde er bei der ersten Gelegenheit zerfleischen.

»Chris, zeigst du uns deine Werke?«

Der Angesprochene, ein langes blondes Elend, schlaff und bärtig, der diesen Look eines ewigen Teenagers pflegte, wie er bei Grafikern und anderen visuellen Künstlern beliebt war, klappte seinen Laptop auf. Mit wenigen Eingaben über die Tastatur brachte er seine Vorschläge auf den Bildschirm.

»Gut, also das hier ist eher *urban style*«, sagte er, wobei er beim Sprechen affektiert seinen britischen Akzent dehnte. »Mit Betonfeeling, *very grey, post hip-hop* …«

Ergo: große, in einem Bogen angeordnete Buchstaben in einer Art Graffiti auf dunkler Ziegelmauer.

»… gleichzeitig sehr *laid back*«, ergänzte er seine pompöse Darstellung. »Eher Berlin-alternativ-lässig als New-York-Speed. Versteht ihr, was ich meine?«

Mir gefiel es gar nicht, selbst wenn ich versuchte, Chris' prätentiöses Geschwafel auszublenden, das den Sinn eher verschleierte. Ich sagte nichts, natürlich nicht, aber man musste es mir ansehen, denn Luc sah mich fragend an.

»Und, Elle, was denkst du?«

»Hm, ich tue mich schwer damit, mir nur anhand eines Beispiels eine Meinung zu bilden. Können wir noch die anderen Vorschläge durchgehen?«

Der Artdirector machte keinen Mucks. Ich war gerade unmissverständlich zu seinen Gegnern übergelaufen, zu diesen Arschlöchern, die von visueller Kunst keine Ahnung hatten und seine Werke betrachteten, wie man sich eine Tapete aussucht. Er verachtete mich, das war nicht zu übersehen.

»Ja«, sagte er verkniffen. »Es gibt natürlich andere …«

Was er meinte: schlechtere.

Während Chris seine Entwürfe vorführte, wo sich Logos mit Vorspannen und sogar Elementen der Ausstattung für das Studio, in dem ich bald erscheinen sollte, vermischten, spürte ich immer stärker Louis' Blick in meinem Rücken. Sein Parfüm, dessen Note von Vanille mehr und mehr den Lavendelduft überdeckte, roch derart intensiv, aber auch diese fiebrige Welle, die er aussendete, war so stark, dass ich ihn weniger als einen Schritt hinter mir wähnte. Wenn er sich dann über meine Schulter beugte, unter dem Vorwand, einen besseren Blick auf den Bildschirm zu haben, konnte ich seinen Atem in meinem Nacken spüren – ich hatte meine Haare mit der berüchtigten Nadel hochgesteckt –, wo eine widerspenstige Strähne rebellisch herumflog.

Jedes Ausatmen quälte mich. Jeder warme, leicht süßliche Lufthauch jagte mir einen Schauer über den Nacken, den ich kaum beherrschte und der mir wie ein Geständnis vorkam.

»Mir gefällt die ländlichere Idee besser«, verkündete ich mit Unbehagen.

Ein naives Ambiente, das nicht wenig an die Bilder des Zöllners Rousseau erinnerte, mehr tropischer Wald denn Landschaft der Vendée.

Ich drehte mich zu Luc um, sodass Louis, der sich beinahe an mich presste, genötigt war, einen Schritt zurückzutreten.

Sein Blick verfinsterte sich, und ich wusste sehr gut, dass ich ihm weder hier noch woanders entkommen konnte. Das Zucken in meinem Bauch, die eiserne Hand, die meinen Venushügel quälte, waren der beste Beweis.

»Okay«, sagte der Artdirector, »aber warum das Ländliche?«

»Nun … erstens, weil ein ländliches Design überraschender ist als ein urbanes, wenn es um Kultur und Gesellschaft geht …«, improvisierte ich.

Paff, ein Haken auf die Nase von Chris, dem Ästheten. Und ein Punkt für mich, wenn ich das Nicken von Philippe Di Tomaso richtig deutete, einem kleinen Mann mit dem Teint und dem Aussehen einer verschrumpelten Pflaume, der noch kein Wort gesagt hatte.

»… zweitens wäre das ein guter Weg zu zeigen, dass wir uns nicht auf das Pariser Leben beschränken, dass das Konzept der Dezentralisierung mit ein Herzstück des Projekts ist – und nicht nur die Haltung einer vom echten Leben weit entfernten Möchtegern-Boheme.«

»Nicht übel«, kommentierte Luc Doré mit einem Lächeln.

Ich hatte die ersten Plattheiten von mir gegeben, die mir in den Sinn kamen, in einer Art Marketing-Kauderwelsch, vor genau dem alle Professoren im Studium warnten. Trotzdem schien es, als könnten meine Worte die Umstehenden zufriedenstellen. Ich hatte soeben entdeckt, dass sich mit ein wenig Gehabe und dem richtigen Dreh mehr erreichen ließ als mit reiflich überlegten Erwägungen. Eindruck schinden kam besser, als zu überzeugen.

»Louis? Deine Meinung?«

»Zu den Vorschlägen von Chris oder zu den hübschen Versen, die Mademoiselle Lorand uns soeben aufgesagt hat?«

Sein Blick bohrte sich in meine Augen wie zwei spitze Pfähle in weiches Holz. Ich erstarrte, unfähig zu reagieren. Aber ich spürte in meinem wie versteinerten Körper die Organe pulsieren: das Herz, natürlich, aber auch mein verräterisches Geschlecht, das gerade erwachte.

Bemerkte er das? Sein Blick ließ von meinem Gesicht ab, wanderte über jede Falte meines schwarzen Kleids, und es lag so viel Lüsternheit darin, als wäre mein Kleid nur ein feiner Nebelschleier.

Welcher Augenblick war für ihn der schönste gewesen gestern Abend? Welcher Augenblick der ergötzlichste? Ich dachte an das Ei, das erst in mir festsaß wie eine übergroße Eichel, die sich schwer herausziehen ließ, bis es klebrig vor Wonne aus meiner Spalte rutschte … Es hätte auch sein Glied sein können.

»Was Elle gerade sagte, erscheint mir im Gegenteil sehr vernünftig zu sein.«

Der Produktionsleiter eilte mir zu Hilfe.

»Ach ja?« Louis richtete sich auf, so weit sein Stock und seine Behinderung es ihm erlaubten: Er war der Pfau, und dies war sein Revier. Er beherrschte diese Posen, die besser als jedes Wort ausdrückten, was wir in seinen Augen waren – vulgäre Nutztiere.

»Ja«, fuhr Luc fort, »wenn wir zur Primetime mit einer Kultursendung Leute erreichen wollen, können wir uns nicht in ein Elitegetto sperren, wo man die Abende im Châtelet verbringt und die Wochenenden in Bayreuth. Da muss frischer Wind rein!«

Das folgende betretene Schweigen machte mir klar, dass

Louis den Leiter des Senders mit nur einem Wink hätte hinwegfegen können, stattdessen hielt er sich zurück und ließ von meinem bebenden Körper ab, der von schmerzhaftem und zugleich angenehmem Ziehen heimgesucht wurde, um sich seinem Kontrahenten zuzuwenden.

»Wir wollen eine anspruchsvolle Kultursendung produzieren, keinen Abklatsch von *Bauer sucht Frau*!

»Was schlägst du vor?«, fragte Philippe und musterte ihn unverhohlen. »Specials über deine kleinen Freunde im Marais von morgens bis abends?«

Zu meiner großen Überraschung blieb Louis die Ruhe selbst.

»Nein. Ich kann sehr wohl meinen persönlichen Geschmack von dem Anspruch trennen, den wir erfüllen wollen. Und verzeih mir, wenn ich dir sage, dass dein Beispiel ebenso karikaturesk ist wie das von Luc.«

»Was wäre also dein Konzept?«, forderte Luc ihn heraus.

»Ich sage nicht, dass wir eine Sendung für ein paar Cocktail schlürfende Happy Few brauchen. Im Gegenteil. Der Zugang zur Lust, die hier gemeint ist, ist ein grundlegendes Recht. Und sein Gehirn zum Höhepunkt zu treiben, ist ebenso wichtig, wie seinem Körper eine Freude zu machen.«

Ein kurzer, flammender Blick in meine Richtung. Da war er wieder, dieser bestimmte, beinahe libertäre Tonfall, der mich schon in der Galerie Sauvage erstaunt hatte.

Aber sprach er noch von Kunst und Kultur? Nein, sagte mir meine Möse, die so feucht war, dass die zarte Baumwolle meines Höschens daran klebte. Die kleine Bewegung mit dem Becken, mit der ich das Höschen lösen wollte, machte alles nur noch schlimmer. Der Stoff legte sich in die fleischige Falte und auf den zartrosa Knopf, der ganz gierig wurde.

»Worüber willst du also sprechen? Über die Kunst des Fischräucherns bei den Eskimos?«

»Nicht unbedingt«, antwortete er ernsthaft, um sich von Lucs Ironie zu distanzieren. »Es sei denn, das würde an den Ufern unserer Flüsse zur Mode. Wenn das so wäre, warum nicht.«

»Du willst Trends aufspüren – eine Gesellschaftssendung?« Lucs Miene verfinsterte sich.

»Ja und nein. Ich glaube, was unsere Zuschauer anmacht, ist die Vorstellung, als Erste zu wissen, was die Nachbarn sich morgen aus den Händen reißen. Nenn es Trend, wenn du willst, für mich sind das die Schokoperlen. Dinge, die im Moment noch selten sind, die aber bald jeder haben will, bei sich, auf sich, in sich…« Hier hielt er kurz inne, aber nicht zufällig und auch nicht, weil er nicht weiterwusste – er war ein glänzender Rhetoriker. »Das könnte ein Buch sein, eine CD, aber auch ein Modeaccessoire, ein Küchenrezept oder eine neue Art, sich in der Gesellschaft zu verhalten«, fuhr er dann fort. »Das ist die Kultur unserer Zeit. Sie wohnt diesen ebenso mächtigen wie vergänglichen Phänomenen inne, die unsere Handlungsweisen besser lenken als die Politik oder die Religion. Wer bringt heutzutage die Massen in Bewegung? Der Papst etwa? Ein Aufruf gegen ein Reformvorhaben? Nein! Aber das Release von einem neuen Tablet, ein kunstvoller Flashmob, die Preview eines subversiven Films – das ist es, was wir prickelnd finden, das ist es, was uns Lust macht!«

Wie um seine Worte besser an mich zu richten, erhob er sich und stellte sich hinter mich. Nun war er mir ganz nah, sodass er sich über mich beugen konnte, die freie Hand an einer Stuhllehne, genau gegen das Bündchen meines nunmehr kochenden Höschens gedrückt. Ich hätte alles darum gegeben, jetzt meine Hand hineinzuversenken… Und seine von meinen Lenden zu entfernen, ohne einen Skandal zu verursachen.

Er fuhr fort, als wüsste er nicht, was er auslöste: »Eine Welt der Ideen, aus der jeder schöpfen kann und muss, der seinem Leben wieder einen Sinn geben will. Finden Sie nicht auch, dass unserem Leben das Erhabene fehlt?«

Seine Erregung ließ die anderen verstummen. Sie waren intelligent genug, um seine Worte zu begreifen, aber auch hellsichtig genug, um einzuschätzen, welche Gefahr von den ausgestrahlten Bildern ausgehen könnte, wie subversiv das ganze Projekt womöglich werden würde. Mit anderen Worten, es war alles, nur nicht konsensfähig, daher schlichtweg ungeeignet für all die Sponsoring-Partner, die eher auf einfache, nach Möglichkeit bewährte Konzepte flogen.

Luc musterte die Umstehenden, suchte nach einem vernünftigen Argument; Philippe hatte aufgegeben; und Chris verzweifelte darüber, dass das Meeting sie so weit weggeführt hatte von seinen Vorschlägen. Schließlich sagte er: »Okay, da ist was Wahres dran. Aber hättest du vielleicht mal ein konkretes Beispiel für uns? Etwas, das in der ersten Sendung Thema sein könnte?«

»Meinst du nicht, wir sollten Albane zu unserem kleinen Brainstorming hinzuziehen?«

Ich wusste nicht, welcher Teufel mich geritten hatte, dem Verursacher meiner Qualen – dessen Macht über mich mit jeder Stunde, jedem Tag größer wurde, wie meine geschwollene Möse bezeugte – die Stirn zu bieten. Womöglich war es der Versuch, den Spuk zu brechen, solange noch Zeit war, und die Gelegenheit zu nutzen, dass wir nicht allein waren.

Louis richtete sich abrupt auf und sagte: »Ich habe sie dahingehend schon gebrieft.«

»Was? Wann das denn?«, empörte sich Luc.

»Vor über einem Monat. Sie hat vor zwei Wochen einen Fünfzehnminüter fertiggestellt.«

Das war mehr als der Alleingang eines Scharfschützen. Selbst eine Anfängerin wie ich sah, dass das in einem derart hierarchisierten Unternehmen einem Attentat auf den König gleichkam. Niemals hätte der Chef der Unternehmenskommunikation sich das anmaßen dürfen. Louis trampelte bewusst auf den Vorgaben des Sende- und Produktionsleiters herum.

Trotzdem nahmen die beiden anderen Beteiligten die Neuigkeit scheinbar freundlich auf.

»Und worum geht es da?«

»Angesichts eurer Zeitnot stört es dich hoffentlich nicht, dass ich euch den Kühlschrank aufgefüllt habe.«

Ich fragte mich, welcher Art sein Druckmittel gewesen war, dass meine neue Kollegin, die so unnahbar wirkte, so unabhängig, einen solchen Fehler begehen konnte. Hatte er mit ihr geschlafen? War er es, der ihr im Geheimen diese Sicherheit verlieh?

Louis klopfte mit seinem Gehstock auf den Boden und bereitete so seinen Abgang vor.

»Nein, natürlich nicht, wir gewinnen dadurch Zeit«, brummelte Luc, »aber du erlaubst, dass ich diese neue, mindestens … unerwartete Linie hinterfrage?«

»Ich kenne dich, es wird dir gefallen. Ein Thema, das ganz dem Zeitgeist entspricht.«

Louis' spöttisches Grinsen ließ noch etwas anderes, Böses, durchscheinen, das die anderen beiden Männer nicht zu bemerken schienen, Luc aber umso säuerlicher aufnahm.

»Und das wäre?«

»Wusstest du, dass in Japan über ein Drittel der Schülerinnen und Studentinnen sich verkaufen muss, um ihre Bedürfnisse zu finanzieren? Kleider, Ausgehen, Telefonrechnungen …«

»Ist das dein Thema?«

»Nein. Mein Thema ist Frankreich. Hier sind sie nicht so zahlreich wie dort, aber auch bei uns gibt es junge Frauen, die ihr Einkommen bis zum Monatsende in der Horizontalen aufbessern müssen.«

Ich, ausgestreckt auf dem Diwan in Marie Napoleons Zimmer. Sicher, das meinte er!

Wie schon am Vorabend war ich nah dran, zusammenzubrechen, erschöpft, ohnmächtig, seinem Instinkt unterworfen, seinem Glied.

»Ist nicht sehr neu«, murmelte Luc. »Es gibt ein Buch darüber, und einen Film, wenn ich mich recht erinnere.«

»Stimmt. Neu daran ist, dass es sich dabei nicht um Hungerleiderinnen handelt, die sich in irgendwelchen Vorstadtwinkeln flachlegen lassen. Es existiert ein durchdachtes Angebot mit erstklassigen, gebildeten Mädchen, die sich den vornehmsten Kreisen anpassen können. Einige von ihnen arbeiten zudem auf verantwortungsvollen Posten.«

»Escortgirls!«, rief der Produzent.

»Besser als das. Sie sind nicht nur Begleiterinnen, nicht nur Luxushuren. Sie sind mehr wie Geishas, um auf Japan zurückzukommen. Frauen von solcher Qualität, dass sie Geist und Körper ihrer Kunden gleichermaßen befriedigen können.«

»Und wie hast du diese Traumfrauen getauft?«

Philippes ordinäres Lachen war nicht nur Ausdruck seines

persönlichen Interesses an dem Thema, es verriet auch, dass er selbst schon für eine Stunde oder eine Nacht Mädchen gemietet haben musste.

»Ich nenne sie Hotelles.«

»Hotels?«

Dieses Wort ließ mich noch mehr zusammenfahren. Es war nicht mehr von der Hand zu weisen, dass Rebecca und Louis unter einer Decke steckten.

Er buchstabierte das Wort, jeden Buchstaben mit einem fast unmerklichen Augenzwinkern in meine Richtung. Seine Berührungen auf Distanz setzten meinen Kopf in Flammen, meine Brust, meinen Bauch, mein Geschlecht.

Wenn ich zu der geringsten Regung fähig gewesen wäre, ich wäre ihm an die Gurgel gegangen. Aber ich stand nur da, starr vor Schreck, zerrissen zwischen Scham, Wut und dieser unsichtbaren Kraft, die meine Möse sich zusammenziehen ließ wie vor dem Orgasmus, wie nach dem Schmerz, in den Tiefen meines Leibes und meiner Ängste. Ich wollte zum Höhepunkt kommen und mich zugleich mit ihm schlagen; mein Hass war durchsetzt von Faszination und wilder Lust. Alles schmolz zu Verzweiflung zusammen. Und wenn Luc die Runde nicht aufgelöst und mich so aus meiner brodelnden Lähmung gerissen hätte, ich glaube, ich wäre vor allen in Tränen ausgebrochen.

Ich verließ den Raum wie unter Drogen und tapste zu meinem Büro. Dort sank ich in meinem Ledersessel zusammen wie eine Stoffpuppe, mit dem Rücken zur Stadt, den Blick wie blind auf die noch jungfräuliche Oberfläche meines Schreibtischs geheftet. Schließlich griff ich zum Telefon.

»Chloé?«

»Ja, Elle, was kann ich für Sie tun?«

»Sie haben mir nicht gesagt, ob nach dem Meeting zur Studioausstattung noch andere Termine angesetzt sind.«

»Meeting zur Entblößung« wäre passender gewesen.

»Für heute ist nichts mehr vorgesehen. Es war schon viel für den ersten Tag, nicht wahr?«

Ihr Tonfall hatte die Färbung von heimlichem Einverständnis angenommen, sie wirkte entspannter als bei unseren ersten

Begegnungen. Ich war ihr gegenüber nicht feindselig eingestellt gewesen, es war also Zeit für Chloé, sich die Frau des Chefs auf ihre Seite zu holen.

»Wahrscheinlich…«, murmelte ich abwesend.

»David hat mich außerdem damit beauftragt, Sie nach Hause zu schicken, sobald Luc Sie entlassen hat.«

»Aha, gut.«

Aufmerksamkeit, Zuvorkommenheit, Vorzugsbehandlung. In einem Wort: David. Wobei er sicher nichts von der Anwesenheit seines Bruders bei diesem Meeting gewusst hatte, also auch nicht, wie befreiend es war, jetzt gehen zu können.

Wie sollte ich mehr als einen Tag im selben Unternehmen mit ihm aushalten?

»Haben Sie übrigens das Paket gefunden?«

Paket, Paket… Ich suchte den Raum ab nach einem…

»J-ja«, stammelte ich.

Chloé hatte es nicht auf dem Schreibtisch abgestellt, sondern neben der Tür auf einem Stuhl.

In Silberpapier eingewickelt. Ein neuer Cousin für mein Zehnmal-am-Tag.

»Gut, dann lasse ich Sie jetzt allein. Bis morgen, Elle.«

Das Paket war größer und schwerer als die davor. Neben einem Umschlag, dessen Inhalt ich mir schon denken konnte – Zimmerschlüssel, Kärtchen, Einladung –, enthielt es eine große nachtblaue Schatulle.

Ich wollte sie nicht gleich öffnen und sah daher zunächst in den Umschlag. Eine Magnetkarte ohne Namen und Nummer, vom Hôtel de Paris. Eine Notiz von derselben runden und sanften Handschrift, die einen sofort Vertrauen fassen ließ.

Zweiundzwanzig Uhr
in Ihren schönsten Kleidern.

Die Notiz war geheimnisvoller denn je. Was das neue Gebot anging, so war es eindeutig, ich konnte mir leicht vorstellen, was in wenigen Stunden von mir erwartet wurde.

Die einzige Überraschung an dem Paket war die Schatulle. Als ich ihr Geheimnis ans Licht geholt hatte, unterdrückte ich einen Schrei. Auf ein seidiges Kissen gebettet lag das außerordentlichste Collier, das ich je gesehen hatte. Selbst die kostbaren Stücke im Schaufenster des Antiquitätenhändlers Nativelle konnten dem nicht das Wasser reichen. Drei Reihen einer Sammlung von extravaganten Smaragden – es mussten mehr als dreißig verschieden große sein –, die von einer Kette aus Roségold zusammengehalten wurden, flankiert von unendlich vielen aneinandergereihten oder rundum zu Medaillons zusammengefassten Diamanten. Man musste keine Expertin sein, um zu ahnen, dass sich hinter diesem Juwel eine sagenhafte Geschichte verbarg und sein Wert unschätzbar war. Der Absender musste verrückt sein, so etwas zu verschenken, noch verrückter aber war, das Juwel in einem vulgären Karton zu verschicken und es der Obhut sorgloser Postbeamter und Sekretärinnen zu überlassen.

Ich war stumm vor Bewunderung in die Betrachtung dieses funkelnden Erbstücks versunken, als das Klingeln meines Handys mich wieder in die Realität zurückholte.

»Hallo Süße, ich bin's.«

Sophia, klar.

»Hallo, na, wie geht's dir heute?«

»Äh, erinnerst du dich, dass wir vor nicht mal drei Stunden zusammen essen waren?«

»Ja, doch… Entschuldige, ich bin mit den Gedanken woanders.«

»Hab ich gemerkt. Aber da bist du nicht die Einzige.«

»Was ist denn los?«

»Mit mir ist alles in Ordnung, aber ich war nach unserem Salat noch mal in der Rue du Roi-de-Sicile.«

Der Sitz der Agentur.

»Und?«

»Als ich neulich da war, hat keiner aufgemacht, hab ich dir ja erzählt. Diesmal hab ich die Concierge getroffen und sie belatschert, ich hätte noch Sachen da oben…«

»Hat sie dich reingelassen?«

»Yep … Im Nachhinein wäre es besser gewesen, sie hätte es nicht getan.«

»Wieso?«

»Weil da was faul ist, Schätzchen. Die Wohnung war total ausgeräumt. Von Rebecca oder irgendwelchen Karteikarten keine Spur mehr. Nicht mal ein Mülleimer mit Altpapier. Die Wüste Gobi an der Seine. Selbst ihre Internetadresse existiert nicht mehr.«

»Und was heißt das für uns?«

»Es gibt uns nicht mehr, verstehst du: Die Hotelles existieren nicht mehr.«

Louis hätte das sicher anders gesehen.

19

Was für Sophia anscheinend eine Katastrophe war, war für mich bei Weitem die beste Nachricht der letzten Tage. Keine Belles de nuit mehr, keine Webseite mehr, keine Mädchenkartei, und von meiner sündigen Tätigkeit blieben nur einige heimlich geraubte Fotos, die ebenso gut die Fotomontage eines böswilligen Geistes sein konnten. Jeder Computeramateur war heutzutage imstande, auf einem Foto oder in einem Film einen Kopf auf einen fremden Körper zu montieren. Darüber hinaus lösten sich so auch meine Schulden in Luft auf.

Kurzum, es gab nichts oder fast nichts mehr, das mir Sorgen bereiten musste, ich musste nicht mehr fürchten, vor David bloßgestellt zu werden. Das redete ich mir jedenfalls ein, als ich den Barlet-Turm verließ.

Bevor ich nach Hause ging, konnte ich mir nicht verkneifen, mit der Schatulle in der Tasche einen kleinen Umweg zu machen. Ich erinnerte mich an die Peitsche, die Louis mir geschenkt hatte – sie lag noch immer unter dem Stapel Kleider, wo ich sie versteckt hatte –, und die lobenden Berichte über die Experten in der Rue Drouot. Dass ich den richtigen Instinkt bewiesen hatte, bestätigte sich, sobald ich das renommierte Auktionshaus betrat.

Einer der Angestellten erwies sich als besonders eifrig und redselig, nachdem ich die Schatulle geöffnet hatte: »Hm, das kenne ich. Das Collier ist eines der berühmtesten von Kaiserin Eugénie, der Gattin von Napoleon III.«

Ich hatte mich demnach weder im Alter noch im Wert des Colliers verschätzt. Allerdings bremste der Mann meinen Enthusiasmus gleich wieder.

»Genauer gesagt ist das, was Sie hier haben, eine zeitgenössische Kopie. Eine schöne Arbeit, nicht wahr, lassen Sie sich nicht beirren. Es kam häufig vor, dass Juweliere auf Anfrage ihrer Kunden eine weniger kostbare Replik herstellten. Auf diese Weise konnte Madame die Kopie bei ihren Ausflügen in die Stadt tragen, während das Original im Tresor lag.«

»Wie können Sie das Original von der Kopie unterscheiden?«

»Oh, das ist einfach, sehen Sie: Die Steine sind nicht so fein geschliffen, sie sind etwas kleiner, hier und dort in weniger Edelmetall eingefasst, weswegen sie sich bei einem Stoß oder beim Tragen womöglich schneller lockern würden. Man erkennt es an einer ganzen Reihe von Dingen, und die täuschen nicht, glauben Sie mir.«

»Und das Original?«

»Das befindet sich schon lange nicht mehr in Frankreich. Es war einmal im Besitz der persischen Kaiserfamilie, bis es vor dreißig Jahren bei einem asiatischen Sammler in Seoul landete, den ich gut kenne.«

So faszinierend das war, was er erzählte, so wenig beantwortete es die Fragen, die mich beschäftigten.

»Und Sie sind sicher, dass das Collier der Kaiserin Eugénie gehörte?«

Im Paris war, soweit ich wusste, nach ihr kein Zimmer benannt. Das hatte seinen Grund: Eugénie de Montijo, Marquise von Moya und Ardales, Gräfin von Teba, Kaiserin der Franzosen an der Seite von Napoleon III., hatte nichts von einer Kurtisane.

War das ein Versehen? Eine falsche Spur?

»Da gibt es keinen Zweifel. Ihre Juwelen sind in allen Einzelheiten von unserer Vereinigung identifiziert und verzeichnet worden. Eugénie besaß eine der großartigsten Sammlungen ihrer Zeit. Wenn Sie mit mir aber über diese Replik im Besonderen sprechen wollen, so war Eugénie nicht die einzige Frau, von der sie getragen wurde.«

Treffer.

»Die Païva war zweifelsohne die berühmteste unter ihnen.«

»Die Païva …« Ich kramte in meinem Gedächtnis.

»Esther Lachmann mit echtem Namen. Eine Frau von Welt, Herrin über einen der berühmtesten Pariser Salons im Zweiten Kaiserreich. Sie war die Erste, die Eugénie das Original des Colliers abkaufte. Sechshunderttausend Francs! Das war für die damalige Zeit eine unfassbare Summe.«

»Wo lebte denn diese Païva?«, fragte ich neugierig.

»Heute kann man vor allem ihr Hôtel particulier, ihr Stadtpalais, auf den Champs-Élysées besuchen, ein Geschenk ihres letzten Liebhabers Guido Henckel von Donnersmarck, eines Cousins von Bismarck. Aber länger gelebt hat sie eigentlich in ihrem Haus an der Place Saint-Georges.«

Dort, wo unsere Schritte Louis und mich hingeführt hatten.

Zurück im Hôtel Duchesnois, verbrachte ich den Nachmittag damit, über diesen Informationen zu grübeln. Armand bat mich um meinen Verlobungsring, damit er die neue Gravur in Auftrag geben könne: »Annabelle und David, 18. Juni 2009«.

Im Austausch gab der Majordomus mir ein gefaltetes, kariertes und an der Seite gelochtes Blatt, das ich sogleich erkannte. Vor Schreck ließ ich beinahe den Ring fallen, den ich in Armands Obhut geben sollte.

»Wann haben Sie das gefunden?«, fragte ich nervös.

»Vorhin. Ich würde sagen, etwa zwischen zwei und drei.«

Zu der Zeit, als wir in Anwesenheit von Louis unser Meeting hatten. Demnach konnte unmöglich er die Notiz in den Briefkasten gelegt haben. Bezahlte er jemanden für diese Botendienste? Vielleicht Ysiam? Er arbeitete im Paris und war quasi ein Nachbar. Ein kleiner Umweg während der Pause, und die Sache wäre geritzt. Wer schenkte schon einem bescheidenen Boten Beachtung?

Vorsichtig faltete ich das Blatt auseinander, als räumte ich eine Mine aus meinem Gefühlsfeld. Nach zwei Tagen Entzug, zwei Tagen ohne Notiz, konnte ich nicht wissen, was mich erwartete, noch weniger konnte ich meine Gefühle einschätzen. Würde ich gleichgültig reagieren? Oder im Gegenteil in den brodelnden Gefühlsrausch zurückfallen, den Louis wenige Stunden zuvor in mir ausgelöst hatte?

Eine pelzige Kugel, die wie ein Projektil durch den Raum schoss, fegte mir plötzlich das Blatt aus der Hand: Félicité. Mit Sinus und Cosinus, den Möpsen von David, hatte sie unser Zimmer zu ihrem Spielplatz auserkoren. Die drei wirbelten so wild herum, dass man sie kaum auseinanderhalten konnte.

Überzeugt, ihre beiden Verfolger damit abzuhängen, sprang die Katze durch das halb offene Fenster. Ich wollte es gerade schließen, um dem wilden Treiben ein Ende zu setzen, da sah ich Félicité auf die angrenzende Mauer springen, die unseren Garten und den von Mademoiselle Mars voneinander trennte. Das durchdringende Maunzen verriet mir, dass die Katze auf ihrer Flucht einen Weg eingeschlagen hatte, den sie nicht zurückgehen konnte.

Zwei Minuten später klingelte ich an der Nummer eins der Rue de la Tour des Dames. Über der blauen Tür hing ein ovales Emailleschild, ein Relikt aus alten Zeiten.

Bureau des voyages de la jeunesse

Der Mann, der mir nach langem Läuten endlich öffnete, trug Arbeitskleidung und machte keinerlei Anstalten, freundlich zu wirken. Offensichtlich störte ich ihn. Kräftig gebaut, mit rasiertem Kopf, einem Kiefer so breit wie seine Stirn, erinnerte er an einen Catcher aus den Sechzigerjahren. Er musterte mich von oben bis unten, ohne einen Blick auf meine Brust, die sich vor Aufregung hob und senkte.

»Ja?«

»Guten Tag«, murmelte ich. »Ich wohne nebenan. Ich glaube, meine Katze hat sich in Ihren Garten verirrt.«

»Hm. Und?«

»Ja, ich glaube, dass sie auf Ihrer Seite der Mauer festsitzt, sie kann nicht zurück.«

»Sind Sie sicher?«

»Ja, ich habe sie springen sehen.«

»Okay«, brummelte er, »ich gehe nachsehen.«

Ich wollte ihm folgen und tat einen Schritt ins Haus, aber er stieß mit einem Ruck die Tür zu und gab mir entschieden zu verstehen, dass ich unerwünscht sei.

Durch die Tür drang deutlich Baustellenlärm. Ich musste lange warten. Als der Mann endlich wiederkam, trug er Félicité am Nackenfell, wie eine Katzenmutter ihre Kleinen.

»Ist das Ihre?«, fragte er.

»Ja, danke.«

Kaum hatte ich meine Katze in Empfang genommen, flog die Tür wieder zu, ohne jeden Gruß. »Ein Klotz, da kann man nichts machen«, pflegte Sophia in solchen Fällen zu sagen.

Mein gelochtes Blatt lag noch genau dort, wohin die drei Unruhestifter es gefegt hatten. Endlich konnte ich mich seinem Inhalt widmen. Aber es war unbeschriftet.

Ein schlechter Scherz? Oder eine Nachsichtigkeit?

Es dauerte jedoch nicht lange, bis ich begriff, was dies bedeutete. Wenn das Blatt mir unbeschrieben zugestellt wurde, so, weil ich selbst es beschreiben sollte. All diese Notizen, das gewaltsame Eindringen in die tiefsten Schichten meiner Libido hatten das Ziel, mich selbst zur Feder greifen und sie im Rhythmus meiner Lust über das Papier gleiten zu lassen.

Das Piepen meines Handys unterbrach meinen Gedankenfluss. Während ich mich mit unhöflichen Nachbarn herumschlug, hatte Mama mir eine Nachricht geschrieben, eine lange Nachricht.

> Hallo, mein Liebling, hier ist Mama. Meine Elle, ich hoffe, dein erster Arbeitstag ist gut gelaufen. Im Übrigen hoffe ich es nicht, ich weiß es.

Meine Mutter und ihr unerschütterliches Vertrauen.

> Mir geht es nicht besonders. Ich frage mich, ob diese Reise in die Staaten vernünftig ist. Und weißt du, Madame Chappuis sagt, dass das Krankenhaus in Nanterre unter den Top Fünf der Region rangiert. Sie hat das aus ihrem Magazin ... Die Top Fünf, das ist doch ganz gut, oder? Was können die da drüben denn besser oder mehr machen?

Meine Mutter, ihre unerträgliche Nachbarin und ihr Hang zu einer verkürzten Sicht der Dinge. Weniger aus Ignoranz oder Engstirnigkeit, mehr aus Bescheidenheit. Als verdiente sie es nicht besser.

Ach, doch, es gab noch etwas Nettes heute: David hat mich verwöhnt, mit Konfekt, Calissons aus Aix, und entzückenden Pfingstrosen. Das ist lieb, aber du musst ihm sagen, er soll damit aufhören, mein Schatz! Ich weiß nicht, wo ich das alles hintun soll…

Meine Mutter Maude, die an jedes erstbeste Märchen glaubte, wenn nur ich die Prinzessin war.

Ich umarme dich. Und ruf mich nicht zurück. Du hast sicher Besseres zu tun heute Abend.

Ich rief trotzdem an. Ich musste mehrmals wählen, bis ich sie erreichte, die Leitung war besetzt. Es verging kein Tag ohne Anruf von mir. Das war unser Ritual, schon bevor sie erkrankt war, und seither war es noch wichtiger geworden, immer zur selben Zeit, wenn der Nachmittag in den Abend überging. Ich hörte ihr zu, wie sie sich über Laure Chappuis beklagte, und lachte auf ihre Kosten. Wir hatten uns nur Kleinigkeiten zu erzählen, aber das tat uns gut.

Eine Stunde später, das Licht, das durch die hohen Fenster eindrang, hatte schon einen Orangeton angenommen, vernahm ich aus der Eingangshalle Lärm, der nicht von den vierbeinigen Bewohnern kommen konnte. Und Armand verrichtete seine Aufgaben in der Regel mit einer Diskretion nahe der Heimlichkeit… Die Quelle solchen Lärms konnte also nur…

»Elle, mein Schatz! Ich bin's!«

David? So früh?

»Kommst du runter zu mir?«

Der Kuss, den David mir auf die Stirn gab, wirkte wie aus einer anderen Zeit, war aber nicht ohne Zärtlichkeit.

»Weißt du, dass du einen ziemlichen Eindruck hinterlassen hast?«

»Wirklich?«, wunderte ich mich mit ungespielter Bescheidenheit.

Er lächelte, als handelte es sich um eine Selbstverständlichkeit, als hätte er nichts anderes erwartet.

»Aber ja! Luc und Albane schwören auf dich. Sogar Louis, der zuerst Zweifel geäußert hatte, dich auf den Posten zu setzen, war nachhaltig beeindruckt, wie gut du dich im Meeting mit Chris und Philippe geschlagen hast. Ich glaube, besser hätte dein erster Tag nicht laufen können!«

Ein Tag, an dem Louis aus mir seinen Spielball gemacht hatte. Ein Tag, an dem er einmal mehr gezeigt hatte, dass er mich in seiner Gewalt hatte. Wäre da nicht diese Neuigkeit von Belles de nuit gewesen, hätte das für mich der schlimmste Tag in meinem jungen Leben sein können. Und außerdem mein erster und letzter bei BTV.

»Armand! Kommen Sie doch rein!«

Armand eilte aus der großen Eingangshalle, wo die Tiere des Hauses sich versammelt hatten, zu uns in den Salon. Wie immer, sommers wie winters, mit einer braunen Cordhose bekleidet, einem weißen Hemd mit einer geknöpften Strickjacke darüber und einem Paar Wildledermokassins.

»Deswegen wollte ich, dass wir beide heute Abend früh zu Hause sind«, sagte David. »Armand wird uns über den Stand der Vorbereitungen informieren.«

»Und Gott sei Dank läuft alles gut«, schob Armand mit seiner warmen, tiefen Stimme hinterher. »Womit soll ich beginnen, hast du einen Wunsch?«

Nicht ohne Erstaunen bemerkte ich, dass er David duzte, David ihn hingegen siezte. Wie Väter und Söhne in alten Familien des Adels oder des gehobenen Bürgertums. Es lag nahe, dass Armand nach dem Tod von André und Hortense zu einer Art Ersatzvater für die Brüder Barlet geworden sein musste.

»Sie wissen es besser.«

Armand nestelte eine Hornbrille hervor und setzte sie sich auf die rot geäderte Nase. Dann vertiefte er sich in die Notizen auf den Blättern, die er eng vor der Brust hielt, als hätte er etwas zu verbergen.

»Zunächst übermitteln Sie Ihrer Freundin, Mademoiselle Petrilli, bitte meinen Dank. Ich habe die Kopie ihres Ausweises und das unterschriebene Formular erhalten.«

»Wunderbar.«

Wenigstens dieses eine Mal nahm Sophia etwas ernst, auch wenn das hier nicht ihr Liebesabenteuer war.

»Ihre Papiere, Mademoiselle, sind im Rathaus. Ich musste insistieren, um den Termin an diesem Tag zu bekommen. Mitten im Juni und nur zehn Tage vor dem Wunschtermin war das nicht einfach. Glücklicherweise fällt der Achtzehnte dieses Jahr auf einen Donnerstag, nicht auf einen Samstag. Sonst hätten wir das Nachsehen gehabt.«

»Um wie viel Uhr wird die Zeremonie sein?«

»Um ein Uhr. Das ist, zugegeben, nicht ideal, deshalb würde ich vorschlagen, den Gästen hier schon ein Glas anzubieten, bevor wir zu Fuß ins Rathaus hinübergehen. Ein paar kleine Häppchen dazu sollten genügen, um die Mägen bis zum Mittagessen versöhnlich zu stimmen.«

»Großartig«, stimmte David zu. Er war ganz begeistert.

Die Leichtigkeit, mit der Armand die Nebelschwaden über unserer Vermählung eine nach der anderen lichtete, war für mich wie ein gutes Omen. Seinem Einsatz verdankten wir, dass in unseren Köpfen Klarheit einkehrte. Den verschlimmerten Zustand von Mama einmal ausgenommen, fand unsere Hochzeit unter wirklich guten Vorzeichen statt.

»Meinen Sie, ich kann vor Annabelle nun unsere kleinen Geheimnisse lüften?«

Der weißhaarige Armand sah meinen zukünftigen Mann verschwörerisch an und sagte: »Bitte! Es wird noch genügend Überraschungen am Hochzeitstag selbst geben.«

Geheimnisse? Wovon sprachen sie?

Ich erbebte bei dem Gedanken an ein Geheimnis, das die beiden miteinander teilten, aber ich hielt an mich und spielte das aufgeregte kleine Mädchen.

»Nur zu!«, ermunterte ich Armand.

»Nun gut: Zunächst möchte ich Ihnen sagen, dass alle Gäste von Ihrer Liste zugesagt haben.«

Sogar Fred?, wunderte ich mich innerlich.

»Dann benötige ich Ihre Hilfe, um eine Tischordnung zu erstellen. Zweihundertfünfzig Menschen würfelt man nicht zufällig durcheinander, zumal im letzten Augenblick.«

Hatte ich richtig gehört: zweihundertfünfzig Gäste ... Das waren mehr, als ich je Namen in meinem Adressbuch gehabt hatte.

»Aber wir können doch nie und nimmer so viele Menschen empfangen!«, sagte ich und blickte dabei durch den Raum.

»Ganz recht. Darum werden wir im Garten zwei Festzelte errichten lassen. Mit der Bühne, der Bar, den vorgesehenen Einlagen und dem vorgeschriebenen Sicherheitsabstand zum Feuerwerk wird es ein wenig eng. Aber ich habe Computersimulationen erstellen lassen, eigentlich müsste alles passen, ohne dass man sich fühlt, als säße man zur Hauptverkehrszeit in der Métro.«

»Und wenn es regnet?«

»Ich habe mit deiner Kontaktperson bei Weather Channel telefoniert. Sie war sich sicher: kein Regentropfen in Paris zwischen dem fünfzehnten und zwanzigsten Juni.«

Dieser Armand war ein Teufel, oder der Merlin dieser Zauberwelt, die David um mich herum errichtete; er hatte wirklich auf alles eine Antwort.

»Und die ... Sie wissen schon, wen ich meine?«

»Sie wird auch da sein, keine Sorge. Sie hat sogar versprochen, eine Liveschaltung zu Elles Sendung einzurichten, wann immer du es wünschst.«

»Super!«, David freute sich wie ein kleiner Junge.

»So wie die Aufenthalte in Frankreich und ihr Terminkalender es zulassen, natürlich«, ergänzte Armand.

Ich tat, als begriffe ich nicht, denn das war es, was von mir erwartet wurde.

»Sie wissen, wen ich meine?«

Anstelle einer Antwort zog Armand unter seinem Papierstapel nur die letzte CD der Interpretin hervor, die an diesem Tag nur wenige Schritte entfernt von hier für uns singen sollte: der größte Star der letzten dreißig Jahre.

Nicht, dass ich so verrückt war nach ihrer Musik, aber wer hätte sich nicht gewünscht, eine solche Berühmtheit auf seinem Hochzeitsfest zu erleben?

»Ihr Agent war aber sehr bestimmt: Mehr als eine Stunde wird es nicht werden.«

»Was bedeutet das?«, hakte David nach. »Ein Dutzend Lieder?«

»Genau, ein Dutzend Lieder plus drei Zugaben. Ein paar Minuten für ein Gläschen und ein Stückchen von dem Kuchen sind umsonst, wenn sie überhaupt Lust hat, nach ihrem Auftritt noch ein Viertelstündchen zu bleiben.«

Ich kriegte mich kaum ein. Die Popmadonna würde sich nicht damit zufriedengeben, uns persönlich ihre guten Wünsche zu überbringen, sie würde sogar eine Stunde lang für uns singen!

Auch David war hin und weg.

»Danke für alles, Armand.«

»Ich bitte dich.«

»Wenn Sie einverstanden sind, wäre ich mit Elle jetzt gerne einen Augenblick allein.«

»Selbstverständlich.«

Armand entfernte sich und ließ in der Luft einen leichten Parfümduft zurück.

Wenn Louis die Fähigkeit hatte, meinen Körper erzittern zu lassen, ohne mich zu berühren, so besaß David diese zauberhafte Gabe, mit wenigen Worten all meinen kindlichen Schmerz beiseitezuwischen: Ich hatte keinen Zweifel, dass die Wunder, die Armand vollbrachte, auf Anweisung von David geschahen. An seiner Seite war ich nicht mehr das bescheidene Mädchen, das vom Vater verlassen und von seiner mittellosen Mutter durchgebracht worden war. Ich wurde das, was er noch vor seinen Bediensteten als Erster in mir gesehen hatte: kompetent, selbstbewusst, siegesgewiss. Das fühlte sich wahnsinnig gut an.

Aber wie ich auch verwöhnt wurde – ich konnte mich kaum retten vor Aufmerksamkeiten und Überraschungen –, so fühlte ich mich eher wie eine Zuschauerin dieser Ereignisse. Alles, was ich tun musste, war, den Ablauf abzusegnen, und ich wäre alles andere als erstaunt gewesen zu hören, dass die Braut eine andere war. In meinem goldenen Käfig hätte ich gerne die Freiheit gehabt, wenigstens die Farbe meiner Sitzstange zu bestimmen oder den Inhalt meines Futternapfs. Dieser ganze perfekte Ablauf der Organisation war wenig spontan und ganz anders als die kurzentschlossene, leidenschaftliche Hochzeit von David mit Aurore.

»Es gibt noch eine letzte Überraschung ...«

Ein Sprung im Brautkleid mit dem Fallschirm auf das Hôtel Duchesnois?

»Ja?«, zwitscherte ich.

»Ich hatte noch keine Gelegenheit, mit dir darüber zu sprechen. Ich möchte nicht, dass wir eine Hochzeitsreise in irgendein Postkartendekor machen.«

Die Bilder von endlosen Stränden und azurblauem Meer verschwammen vor meinen Augen, jedoch ohne wirkliches Bedauern. Ich wusste, dass wir noch ein ganzes Leben vor uns hätten und Mittel genug, um uns dieser Art von Fernweh später hinzugeben.

Übertrieben heiter forderte ich ihn auf, sein Geheimnis zu lüften: »Und? Wo fahren wir hin?«

»Ans Meer, aber nicht ans Ende der Welt. Wir bleiben hier, ich meine, in Frankreich.«

»Ich soll also raten, ja?«

Mein fröhlicher Vorschlag schien ihn zu verwirren.

»Nein, nein. Du sollst nur wissen, dass dieser Ort mir mehr bedeutet als jeder andere. Sogar mehr als das hier. Und dass ich ihn mit dir teilen will.«

»Gut«, sagte ich fügsam. »Aber du willst es mir noch nicht sagen, verstehe ich das richtig?«

»Genau!«

Da war es wieder, sein strahlendes Lächeln.

Meine nächste Frage sorgte allerdings dafür, dass es genauso schnell wieder verschwand, wie es aufgetaucht war.

Ein Ort am Meer, ein in seinen Augen so wichtiger Ort, dass dort unsere Hochzeitsnacht sein sollte ... Eine Wallfahrt, die durch die Gnade unserer Liebe eine therapeutische Wirkung entfalten sollte, nahm ich an. Welcher andere Ort könnte dies sein, als jener, an dem Aurore den Tod gefunden hatte?

Gedanken und Zunge entglitten mir.

»Der Ring, den du mir geschenkt hast ...«, sagte ich.

»Ich weiß, er ist zu klein. Armand hat mir gesagt, dass du ihn ihm gegeben hast, um ihn anpassen zu lassen.«

»Das meine ich nicht ... Diesen Ring hat nicht nur deine Mutter getragen, oder?«

Er erstarrte und versteifte sich, was ganz untypisch für ihn war.

»Du hast ihn schon einmal über einen anderen Finger als meinen gestreift.«

»Wer hat dir diesen Blödsinn erzählt?«

Vor mir saß nicht mehr der Verführer, der Mann mit der samtigen Stimme, sondern der Geschäftsmann, das kaltblütige Tier, das sein Leben wie eine Serie feindlicher Übernahmen orchestrierte.

»Der Ring verrät sich selbst, David. Ihr habt doch 1988 geheiratet, Aurore und du?«

Sein Gesicht verkrampfte sich. Es unterschied sich in nichts von dem von Louis. Alle Sanftheit war dahin, vor meinen Augen erwachte eine monströse Mischung aus den Brüdern Barlet.

»1988«, betonte ich, »das zuletzt eingravierte Datum.«

»Was redest du denn da?«

Mit wenigen Schritten stürmte er auf mich zu, es war beängstigend. Dann stand er drohend vor mir.

»Aurore Delbard«, bluffte ich. »Sie war deine erste Frau. Ja oder nein?«

»Hat Louis dir diesen Quatsch erzählt?«

Nun schwieg ich, es kam einem Geständnis gleich. Ich sah David an, dass er sich sehr beherrschen musste, um nicht aus der Haut zu fahren. Aber mit jedem Atemzug wurde er wieder mehr Herr über sich und seine Worte.

»Ich habe keine Ahnung, welches Spielchen dieser Idiot mit dir spielt, um dich zu beeindrucken… Aber ja, es stimmt, dass wir eine Aurore Delbard kannten, als wir um die zwanzig waren. Was Louis dir aber anscheinend nicht erzählt hat, ist, dass er verrückt nach ihr war, nicht ich. Er wollte sie heiraten, das stimmt. Schade für die beiden, dass sie sich in mich verliebt hat.«

»Du warst nicht verliebt?«

»Nein.«

Ich ergriff unerwartet seinen linken Unterarm, meine Finger bohrten sich mit aller Kraft in die seidene Armbinde.

Er verzog vor Wut das Gesicht. Oder vor Schmerz.

»Also hast du dir das am Arm nicht wegen Aurore angetan? Bist du sicher?«

Er versuchte, sich zu befreien, aber ich ließ nicht locker, ich hing an ihm wie an meinem Glück, wie ein Seemann, der sich an die Reling fesselt, um nicht vom Sturmwind und haushohen Wellen über Bord gespült zu werden. Jeder seiner Befreiungsversuche war wie ein neuer Brecher.

»Lass mich, du tust mir weh!«

»Antworte mir, David.«

Die Ohrfeige kam ohne Vorwarnung. Sie bewirkte, dass ich sofort losließ und sich in mir dieser Mechanismus in Gang setzte, den alle Frauen in sich tragen und den man nur leise antippen muss, damit die Tränen sich ihren Weg bahnen.

»Verzeih, Elle, ich ...«

Ich richtete mich auf, gedemütigt, bebend, und ein Rest von Stolz und Würde versuchte, die Tränen zu unterdrücken. Mit einer rauen Stimme, die mir fremd war, sagte ich: »Hau ab! Hau ab! Scheiße!«

Er musste eingesehen haben, dass jede Bemühung, mich zu beruhigen und zurückzuhalten, vergebens war, denn als ich den Raum durchquerte, stellte er sich mir nicht in den Weg und versuchte nicht, mich umzustimmen.

Ich griff nach meiner Handtasche und einer Jacke, die ich auf dem Konsoltischchen hatte liegen lassen. In der Eingangshalle bemerkte ich, dass in der Sanduhr beinahe die Hälfte durchgerieselt war. Sinus, Cosinus und Félicité standen mit ihren Vorderpfoten auf dem Glaskolben und tappten nach dem Sand, der von oben nach unten rieselte. Und in mir reifte der Gedanke, dass mir alles wie Sand zwischen den Fingern zerrann – mein eigenes Leben eingeschlossen.

20

Es war kaum zwanzig Uhr, als ich aus dem Hôtel Duchesnois flüchtete. Ich lief zwei Stunden lang ziellos umher, ohne mich zu setzen, mich auszuruhen oder meinen Durst zu löschen. Ich wollte das Kriegerische, das mich ergriffen hatte, nicht wieder entweichen lassen.

Komm zurück, bitte. Ich möchte, dass wir miteinander reden, in Ruhe. Ich liebe dich.

Im Gehen löschte ich Davids Nachrichten, eine nach der anderen, ohne sie zu beantworten. Und mit jedem Druck auf die Löschtaste wurde mein Ärger größer. Er konnte mir Zeichen schicken, so viele er wollte, ich wusste, was ich tun würde: nämlich meinen Abend im Paris beenden. Um ihn zu bestrafen, vielleicht. Um etwas von dem seltsamen Trost zu bekommen, den man manchmal in der Unterwerfung findet, in der Entwürdigung, die sich dadurch ergibt.

Aber dann verlangsamte sich mein Rhythmus Schritt für Schritt, und Ruhe kam in mir auf. Ich sah Louis' dunkle Augen, sein unmerkliches Zwinkern.

Ich ging zu diesem verdammten Rendezvous nicht nur, um mich Louis auszuliefern, sondern um ihm Fetzen von Wahrheit zu entlocken. Ich wollte mehr als nur den einen gegen den anderen ausspielen, ich wollte mich selbst retten. Was würde Louis sagen, wenn ich ihn mit Davids Version konfrontierte? War Aurore Delbard nur eine Jugendliebe gewesen, eine Episode ihrer andauernden Rivalität? Wenn dem so war, warum war David meiner Frage nach seinem Arm so gewaltsam ausgewichen?

Als ich das Paris betrat, war ich wieder einigermaßen im Lot.

Und bereit, jedem an die Kehle zu gehen, der sich mir in den Weg stellen würde.

Monsieur Jacques etwa, mit seiner unerträglichen Unterwürfigkeit.

»Guten Tag, Elle ...«

»Ich weiß nicht, was Sie mit Louis Barlet aushecken«, fuhr ich ihn unvermittelt an, »aber das sage ich Ihnen: Ich lasse mich nie wieder ohne Vorwarnung in eines dieser Zimmer einschließen. Noch einmal – und ich zeige Sie an, haben Sie gehört!?«

Nach einem kurzen Moment der Verblüffung richtete er sich zu voller Größe auf, gewann seine Fassung und Sicherheit wieder. Mit einem äußerst liebenswürdigen Lächeln antwortete er: »Weswegen wollen Sie mich denn anzeigen, meine liebe Elle? Wegen Zuhälterei? Wegen Prostitution? Es gäbe sicher zwei oder drei Stammkunden, die bezeugen können, dass Sie ihnen gegen etwas Bargeld Ihre Dienste angeboten haben. Ist es das, was Sie wollen, Mademoiselle?«

Selbst jetzt, da er mir drohte, blieb er der Inbegriff von Takt und Höflichkeit.

»Abgesehen davon, dass es für mich ein Kinderspiel wäre, Ihnen von sofort an den Zutritt zu den Zimmern zu verbieten«, fuhr er fort; er wusste, dass er mich in der Hand hatte. »Und ich glaube nicht, dass das Ihren Erwartungen entspräche. Sonst wären Sie jetzt nicht hier, pünktlich zu Ihrem Rendezvous.«

Er bewies, dass er über die Machenschaften von Louis informiert war, auch über mein dringendes Bedürfnis, Louis heute Abend zu treffen, selbst wenn er nicht den wahren Grund dafür kannte.

Ich musste schlucken, machte auf dem Absatz kehrt und wollte in Richtung Aufzug gehen, als mich eine heitere Stimme innehalten ließ.

»Elle? Sind Sie das?«

Ich drehte mich um, und vor mir stand jener Kunde, der mir bei unserer Begegnung kürzlich so ungeschickte Fragen gestellt hatte wie: »Bevorzugst du eine bestimmte Stellung?«

»Guten Tag ...«, stammelte ich, während mein Blick irritiert über die Frau wanderte, die an seinem Arm hing. Es war die

Mestizin mit der Traumfigur, die sich an jenem Abend, an dem Louis und ich uns zum ersten Mal begegnet waren, so unmissverständlich an ihn geheftet hatte.

Der Mann musterte mich erstaunt und sagte: »Also so etwas! Sie sind ja allgegenwärtig!«

»Bitte?«, fragte ich verwirrt.

»Ich habe Sie doch erst vor wenigen Minuten an der Place Saint-Georges gesehen! Kann das sein?«

Ich war zwar ziellos durch die Straßen geirrt, blind vor Angst und Hirngespinsten, aber ich war mir ziemlich sicher, nicht dort gewesen zu sein. Dennoch erwiderte ich: »Ja, ja, das ist möglich.«

Mit einem Nicken verabschiedete ich mich höflich und wandte mich erneut dem Aufzug zu, wo mich bereits ein Page erwartete. Ich bedauerte beinahe, dass es nicht der sanfte, schüchterne Ysiam war, sondern ein großer Rothaariger mit einer kurzen Nase und noch mehr Sommersprossen als ich.

»Zur Païva bitte.«

»Sehr wohl, Païva, vierte Etage«, antwortete er.

Die Türen waren silbern, von demselben opal irisierenden Schimmer, in das Louis auch seine Päckchen einwickelte. Ich schloss daraus, dass diese Etage irgendwie seine war, vielleicht sogar ausschließlich seine, und ich also hier sein Reich betrat.

Der Rotschopf führte mich zu einer der Türen und schob für mich die Karte in das Lesegerät. Die Tür öffnete sich mit einem leisen Knarren und gab den Blick frei auf das prunkvollste Dekor, das ich in diesem Haus bisher zu sehen bekommen hatte.

Ganz dem Original nacheifernd, das man heute noch auf den Champs-Élysées besichtigen kann, erwies sich diese Kopie der Räumlichkeiten der Marquise als extravagante Pracht von wertvollen Materialien und Ornamenten. Das Faszinierendste an dem Zimmer im Stil des Zweiten Kaiserreichs war zweifelsohne die mit Schnitzereien und Intarsien versehene, auf jeder Kante mit Blattgold verzierte Holzdecke, mit quadratisch, oval, rautenförmig angelegten Kassetten, von denen zapfenförmige Schnitzereien herunterhingen, die wohl nicht zufällig Ähnlichkeit mit einem Phallus hatten.

Neben den riesigen Spiegeln, einem an jeder Wand, die von

altertümlichen Säulen gesäumt wurden, befand sich im Zimmer auch ein Kamin, der von zwei anmutigen Karyatiden aus Bronze gestützt wurde und sich erstaunlicherweise unter dem Fenster befand.

Die Tapete mit den Blumenornamenten war Ton für Ton dem dicken purpurfarbenen Teppich angepasst, der den Boden bedeckte und das Klackern meiner Absätze erstickte. In der abwegigen Hoffnung, mein Gegenüber mit meiner Größe zu übertreffen, hatte ich meine Bettschuhe hervorgeholt, wie Rebecca sie genannt hatte, zusammen mit Outfit Nummer drei. Zwölf Zentimeter weiblicher Stolz und unbequemes Gehen. Unser Einkauf erschien mir schon so lang her …

Ich wartete auf keine Anweisung, um die Stilettos auszuziehen und meine nackten Füße auf die weiche Wolle zu setzen, die so prall wie eine Turnmatte war. Ich trug meine schönsten Kleider am Leib, inklusive des Colliers von Eugénie, und fühlte mich mehr als wohl in dem Dekor. Ich war nicht nur ein Gast, ich *war* die Païva.

Mir fiel auf, dass dieser Raum, anders als der vorherige, nicht sichtbar mit moderner Technik ausgestattet war, als mich plötzlich Musik umfing. Irgendwo hinter der Wandverkleidung musste also doch ein Gerät stehen. Ich kannte diese Melodie, mir wollten aber weder Titel noch Interpret einfallen.

»Das ist *Tunnels* von Arcade Fire.«

Ich erschrak heftig. Dann aber erkannte ich die Stimme, die sich mit den tiefen Schlägen des Schlagzeugs vermischte, sich in die Läufe des Klaviers einfügte, irgendwie deplatziert, aber mir wohlbekannt. Es war die Stimme von Louis, wie ich erleichtert und mit einigem Gefallen bemerkte.

Das Klicken im Türschloss bedeutete mir, dass ich einmal mehr seine Gefangene war.

Nach einem kurzen Moment der Verwirrung richtete ich das Wort an ihn, als würde er neben mir stehen. Das Blut peitschte mir durch Schläfen, Nacken und Unterleib.

»Könnten Sie einen Augenblick mit der Komödie aufhören?«

»Komödie? Eine erotische Komödie, in der Sie ganz in Ihre Rolle hineingewachsen sind, Elle. Wünschen Sie, dass ich Ihnen den gestrigen Abend vor Augen führe, um es Ihnen zu beweisen?«

Es wäre nicht überraschend, wenn er alles gefilmt hätte. Nur ein Stückchen Boden mehr, der unter meinen Füßen wegbrach.

Ich wusste nicht, warum, dachte aber daran, dass meine einsamen Liebesspiele gestern nicht von Musik begleitet waren – wenn man nicht das Schreien und Schnaufen der beiden Protagonisten auf dem Bildschirm als die bestmögliche Vertonung betrachtete …

»Um die perfekte Musik für Sex zu finden, braucht man Ausdauer und Geduld«, sagte die Stimme aus dem Off. »Ich widme mich dieser Suche schon viele Jahre und habe noch immer nicht die ideale Partitur gefunden.«

Ich begriff, dass meine einzige Chance, ihn zum Reden zu bringen, ihn nach und nach in *mein* Reich zu ziehen, darin bestand, mich zunächst seinen Regeln zu fügen. Nur dann würde ich Oberwasser gewinnen und hoffen können, dass er mich mit Krümeln von Wahrheit fütterte und mir einen kleinen Einblick in seine Vergangenheit mit Aurore gab.

»Wie sollte sie denn sein, nach Ihrem Geschmack, diese Liebesmusik? Sie machen mich neugierig.«

Mein plötzliches Interesse musste ihn überraschen, denn seine Antwort ließ kurz auf sich warten.

»Ein langsamer Rhythmus. Sich wiederholend. Fast mechanisch. Bei den meisten entsteht die Lust erst durch die unablässige Wiederholung einer gleichen Bewegung, durch Stimulierung … Die Musik muss dieser Regelmäßigkeit gehorchen, dem unbedingten Willen, den anderen zum Höhepunkt zu bringen.«

»Ich glaube Ihnen aufs Wort, aber nennen Sie mir Beispiele. Sie kennen sicher viele.«

»Oh, dafür muss man kein Musikliebhaber sein. Einige der bekanntesten Stücke des musikalischen Welterbes sind kaum verdeckte Oden an die Sexualität und ihren speziellen Rhythmus. Der *Boléro* von Ravel etwa, mit seinem Crescendo und der finalen Explosion.«

»Was noch?«, hakte ich nach. »Hätten Sie nicht etwas da?«

»Ich weiß nicht …«

»Etwas, das mir entspräche, nur mir«, stachelte ich ihn an.

Ihn auf diese Weise herauszufordern, hieß noch nicht, ihn zu dominieren, aber mir schien, dass wir jetzt auf Augenhöhe waren. Ich war nicht mehr nur eine dieser unschuldigen Gänse, die er seinen erotischen Launen opferte. Ich wurde seine Gespielin, und dieser Gedanke gefiel mir.

Erst jetzt wurde ich auf das Bett aufmerksam. Merkwürdig, denn es war massiv, Kopf- und Fußende waren aus geschnitztem Holz, ich nahm an, es waren darauf Motive von Putten mit Lyren oder Harfen eingearbeitet.

Auf dem Bett lag eine Maske. Es war keine dieser weißen, anonymen, beliebigen Masken. Eher eine venezianische Maske. Im selben Moment kam mir der Gedanke an einen der wenigen erotischen Filme, die ich in meinem Leben gesehen hatte: *Eyes wide shut* von Stanley Kubrick. Einer der wenigen Filme im Pantheon meiner kinematografischen Erinnerungen, die mich erregten. Ich sah sie förmlich vor mir, diese wunderschöne Frau, nackt, in Schuhen, so hoch wie meine heute, die in der Kühltruhe eines Leichenhauses endete, vor einem fassungslosen Tom Cruise, der gleich einen unvergesslichen Kuss auf ihre blauen Lippen setzen würde.

»Das hier zum Beispiel«, antwortete Louis nach einer Weile. Er hatte wohl ein passendes Stück gesucht.

Der einnehmende Rhythmus erfüllte den Raum; ich erschauderte, denn das dumpfe Hämmern, das bis in meinen Bauch dröhnte, kannte ich gut – ich hatte es immer sehr gemocht …

»Karmacoma«, sagte ich nun. »Massive Attack.«

»Ich sehe, Sie kennen die Klassiker. Überraschend für jemanden Ihres Alters. Als dieses Album erschien, waren Sie neun oder zehn Jahre alt.«

»Das zeichnet einen Klassiker aus: Er überlebt die Generation, die ihn hat erblühen sehen.«

Die Musik an sich bestimmte seine Wahl nicht allein. Der Text war ebenso wichtig, er übermittelte Dinge, die Louis selbst unfähig war in Worte zu fassen. Die Stimme von 3D, dem Sänger der legendären Band aus Bristol, mischte sich in den stillen Dialog, den wir nun miteinander führten.

You sure you want to be with me
I've nothing to give

Zwischen zwei Strophen dieses berückenden Singsangs schaukelte der Rhythmus weiter, die Flöte nahm schonungslos Fahrt auf, ich konnte die Bewegung meiner Hüften nicht unterdrücken. Ohne es zu merken, hatte ich begonnen zu tanzen, sanft und wie in Trance – das war das Ziel einer solchen Komposition. War es nicht auch das Ziel jedes sexuellen Kontakts?

Don't want to be on top of your list
Phenomenally and properly kissed

Aber ich konnte mich nicht treiben lassen, ihm nicht wieder in sein durchtriebenes, perverses Netz gehen, obwohl er ins Schwarze getroffen und irgendeinen Mechanismus in Gang gesetzt hatte. Ich musste dagegenhalten, die Konfrontation suchen.

»Wie alt wäre denn Aurore heute?«

»Ich weiß nicht, was Aurore hiermit zu tun hat«, antwortete er nun barsch.

»David behauptet, Sie seien nach ihr verrückt gewesen.«

»Das ist absurd! Er hat sie geheiratet! Er hat sich …«

Er unterbrach sich, als wollte seine andere Hälfte ihm einen Maulkorb verpassen, ihn am Plaudern hindern.

»… das alles wegen ihr angetan«, endete er.

Wenigstens bestätigte er mir so, dass sein erster Bericht, laut dem sich David bis zum Letzten nach ihr verzehrt hatte, wahrscheinlich die ehrlichere von beiden Versionen war. Dass er später alles abgestritten hatte, war Teil seines Spiels mit mir.

»Aber Sie, Sie haben sie auch geliebt, oder?«

Langes Schweigen, dann wurde die Musik lauter. Sie nahm den Raum ein, als gehörte sie zum Dekor, dem sie auf diese Weise neue Strahlkraft verlieh, vibrierend, fast lebendig.

»Die Frage müsste man dem Louis von vor fünfzehn oder zwanzig Jahren stellen«, wich er aus. »Ich kann nur Auskunft darüber geben, was heute in ihm vorgeht.«

Die Musik war nun geradezu ohrenbetäubend, ich hörte daher

nicht das geringste Geräusch, hätte aber schwören können, dass sich um mich herum im Raum etwas bewegte. Eine flüchtige Bewegung. Ich blieb kurz reglos stehen, ging dann zur Wand gegenüber dem Bett, wo ich eine leise Veränderung feststellte, ohne genau sagen zu können, worin diese bestand. Es mussten erst weitere gleiche Öffnungen sichtbar werden, die über das ganze Zimmer verteilt waren, bis ich begriff, worum es sich handelte. Mindestens zwanzig Spione, einfache Gucklöcher, und hinter jedem klemmte ein Auge und betrachtete mich nach Lust und Laune.

»Ziehen Sie sich aus, Elle.«

»Sie glauben doch nicht etwa, dass ich …«

»Sie warten«, unterbrach er mich.

Um mich herum blinzelte alles, wie um seine Forderung zu bekräftigen. »Den Blicken sollst du dich ausliefern«, so lautete ja das dritte Gebot. Kam er auf diese Weise zum Höhepunkt – auf Distanz? Ohne je zu berühren, was er begehrte?

Vielleicht war dies ja Teil einer mehr oder weniger heimlichen, stillschweigenden Abmachung zwischen David und ihm. Was der eine nicht berühren konnte, nahm sich der andere. David war der Handelnde, der unperfekte, linkische; Louis der ewige Zuschauer, rein, gehüllt in zurückgehaltene Lust und Ideale – eine verfeinerte Sexualität, wo man von Haut träumte, statt sie zu befingern. War Aurore Opfer dieser Abmachung geworden? Und was mich anging: War es möglich, dass David wusste, welches Spiel Louis auf meine Kosten spielte, indem er qualvolle Begegnungen arrangierte und Ultimaten stellte?

Wahre Geschichte: Früher, bei schönem Wetter, ließ Mama unsere Wäsche auf der Terrasse vor dem Haus auf einer Leine trocknen. Als ich fünfzehn oder sechzehn war und schon weibliche Formen hatte, flog ein paarmal meine Unterwäsche, meine Höschen und BHs, von der Leine. Zunächst hatten wir den »schelmischen« Wind in Verdacht, wie Brassens ihn in einem Lied besungen hatte, der – neckischer Zufall – wählerisch nur meine Jungmädchen-Wäsche mitnahm und die der reifen Frau verschmähte. Als das vierte kleine Höschen verschwand, schoben wir Wache neben der Schnur, an der meine wertvolle Wäsche hing und deren Ende wir durch das Fenster ins Wohnzimmer gelegt hatten. Nach einem Monat war das Geheimnis gelüftet. Ich erspähte unseren Nachbarn von links, einen allein lebenden Rentner um die sechzig, der von der Dachluke seines Badezimmers aus mit seiner Angel nach meiner weißen Baumwollwäsche fischte, die so luftig war, dass es für ihn eine Leichtigkeit war, sie von den Wäscheklammern zu lösen und mit einigen Umdrehungen der Kurbel zu sich zu ziehen. Ich sah sogar, wie er freudig erregt am frisch gewaschenen Schritt schnupperte. An jenem Tag war ich so beschämt und fühlte mich so beschmutzt, als hätte er an meiner jungfräulichen ~~Loulou~~ Muschi geschnuppert. Aber genau mit diesem widerlichen Bild im Kopf begann ich in den folgenden Monaten damit, mich fiebrig zu streicheln, wobei ich danach darauf achtete, meine Möse mit dem Schritt des Höschens ~~abzuwischen~~ abzutupfen, wie als Geschenk für ihn, das er jedoch nie bekommen würde. So jung und schon so verdorben, kaum zu glauben...

(Notiz vom 10. Juni 2009, von mir selbst verfasst)

Wie um meine Entscheidung zu forcieren, ging im Raum noch eine andere überraschende Veränderung vor sich: Unter jedem Guckloch öffnete sich eine Klappe, so breit wie hoch, gerade groß genug, dass eine Hand durchpasste. Es schoben sich auch gleich mehrere Hände hindurch und griffen gierig nach dem, das sich ihnen noch verweigerte: nach mir.

»Sehen Sie, wie Sie begehrt werden! Kein Mann auf dieser Welt, der Sie nicht begehrt.«

Und wieder dasselbe Stück von Anfang an, das sich eindringlich wiederholte. Er bemühte sich, meine Unruhe aufzufangen, Geist und Körper mit allen denkbaren Mitteln zu schwächen und zu erweichen, sie zu öffnen wie eine reife Frucht und den Saft aus ihnen zu pressen.

»Sie sind so schön, zeigen Sie es uns.«

In einer Mischung aus Angst und wilder Lust sah ich auf die Hände, die Finger, torkelte von einer Seite zur anderen, bereit, mich berühren zu lassen.

In einem Tonfall, der meine Hemmungen in nichts auflöste, insistierte Louis: »Beweisen Sie es sich!«

Langsam und dennoch unüberlegt zog ich mich aus, ich war eine Marionette, an deren Fäden er zog. Jede Bewegung wog eine Tonne schwer. Jedes Kleidungsstück, das zu den anderen auf den Boden glitt, kam einer im Vorfeld verlorenen Schlacht gleich.

Als ich mich auch meines Höschens entledigt hatte und nur noch das Collier mit den Smaragden und Diamanten auf dem Leib trug, befahl er mir: »Setzen Sie sich die Maske auf.«

Das alles hätte eine Neuauflage meiner ersten Kapitulation an diesem Ort sein können, nur wenige Etagen tiefer, als er mir befahl, mich nackt seinem Objektiv auszuliefern.

»Haben Sie keine Angst, die Hände beschmutzen nicht, sie wollen enthüllen, entdecken.«

Schließlich näherte ich mich den Händen, unter deren Berührungen sich die Beschaffenheit mancher Körperteile plötzlich anders anfühlte: Sie schwollen an oder veränderten ihre Oberfläche. Nie schien mir mein Po so weich, mein Bauch so rund, meine Lenden so vorgewölbt. Nie hatte eine Hand meine Brüste so erregt wie diese Hände von Unbekannten.

»Wenn Sie sehen könnten, wie Sie begehrt werden!«

Und Sie? Und du?, wollte meine Möse schreien. Während ich mich mit geschlossenen Augen erst einer, dann der nächsten Hand hingab, war ich nur noch eine kleine bebende Hautkugel, die von einer Ecke des Raums in die andere sprang, unfähig, etwas anderes zu tun. Ich drehte und drehte mich wie ein Karussell, das eine gierige Hand aufreizte, wenn es vorbeikam, um gleich darauf wieder zur nächsten zu ziehen.

Einige Drehungen später wurden die Finger zudringlicher, manche verirrten sich an meinen Po, andere krallten sich im Schamhaar fest und wagten einen direkten Vorstoß in meine Spalte, aus der in feinen Rinnsalen schon der Saft triefte.

»Weiter, weiter so …«

Je länger ich durch ihre Finger glitt, desto mehr verwandelte sich mein Körper. Ich war nicht mehr nur Annabelle, die Summe meiner Organe und Gliedmaßen, die Frucht meines Bewusstseins, sondern ich war eins mit dem Begehren der anderen, die an mir hingen und mich neu erschufen, mir eine neue Haut gaben. Ich existierte, weil sie mich wollten. Louis hätte es nicht besser sagen können.

Karmacoma, jamaica'aroma …

Ja, der Duft der Ekstase, dieses liebliche Parfüm, das den Gipfel der Lust ankündigt, es war dieser Duft, der hier zwischen den Wänden hing. Ich konnte ihn durch die dünnen Zwischenwände riechen.

Karmacoma …

Durch die Zwischenwände … oder was war hier passiert?

Mit weit aufgerissenen Augen stand ich mitten im Raum und bemerkte erstmals, dass die Öffnungen sich in Höhe der Taille befanden. Nach und nach schoben sich andere Körperteile durch die Öffnungen, alle gleich und doch jeder anders, je nach Exemplar und Zustand. Hier war er schlaff, dort schon steif, kurz oder lang, dünn oder dick, bei manchen trat die Eichel hervor, bei anderen nicht. An die zwanzig Phalli zeigten auf mich, bohrten sich ins Ungewisse, in der Hoffnung, dass ich sie berührte, wie ich selbst zuvor berührt wurde.

Ich wankte von einem zum anderen und wieder zurück, ließ meine Fingerspitzen über die aufgestellten Glieder gleiten, wie man in einem Feld seine Finger über das pralle Korn gleiten lässt, nur um zu spüren, wie sie sich bogen, vor Ungeduld erzitterten und dann ihre stolze Haltung wieder einnahmen, sobald ich den Druck auf sie lockerte. Im Vorübergehen wischte ich von einem oder zweien einige Lusttropfen ab und rieb mir ihren Saft unter die Nase. Sie rochen so stark, so gut …

Aber was sollte ich mit dem Begehren anfangen? Wer war ich, dass ich behaupten könnte, sie alle zu befriedigen? Ich war nur ich und wollte nur das Verlangen eines Einzigen erfüllen. Das von Louis? Oder von David? Wen begehrte ich mehr?

Die Antwort müsste spontan kommen, meine Gefühle und die bevorstehende Hochzeit diktierten sie mir. Und doch, je länger ich auf die Armee der Phalli schaute, desto weniger wollte ich eine Entscheidung treffen müssen. Mindestens das war Louis gelungen: in mir den Zweifel zu säen, wenn er schon nicht selbst Gegenstand meiner Lust sein könnte.

Es war nicht nur ein Bataillon von Schwänzen, das er mir zur Verfügung stellte, sondern ein ungeheuerliches, erotisches Experimentierfeld, das ich drauf und dran war abzulehnen, weil die Verbindung mit David es mir verbot, und das ich zwischen den Kleiderstapeln verstecken würde, wo auch die Peitsche lag.

Die Musik war verklungen. Der Zeremonienmeister musste mir die Verwirrung angesehen haben, denn er kündigte mit sanfter Stimme das Ende der Veranstaltung an.

»Sie können sich anziehen, Elle.«

Von der Tür her hörte ich erneut das Klicken der automatischen Entriegelung. Für die Penisse war es das Zeichen, sich zurückzuziehen, die Öffnungen schlossen sich eine nach der anderen. Bevor auch die letzte zuklappte, flatterte durch sie ein Umschlag auf den geblümten Teppich.

Halb nackt, nur mit meinem Spitzenhöschen über dem Po und meiner Scham, eilte ich hin, um den Umschlag aufzuheben. Ich zog einen Stapel Hunderteuroscheine hervor und unterdrückte dabei einen beschämten Aufschrei. Dann sah ich etwas genauer hin und beruhigte mich wieder, da ich nun verstand, wofür sie gedacht waren. Auf einem Kärtchen stand eine »Liste von Büchern«, die ich lesen sollte. Daran war mit einer Büroklammer eine Visitenkarte mit einer Adresse befestigt.

La Musardine
Erotische Buchhandlung
122, Rue du Chemin-Vert, 75011 Paris

Jetzt gab er mir auch noch Hausaufgaben auf.

21

10. Juni 2009

»Das kann ich wirklich nicht ablehnen, mein letzter Fernseher hat nur zwei Sender empfangen, und das mit komischen Streifen drauf.«

Mama hatte gerade eine Überraschungslieferung bekommen: einen ultramodernen 3-D-Flachbildschirm-Fernseher mit Internetzugang, der für das Wohnzimmer viel zu groß war.

»Aber sag ihm bitte, dass das viel zu viel ist. Wir kennen uns nicht einmal persönlich, aber seine Geschenke reichen für die nächsten zehn Jahre!«

»Was soll ich machen, das ist typisch David«, jammerte ich im Spaß.

»Hundert werde ich wohl nicht werden …«

»Sag das nicht, Mama!«, rügte ich sie.

»… aber das ist kein Grund, die verlorene Zeit im Voraus nachholen zu wollen! Auch wenn er die Mittel dazu hat.«

Eine Stunde zuvor waren zwei Lieferanten gekommen und hatten sich damit abgemüht, dieses Gerät in Mamas Häuschen unterzubringen. Sie hatten den Fernseher angeschlossen und waren eben gegangen; Mama blieb ungläubig zurück, zwar auch ein bisschen fröhlich, aber vor allem verstört und überfordert von der Welle der Wohltaten, die uns überrollte.

»Hast du ihn wenigstens schon ausprobiert?«

»Ja, ja, ich gucke gerade meine Serie. Vorher hatte ich immer das Gefühl, die kommt direkt aus Brasilien. Jetzt kommt es mir vor, als wären die Schauspieler bei mir zu Hause abgestiegen! Aber es gefällt mir …«

Sie hatte so viele Jahre genügsam und voller Entbehrungen

verbracht, Jahre, in denen sie jeden Cent, der ihren Alltag hätte erleichtern können, mir zusteckte, sodass sie es sich absolut verdient hatte, sich dieser kindlichen Freude hinzugeben. Bis zu einem gewissen Grad konnte ich sie auch teilen. Bis zu einem gewissen Grad, das betone ich, denn ich wusste nur zu gut, wo diese verschwenderische Fülle herkam.

An diesem Tag machte mich allerdings noch etwas anderes stutzig.

»Hast du den Fernseher wirklich heute Morgen bekommen?«

»Ja, sagte ich doch: gerade eben. Warum fragst du?«

Ich wusste selbst nicht recht, es war nur eine Ahnung. Trotzdem …

»Das Geschenk davor, was war das noch mal?«

»Die Pfingstrosen mit dem Konfekt, den *Calissons*. Übrigens köstlich! Laure Chappuis, der alte Drachen, hat sie gestern mit mir aufgegessen. Weißt du, worüber sie sich nun wieder beschwert?«

Ich schaltete ab, Mama und die unsäglichen Possenspiele von Laure Chappuis … Eine Gelegenheit, alles zu überdenken. Pfingstrosen und *Calissons*: genau nach dem Abend im Zimmer von Marie Bonaparte, dem Abend mit dem vibrierenden Ei.

»Und die Rosenmacarons, weißt du noch, wann das war?«

»Weiß ich nicht mehr. Vielleicht vor zwei, drei Tagen.«

Zwei, vermerkte ich im Geist, denn nun war ich mir sicher.

Die Rosenmacarons waren am Tag nach dem geheimnisvollen Rendezvous im Paris hier angekommen.

»Was hast du denn? Machst du dir Sorgen?«

»Nein, Mama, es ist nichts.«

Nur eine Schlinge mehr um meinen Hals. Eine weitere Verbindung, die er gegen meinen Willen zwischen unseren Leben knüpfte. Das konnte kein Zufall sein. Nach jeder Einladung, nach jeder zu seiner Zufriedenheit erfüllten Aufgabe belohnte er mich am nächsten Tag mit einem Geschenk für Maude. Wenn ich folgsam war, gab er mir Zucker und traf mich dort, wo ich am verletzlichsten war: in Nanterre.

Die Hunderteuroscheine, die ich gestern eingesteckt hatte, brannten mir geradezu auf der Haut. Er bezahlte nicht für meine

Dienste, nein, es war viel schlimmer. Ihm waren finanziell keine Grenzen gesetzt: Er schenkte sich mein Leben. Vergangenheit und krebskranke Mutter inklusive. In seinen Augen waren wir anscheinend nur ein kleines, in Not geratenes Unternehmen, das er sich leisten und einverleiben konnte. Sein Bruder mochte der König der feindlichen Übernahmen sein, aber ich war in Louis' Augen die einzige Errungenschaft, mit der er fusionieren wollte.

Ich wandte mich wieder dem Gespräch zu, wobei ich mir den Hörer fest ans Ohr klemmte, um den Schwindel in den Griff zu bekommen.

»Bei dieser Gelegenheit wollte ich dir etwas ankündigen.«

Es war Zeit. Ich erzählte ihr die große Neuigkeit. Von dem Ring, dem Familienerbstück, das für mich vergrößert wurde. Von der fürstlichen Feier, die David und Armand insgeheim für mich vorbereitet hatten und die am anderen Ende der Leitung seltsame erfreuliche Seufzer auslöste. Ich musste in die Trickkiste greifen und mir selbst den einen oder anderen Mädchentraum vor Augen halten, um eine Freude aufkommen zu lassen, die sich so einfach nicht einstellen wollte. Ich verpackte das Ganze in eine märchenhafte Geschichte, vermischte munter Wahres und Unwahres, um ein überzeugendes Bild zu bieten: den Antrag auf dem Boot, die Geschenke, mit denen er mich überhäufte, sogar, dass ich von dem baldigen, so wunderbar passenden Datum erst am Vorabend erfahren hatte.

Mama sagte wenig, aber ich konnte hören, wie bei ihr die Tränen flossen.

»Wein doch nicht, Mama.«

»Nein, nein«, wimmerte sie zwischen zwei Schluchzern. »Du hast recht, das ist dumm. Aber ich bin so glücklich, so glücklich für dich, Elle.«

»Ich weiß … Jetzt verstehst du sicher besser, warum er dich mit so vielen Geschenken bedenkt.«

Okay, seine sterbenskranke Mutter derart anzulügen, ist nicht fein. Aber hatte ich das Recht, sie unglücklich zu machen, indem ich ihr die andere, finsterere Version der Geschichte auftischte? Eine Version, in der ich mich gesichtslosem Begehren auslieferte? Eine Geschichte, in der ich nicht mehr wusste, was ich glauben, wen ich lieben, wem ich meinen Körper schenken sollte, um meine Lust zu befriedigen. Sie hätte von dem gefährlichen Spiel, dessen Regeln Louis Barlet mir diktierte, weder etwas begriffen, noch hätte sie es akzeptiert. Die Feen mit ihren Zauberstäben waren weit weg. Weit weg von den Idealvorstellungen, die eine Mutter für ihre einzige Tochter hatte.

Der Traum beginnt so: Ich bin die Braut, am Tag der Hochzeit. Ich weine, habe mich in meiner Hochzeitssuite eingeschlossen. Meine Trauzeugen bemühen sich, mich zur Raison zu bringen, aber ich verwehre ihnen störrisch den Zutritt. Warum das alles? Ich bin nackt. Mein Kleid ist zerfetzt. ~~Unbekannte Hände haben es mir vom Leib gerissen, wie es dazu kam, daran kann ich mich nicht erinnern.~~ Alles ist hinüber. Ich kann mich den Gästen nicht in einem Kleid zweiter Wahl präsentieren. Einer der Freunde meines Zukünftigen findet indes die richtigen Worte. Ich öffne ihm. Er nimmt mich in den Arm, tröstet mich. Dann küsst er mich, legt mich nieder. Ich bin so verzweifelt, dass ich mich ihm hingeben würde. Stattdessen liegt er über mir und befriedigt sich genüsslich selbst. Sehr bald, und nach seinem Geschmack wahrscheinlich zu schnell, spritzt er wahre Spermabäche ab, die sich auf meinem Körper verteilen. Die Flüssigkeit hüllt mich in ein weißes Kleid, das sofort auf meiner Haut trocknet. Sein Samen kleidet mich, ich bin gerettet.

(Notiz vom 10. Juni 2009, von mir selbst verfasst)

Seit dem unglücklichen Zwischenfall am Vorabend haben David und ich nicht miteinander gesprochen. Die Tatsache, dass er morgens früh ins Büro musste und auf seinem Handy chronisch unerreichbar war, begünstigte das beiderseitige Schmollen.

»Guten Tag, Sie sind bei David Barlet, was kann ich für Sie tun?«

»Hallo, Chloé?«

Sie erkannte meine Stimme nicht und war jetzt leicht verunsichert: »Ja? Wer spricht da?«

»Chloé, ich bin es, Elle.«

»Elle…«, wiederholte sie nachdenklich.

»Annabelle. Elle Lorand, wenn Sie wollen.«

»Elle! Ja, entschuldigen Sie! Ich hatte nicht damit gerechnet, Sie am Telefon zu haben. Gibt es ein Problem?«

Die Uhr zeigte neun Uhr dreiundzwanzig, angesichts des Stundenplans, an den ich mich zu halten hatte, war ich um fast eine Stunde verspätet.

»Nein … Also, nichts Ernstes. Ich fühle mich nicht gut.«

»Hoffentlich nichts Schlimmes?«

»Ich denke nicht. Nur ein böser Schnupfen«, stammelte ich. »Könnten Sie David und auch Albane bitte Bescheid geben, dass ich heute nicht auf dem Posten bin?«

Zweiter Arbeitstag, und schon krank. Wenn es überhaupt noch eine Person in diesem Unternehmen gab, der an meinem gehypten Hintern etwas lag, würde sie mich spätestens jetzt auch fallen lassen. Das mit dem Schnupfen würde mir niemand abnehmen, mein Zukünftiger so wenig wie meine neuen Kollegen. Louis könnte meine Abwesenheit als Flucht deuten, als einzige Möglichkeit, die ich gefunden hatte, seinen Netzen zu entkommen. Es war mir egal. Mir war nur wichtig, jetzt Abstand zu gewinnen; mir in dieser chaotischen, wechselhaften Geschichte mit den Brüdern Barlet eine Pause zu gönnen. Ihre halbwahren Erzählungen, die mit Andeutungen gespickt oder widersprüchlich waren und mich langsam glauben machten, dass ihre himmelschreienden Ungereimtheiten einzig dem Ziel dienten, in mir Angst und Zweifel zu säen, konnte ich jetzt nicht gebrauchen.

Ich war allein zu Hause, Armand nirgends zu sehen und ohnedies nicht ansprechbar, so sehr war er mit den Hochzeitsvorbereitungen beschäftigt. Also konnte ich in Ruhe durch die Räume des Hauses streifen, denen ich bisher wenig Beachtung geschenkt hatte. Seit meinem Einzug hatte ich mich aus Bequemlichkeit auf unser Zimmer beschränkt, das angrenzende Bad, den Salon und, noch seltener, die Küche. Der Streifzug durch mein neues Zuhause erweckte in mir überhaupt erst ein Bewusstsein für die Ausmaße des Gebäudes, das der Architekt Constantin entworfen hatte, derselbe, der in seinen Grundzügen auch Neu-Athen entworfen hatte.

Was früher einmal das Boudoir der Mademoiselle Duchesnois gewesen sein musste und an ihr – heute unser – Zimmer angrenzte, war heute Davids Arbeitszimmer. Ein Raum, der immer abgeschlossen war, wie ich schon feststellen durfte.

Abgeschlossen … mit einem Schlüssel … Das setzte bei mir etwas in Gang, erinnerte mich an etwas. Dieser tief gezackte Schlüssel, schon sichtbar einige Jahrhunderte alt, den Louis seinem ersten Paket beigelegt hatte … Könnte er mir Zugang zu den geheimen Dingen seines Bruders verschaffen?

Gerade als ich besagten Schlüssel in das Loch schieben wollte, hielt ich inne. War ich sicher, den Schleier der Vergangenheit lüften zu wollen? Was brachte mir das? Hatte David nicht, wie jeder von uns, wie ich mit meinem Phantomvater, das Recht auf Vergessen? Darauf, von mir bedingungslos und unschuldig geliebt zu werden?

Die Verlockung war zu groß, ich führte die Spitze mit einer entschlossenen Bewegung in das dunkle Loch ein.

»Ich bin bescheuert …«, murmelte ich.

Und außerdem naiv genug zu denken, dass das so einfach wäre. Schlüssel und Schloss passten so wenig zueinander, wie man sich das nur vorstellen konnte.

Die übrigen Räume waren unauffällig. In den wenigen mir zugänglichen Schränken – hauptsächlich wunderschöne Möbel im Stil der Restaurationszeit, die gut mit unserer Einrichtung harmonierten, insbesondere im Salon und im Esszimmer –, fand ich Papierstapel vor und belanglose Zeitungsartikel, von denen die meisten über die Aktivitäten der Barlet-Gruppe berichteten. Manche waren lose, zufällig aufeinandergestapelt, zwischen Wirtschaftsmagazine gequetscht, wo auf jedem zweiten ein Porträt von David prangte. Sie lieferten ein eindrucksvolles Bild seines Aufstiegs, Jahr um Jahr, Jahrzehnt um Jahrzehnt.

Ich blätterte noch mehrere Ordner durch, in denen die wichtigsten Artikel versammelt waren. Darunter war, wie ich angerührt feststellte, auch der Bericht aus *Le Monde*, den ich seinerzeit im RER gelesen hatte. Kaum zu glauben, dass ich nun mein Leben mit dem des Mannes auf dem Foto teilte.

Auf der Chaiselongue im Salon gab ich mich wirren, widersprüchlichen Gedanken hin, während Félicité, die von den wilden Spielen mit Sinus und Cosinus erschöpft wirkte, auf meinem Bauch lag. Ich strich über ihr weiches, beruhigendes Fell und riss mich zusammen, um nicht den manichäischen Gedanken nachzugeben. Noch so eine Lehre, die mir mein Professor eingebläut hatte: Nicht einmal in Kriegszeiten war die Schwarz-Weiß-Betrachtung eines Themas angebracht. Nur in der Bibel und in Hollywoodfilmen findet man auf der einen Seite das Gute, unbefleckt und rein, und auf der anderen das Böse mit all seinen Fehlern und Sünden. Kain und Abel, Luke Skywalker und Darth Vader: Das spiegelt nicht unsere Realität wider; die ist unendlich viel komplizierter. Und die Rolle eines Journalisten besteht genau darin, das unentwirrbare Knäuel zu entwirren; einen Faden aus dem Knäuel zu ziehen, ihn dem Publikum zu zeigen, ohne jemandem eine ursächliche Fehlhandlung zu unterstellen. Es gibt niemals nur einen ursprünglichen Fehler – es gibt nur einen sichtbaren Punkt in einer langen Reihe von Kausalitäten. Fraglos hatte der Professor recht. Das ließ mich beinahe verzweifeln.

Es wäre alles so viel leichter gewesen, wenn Louis sich damit zufriedengegeben hätte, mich anzulügen und mit mir zu spielen. Wenn er weder Lust noch Freude mit und an mir gehabt hätte. Alles wäre klarer gewesen, wenn David mir seine Geheimnisse anvertraut hätte, statt gleich um meine Hand anzuhalten.

Aber ich konnte mich zusammenreißen, wie ich wollte, in mir brodelte es. Meine anscheinende Untätigkeit täuschte. Sie war nur der vorübergehende Rückzug aus dem Gefecht. Weder das eine noch das andere würde lange andauern, das wusste ich.

Ich holte aus meiner Handtasche die Liste, die mir gestern durch eine Öffnung im Zimmer der Païva gereicht worden war, und sah sie durch. Der eine oder andere Titel sagte mir etwas, wenn ich auch keines dieser Bücher gelesen hatte – meine erotische Bildung tendierte gen null. Die bekanntesten Titel mussten wohl als Filmtitel zu mir vorgedrungen sein.

1. *Geheime Frauen*, Ania Oz
2. *Bitter Moon*, Pascal Bruckner
3. *Lady Chatterly*, D. H. Lawrence
4. *Die elftausend Ruten*, Guillaume Apollinaire
5. *Sexus*, Henry Miller
6. *Geschichte der O*, Pauline Réage
7. *Die Philosophie im Boudoir*, Marquis de Sade
8. *Emmanuelle*, Emmanuelle Arsan
9. *Das Delta der Venus*, Anaïs Nin
10. *Fanny Hill*, John Cleland
11. *Portnoys Beschwerden*, Philip Roth
12. *Memoiren eines Spitzenhöschens*, Aymé Dubois-Jolly
13. *Irène*, Louis Aragon
14. *Selbstporträt eines Aufrechten*, Guillaume Fabert
15. *Die Geschichte des Auges*, Georges Bataille
16. *Die Papierfrau*, Françoise Rey
17. *Der Schlachter*, Alina Reyes
18. *Der Liebhaber*, Marguerite Duras
19. *Die Mechanik der Frauen*, Louis Calaferte
20. *Der Schweinemarkt*, Esparbec
21. *Das schwarze Heft*, Joë Bousquet
22. *Lulú, die Geschichte einer Frau*, Almudena Grandes
23. *Das sexuelle Leben der Catherine M.*, Catherine Millet
24. *Lexikon der Horizontale*, Jean-Luc Fornelli
25. *Der mechanische Eros,* Pierre Bourgeade
26. *Das schöne Geschlecht der Männer*, Florence Ehnuel
27. *Baise-moi – Fick mich*, Virginie Despentes
28. *Kaputt in Hollywood*, Charles Bukowski
29. *Mein geheimes Leben*, Anonym
30. *Ich ergebe mich*, Toni Bentley

Ob es nun *Baise-moi – Fick mich* oder *Memoiren eines Spitzenhöschens* war, ich konnte mir nicht vorstellen, eines dieser Bücher vor Davids Augen zu lesen – oder an einem öffentlichen Ort.

Ich war noch nicht bereit, der Welt diese Seite meines Ichs zu zeigen. Aber die Lust war da, das konnte ich nicht leugnen, sie zeigte schon mit dem Finger auf mich.

Meine wenigen Literaturkenntnisse genügten, um festzustellen, dass die Liste keiner Ordnung folgte, weder einer chronologischen noch einer genremäßigen oder erotischen, denn das Seichte wetteiferte mit dem Derben. Sollte ich ihm vertrauen und die Liste von oben nach unten abarbeiten? Zweifelsohne hatte er lange über die Reihenfolge nachgedacht und sie eigens für mich zusammengestellt.

Kurze Überlegung: Sex Die körperliche Liebe, die uns der weltlichen Belanglosigkeit entreißt, uns davonträgt und alles vergessen lässt, ist niemals nur eine Frage der Geschlechtsorgane oder zweier Körper, die sich annähern. Wirklich entrückender Sex kann nur die Frucht unserer Fantasie sein, unserer Zweifel, Fragen und Hoffnungen, die wir auf eine unbekannte Welt haben. Fantasieren bedeutet zu glauben, dass man der oder die Erste sei, die ihre Flagge auf dem neuen Planeten hisst. Wahrscheinlich stimmt das nicht, aber wenn der Traum schön ist, dann fliegen wir einfach los und kehren immer zurück! Ein kleiner Schritt für meine Möse, ein Riesenschritt für mein Traumleben.

Wirklich aufblühen tun unsere Geschlechter erst in den Tiefen unserer Gedanken und feuchten Träume, besser noch als in unseren Unterleibern und Hintern. Nur wenn wir unserem Geist freien Lauf lassen, wenn wir unsere Körper den Liebkosungen hingeben, können wir Lust empfinden, hier und jetzt.

(Notiz vom 10. Juni 2009, von mir selbst verfasst)

Wie schon am Tag zuvor um diese ungewöhnliche Zeit hörte ich Lärm von der Eingangstür. Ich verscheuchte schnell die Erregung, die mich erfasst und aus meinen finsteren Gedanken in die feuchten und abgelegenen – überaus aufregenden! – Gefilde geführt hatte, in die Louis mich einlud.

»Elle, bist du da?«

Davids Stimme klang wie ein Glockenspiel, hell, fast munter, leichten Fußes unsere Auseinandersetzung von gestern überwindend, als handelte es sich um eine Nichtigkeit, die man mit ein wenig guter Laune vom Tisch wischen könnte.

»Im Salon«, antwortete ich gleichgültig.

Sogleich erschien er in der Tür, noch strahlender als sonst, auf den Armen einen riesigen Kleidersack, der ihn zur Hälfte verdeckte. Nur sein glückseliges Lächeln lugte über den rosa Plastikberg.

»Tataa!«, rief er kindisch.

»Was ist das?«

Als er in der Tür aufgetaucht war, hatte ich für mich den Waffenstillstand beschlossen. Ich hatte Opfer bringen müssen, um Louis ein Eingeständnis abzuringen, und ich würde auch David nicht zum Reden bringen, ohne sein Spiel mitzuspielen.

»Dein Kleid!«

»Mein Kleid?«

Ich nahm Davids Überraschung mit einem versöhnenden Lächeln entgegen.

»Na ja … Also, Mamas Hochzeitskleid. Neulich war mir aufgefallen, dass ihr eine ähnliche Figur habt. Bis auf eine Kleinigkeit, aber das habe ich schon ändern lassen.«

Ihm nicht an die Gurgel springen. Ihn nicht fragen, ob es mit dem Kleid wie mit dem Ring war: nicht nur das seiner Mutter, sondern auch das einer anderen. Das Kleid seiner ersten Frau. Das Kleid einer Toten.

»Aber Schatz«, maulte ich, »weißt du denn nicht, dass ein Bräutigam das Kleid vor dem Hochzeitstag nicht sehen darf?«

»Wer sagt dir denn, dass ich es gesehen habe?«

Er legte diese jugendliche Siegesgewissheit an den Tag, wie ein junger Tennisspieler kurz vor dem Triumph.

»Na, ich nehme mal an, dass es so ist?«

»Ist aber nicht so, Madame Barlet. Ich habe es immer nur im Kleidersack gesehen, den es nur bei der Schneiderin verlassen hat, und der habe ich bestimmt nicht heimlich über die Schulter geguckt!«

»Und die Hochzeit deiner Eltern? Die Hochzeitsbilder?«

Ich konnte seinem Blick nicht widerstehen. Wie sollte ich ein derart offenherziges, großzügiges Versöhnungsangebot auch ablehnen? Als ich das Kleid aus der Schutzhülle nahm, verflüchtigten sich alle Fragen. Ich hatte ihn beim Wort genommen und mich ins Esszimmer zurückgezogen, um das Kleid in Augenschein zu nehmen, ohne ihn. Noch nie hatte ich etwas so Zauberhaftes gesehen, geschweige denn getragen.

»Das Kleid ist ... es ist märchenhaft!«

»Es ist von Schiaparelli«, rief er laut von nebenan. »Elsa Schiaparelli war damals schon eine alte Dame, aber sie hat Mama das Kleid auf den Leib geschneidert. Ein Unikat, weißt du!«

Ein Unikat, ja das traf es gut. Kein Detail, weder seine Verarbeitung noch sein Zustand, verrieten, wie alt es war. Anders als die meisten Hochzeitskleider war das hier kein schwer verdauliches Soufflé aus mit Stickereien besetztem Tüll und bis zum Umfallen in Dunst gehüllter Gaze. Um meinen ersten Eindruck zu bestärken, sagte ich leise: »Das ist ein echtes Kleid, einfach nur ein echtes Kleid.«

»Was sagst du?«

»Ach nichts, ich sagte, ich werde es anprobieren.«

»Tu das! Deswegen habe ich es dir gebracht. Damit wir wissen, ob hier oder da noch etwas geändert werden muss.«

Das würde nicht nötig sein, ich spürte das gleich, als die perlmuttfarbene Seide sich an meine Haut schmiegte. Meine Hüften, meine Taille, mein Busen, ja sogar der nach meinem Geschmack zu runde Hintern, der in Kleider von der Stange für gewöhnlich nicht hineinpasste – mein ganzer Körper fügte sich so natürlich in das Kleid, als hätte ein Bildhauer ihn entworfen. Das schlichte Bustier in Wickeloptik mit feinen Volants lag oben herum perfekt an. An den Hüften wurde das Kleid weiter, wie eine Blume, die aus drei Schichten bestand und wirkte, als würde sie Walzer tanzen. Große, mit Diamanten besetzte Blüten aus demselben Stoff verbanden diese Schichten miteinander und verliehen dem Kleid einen strahlenden Glanz.

»Und?«

»Und ... es sitzt perfekt!«

Ich drehte mich auf den Absätzen vor dem großen Spiegel im Esszimmer hin und her. Ich war mir sicher, dass ich in den letzten Wochen kein Gramm zu- oder abgenommen hatte, aber da war etwas an mir, an Elle, das sich verändert hatte. Ich fand mich reifer, eleganter. Sogar mein Teint schien klarer zu sein. Meine Sommersprossen, mit denen ich mich noch nie anfreunden konnte, kamen mir plötzlich vor wie der edelste und natürlichste Schmuck. Zwei, drei von ihnen hatten sich auf meine Lippen abgesetzt, wie Blütenknospen auf frischer, feuchter Erde.

Es stimmte also, was man sagte: Blicke des Begehrens verliehen einem neue Formen, sie vermochten das Schönste, das Liebenswerteste wachzuküssen, das man in sich trug. Die Blicke der Zuschauer gestern hatten von mir diese Kruste abgewaschen, die halbwüchsigen Frauen eigen war und die ich bis dahin mit mir herumtrug. Ich hatte mich im Paris gehäutet, war mit einem neuen Ich dort herausgekommen, mit einem Ich, das sich schön und begehrenswert fand. Dass jemand diesen Körper besitzen wollte, kam mir gar nicht mehr absurd vor.

Hinter der Tür wurde David allmählich ungeduldig. Ich beschloss, dass jetzt oder nie der Moment sei, meine Maske der Dankbarkeit und Unterwürfigkeit abzunehmen.

»Versprich mir, dass *sie* es nie getragen hat!«

»Was getragen? Von wem sprichst du?«

»Aurore. Hat sie dieses Kleid jemals getragen?«

»Nein. Warum sollte sie?«

Er log. Ich hörte es an seiner piepsigen Stimme und dieser Unsicherheit, die meilenweit weg war von seiner gewohnten Selbstsicherheit. Und schon versuchte er, dem Thema auszuweichen wie einer stinkenden, faulen Frucht.

»Kann ich reinkommen?«

»Nein, nicht, solange du nicht auf meine Fragen antwortest.«

»Elle«, sagte er jetzt etwas genervt, »ich habe dir alles gesagt, was du wissen musst: eine banale Dreiecksgeschichte. Louis liebt Aurore, die David liebt, der sie nicht liebt. Punkt. Mehr ist dazu nicht zu sagen.«

Ich tat, als nähme ich sein wohlgefälliges Szenario für bare Münze, dann griff ich wieder an.

»Hatte sie deswegen Depressionen?«

»Bestimmt nicht. Sie war schon krank, lange bevor Louis und ich sie kennengelernt haben.«

»Wieso sollte sie sich sonst ins tosende Meer gestürzt haben, wenn nicht aus enttäuschter Liebe?

»Das weiß ich nicht. Niemand weiß, was damals wirklich passiert ist. Nicht einmal Louis. Dabei war er als Erster an Ort und Stelle.«

»Hat er versucht, sie zu retten?«

Louis hatte das Gegenteil behauptet. Er hatte die Rolle des Retters seinem Bruder zugeschrieben. Aber warum?

»Ja, aber er hat nichts mehr tun können, außer sich das Knie am Felsen zu zertrümmern. In den Wochen danach hat niemand damit gerechnet, dass er je wieder gehen könnte.«

»Ist das die ganze Geschichte?«

»Ja«, sagte er nun mit wiedergefundener Sicherheit. »Es gab aber noch eine polizeiliche Untersuchung, im Prinzip eine Routinesache.«

»Wieso ›im Prinzip‹?«

»Weil Louis sich in den verschiedenen Verhören mehr als einmal widersprochen hat.«

»Aber er wurde nicht weiter behelligt?«

»Nein, die Polizei hat das als Unfall eingestuft.«

Seine Stimme war näher gekommen, ich nahm an, er stand dicht hinter der Tür, bereit, eingelassen zu werden.

»Und was hältst du davon?«

»Ich kenne Louis' aufbrausendes Temperament, da habe ich mir eben so meine Gedanken gemacht.«

»Zum Beispiel?«

»Ach, nur dummes Zeug.«

»Du kommst hier nicht herein, bevor du nicht geantwortet hast!«

»Ich habe gedacht, er hat sie vielleicht von den Klippen gestoßen ... Da hast du's!«, rief er mit Zurückhaltung. »Aurore und er kannten den Ort, an dem das passierte, in- und auswendig. Mir kam es merkwürdig vor, dass sie genau an dieser Stelle von einer Welle mitgerissen worden sein soll. Selbst an einem stürmischen Abend ...«

»Traust du ihm das wirklich zu?«

»Nein ... Ich weiß nicht ... Ich glaube, man kann nie wissen, wozu jemand im Affekt fähig ist.«

Da mochte er recht haben. Aber ich ließ mich nicht abspeisen.

Seine Schilderung der Ereignisse war lückenhaft. Was war mit seinem Arm passiert?

Ich vermied es, ihn ähnlich offensiv wie bei unserer letzten Unterredung herauszufordern. Er hatte mir vermutlich gerade mehr als jedem anderen zu diesem Thema erzählt.

Während ich das Kleid auszog und wieder einpackte, fügte ich hinzu: »Du hast dir Vorwürfe gemacht, stimmt's?«

Er klopfte leise an und bat um Einlass; ich entriegelte die Tür, es wäre nicht das erste Mal, dass er mich in Unterwäsche sah … Wohl aber das erste Mal, dass er sich in diesem antiquierten Dekor an mich heranmachte, das mich mehr an gemütliche Abende vor dem Kamin denken ließ als an das Feuer der Leidenschaften.

Er drückte sich an mich; zunächst war ich unsicher, ob er Trost suchte oder Vergnügen. Er blieb einige Sekunden so stehen, die Nase in meine Halsbeuge versenkt, und bewegte sich nur, um seinen Körper besser an meinen anzuschmiegen. Wie ein verletztes Kind, das sich in den mütterlichen Schoß flüchtet.

Auch ich strich ihm über den Nacken, langsam und sanft, mehr tröstend als erregend, dennoch verstand er es als Aufforderung. Er streichelte meinen Rücken, verirrte sich tiefer, dorthin, wo sich die Pohügel erheben. Bei seiner Berührung zuckte ich reflexhaft, er sah sich dazu ermuntert, fortzufahren. Wir hatten seit meinen beiden verlorenen Schlachten im Paris keinen Sex mehr gehabt.

Welcher Teil der neuen Annabelle, der Frau, die ich gerade im Spiegel entdeckt hatte, gehörte ihm eigentlich noch?

»Haben wir das Zimmer schon getauft?«, flüsterte er mir ins Ohr.

Diese Art Annäherungsversuch sah ihm ganz und gar nicht ähnlich, unsere Zusammenkünfte waren stets brav und ernst. Was war los?

Ich betrachtete uns im großen Spiegel, im grellen nachmittäglichen Sommerlicht glänzten wir so schön. Das passt zusammen, hätte jeder Blick von außen bestätigt. Ich war nicht die Einzige, die sich verwandelt hatte. Nur war die Veränderung bei David nicht so offensichtlich, aber für den Bruchteil einer Sekunde sah ich seine Lippen das gleiche schurkenhafte, lüsterne, kannibalische Lächeln umspielen, mit dem Louis seine Opfer bedachte.

»Komm!«

Ohne mein Einverständnis abzuwarten, trug er mich zum langen Marmortisch mit den bronzenen Beinen und legte mich der Länge nach auf den kalten Stein. Mich überlief ein kurzer Schauer, da zog er mich schon an sich, meine Beine hatte ich angewinkelt, meine Füße hingen in der Luft. Er drückte mir meine Beine noch weiter in den Bauch und hockte sich dann dazwischen, sein Mund an meinem Höschen. Ich konnte seinen warmen Atem durch den satinierten Schritt fühlen, er schmeichelte meiner Möse, die bislang trocken geblieben war wie ein Keks. Dann zog er den Stoff mit einem Finger beiseite und leckte meine Vulva von unten nach oben, wie um mich zu befeuchten. Wenn er bei meinem erogenen Gipfel ankam, der noch unter seiner Decke steckte, fing er wieder unten an, als befolgte er Anweisungen aus einem Lehrbuch.

Glücklicherweise kompensierte er diese Unbeholfenheit mit einer Langsamkeit, die mich zur Verzweiflung brachte, mir aber wenigstens Zeit ließ zu flüstern: »Schneller ...«

»Und sonst ... gefällt es dir?«

»Ja ...«, log ich. »Mach weiter, aber schneller ...«

Er tat, wie ich es wünschte, nicht ohne einen gewissen Erfolg. Immer wenn seine Zunge vorbeischlängelte, fühlte ich, wie meine kleinen und großen Schamlippen anschwollen und wie sie sich darauf vorbereiteten, den Eindringling zu empfangen – wobei er sich mit der Exaktheit eines Metronoms bemühte, alles zu befeuchten, weswegen er nie lange genug bei meiner empfindsamen Knospe blieb. Die aber wollte mehr, viel mehr. Während seine eine Hand auf meinen Brüsten unterwegs war und sie sorgfältig knetete, was mir auch gefiel, legte ich meinen Mittelfinger auf meine einsame Klitoris und schob ihn unter ihr Mäntelchen, so wie ich es mir selbst beigebracht hatte.

Meine Initiative brachte ihn kurz aus der Fassung, dann hielt er inne und sagte: »Du bist schön so ...«

In seinen zarten Worten schwang mehr mit als nur seine sanfte, schmeichelnde Stimme. Es mischten sich zehn, hundert, ja tausend andere Stimmen darunter, so viele Stimmen, wie das Paris Männer aufnehmen konnte.

Ich verfolgte mein Ziel unter seinem unterwürfigen Blick, ich zog ihn ins Vertrauen, das faszinierte ihn. Es war das erste Mal, dass ich ihn an diesem Spektakel teilhaben ließ.

Es durchzuckte mich schon, als mir durch den Kopf schoss, ob unter den Phalli, die im Zimmer der Païva auf mich gerichtet gewesen waren, auch der von Louis war. Hatte ich ihn berührt, ohne es zu wissen? Hätte ich ihn erkennen können, wenn ich bei Sinnen gewesen wäre, an einer bestimmten Art, sich zu recken, an einer Ader? Hätte ich ihn nicht leidenschaftlicher in den Mund genommen?

David drang mit einem entschlossenen Stoß in mich ein, ohne Vorwarnung. Es kam so unerwartet, dass sein Eindringen mich beinahe lähmte. Ich wollte das nicht, noch nicht.

»Streichel dich weiter«, befahl er.

Dass er derart über mich bestimmte, war nicht mein Problem. Aber indem er seinem Instinkt eines überhasteten Männchens folgte, das von der dringenden Notwendigkeit angetrieben wurde, fertig zu werden, zerstörte er Teile dieses fantastischen Puzzles, das ich mir gerade zurechtgelegt hatte.

»Nein … raus!«, befahl ich nun.

Ich musste sehr bestimmt geklungen haben, denn er zog sich sogleich aus mir raus. Dem lieben Gott sei Dank, alles war nicht verloren, das Bild wurde wieder klarer, das Bild des gierigen Mundes, der alles tun wollte, um mich zu befriedigen, das Bild der Lippen, die so lange an meiner Möse klebten, bis sie von dem süßen Saft meiner Lust zu trinken bekamen.

»Steck sie mir rein!«, befahl ich weiter.

Den Armen überkam kurz die Panik. Wie konnte ich ihm in einem Satz etwas verbieten und im nächsten genau das von ihm verlangen? Ich klärte das Missverständnis gleich auf, wobei die Stimme, mit der ich sprach, aus meinem Bauch kam und mir selbst fremd war.

»Deine Zunge … du sollst mir deine Zunge reinstecken!«

Er gab allen Widerstand auf, sein Stück rosa Fleisch zwirbelte fest in mir herum, tief genug, dass ich mich erfüllt fühlte, ohne von ihm genommen zu werden. Bedient, aber nicht erobert. Er hing wie ein Blutegel an mir, züngelte am Scheideneingang herum.

Seine Lippen wurden eins mit meinen, die jetzt von einer dickflüssigen Schicht bedeckt waren; um seinen Mund hing Schaum, wie ein Bart aus Liebesnektar.

In einem meiner Magazine las ich neulich, dass eine französische Gynäkologin das Geheimnis des G-Punkts gelüftet hatte. Der sei keine autonome erogene Zone, die es ungerechterweise bei den einen gebe, bei den anderen aber nicht. In Wirklichkeit handle es sich, so die medizinische Meinung, um eine Vorwölbung, die aus den sensiblen Tiefen um die Klitoris herum aufsteigt. In der Tat, und entgegen der weitverbreiteten Meinung, handle es sich bei der Klitoris nicht nur um die paar von einer Vorhaut geschützten Millimeter, die man sehen könne.
Im Inneren des Bauchs dehne sich die Klitoris über zehn Zentimeter aus, und innerviere je nach Anatomie und Körperbau die angrenzenden Organe. Die Empfindsamkeit des Rektums, vor allem beim Analverkehr, rühre eben von diesem Organ her, das so gut versteckt und so wenig bekannt sei.

(Notiz vom 10. Juni 2009, von mir selbst verfasst)

»Schneller, ja!«

Bei jeder Wendung fuhr die Zunge über die Verdickung bei meinem Loch, über das winzige Lustpölsterchen, das von diesen Wohltaten gar nicht mehr zu träumen gewagt hatte.

»Ja, das ist gut, bleib da! Da!«

Er hörte auf mich und blieb für einen Moment bei diesem entscheidenden Punkt. Dann plötzlich, ohne eine Vorwarnung und völlig unerwartet, zog er seine Zunge raus und steckte mir mit einem kräftigen Stoß seinen Schwanz rein, der extrem hart und auch feucht war vor Ungeduld. Es war stärker als er. Er war unfähig, mich mehr als ein paar Augenblicke zu bedienen. Er brauchte es: mich zu beherrschen, mich zu erobern, mich aufzuspießen. Zu meinem Glück war meine Möse durch sein Vorspiel gut vorbereitet, sodass sie an seinem mechanischen Rein und Raus sogar Freude hatte; ich öffnete mich weiter, um ihn bis in meine empfindsamsten Tiefen vordringen zu lassen, nicht weit von der Gebärmutter. Dort befand sich, wie ich wusste, eine kleine Schleimhautfalte, die sensibler und zarter war als der Rest und die man mit dem Finger schlecht erreichen konnte – sie würde mich im Handumdrehen zum Orgasmus bringen. Er war dort angekommen. Seine Eichel stieß jetzt rhythmisch dagegen, ich dachte, ich falle, angezogen von einer unwahrscheinlichen Kraft, wie von einem schwarzen Loch, meine Glieder und alle Zellen sprengten auseinander und flogen in die vier Ecken des Raums, auf den Sonnenstrahlen reitend.

Zum allerersten Mal hatte er mich zum Orgasmus gebracht, er allein, ohne dass ich nachhelfen musste, er und sein Mund und sein Schwanz, die noch von meinen Säften beschmiert waren.

Aber war ich mir wirklich sicher, dass er der alleinige Urheber dieses Wunders war? Sein Keuchen erinnerte mich an einen ganz anderen …

22

11. Juni 2009

»Mein Ringbuch! Mein Ringbuch, mein Ringbuch, mein Ringbuch …«

Noch nackt im Esszimmer, Schritt und Schenkel lustverschmiert, hatte ich diese beiden Worte im Geiste wiederholt, bis mir schwindlig wurde – wie der Geizige von Molière mit seiner Geldkassette. Mein silbernes Ringbüchlein … ich hatte es auf unserem Bett liegen lassen. Mein Zehnmal-am-Tag, das ich neuerdings selbst mit Notizen anreicherte. Sollte David je auf diese Zeilen stoßen, wäre mir das ungeheuer peinlich. Was die Seiten anging, die nicht aus meiner Feder stammten, so wollte ich gar nicht an all die Lügen denken, die ich erfinden musste, um deren Existenz zu rechtfertigen, ohne dabei Davids Achtung und sein Vertrauen zu verlieren.

Ich raste die Wendeltreppe hoch, den Hintern im Freien, die Kleider notdürftig vor Brust und Bauch, und hoffte, dass mir jetzt nicht Armand bei einem seiner flüchtigen Gänge durchs Haus über den Weg lief. Als ich den Raum betrat, stand David, der kurz vor mir nach oben gegangen war, mit dem Rücken zur Tür, von wo aus er in den Garten blickte. Ich konnte nicht sehen, was er zwischen den Händen hielt. Mir stockte der Atem, als ich sah, dass das Büchlein nicht mehr auf dem Bett lag.

»Sag mal …«, sagte er und wandte sich um.

Seine Hände waren leer. Ich atmete tief durch. Ende des Albtraums? Oder hatte er Zeit gehabt, sich das Büchlein zu schnappen und zwischen seinen eigenen Sachen zu verstecken?

»Ja?«

Sein Gesicht lag matt und ausdruckslos im Gegenlicht. Selbst seine Stimme kam mir weniger sanft und wohlwollend vor als sonst.

»Du wirst trotzdem noch einmal zurückmüssen …«

Wohin? Zu meiner Mutter, nach Nanterre? Zu Fred, dorthin, wo mein altes Leben begraben lag, mein altes, bedeutungsloses, winziges Leben?

»Täusch dich nicht, die Wahl, die ich für dich getroffen habe, hat nichts mit meinen Gefühlen für dich zu tun.«

Wovon sprach er? Wenn ich hier war, dann doch, weil er mich liebte?

»Aber ich hab mich trotzdem herumschlagen müssen, um dein Kommen durchzusetzen.«

Arge Befürchtungen stiegen in mir auf, endlich begriff ich den Sinn seiner Worte. »Mein Kommen …?«, stammelte ich.

»Bei BTV. Was denkst du denn, wovon ich spreche? Die Gewerkschaften halten nicht viel davon, wenn Leute so gepuscht werden. Solange du es denen nicht zeigst, wirst du in ihren Augen nicht besser sein als jede x-beliebige Frau, die sich nach oben schläft.«

Kannte er solche Mädchen aus eigener Erfahrung? Ich schlug mir diesen Gedanken wieder aus dem Kopf und machte ein verständnisvolles Gesicht. »Ja, natürlich, ich verstehe.«

»Und mich lassen sie auch nicht in Ruhe«, sagte er finster.

Wieder stockte mir der Atem. Also das hatte er gemeint. Man würde mir nicht alles nehmen. Nicht jetzt. Noch nicht.

Aber wo war bloß dieses verdammte Ringbuch?

»Wenn du dich ohne meine Hilfe durchsetzen willst, durch deine Qualitäten, dann musst du mit denen auf der Kommandobrücke stehen. Sogar mehr und länger als sie. Diese Leute musst du austricksen oder in die Ecke drängen. Irgendwas Halbherziges funktioniert nicht.«

Durch Christopher und Louis hatte ich schon einen Vorgeschmack auf die unerbittliche Unternehmenskultur bekommen. Ich musste mir an ihrer Seite die Sporen verdienen, auf ihrem Terrain, so viel war klar. Ihren Respekt und ihre Unterstützung konnte ich mir nicht erarbeiten, indem ich in meinem gläsernen Gefängnis am Schreibtisch sitzen blieb.

»Du hast absolut recht«, gab ich zu. Aber, schrie ich innerlich, aber ich halte es nicht aus, dort deinen Bruder zu treffen! Er will mich mit seiner Reportage bloßstellen!

»Also ... Nur Mut!«

Daraufhin nahm er mich in den Arm und strahlte dabei eine solche Herzlichkeit und Friedfertigkeit aus, wie man sie oft in seiner Nähe spüren konnte.

»Meinst du, ich könnte morgen noch zu Hause bleiben? Danach kehre ich an meinen Posten zurück wie ein braver kleiner Soldat, versprochen.«

Ich machte selten Gebrauch von diesen typisch weiblichen Mitteln, die ihren Effekt auf das starke Geschlecht selten verfehlten: große Augen, Schmollmund, Augenklimpern, seitlich geneigter Kopf ... Jetzt war so ein Moment. Selbst wenn er mich nicht sah, weil ich mich an seiner Schulter verkrochen hatte, konnte er meiner Bettelei nicht widerstehen.

»Okay, morgen noch. Aber dann: an die Arbeit, junge Frau! Ohne Widerrede!«

Er pustete mir ein versöhnendes Lachen in den Nacken, das mir die Vorlage lieferte, die ich jetzt brauche.

»Sag mal, weißt du, wo das kleine Ringbuch ist, das auf dem Bett lag?«

»Ein Ringbuch?«

Er hatte sich losgemacht und musterte mich, in seinem Blick lag nicht die geringste Falschheit.

»Ja, ein silbernes Ringbuch.«

»Nein, hast du mal unterm Bett geguckt?«

Da lag es, unterm Bett. Auf dem Bett verbrachten wir dann den größten Teil des Abends, nur unterbrochen von einer kleinen Mahlzeit, die Armand uns vor die Tür servierte, und einigen dringenden Telefonaten, die David annehmen musste.

Einen Orgasmus wie den im Esszimmer erlebte ich leider nicht noch einmal.

Am nächsten Morgen lag an meinem Frühstücksplatz nicht mein Ringbuch, das ich wieder in das Reißverschlussfach meiner Handtasche gesteckt hatte, sondern ein dicker Papierstapel von getippten Seiten, die von einer Klammer in Form einer Adlerkralle zusammengehalten wurde. Ich hätte darin ein Omen sehen sollen …

»Guten Tag, Elle!«, begrüßte Armand mich munter.

»Guten Tag, Armand.«

»David hat Ihnen das zum Lesen dagelassen.«

»Ja, ich sehe. Was ist das?«

Christian Olivo, Rechtsanwalt und Notar in Paris, kündigte der nüchterne Briefkopf auf der ersten Seite an, neben dem eine stilisierte Marianne prangte, die halb in den Klauen des Adlers hing.

»Der Entwurf Ihres Ehevertrags. Ich bringe Ihnen noch einen roten Filzstift und Post-its, damit Sie gewünschte Änderungen vermerken können.«

Ein Ehevertrag? Von diesem förmlichen Aspekt unserer Beziehung hatte David mir gegenüber nie gesprochen.

Während ich mit der einen Hand in meiner Teetasse rührte, arbeitete ich mich mit der anderen Seite um Seite durch das Dokument, dabei fiel mein Blick hier auf eine Zeile, da auf einen Absatz, deren Wortlaut meine Aufmerksamkeit erregte. Zwar waren meine juristischen Kenntnisse rudimentär, aber es war nicht schwer zu verstehen, dass der Vertrag dem Erhalt des Barlet'schen Familienvermögens diente. »Gütertrennung der Eheleute« lautete der unzweideutige Paragraf zum Thema »Güterstand«.

Ich hatte Verständnis dafür, und die unabhängige Frau in mir, die autonom sein wollte und für die Verpflichtung der Frauen eintrat, im Leben ihren Mann zu stehen, beeilte sich, das Gedruckte kleinzureden. Aber die kalte Art, wie mir diese Paragrafen vorgelegt wurden, die Tatsache, dass wir darüber nie geredet hatten, war wie eine Ohrfeige für mich.

»Bis wann muss ich das gelesen haben?«, fragte ich eisig.

»Wenn möglich, im Lauf des Tages.«

Ich musterte den ordentlichen Blätterstapel kurz, dann sah ich Armand an. »Ist gut. Sie können das gleich mitnehmen.«

Für zwei, drei Sekunden verschlug es ihm die Sprache, dann wunderte er sich: »Sind Sie sicher, dass Sie das nicht genauer durchsehen wollen? Oder vielleicht Teile davon jemandem aus Ihrem Umfeld vorlegen wollen? Einem Anwalt?«

»Nein, nein. Das ist sehr gut so.«

»Dieser Vertrag bindet Sie, Elle. Sie können ihn nicht auf die leichte Schulter nehmen.«

Sein Rat klang wie das Kleingedruckte unter Angeboten für unseriöse Kredite. Ich versuchte, seinen unseligen Aufruf zu überhören.

»Ich weiß das sehr wohl. Aber ich vertraue David.«

»Selbstverständlich«, sagte er gutmütig. »Trotzdem …«

»Ich habe allen Grund …«, unterbrach ich ihn und sah ihm in die Augen, »… David restlos zu vertrauen, oder?«

Er konnte sich ein kleines Lächeln nicht verkneifen. Hatte er etwa zu so früher Stunde schon getrunken?

»Ja, ja, selbstverständlich.«

Ich tunkte Zwieback in meinen Tee, auf dem oben sogleich eine Schicht von geschmolzener Butter schwamm, und schloss scheinbar heiter: »Dann ist ja alles in Ordnung.«

Er nahm den Papierstapel, die Post-its, den Stift und informierte mich über das weitere Vorgehen, als hielte er in Davids wohlgeordnetem Leben die Rolle des Amtsschreibers inne: »Nun gut, dann werde ich die endgültige Version aufsetzen lassen. Ich lege sie Ihnen heute Abend auf dem Konsoltischchen zur Unterschrift bereit.«

»Wunderbar«, entließ ich ihn. »Danke, Armand.«

Ich war eben mit dem Frühstück fertig, als Sophia anrief und mich wie ein erfrischender Windstoß erfreute. Rasch zog ich meinen Trainingsanzug an und stieg in die Métro, um zu ihr zu fahren. Sie wohnte in einem günstigen Apartment zur Miete, in der obersten Etage eines quadratischen und schmucklosen Wohnhauses aus den Siebzigerjahren, das nur wenige Schritte vom Bois de Vincennes entfernt lag. Die unverbaubare Sicht auf einen Busterminal und die Gleise war nicht sonderlich anheimelnd, aber wenigstens konnte kein Gegenüber sie bei ihren freizügigen Gymnastikübungen beobachten.

Sophia hatte ihren pastellrosafarbenen Mantel an und stand

vor dem Relais, dem großen Café an der Ecke Avenue Clemenceau und Avenue des Marronniers.

»Hallo, du Luxusweibchen!«

»Na, du Irre?«

Die Art von Nettigkeiten, in die wir unsere gegenseitige Zuneigung und gleichzeitig unsere kleinen Beschwerden verpackten …

In der Avenue de Nogent joggten wir langsam los. An einem Donnerstagmorgen waren nicht viele Läufer unterwegs, ebenso wenig Radfahrer und Reiter. Der Wald gehörte uns, und trotz meiner keuchenden Lungen war ich glücklich, dass wir unsere alten Gewohnheiten aus Unizeiten wiederaufnahmen. Sophia war diszipliniert und trainierte regelmäßig, im Gegensatz zu mir: Mit jedem Schritt erwachten lange nicht gebrauchte Muskeln zum Leben, die mir bald wehtaten.

»Komm, du alte Schachtel!«, ermutigte sie mich. »Ich erinnere dich daran, dass du in einer Woche ein Hochzeitskleid über dieses lasche Dingsda ziehen musst, das dein Körper ist.«

Der Himmel war klar, die Luft noch frisch, und ein blumengetränkter Duft umschmeichelte uns und machte den Lauf noch reizvoller. Auf der Straße fuhren fast keine Autos, nur hier und da standen auf verlassenen Parkplätzen ein paar alte Rostlauben, die ganz klar einer bestimmten Verwendung dienten. Die Prostituierten, die sich darin verschanzten und sich dort für ein paar Zehner hinlegten, waren zumeist Illegale aus Westafrika, die ein Vermögen für ihre Reise nach Europa ausgegeben hatten.

»Wenn das so weitergeht«, sagte Sophia und seuzfte, »werde ich auch bald so enden.«

»Hör auf mit dem Quatsch! Was erzählst du denn da?«

»Ich bin total blank. Ich habe eine Zahlungsaufforderung bekommen, weil ich mit der Miete im Rückstand bin. Im Winter setzen sie einen nicht vor die Tür – aber wir haben Juni!«

»Hast du mal versucht, Rebecca auf dem Handy zu erreichen?«

»Die blöde Kuh ist abgetaucht. Ihre Nummer gibt es nicht mehr, eine andere habe ich nicht.«

»Wart mal, so schlimm kann es doch nicht sein, du hast doch noch deine Shows.«

In Gedanken hatte ich das Wort in Anführungszeichen gesetzt, um nicht »Striptease« zu sagen, aber das beschwichtigte sie auch nicht. Sie blieb plötzlich stehen, ihr Gesicht war rot von der Anstrengung und von der aufsteigenden Wut, die Hände hatte sie auf die Hüften gestemmt.

»Dich möchte ich mal sehen, Madame Barlet-auf-Rosen-gebettet!«

»Auf stachelige Rosen«, fügte ich selbstironisch hinzu, in Gedanken an den Vertrag, den Armand mir vorgelegt hatte.

Aber Sophia ließ mir keine Zeit, mich zu erklären.

»Scheiße, Elle, ich bin bald sechsundzwanzig, ich hab keinen Mann, keinen Job, meine Eltern sind arm wie Kirchenmäuse, und außerdem bin ich denen schnurzegal.«

»Sophia ...«

»Kapierst du nicht? Ich habe nichts! Nada! Und ich werde mir nicht vor ekligen alten Knackern zwölf Stunden am Tag den Finger in die Muschi stecken, um meine Miete zu bezahlen!«

»Ich hab dir schon mal angeboten: Ich kann dir Geld leihen.«

Plötzlich heulte in einer Seitenstraße ein Motor hinter uns auf. Neugierig drehten wir uns um.

Eine dunkle Limousine mit getönten Scheiben fuhr im Schritttempo auf uns zu und hielt bei uns an.

Auf unserer Seite ging hinten ein Fenster runter. Wie in einem Spionagefilm: Es war kaum zu erkennen, wer sich in dem anthrazitfarbenen Halbdunkel der Luxuskarosse versteckte.

»Guten Tag. Sie müssen Sophia sein!«

Neben der Stimme aus dem Wageninneren war das explosive Crescendo des *Boléro* zu hören.

»Ja ...«, sagte Sophia zögerlich.

»Ich bin Louis Barlet. Annabelles zukünftiger Schwager und Chef der BTV-Unternehmenskommunikation.«

Sophia, sonst stets voller Selbstsicherheit und Spott, fand keine Worte.

»Darf ich sie ausleihen?«, fragte er sie und deutete mit einer Kinnbewegung in meine Richtung. »Sie wären mir nicht böse, hoffe ich?«

Erst da zeigte sich Louis' schmales Gesicht, er lächelte in diesem Augenblick so zuvorkommend, wie er in anderen Momenten grausam aussehen konnte. Der Duft von Vanille und Lavendel, der aus dem Auto stieg, vermischte sich mit dem Waldgeruch. Was Louis Barlet gut konnte: überall seine Markierungen hinterlassen, jeden Ort, jede Situation nach seinen Bedürfnissen gestalten, nur durch seine bloße Anwesenheit alles neu zusammenfügen – so wie er es mit mir getan hatte, als er meinen Namen in die Stadt schrieb.

»Wir haben eine dringende Kleinigkeit zu besprechen, Elle und ich, im Zusammenhang mit ihrer Sendung.«

Wie konnte jemand derart dreist lügen? Es lag auf der Hand, dass er uns hierher gefolgt war und sein plötzliches Auftauchen nichts mit dem Job zu tun haben konnte.

Den Ellbogen lässig aus dem Fenster gehängt, ließ er Sophias Kurven, die sie vorteilhaft in Leggins und Top verpackt hatte, nicht aus dem Blick.

»Nun?«, fragte er einschmeichelnd. »Sie wollen sie mir nicht leihen?« Er schien dabei keine unterschwelligen Andeutungen zu machen, und doch hätte ich schwören können, dass die blasse Haut meiner Freundin sich leicht rot färbte.

»Doch!« Sie hatte sich wieder gefasst. »Ich überlasse sie Ihnen gerne. Sie schlurft sowieso wie ein Nilpferd!«

»Danke!«, stieß ich empört aus. »Aber vielleicht möchte unser ›Nilpferd‹ auch etwas dazu sagen?«

»Na, mach schon, lass dich von deinem *Kollegen* nicht bitten!«

»Macht es dir nichts aus, wenn ich dich allein lasse?«

»Mach dir keinen Kopf, ich renne schneller als alle Perversen aus dem Wald zusammen.«

Diesmal war sie es, die ihren Blick nicht von unserem Überraschungsbesucher abwendete.

Louis öffnete die Tür, rutschte zur Seite und klopfte dann an die blickdichte Scheibe, die uns vom Chauffeur trennte, um ihm das Zeichen zur Abfahrt zu geben. Ich konnte gerade eben noch die Tür schließen, da fuhren wir schon los.

Ich habe noch nie in einem Auto ~~gefickt~~ Sex gehabt. Dabei liegt das so nahe! Manchmal habe ich das Gefühl, die Einzige zu sein, besser gesagt: die Letzte, die diese ~~sexuellen~~ erotischen Erfahrungen macht, weil alle und jeder sie schon vor mir gemacht hat. ~~Angefangen bei Sophia, die mir ganze Romane erzählt hat darüber, was man an einem so engen Ort alles anstellen kann.~~

In diesem Fall, hätte in der Limousine etwas Derartiges passieren sollen, wären wir mit allem Komfort ausgestattet gewesen. Der geräumige Fußraum hätte mir erlaubt, mich vor ihn zu knien, zwischen seine Beine, und seinen Schwanz rauszuholen. Das Auto schaukelte sanft, sodass mein Mund ganz von alleine auf seinem Glied auf und ab gerutscht wäre. Von Zeit zu Zeit hätte ich meine Lippen unterhalb seiner Eichel fester geschlossen, um mich an ihm festzubeißen und zu verhindern, dass sein Schwanz mir wegen eines Schlaglochs zu tief in den Rachen stößt. Dann wäre er gekommen, ich hätte ein Taschentuch aus der Box gezogen und mir meinen mit Sperma bespritzten Mund in nur einer Bewegung von rechts nach links abgewischt.

(Notiz vom 11. Juni 2009, von mir selbst verfasst)

»Wo bringen Sie mich hin?« Mit schriller Stimme forderte ich ihn zum Sprechen auf. »Ins Paris? Genügen Ihnen meine Nächte nicht mehr?«

»Ins Paris – sehr gerne, das können Sie mir glauben. Aber natürlich nicht ohne Ihre Zustimmung.«

Er meinte es ernst und schien beinahe schockiert, dass ich seine guten Manieren und seine gute Absicht in Zweifel zog.

»Bisher hatte ich nicht den Eindruck, dass Ihre Feinfühligkeit Sie zur Zurückhaltung ermahnt.«

»Sie irren sich«, korrigierte er mich und griff nach meiner Hand. »Wenn ich je gespürt hätte, dass etwas gegen Ihren Willen ist, hätte ich sofort alles gestoppt. Sie haben es neulich Abend doch selbst gesehen. Ich war derjenige, der das Treffen beendet hat. Ich zwinge Sie zu nichts. Ich begleite Sie nur auf dem Weg, den Sie selbst freiwillig eingeschlagen haben.«

Seine Dreistigkeit war ohnegleichen. Ich, freiwillig in diesen Zimmern? Ich, die er zur Geisel seiner Bacchanale gemacht hatte, zum Gegenstand seiner widerlichen Erpressung?

Wie um meine Gedanken zu bestätigen, schloss sich seine Hand über meiner und hielt sie fest, dann, als wäre er zu sich gekommen, ließ er sie plötzlich los. Sein Gesichtsausdruck deutete einen inneren Kampf an. Er spürte meinen Blick auf sich ruhen und wandte seinen Kopf ab.

Mir fiel auf, dass wir zum ersten Mal offen über unsere geheimen Begegnungen im Hotel von Monsieur Jacques sprachen. Auf eine bestimmte Weise war das wie ein Geständnis von ihm. Endlich spielte er mit offenen Karten, wurde der gesellschaftliche Louis eins mit dem geheimnisvollen Hintermann. Die beiden Seiten seines Wesens rangen miteinander um die Führung.

Ich bedauerte, nichts dabeizuhaben, womit ich das festhalten, beweisen konnte: nicht einmal mein iPhone mit seiner Diktierfunktion. Ich trug lediglich meine Schlüssel und eine Packung Taschentücher bei mir.

»Und was hindert uns daran, weiterzugehen, hm? Wer sagt Ihnen denn, dass ich heute Abend nicht mehr davon will?«

Die Armee von erigierten Schwänzen, die unter meinen Berührungen erzitterten und sich mir entgegenreckten, geisterten in meinem Kopf herum.

»Sie waren einfach noch nicht bereit, Annabelle. Noch nicht. Es gibt noch vieles zu entdecken, bevor wir weitermachen.«

Den Dünkel, den er für gewöhnlich in der Öffentlichkeit zur Schau trug, hatte er abgelegt. Kein maskierter Satyr, kein eingebildeter Großkotz – das musste er sein, der echte Louis. Sein Parfüm stieg mir zu Kopf, aber ich hielt mich wacker, wollte mich nicht berauschen lassen.

»Meinen Sie etwa Ihre Bücherliste?«

Wie lautete noch mal der Titel des ersten? Ach ja, *Geheime Frauen* … Sollte das eine Art Bildungsplan für mich sein, oder die erste Stufe davon? War es das, was er von mir wollte: eine geheime Frau zu sein, die er wie ein Spielzeug benutzen könnte, solange es ihm gefiel, hinter dem Rücken seines Bruders?

»Ja, das ist ein Teil davon, aber längst nicht alles …« Statt mir zu antworten, neigte er sich nun zum Mikro, das ihn mit dem Fahrer verband, und flüsterte hinein: »Zu den Tuilerien bitte.«

Der Motor schnurrte, und da wir nun schneller fuhren, wurden wir tiefer in die weichen Ledersitze gedrückt. Das Gefühl von Macht und Ohnmacht gefiel mir, ich gab mich dem einen Moment lang hin, gleichzeitig beobachtete ich Louis aus dem Augenwinkel, der noch immer nervös und zurückhaltend war. Hatte er etwas vor mir zu befürchten? Er war es doch, der mich meiner Freundin und meinem Leben entrissen hatte. Er war es, der mich wie einen ordinären Zeitvertreib behandelte.

»Sehen Sie, Elle, man kann sich und seine Gefühle nicht kennenlernen, wenn man kein Bewusstsein dafür entwickelt, in welche Umgebung unser Leib sich einschreibt.«

Auch wenn diese Worte eher hohl für mich klangen, machten sie doch Eindruck auf mich, sie schlugen eine unsichtbare Saite in mir an, deren Klangwelle langsam meine Organe erfasste. Ich wollte es nicht wahrhaben, aber er hatte Macht über mich. Was er auch sagte, es hallte in mir wider.

»Ja, und?«

Ich wollte mich nicht mit einer Floskel zufriedengeben.

»Schauen Sie nach draußen! Nicht eine Straße, nicht eine Hauseinfahrt, nicht eine Bank, die nicht eine sinnliche Geschichte zu erzählen hätte. An jedem dieser Orte, so klein sie auch sein mögen, hängen Dutzende von Küssen, Seufzern, vielleicht sogar Orgasmen, da können Sie sicher sein.«

»Ja, aber auch Morde, Hilferufe, Tränen …«

»Sie irren sich, Elle. Die Lust braucht immer auch eine Prise Morbidität, um sich zu entfalten, aber sie gewinnt immer gegen den Tod. Immer!«

Eros, Thanatos, Lebenstrieb, Todestrieb, ihr ewiges Ringen um die Vorherrschaft in der menschlichen Psyche: Louis' theoretische Grundlagen waren mir nicht unbekannt, er hatte sie bei Freud abgeschöpft. Wo der österreichische Psychoanalytiker allerdings für ein Gleichgewicht dieser beiden Kräfte plädierte, schien Louis an den Sieg der Lust über den Tod zu glauben. Was an seiner These wirklich aufregend war, war die räumliche, historische Dimension, mit der er sie unterfütterte.

»Und wissen Sie auch, warum, Elle?«

Seine Augen funkelten. Ich spürte förmlich das Feuer, das ihn von innen verzehrte.

»Nein«, gab ich zu.

»Einfach weil *einem* Tod, *einer* Zerstörung und vor allem *einer* Geburt, die alles erst möglich macht, Hunderte von körperlichen Vereinigungen vorausgegangen sind, hier in dieser weitläufigen erotischen Landschaft. Hunderte Male sind sie gekommen, hier um uns herum. Ein guter Beobachter wird merken, dass die Spuren der Lust stets leichter zu entdecken sind als die Spuren der tragischen Ereignisse, die Sie gerade erwähnten.«

»Wenn Sie meinen … Aber was hat das mit uns zu tun, mit Ihnen und mir?«

»Warten Sie ab, ich werde es Ihnen an einem vielsagenden Beispiel demonstrieren, Sie werden sehen.«

Er flüsterte wieder ins Mikro: »Richard, geht es bitte etwas schneller? Danke.«

Die Limousine wich auf die Busspur aus und entfloh dem Stau auf der Rue Saint-Antoine, um dann in gehörigem Tempo in die Rue de Rivoli abzubiegen, scheinbar ohne sich um etwaige Polizeikontrollen zu scheren.

Er, sein Blick, seine Stimme, sein Geruch, die Enge des Innenraums, seine Hände auf dem weichen Leder, seine Hände, die ebenso gut über eine andere Haut streichen könnten … Ich erstickte fast und ließ auf meiner Seite das Fenster herunter; etwas kühle Luft würde mir die vernebelten Sinne erfrischen.

Meine Gedanken sammeln, wieder die Kontrolle übernehmen. Mich nicht von dieser süßen Lähmung einnehmen lassen.

»Gut«, willigte ich ein. »Aber unter einer Bedingung: Hören Sie auf, mir Märchen über Aurore zu erzählen. Ich will alles über ihren Tod wissen, die Wahrheit, Louis, die ganze Wahrheit.«

Er blickte mich überrascht an. Hatte ich ihn eben zum ersten Mal Louis genannt? Und in seinem Blick lag so etwas wie Respekt, oder sogar noch mehr, ein würdevolles, tiefes Gefühl.

Wieder überrollte mich eine Welle der Emotionen, ohne dass ich etwas dagegen tun konnte. Tausendmal hätte er Gelegenheit gehabt, seine Hand durch das ausgeleierte Bündchen meiner Jogginghose zu stecken, dann in mein Höschen. Allein der Gedanke daran ließ meine Schamlippen ungewollt zucken. Sollte ich mich nass machen, dann …

Es ist nicht wirklich ein Traum, eher so ein Gedanke, einer dieser feuchten Gedanken, die mich manchmal durchfahren, vor einer roten Ampel, oder wenn die Métro in einen Bahnhof einfährt, der zusammen mit ihr gleich wieder verschwindet.
Ich teile allen Männern um mich herum in dieser kurzen Haltezeit das gleiche Gesicht zu. Ich picke mir vorher natürlich den hübschesten heraus und stülpe seinen Nachbarn in Gedanken sein Gesicht über, damit alle gleich anziehend sind. Alle sind dann würdig, von mir empfangen zu werden. Sie sind alle verschieden, und sei es nur der Geruch ihrer Haut - und doch sehe ich sie alle als eins. Ich habe keine Hemmungen, mich den vereinten und doch so zahlreichen Händen der Männer auszuliefern, die mich kneten; auch ihren Fingern und Gliedern, die eines nach dem anderen in mich eindringen, gebe ich mich hin.
~~Bei jedem Partner fühlt sich der Penis größer und härter an.~~ Wenn ich dann wieder zu mir komme, denke ich jedes Mal, dass ich nicht genügend Platz in mir habe oder nicht genügend Körperöffnungen, um sie alle zu befriedigen. Ich bedauere das und fahre weiter, mit roten Wangen und nasser Unterhose, in Gedanken verspreche ich ihnen, es das nächste Mal besser zu machen.

(Notiz vom 11. Juni 2009, von mir selbst verfasst)

Dabei hatte Louis mich nur ein paar Sekunden an der Hand gehalten, sonst nichts. Ja, doch, dieser widersprüchliche und sprunghafte Mann respektierte mich auf seine Art. Oder war seine Zurückhaltung nur eine noch raffiniertere Methode, über mich zu verfügen, wann und wie er wollte – und nicht nur dann, wenn die Umstände ihn dazu drängten?

»Wir sind bald da«, flüsterte er. »Sie werden sehen. Was ich Ihnen zeigen will, wird Ihre Neugierde stillen.«

Ich konnte zwischen den Tuilerien und dem Tod von Aurore keinen Zusammenhang erkennen und schwieg. Das war auch besser so, denn alles, was jetzt aus meinem Mund gekommen wäre, hätte geklungen wie eine Aufforderung, sich auf mich zu stürzen. Mich zu nehmen. Mir seine klugen Erklärungen zu ersparen und mir endlich das zuteilwerden zu lassen, was er bei jeder unserer Zusammenkünfte aufs Neue verschob.

Endlich tauchten zu unserer Linken die lang gezogenen Gebäudeflügel des Louvre auf. Der Chauffeur gab ein paarmal Gas, wir fuhren am Palast der französischen Könige vorbei zu den Grünflächen der Tuilerien, die mitten im Dickicht der Stadt lagen. Ich wusste, dass das nicht immer so gewesen war. Wo heute Bäume wuchsen, stand einst der Tuilerienpalast, das Stadtschloss der französischen Herrscher, das von den Aufständischen der Pariser Kommune 1871 in Brand gesetzt wurde.

»Wenn jemand nur ein bisschen Charakter hat«, erklärte Louis, »kann jeder von uns sich mit einer historischen Persönlichkeit identifizieren. Ein recht amüsantes Spiel.«

Worauf wollte er nun schon wieder hinaus? Ich entschied, ihn nicht zu verärgern und ihn in seiner Fantasie zu bestärken.

»Ich habe mich immer als Ninon de Lenclos gesehen. Aber womöglich überschätze ich meine Talente.«

»David hat eher die Züge eines kleinen Bonaparte. Charismatisch, energisch, draufgängerisch. Ein Mann, der sich alles mit Gewalt nimmt und dem alles oder fast alles gelingt.«

Was wie eine Lobrede klang, war gleichzeitig als Kritik gemeint, mehr noch drückten seine Worte Unverständnis über einen Menschen aus, der so anders war als er selbst. Ich musste aber zugeben, dass der Vergleich nicht abwegig war, wenn man das Äußerliche außer Acht ließ – David war eine sanfte, ansprechende Erscheinung, der Kaiser der Franzosen war kühl und beunruhigend.

Der Wagen hielt an der Ecke Rue de Rivoli und Avenue Lemonnier, die bis zur Hälfte an den Ausläufern des Parks der Tuilerien entlangführte.

Louis, noch immer distanziert, frischte meine fragmentarischen Geschichtskenntnisse auf: »Der Palast, der hier noch vor hundertfünfzig Jahren stand, war das Meisterstück des Louvre in seiner vollendetsten Form. Zu seinen bedeutendsten Bewohnern zählen Napoleon I., der seine Ehre dareinsetzte, den Ort, an dem Ludwig XVI. gestürzt wurde, zu seiner offiziellen Residenz zu machen. Aber das interessiert uns jetzt nicht …«

»Was dann?«

»Auf diesen paar Metern spielte sich das ganze Liebesleben

von Napoleon Bonaparte ab. Im Palais Royal ist er entjungfert worden, da war er noch ein mittelloser, junger Offizier. Ein paar Straßen weiter hat er zum ersten Mal Joséphine gesehen. Und in diesem Palast, den es heute nicht mehr gibt, empfing er seine zahlreichen Mätressen.«

Ich war drauf und dran, ihn durchzuschütteln. Wie hing das alles mit David und Aurore zusammen? Und wie mit uns? Mit der greifbaren Lust, die die stickige Luft im Wageninneren zum Flimmern brachte?

»Es war wie die Begegnung von Napoleon mit Joséphine«, fuhr Louis fort. »David war Aurore hörig. Sie machte mit ihm, was sie wollte. Da waren etwa diese berüchtigten Borderlinekrisen … Ihre ungenierten Seitensprünge …«

Es fiel mir schwer, mir David als gehörntes Opfer vorzustellen.

»Als David nach ihrer Hochzeit verantwortungsvolle Posten in der BTV-Gruppe angetragen wurden – so wie Bonaparte vom Offizier zum General aufstieg und sogar zum Ersten Konsul –, drehte sich das Kräfteverhältnis allmählich. Nun war er es, der die Aufmerksamkeit auf sich zog und den alle Frauen anhimmelten.«

»Und Aurore?«

»Sie hat sich schnell verbraucht, hat sich zu Hause eingeigelt und ist immer tiefer in die Depression gerutscht.«

»David hat sie dann auch betrogen, stimmt's?«

So wie ich auf meine Art David betrog.

»Ja, fast zwanghaft, und ohne es zu verbergen«, bestätigte er. »Im Tuilerienpalast führte eine Dienstbotenstiege vom Erdgeschoss in ein zweites Zimmer, kleiner als das eigentliche Gemach, das direkt über dem Arbeitszimmer des Kaisers lag. Constant, Napoleons Erster Kammerdiener, brachte dort die jungen Hofdamen hin, auf die Napoleon ein Auge geworfen hatte.«

»Warum erzählen Sie mir das alles?«

Er drehte sich zu mir, sein Ausdruck wirkte streng, er glühte förmlich. Wie ein Raubtier, das sich seiner Kraft sicher ist und sich noch an seinem umherlaufenden Opfer weidet, ohne auch nur eine Sekunde daran zu zweifeln, dass er es gleich fressen wird. Louis verspeiste mich auch schon, mit Blicken.

»Weil zu der Zeit, von der ich Ihnen erzähle, David noch nicht im Hôtel Duchesnois lebte, sondern in der Wohnung, die heute mir gehört, in der Avenue Georges Mandel, im sechzehnten Arrondissement. Eine Wohnung, die über eine ganz ähnliche Einrichtung verfügt wie jene in den Tuilerien. Die kleine Zweizimmerwohnung, die darüber liegt und uns ebenfalls gehört, kann man natürlich vom Haupttreppenaufgang erreichen, aber auch über ein paar Stufen, die von meiner Wohnung aus dorthin führen. Ich habe diesen Aufgang schon lange zumauern lassen. Aber David hat ihn häufig benutzt …«

Frauen für eine Nacht – was waren das für Frauen?

Wie viele Frauen hatte David vor mir schon? Wir haben nie darüber gesprochen. Dutzende, Hunderte, mehr? Wie könnte ich auf diese vergangenen Gespielinnen nicht eifersüchtig sein? Kann man, wenn man jemandes Körper besitzt, sein Gedächtnis auslöschen, alle Frauen auslöschen, die er einst besaß?

(Notiz vom 11. Juni 2009, von mir selbst verfasst)

War das der Kern von Davids Wesen: unermüdlicher Jäger, immer auf Beutezug, wo sich Louis im Gegenteil nur auf mich konzentrierte?

Ich fragte mich, wo sich wohl im Hôtel Duchesnois eine solche geheime Stiege verstecken konnte.

»Hat er Ihnen das alles erzählt?«

»Ja, David hat sich in meiner Gegenwart damit gebrüstet. In seinen Augen feuerte das unsere Konkurrenzspielchen an.«

Louis hatte bis hierhin keine Miene verzogen, jetzt unterdrückte er ein kleines Lachen.

»Hat sein Verhalten Sie schockiert?«

»Ich war nicht schockiert, ich war aufgebracht! Ich ertrug nicht, dass er sich von Aurore trennte wie von einem kaputten Spielzeug, nur weil sie sensibler war als er, nur weil sie …«

Er strich mit der Hand über seine Fensterscheibe, wie um die Aussicht wegzuwischen.

»Weil sie …?«

»Um seine Seitensprünge zu rechtfertigen, behauptete David, dass Aurore nur eingeschränkte *Talente* besaß. Er habe versucht, den Verlockungen zu widerstehen, aber sie konnte ihn nie befriedigen.«

Was er mit »Talente« meinte, musste er mir nicht näher ausführen.

»Sie sahen die Sache anders …?«

Während ich das sagte, hatte ich meine Hand, auf die er lustvoll und leidend zugleich blickte, auf sein Knie gelegt. Ich zog sie zurück. Ich wollte den Augenblick, so keusch er auch war, nicht verderben, ich wollte Louis nicht aufscheuchen und sein Vertrauen unterbinden.

Louis, der Libertin, Louis, der Perverse, erstarrte vor meinen Augen, zerrissen zwischen seiner Lust und der erdrückenden Last seiner Erinnerungen, sichtlich bemüht, mich zu schonen. Diese neuen Eindrücke verwirrten mich.

»Ja, ich denke, David hat sie erstickt. Als sie sich begegnet waren, machte er aus ihr ein perfektes Objekt, eine Art Unberührbare. Er hat sie idealisiert … Als er von Aurores Seitensprüngen erfuhr, hat er alles getan, um sie von der Welt abzuschneiden.«

»Seine Art, sie zu bestrafen.«

»Ich würde eher sagen, ein Versuch, das Paar wieder in Ordnung zu bringen. Wie ich vorhin sagte: David ist Napoleon. Sie können ihm alles nehmen, nur seine Macht nicht. Aurore im Haus einzusperren, war die bequemste Möglichkeit, seinen Einfluss wiederherzustellen. Ihre labile Gesundheit war ein Vorwand, und die von David gut bezahlten Ärzte waren so entgegenkommend, ihr ›dauerhafte Ruhe‹ zu verschreiben.«

»Sie ging nicht mehr aus?«

»Zum Schluss fast nicht mehr. Ob in der Avenue Mandel oder in Dinard, sie lebte wie unter einer Glocke. Am schlimmsten war, dass sie sich nie beklagt hat. Sie wurde absolut abhängig von ihm.«

Napoleon und Joséphine, der Herrscher und seine abgelegte Mätresse. Bei David und Aurore war sicher nicht der Altersunterschied verantwortlich für das Erlöschen ihrer Leidenschaft. Was also sonst? War diese These glaubhaft, die Louis so verbittert vorbrachte: dass ihre sexuellen Wünsche zu weit auseinander lagen und sie sich deswegen voneinander entfernten?

»Und weiter?«

»Am Tag, als Aurore starb, waren wir in Dinard, in Roches brunes, der Villa am Steilhang von Malouine, die unser Vater gekauft hatte. Er hatte sie sich zwanzig Jahre zuvor selbst geschenkt, aus einer Laune heraus, mit dem Geld, das aus dem Verkauf von Anteilen an *L'Océan* stammte.«

Dinard.

»Ans Meer, aber nicht ans Ende der Welt«, hatte David gesagt, als er von unseren Flitterwochen sprach. Wollte er mich nach Dinard bringen? Dorthin, wo so viele Erinnerungen an der stürmischen Landschaft hingen?

»Fahren Sie noch manchmal hin?«

»Ich? Nein«, antwortete er leise. »Ich war nie mehr dort. Das Haus ist seither unbewohnt, oder fast. Ich glaube, Armand fährt einmal im Jahr hin, um etwas sauber zu machen.«

»Und an dem Tag – was ist da passiert?«, hakte ich nach.

»David war kurz entschlossen weggefahren, angeblich dienstlich, wie immer. Aurore hatte sich in ihr Zimmer eingeschlossen. Sie weinte die ganze Zeit. Sie hatte eine Notiz von einer seiner Geliebten gefunden. Kurz …«

»Waren Sie auch da?«

»Ja, mit meiner damaligen Gefährtin.«

Louis Barlet hatte also »Gefährtinnen« gehabt. Er, das unzähmbare Raubtier, hatte sich für eine Zeit in das Gefängnis einer Partnerschaft sperren lassen – so jedenfalls musste er das sehen. Würde er sich noch einmal auf so etwas einlassen?

»Es war meine Freundin, der es gelang, Aurore durch die Tür zum Sprechen zu bringen, um zu verstehen, was passiert war. Ein gewöhnliches Possendrama, aber eine Szene, die sämtlichen vorangegangenen sehr ähnlich war.«

Ich unterbrach ihn nicht mehr. Sein plötzlich ernster Gesichtsausdruck war wie eine Regenwolke, die vom Meer herübergezogen war und nun abregnen musste.

»Später sind wir in Saint-Malo essen gegangen, zu zweit.

Meine Eltern waren da, Armand war da. Es gab keinen Grund, sich Sorgen zu machen.«

Anscheinend doch…

»Sie hat sich in der Nacht aus dem Haus geschlichen. Sie werden es sehen, wenn Sie dort sind.«

Hatte David ihn über das Ziel unserer Hochzeitsreise informiert?

»Das Haus steht auf einem Steilhang. Auf der Seeseite kommt man nur über eine steile Treppe zum Strand. Sie führt zu einem Zöllnerpfad, der bei Flut vom Wasser überspült wird.«

Vor meinem geistigen Auge tauchte ein makaberes Bild auf.

»Ist sie dort ertrunken?«

»Ja… aber eigentlich ist die Sache nie aufgeklärt worden. Genau unter dem Pfad sind sehr große, spitze Felsen. Wenn das Meer sich zurückzieht, sehen sie aus, als könnte man darauf gehen, in Wirklichkeit sind sie voller Krater und Spalten. Man muss nur mit einem Fuß hineinrutschen und kommt allein nicht wieder raus.«

»Warum nicht?«

»Das Wasser, das dort hineinläuft, ist wie eine Pumpe. Es zieht einen runter. Wenn gerade die Flut kommt, dauert es nicht lange, bis das Wasser einen erreicht. Wenn niemand da ist, einen da rauszuholen…«

Sein Bericht untermauerte die Version, die er mir wenige Tage zuvor erzählt hatte.

Ich bemerkte, dass wir jetzt nach Westen fuhren, über die Place de la Concorde, dann über die Étoile.

»Glauben Sie, dass es ein Unfall gewesen sein könnte?«

»Ehrlich gesagt, nein. Das glaube ich nicht.«

Es sagte das ohne jedes Pathos. Bisher hatte er aus dem Fenster gesehen, jetzt wandte er sich mir zu und lächelte erleichtert. War es möglich, dass ich die Erste war, der er sich anvertraute?

»Wir werden es nicht mehr erfahren. Als ich ankam, war es zu spät… Es ragte nur noch ein weißer Zipfel ihres Nachthemds aus dem Wasser. Ich wollte an der Stelle nach ihr tauchen. Aber alles, was ich damit erreichte, war, dass ich selbst gerettet werden musste. Doch ich hatte mehr Glück als sie, nur das da habe ich dort gelassen…« Mit einer müden Geste deutete er auf sein Knie.

»Wer hat Sie denn gerettet?«

»Ein Fischer, der gerade in den Hafen einfuhr.«

»Sie müssen ihm sehr dankbar sein.«

»Ja, dabei weiß ich nicht einmal, wie er heißt. Dieser Dummkopf hat dem Personal im Krankenhaus von Saint-Malo keinen Namen genannt. Er ist gegangen, wie er gekommen war.«

»Und Aurore?«

»Als ich wieder zu mir kam, erzählte meine damalige Freundin mir, dass man sie nicht gefunden habe. Sie, vielmehr das, was von ihr übrig geblieben ist, liegt jetzt irgendwo am Meeresgrund und hat sich mit dem Muschelsand vermischt.«

»Wie hat David reagiert?«

»Wie ich Ihnen bereits sagte, Elle. Er, der sie so schlecht geliebt hat, konnte sich mit ihrem Verschwinden nicht abfinden. Jahre später hat er sich die Verletzung zugefügt, die er am Arm trägt. Eine Zeit lang hat er versucht, mich für ihren Tod verantwortlich zu machen. Er hat allen erzählt, ich hätte seine Frau von den Felsen gestoßen.«

Die Polizei hat die Sache als Unfall eingestuft. Ende der Geschichte, Ende von Aurore. »Die Lust gewinnt immer gegen den Tod«, hatte Louis gesagt. Ich begriff nicht, worin in diesem Drama Eros' Triumph bestand.

Ich richtete mich auf, und Louis versank wieder in die stille Betrachtung der Landschaft. Seine Erzählung hatte den erotisch aufgeladenen Nebelschleier aufgelöst, der seit der Abfahrt aus Nogent zwischen uns waberte.

Schließlich bogen wir nach links auf eine von Kastanienbäumen gesäumte Allee ab. Bald hielt das Auto vor dem Tor eines eleganten Schlosses: Malmaison, ein grüner Hafen des Friedens, bekannt für seine Rosengärten; Bonaparte hatte es Joséphine geschenkt, nachdem er zu Reichtum gelangt war.

Was erhoffte sich Louis? Dass wir gemeinsam das Original jenes Zimmers genießen würden, das ich schon aus dem Paris kannte? Wohl kaum, so wie er sich benahm.

Nach seinen bedrückenden Geständnissen wurde er langsam

aber wieder er selbst: flüchtig, unvorhersehbar, eine unbesiegbare Figur auf einem verrückten Schachbrett, dessen Stellungen ständig wechselten.

»Was wollen Sie genau von mir?«, fragte ich ihn nun. Ich wollte mich seinen Launen nicht länger ausliefern. »Was spielen Sie für ein Spiel?«

»Ich spiele nicht, Annabelle«, antwortete er ernst. »Alles, was ich tue, ist … ans Licht bringen.«

Sein Blick war durchdringend, aber ehrlich und voll Unschuld.

»Aufdecken?«

»Ja, aufdecken. Ich bin wie ein Fotograf, der seine Bilder entwickelt. Ich mache das unsichtbare Bild in Ihren Silbersalzen sichtbar. Sie können es selbst nicht sehen, aber ich, ich sehe, wie es schärfer wird.«

Die Farbe, die mein Zehnmal-am-Tag hatte, die Farbe seiner Päckchen, das war also kein Zufall? Silberfarben. Silber, die Farbe der Sichtbarmachung.

»Fotoentwickler gibt es nicht mehr«, entgegnete ich. »Niemand benutzt so etwas noch, das ist vorbei, heute ist alles digital.«

»Nicht bei mir.«

Sein Lächeln erstrahlte wie eine neue Blume in einem Garten. Mit einer kaum merklichen, beinahe bescheidenen Geste deutete er auf das neoklassizistische Bauwerk vor uns.

»Sie haben schon verstanden. Ich bin aus einer anderen Zeit!«

Mit all der Lebhaftigkeit, die sein kaputtes Knie ihm erlaubte, sprang er aus dem Auto – da erhaschte ich an seinem Knöchel eine weitere Tätowierung, einen anderen Buchstaben, wie ein Echo des A, das in sein Handgelenk tätowiert war: ein kunstvoll umranktes großes D.

A und D. Oder: AD.

»Aurore Delbard«, murmelte ich.

23

Der Rest des Tages war eine Abfolge sanfter, lustiger Momente, getragen vom frühlingshaften Reiz der Rosengärten im Schatten der Linden. Der Blumenduft erinnerte mich an Mama, und kurz stiegen Schuldgefühle in mir auf, weil ich so wenig Zeit mit ihr verbrachte.

Der Park von Malmaison war bescheiden, aber herrlich. Keine Effekthascherei, keine Wasserspiele oder sonst welche spektakulären Installationen; einfach nur ein großer Garten, in dem man gern spazieren ging. Wie schon in Paris erwies sich Louis als exzellenter Führer, der pikante, herzhafte Anekdoten zu erzählen wusste. Unter seiner Anleitung verwandelte die Geschichte sich in eine wahrhaftige Enzyklopädie der aufgeweichten Sitten.

In einer nahe gelegenen Brasserie nahmen wir ein spätes Mittagessen zu uns, und als das Auto mich vor dem Hôtel Duchesnois absetzte, war es schon früher Abend.

»Bis bald?«, fragte Louis mit einem Lächeln, in dem Hoffnung und Bescheidenheit zugleich lagen.

Ich entdeckte auf seiner rechten Wange ein Grübchen, das immer dann aufzutauchen schien, wenn er aufrichtig war. Das Wahrheitsgrübchen, wie ich es taufte, hatte sich mir schon einmal gezeigt, als er sich aus der Deckung gewagt hatte. Im Garten des Musée de la Vie romantique. Auch an diesem Morgen, in seinem Wagen, als er mir von Aurores Tod erzählte.

»Vielleicht…«, antwortete ich. »Sicher laufen wir uns bei einem dieser spannenden Meetings bei BTV über den Weg…«

Er verstand meine leichte Ironie und streichelte mir sanft über die Hand.

Die Tür flog auf, ohne dass ich auch nur den Griff berührt

hatte. Im Gegenlicht erschien Richard, der Chauffeur, der den ganzen Tag hinterm Steuer gesessen hatte, ohne sich zu zeigen.

»Mademoiselle…«, brummelte der Hüne und wich beiseite, um mich aussteigen zu lassen.

Erst als ich draußen stand, erkannte ich ihn. Es war dieser Klotz: der Nachbar mit den schlechten Manieren, der mir Félicité wiedergebracht hatte! Ich war völlig perplex.

Das Haus war leer, wie so oft um diese Zeit, besonders seit Armand durch die Stadt hetzte, um unsere Hochzeit vorzubereiten.

Neben dem silbernen Umschlag, der mich im Grunde nicht überraschte, lag ein handgeschriebener Zettel von David.

Essen mit den Koreanern. Angesichts ihrer Angewohnheiten: Besäufnis in Sicht. Es wird spät. Warte nicht.
Ich liebe dich.
D.

Langsam öffnete ich den anderen Umschlag, der weniger dick war als gewöhnlich. Er enthielt in der Tat nur den üblichen Schlüssel für ein Zimmer im Paris sowie zwei beschriebene Kärtchen.

Die Abwesenheit weiterer Details zeigte, dass ich nun Ort und Zeit unseres Rendezvous schon selbst wissen sollte. Im Paris, um zweiundzwanzig Uhr.

Ich drehte die beiden Kärtchen um und stellte zu meinem Schrecken fest, dass darauf zwei verschiedene Gebote notiert waren. Louis musste mir nichts davon zweimal sagen, um mich davon zu überzeugen, zu kommen. Er wusste, dass ich da sein würde. Und weil er davon ausging, steigerte er das Tempo noch.

4 – Du sollst deinem Herrn gehorchen

Das zweite Gebot klang unter seinem harmlosen Deckmäntelchen viel bedrohlicher:

5 – Du sollst deiner Lust folgen

Was wusste ich von meiner Lust? Louis hatte in mir Lüste geweckt, die von der Zeit und durch flüchtige, gedankenlose Umarmungen wie wegradiert worden waren. »Ans Licht bringen«, hatte er das genannt. Aber war ich sicher, dass ich mich denen hingeben wollte? Was waren diese Höhepunkte, die schrillen, reizvollen und von Natur aus vergänglichen Orgasmen, gegen die weitläufigen Gefilde des Glücks eines David Barlet?

Ich entschloss mich, das verlogene Schweigen des Letzteren zunächst zu respektieren. Wenn die Geschichte, die sein älterer Bruder erzählt hatte, so glaubhaft war, wie er versicherte, dann war David nicht nur ein ordinärer Heuchler. Er war das erste Opfer von Aurores Wahnsinn geworden – und zugleich ihr Henker. Ich konnte mir vorstellen, mit welcher Scham und Schande er seither lebte; der stechende Schmerz war mit den Jahren nicht weniger geworden und hatte das Gewicht seiner Fehler und Versäumnisse nicht leichter gemacht. Ich war Neuland für ihn, ich war ein Unterfangen, das ihm dieses Mal gelingen sollte, ohne dass er vom Weg abkam. Dieses Ziel rechtfertigte sein Schweigen gut, so drückend und illoyal es auch auf den ersten Blick schien.

Nach einer kurzen Mahlzeit in der Küche schloss ich mich in meinem Zimmer ein und holte zwischen den Wäschestapeln die Kostbarkeiten hervor, die Louis mir im Lauf der vergangenen Tage geschenkt hatte: den geheimnisvollen Schlüssel, die Peitsche, dieses Ei, dessen Anblick allein mich zusammenzucken ließ, das Collier der Païva und diese Haarnadel, die David zwar bezahlt, aber nicht ausgesucht hatte. Ich drehte und wendete jedes Teil zwischen meinen Fingern, bewunderte die Geschmeidigkeit des einen und die Verzierungen des anderen. Hart und raffiniert, glatt und fest, eindringend und nicht durchdringbar – die Dinge bildeten ein seltsames Mosaik, ein Durcheinander, das dem Abbild ihres Absenders entsprach. Subtil zweideutig. Dennoch war der ganze erotische Trödel nichts wert, wenn ich ihn nicht benutzte. Die gekonnte Inszenierung hatte nur ein Ziel: Ich sollte selbstbestimmt über meine Lüste entscheiden und diese leblosen Dinge zu meinen Liebespartnern machen.

Wieso lag dieser Einladung nichts bei? Erwartete mich vor Ort eine Überraschung? Oder gar etwas *Leiblicheres*?

Erneut sah ich mich in unserem Zimmer um, das genügte, um sagen zu können: Ich habe mich verändert. Endgültig. Ich war keine Hotelle mehr, aber noch weniger war ich dieses weiche, fügsame Stück Wachs, das David nach seinem Geschmack formen wollte. Auch wenn ich weiter brav in dem Luxus lebte, den David mir anbot – das Haus, das Kleid, die Märchenhochzeit –, welcher Teil von mir wollte das überhaupt noch? War das immer noch ich, in diesem vergoldeten Leben? Aber was wollte die neue, durch die geheimen Treffen mit Louis aufgeblühte Elle – wusste sie es? In welchem Zimmer würde sie genommen werden?

Ich kam etwas zu früh beim Paris an. Es war kurz vor zweiundzwanzig Uhr. Ohne ein Wort und ohne Blick für Monsieur Jacques, der mit Schreibarbeiten beschäftigt war, ging ich schnurstracks zu den Aufzügen.

»Guten Abend, Mademoiselle!«, begrüßte mich Ysiam mit einem freudigen Lächeln. Und obwohl ich wusste, dass er Louis' untergebener Diener war, war er in meinen Augen die Unschuld in Person und mir darum sympathisch.

»Guten Abend, Ysiam. Bringen Sie mich zum richtigen Zimmer?«

»Gerne, in welches?« Er lächelte breit, er spielte eine Rolle.

»Nun, ich denke, Sie wissen das, oder?«

»Ich weiß es, aber Sie müssen es mir sagen!«

Wenn das so war …

»Gut. Sehen wir mal, was ich noch so habe: einen Schlüssel, einen alten Schlüssel, der zu irgendeiner Tür passen könnte …«

»Irgendeine …«, wiederholte er, ihm schien das Spielchen Spaß zu machen. »Also keine …«

»Hm. Ich habe kein Collier, kein Ei, mir bleibt noch eine Haarnadel.«

»Sind Sie sicher, dass die zu Ihrer Ausstattung gehört?«

»Nein, da haben Sie recht. Dann bleibt mir nur noch … die Peitsche!«

Er nickte freudig. »Sehen Sie! Da hätte ich etwas anzubieten …«

»Eine Peitsche …«, sagte ich nachdenklich.

Welche unserer legendären Kurtisanen hat sich wohl gerne damit amüsiert? Ich ging in Gedanken die Namen der Zimmer durch, aber es machte nicht klick. Da erblickte ich wenige Schritte hinter ihm dieses Retroplakat.

Ysiam folgte meinem Blick und drehte sich um. Auf dem eingerahmten Poster, einem Nachdruck, war eine spanische Tänzerin mit einem Fächer in der einen und einer Peitsche in der anderen Hand, was ihre martialische Pose noch unterstrich. Darunter stand ihr Name: Lola Montez.

»Lola Montez?«, wunderte ich mich.

»*Lola Montez* heißt auch ein Film von Max Ophüls über sie.«

Nachdem er mich belehrt hatte – ich hatte keinen Zweifel daran, wer ihm das beigebracht hatte –, bat er mich in den Fahrstuhl und brachte uns in die zweite Etage.

Es war beeindruckend. Während die anderen Flure in grellen Farben leuchteten, war hier alles schwarz gehalten: die Wände, die Türen, der Teppich. Selbst die Strahler, die auf die Accessoires gerichtet waren, durchdrangen kaum die Finsternis. Vorsichtig, um nicht zu stolpern, tasteten wir uns zum Zimmer vor.

Drinnen sah es nicht fröhlicher aus. Das Zimmer war in tiefes Dunkel getaucht, das nur von zwei Nachtlampen an den vergoldeten Fußleisten und an der Decke durchbrochen wurde. Das Kenotaph zum Andenken an die geheimnisvollste Kokotte der Romantik stimmte eher besinnlich, als dass es erregend war. Das Klicken der Tür hinter mir holte mich plötzlich wieder zurück, wie ein erster Peitschenhieb auf meine Sinne.

»Komm näher.«

Wie beim vorherigen Mal rissen mich die plötzlichen Worte im Raum, zu denen es kein Gesicht gab, aus meinen Gedanken – wie ein Donner, der mich vor Schreck fast aufschreien ließ. Diesmal kam die Stimme nicht aus Lautsprechern. Der metallische Klang, der von einem Sprachverzerrer oder einem ähnlichen Gerät herrührte, kam nicht von oben, sondern von der Wand gegenüber der Tür, dort, wo der dichte Schatten alles verschluckte, Gestalten samt Dekor.

Trotzdem nahm ich eine flüchtige Bewegung wahr. Ich war mir sicher, jemand kam auf mich zu. Ich wich zurück, ein Gefühl von Angst und Erregung zugleich verlangsamte meine Bewegungen, wie in einem dieser furchtbaren Albträume, wenn man wie festgeklebt ist und auf das Erwachen wartet.

»Hab keine Angst. Wenn du gekommen bist, dann, weil du keine Angst mehr hast.«

Die verzerrte Stimme war erschreckend, aber ihr veränderter Klang wollte besänftigen. Während der Mann sprach, erblickte ich ihn, jedenfalls zum Teil. Er blieb jedoch anonym, hinter seiner Maske aus mattem Latex, aus dem auch der Ganzkörperanzug war, den er trug. Ein verblüffendes Kleidungsstück, das in mir ein Durcheinander aus Bildern meiner Kindheit wachrief – Catcher, Muskelmänner vom Jahrmarkt – und Fantasien aus meinem Erwachsenenleben: Catwoman, Sadomaso-Szenen und was weiß ich noch.

Die stark gedehnte Verdickung im elastischen Material des Anzugs, die an seinem Unterleib hervorsprang, zeigte mir, dass sein Glied schon steif war.

»Nicht wahr?«, fragte er nach.

Vorsichtig bestätigte ich: »Nein, ich habe keine Angst.«

Er zog hinter seinem Rücken etwas hervor, das lang und dünn war und das ich nicht sofort erkannte.

»Dann komm näher. Dir passiert nichts.«

Eine Peitsche! Ähnlich der, die Louis mir zugedacht und mit der ich noch wenige Minuten zuvor herumgespielt hatte.

Ein Detail irritierte mich. Trotz der Dunkelheit war auffällig, dass der Mann vor mir sich ohne Hilfe auf den Beinen hielt.

»Sie werden mich doch nicht …« Ich brachte die Worte kaum hervor.

»Auspeitschen? Nein, nicht, wenn es nicht nötig ist. Nicht, wenn du gehorsam bist.«

Ich versuchte, die Fassung wiederzuerlangen. »Okay … Okay … Das geht mir jetzt ein bisschen zu weit.«

»Tsss … Wir sind ja noch nirgendwohin gegangen, und du willst schon wieder weg.«

»Ich möchte nicht geschlagen werden!«

»Wer sagt denn, dass du geschlagen wirst? Man kann mit *diesem Ding* tausend andere Sachen anstellen …«

Um mir das zu demonstrieren, strich er mir mit der weichen Spitze der Lederpeitsche über die Haut; durch meine Kleidung hindurch elektrisierten mich die Berührungen, als wäre es seine Zunge gewesen.

Unter anderen Umständen, etwa als Zuschauerin, wäre mir die Situation vermutlich grotesk vorgekommen, aber jetzt presste sie aus mir den ebenso süßen wie giftigen Saft der Hingabe heraus. Im Zentrum seiner Aufmerksamkeit zu stehen und ihm verfügbar zu sein, schaltete meinen Verstand aus, der ohnehin nur ein brüchiger Schutzwall zwischen meinen Lüsten und mir selbst war. Meine Verteidigungsstrategien wurden nach und nach lahmgelegt, ich fühlte das unbedingte Bedürfnis wachsen, seinen Anweisungen zu folgen.

»Schließe die Augen, konzentriere dich auf das, was du spürst.«

Ich spürte, dass er bei mir war, näher als eben, zum Greifen nahe, ich spürte seinen Atem auf meinem Gesicht, in meinem Nacken. Mich irritierte, dass er keinen Eigengeruch hatte. Nichts strömte von ihm herüber, nicht einmal der Hauch eines Eau de Toilette – nur der künstliche, säuerliche Latexgeruch, der mir zu Kopf stieg.

Er nahm mich an der Hand und führte mich umsichtig zum Bett, das ebenfalls mit schwarzen Laken bezogen war, wie ein schwarzer Katafalk, auf den er mich langsam legte.

Noch während ich mich ausstreckte, ertönte Musik im Raum, erst wie ein leiser Regen, dann lauter und lauter.

Ich kannte das Stück nicht, musste aber einsehen, dass es zu der Situation passte: Es war ein betörender Singsang in einer mir unbekannten Sprache, mit einem musikalischen Klangteppich im Hintergrund. Wie gregorianische Gesänge zu einem neuen Kult, dem große Priesterinnen vorstanden. Aber der Text war auch nicht wichtig, ich wollte mich nur von dieser hohen Stimme treiben lassen, bis an den höchsten Punkt, den sie erreichte.

Der Mann zog mich langsam aus – ich hatte mich an diesem Abend für ein nüchternes und einfaches Outfit entschieden – und fuhr fort, den Lederriemen der Peitsche über meinen Körper gleiten zu lassen. Seine Bewegungen waren präzise, ich nahm an, dass er muskulös und trotzdem schlank war.

»Das Stück heißt *Forever without End*«, raunte er mir zu.

Das entsprach den Gedanken, die seine Peitsche in mir auslöste, bis ins Detail kannte sie meine empfindlichsten erogenen Zonen. Sie visierte nur die sensibelsten an und verweilte dort, wo sie die sanftesten, längsten und vor allem sichtbarsten Schauer auslöste. Mein Nackenhaar sträubte sich. Meine Schultern schüttelten sich, wenn ein leichter Schmerz sich mit Lust verband. Sogar das namenlose Hautdreieck, das sich zwischen Ohr und Nacken befindet, schnurrte zufrieden. Und erst meine Brüste, mein Bauch und die Innenseite meiner aufgebrachten Oberschenkel, die sich jedes Mal weiter öffneten, wenn die Peitsche in ihre Nähe kam, zitternd, neugierig, begierig auf die Fortsetzung, als wäre es eine Geschichte, die ich ihnen zum ersten Mal vorlas.

Mein Körper stand unter Spannung, er war voller Ungeduld, wollte mehr … Und wollte er es heftiger?

»Das gefällt mir sehr …«, sagte ich, ohne selbst zu wissen, ob ich seine Berührungen oder die Musik meinte.

Das plötzliche Vordringen der Lederpeitsche zwischen meine großen Schamlippen entlockte mir ein verzweifeltes Japsen. Er rieb wiederholt meine Spalte, ohne Gewalt, mit genau dem richtigen Druck, sodass jede Berührung mich quälte; mein Rücken war aufs Äußerste angespannt und durchgedrückt, mein Unterleib, meine Möse, wölbte sich ihm entgegen.

»Au!«

Der erste Hieb auf meinen Bauch kam unerwartet, er war nur leicht gewesen, brannte mir aber auf der Haut.

»Sie sollten mich nicht schlagen!«

Wütend richtete ich mich auf, aber er drückte mich mit einer Hand zurück auf das Lager, ich konnte nicht entkommen.

»Peitschen ist nicht dasselbe wie schlagen.«

»Ah ja? Das erklären Sie mal meiner Haut!«

»Mit Worten kommen wir nicht weit, du musst es spüren.«

Meine Wut schnitt mich nicht von meinen Gefühlen ab, im Gegenteil, sie verstärkte sie noch. Die Hiebe wurden heftiger, ich verlangte nach mehr, erwartete mit Spannung, wie stark der nächste sein und wo er mich treffen würde. Er hinterließ Streifen auf meinen Brüsten, meinen Schenkeln, meinem Po, mied aber mein Gesicht, das ich vor Lust und Schmerz verzog.

Ich unterdrückte einen panischen Reflex, als er plötzlich auf mir ritt, wobei er auf meinen Armen kniete, die ich nun nicht mehr bewegen konnte, und sein Gewicht mich niederdrückte. Da begriff ich, was er vorhatte. Kaltes Metall am ersten Handgelenk, der Reifen, der sich darum schloss, dann dasselbe an der anderen Hand. Ich war gefesselt.

Als ich die Augen aufschlug, um zu sehen, was auf die Qualen der Lust folgen sollte, war alles verschwunden. Die Nachtlampen waren erloschen, das Zimmer in absolutes Dunkel getaucht. Ich konnte nur ahnen, wo er sich gerade aufhielt, weil ich ihn atmen hörte oder die Wärme spürte, die sein in Gummi gehüllter Körper ausstrahlte.

Er musste meine Gedanken gelesen haben, denn jetzt vernahm ich das Geräusch einer Rolltür, woraus ich schloss, dass er sich auszog. Und er befreite dabei nicht nur seinen Körper, sondern auch diesen mir so wohlbekannten Duft, den die Gummihülle gefangen gehalten hatte.

Vanille. Lavendel. Louis. Oder ein Mann, der parfümiert war wie er?

Meine letzten Zweifel verflüchtigten sich, als seine Stimme, nun wieder normal, sich mit seinem Parfüm zu einem Bild zusammenfügte.

»Kein Dunkel ist dunkel genug, um dich unsichtbar zu machen.«

Wovon sprach er? Von meiner Schönheit?

Die Peitsche war nicht das einzige Accessoire, von dem er an diesem Abend eine doppelte Ausführung bei sich trug.

»O nein!«

Das Metallei, das er gerade in meine Scheide gedrückt hatte, glich genau dem, mit dem er mich schon einmal in Ekstase versetzt hatte.

»Doch«, sagte er nur.

Ohne wirklich zu begreifen, was nun vor sich ging, hörte ich seine Schritte auf dem Teppich, dann ein doppeltes Klicken im Türschloss, das man auf- oder zugesperrt hatte.

War er wirklich hinausgegangen?

Ich kam nicht dazu, einen weiteren Gedanken zu fassen. Der Samen der Lust ging in mir auf, das Ei hatte sich in Bewegung gesetzt, anscheinend wurde es aus der Ferne bedient. Ich war gefesselt und hatte keine Kontrolle über das Ei, nicht über seine Intensität, nicht über seinen Weg in mir, noch weniger über die Dauer seiner Vibrationen.

Mein erster Orgasmus war wie eine Implosion in meinen tiefsten Tiefen. Dabei fühlte ich mich nicht auseinandergesprengt, sondern zusammengedrückt zu einer Kugel aus Feuer und Lust, wie eine abstrakte Skulptur, von der man nur das Geschlecht sähe, ihre staunende Vulva.

»Es ist nicht das … du bist es«, ich weinte fast vor Ekstase und aus Frust.

Ich wollte dem ein Ende bereiten – oder, besser gesagt, noch einmal von vorn anfangen. Ich ertrug die Spielchen nicht mehr, die mechanisierte Lust. Ich wollte ihn. Hier und jetzt, mit nur der Zeit zwischen uns, die wir uns ließen, um uns zum Höhepunkt zu bringen.

Da trat er ein, und ich sagte verzweifelt, vorwurfsvoll, dankbar: »Komm!«

Ohne ein Wort kam er auf mich zu und zog das Ei aus mir heraus. Der Saft, der sich aus mir ergoss, löste eine angenehme Welle aus, die sich bis in meine Brust fortsetzte. Ich fühlte mich überflutet, eingesaugt vom Strudel meines Orgasmus, ich ertrank und war glücklich darüber.

»Nimm mich, nimm mich …«, flehte ich ihn an.

Er schien mich nicht zu hören, als wäre ich stumm. Stattdessen kniete er sich zwischen meine Beine, zog mit einem Ruck meinen Po bis an den Bettrand vor, leckte mich und trank an meiner nassen Möse wie ein Verdurstender in der Wüste.

Seine Methode war völlig anders als die von David. Während mein Zukünftiger mit der Regelmäßigkeit eines Metronoms ans Werk ging, war bei Louis alles Zufall, Pause, Rhythmuswechsel. Er brauchte es nicht, in mich einzudringen, um das Beste aus mir herauszuholen. Was meinen Lusthöhepunkt hätte hinauszögern sollen – sagte man nicht, dass der Cunnilingus nur gut war, wenn er lang dauerte und sorgfältig ausgeführt wurde? –, machte mich nur heißer, ließ meine inneren und äußeren Schamlippen anschwellen und meine Klitoris sich aufrichten zu nie gekannter Größe.

Ich weiß nicht mehr, bei welcher Gelegenheit einer unserer Professoren Sophia und mir gegenüber als Beispiel für erotische Fotografie Lucien Clergues Serie Née de la vague genannt hatte. Er hatte mich neugierig gemacht, ich recherchierte also im Internet. Ich war fasziniert und unangenehm berührt von diesen nackten, meistens gesichtslosen Schönheiten, die sich in Wellen und Schaum rekelten. Was ich sah, rührte an einen Aspekt meines Körpers, der mir immer Unwohlsein bereitete, obgleich er auf Männer erregend wirkte: der Geruch ~~meiner Fotze~~ meines Geschlechts. Ich hätte mich sehr gut damit abfinden und diesen Komplex in eine geheime Ecke verbannen können, wäre er mir nicht mehrmals am Tag, auch wenn ich frisch angezogen und parfümiert war, in die Nase gestiegen. Auf der Schulbank, in der Uni, auf einem Sitz in der Métro – überall, wo die Umstände mich mit Fremden in Kontakt brachten, war ich überzeugt, dass sie die markanten, nach Moschus riechenden Ausdünstungen meiner ~~Fotze~~ Möse wahrnehmen konnten. Auch aus diesem Buch stieg Meeresgeruch auf, wie ich ihn seit jeher mit meinem Geschlecht verbinde.

(Notiz vom 11. Juni 2009, von mir selbst verfasst)

Mit der Zungenspitze fuhr er unter das Mäntelchen und umspielte lange meinen Gipfel, er raubte mir meinen letzten Schutz und meine letzten Skrupel. Es war beinahe schmerzhaft – aber plötzlich durchzuckte ein Blitz den Raum und traf es, mein kleines Glücksorgan, zerriss meinen Bauch, verbrannte meine Eingeweide mit einem Flammenwurf, vernebelte mir die Sicht und hebelte meine Sinne einen nach dem anderen aus.

»Jaaaaa!!!!!«

Ich war vom Blitz getroffen, ich war verbrannt. Die Lust kam mir nicht mehr in einem Nein, sondern in einem Ja.

Diesmal hörte ich ihn nicht gehen. Erst als ich versuchte, einen meiner Arme zu bewegen, bemerkte ich, dass er mich befreit hatte.

Aber auch ohne Fesseln und nunmehr frei, wusste ich: Fortan gehörte ich ihm. Ich konnte heiraten, wen ich wollte. Und wenn es sein Bruder war. Ich konnte mir ein kuscheliges Nest bauen.

Aber ich hatte nur einen Herrn. Louis, Louis …

24

12. Juni 2009

Immer wenn ich ein Problem hatte oder mich in einem echten Dilemma befand, reagierte ich gleich: Ich ging das Problem nicht professionell-journalistisch an. Statt etwa innerhalb meines Bekanntenkreises nach Beispielen oder Vergleichen zu suchen, sah ich mir Filme an, die irgendetwas mit der Problematik zu tun hatten. In vielem vertraute ich den Filmemachern mehr als ausgewiesenen Experten, Psychologen oder Soziologen. Als es etwa um Mamas Krebs ging, habe ich in den Wochen nach seinem Erscheinen mehrmals Nanni Morettis *Liebes Tagebuch* gesehen – einen Film, der mir Mut machte.

Fühlt sich jemand hin- und hergerissen zwischen zwei Brüdern oder Schwestern, gibt es nach meiner Ansicht keinen passenderen Film als Woody Allens *Hannah und ihre Schwestern*.

Anders als Elliot, Hannahs Mann, der geläutert in seine Ehe zurückkehrt, nachdem er eine aufregende Runde in den Armen der brodelnden Lee gedreht hat, lehnte ich diesen bürgerlichen Fatalismus, der den Stempel der Moral und des Konformismus trug, für mich ab. »Keine Wahl zu treffen«, so versuchte ich mir in der darauffolgenden Nacht einzureden, »ist auch eine Wahl.«

War es denn unmöglich, so zu leben: zwischen den Erwartungen, zwischen Begehren und Verstand, Körper und Herz, zwischen demjenigen, der mich durch List und mit Gewalt erobern wollte, und dieser anderen Facette meines Ichs, das sich ein friedliches Leben wünschte, wo die Tage zwar leidenschaftslos dahinflossen, aber dafür schmerzlos, nur getragen von der süßen Musik der Bequemlichkeit, Zärtlichkeit und Leichtigkeit?

»Guten Tag, Elle. Ich habe den endgültigen Vertrag aufsetzen lassen. Er liegt auf dem Konsoltischchen, wie besprochen. Wenn Sie ihn noch einmal durchsehen und unterschreiben würden …«

Wie ein Geist war Armand in der Küche erschienen, als ich beim Frühstück saß. Je näher unsere Hochzeit rückte, desto schlechter sah er aus. Hatte er Stress mit den Vorbereitungen? Oder war es das Übermaß an Alkohol, das ihm zusetzte?

»Ja, danke, Armand, ich bin sicher, dass alles in Ordnung ist.«

Den ungewöhnlichen, impulsiven, erregenden Geboten von Louis standen die von David diktierten Imperative gegenüber, die aus unserem gemeinsamen Leben eine lange Spazierfahrt mit Tempomat machen würden. Nirgends anstoßen, kein Unfall, der gesittete Rausch eines Lebenslaufs, in dem die guten Tage sich kaum von den schlechten unterschieden, dank Davids Geld und meinen Zugeständnissen. Selbst wenn ich die Augen schlösse, wäre alles unter Kontrolle.

»Ah, beinahe hätte ich es vergessen«, rief Armand aus, bevor er zu seinen Tagesgeschäften überging. »Ich habe den Ring beim Juwelier abgeholt und mir erlaubt, ihn auf Ihren Nachttisch zu legen.«

Neben dem Ordner mit dem Vertrag lag noch ein anderes, weniger dickes Päckchen, das mich mehr bewegte: ein Stapel perforierter, unbeschriebener Blätter in Plastikverpackung, genau solche, wie ich sie schon einmal erhalten hatte. Als würde der Absender nicht einen Moment daran zweifeln, dass ich sie benutzte, er sah sogar vorher, was ich tun würde, wenn mein Zehnmal-am-Tag voll wäre. Gleichzeitig meldete er sich bei mir zurück. Denn auf der letzten Seite standen, eindeutig in seiner Handschrift, folgende Zeilen:

Wann könnte ich aufhören, Sie zu verehren,
Wollen Sie das überhaupt?
Sie haben mein Herz geraubt,
Mit dem man mich schuf, Sie zu begehren.
Mir schwinden die Sinne, meine Feder legt sich
schlafen. Lesen Sie mich gut, oder Sie wollen mich strafen.

Ich wusste zunächst nicht recht, was ich von diesen seltsamen Zeilen halten sollte – seit wann drückte er sich in Reimen aus? –, aber noch mehr bestürzte mich die Aussage. Es sah ihm nicht ähnlich, sich so offen und ungeschminkt auszudrücken.

Im Salon griff ich nach dem Tablet und gab die ersten Worte des Textes in die Suchmaschine ein. Bald hatte ich es herausgefunden: »Antwort von Alfred de Musset an George Sand.« Der verschlüsselte Brief von Sand war mir ja schon einmal begegnet, die Antwort ihres Liebhabers noch nicht. Der Schlüssel zu Letzterer war einfach, schließlich wurde der Leser vorgewarnt: »Lesen Sie mich gut«, stand in der letzten Zeile. Tat man das, indem man nur das jeweils erste Wort eines Verses las, ergab sich Folgendes: »Wann wollen Sie mit mir schlafen?«

Ich hangelte mich von Link zu Link und entdeckte bald George Sands Antwort:

»Diese besondere Ehre brachte mich um die Nacht / und hat zum seelischen Wrack mich gemacht.«

Im Klartext: diese Nacht.

Ich musste unwillkürlich lächeln. War das sein Ziel: Mithilfe dieses Ringbuchs eine Korrespondenz zu führen, die jener dieser beiden inspirierten Wortkünstler glich?

Ich holte mein Zehnmal-am-Tag hervor und vertraute ihm die beiden Verse an, um die sich alles drehte. Selbst wenn Louis es nicht las, erhielt dies den Dialog zwischen uns doch aufrecht.

> Ich frage mich, ob ich je, seitdem ich sexuell aktiv bin, die Initiative bei meinen Partnern übernommen habe. Ich glaube nicht, und ich bin nicht besonders stolz darauf. Nicht, weil ich mich schäme, eher, weil ich es bedaure, denn heute glaube ich, dass derjenige, der seine Bedürfnisse als Erster ausspricht, eine Art Belohnung erhält. Hätte ich nicht öfter Orgasmen gehabt oder ihren Fantasien besser entsprochen, wenn ich mich auf sie gestürzt hätte? Ich werde es nie erfahren. Mein Geschlecht und mein ganzer Körper sind wie Waisen, die zu früh von ihren Impulsen verlassen wurden.
>
> *(Notiz vom 12. Juni 2009, von mir selbst verfasst)*

Angestachelt von diesem neuen Einfall, machte ich mich leichten Herzens für den Tag zurecht. Die Zeit verging rasend schnell, und nach zwei Tagen Abwesenheit durfte ich keinesfalls zu spät kommen. Ich stellte mir schon vor, wie man über mich lästerte und der Barlet-Turm vom perfiden Geschwätz über meine laxe Arbeitseinstellung widerhallte.

»Uff! Ich hatte schon Angst, Sie würden nie mehr kommen!«

Ganz entsprechend ihrer bedauerlichen Angewohnheit, bestürmte Chloé mich, kaum dass ich die Eingangshalle betreten hatte. Sie kam mir noch nervöser vor als zwei Tage zuvor. Hatte meine Abwesenheit Verunsicherung unter den Beschäftigten ausgelöst? Mir kam Davids Warnung in den Sinn.

»Aber nein! Warum sollte ich nicht zurückkommen?«

Sie musterte mich, als wäre ich verrückt oder eine Eremitin, die nach zehn Jahren Selbstkasteiung die ersten Nachrichten hört. »Hat David Ihnen nichts gesagt?«

»Hätte er mir etwas Bestimmtes sagen sollen?«, fragte ich verunsichert.

»Alice!«

Ich hatte noch vor Augen, wie er sie tröstend in die Arme schloss.

»Alice und Chris!«

»Tut mit leid, Chloé, aber ich verstehe nicht.«

»Chris Haynes, der Artdirector, und Alice Simoncini – die beiden sind in voller Action ertappt worden, wenn Sie verstehen, was ich meine. In ihrem Büro!«

»Seien Sie mir nicht böse …«, ich tat, als stünde ich über solchen Dingen, »aber ich verstehe immer noch nicht …«

»Sie sind beide fristlos entlassen worden, noch an dem Tag, an dem Sie das erste Mal hier waren. Nicht mal ein Gläschen zum Abschied, nichts.«

Ich traute meinen Ohren nicht.

»Alle sprechen nur darüber. Anscheinend hat Yves vom IT-Service die Webcam an seinem Smartphone eingeschaltet und alles gefilmt. Also, ich seh mir so was nicht an, das ist ja eklig!«

Die laszive Geste, mit der sie an ihrem Dutt herumfummelte, sagte das genaue Gegenteil.

Ich dachte an diese Szene, bei der ich meinen Mann und Alice ertappt hatte. Er hatte ihr vor meinen Augen also nicht das Ende einer Affäre beigebracht, wie ich geglaubt hatte, sondern ihre Kündigung. Seine Mimik hatte empathisch gewirkt, fast zärtlich, aber er hatte sich wie der unnachgiebigste aller Chefs verhalten. Einen Abend lud er sie zu sich ein, am nächsten Tag setzte er sie vor die Tür wie einen Paria.

Dieser Aspekt jagte mir kalte Schauer über den Rücken. Und wenn er nun von der ungewöhnlichen Beziehung erfuhr, die ich zu seinem Bruder unterhielt? Würde er es mit mir ähnlich machen? Weggejagt, verstoßen, gebrandmarkt…

Als wir in der achtzehnten Etage ankamen, merkte ich selbst, dass der Aufruhr, den Chloé mir beschrieben hatte, sich noch nicht gelegt hatte. Und wenn die Blicke mich durch die Scheiben über den ganzen Flur verfolgten, so etwa nicht, weil ich selbst auf dem Weg zum Schafott war, sondern um zu sehen, wie ich diese Neuigkeit aufnahm. Ob ich es wollte oder nicht, ich war nun ein Teil jener Leute bei BTV, auf deren Meinung man hörte, weil sie für die Zukunft des Senders entscheidend sein konnte.

»Beachten Sie die gar nicht«, flüsterte mir Davids Assistentin zu. »Die sind beunruhigt, weil sie nicht wissen, wen es als Nächsten erwischt…«

Und ich erst!

»… aber sie meinen es nicht böse!«

In meinem Büro angekommen, stellte ich fest, dass mich dort keine Post erwartete, jedenfalls keine in Silberpapier verpackte.

Chloé lief weiter ihren Verpflichtungen hinterher: »Acht Uhr achtundvierzig. Ich habe mindestens sechs Minuten Verspätung in meinem Zeitplan. Ich überlasse Sie sich selbst. Aber rufen Sie mich gleich an, wenn Sie etwas brauchen.«

Ich ging davon aus, dass dieses Angebot mit zu den Anweisungen von ganz oben und zu meiner privilegierten Stellung gehörte. Auf meinem Schreibtisch lag eine Notiz von Albane, die mir mitteilte, dass man mich ab neun Uhr eine Etage tiefer erwartete, zu ersten Probeaufnahmen. Mir blieben nur ein paar Minuten, bevor ich die Arena betrat.

Die Journalistin im Kampfanzug – sie trug ein unförmiges T-Shirt und einen Overall – empfing mich mit einem offenen Lächeln. »Hallo! Geht es dir besser?«

»Ja … danke«, sagte ich mit Leidensmiene.

»Okay, gut so. Jetzt ist nämlich Schluss mit lustig, heute beginnt das wahre Leben! Deine ersten Schritte im Rampenlicht!«

»Ich weiß …«

»Komm mit, ich stelle dir das Team von der Technik vor.«

Oder wie man in weniger als fünfzehn Sekunden im Regieraum vor einem Dutzend Augen ausgestellt wird, die einen mustern und bewerten – eine geschlossene Gesellschaft, die das schönste Lächeln nicht erweichen kann.

»Guten Tag.«

Es war aber weder ihre Anzahl, noch waren es ihre mürrischen Mienen, die mir nach der ohnehin schüchternen Begrüßung die Sprache verschlugen. Ich entdeckte unter ihnen …

»Fred!«

Er trat aus der Gruppe hervor und auf mich zu, so entspannt, als wären wir zum Brunch mit Freunden verabredet.

»Hallo, meine Elle.«

»*Meine* Elle«, er hatte es derart betont, dass dies niemandem entgehen konnte.

Ich packte ihn am Ärmel und zog ihn hinaus ins noch leere, unbeleuchtete Studio.

»Was machst du hier? Reicht es dir nicht, mir zu Hause eine Szene zu machen?«

»Hallo erst mal. Und jetzt komm mal runter. Ich bin hier für sechs Monate eingestellt. Übrigens gucken uns alle an.«

Ich finde es dumm und sogar ungerecht, dass alles, was wir über unsere Sexualität gelernt oder was unsere Expartner über uns entdeckt haben, nicht automatisch an den aktuellen Partner weitergegeben wird. So wie ein Impfbuch. Jeder sollte so ein Heft besitzen, das nicht von einem Arzt ausgefüllt wird, sondern von allen, die mit uns das Lager geteilt haben. Wenn wir dann mit unserer neuesten Eroberung im Bett liegen, könnte die in dem Heft nachlesen, was uns gefällt, und direkt zur Sache kommen, statt tage- und wochenlang, manchmal sogar über die Dauer einer ganzen Beziehung, blind herumzufingern.

Was hätte Fred über die Elle geschrieben, die er kannte? Vielleicht, dass es ihm nicht gelungen war, mich durch Lecken zum Höhepunkt zu bringen? ~~Oder dass ich ihn miserabel gelutscht habe? Dass ich zaghaft war und ihn nicht so tief in den Mund nehmen konnte, wie er es gerne gewollt hätte? Dass ich es eklig fand, ihn in meinem Mund abspritzen zu lassen, obwohl er mich regelmäßig darum bat?~~

(Notiz vom 12. Juni 2009, von mir selbst verfasst)

Ein Blick zur Seite durch das dicke Glasfenster bestätigte mir, dass die Techniker sich diskret, aber köstlich über unsere Begrüßung amüsierten. Die Freundin des Chefs trifft auf ihren Ex! Das war mal eine willkommene Abwechslung.

»Bist du für meine Sendung eingestellt worden?«

»Ja. Sie haben jemanden für den Ton gesucht, der Zeit hat und was kann. Und da bin ich!«

»Ganz zufällig, oder was? Willst du mich verarschen?«

»Seh ich so aus?«

Er erzählte mir, wie Louis ihn ausfindig gemacht und kontaktiert habe. Die beiden Männer hätten sich einen Abend getroffen, um ein paar Biere zu kippen, woraufhin Louis ihm dann, schon ein wenig betrunken, angeboten habe, ihn bei BTV anzustellen, sozusagen als Wiedergutmachung.

»Das hat er dir gesagt?« Ich war wütend. »Als Wiedergutmachung?«

»Äh, ja. Und? Ich fand das fair. Sein Brüderchen spannt mir die Flamme aus, er besorgt mir einen Job.«

Dass Louis Freds Verzweiflung und Not ausnutzte, war das eine. Was mich aber mehr als alles bisher demütigte, war, dass seine neueste Intrige mich auf das Niveau einer gewöhnlichen Austauschleistung auf dem Arbeitsmarkt herabwürdigte.

»Ich nehme an, David weiß nichts von eurem kleinen Arrangement?«

»Nö, ich wüsste auch nicht, wozu. Das ist eine Sache zwischen Louis und mir.«

Was hätte ich tun sollen? Wie hätte ich David davon erzählen können, ohne dass er es wie ein Geständnis über meine übermäßige Anhänglichkeit an Fred oder eine verdächtige Streitigkeit mit seinem Bruder auffasste?

Ich entschloss mich für eine andere Strategie und nutzte die Gelegenheit, die sich mir bot, die Dinge unter Kontrolle zu bringen: »Okay, Fred. Es gibt da etwas, das du wissen solltest, über Louis.«

»Er ist ganz schön hinter dir her, he?«

Es war seltsam, wie Fred nach so wenigen Tagen und dank einer wundersamen Anstellung alle emotionalen Verbindungen zu mir gekappt hatte. Louis hatte es richtig gemacht: Indem er meinem Ex seine Ehre zurückgab, sorgte er dafür, dass der nicht mehr wütend war und auch sonst keine Gefühle mehr für mich hegte.

»Nicht wirklich. Sagen wir, er verhält sich merkwürdig.«

Natürlich erzählte ich nichts von den Einladungen, den Geboten, den Rendezvous im Paris, ich betonte nur, wie er mich mit übertriebenen Geschenken, die er vor allem Mama zukommen ließ, zu umgarnen versuchte.

»O ja, das ist ziemlich abgedreht.«

»Es ist mir unangenehm, dir das zu sagen …«, meinte ich und verzog das Gesicht.

»Was denn?«

»Bestimmt bist du gut in deinem Job. Aber ich glaube, er hat dich nicht zufällig ausgesucht. Durch Mama und dich will er an mich rankommen.«

Er sah mich einen Augenblick nachdenklich an, dann ernst und mit dem Ausdruck dieser Wut, die ich nur zu gut kannte.

»Okay … Du meinst also, wenn mir jemand einen Job anbietet, dann nicht, weil ich gut bin, sondern weil er an Madame und ihren kleinen Bauchnabel ranwill?«

Ich packte ihn am Arm, aber er befreite sich brüsk.

»Scheiße, Fred, jetzt sei doch nicht so stur.«

Er war schon wieder auf dem Weg zu seinen Kollegen, als er bei meiner nächsten Frage innehielt.

»Er hat es dir nicht gesagt, stimmt's?«

»Was nicht gesagt?«

»Dass du für mich arbeiten sollst? Ich bin mir sicher, dass er dir das verschwiegen hat.«

»Hm, stimmt, das hat er nicht erzählt. Das weiß ich von der Personalabteilung. Aber was soll das beweisen?«

»Dass er dich manipuliert, ganz einfach. Die Liste der Techniker steht seit einer Woche«, bluffte ich. »Wenn du hier gelandet bist und David nichts davon weiß, dann, weil es über Louis gelaufen ist.«

»Kann sein«, gab er zögernd zu.

»Siehst du denn nicht, dass er mit dir spielt? Mit uns? Für einen wie den sind wir nichts! Zwei Ameisen unter seinem Fuß!«

Das Bild musste ihn getroffen haben; an seinen hellen Augen erkannte ich, dass er mir wieder zuhörte.

»Und was schlägst du vor?«

»Wenn David erfährt, wie du an den Job gekommen bist, wird er deinen Vertrag garantiert sofort auflösen.«

»Was macht dich so sicher?«

»Seit wann bist du hier?«

»Seit vorgestern.«

»Dann hast du auch mitbekommen, wie er die beiden anderen gefeuert hat, die große Blonde und ihren Stecher? Schneller, als du dir die Nase putzt.« Ich schnippte mit den Fingern, um den Effekt zu verstärken.

»Okay. Ich nehme an, du schweigst nicht ohne Gegenleistung«, sagte er.

»Sagen wir, auch hier ist ein Austausch möglich. Du kannst deinen Job behalten …«

Ich musste erst überlegen, suchte nach einem Dienst, den Fred für mich erledigen konnte. Da gab es nur eine Sache, die er tun konnte, um das Gleichgewicht in diesem Machtspiel, das Louis angeleiert und auf das wir uns beide wortlos eingelassen hatten, wiederherzustellen.

»Und ich …?«

»Und du siehst zu, dass du so viel wie möglich von dem mitbekommst, was Louis mit seinen Leuten bespricht.«

»Hast du sie noch alle? Ich bin doch nicht James Bond!«

»Ich will gar nicht wissen, wie du es machst. Aber du hörst seine Leitung ab, du nimmst ihn auf, wenn er in der Nähe eines Mikros im Studio steht – ich nehme alles, was du kriegen kannst.«

Albane setzte unseren Verhandlungen ein Ende, aber Fred nickte, wenn auch resigniert. Der Arme: Selbst die guten Dinge wandelten sich für ihn zum Schlechten.

»Elle? Kommst du in die Maske? Wenn wir die Proben vor der Mittagspause haben wollen, müssen wir jetzt anfangen.«

Der Vormittag verging wie im Flug. Die Anwesenheit von Albane, die von allen geschätzt wurde, und das Auftauchen von Luc und Philippe am Set, die sich über den guten Ablauf der ersten Aufnahmen informieren wollten, sorgten dafür, dass die Stimmung zwischen dem Team und mir besser wurde. Sogar Fred steckte zurück und rückte seinen verletzten männlichen Stolz in den Hintergrund; er verstand seine Sache gut, machte Witze und klopfte Sprüche, die für Entspannung sorgten.

Die junge Frau, die auf den Bildschirmen auftauchte, glich mir so wenig wie ein Double einer Schauspielerin, aber je mehr Stunden vergingen, desto mehr gewöhnte ich mich an diese seltsame Entzweiung; ich lernte, mich unter dem unerbittlichen Blick der Kamera besser zu bewegen.

»Kommst du mit uns essen?«, fragte Stan, der Regisseur.

Ich hätte tausendmal lieber mit Sophia einen Salat gegessen und einen Monaco getrunken, aber ich wollte mich nicht ausschließen, nahm die Einladung also bereitwillig an.

Albane, die aufgrund einer abnormen Einstellung zum Essen so gut wie keine Kurven hatte, verabschiedete sich vor der Kantine von uns. Dafür griff sie mich wieder auf, kaum dass ich mein Tablett zum Abwaschen auf das Band zurückgestellt hatte.

»Elle, kann ich dich zwei Minuten sprechen?«

»Was ist denn?«, fragte ich besorgt.

»Ich hoffe, der Kantinenfraß ist dir bekommen, du kannst ein paar Energiereserven brauchen.«

»Reserven? Warum?«

Energisch, ein bisschen feldwebelartig, zog sie mich in die Frauentoiletten, die sich beim Kantinenausgang befanden.

»Wir beginnen morgen Abend«, sagte sie dann.

Ich fiel beinahe in Ohnmacht. »Was beginnen wir?«, fragte ich, als hätte ich sie nicht recht verstanden.

»Die Sendung.«

»Ist das ein Witz? Die anderen schicken dich vor, um mir einen Denkzettel zu verpassen, oder?«

»Besser wär's, glaub mir.«

»Aber warum? Wer hat das entschieden?«

»Was glaubst du?« Sie unterdrückte ein säuerliches Lächeln.

Ich verstand nicht, welchen Sinn das hatte. Was wollte David damit erreichen, mich derart ans Messer zu liefern?

»Aber er hat das doch nicht mal so eben auf dem Weg in sein Büro entschieden?«

»Nein, natürlich nicht, aber wir haben gerade erfahren, dass unsere Konkurrenz ihre neue Kultursendung um eine Woche vorzieht.«

»Auf morgen Abend, oder was?«, spekulierte ich.

»Genau.«

»Das ist doch absurd! Ich dachte, wir senden donnerstags, weil da nicht viele andere gute Sachen laufen!«

»Das dachte ich auch.«

»Man schickt doch keine Nussschale unter dem Kommando eines Schiffsjungen gegen den größten Flugzeugträger der Feinde in die Schlacht!«

Die Metapher schien ihr gefallen zu haben, denn sie grinste. »Dann lernen wir eben schwimmen, wir haben keine andere Wahl!«

Umhüllt von Puder- und Parfümwolken tauschten wir bekümmert Blicke aus.

»Was meint Luc dazu?«

»Dasselbe wie du: Er meint, die werden uns massakrieren. Aber bring das mal einem Admiral bei, der nur Augen für seine Matrosin hat.«

Ich senkte den Kopf. Sie hatte ja so recht. Davids Gefühle für mich trübten seine Urteilskraft. Er traf seine Entscheidungen nicht als Boss, sondern als verliebter Mann, impulsiv, in blindem

Vertrauen und taub gegenüber allen Warnungen oder auch nur skeptischen Äußerungen seiner Crew.

Als Chloé meinen Kopf in ihrer Tür sah, weitete sie die Augen, sie wusste instinktiv, dass die Situation ernst sein musste.

»Ist David in der Nähe?«, fragte ich.

»Ja …«, antwortete sie beinahe panisch, bevor sie erst auf den Bildschirm, dann auf die Uhr sah. »Noch zehn Minuten. Danach hat er ein Meeting. Soll ich Sie ankündigen?«

»Bitte, ja.«

Mein Zukünftiger empfing mich herzlich. »Elle, Chérie! Hast du schon die große Neuigkeit erfahren?«

Ich wusste nicht, dass das Büro eines so wichtigen Mannes derart schlicht sein konnte. Außer dem Schreibtisch standen nur drei Sessel und ein kleines Sofa darin; die einzige Dekoration war eine bronzene Büste seines Vaters André Barlet, dem ich auf diese Weise auch zum ersten Mal begegnete.

David nahm mich kurz in den Arm und wies mir einen Sessel zu, wie er es bei jedem anderen Mitarbeiter auch gemacht hätte. »Großartig, nicht wahr?«

»Großartig, ja«, sagte ich lustlos, »aber absolut unmöglich!«

»Wieso? Wegen diesem Idioten von Chris Haynes?«

»Nein, ich …«

»Wir pfeifen auf den. Wir haben mindestens zwanzig Studioausstattungen im Lager. Die müssen wir nur aufbauen, die Scheinwerfer einstellen, und los geht's!«

David konnte so mitreißend sein, dass aus seinem Mund alles einfach und machbar klang.

»David, du vergisst da eine Kleinigkeit.«

»Welche denn?«

»Ich habe noch nie vor der Kamera gestanden!«

»Aber ja!« Er lachte mich an.

Es war, wie Dr. Strangelove dazu zu überreden, *nicht* auf den Knopf zu drücken.

»Aber nein!«

»Du machst dir ganz unnötig Sorgen. Du hast das beste Team, das es im französischen Fernsehen gibt.«

Klar, darunter zufällig mein Ex, der dich vor ein paar Tagen am liebsten noch skalpiert hätte …

»Prima. Und worüber sprechen wir?«

»Immer mit der Ruhe! Albane sagte mir, ihr hättet genügend Themen in petto, um drei Sendungen zu füllen.«

Ja, eine Reportage über die Hotelles!, schrie ich innerlich. Ich konnte meine Verzweiflung nicht länger zurückhalten. Wenn jemand ihm in dieser Irrenanstalt die Augen öffnen konnte, dann war ich das.

»Sag mal, tust du nur so, oder verstehst du wirklich nicht?«

»Was verstehe ich nicht?«

»Dass ich eine Null bin! Eine Null, hörst du? Meine bisherigen Castings sind alle in die Hose gegangen. Und zwar nicht nur, weil deine Konkurrenten blind oder dämlich sind.«

»Doch, die sind sehr dämlich.«

Ich sprang auf. »Du kannst doch nicht eine Sendung zur besten Zeit mit einer Anfängerin wie mir und ohne jede Vorbereitung durch die Kanäle jagen! Das ist Wahnsinn, ich bin noch nicht so weit, basta!«

Seine Miene blieb nahezu unbeweglich, verschlossen, gefasst – die Folgen meines verbalen Gefühlsausbruchs.

»Ich werde diese Sendung nicht machen«, sagte ich nun gemäßigter.

»Doch, wirst du«, sagte er ohne Zögern.

»Nein.«

»Doch, wirst du … weil ich es will … weil du meine Frau bist …«

Noch nicht, schoss es mir durch den Kopf.

»Und wenn du hier rausgehst, ohne deine Meinung geändert zu haben, dann brauchst du morgen nicht wiederzukommen. Danach übrigens auch nicht.«

Er war bereit, mich hinauszuwerfen, mich, seine Verlobte, mich, die er zuvor in den Himmel gelobt hatte; so wie er es mit Alice und Chris gemacht hatte, deren Köpfe nun gerollt waren. Unwiederbringlich.

»Denk gut nach, Elle. Wenn du diese Sendung morgen nicht machst, wirst du weiter meine Frau bleiben, die Frau, die ich liebe, aber du wirst nie wieder in diesem Unternehmen mitarbeiten. Dieser Teil unseres gemeinsamen Lebens wird dann beendet sein.«

25

»Gut, nur weil wir diese Sendung jetzt auf Teufel komm raus ausspucken sollen, müssen wir ja nicht den Schwanz einziehen …«

Je besser ich Albane kennenlernte, umso mehr lernte ich die Energie dieser jungen Frau schätzen, die weniger gefrustet war, als es schien. Wie wir da so auf unsere Niederlage am kommenden Abend zusteuerten, verstand ich ihre Haltung besser. In einer von Männern dominierten Arbeitswelt gab es nicht viele Arten zu überleben. Entweder bastelte man sich eine fesselnde, unnahbare Persönlichkeit zurecht, eine Femme fatale wie Alice. Oder man machte es wie Albane, man forderte die Männer auf ihrem Terrain heraus, auf dem Gebiet der Kompetenzen und der Überheblichkeit. Ich hatte noch den ganzen Nachmittag Gelegenheit, ihren Wortwitz und ihren bissigen Humor zu erleben sowie ihr Talent, aus den banalsten Themen spannende Storys zu machen.

»Wir können die Beiträge nicht aneinanderreihen wie Kraut und Rüben. Wir brauchen ein Leitthema, das alles zusammenhält. Auch wenn es nur Brei ist, wir müssen ein schönes Menü draus machen.«

»Hast du eine Idee?«

»Hmm, ist vielleicht beliebig, aber angesichts der Zeit werden wir kaum was Besseres finden. Ich dachte an so was wie ›Zehn Sommerfreuden‹.«

»Nicht schlecht«, sagte ich. »Man könnte es noch verfeinern: ›Zehn Sommerfreuden, fünf für ihn, fünf für sie‹.«

»Auch nicht blöd …«

»Fünf für jeden, und eines davon ein verbotenes«, entwickelte ich den Gedanken etwas einfältig, aber stolz weiter.

»Wunderbar! Das erlaubt mir, das Thema zu platzieren, das

Louis mir neulich angedreht hat. Man kann ja Teilzeitprostitution schlecht als Sommerfreude verkaufen. Aber in die Rubrik ›Verbotenes‹ würde es passen.«

Oder wie man sich ins eigene Fleisch schneidet und dabei das Lächeln nicht vergisst.

»Bist du sicher? Ich finde diese Reportage unpassend.«

»Wieso?«, ironisierte sie. »Weckt das die Zähne fletschende Feministin in dir?«

»Das auch, ja … Aber vor allem befürchte ich, dass das Thema schlechte Schatten auf den Rest wirft. Ich weiß, dass Louis solche gesellschaftlichen Phänomene gern als Teil der Kultur wertet. Aber wir sollten nicht in der ersten Sendung mit solchem Trash kommen.«

»Im Prinzip bin ich einverstanden. Aber diese Reportage hat einen Wahnsinnsvorteil.«

»Dass sie schon im Kasten ist?« Ich seufzte.

»Genau. Und noch mehr: Dass Louis Barlet sie aus eigener Tasche finanziert hat. Auch wenn das nicht so offensichtlich ist, wir sparen zehn Prozent vom Budget der Pilotsendung.«

»Ist das so wichtig?«

»Wenn wir unseren Leckerbissen wegen niedriger Einschaltquoten verteidigen müssen, dann kann das sogar überlebenswichtig sein.«

»Verstehe. Aber wer sagt denn, dass wir damit auf die Nase fallen?«

»Ich sage das. Die Sendung kann ohne Vorbereitung und Werbung nicht erfolgreich sein. Wenn uns also die kleine Laune von Louis erlaubt zu sagen, dass wir zwar keine Rekord-Zuschauerzahlen haben, dafür die Sendung aber günstiger produziert wurde als alle anderen … dann sage ich das!«

Mir fiel kein triftiges Gegenargument ein. Also würde es um Hotelles gehen. Ich musste die Kröte schlucken.

»Wenn du willst, gucken wir uns das jetzt zusammen an«, schlug Albane vor. »Du wirst dich im Studio besser fühlen, wenn du Zeit hast, dir eine Moderation auszudenken, die Distanz herstellt. So nach dem Motto: ›Wir zeigen Ihnen das, um die Arschlöcher zu outen, die solche Dienste in Anspruch nehmen.‹«

Ich habe nicht viele Pornos gesehen in meinem Leben. Vier oder fünf zusammen mit Fred, der das für ein gutes Mittel hielt, unsere eingeschlafene Libido in Schwung zu bringen. Meine einzige Erinnerung an diese Abende ist die unbegründete und dennoch unbändige Angst, die mich immer schon beim Vorspann überkam. Es war nicht die Angst vor meinen Reaktionen oder dass mich dieses entwürdigende Spektakel erregen könnte, nein… Es war die irrwitzige Angst, meinen eigenen Körper, mein Gesicht über den Bildschirm flimmern zu sehen, als hätte mein zweites Ich diesen Film hinter meinem Rücken drehen können. Dieser Gedanke lähmte mich, ohne dass ich Fred erklären konnte, was los war. Innerlich, unter meiner blassen, kalten Haut, brodelte es. Mein Geschlecht war schon ganz ~~rot~~ heiß. Und wenn mir eine Schauspielerin besonders ähnlich sah, wurde meine Spalte feucht von ~~einer Flüssigkeit~~ reichlich dickem Nektar.

(Notiz vom 12. Juni 2009, von mir selbst verfasst)

Albanes Aufmerksamkeit ehrte sie. Ihre harte Schale täuschte, denn darunter verbarg sich eine einfühlsame und empathische Frau.

»Nein, nein, wenn du meinst, dass der Beitrag gut ist, vertraue ich dir«, gab ich widerstrebend nach. »Du bist der Profi.«

Ich hatte die Spielleitung aus der Hand gegeben und kapituliert; nun sah ich ihr den ganzen Nachmittag dabei zu, wie sie *meine* Sendung gestaltete. Was erhoffte ich mir? Hatte ich nicht selbst David wenige Stunden zuvor gesagt, ich kenne mich nicht aus? Ohne Albanes Routine, die meine Inkompetenz ausglich, wäre die Sendung nicht mehr geworden als eine Bastelei auf Schulniveau.

Ich war so damit beschäftigt und von dem Energiestrom meiner neuen Kollegin hingerissen, dass ich die Barlet-Brüder darüber beinahe vergaß.

Ich hatte mein Handy leise gestellt und vermied es auch, SMS zu lesen. Erst in einer kurzen Pause hörte ich Mamas Stimme, die mir berichtete, wie drei Arbeiter morgens in ihr Haus gekommen seien, um die tausend Kleinigkeiten zu reparieren, die ihr das Leben schwer machten und die sie aus Bequemlichkeit und

Mangel an Möglichkeiten bis dato einfach sich selbst überlassen hatte: nicht funktionierende Schalter, lockere Fliesen, verstopfte Rohre, abblätternde Farbe.

Dann kam Albane zu mir ins Büro, mit einer kleinen bebrillten Brünetten, die mit mehreren Kleiderbügeln und frühlingshaften Stoffen beladen war.

»Elle, darf ich dir Geraldine vorstellen? Sie wird sich um dein Kostüm für die Sendung kümmern.«

Wir begrüßten uns.

»Wir werden das Konzept für die nächsten Sendungen genauer ausarbeiten«, erklärte Geraldine. »Aber soweit ich verstanden habe, brauchen wir für den Moment etwas Sommerliches, eine Naturschönheit mit Strohhut; hier ist das, was ich dir vorschlagen wollte.«

Fünf knappe Kleidchen mit Blumenmotiven, eines kürzer und durchsichtiger als das andere. Ich wartete ab, bis sie sie mir an sich selbst vorgeführt hatte, und entschied mich dann für ein weiß-rosa Modell, das bewusst jungfräulich wirkte.

»Das hier ist nicht schlecht.«

»Gebongt!«, bestätigte Albane entschlossen. »Wenn wir damit nicht alle kriegen, vom Präpubertären bis zum Rentner, dann kapier ich nichts von männlichen Fantasien!«

Was von Albane so locker dahergesagt war, zwang mich, einer Tatsache ins Auge zu sehen, die ich mit aller Kraft verdrängte: Ich würde bald Tausenden von fremden Blicken ausgesetzt sein, alle würden über mich und meine Makel urteilen, ich könnte sie nicht daran hindern. Eigentlich war es noch schlimmer, schließlich präsentierte ich mich ihnen ja, und zwar freiwillig. Im Vergleich dazu erschien mir der von Louis erzwungene Exhibitionismus im Paris wie ein Kinderspiel.

Die Pause läutete zugleich das Ende meines Arbeitstags ein. Die Kostümbildnerin ging und trug dabei das ausgewählte Kleid wie ein Heiligtum vor sich her.

»Wann kannst du morgen früh da sein?«

Sie sprach tatsächlich von morgen, Samstag, erster Tag des

Wochenendes. Aber sie brauchte mich nicht daran zu erinnern, dass solche Opfer von nun an dazugehörten.

»Früh. Vor acht. Ich nehme an, David muss auch ins Büro, dann könnten wir mal zusammen fahren.«

Meine Worte betonten nur meine Sonderstellung innerhalb des Unternehmens, besser hätte ich sie nicht gesagt. Aber das breite Lächeln, das Albane mir zum Abschied schenkte, zeigte mir, dass sie das überhört hatte.

»Wenn ich mir noch einen Rat erlauben darf«, rief sie mir aus dem Flur zu, »für heute Abend solltest du dir nichts vornehmen. Und vor allem früh ins Bett gehen!«

Ich wollte gerade gehen, da erschien Fred vor meinem Büro. »Komm rein«, forderte ich ihn auf.

Er schloss die Tür hinter sich und machte eine ganz untypische konspirative Miene.

»Ich hab da eine Kleinigkeit für dich. Sogar zwei.«

»So schnell?«

»Ja. Louis ist ein viel beschäftigter Mann, hängt immer an der Strippe. Ich frag mich sowieso, was der eigentlich genau macht, außer zu telef…«

»Schon gut, komm zur Sache«, unterbrach ich leicht genervt.

»Er hat im Studio lang mit seinem Bruder geredet.«

»Aha. Über die Sendung?«

»Nein, nicht wirklich, ich habe alles aufgenommen, von Anfang an, es ging mehr darum, dass Louis David vorwirft, Alice entlassen zu haben.«

Das überraschte mich. Inwiefern kümmerte das Los von Alice Louis? »Meine damalige Gefährtin«, hatte er sie in seiner Version über den Tod von Aurore genannt. Wie lange arbeitete Alice Simoncini schon für die Barlets? Könnte es sein, dass sie…

»Hier, hör mal.«

Er drückte auf die Taste eines digitalen Aufnahmegeräts. Die Stimmen der Brüder drangen in die Stille meines Zimmers.

»Scheiße! Du kannst sie doch nicht wie die erstbeste Schlampe vor die Tür setzen! Soll ich dich daran erinnern, wie viele kleine

Tussen du in den letzten fünfzehn Jahren auf deinem Schreibtisch flachgelegt hast?«

»Halt die Klappe!«

»Nichts leichter als das«, spottete Louis, »ich müsste Chloé nur darum bitten, mal die mit »Bitte nicht stören«-Felder in deinem Kalender zu zählen. Man kann es an dir ablesen wie an jeder beliebigen Hoteltür, du armes Schwein…«

»Mit dem Unterschied, dass ich hier *zu Hause* bin, nicht Alice. Ich kann vögeln, wo und wen ich will.«

»Und nur, weil sie sich womöglich einbildet, dass das auch ein bisschen ihr Zuhause ist, feuerst du sie? Ist es das, was du ihr vorwirfst? Dass sie zu sehr an dir hing?«

»Das hat damit nichts zu tun, das weißt du.«

»Oder ärgert dich, dass sie sich diesen bescheuerten Chris Haynes reinzieht? Du willst sie nicht mehr, aber ein anderer darf dein Spielzeug auch nicht anfassen, nicht wahr?«

»Du gehst mir auf den Sack, Louis. Weiter so, und das werden nicht die Einzigen sein, die ich vor die Tür setze diese Woche.«

»Nur zu, nur zu, lass dich nicht stören! Wenn du wüsstest, wie lange ich schon darauf warte!«

Ein mechanisches Geräusch überdeckte plötzlich ihre Stimmen, wahrscheinlich kamen in dem Moment Arbeiter ins Studio.

Fred beobachtete mich genau.

Ich hielt mich deshalb mit Kommentaren zurück, auch wenn das Gehörte mir einen ganz schönen Schlag versetzt hatte. Ich fragte ihn: »Und die andere Kleinigkeit?«

»Ein Anruf von seinem Festnetz. Es war nicht leicht, das abzufangen, aber am Ende ging es doch ganz gut.«

»Wen hat er angerufen?«

»Eine Rebecca Sowieso. Er hat ihren Namen nicht genannt.«

Da war sie wieder. Ihr Comeback überraschte mich nicht, aber es stieg Unbehagen in mir auf.

»Los, lass hören!«, bestimmte ich.

»Elle, ich weißt nicht, ob du das hören willst.«

Er schien wirklich unangenehm berührt.

»Warum?«

»Weil sie über dich sprechen, und über David.«

Was konnten sie über mich sagen, was ich nicht selbst schon wusste?

»Lass trotzdem hören, ich hab ein dickes Fell.«

Wieder drückte er auf den Knopf.

»… Becca? Ich bin's.«

»Hallo, mein Lou. Wie geht es dir?«

»Geht so. Aber die Situation hier halte ich nicht mehr lange aus.«

»Das glaube ich.«

»David und ich hätten uns vorhin fast geprügelt. Ich weiß nicht, wie lange unsere letzte Prügelei her ist, aber wir waren drauf und dran. Wie damals, als wir uns wegen Aurore in der Wolle hatten.«

»Das ist jetzt vorbei.«

»Ja … oder irgendwie auch nicht. Nicht ganz.«

»Du darfst jetzt nicht die Nerven verlieren«, ermutigte sie ihn. »Nicht jetzt. Er muss denken, dass du auf seiner Seite bist.«

»Ich weiß, ich weiß.«

»Und die andere Sache, geht die besser voran?«

»Ja, ich denke doch.«

»Glaubst du, sie wird es sich anders überlegen?«

»Keine Ahnung. Armand hat mir gesagt, dass sie den Ehevertrag unterschreiben will.«

»Du darfst nicht die Hoffnung verlieren. Solange sie nicht Ja gesagt hat, ist es nicht zu spät.«

»Ja, natürlich«, pflichtete er ihr bei.

»Soll ich mit ihr reden?«

»Hm, vielleicht. Aber ich wüsste nicht, was das ändern sollte.«

»Vertraust du mir oder nicht?«

»Doch … ja …«

»Sieh mal, du hast mich darum gebeten, die Agentur aufzulösen, und ich habe es getan!«

»Das stimmt. Danke.«

»Ich rufe sie an und halte dich auf dem Laufenden.«

»Gut. Ich umarme dich.«

»Kopf hoch. Du weißt, ich bin für dich da, mein Lou, ganz und gar.«

Meine Gedanken überstürzten sich. Ich hätte das Gespräch mehrmals anhören müssen, um alles zu analysieren. Diese Vertrautheit zwischen ihnen, die Art, wie sie »mein Lou« zu ihm sagte, aber vor allem die zweite Hälfte ihres Gesprächs, wo sie darüber sprachen, ob ich es mir mit David noch anders überlegen würde. Warum? Ich erkannte keinen Zusammenhang zwischen diesen Informationen und den erotischen Spielchen, zu denen Louis mich einlud. Hatte alles von Anfang an nur das Ziel gehabt, meine Heirat mit David zu torpedieren? Und wenn es so war, woher rührten diese finsteren Pläne – schließlich kannte er mich erst seit ein paar Wochen? Und warum sollte er durch die berüchtigten perforierten Notizblätter mit mir Kontakt aufgenommen haben, noch bevor ich meinen zukünftigen Mann überhaupt getroffen hatte? Das alles ergab keinen Sinn …

So stand ich da und versuchte, meine Gedanken zu ordnen, als mein Telefon klingelte. Unbekannte Nummer. Ich entließ Fred mit einem gequälten Lächeln.

»Schon gut«, brummelte er. »Ich gehe.«

Ich rief ihn noch einmal, er blieb in der Tür stehen.

»Was?«

»Tut mir leid.«

»Schon in Ordnung.«

»Ich meine, tut mir leid, *das alles*.«

Er zuckte mit den Schultern und schlurfte zurück über den Flur. Bis er endlich ganz weg war, hatte mein geheimnisvoller Anrufer schon eine Nachricht auf meiner Mailbox hinterlassen: »Elle, hier ist Rebecca. Rebecca Sibony. Ich weiß, dass Sophia und du versucht habt, mich zu erreichen. Ich bin euch ein paar Erklärungen schuldig. Vor allem dir. Ecke Rue du Roi-de-Sicile und Rue Ferdinand-Duval gibt es ein kleines libanesisches Restaurant. Ich werde gegen zwanzig Uhr dort sein. Bitte komm alleine. Bis nachher.«

Mir blieb gerade noch Zeit genug, David über Chloé zu informieren, dass ich gegangen war, und ins Taxi zu springen. Ich kam einige Minuten zu früh bei dem Restaurant an.

Um mir die Zeit zu vertreiben, bummelte ich an den Schaufenstern vorbei. Die Auslagen der Läden spiegelten etwas von mir selbst beziehungsweise der Situation wider. »Dame de cœur« hieß ein Dessousladen der gewagteren Art. »Einbahnstraße« bot auf den Leib komponierte Düfte an. »Dollhouse«, das sich im Erdgeschoss des Hauses befand, in dem noch vor Kurzem die Agentur ihren Sitz gehabt hatte, verkaufte erotische Wäsche und Sexspielzeug.

Sophia erzählte mir einmal, wie sie begonnen hatte, Sexspielzeug zu sammeln. Eine ihrer Freundinnen aus der Uni, eine freizügige Schwedin, gab ihr einmal einen kleinen rosa Plastikvibrator. Recht gewöhnlich, aber effektiv. Sophia spricht nicht sehr gut Englisch, sie hatte die Schwedin missverstanden und dachte, das Ding sei ein Geschenk und ganz neu, dabei wollte Jenny es ihr nur leihen. Mit anderen Worten, das kleine, scheinbar harmlose Ding hatte sie schon mehr als einmal zum Höhepunkt gebracht, als sie endlich begriff, dass die Freundin es zuvor schon oft selbst benutzt hatte. Sophia hätte das widerlich finden können, oder Jenny oder Sex ganz im Allgemeinen widerlich finden können, aber es erregte sie im Gegenteil aufs Höchste. Sie gab ihrer schwedischen Freundin das Spielzeug nie zurück, und die überließ es ihr schlussendlich wohlwollend.

(Notiz vom 12. Juni 2009, von mir selbst verfasst)

Als ich beim Libanesen eintrat, machte Rebecca mir von hinten aus dem Raum ein Zeichen. Sie hatte sich seit unseren wenigen Treffen nicht verändert: Sie war äußerst gepflegt, äußerst blond, äußerst dünn und äußerst parfümiert mit einer Dosis Shalimar, die gereicht hätte, um die ganze Straße einzunebeln.

Sie stocherte mit ihrer Gabel in orientalischem Gebäck herum, auf das sie mit ihren langen Fingernägeln zeigte. »Willst du von den Mandeln probieren? Die sind köstlich.«

»Nein, danke, ich bin nicht hungrig.«

Das stimmte nicht. Aber das hier war kein nettes Essen unter Freundinnen.

Gleich zu Beginn servierte sie mir eine Lüge, die ebenso klebrig und unverdaulich war wie ihr Gebäck. Es habe eine Razzia gegeben, in verschiedenen Hotels, die von ihren Mädchen aufgesucht wurden. Da sie nun kein Quartier mehr gehabt hätten, seien sie nicht in der Lage gewesen, ihren Kunden das Komplettpaket anzubieten. Letztlich habe das ganze Geschäft darunter gelitten, weswegen sie genötigt gewesen sei, den Laden dichtzumachen.

Bedeutet dichtmachen auch, alle Räumlichkeiten auszuräumen, die Telefonleitungen zu kappen, keinen einzigen Anruf mehr entgegenzunehmen? Das konnte nicht sein. Aber ich konnte ja schlecht verraten, was ich selbst aus ihrem Mund gehört hatte, in der hinterlistigen Aufnahme von Fred.

»Kennen Sie Louis Barlet schon lange, Rebecca?«

Sie verbarg ihre Überraschung hinter einer fröhlichen Miene, zuckte nicht einmal mit der Wimper. Aber ich konnte mir denken, dass meine Frage sie verblüffte.

»Einigermaßen, ja. Wieso interessierst du dich für ihn?«

»Weil er und ich uns notgedrungen ab jetzt öfter über den Weg laufen werden.«

Ihr breites Lächeln kündigte an, dass sie sogleich versuchen würde, die Kontrolle wieder an sich zu reißen.

»Stimmt! Ich habe von deiner Heirat mit David gehört! Meinen Glückwunsch. Du wirst ganz oben stehen auf der Liste der glanzvollsten Beziehungen, die über die Agentur zustande gekommen sind.«

»David Barlet war nie mein Kunde.«

»Ach ja?«, wich sie abwesend aus.

»War er bei anderen Mädchen Kunde?«

Sie entzog sich meinem Blick ebenso wie meiner Frage, da packte ich ihre beiden Hände und hielt sie zwischen meinen fest. Es war mir egal, ob David früher mit anderen Hotelles aus ihrer Kartei geschlafen hatte. Es war nicht diese Vergangenheit gewesen, über die sie mit Louis geredet hatte und die mich interessierte.

Sie schleuderte aus ihren azurblauen Augen böse Blicke auf mich, dann ergab sie sich allmählich der Entschlossenheit meiner hitzigen Hände, besänftigte sich und sah mich endlich mit Augen an, in denen alterslose Traurigkeit lag.

»Ich kenne Louis, seit ich einundzwanzig bin. Da war er gerade fünfzehn. Wir haben uns bei einer dieser Rallyes kennengelernt, die seine Mutter für David und ihn organisierte. Mit dem ganzen Geld und dieser blödsinnigen Konkurrenz zwischen ihnen machten sie sich sonst wenig Freunde. Hortense dachte, wenn sie anständige junge Leute aus ihrem Umfeld einlud, würden sie lernen, sich anzupassen. Abgesehen von mir, die im Übrigen nichts mit dieser Welt zu tun hat, war das aber ein Schuss in den Ofen.«

»Waren Sie mit ihm im Bett?«

»Mit Louis? Ja, kann man so sagen. Er würde nicht gerne hören, dass ich dir das erzähle, aber ich war lange Zeit sein Rettungsanker. Mit jedem Herzschmerz kam er zu mir zurückgelaufen. Wir kurierten seinen verletzten Stolz aus, dann lief er weiter, zur Nächsten, Jüngeren, Frischeren.«

Rebecca, die ewige Geliebte, Hafen der Nachsichtigkeit und Zärtlichkeit in den Stürmen seines Gefühlslebens.

Dann war das an dem Abend in Dinard, im Restaurant von Saint-Malo und dann im Auto zurück zu den Roches brunes gar nicht Alice?

»Als Aurore starb, da waren Sie gerade wieder mit ihm zusammen, stimmt's?«

»Ja, ich war da. Wie immer, wenn er mich brauchte.«

Sie sagte das ohne Bitterkeit. Eher hörte ich darin eine unendliche Liebe zu dem, der mit ihr spielte. Eine Liebe, die er nicht erwiderte.

»Aber das hat nicht verhindern können, dass er sich gedankenlos ins Wasser stürzte«, beklagte sie sich.

»Er hätte sie retten können.«

»Nein, ob an diesem oder an einem anderen Abend – irgendwann hätte sie es geschafft. Und David irgendwie auch.«

Sie wusste genau, dass ihre Andeutungen mich nur anstachelten, weiter in sie zu dringen.

»David? Unterstellen Sie ihm, dass er ihren Tod gewollt hat?«

»Nicht direkt. Aber eine kranke Aurore nützte ihm nicht viel. Sie war nur noch ein verblasster Edelstein in seiner Krone.«

Sie verglich ihn – ebenso wie Louis – mit einem Monarchen, der seine Beziehungen zu anderen nur in Macht und Ehrgeiz messen konnte. Ein Mann, der zynisch genug war, das Verschwinden seiner Frau gutzuheißen, weil sie sein Image beschmutzte und seine berufliche Laufbahn gefährdete, die in den Augen der anderen nur brillant sein konnte.

»Denken Sie, dass er sie sich selbst überlassen hat, ohne etwas zu unternehmen?«

»Ohne etwas zu unternehmen – und er hat sie noch dazu getrieben.«

Ich dachte an das Liebesnest, das Louis mir beschrieben hatte: das Zimmer über der Wohnung in der Avenue George Mandel. Geliebte in Hülle und Fülle. Die geheime Treppe. Der perfekte Don Juan, der nur Frauen ohne sichtbare Seelenzustände konsumierte.

Sein Image beschmutzen – war das nicht genau das, was Rebecca in Louis' Namen gerade tat? Ich hielt mich zurück, ihr meine Verachtung offen ins Gesicht zu spucken. Dass David autoritär war, egoistisch, bereit, andere wie Bauern auf dem Schachbrett zu benutzen, das alles war unbestreitbar. Seine kompromisslosen, tyrannischen Entscheidungen, so wie heute mit mir … Aber genügte das, ihn als Monster und Quasimörder darzustellen, wie es die beiden Komplizen mir gegenüber taten?

Ich versuchte zu begreifen, welches finstere Band die beiden vereinte. War es wirklich nur ihre enttäuschte Liebe?

»Wie hat Louis seinen Unfall verkraftet, ich meine, abgesehen von seinem Knie?«

»Schlecht, er warf sich vor, an diesem Tag nichts unternommen zu haben, und vor allem, nicht früher eingegriffen zu haben – als noch Zeit gewesen wäre, Aurore zur Trennung zu bewegen.«

»Was hat ihn daran gehindert?«

»Das Spiel«, gab sie lakonisch zurück.

»Das Spiel?«

»Die ständige Konkurrenz zwischen David und ihm. Louis ist der Ältere, aber damals war schon klar, dass David das Spiel gewonnen hatte, definitiv.«

»Aber mit dem, was er über ihn wusste, hätte er ihn bloßstellen können …«

»Es war zu spät, André, ihr Vater, hatte seinen Erben schon zum Ritter geschlagen. Louis konnte nichts mehr ausrichten.«

Dann erzählte sie mir minutenlang, wie Louis sich in eine Traumwelt flüchtete, die aus Liebe zu schönen Briefen bestand, noch anderen ebenso romantischen wie ephemeren Leidenschaften und mehr oder weniger bizarren erotischen Spielchen. Sie hatte nur Entschuldigendes vorzubringen. Wenn man ihr so zuhörte, konnte man meinen, Louis sei das eigentliche und sogar das einzige Opfer von Aurores Tod. Rebecca mühte sich redlich, mir das Porträt eines sensiblen, fragilen, empfindsamen Mannes zu zeichnen, den der Irrsinn des Vaters ebenso gebrochen hatte wie die Härte des Bruders oder die der Felsen von Dinard. Das sollte mein Herr sein?!

Ich wurde umso wütender, je länger sie redete.

»Du hast mich gefragt, wie er alles verkraftet hat. Die Antwort ist: indem er sich der Illusion hingegeben hat, jede Regung seines Lebens unter Kontrolle zu haben. Indem er sich komplizierte Szenarien ausdachte … Du wirst mir wahrscheinlich nicht glauben, aber damals war er noch nicht dieser Laffe, der andere Eleganz und Leben lehrte. Er war schön wie eine Statue, anziehend wie ein Raubtier und …«

Das wusste ich alles schon. Ich brauchte keine Belehrungen von einer ausgemusterten Liebhaberin. Ich konnte am besten beurteilen, welche Macht Louis über Frauen hatte.

»Er war ein so lieber Junge, und so großzügig.«

Was zu viel war, war zu viel!

»Hören Sie auf mit dem Theater!«, brauste ich auf. »Wenn er so sensibel wäre, wie Sie sagen …«

Jetzt war es so weit. Ich hatte einen kritischen Punkt erreicht, an dem ich mich outen musste. Alle Masken fallen lassen, die man mir im Paris übergestülpt hatte. Nicht einmal Sophia konnte darüber mehr erzählen als ich.

Meine Wut brach nicht in Wellen heraus, wie in der Bucht von Saint-Malo, eher war sie wie ein langer Strom, breit und mächtig, den kein Deich mehr stoppen konnte.

»Warum spielt er dieses Spiel mit mir? Warum will er mir die Hochzeit vermiesen? Was bin ich für ihn? Ein Bauernopfer in der

Revanche gegen David? Das Nachspiel ihres seit zwanzig Jahren währenden Krieges?«

»Nichts von alldem.«

»Weiß er etwa nicht, dass er sich noch zwanzig Mädchen wie mich reinziehen könnte, ohne dass sein Bruder auch nur einen Kratzer abbekäme? Er kann mich als Kanonenfutter in den Krieg schicken, mich vögeln oder mich von anderen vögeln lassen, in allen Hotelzimmern dieser Welt, wenn's ihm gefällt… Aber er wird nie, niemals David überlegen sein!«

Sie schüttelte den Kopf. Ich war mir meiner Sache sicher, aber ihre stille Verneinung hatte etwas Grundehrliches an sich.

»Du hast nichts begriffen. Gar nichts.«

Sie hatte das mehr wie eine Entdeckung ausgesprochen, die sie gerade selbst gemacht hatte.

»Was begriffen?«

Sie schüttelte immer noch ungläubig den Kopf, als könnte sie etwas wegwischen.

Was mich zuerst verunsicherte, nervte mich nun, und erschöpft vom Druck der Geheimnisse, die auf mir lasteten, platzte es lauthals aus mir heraus: »WAS BEGRIFFEN??«

Mit jeder neuen Enthüllung ihrer ineinander verschachtelten Mysterien wurde ich in eine jedes Mal kleinere Matrioschka-Puppe hineingezwängt. Ihr Puppenhaus würde mir bald alle Luft zum Atmen rauben. Bald würde auch ich ein ausgedientes Spielzeug in ihren Händen sein. Ein totes Spielzeug. Wie Aurore.

»Er kämpft nicht gegen David.«

»Gegen wen dann?«

Ein weiches Lächeln umspielte plötzlich ihre Lippen.

»Gegen niemanden. Er tut alles für dich.«

Ein wohlwollendes Lächeln, als würde sie mir den Stab übergeben oder mir eine Schmeichelei ins Ohr flüstern.

Selbstsicher wiederholte sie: »Einfach für dich.«

26

Einfach für mich.

Ich brauchte ein paar Minuten, um die Tragweite dieser Aussage zu realisieren, die mich mit Ungläubigkeit und Freude erfüllte. Angesichts meines Schweigens fühlte Rebecca sich aufgefordert, mir zu versichern, dass sie mir Louis freiwillig überließe. Sie habe schon lange begriffen, dass ihre einzige große Liebe nur mit weiteren Frauen neben ihr glücklich sein konnte. Ich bekam nur noch jedes zweite Wort mit, wenn überhaupt, aber sie erzählte auch noch, was Louis und sie alles noch verbinde. Da war zunächst ihr Wohnort. Seit er die große Fünfzimmerwohnung in der Avenue Georges Mandel wieder selbst nutzte, bewohnte sie die kleine Wohnung darüber. Das ehemalige Studio von David. Die geheime Treppe sei, wie Louis schon erwähnt hatte, zugebaut worden, sodass keiner beim anderen unbemerkt eindringen konnte. So waren sie sich ganz nah und doch unabhängig. Es kam sogar vor, dass sie sich tagelang nicht sahen. Zu wissen, dass der andere nur ein paar Stufen entfernt war, genügte ihnen.

»Aber das wird bald vorbei sein.« Sie seufzte.

»Warum?«

Meine Frage schien sie zu überraschen.

»Hat man dir das nicht erzählt?«

Ich stand noch unter Schock und machte ein unschuldiges Gesicht.

»Was denn?«

»Na, die Bauarbeiten.«

Die Hammerschläge, die man durch den Garten hörte. Richard, der Chauffeur, in Arbeitskleidung. Mir schossen Bilder durch den Kopf.

»Als André und Hortense sich in der Rue de la Tour des Dames niederließen, haben sie auch das Haus nebenan gekauft.«

»Das von Mademoiselle Mars«, murmelte ich, mehr für mich selbst.

»Genau. Sie haben das größere der beiden Anwesen renoviert und sind mit den Jungs dort eingezogen. Das Hôtel von Mademoiselle Mars blieb lange in dem Zustand, in dem es sich seit den Vierzigerjahren befand.«

Ich sah wieder das Emailleschild am Türsturz vor mir: »Bureau des voyages de la jeunesse«.

»Im Grunde war das Haus bis zum Tod von André und Hortense verwaist«, führte sie aus. »In ihrem Testament hatten sie festgelegt, dass David das Hôtel Duchesnois bekommen sollte und Louis das andere.«

»Louis ist unser Nachbar?«, fragte ich fassungslos.

Warum hatte mir das niemand erzählt? Dabei hatten David und besonders Armand sich ständig über die Unannehmlichkeiten beschwert, die durch die Bauarbeiten nebenan entstanden.

»Noch nicht ganz. Dieses verrückte Projekt, das Haus originalgetreu wieder herzurichten, beschäftigt ihn schon seit Jahren. Über die Türgriffe bis zum kleinsten Fresko... Was ich davon schon sehen konnte, war herrlich. Aber das Haus ist ein Fass ohne Boden. Louis investiert da sein gesamtes Erbe...«

Nach einer warmherzigen Umarmung, mit der ich Rebecca spontan bedachte, fuhr sie mich mit ihrem cremefarbenen Mini nach Hause. Fortan nahm ich das Haus nebenan bewusster zur Kenntnis. Zu wissen, dass Louis bald dort wohnen würde, wirbelte meine Zweifel, meine Vorsätze und Sehnsüchte noch einmal durcheinander, ich konnte nicht sagen, welches Gefühl am Ende den Sieg davontragen würde.

»Gib acht auf dich«, rief sie mir noch zu, als ich ausstieg.

Genau das tat ich in der folgenden Stunde. David war nicht da, ich nutzte die Gelegenheit, ein langes Bad zu nehmen. Mit aller Kraft versuchte ich, mich von dem Treffen mit Rebecca abzulenken, aber ihre Worte schwammen in mir herum wie die Schaumwolken in meiner Badewanne. Nur dass sie nicht verschwanden, als ich das Wasser abließ. Sie klebten mir am Leib. Sie kleideten mich besser als irgendetwas: »Er tut alles für dich. Einfach für dich.«

Als ich hinunterging, nur in einen Bademantel gekleidet – ich hörte, dass Armand sich in der Küche zu schaffen machte –, fand ich auf der Konsole den neuen Ehevertrag und ein neues, silbernes Päckchen. War Richard sein Bote?

Ich zerriss das Papier und öffnete die Schachtel so erwartungsfroh wie ein Kind am Weihnachtsabend. Außer der Schlüsselkarte und den üblichen schriftlichen Hinweisen enthielt es einen prächtigen Fächer aus schwarzer Spitze mit einem lackierten, ebenfalls schwarzen Griff, dessen Ende in einer bauchigen Verdickung mündete, die an einen Phallus erinnerte. Die beiliegende Notiz lautete:

Zweiundzwanzig Uhr
wie immer.
Du musst unser Zimmer finden.
Nimm alles mit.

Nur die letzte Zeile verschlug mir den Atem. Ich sollte alles mitnehmen, was er mir bislang geschenkt hatte? Oben in meinem Zimmer verschaffte ich mir rasch noch einmal einen Überblick und legte alles in eine kleine Handtasche.

Würde es wieder um das ganze Spielzeug gehen? So deutete es zumindest das neue Gebot an.

6 – Du sollst deine Lust beherrschen

Plante er schon wieder, den Moment unserer Vereinigung zu verschieben? Das würde mich verrückt machen.

Beim Hinausgehen warf ich einen Blick auf die riesige Sanduhr, wo drei Viertel des Inhalts schon die Seite gewechselt hatten. Und ich? Auf wessen Seite stand ich nun? Musste ich mich überhaupt auf eine Seite festlegen?

Ich wusste keine Antwort, also ließ ich meinen Körper entscheiden – meine Füße ihren Weg finden, meinen Bauch mich dahin ziehen, wo man ihn streicheln würde, mein Geschlecht sich dorthin stürzen, wo man es verwöhnen, lutschen, lecken, es spalten würde wie eine reife Frucht, kurz, alles tat, was ihm gefiel.

Ich hatte nichts mehr in der Hand. Ich war nur noch die Summe meiner Organe, die nach Empfindungen lechzten. Ein erogenes Puzzle, das bei jedem richtig an seinen Platz gesetzten Teil aufstöhnte.

Die Rue Jean-Baptiste Pigalle war an diesem Abend voll vergnügter junger Leute, die fröhlich vor den Cafés redeten und tranken. Eigentlich war ich eine von ihnen, ich sollte mit Sophia Monaco trinken, mit einem Jungen meines Alters flirten und meiner Sorglosigkeit ihren Lauf lassen.

Aber ich war das genaue Gegenteil. Ich hatte nur ein Ziel, nur eine Kraft lenkte mich. Ich war so konzentriert, dass ich mir nicht den Kopf über die Überraschung des heutigen Abends zerbrechen wollte. Monsieur Jacques sollte bleiben, wo der Pfeffer wuchs. Dieser Fächer sagte mir mehr als alle anderen Dinge in meiner Tasche. Er konnte nur einer gehören: Caroline Otero, bekannt als die Schöne Otero. Sie war Tänzerin bei den Folies Bergères, um 1900 herum, von geheimnisvoller Schönheit, sie hatte den Ruf, einen lockeren Lebenswandel zu führen und perfekte Brüste zu haben; neben ihren männlichen Liebhabern pflegte sie auch sapphische Beziehungen, wie etwa zu der Schriftstellerin Colette.

Ich war meiner Sache sicher, ich hatte das Zimmer als Hotelle schon besucht.

Bei den Aufzügen traf ich auf Ysiam.

»Sie sind sehr schön heute Abend … ich meine, noch schöner als sonst.«

»Danke, Ysiam. Bringen Sie mich bitte zu der Schönen Otero.«

»Erste Etage. Wollen Sie mir folgen?«

Der Raum war immer noch, wie ich ihn in Erinnerung behalten hatte: Alles war mit rotem Damast bespannt und mit verschnörkelten Spiegeln im Rokokostil behängt. An den Wänden hingen Originalplakate der Folies Bergères, die an den vergangenen Glanz jener Frau erinnerten, nach der dieses Zimmer benannt war. Schon beim ersten Blick in den Raum begriff ich, dass dieses Treffen in jeder Hinsicht anders ausfallen würde als die vorherigen. Angefangen bei der Beleuchtung: Zahlreiche Lüster strahlten fast grell in den Raum – das ganze Gegenteil des Halbdunkels, an das ich sonst gewöhnt war.

Eine weitere Neuerung war, dass zum ersten Mal jemand vor mir im Raum war. Die letzte Begegnung zählte nicht, denn Louis, oder der, der sich für Louis ausgab, hielt sich im Dunkeln versteckt, als ich eintrat, und zeigte sich erst später. Die hervorstechendste Neuerung war aber, dass nicht ein Mann, sondern eine Frau im Raum stand.

Die Maske, die sie trug, verdeckte nur ihr Gesicht und nicht die charakteristischen Körperzonen – die Brüste, die meinen Blick fesselten, die Taille, die Hüften, den Po und besonders die langen, schlanken Beine –, die ausgeprägte Züge ihres Geschlechts trugen. Diese Frau war ganz einfach wunderschön. Unter ihrer bernsteinfarbenen Haut zeichneten sich feine Muskeln ab, was die Anmut dieser Lichtgestalt, die von den zahlreichen Deckenstrahlern nur so flimmerte, noch betonte. Das Mädchen stand reglos da, aber alles an ihm, die lässige Biegung in der Hüfte, die Hand, die elegant auf der Taille ruhte, verrieten die Geschmeidigkeit einer Tänzerin, wie die Schöne Otero eine gewesen war. Auch besaß sie die schönsten Brüste, die ich je gesehen hatte, fest und stolz, vollkommen gerundet.

Erst als sie auf mich zukam, wie eine Katze, wie ein Model auf dem Laufsteg, erkannte ich sie. Es war die umwerfende Mestizin, die an Louis' Arm hing, als wir uns das erste Mal begegneten. Ihr makelloser Körper strahlte jene Überheblichkeit aus, die uns gewöhnliche Sterbliche erdrückt.

»Ich habe wirklich keine Lust …«

Sie legte mir ihren Zeigefinger, gerade und leicht wie ein Schilfrohr, über die Lippen, um mich zum Schweigen zu bewegen, und lenkte mich mit einer natürlichen Autorität, ohne mich zu überrumpeln. Ich war überrascht, sie von einer sanften, beinahe liebevollen Seite kennenzulernen. Natürlich wurde sie bezahlt, aber wie alle Callgirls erster Klasse verstand sie es, ihre

Gesten mit Gefühl zu unterfüttern. Sie war mehr Schauspielerin als Prostituierte.

Während um uns herum ein Klavier zu spielen anhob, ein Stück, das ich nicht kannte – Chopin? –, zog sie mich aus, langsam und sorgfältig wie eine Garderobiere, als befürchtete sie, etwas zu zerknittern. Bei jedem Teil berührte ihre Hand meine Haut, die jedes Mal wieder, jedes Mal mehr zuckte.

Nachdem sie mich entblättert hatte, holte sie aus meiner Tasche mit den Schätzen den Fächer heraus.

Sie präsentierte ihn mir wie ein Heiligtum, als wäre ihr meine Zustimmung wichtig, und weil ich mich nicht rührte, ich war zu perplex, begann sie, sich mit dem Griff über ihre Vulva zu reiben, die von ihrem Höschen nur halb bedeckt war. Mindestens das simulierte sie nicht: Als sie sich den Griff hineinsteckte, glänzte er feucht von ihrer Lust.

»Leck ihn ab«, forderte sie mich mit sanfter Stimme auf.

Ich tat, wie sie es wünschte, erst schüchtern, dann mutiger, ich lutschte an der Verdickung des schwarzen Griffs wie an dem köstlichsten steifen Glied. Um mich noch anzufeuern, legte sie ihre langen Arme auf meine Schultern, leichten Blättern gleich, die aufs Wasser schweben, und begann mir mit einer Langsamkeit, die mich zur Verzweiflung brachte, dann schneller, den Hals, meine Brüste und meinen Bauch zu streicheln. Nun umspielten ihre Finger einen Moment meine Haare, legten sich flach über meine Möse, wobei zwei oder drei Finger sich zum Eingang meiner Spalte verirrten.

Überzeugt, dass ich folgsam sein würde, wurde sie forscher. Sie kniete vor mir nieder, griff mit einer Hand fest an meine Taille und schob mit der anderen den lackierten Griff in meine Scheide. Meine Beine zitterten, ich wankte. Aber der Druck ihrer Hand und des Griffs, der sich weiter und weiter in mich hineinschob, hielt mich im Gleichgewicht, der Griff war wie ein Spieß, den ich stöhnend in mich eindringen ließ.

Das Ding war nicht größer als ein erigierter Penis. Aber seine Festigkeit erzeugte in mir ganz neue Gefühle, es schob sich unaufhaltsam an den Wänden meiner Möse hoch. Weder zerriss es mich, noch wühlte es in mir, es erfüllte mich, nahm mich ganz ein, beherrschte mich. Die Tatsache, dass ein solches Ding mir solcherlei Glück bereiten konnte und mir außerdem noch von der schönsten aller Frauen geboten wurde, erregte mich nur noch mehr. Ich stieß auf den Griff hinab, ging in die Knie, um zu testen, wie tief der Eindringling in mich tauchen konnte.

»Jetzt komm.«

Ohne mir den Fächer herauszuziehen, führte sie mich zum Bett, das nur mit einem weißen Laken bedeckt war, und legte mich vorsichtig nieder, als wäre ich eine Blume, sodass der Fächer von keinem Ruck erschüttert wurde und mich nicht verletzen konnte.

Mir war klar, dass ich mich ihr in dieser Position nur noch mehr auslieferte. Ich war nicht mehr in der Lage, einen klaren Gedanken zu fassen und diesem zarten Wahnsinn etwas entgegenzusetzen.

Sophia, wie sie ihre Finger aus ihrer Möse zog. Die Schreie des Mädchens, das im Dunkeln den Höhepunkt ihrer Lust erreichte. Das außerordentlich aufregende Dekolleté einer Unbekannten in der Métro vor einigen Tagen. Eine Abfolge von Bildern zog an mir vorbei wie ein Karussell; es waren ausschließlich Frauen darauf zu sehen, ich konnte nicht mehr leugnen, dass ich sie begehrenswert fand. Nie hatte ich eine von ihnen angerührt, und nun verbündeten sie sich alle, um mich zur Ekstase zu treiben. Ich begehrte sie, aber durch die geschickte Hand der Mestizin besaßen sie mich.

»Schneller …«, hörte ich eine Stimme, die aus meiner Kehle stieg, »schneller!«

Rhythmisch und mit einer Kraft, die man ihrer schlanken Gestalt nicht sofort ansah, stieß sie den Fächer in meine Scheide und fingerte dabei an meiner Möse herum. Ich konnte durch meine halb geschlossenen Lider ihre Erregung sehen, an der Art, wie sie die Augen zusammenkniff, wie sie sich auf die Lippen biss, wie ihr ganzer Körper sich auf meine verzückte Spalte konzentrierte, die sie nicht eher in Ruhe lassen würde, als bis der Orgasmus käme.

Er kam aus meinem tiefsten Inneren und war wie eine Kugel, die unter meinem Bauchnabel wuchs und schwerer und größer wurde, langsam nach unten rollte und dabei alle Organe zur

Seite schob. Bei der Gebärmutter angekommen, plusterte sie sich noch einmal auf, machte kurz halt und brach dann wie eine Welle in meine nasse, stark geschwollene Scheide ein, wobei sie alles mit sich riss, noch dem letzten Millimeter einen Lusttropfen abpresste und in einem Schrei endete. Ich hatte das Gefühl, dass der Schrei nicht aus meinem Mund kam, sondern aus meiner Möse. Ich konnte das eine nicht mehr vom anderen unterscheiden, beide hatten ein verblüffendes Vergnügen daran, ihre Lust hinauszuschreien.

»Das ist gut«, dozierte die Schöne. »Du hast einen guten vaginalen Orgasmus.«

In der Tat hatte ich eine derartige Lust verspürt, dass ich fast vor Schmerzen schrie, als sie mir den Fächer herauszog – als würde sie mir sämtliche Eingeweide aus dem Bauch ziehen.

Louis hatte sich selbst den Titel des »Ans-Licht-Bringers« verliehen. Nun hatte ich mich auf bisher unbeschrittene Pfade meiner Sexualität gewagt; ich wankte vor Lust, meine Möse hatte noch keineswegs genug und erwartete den nächsten Gang, wie ein Kind, das auf den Nachtisch wartet. Ich zweifelte keinen Moment daran, dass ich einen bekommen würde. Ich war voller Vertrauen in ihn und in meine Fähigkeit aufzunehmen, was er mir gab. Da war keine Angst mehr, meine Sinne waren in Aufruhr, jedes neue Experiment erweckte in mir eine neue Frau zum Leben, die meine Erziehung, meine Prinzipien und vor allem meine Unwissenheit bisher gefangen gehalten hatten. Jetzt endlich befreiten sie sich. Nach und nach ergriff jede einzelne von ihnen das Wort, formulierte ihre Wünsche, ihre Träume. Mein Orgasmus war nicht nur wie der von der Schönen Otero, sondern auch wie der von Marie, Joséphine oder Lola.

Die Augen noch geschlossen vor Glück, hörte ich die Tür sich schließen. Die Mestizin hatte das Zimmer ohne Abschiedsgruß verlassen. Nur ich war noch da, mein Körper, ausgelaugt von der Lust, allein auf dem weichen Bett, mit den teuflischen Läufen des Klaviers, das noch die letzten Beben des Orgasmus aus mir herauskitzelte.

Es war unvorstellbar, dass man mich hier liegen ließ, ganz und gar unbefriedigt und auf mich allein gestellt, um mir jene Gefühle zu verschaffen, nach denen ich verlangte. Nur er könnte meine Lust befriedigen. Ich wollte ihn, nur für mich, jetzt, auch wenn ich in seinem Leben nur eine Episode wäre, eine Jagdtrophäe mehr. Wenn er mich nur ein einziges Mal nehmen würde, einmal nur, dann könnte ich ihn vielleicht vergessen, sein einnehmendes Parfüm, seinen besessenen Blick, das Grübchen auf seiner rechten Wange – vor allem aber mich von der illusorischen Gewissheit lösen, dass ich mit ihm alle Frauen und das Zentrum perfekter, vereinter, konzentrierter Lust sein könnte.

Ja, wenn er nur einmal in mich eindringen würde, mit seinem Glied, das in meiner Vorstellung so lang und hart war wie der Griff des Fächers und es mir ebenso gut machen würde …

Als Mädchen, als ich noch keinerlei Erfahrungen mit Jungs hatte, konnte ich doch meine Neugier nicht zurückhalten, das Gefühl der Penetration zu erleben, die ich darum mit einem Hilfsmittel ganz auf meine Art improvisierte. Ich kaufte mir ein einzeln verpacktes Kondom am Automaten neben der Apotheke, packte es aus und streifte es über eine nicht zu große, noch grüne Banane, die ich aus der Küche stibitzt hatte. Nun, lediglich die Spitze passte zwischen meinen Lippen hindurch in die Scheide, es war nicht tief genug, um mich zu entjungfern. Der Druck auf das Jungfernhäutchen, das wie eine Trommel gespannt war, brachte mich davon ab, weiter, tiefer zu gehen. Mir stockte der Atem, ich hatte panische Angst, eine Dummheit zu begehen, die Mama nicht übersehen könnte - und ich war erregt. Ich ließ also von meinem Plan ab und befriedigte mich selbst, indem ich meine Klitoris streichelte, die sich mehr hervorwölbte als gewöhnlich und gieriger war als sonst.

(Notiz vom 13. Juni 2009, von mir selbst verfasst)

Je länger er mich hängen ließ und diesen Moment hinauszögerte, der unser Begehren nur noch verstärkte, je länger er mit seinem flüchtigen Auftauchen oder Wegbleiben unsere Nerven strapazierte, desto besessener wurde ich von ihm. Er war mein Herr, weil er es verstand, sich von mir begehren zu lassen, mich in kleinen Schritten einzukreisen, subtil und einlullend wie die

Klaviermusik, deren Noten einen leichten, unsichtbaren Schleier über mich legten.

Ich hätte rufen können, nach ihm schreien, an die Tür trommeln und das ganze Hotel in Aufruhr versetzen. Ich wusste, dass er die Stunde unserer Vereinigung wählte, nur er. Hatte er schon etwas geplant? Stand sie irgendwo in seinem Kalender oder auf dem perforierten Blatt eines Ringbuchs?

Die Minuten vergingen, es würde niemand mehr zu mir kommen. Ich hatte nur mich selbst, um mir die sehnlichst gewünschte Erleichterung zu verschaffen. Unentschlossen ließ ich meinen Blick durch den Raum schweifen. Eine Nachttischlampe mit einem pyramidenförmigen Schirmchen. Ein Sekretär aus Mahagoni mit derart feinen Füßchen, dass kaum vorstellbar war, wie diese ihn tragen konnten. Eine Vase aus geschliffenem Glas mit weißen Lilien …

Ich fuhr mit der Hand über das Laken und stieß auf den Fächer – da fiel mir das Gebot des Tages ein. »Du sollst deine Lust beherrschen.«

Das war es also, was von mir erwartet wurde. Solange ich das Gebot nicht erfüllt hätte, käme ich nicht aus dem Zimmer.

Ich beeilte mich nicht. Ich sah mir das neue Stück in meiner Sammlung in aller Ruhe an. Genau betrachtet, sah der Griff einem Phallus nicht nur ähnlich: Im schwarzen Lack verbargen sich feinste Details, die Hautfalte unten, das kleine Bändchen, eine Struktur wie verzweigte Adern, die ich das Vergnügen gehabt hatte deutlich zu spüren. Wer wohl dafür Modell gestanden hatte? Könnte es sein, dass …

Die Frage bedurfte keiner Antwort, vielmehr verlangte sie nach Taten, sodass ich mir den Griff entschlossen zwischen die feuchten zartrosa Schamlippen schob. Dass ich mir selbst mit meinen eigenen Händen und nach bestem Wissen jene Freude bereitete, die er zu schenken sich weigerte. Langsam, dann immer schneller, immer tiefer, mein Unterleib zuckte vor Lust, mein Körper bäumte sich auf, fiel zurück und gab dabei unbeschreibliche Stoßseufzer von sich. Mir kullerten Tränen über die Wangen, als ich den nächsten Orgasmus hatte. Kurze, ruckartige Spasmen erfassten ohne Unterlass meinen Bauch. Ich war eine

Landschaft im Hagel, ein Stück Erde, dem Sturm ausgeliefert. Plötzlich hielt ich inne, das Teil steckte tief in meiner Scheide, unmöglich, es herauszuziehen. Es blieb noch lange da drin stecken, bis meine Muskeln sich entspannten und es freigaben.

Ich gab Louis so viel, er mir so wenig…

Oder war es umgekehrt?

27

13. Juni 2009

Vor einigen Jahren, als Sophia und ich noch große Mühe hatten, über die Monatsenden zu kommen, hatte sie mich zu einem Geschäft überredet, das sie gerade für sich entdeckt hatte. Gegen dreißig Euro, die sie mir nach der gelungenen Transaktion aushändigen wollte, sollte ich ihr ein benutztes Höschen geben, es war ein ganz einfaches Modell aus Baumwolle, das sie auf einer darauf spezialisierten Seite im Internet verkaufen wollte. Ich nahm das Geld an, ohne genauer wissen zu wollen, was aus dem Höschen geworden war. Mich ekelte das, und ich wollte das Geschäft auch nicht wiederholen.
Sogar heute frage ich mich manchmal noch, was aus dem im Schritt nur leicht verschmutzten Schlüpfer geworden ist. Riecht er noch nach mir? Hält der Typ ihn sich unter die Nase, bevor er ~~sich einen runterholt~~ masturbiert? Liegt er jetzt zwischen anderen, als einer unter vielen, oder hat er ihn nur einmal benutzt und dann weggeworfen?

(Notiz vom 13. Juni 2009, von mir selbst verfasst)

»Aurore Delbard«: Die Suchmaschine zeigte nur zwei Ergebnisse, und die passten nicht. Wen wunderte es? Aurore war zu einer Zeit ums Leben gekommen, da man sein Privatleben nicht so freizügig im Internet und in den sozialen Netzwerken preisgab.

Trotzdem fand ich es erstaunlich, dass sie nirgendwo auftauchte, auf keinem Klassenfoto, auf keiner Schulseite, an keiner Universität… Ob David oder seine Familie eine dieser Firmen beauftragt hatte, die sich damit befassen, das Netz zu reinigen? So oder so, es kam auf dasselbe heraus: Aurore Delbard hatte im Netz und auf Erden keine Spuren hinterlassen.

Und wenn Aurore nur ein Phantom war, die Ausgeburt einer kranken Fantasie? Unvorstellbar. Warum sollte sich jemand das ganze Theater ausdenken? Könnte es etwas mit mir zu tun haben?

Als ich den Ehering an diesem Morgen noch einmal überstreifte, hatte ich das Gefühl, in ein fremdes Leben einzutreten, in das Leben eines geistigen Wesens ohne Vergangenheit und Körper, eines rein fiktiven Wesens.

Die sicherste Methode, mich von diesem Phantom zu befreien, befand sich hier unter meiner Hand: Indem ich den Vertrag unterzeichnete, den David gewollt und den Armand mir vorgelegt hatte, erlangte unsere Verbindung eine Grundlage, die weit über alle echten und ausgedachten Erinnerungen hinausging. Aber ich konnte nicht. Zehnmal setzte ich den Stift über den Ecken der zu paraphierenden Seiten an, zehnmal zog ich ihn wieder zurück, als hielte eine unsichtbare Macht mich davon ab.

Rendezvous im Sender, meine Liebe.
Ich glaub an dich.
Ich liebe dich.
D.

Davids Zettel, der auf dem Frühstückstisch lag, machte mir auch keinen Mut, und den hätte ich weiß Gott gebraucht. Heute war der große Tag. Ich ging das erste Mal auf Sendung. Ein Tag, den ich mir stets herbeigesehnt und den jede Frau an meiner Stelle als Chance und Segen empfunden hätte. Meine Abende im Paris, Louis' Geruch – alles hätte vor diesem Hintergrund verblassen müssen, vor der Wichtigkeit und dem Ausmaß des Ereignisses. Ich hätte schlottern müssen vor Aufregung, vor Ungeduld mit den Hufen scharren, Schreie der Begeisterung von mir geben. Das Gegenteil war der Fall: Ich fühlte mich wie erloschen, sehnte mich fort, fort von diesen Belanglosigkeiten und meinem Ehrgeiz, der mir sinnlos und lächerlich vorkam.

Ich war so missgestimmt, dass ich mir Zeit ließ, zu meinem Team zu stoßen, das mich im Studio erwartete. Ich leistete mir sogar noch den Luxus, Visitenkarte in der Hand, einen Umweg über die Station Père-Lachaise zu machen.

Gegenüber dem berühmten Friedhof ging die Avenue de la République los, ein breiter und prächtiger Boulevard; links davon lag die kleine Rue du Chemin-Vert, deutlich schmaler und weniger vornehm. Während ich der leicht abschüssigen Straße folgte, stieg mir der Duft von Kebab in die Nase, der sich schon am frühen Morgen über dem Gehweg mit den überbordenden Mülleimern ausbreitete. Mir wurde von dem Gemisch aus gegrilltem Fleisch und Abfällen übel, glücklicherweise wehte gerade eine frische Brise durch die Straße.

Zwischen einem kleinen pakistanischen Laden und einer Kurzwarenhandlung war die bordeauxfarbene Front der Buchhandlung gut zu erkennen. Das Aushängeschild war diskret und lieferte keinerlei Hinweis auf die besondere Art des Angebots: La Musardine. Ein kurzer Blick ins Schaufenster zerstreute noch meine letzten Zweifel.

Ich drückte die Tür auf und betrat das gedämpfte Ladengeschäft mit dem roten Teppich und den großzügig bestückten Auslagen. Ich hatte erwartet, auf Perverse im Trenchcoat zu treffen, auf betagte libidinöse Herren, Amazonen in Minikleidern. Tatsächlich war die Klientel größtenteils männlichen Geschlechts, aber sie kam mir sehr gewöhnlich vor. Die wenigen anwesenden Pärchen drückten sich fest aneinander, ein Herr raunte seiner errötenden Partnerin etwas zu, ein anderer ließ seine Hand etwas länger auf dem ausladenden, prallen Hinterteil seiner Freundin liegen. Würden sie nach ihren Einkäufen Sex haben? Fanden sie hier den nötigen Zündstoff, der ihr Feuer entfachte?

Die thematische Anordnung war einfach zu durchschauen: links und im Eingangsbereich die erotische Literatur; rechts und in der Nähe der Kasse die Foto- und Bildbände; hinten rechts die Hefte und Comics; und schließlich, hinten links, Essays, Ratgeber und etwas Spielzeug.

Mit der Liste in der Hand arbeitete ich mich vor und fand die ersten Titel ohne Schwierigkeiten. Nach und nach entstand vor mir ein kleiner, schwankender Bücherturm. Ich hatte keine Zeit, lange zu stöbern, außerdem begannen die Blicke, die auffällig lange über meine Kurven schweiften, mir unangenehm zu werden, also sprach ich die Verkäuferin an, eine unauffällige kurzhaarige Brünette, die sich lustlos hinter ihrer Kasse herumdrückte. Auf dem Weg zu ihr fesselte eine Reihe von Buchcovern meine Aufmerksamkeit, Fotoalben, die offensichtlich alle zu einer Serie namens *Pink Pussy* gehörten. Junge, lächelnde Frauen präsentierten darin ihre Vulva, als machte es ihnen Freude, sich so zu entblößen. Getreu dem Motto des Titels waren ihre exotischen Blumen und Schmetterlinge aus Haut so frisch und rosa wie nur möglich.

Waren das noch die Nachwirkungen des gestrigen Abends, hatte die auf Louis' Geheiß zu mir geeilte Frau mich derart betört? Ich blätterte immer weiter und konnte gar nicht aufhören; fasziniert von dieser ungeschminkten Darstellung, fragte ich mich, ob ich eine von ihnen hätte sein können und ob ich Spaß daran gehabt hätte, selbst zum Fächer zu greifen, um ihn durch einen dieser perfekten, weit geöffneten, feuchten Schlitze zu schieben?

Erst als mir der Bücherstapel umfiel, riss es mich aus meinen Gedanken. An die zwanzig Paar Augen schauten mich halb vorwurfsvoll, halb belustigt an. »Entschuldigung«, stammelte ich und hob die Bücher auf, wobei ich darauf achtete, dass mein Rock mir nicht zu hoch übers Bein rutschte und auch nicht zu eng am Po klebte. Dann bezahlte ich mit Schamesröte im Gesicht meine Einkäufe, verlegen wie das junge Mädchen, das ich glaubte überwunden zu haben.

In der Métro beruhigte ich mich zwar, wagte es aber trotzdem nicht, eines der Bücher aus der schwarzen Plastiktüte mit den Goldtropfen hervorzuholen.

»Du kommst zu spät, ist aber nicht schlimm …«, kommentierte David, der ohne Begrüßung in mein Büro getreten war. »Hauptsache, du bist in Form. Hast du wenigstens gut gefrühstückt?«

Wie er so mit mir sprach und ich seinen gereizten Blick auf mir spürte, hatte ich das Gefühl, ein Jährling am Morgen seines ersten Rennens zu sein. Fehlte noch, dass er mir ins Maul sah oder mir die Kruppe tätschelte, um sich ein Bild von meiner Form und meinen Siegeschancen zu machen. War es das, was er bei diesem Dinner, bei dem wir uns zum ersten Mal begegnet waren, in mir gesehen hatte? Das neue Filetstück seines Senders? Der Edelstein, den er nach Geschmack zurechtschleifen und zu seinem Schaustück machen konnte?

»Ja, ja, es geht, ich habe etwas gegessen.«

»Getrocknete Früchte? Hast du etwas von den getrockneten Früchten gegessen?«

Er umkreiste mich, beäugte mich kritisch, offensichtlich besorgt um die Leistungsbereitschaft seines Stutfohlens.

»Nein, aber es wird gut gehen, ich gebe dir mein Wort.«

Ich wagte nicht, mir vorzustellen, was passierte, wenn ich seine Erwartungen nicht erfüllte.

»Gut… Du wirst es heute Abend *fetzen*, das weiß ich!« Diese Jugendsprache passte zu ihm wie ein Kilt zu einem Leichenbestatter. Aber es war ihm egal, ob er sich lächerlich machte, er pushte sich mit seinem Adrenalin, er hatte die höchste Drehzahl schon erreicht, als die Flagge noch gar nicht oben war.

Wenn ich auf dem Bildschirm so lahm wirkte, wie ich befürchtete, würde mir zweifellos ein ähnliches Schicksal blühen wie Aurore. Wie weit würde er es mit mir treiben? Würde mein Name ebenso in den Strudeln des digitalen Zeitalters untergehen und nie wieder auftauchen?

Er küsste mich zart in den Nacken, mühte sich ab, die finsteren Gedanken aus meinen Haaren zu schütteln, in die er seine Nase vergraben hatte, während er mit einer Hand meine halb entblößte Schulter streichelte. Solange er mit mir nicht über den Ehevertrag sprach, solange er in mir seine neue Muse sah, konnte ich seine fahrigen Zärtlichkeiten annehmen.

»Ich will dich«, hauchte er mir ins Ohr.

Ich wand mich, versuchte, mich ihm zu entziehen. »Nicht hier…«

»Warum? Hast du Angst, von deinem Boss ertappt zu werden?«

Er lachte leise über seinen eigenen Witz, wie immer zufrieden mit sich und denen, auf die er wettete. Alles, was er anrührte, wurde zu Gold. Es war immer so gewesen. Er war immer als Sieger hervorgegangen. Nur mit Aurore nicht…

»Äh, Entschuldigung…«

Plötzlich stand Fred in der Tür.

»Was wollen Sie? Was haben Sie hier zu suchen?«, herrschte David ihn an.

Die beiden Männer waren sich anscheinend noch nie begegnet. Fred hatte schon geschaltet und kapiert, dass da der Big Boss des Senders vor ihm stand, sein Big Boss, während David natürlich keine Ahnung hatte, wer dieser schlecht rasierte, mit Jeans und T-Shirt bekleidete junge Mann war, der höchstens dem Lumpenproletariat seines Unternehmens angehören konnte. Einer von vielen, und so behandelte er ihn auch.

»Ich …«

Sollte ich sie einander vorstellen? Und wenn ja, welche Details unserer Geschichte sollte ich preisgeben? Fred befürchtete offensichtlich, dass ich ihn und die Art seines Beitritts zur Crew des Senders entlarven könnte, was vermutlich der Grund für seine abwartende Haltung war.

»›Ich‹ was? Verschwinden Sie!«

»Chéri«, sagte ich schließlich besänftigend, »das ist Fred Morino. Er macht den Ton in der Sendung. Wahrscheinlich erwartet man mich schon im Studio.«

Fred verstand sofort und stieg drauf ein. »Genau«, meinte er, wobei er nur mühsam seine Wut unterdrückte.

»Ah, sehr gut.«

David wahrte immer sein Gesicht, ganz gleich, wer ihm gegenüberstand. Er richtete sich auf, wobei er eher frustriert als verärgert wirkte, und schalt Fred väterlich, wie man einen Bengel ausschimpft: »Dringend oder nicht – man klopft an, bevor man irgendwo reingeht.«

Er wusste, dass er im Unrecht war, und wies trotzdem auf meine Tür, die weit offen stand, als Fred eingetreten war.

Und ich hatte meinen Ex auf die Gästeliste unserer Hochzeit gesetzt – ob der Herr des Hauses ihm die Tür weisen würde, bevor er sich wieder danebenbenahm?

»Ich muss dann los«, rief ich David lässig zu und lief Fred hinterher.

Das war der richtige Moment, um mit den Hüften zu wackeln, mit den Augen zu klimpern, den Mund zu spitzen, also meine Weiblichkeit auszuspielen wie in einer x-beliebigen Vorabendserie. Sein auf das Desaster folgender Urteilsspruch würde dann vielleicht milder ausfallen.

»Und vergiss nicht, was du mir vorhin sagen wolltest«, sagte ich. »Das interessiert mich!«

»Du bist gar nicht gekommen, weil du mich holen solltest, oder?«, fragte ich Fred, als wir ein Stück den Flur entlanggegangen waren.

»Nein«, bestätigte er. »Aber ich habe an Louis' Leitung ein bisschen den Telefontechniker gespielt und dabei was Spannendes entdeckt.«

»Und was?«

»Den Speicher seiner Anrufliste seit der letzten Wartung, also die letzten drei Monate.«

»Und?«, fragte ich. »Bestellt er sich jeden Abend um achtzehn Uhr ein Callgirl?«

»Nein, nicht wirklich, nein«, sagte Fred ein wenig verschmitzt.

»Wen ruft er dann an?«

»Du wirst es mir nicht glauben, aber es gibt keinen Zweifel … Ich habe die Nummer gleich erkannt.«

»Scheiße, jetzt rück raus mit der Sprache!«

»Er telefoniert mit deiner Mutter. Es ist ihre Nummer.«

Mein Blick schweifte kurz ab in das Großraumbüro, wo eine Armada von Journalisten eben den Sendeplan für die Mittagsausgabe der Nachrichten erarbeitete. Dann wandte ich mich ihm wieder zu, wie versteinert: »Meine Mutter? Bist du sicher?«

Er sagte mir die Nummer ihres Hausanschlusses auf, es bestand kein Zweifel.

»Allein diese Woche hat er dreimal mit ihr telefoniert.«

Ich dachte an all die Geschenke, die er ihr machte, die besagten Belohnungen für meine guten und horizontalen Dienste.

»Und … sprechen sie dann lange?«

»Ziemlich, ja. Montag waren es zweiundzwanzig Minuten. Mittwoch nur elf. Gestern achtzehn, mit einer kurzen Unterbrechung von zehn Sekunden, er musste einen anderen Anruf entgegennehmen.«

Das war mehr als nur ein Höflichkeits- oder Kontrollanruf –

was sollte er auch kontrollieren? Nein, die beiden unterhielten sich richtig.

»Es kann auch nicht sein, dass sie nur abgenommen und den Hörer dann daneben gelegt hat, ohne was zu sagen?«

Diese Hypothese war letztlich nicht absurder als die Tatsache, dass mein echter falscher Liebhaber, mein echter falscher Schwager mit meiner Mutter plauderte, als ob sie alte Freunde wären.

»Nein, das glaube ich nicht. Die modernen Telefonanlagen haben einen Time-out, der sich automatisch einschaltet, um zu verhindern, dass eine Leitung unnötig besetzt ist. Wenn nicht gesprochen wird, wird die Verbindung nach ein oder zwei Minuten unterbrochen, nicht erst nach zwanzig.«

Was Fred nicht erklären konnte, war, welcher Art ihre Unterhaltungen waren. Als wer hatte er sich meiner Mutter vorgestellt, um sie derart zum Reden zu bringen? Als sein eigener Bruder? Als Armand, unter dem Vorwand, sie über die Hochzeitsvorbereitungen auf dem Laufenden zu halten?

In Gesellschaft von Albane nahm ich ein kleines Mittagessen zu mir. Der Nachmittag zog wie im Traum an mir vorbei, obwohl ich viel zu tun hatte, aber ich erledigte alles wie ein Roboter.

»Vierzehn Uhr«, hätte Chloé gesagt: Studioprobe im Beisein von Stan, unserem Regisseur, um festzulegen, wo ich zunächst stehen und wohin ich mich in der auf die Schnelle zurechtgebastelten Studiodekoration bewegen sollte. Von Chris' Entwürfen hatte man nur das Logo behalten, das auf ein breites Schild gedruckt, oben angebracht und geschickt angeleuchtet wurde, damit es auf dem Bildschirm gut rauskam.

Sechzehn Uhr: Wiederholte Lektüre der Moderationstexte, die Albanes Team geschrieben hatte. Ich war beeindruckt, als ich feststellte, wie sehr Albane darauf geachtet hatte, aus mir nicht eine dieser affektierten Schnepfen zu machen, die durch die Sendungen der Konkurrenz wackelten. Meine Texte waren nüchtern, präzise, lebhaft, aber nicht zu sehr, und recht nah an dem, was ich selbst geschrieben hätte.

Siebzehn Uhr: Empfang meiner beiden Gäste – eines bekannten Buchhändlers, der uns seine Lektüretipps für den Strand vorstellen wollte, und einer Tänzerin, die uns den angesagtesten Trendschritt zeigen sollte, um auf den sommerlichen Tanzflächen mithalten zu können – und Simulation des »informellen« Gesprächs zwischen den Gästen und mir.

Achtzehn Uhr: Tee und Kekse, gefolgt von, in meinen Augen, endlosen Aufenthalten bei der Kostümbildnerin und in der Maske, nach denen ich mich fühlte wie Schlagsahne, die immer höher steigt.

Dieses unter einer dicken Schicht von Make-up erstarrte Püppchen, das nur darauf wartete, das Licht der Scheinwerfer auf seinem Blümchenkleid zu spüren ... war das ich?

»Tu so, als wärst du zwölf und spieltest mit deinen Freundinnen Fernsehen«, lautete Albanes letzter guter Rat.

»Mit zwölf wollte ich lieber Marie Curie sein oder Françoise Giroud ...«

»Du hast schon verstanden, was ich meine: Tu so, als ob! Alle, die heute durch große Sendungen führen, haben als Anfänger wie Idioten vor dem Spiegel gestanden und Grimassen geschnitten. Der Rest kommt später von ganz allein, wenn du erst mal genug Studioluft geschnuppert hast.«

Das war nicht sehr beruhigend, aber ein Argument, meinen Gegnern entgegenzutreten, die es sich nicht nehmen lassen würden, meine Unerfahrenheit kritisch hervorzukehren. So läuft es nun einmal in unserer schönen kleinen Welt: Die eigenen Missgeschicke sind schnell vergessen, das eigene Bein flink ausgestreckt, um den Neuen zu Fall zu bringen, der einen zu verdrängen droht, und sei es nur durch seine jugendliche Frische.

Neunzehn Uhr dreißig, und noch immer eine Stunde zu warten. Ich schützte vor, etwas allein sein zu wollen, und streifte über die verlassenen Flure der achtzehnten Etage, in meinem Kostüm, zugekleistert und aufgebrezelt, auf der Suche nach einem Notausgang, den ich nicht benutzen würde. Zufällig geriet ich vor ein Büro, das offensichtlich erst vor Kurzem geräumt worden war. Rechts neben der Tür hing noch ein kleines weißes Plastikschild, auf dem stand: »Alice Simoncini«. Ich drückte die Türklinke nieder, es war offen. Mich erstaunte, dass dieser leblose Raum noch derart intensiv roch. Ich erkannte das blumig-süße Parfüm von Alice, das sich mit einer anderen, säuerlichen Note vermischte. War das der Geruch von körperlicher Liebe, das Bukett, zu dem sich ihre Geschlechter verbunden hatten? Wie oft hatten sie es hier wohl getrieben, Chris und sie, so wenige Schritte von Davids Büro entfernt? Ich versuchte, mir die beiden vorzustellen, vor allem ihn, seine große schlaffe Gestalt, seinen Hintern, wie er sich an die große Glasfront presste, wie er fieberhaft in ihrer Scham fingerte, wie ihm vor Stolz über die unerwartete Beute der Speichel lief und auf ihren geschmeidigen Nacken triefte.

Seine Freunde sollte man nie beim Sex ertappen...
Vor Sophia war meine beste Freundin Sabine. Wir ähnelten uns sehr, man hätte meinen können, wir wären Zwillingsgeschwister. Stundenlang standen wir zusammen vor dem Spiegel und suchten nach Unähnlichkeiten. Da waren vor allem ihre blitzeblauen strahlenden Augen - ein kleiner Vorteil mir gegenüber, mit dem sie bei allen punktete, besonders bei den Jungen in der Schule.
Eines Mittwochnachmittags hatte sie mich zu sich nach Hause eingeladen, ich kam eine Viertelstunde zu früh und war überzeugt davon, sie vor dem Fernseher anzutreffen oder über einen ihrer Vampirromane gebeugt, die sie »echt sexy« fand. Sowohl die Eingangstür zum Haus ihrer Eltern als auch ihre Zimmertür standen offen. Wozu sie auch schließen, mitten in der Woche? Um die Uhrzeit war sie meist ohnehin allein zu Hause. Nicht so an diesem Tag. Von der Treppe aus hörte ich es schon stöhnen und jaulen und hatte keinen Zweifel, was da vor sich ging. Aber ich konnte der Versuchung nicht widerstehen. Ich schlich mich die Treppe hoch und beobachtete durch den Türspalt, wie Sabine sich in der Viertelstunde vor unserem Treffen im Bett verausgabte. Ich fand schamlos, wie sie den Rücken durchdrückte bei der Hundestellung.
~~Sie schrie unanständige Dinge, er faselte immer nur etwas von »Schwanz«, sie nannte sich »Hündin« und »Flittchen« und »die größte Schlampe der Schule«.~~ Wie sie gierig am Glied ihres Partners lutschte, bis er nicht mehr zu sehen war. Wie sie kreischte, wie eine räudige Hyäne, als es ihr kam...

Ich schlich mich leise wieder weg, ich hatte genug gesehen, meine jungfräulichen Träume hatten ihre Unschuld verloren. Seit jenem Tag und bis zum Ende des Jahres, weigerte ich mich, auch nur ein Wort an sie zu richten. Sie musste geahnt haben, wo meine plötzliche Gefühlskälte herrührte, wagte aber nie, das Thema anzusprechen. Dieser ordinäre, animalische Fick war das letzte Bild, das ich von meiner Freundin im Kopf hatte, und doch geilte ich mich daran später oft auf, wenn ich es mir selbst machte.

(Notiz vom 13. Juni 2009, von mir selbst verfasst)

Wo bist du? Letzte Regiebesprechung mit Luc und Stan. Wir warten auf dich, beweg deinen Arsch her, Superstar!

Die SMS von Albane holte mich zurück in die Wirklichkeit, und ich machte mich eiligst auf den Weg in die Etage darunter, wo schon diese besondere Spannung in der Luft lag, die entsteht, wenn eine neue Sendung ausgestrahlt wird. David höchstpersönlich stand im Studio – wie ich der Tuschelei entnehmen konnte, ein überaus ungewöhnlicher Umstand.

Die Abwesenheit von Louis, der sich anscheinend den ganzen Tag nicht hatte blicken lassen, schien mir allerdings mindestens ebenso bemerkenswert.

In Gesellschaft meines übermäßig albernen Teams, das sich auf die Art ein wenig zerstreute, sah ich mir die Zwanzig-Uhr-Nachrichten an, war mit den Gedanken aber weit weg.

Wo war er? Im Paris? Spukte er im Haus von Mademoiselle Mars herum, als hinkendes Phantom auf Schuttbergen? Oder saß er ganz einfach zu Hause, vor seinem Bildschirm, und wartete wie irgendein normaler Zuschauer auf die schicksalhafte Stunde meines TV-Todes?

Alles, was danach kam, war ein quietschbunter Albtraum, der von gezwungenem Lachen und künstlicher guter Laune unterbrochen wurde. Wie Albane es mir vorgesagt hatte, veranstaltete ich ein Theater nahe der Lächerlichkeit, auf das die Gäste aber einstiegen, weil sie es scheinbar angemessen fanden, sich nach mir zu richten, obwohl mein Redeschwall viel zu hektisch war, um verständlich zu sein…

Die Notizen, die die Redaktion für mich vorbereitet hatte, brannten mir zwischen den Fingern, ich sah sie wie magnetisiert an, würgte meine Angst hinunter und bekam nicht ein Wörtchen von den eingespielten Reportagen mit, ich vermasselte sogar ein- oder zweimal meinen Einsatz nach einer Pause, obwohl Stan mir über meinen Ohrknopf Bescheid gegeben hatte und es auf der Kamera nur wenige Schritte vor mir rot leuchtete.

»Atmen! Das ist hier kein Hundertmeterlauf!«, raunte mir der Regisseur über meinen Knopf im Ohr zu. »Wenn du so weitermachst, halten wir keine halbe Stunde durch! Cool!«

Fünf Minuten vor Schluss wurde mein Make-up aufgefrischt, und man gönnte mir eine Pinkelpause, während der die berüchtigte Reportage von Louis gesendet wurde, die letzte dieser Sendung. Danach gab es nur noch ein kurzes Schlusswort, das ich vom Teleprompter ablesen sollte – und mein Martyrium hätte ein Ende.

»Es läuft super!«, feuerte Albane mich auf dem Weg zu den Toiletten an. »Du musst nur ein bisschen Tempo rausnehmen. Lass deine Gesprächspartner einfach reden, du kannst sie immer noch unterbrechen, wenn sie zu viel herumlabern.«

Endlich allein in der Kabine, kam kein Tropfen raus, obwohl mir gleich die Blase platzte, gleichzeitig unterdrückte ich den heftigen Impuls, mich zu übergeben.

Am liebsten wäre ich da sitzen geblieben. Für immer. In meinem Blumenkleidchen und dem Uringeruch, im Warmen, geschützt, in einer Welt ohne zukünftigen Ehemann, Liebhaber und ohne Zuschauer, die mich auslachten.

»Nein, ich bin da so reingerutscht, von einer ›Wahl‹ kann man nicht sprechen.«

Die laufende Reportage drang über die Studiolautsprecher in mehr oder weniger verständlichen Fetzen zu mir vor.

»Wenn mir diese indiskrete Frage erlaubt sei: Kommt es vor, dass Ihnen das, was Sie mit den Männern tun, Spaß macht?«

»Ja, klar, sogar recht oft … Es ist mehr als nur ein Job.«

In der Tat, die Arbeit der Hotelles war nicht nur ein Job, das konnte ich bestätigen.

Vorsicht und Angst hätten mich wissen lassen müssen, dass

ich besser blieb, wo ich gerade war. Die Stimme der jungen Frau war zwar durch Voice-over unkenntlich gemacht worden, aber ich vernahm einen Singsang, der mir bekannt vorkam. Als ich den Regieraum betrat und mir auf zwanzig Bildschirmen dasselbe maskierte Gesicht entgegenflimmerte, fiel ich beinahe in Ohnmacht und konnte mich gerade noch zurückhalten, den Technikern vor ihren Hebeln und Knöpfen nicht in den Rücken zu kotzen.

Ich kannte die Maske. Es war eine Kopie der Maske, die Louis mich hatte tragen lassen, als ich im Zimmer von Marie Bonaparte dem Paar beim Sex zusah.

Aber da war noch mehr: die großzügige Mimik, die braunen Locken, die bis auf die Schulter fielen, und die Art, sich ohne Umschweife auszudrücken …

»Also, da geht es nicht nur Arsch um Arsch«, näselte die anonymisierte Stimme. »Man unterhält sich, erzählt sich was aus dem Leben. Manchmal kribbelt es dann bei mir irgendwo … und bei den Kunden auch.«

Mir rutschte nur leise heraus – leise genug, dass die anderen es nicht hören konnten: »Scheiße, Sophia, nicht du!«

Ihr kreidebleiches Gesicht, als Louis sich am Bois de Vincennes vorgestellt hatte. Ihr ehrliches Interesse – und ihr anzügliches Lachen –, als ich ihr erzählte, wie Louis mich Tag für Tag in den Wahnsinn trieb. »Willst du ihn mir nicht vorstellen? Ich liebe diese verspielten Typen!« Ihre Begeisterung für mein Zehnmal-am-Tag, und wie sie mir weismachen wollte, dass das zu ihr viel besser gepasst hätte.

Nach und nach kamen diese Gedanken in mir hoch und rissen ihr in meiner Vorstellung die Maske vom Gesicht.

Was für ein Theater hatte sie mir da vorgespielt! Für wie viel hatte sie mich verraten? Nur für so viel wahrscheinlich, dass sie am Monatsende nicht klamm war. Ein paar große Scheine, wie die, die er mir in der Galerie in die Hand gedrückt oder mir für meinen Einkauf in der erotischen Buchhandlung gegeben hatte. Oder – die Vorstellung raubte mir den Atem, Schmerz breitete sich in mir aus – waren die beiden gar ein Liebespaar? Machten sie sich über mich und meine Leichtgläubigkeit lustig, während sie es miteinander trieben? Spotteten sie über meine jungfräuliche Ungeschicklichkeit, über das voreingenommene Dummerchen, das ich war, wenn sie gerade übereinanderstiegen und sich schamlos gehen ließen? Beide hatten ein Faible für Exzesse, sie wären das perfekte Paar …

Wie lange gehörte sie ihm schon?

»In dreißig Sekunden sind wir wieder auf Sendung!«

»Elle! Elle! Was ist los?«

Albanes Stimme drang durch die Glocke über mir, die mit jeder Sekunde dicker wurde, nicht mehr zu mir durch. »Was ist los?«

Was sollte ich darauf antworten?

Sie legte eine Hand in meinen Nacken, aber sie schüttelte schon nicht mehr mich, sondern eine andere.

»Elle! Elle! Verdammt, bist du bei mir?«

Nein, liebe Albane, ich bin schon lange nicht mehr bei dir. Ich habe jeden Kontakt zur Realität verloren. Meine Wirklichkeit bestand nur noch aus kalten Tränen, die mich wie mit einer Eisschicht überzogen. Alles, was außerhalb von mir vorging, nahm ich wie durch ein beschlagenes Fenster wahr, wie betäubt, und nichts schien diesen Nebelschleier zerreißen zu können.

»Zwanzig Sekunden! Mädels, bewegt euren Arsch hierher, aber dalli!«

»Scheiße, ich weiß nicht, was los ist …«, kreischte Albane. »Sie ist völlig abgedriftet! Ruft einen Arzt!«

Auf den Bildschirmen beantwortete Sophia gerade die letzte Frage des Interviewers, den man zwar nicht sehen konnte, aber dessen Identität mir völlig klar war.

»Man sagte mir, dass Sie selbst von sich als Hotelles sprechen, stimmt das?«

»Ja, das stimmt.«

»Können Sie unseren Zuschauern kurz erklären, wie es zu diesem Begriff kam?«

»Nun, ›Hotelle‹ setzt sich aus zwei Wörtern zusammen. Da wäre zum einen das englische ›hot‹, das muss man ja nicht weiter erklären …«

»Nein, wirklich nicht …«

Erneuter Aufruf von Stan: »Zehn Sekunden! Was sollen wir machen?«

»Keine Ahnung! Blende den Abspann ein, was weiß ich!«, rief Albane.

Durch meinen Tränenschleier verschwamm Sophias Maske, als würde sie schmelzen.

»…und dann das ›elle‹, das als Personalpronomen gleichermaßen für alle Frauen steht.«

»Ja, das ist hübsch. Und Sie, sind Sie eher *›hot‹* oder *›elle‹*?«

»Oh, ich bin auf jeden Fall *›hot‹*!« Sie lachte. »›Elle‹, so heißt meine Freundin…«

Jingle. Ende ohne mich. Abspann.

28

14. Juni 2009

Als ich wieder zu mir kam, taten alle, als wäre nichts gewesen, bereit, meinen unverständlichen Ausfall unter den Teppich zu kehren. Alles zu leugnen erschien ihnen auf die Schnelle wohl die gnädigste Reaktion zu sein.

Es war sogar noch schlimmer: Alle kamen zu mir und machten mir Komplimente für die tolle Leistung – bis hin zu Philippe und Stan, die übertrieben enthusiastisch waren, obwohl sie durch meine Anfängerpanne ganz schön in der Tinte saßen. Ich war nicht ihre erste Wahl gewesen, und doch gehörte es zu ihrer Aufgabe, aus dem ungeschliffenen Stein einen braven kleinen Soldaten zu machen, der funktionierte, ohne divenhafte Launen an den Tag zu legen. Mein Versagen würde auch ihr Versagen sein, man sah es ihnen an.

»Albane, weißt du, wo David ist?«

Ich hakte mich bei meiner Leidensgenossin unter. In ihren Augen lag eine Mischung aus Enttäuschung, Mitleid, aber auch Anteilnahme. Albane war kein liebes, süßes Mädchen – sie war nur unabhängig genug zu wissen, dass diese Art von Niederlagen zum Geschäft gehörte. Sie war hübsch, noch jung, kompetent … Musste sie nach diesem Zwischenfall um ihre Arbeit bangen?

»In seinem Büro, wieso?«

»Ich würde gern mit ihm reden«, sagte ich und hielt dabei ihrem Blick stand.

»Geht nicht. Er hat darum gebeten, von niemandem gestört zu werden.«

»Ich muss ihm erklären, was los war …«

»Ich weiß, ich verstehe das, aber er hat extra betont ›niemand‹. Ich denke, damit meint er auch dich. Tut mir leid.«

Als Schlossherr musste David die Kröte erst mal schlucken und sich darüber klar werden, wie er sich in Zukunft verhalten sollte, zum einen, was den Sender anging – er wollte auf keinen Fall sein Gesicht verlieren oder als weich oder zu nachsichtig gelten; zum anderen, was unsere Beziehung anging, die doch, wenn sie auch nicht an sich infrage stand, einen Knacks abbekommen hatte. Ich hätte mir für ihn ein passenderes Verlobungsgeschenk vorstellen können … Etwa eine Luxusuhr, die sich in meiner Vorstellung langsam, aber sicher in der Auslage von Antiquités Nativelle auflöste wie eine peinliche Erinnerung.

Ich stellte mich auf alles Mögliche ein: königliche Verachtung als Zeichen seiner Milde und Großzügigkeit, eine Art der nachsichtigen Verbannung vom Hofe, oder Wut, die wie ein Tornado über mich herziehen würde. Was würde er einsetzen, um unsere Beziehung zu erhalten? Wie wichtig war es für ihn, seinen Ruf als unnachgiebiger Direktor aufrechtzuerhalten? Eines war sicher: Er durfte sich mir gegenüber nicht großzügiger zeigen als seinen restlichen Mitarbeitern. Man hatte ihm schon vorgehalten, mich über alle Köpfe hinweg auf diese Stellung gehievt zu haben … Wenn er mir besondere Vergünstigungen zuteil werden ließe, würde seine Autorität gefährlich bröckeln.

Ich fuhr also allein ins Hôtel Duchesnois zurück, sanft geschaukelt von einem Taxi, das in null Komma nichts, so schien mir, quer durch die Hauptstadt geflogen war. Ein geschäftiger, fast aufgeregter Armand – der ganz offensichtlich so weit weg von den Erkenntnissen meines eigenen Tages war, dass ich mich nicht traute, ihn nach seiner Meinung über meine Moderation zu fragen – stürzte sich mit allerlei Papieren in der Hand auf mich.

»Ich habe jetzt das endgültige Menü zusammengestellt. Wünschen Sie, dass ich es Ihnen zeige, Mademoiselle?«

Ich nickte abwesend, überflog die Zeilen mehr, als dass ich die beeindruckende Abfolge von Gängen las. Ich nahm aber wahr, dass Armand Wert darauf gelegt hatte, meinen Geschmack zu treffen, mit vielen Meeresfrüchten und Desserts mit roten Früchten.

»Das ist perfekt«, zwang ich mich munter zu sagen.

»Sind Sie sicher? Wir können das noch ändern ....«

»Nein, nein, Sie müssen nichts ändern, ich bin sicher, es wird ...«

Nicht »überwältigend«, »wunderbar« oder »großartig« sagen, keines dieser Superlative benutzen, die David im Übermaß gebrauchte.

»... göttlich. Ja, göttlich.«

Er nahm mein Kompliment lächelnd an, dann erlosch sein freudiger Ausdruck wieder und machte einem kummervollen Platz.

»Es ist mir unangenehm, Sie daran zu erinnern, aber der Notar braucht die von Ihnen unterschriebenen Unterlagen.«

»Unterlagen?«, wunderte ich mich.

»Der Vertrag ...«

»Ach ja, der Vertrag ...«

»Der Vertrag muss vor der standesamtlichen Trauung unter Dach und Fach sein, sonst sind die Formulierungen obsolet, und man müsste ihn noch einmal neu aufsetzen.«

»Natürlich, ich verstehe. Sie bekommen ihn morgen.«

»Unterschrieben?«, fragte er nach und zog eine seiner struppigen Augenbrauen hoch.

Ich spürte, dass er nicht nur seine Sorge zum Ausdruck brachte, gute Arbeit geleistet zu haben. Noch über die Interessen seines Herrn hinausgehend, schien er ein persönliches Interesse daran zu haben, dass ich meine Aufgabe erfüllte.

»Selbstverständlich«, antwortete ich, als wäre ich ertappt worden, »unterschrieben.«

Über die erbauliche Macht der Katzen ist schon alles geschrieben worden. Ihre Ruhe, die sich auf einen übertrug, ihre Sanftheit, ihre Trägheit, ihr einschläfernd wirkendes regelmäßiges Schnurren ...

In der Hoffnung, Félicité könnte mir, wenn auch nur vorübergehend, ein wenig Frieden schenken, schmiegte ich mich an sie, rollte mich um sie herum, als wäre ich ihre Mutter. Ein-, zweimal unterbrach ich diesen Gefühlszustand, um Sophia anzurufen, aber das Luder war natürlich nicht erreichbar. Ich fiel in einen unruhigen Schlaf, träumte verrücktes Zeug über Albane, die ausgewählt worden war, an meiner Stelle den *Cultur'Mix* zu moderieren, was sie dann nackt tat, vor den seltsam gleichgültigen Blicken der Techniker und Zuschauer.

Als ich erwachte, schien David noch immer nicht da zu sein. Auch war er anscheinend nicht einmal kurz vorbeigekommen. Kein zusammengeknülltes Handtuch auf dem Badezimmerfußboden, nicht die geringste Duftspur seines Eau de Toilette. War er wirklich nicht heimgekommen? Meine Anrufe auf seinem Handy gingen ins Leere.

Erst am Vormittag kam ein Rückruf: »Elle? Guten Tag, hier ist Chloé.«

»Chloé? Ja, aber … arbeiten Sie denn auch sonntags?«

»Nein, ich habe mein Telefon nach Hause umgeleitet. Ich mache das immer, wenn ich das Gefühl habe, dass am Wochenende die Hütte brennt.«

Ich nahm an, dass mein Verlobter sie dazu genötigt hatte.

»Gut … Was gibt es?«

»David bat mich, Sie anzurufen. Er hat die Nacht in seinem Büro verbracht.«

Mir fiel das Sofa ein, das gegenüber seinem Schreibtisch stand und auf dem man sehr gut eine Nacht verbringen konnte, wenn auch nicht die bequemste. Aber das hatte ihn sicher noch nie davon abgehalten, den einen oder anderen Abend nach einem arbeitsreichen Tag dort ausklingen zu lassen. Und Chloé sorgte wahrscheinlich dafür, dass irgendwo im Schrank saubere Unterwäsche und Hemden lagen, die den Herausforderungen des nächsten Tages angemessen waren.

»Er wünscht, Sie dort zu treffen«, sagte sie.

Mir schnürte sich die Kehle zu. Das war es jetzt. Mir schoss durch den Kopf, dass die Ursache für mein Zaudern, den Ehevertrag zu unterschreiben, eher in der Vorsicht denn in der Unbedachtheit lag.

»Wann?«

»Jetzt.«

Die Schlinge um meinen Hals wurde enger, ich bekam gerade noch genügend Luft, um zu murmeln: »Gut, ich ziehe mich noch an…«

»Super. Ich sage gleich Bescheid.«

Aber David hatte sich verrechnet, und Chloé würde eine Abreibung bekommen: Ich war ebenso wenig gewillt, mich wie ein kleines Mädchen ausschimpfen zu lassen, wie er, meine Fehlleistung vom Tisch zu wischen. O ja, ich würde mich zu der sonntäglichen Unterredung hinbegeben, selbstverständlich. Aber ich würde es tun, wann ich wollte und wenn ich bereit dazu war. Nicht vorher.

Ich lungerte mit Félicité auf dem Bett herum, mein Zehnmal-am-Tag offen auf den Knien. Ich versuchte, etwas zu schreiben, aber meine Gedanken trieben weit ab von den sanften Zärtlichkeiten der Liebe. Meine Feder schrieb ins Leere hinein, jedes geschriebene Wort strich ich sogleich wieder durch. Gerne hätte ich Louis' Fähigkeit besessen, an jedem Ort und unter allen Umständen die Spuren der Liebespaare zu lesen, die vor mir an diesem Ort gewesen waren. Mich in sie hineinzuversetzen, zu seufzen, wie sie geseufzt hatten, mit ihnen vor Lust zu beben. Aber an diesem Tag blieb es still im Hôtel Duchesnois, trotz der vielen Verehrer, darunter der Kaiser höchstpersönlich, deren Aura hier noch präsent war.

Ist Sex immer ~~besser~~ stärker als alles? Kann es sein, dass unser Geist derart in Anspruch genommen wird von ernsten und dringenden Dingen, dass die gewagten Gedanken, die uns manchmal überkommen, einfach verschwinden? Oder überflutet und reißt unsere Libido am Ende immer alles mit, wie ein endloser Wildbach?

(Notiz vom 14. Juni 2009, von mir selbst verfasst)

Die Morgenstunden vergingen, und ich erwartete wutschnaubende Anrufe von David. Aber nichts störte die ruhigen, endlosen Stunden, diese frühlingshafte Beschaulichkeit, die als frische, versöhnliche Brise durch das halb geöffnete Fenster wehte. Noch überraschter in Bezug auf meinen gestrigen Fernsehauftritt war ich jedoch über das Schweigen meiner Nächsten. Dass Mama diesen für sie historischen Moment nicht kommentieren wollte, dass sich keine alten Freunde von der Uni meldeten … Dass Rebecca nicht aufgebracht anrief, weil ich offenbar meine Verpflichtung, über die Belles de nuit Stillschweigen zu bewahren, gebrochen hatte … Das alles war höchst suspekt. War das missglückte Finale wirklich so eklatant gewesen, hatte es mir wirklich geschadet? Ich hüllte mich in die letzten Überreste meines Stolzes und zog es vor, mich jetzt zurückzuhalten, um mich nicht ihren heuchlerischen Komplimenten auszusetzen.

Heute war Sonntag, heute würde es keine Presse geben, man zappte sich nicht durch die besten Fernsehmomente des vergangenen Tages. Niemand würde meine öffentliche Desertion vor morgen zur Sprache bringen. Außer vielleicht die sozialen Netzwerke, in denen rund um die Uhr getratscht wurde.

Nein, auf der offiziellen Facebook-Seite war nichts zu finden, auch nicht auf meinem persönlichen Account, der auf Wunsch von Louis unter meinem zukünftigen Namen, unter dem ich auch als Moderatorin aufgetreten war, eröffnet worden war: Elle Barlet. Die letzten Posts waren von vorgestern, sie stammten von Louis' Leuten, die versuchten, die Seite zu hypen, was aber nur von mäßigem Erfolg gekrönt war. *Cultur'Mix* war noch auf keinem Fernsehprogramm zu finden; wen wunderte es, wenn man bedachte, wie eilig alles hatte gehen müssen.

Weil ich nicht wusste, womit ich mir sonst meine Wartezeit vertreiben sollte, blätterte ich in den Büchern, die ich gekauft hatte, schnappte hier eine Zeile auf, las dort einen Absatz, aber nirgends blieb ich hängen.

Dass Louis sich nicht meldete, war hingegen keine Überraschung. Eher enttäuschte es mich. Wenn er in mir etwas anderes sah als eine Beute, wenn ich mehr war als nur ein neues Rädchen in dem erotischen Mahlwerk seiner Melancholie, dann wäre dies der Moment gewesen, mich seiner Unterstützung zu versichern, oder sogar noch mehr …

Schließlich las ich doch noch ausführlicher ein paar Seiten des Marquis de Sade, aus der Vorrede seines Hauptwerks, der *Philosophie im Boudoir*.

»Wollüstige Menschen jeglichen Alters und jeden Geschlechts, euch allein schenke ich dieses Buch; macht euch seine Prinzipien zu eigen, sie fördern eure Leidenschaften, und diese Leidenschaften, aus denen kalte und platte Moralprediger euch ein Schreckbild machen, sind nichts anderes als die Mittel, die die Natur anwendet, um den Menschen zu dem zu bringen, was sie mit ihm beabsichtigt. Einzig ihr Ursprung soll euch zum Glück führen. Sinnliche Frauen, möge die wollüstige Saint-Ange euer Vorbild sein; verachtet wie sie all das, was den göttlichen Gesetzen der Lust entgegensteht, die ihr ganzes Leben bestimmt haben. Junge Mädchen, die ihr allzu lange die unsinnigen und gefährlichen Fesseln einer unwirklichen Tugendhaftigkeit und einer abscheulichen Religion getragen habt, ahmt die leidenschaftliche Eugénie nach. Rasch wie sie zerstört, zertretet all die lästerlichen Vorschriften, die einfältige Eltern euch eingeprägt haben.«

Louis würde das nicht anders geschrieben haben, hätte er seine Pläne mit mir auf Papier festhalten wollen, mit mir, die ich zwar sein Objekt war, aber noch nicht seine Geliebte. So passend und virtuos diese Sätze auch waren, so waren es doch für mich nur leere Worte. Ich wollte keine Reden, keine Lektionen oder Ermahnungen. Ich wollte nicht wie eine Prinzessin behandelt werden, auch nicht wie eine Sklavin oder ein Lustgegenstand oder eine Dekoration. Alles, was ich wollte, war, dass einer von beiden, David oder Louis, mich in seine Arme nähme, zärtlich zu mir sein würde und im Gegenzug mein Vertrauen gewönne – und dass diese einmalige Zuneigung eine Vergangenheit auslöschen würde, in der sie mich gefangen hielten, obwohl sie mich gar nicht wirklich meinten. Ich wollte für sie existieren, mit ihnen, und nicht nur der Gegenstand abstrakter Streitfragen sein, die eine Folge ihres familiären Dissenses waren.

Es ist eine Frage, auf die ich für mich noch keine Antwort gefunden habe: Bis zu welchem Grad ist es erstrebenswert, für seinen Partner ein Sexualobjekt zu sein? Ich meine, ein Spielzeug, ein Mittel, das er benutzt, wenn er es braucht. ~~Seine persönliche Hure.~~ Einer meiner wenigen Kunden hat im Paris einmal meinen Mund auf eine Weise

benutzt, die mich brüskiert hat – und auch angeekelt. Er drang mit seinem Glied nicht mit dieser Zurückhaltung ein, wie man es gewöhnlicherweise kennt. Nein, er stieß mit aller Kraft, die er in den Lenden hatte, seinen Schwanz in meinen Mund, bis meine Nase sich in seinen Bauch drückte, bis er mit seinem riesigen Gemächt an meinen Kehlkopf und weiter stieß, bei jedem Stoß kurz davor abzuspritzen. Ich bekam kaum Luft und fand dieses brutale Eindringen in meinen Mund erniedrigend; er verdinglichte mich, als könnten die heftigen Angriffe seines Kolbens mich knebeln, meine Sprache versiegen lassen, sodass er über meinen Mund fortan verfügen könnte wie über ein Loch mehr, in dem er dann nach Lust und Laune wütete.
Hätte mich das auch so geekelt, wenn ich den Mann geliebt hätte? Könnte ich es ertragen, meinem Geliebten zu gehören?

(Notiz vom 14. Juni 2009, von mir selbst verfasst)

Dieser Gedanke rief mir die Telefonate meiner Mutter mit Louis wieder ins Gedächtnis. Warum hätte er sich um sie kümmern sollen? Was sonst hätte ihn zu dieser erstaunlichen, unangebrachten Maßnahme greifen lassen sollen, wenn nicht sein Interesse an mir und dieses gigantische Unterfangen, mich für sich zu gewinnen und letztlich zu zerstören?

Kann ich dich jetzt anrufen?

Eine Nachricht von Fred. Aber ich hatte im Augenblick keinen Nerv, mir seine sarkastischen Bemerkungen anzuhören oder die, die er bei seinen neuen Kollegen aufschnappen konnte.

Gegen Mittag erreichte mich noch eine andere, eisige Nachricht, die mich an meine Pflicht erinnerte.

Ich erwarte dich. D.

Ich duschte schnell, zog rasch mein Kostüm Nummer eins an, den Hosenanzug, ein Collier aus falschen Perlen und flache Schuhe. Nüchtern, professionell.

Zwanzig Minuten später stieg ich vor dem gläsernen Turm, der in der Sonne funkelte, aus dem Taxi.

Chloé war nicht da, weswegen Davids Bürotür offen stand; ich fasste das als Aufforderung auf und trat ein. Ich machte mich dünn wie ein Blatt Papier und wollte ganz leise sein, als ich ein charakteristisches Ploppen vernahm und ein Korken scharf an mir vorbeiflog.

»Sind Sie nicht die Moderatorin von *Cultur'Mix*?«, begrüßte er mich scherzhaft mit einer Champagnerflasche in der Hand.

Ich blieb vorsichtig stehen, in ausreichendem Abstand zu ihm. »Äh, scheint so.«

Er füllte zwei Sektflöten, trat auf mich zu und reichte mir eines der Gläser. »In diesem Fall, stoßen Sie mit mir an, Mademoiselle! Etwas sagt mir, dass Sie es verdient haben …«

»Etwas … was?«, stotterte ich.

»… und dass es richtig war, Sie ins kalte Wasser zu stoßen. Hier!«, verkündete er und griff nach einer Tabelle. »Fünf Komma zwei Prozent Marktanteil!«

»Ist das gut?«, fragte ich unschuldig.

»Machst du Witze? Weißt du, was der höchste Anteil eines Programms von TNT im letzten Jahr war?«

»Nein.«

»Sieben Komma acht. Und das war ein amerikanischer Blockbuster! Fünf Komma zwei Prozent für die Premiere eines Magazins, das ist sensationell!«

»Wirklich?«

»Verstehst du nicht? Wir sind unter den Top Zwanzig, und das mit dem ersten Versuch!«

Seine strategischen Ziele entzogen sich meinem Verständnis, aber angesichts seiner entwaffnenden Freude und der Wirkung von ein paar Schlucken des perlenden Getränks ließ auch ich mich von dem Triumph berauschen.

Mein katastrophaler Ausfall, mein abgebrochenes Ende – verziehen. Meine Anfängerstammeleien – vergessen. Die Angst davor, von Louis verraten worden zu sein – verflogen, ebenso wie mein noch kurz zuvor sehr lebhafter Groll gegen Sophia.

Da war nur noch diese unerwartete Zahl, die aus meiner Entgleisung einen Durchbruch machte, aus meiner Niederlage einen Sieg und die Vorschusslorbeeren für sämtliche zukünftigen Auftritte bedeutete. Ich war so erleichtert, dass ich lachen musste und Lust bekam, mit David zu feiern. Ich wollte ihm diese außergewöhnliche Chance, die er mir gelassen und die ich vermeintlich vergeigt hatte, undankbar wie ich war, zurückzahlen.

»Na dann, auf die nächste Sendung – wieder in den Top Zwanzig!«, trällerte ich selbstsicher und dumm.

»Hör mal, das ist so ein Wahnsinnserfolg, dass mich ganz Paris seit gestern Abend anruft. Alle wollen daran teilhaben!«

Das war also der Grund für seine Nacht auf dem Sofa gewesen, wo noch Laken und Decke zerwühlt herumlagen. Nicht der Ärger hatte ihn wach gehalten, sondern die Aufregung! Das erklärte auch sein Schweigen und dass Chloé mich angerufen hatte und nicht er selbst.

»Sogar Haynes, der Zwerg, hat hier rumgeheult, damit er wieder mitmachen darf!«, jubelte David weiter.

Als er mich dann mit nicht gekannter Leidenschaft küsste, ergab ich mich. Napoleon-David hatte ein neues Territorium erobert – zum Teil dank mir –, und als die gute Joséphine, die ich war, sollte ich ihn belohnen. Das jedenfalls vermittelte mir seine Hand, die er mir ins Höschen schob.

Das Telefonklingeln bereitete dem jäh ein Ende.

»Haben wir denn nie Ruhe! – Ja?«, blaffte er nervös in den Hörer.

Das ist Louis, formten seine Lippen lautlos, gleichzeitig zeigte er auf den Hörer und bedeutete mir dann, ich solle in meinem Büro auf ihn warten.

Louis? In welchem Bau versteckte sich das Tier im Moment meines Triumphs? Und was hatte er für mich getan, im Vergleich zu dem, was David mir durch einen Tag harte Arbeit ermöglicht hatte? Es war ganz und gar kindisch, aber ich sah mich schon in Fernsehzeitschriften, die ja immer aus der Klatschpresse abschrieben, auf Veranstaltungen, bei denen ich, nunmehr in die edlen Kreise aufgenommen, allem begegnete, was Rang und Namen hatte – nicht mehr, um auf mich aufmerksam zu machen, sondern von Gleich zu Gleich. Ein ganzer Film lief vor mir ab, und ich war die Heldin.

Während Louis in mir die Kurtisane sah, den nur für seine Augen bestimmten, wertvollen Schmetterling, öffnete David mir die Tore zu der Welt, in die ich mich schon lange sehnsüchtig hineinwünschte. Für ihn war ich kein Objekt, sondern das Meisterwerk seiner Ausstellung – und er war fest entschlossen, bezahlen zu lassen, wer mich sehen wollte.

Kaum hatte ich hinter mir die Tür geschlossen, hörte ich die ersten Schreie.

»So redest du nicht mit mir, klar?! Ich verbiete es dir, ich verbiete es dir!«

Ich lauschte noch einen Moment, dann klingelte mein eigenes Telefon, und ich musste mich von der Tür entfernen.

»Scheiße, Fred, jetzt ist es gerade ungünstig. Was gibt es denn so Dringendes?«

»Deine Sendung.«

»Was, meine Sendung?« Die ist ein voller Erfolg, dachte ich und fügte in Gedanken noch hinzu: Und das kotzt dich an, was?

»Hast du Bilder davon gesehen, seit gestern? Ich meine, die Übertragung im Fernsehen?«

»Ja …«, meinte ich zögerlich.

»Ich meine nicht das, was du von den Bildschirmen in der Regie kennst, ich meine, die richtige Übertragung auf einem richtigen Fernsehbildschirm.«

»Okay, nein … Aber was macht das?«

»Sie ist nicht gelaufen.«

»Bitte?«

»Du hast schon verstanden, die erste Ausgabe von *Cultur'Mix* ist nicht gesendet worden, stattdessen lief wie geplant ein Fernsehfilm.«

»Machst du Witze?«

Seine zögernde Antwort ließ keinen Zweifel daran, dass er es ernst meinte, sehr ernst.

»Weil wir gestern alle im Sender waren und es nicht sehen konnten, habe ich heute Morgen einen Kumpel angerufen, der mir sagen sollte, wie das so zu Hause rübergekommen ist. Eigentlich wollte ich noch eine Aufnahme programmieren, das hatte ich bei dem Stress dann aber vergessen.«

Zu besagter Stunde hatte der Kumpel nichts anderes gesehen als einen zum x-ten Mal ausgestrahlten Actionthriller.

»Und er hat dich nicht auf den Arm genommen?«, fragte ich.

»Nein, ich hab das überprüft. Ich hab noch andere angerufen, die sich untereinander gar nicht kennen, um sicher zu sein, dass sie mich nicht verarschen.«

Meine Stimme war zittrig wie im tiefsten Winter, Schweißperlen liefen mir über die brennende Stirn.

Wie Schauspieler bei einer Generalprobe haben wir unsere Sendung hinter verschlossenen Türen durchgespielt, ohne Zuschauer, nur für uns, für die Ehre.

»Hör mal, das kann nicht sein. Ich komme gerade aus Davids Büro. Er hat mir eben unsere Einschaltquoten genannt. Das war ein voller Erf…«

»Das ist gelogen, Elle!«, unterbrach er mich. »Ich weiß nicht, wo diese Zahlen herkommen, aber das ist Blödsinn. Ich konnt's erst auch nicht glauben, deswegen hab ich Guillaume angerufen, den technischen Leiter. Er verwaltet auch alles, was hier aus dem Turm auf die Bildschirme kommt. Wir kennen uns schon lange, ich hab ihn weichgekocht, da ist er endlich rausgerückt mit der Sprache. Das war keine Panne. David hat ihn angerufen, noch während du zur Probe im Studio warst.«

»Was für ein Anruf?«

»Scheiße, Elle, ich schwöre dir, dass ich dir das nicht wegen uns erzähle oder damit wir wieder zusammenkommen oder so. Aber verdammt! Guck dir deinen Typ doch mal an!«

»Was für ein Anruf, verflixt noch mal!«

Ich musste mich zurückhalten, damit man mich nicht auf dem leeren Flur hörte.

»Um ihm zu sagen, dass er nicht das Signal aus dem Studio weiterleiten soll, sondern wie geplant den Film senden, der vorgesehen war.«

Ich wusste nicht, was ich sagen sollte. Ich riss mich zusammen, während ich schon Richtung Fahrstuhl ging.

»Warum hat er das gemacht, genau zu dem Zeitpunkt?«

»Keine Ahnung. Er hat in seinem Büro einen Kontrollbildschirm. Er sieht alles, was in der Regie läuft. Er entscheidet über Leben und Tod, über alles, was gesendet wird.«

»Ja, schon klar, das erklärt aber nicht, warum … *das*.«

»Alles, was ich weiß, ist, dass David dich auf dem Bildschirm gesehen und Guillaume dann angerufen hat. So. Jetzt kennst du die ganze Geschichte.«

Die ganze Geschichte, ja … und die versuchte ich mir schönzureden, wie eine Schiffbrüchige, die sich auf dem Meer an einen Rettungsring klammerte. Wenigstens würde Rebecca mir keine Vorhaltungen machen; wenigstens würde man Sophia nicht als Hotelle sehen; wenigstens brachte mich niemand mit ihr in Verbindung. Und – das war im Augenblick womöglich der größte Trost: Wenigstens hätte mein Ausfall am Ende der Sendung keine ärgerlichen Konsequenzen.

Aber die Wut blieb nicht lange hinter der Erleichterung zurück. Brüllen? Davids Büro stürmen? Ihm an die Gurgel springen? Ohrfeigen? Alle Rechnungen begleichen, die unsere Beziehung Tag für Tag mehr belasteten?

Ich hatte nicht einmal mehr Lust, diesem Spiel auf den Grund zu gehen oder nach Gründen für diese Wendung zu suchen. Ich hatte die Nase voll von den Barlets und ihrem Zirkus. Was hätte ich aus seinem Mund noch zu erwarten außer neuen Lügen und Demütigungen? Nur noch Verrat …

»Elle? Elle, geht's?«, unterbrach Fred meine Gedanken.

»Ja …«

»Sicher? Oder soll ich kommen?«

»Nein, nein, es geht schon«, sagte ich. »Aber könnte ich dich noch um einen Gefallen bitten?«

»Ja, klar.«

»Solange das noch nicht öffentlich ist, redest du bitte mit niemandem darüber, ja?«

Als ich in den Fahrstuhl trat, hatte ich das Gefühl, mich freiwillig in das Maul eines Monsters zu begeben, des Geistes des Barlet-Turms, der mich verschlingen würde. Der Fahrstuhl fuhr an und sank in die Tiefen des Gebäudes …

29

Ein Feuerball in einem japanischen Manga.

Eine Explosion in einem amerikanischen Blockbuster.

Ein Infrabass in britischem Technosound.

Diese drei Bilder trafen es gut. Mein Uniprof wäre stolz auf mich, egal, wie er über diese Metaphern aus meiner Generation dachte. Ich fühlte mich aufgerieben. David, Louis, Rebecca… und sogar Maude, meine Mutter – alle belogen mich. Alle versteckten etwas vor mir. Oder lieferten mir eine verfälschte, amputierte, verdrehte Version ab. Die Wirklichkeit, die sie mir präsentierten, ähnelte den virtuellen Welten in Videospielen oder Science-Fiction-Filmen, wo hinter dem Protagonisten immer alles zusammenstürzte. Eine gigantische Kulisse aus Pixeln, die nicht mehr Substanz hatte als ein Traum. Matrix für Dummies.

Es war Ironie des Schicksals, dass ich ausgerechnet nur noch auf den Mann zählen konnte, den ich hinter mir lassen wollte. In der Sommermittagshitze, die mich draußen vor dem Turm umfing, musste ich darüber beinahe lachen, ich war hilflos und zornig gleichermaßen.

Im Hôtel Duchesnois angekommen, stellte ich fest, dass nicht nur ich völlig erledigt war. Die spielerischen Raufereien zwischen meiner Katze und den Möpsen mussten wohl ein schlimmes Ende genommen haben, denn ich fand Félicité in einer Ecke versteckt, zitternd, mit Kratzspuren auf der Schnauze und einem blutigen Ohr. Ich nahm sie vorsichtig hoch, damit sie mich nicht auch noch kratzte, in ihrem Reflex, sich zu verteidigen, dann desinfizierte ich ihre Wunden.

Als ich fertig war, sperrte ich sie in mein Zimmer, wo sie vor den beiden Kläffern geschützt war. Wirklich in Sicherheit war sie dort genauso wenig wie ich, aber auf die Schnelle hatte ich keine bessere Lösung. Sollte ich sie nach Nanterre zurückbringen? Sollte ich selbst auch nach Nanterre zurückkehren? Ich gab mir Mühe, die schicksalhafte Verbindung zwischen ihr und mir nicht noch künstlich zu verstärken und in ihrem Debakel nicht ein Zeichen zu sehen, das eigentlich mir galt. Aber das fiel mir schwer.

Ich hielt mich zurück, nicht nacheinander alle Akteure meines Dramas anzurufen. Was hätten sie mir zu sagen, was ich nicht schon wusste? Welches Theater würden sie mir vorspielen? Ich empfand für den Augenblick nur Unverständnis und Wut, die ich ihnen entgegenschleudern konnte. Es gab nichts Konkretes, mit dem ich sie konfrontieren konnte, außer der letzten Entdeckung von Fred. Das genügte aber nicht. Die einen würden tun, als wüssten sie von nichts, die anderen es als einen bedauerlichen Irrtum darstellen: »Ach, hat dir das niemand gesagt? Es war eine Generalprobe, nur sozusagen live – die echte Premiere ist erst nächste Woche …«

Mir anhören zu müssen, wie sie mich anlogen, die kleine Unsicherheit in ihrer Stimme, der fliehende Blick nach links, all diese unbestreitbaren Symptome ihrer Doppelzüngigkeit wären zu viel für mich. Oder eigentlich: zu wenig. Mitten in diesem Irrgarten schien mir David das Arkanum zu sein, das dunkle, unergründliche Herzstück dieser Konstruktion. Er, der Leuchtende, der Sonnige, der Charismatische, war in Wirklichkeit nur ein schwarzer Stern, der von einer Seite leuchtete, an einer trügerischen, schmalen Stelle. Darum herum lag Finsternis, und je mehr ich mich in ihr verlor, desto drängender fragte ich mich, wie ich mich in ihn hatte verlieben können.

Welchen Eindruck hatte ich bei unserer ersten Begegnung von ihm? Ich erinnere mich, dass seine Stimme mir nah war, dass ich sie wohlklingend und verführerisch fand. Wieso waren mir seine anderen Seiten nicht aufgefallen? Wie hatte er mich so täuschen können, mich, die ich immer so stolz gewesen war auf meine Menschenkenntnis – eine Eigenschaft, die meine Professoren dazu verleitete, mir eine glänzende Karriere als Journalistin vorherzusagen?

Das war es, jetzt bekam ich ein Ende zu fassen: Wenn ich den unbekannten David entdecken wollte, der gegen mich intrigierte, der seine Vergangenheit vor mir verschwieg, musste ich bis zu unserer ersten Begegnung zurückgehen. Zum Abend unseres Kennenlernens. Einige Atemübungen und das Schnurren von Félicité hielten das Feuer in Schach, das seit Freds Offenbarungen in mir brannte. Bald war ich ruhig genug, um einige unumgängliche Gespräche zu führen.

»Mama? Ich bin's. Wie geht es dir?«

»Gut, jetzt, wo du anrufst.«

Ich wusste, dass sie es ernst meinte, sie war weit davon entfernt, mir Vorwürfe zu machen, trotzdem zog sich mir beim müden Klang ihrer Stimme die Brust zusammen.

In den Schubladen meines winzigen Schreibtischs in Nanterre lagen noch einige persönliche Dinge von mir. Darunter ein Stapel unsortierter Visitenkarten von beruflichen Kontakten, Bars, Restaurants, in denen Sophia und ich seit Jahren Stammgäste waren, Gogo-Bars und anderen Klubs, in denen meine Freundin sich gerne produzierte. Es widerstrebte mir, meine Mutter in dieses Wespennest fassen zu lassen, aber ich musste an die Nummer von Marchadeau herankommen.

»Marchadeau«, sagte ich und buchstabierte.

»Ich glaube, ich habe sie … François Marchadeau, stellvertretender Redaktionsleiter beim *Economist*. Meinst du den?«

»Ja, das ist er. Kannst du mir bitte seine Handynummer sagen?«

»Du kennst aber Leute, hör mal!«

Ich entschied mich, sie jetzt nicht zu ihren merkwürdigen Telefonaten mit Louis Barlet zu befragen. Welche Rolle er in diesem Szenario auch spielte, sie war sicher nicht mehr als ein unfreiwilliges Rädchen in seiner Maschinerie. Wenn mir jemand bedingungslose Liebe entgegenbrachte, dann war sie es. An allem konnte ich zweifeln, daran nicht.

Ihre Stimme war schwach. Von Mal zu Mal klang sie weiter weg, verschwand hinter einem immer dickeren Vorhang, der die munteren Töne dämpfte und nur die heiseren Kehllaute durchdringen ließ, sodass ich die Stimme, die ich mehr im Ohr hatte als jede andere, oft kaum erkannte. Die Hand, die ihr von innen die Luft abdrückte, ließ keine Sekunde mehr locker. Und würde es wohl bis zum Ende auch nicht tun.

Nachdem ich mein Handy so eingestellt hatte, dass meine Rufnummer unterdrückt wurde, rief ich den Wirtschaftsjournalisten mehrmals an. Erst läutete es ein paarmal, bevor sich die Mailbox einschaltete. Später ging sie direkt an – vermutlich hatte der Journalist das so eingerichtet, um nicht mehr gestört zu werden. Das hatte ich nicht bedacht. Hätte ich an seiner Stelle einen anonymen Anruf am Sonntagnachmittag entgegengenommen? Wohl kaum. Ich zögerte kurz, dann hinterließ ich ihm eine wohlüberlegte Nachricht: »Guten Tag, François, hier ist Annabelle Lorand. Elle, wenn Sie wollen. Ich denke, Sie erinnern sich an mich. Ich glaube übrigens, Ihren Namen auf der Gästeliste zu unserer Hochzeitsfeier am nächsten Donnerstag gesehen zu haben. Wir sehen uns also bald …«

Nur noch vier Tage, dachte ich, wobei es mich vor Angst wie auch vor Ungeduld schüttelte.

»Hören Sie, mein Anliegen ist etwas ungewöhnlich …«

Wenn ich wollte, dass er mir zuhörte und zwanzig Jahre treuer Freundschaft mit David über Bord warf, musste ich bluffen. Ich hatte keine andere Wahl. Was soll's, jetzt war ich an der Reihe!

»… aber der Zufall hat mir sensible Informationen über die Barlet-Gruppe in die Hände gespielt, und über David …«

Ich ließ den Satz absichtlich nachhallen. Dass die zukünftige Madame Barlet eine schmutzige Geschichte über ihren Bräutigam ausgrub, musste überraschend sein, ja empörend für den langjährigen Tennispartner.

»Ob Sie mich unter der folgenden Nummer zurückrufen könnten? Es ist dringend. Ich möchte vermeiden, dass solche Gerüchte in falsche Hände geraten …«

Der Köder war gelegt, der Fisch biss an. Zehn Minuten später rief Marchadeau zurück: »Sie erinnern sich wohl, unter welchen Umständen wir uns begegnet sind, hoffe ich«, tönte er ohne Begrüßung, »und Sie wissen, *wer* David für mich ist?«

»Das weiß ich sehr wohl, François, genau so, wie ich weiß, mit wem ich damals die Nacht im Paris verbracht habe.«

Zug um Zug, Drohung um Drohung gingen wir auf Position. Wir konnten unsere Unterredung nunmehr in einem zwar unschönen Klima fortführen, aber einem, das ausgeglichen war und wo wir beide einen festen, befreiten Blick auf den anderen hatten. Wir mussten nicht mehr tun, als ob. Die Masken waren gefallen.

»Ich nehme an, er weiß nichts von Ihrem Anruf?«

»In der Tat.«

»Gut«, sagte er nach einer Weile. »Damit das klar ist zwischen uns: David ist mein Freund, ein Freund, wie man ihn im Leben nur einmal hat, und weder habe ich es nötig, noch bin ich willens, mir die tausend Klatschgeschichten anzuhören, die es über ihn gibt. Ohnehin kenne ich die meisten von ihnen.«

»Darum geht es nicht.«

»Es geht immer darum«, unterbrach er mich. »Sie kennen David noch nicht lange, Elle. Sie haben vermutlich noch keine Vorstellung davon, was es bedeutet, ein Mann zu sein, der unter ständiger Beobachtung steht, ein einflussreicher Mann, einer, den alle hofieren. Sie wissen auch noch nicht, was es bedeutet, in seinem direkten Umfeld zu leben. Sie haben bisher wahrscheinlich nur die angenehmen Seiten dieser Existenz kennengelernt: Türen, die sich wie von Geisterhand öffnen, Säle, die sich auf ein Fingerschnipsen hin leeren, Boote, die im Mondschein schaukeln …«

Direkte Anspielung auf das kleine Wunder, das David für mich vollbracht hatte an jenem Abend, und auf seinen Heiratsantrag auf der Seine. Ich schloss daraus, dass sich die Freundschaft der beiden nicht nur darauf beschränkte, sich zweimal in der Woche in diesem exklusiven Klub im Westen von Paris die Bälle zuzuspielen. Welche Vertraulichkeiten tauschten sie bei Rückhand und Schmetterball noch aus?

»Weder bin ich jung genug noch dämlich genug zu glauben, dass mein Leben mit ihm sich darauf beschränken wird. Seien Sie so nett und machen mich nicht dümmer, als ich bin.«

Ich ahnte, dass mein Gesprächspartner jetzt lächelte. Marchadeau war ein Mann, der schlagfertige Frauen zu schätzen wusste. Wahrscheinlich erregte es ihn sogar, wenn man widerspenstig war.

»Daran habe ich keinen Zweifel«, erwiderte er nun ruhiger. »Aber den ganzen Rest kennen Sie noch nicht: Paparazzi, boshafte Artikel, die Fouls der Neider und Arschkriecher. Von den Einschüchterungsversuchen ganz zu schweigen.«

Genau das tat er gerade: mich einschüchtern.

»Soll ich Ihnen ein Beispiel nennen? Einer unserer Freunde von der HEF, der Finanzhochschule, fand eines Tages seine Frau erwürgt zu Hause, von den Spitzeln eines Gaskonglomerats in Osteuropa.«

»Wann das denn?«, fragte ich, um nicht meine Verwirrung zu zeigen.

»Ist ungefähr zehn Jahre her. Aber diese Art von *Werksunfällen* ist Teil der Eventualitäten, denen Männer wie David sich stellen müssen.«

Werksunfall. Seine Art, den Tod dieser unschuldigen Frau zu umschreiben, die auf dem Altar der Finanzinteressen geopfert wurde, war eiskalt.

Aber ich wollte mich nicht aus der Fassung bringen lassen. Ich scannte mein Hirn nach einem ultimativen Argument, das er nicht abschmettern könnte und das ihn dazu bewegen würde, sich mit mir zu treffen.

»Eben.«

»Was eben?«

»Was ich Ihnen zu sagen habe, betrifft *mich*. Nur mich.«

»Wie meinen Sie?«

»Meine Sicherheit steht auch auf dem Spiel.«

Ich hatte einen dramatischeren Ton angeschlagen. Das kitzelte seinen Journalisteninstinkt, und er wurde neugierig. Ich wusste das, schließlich besaß ich auch so ein Organ, wenn auch noch ein kleines, das schon bei der geringsten Aussicht auf einen Scoop reagierte.

»Ihre … körperliche Sicherheit?«, fragte er ernst.

»Nein, meine berufliche.«

Ihm entfuhr ein nervöses Lachen, unterbrochen vom Schlürfen eines Getränks, das vermutlich heiß war. Er saß wohl noch beim Sonntagsbrunch.

»Gut … Lassen Sie uns treffen, wenn Sie wollen. Aber wir sind uns einig, dass ich Sie nie angerufen habe und es nie ein Treffen gegeben hat.«

»Einiger geht nicht«, bestätigte ich.

Dieses konspirative Gehabe erheiterte mich irgendwie. Es ließ meine aufregendsten Kinoerlebnisse wiederauferstehen, peitschte meine Fantasie an und ließ die Schatten so mancher realer und fiktiver Spione an mir vorbeiziehen. Aber dieses kindische Gefühl legte sich bald wieder. Das alles hatte nichts Komisches oder Unterhaltsames an sich. Es ging um mein Leben und um die Art, wie die beiden neurotischen Brüder damit spielten. Es war mein Leben, das ich in den schlammigen Pfaden ihrer alten Rivalität versinken sah.

»Kennen Sie das Marly, in der Cour carrée des Louvre?«

»Ja, ich war nie dort, aber ich weiß, was Sie meinen.«

»Ich werde in einer Stunde dort sein. Und nur für eine Stunde.«

»Einverstanden.«

Ich sprang schnell unter die Dusche und entschied mich dann für ein offenherzigeres Kostüm als den Hosenanzug. Mein Gesprächspartner stand meinen drallen Reizen nicht gleichgültig gegenüber. Ich wollte das nutzen, um ihn weichzukochen und ein wenig mehr aus ihm herauszuholen als das, was er befugt war mir zu sagen. Also tiefer Ausschnitt mit Push-up drunter und Rock, der deutlich über dem Knie endete.

Es ging mir wirklich nicht darum, jemanden zu verführen, als ich mich so kleidete. Im Übrigen führten meine Reize während der Unterredung mit Marchadeau ihr Eigenleben. Ich war wie eine hübsche Verpackung, in der niemand drin war, der sie steuerte. Meine Brustwarzen wurden hart, wann sie wollten. Meine Schenkel lugten hervor, wie es ihnen passte. ~~Mein Geschlecht blitzte durch den dünnen Wollstoff meines Höschens durch. Aber egal...~~

Trotzdem dachte ich vorhin, als ich meine Garderobe auswählte, daran, wie Sophia sich einmal in meiner Gegenwart einer besonderen Herausforderung stellte: das perfekte Outfit zu finden, um einen Mann heißzumachen, der steif und selbstbeherrscht war. Sie entschied sich für ein Kleid, sexy Unterwäsche und hohe Schuhe – und alles war zugleich so kurz, so eng anliegend, so durchsichtig, so fein und so ausschließlich zur Erregung seiner Sinne gedacht, dass dem niemand hätte widerstehen können. Jeder Betrachter dieses schmeichelnden Kunstwerks hätte unbändige Lust verspürt, sich auf sie zu werfen. Ich frage mich, ob sie die Zauberformel an diesem Tag gefunden hatte, und denke, dass sie im Grunde keine Formel nötig hätte, um sich wen auch immer ins Bett zu holen.

(Notiz vom 14. Juni 2009, von mir selbst verfasst)

Derart gekleidet, elegant wie schon lange nicht mehr, eilte ich die Treppe hinunter, da trat mir Armand auf der letzten Stufe entgegen.

»Annabelle ... Sie gehen aus?«

Ich hätte schwören können, darin den unterschwelligen Ton eines Vorwurfs zu hören. Er versperrte mir mit seiner breiten Gestalt drohend den Weg.

»Ja, nur kurz, warum?«

»Ich hätte da noch ein paar Details mit Ihnen zu besprechen.«

»Was für Details?«

»Nun, der Lieferant der Festzelte hat keine mehr in Écru. Wir müssen rasch eine andere Farbe auswählen, sonst werden wir gar keine mehr bekommen.«

Ich war meilenweit entfernt von écrufarbenen Zelten, Lieferanten ... und von dieser Heirat, unter welchem Baldachin auch immer.

»Später, ja?«, wich ich betont locker aus.

Ich wollte mir gerade Durchlass verschaffen, als mir plötzlich etwas einfiel. Ich zog diesen großen Schlüssel aus meiner Tasche, den ich immer mit mir herumtrug.

»Armand, Sie kennen diesen Schlüssel, nicht wahr?«

Er wirkte überrascht, kniff die Augen zusammen und erwiderte schließlich: »Nein, kenne ich nicht.«

»Ist das nicht zufällig der Schlüssel zum Tor der Villa Roches brunes?«

Er sah mich peinlich berührt an, dann wurde sein Blick missbilligend, ungeachtet dessen, dass ich das Refugium der Familie Barlet eigentlich gar nicht kennen sollte. »Ich habe keine Ahnung. Wissen Sie, ich war nur ein- oder zweimal dort.«

Ich wusste, dass er log, ich hatte noch Louis' Worte im Ohr: »Armand fährt einmal im Jahr hin, um etwas sauber zu machen …«

»Gut. Ich werde ja sehen«, schloss ich bewusst rätselhaft. Schließlich war die Villa ja das Ziel unserer Flitterwochen.

Ich wusste nicht, ob wir dort gut flittern könnten. Ich wusste gar nichts mehr.

30

Wir fuhren zügig über die fast leere Autobahn. Immer wieder überholten wir vorwiegend Lastwagen, die sich über das Sonntagsfahrverbot hinwegsetzten. Die Sonne stand noch hoch am Himmel, wurde aber bei jeder Einfahrt in einen Tunnel, von denen es auf diesem Abschnitt viele gab, ausgeknipst. Sophia bremste nur vor den fest installierten Blitzern ab, die mit großen Schildern angekündigt wurden. Wir hatten, seit wir in Paris losgefahren waren, kein Wort miteinander gewechselt, und selbst wenn wir gewollt hätten, wären die Worte vom Wind, der über das Cabrio brauste, davongetragen worden oder hätten sich im Wirbel von Sophias dunklen Locken verloren.

»Hast du jetzt ein Auto oder was?«, fragte ich sie am Telefon.

»Ist nicht meins, ist von Peggy. Sie sagt immer, wenn ich es mal brauche…«

Peggy. Ihre *andere* beste Freundin. Die, mit der sie Kindheitserinnerungen teilte und die sie noch vor mir zu Belles de nuit gebracht hatte.

»Na, wenn nicht heute, wann dann…«

Laut Rebecca war Peggy eine Nervensäge, eine, die ständig Stress macht. Sie hatte die Agentur unter dubiosen Umständen verlassen und gegen einen Kunden wegen Vergewaltigung Anzeige erstattet, der die Nacht mit ihr nicht im Paris, sondern in einem anderen Hotel hatte verbringen wollen. Dort hatte er dann versucht, besonders gepfefferte Szenen aus einem erotischen Bestseller nachzustellen, deren gewalttätige Zuspitzungen nicht nach Peggys Geschmack waren. Peggy war klein und hatte einen riesigen Busen, mit dem sie die Männer köderte. Anzeige bei der Polizei, Prozess, außergerichtliche Einigung… So kam die junge

Frau zu etwas Geld, gleichzeitig beschmutzte sie den Ruf der Hotelles von Madame Sibony.

Sophia nahm die Ausfahrt und rollte bald auf der Hauptverkehrsachse nach Westen, weg von Paris, weg von den Enthüllungen der letzten Stunden. Ich war mir meiner Sache sicher, brauchte dafür aber die dringende Hilfe von Sophia, der Verräterin.

Zwei Stunden zuvor war die Terrasse des Café Marly an diesem Sonntagmorgen im Juni voller Touristen. Um mich herum hörte ich kaum Französisch. Hier würde uns niemand belauschen. Ich zweifelte nicht daran, dass Marchadeau sich genau darum hier mit mir treffen wollte.

Er kam zehn Minuten zu spät. Als er saß, zeigte er auf die Glaspyramide im Hof des Louvre und sagte: »Wissen Sie, dass es André Barlet war, der Mitterrand die Idee mit der Pyramide geflüstert hat?«

»Nein …«, erwiderte ich skeptisch.

Wer behauptete das? Die Barlets selbst? Ich wollte gerne glauben, dass André, wie vor ihm Pierre und nach ihm David, durch die Flure der Republik gestreift war, um Förderer zu finden. Ab einem bestimmten Niveau wurde alles politisch. Unter den Goldverzierungen der Ministerialbüros wurde über Gedeih und Verderb entschieden. Aber von da bis an das Ohr des Präsidenten, an das Ohr der Sphinx …?

»Es hätte sich für Mitterrand nicht gehört, den Élysée zu verlassen, um sich im Louvre einzurichten. Aber in kleinem Kreis äußerte er einmal, dort ein Zeichen der präsidialen Autorität setzen zu wollen.«

»Was für ein Zeichen?«

»Ein symbolisches. Er wollte die Attribute eines Königs für sich, nur ohne den Titel. Daraufhin hatte André diese geniale Idee gehabt, ausgehend von dem sagenhaften Spitznamen, den seine Gegner Mitterrand verpasst hatten. Denn was steht da, hinter der Sphinx von Gizeh? Die Pyramiden!«

Ich nippte an meinem Monaco, fest entschlossen, mir sein Geschwafel nicht länger anzuhören. Die etlichen Anekdoten, aus denen die Barlets ihre eigene Legende spannen, interessierten mich gerade gar nicht. Ich war nicht ihr Biograf, noch weniger ihr Hagiograf, ich war nur eine Journalistin, ein aufgeschmissenes Mädchen auf der Suche nach der Wahrheit.

»Was ich Ihnen zu erzählen habe, wird Sie interessieren. Oder sollen wir uns anstellen und unser Treffen dort fortsetzen?« Ich wies auf die Schlange der Neugierigen, die sich vom gläsernen Eingang in den Louvre bis hin zum Arc de Triomphe du Carousel erstreckte.

»Sie sind so hübsch, wie ich Sie in Erinnerung habe«, schmeichelte er mir, anstatt zu antworten.

»Anscheinend nicht hübsch genug, um auf Sendung zu gehen.«

Immer wieder wundere ich mich darüber, wie groß der Graben zwischen den Geschlechtern ist. Wir, die Frauen, vergessen schnell die Männer, die uns besaßen, ~~gefickt, gestopft haben, je nachdem, wie viel Einsatz sie gezeigt haben~~. Jedenfalls behauptet das der Autor eines Magazinartikels, mit dem ich einer Meinung bin. Ich verdränge nicht das Gefühl, das sie in mir ausgelöst haben, sondern ihre Hände auf mir, ihren Schwanz in mir – alle diese Akte der Körperlichkeit verblassen. Ich habe keine Forderungen mehr an sie.
Männer hingegen bewahren gegenüber ihren Eroberungen, so weit sie auch zurückliegen mögen, eine Besitzhaltung. Der Körper, den sie einst umarmten, bleibt für immer ihrer, auch wenn dieses Gefühl nur noch ganz schwach ist und sie den Körper gar nicht mehr begehren. Das erklärt viele Eigenarten des männlichen Verhaltens, wie etwa die Neigung, mit ihren Exfrauen schlafen zu wollen, ~~in altgediente Scheiden zurückzukehren~~, wohingegen Frauen das häufig als anachronistisch, merkwürdig und sogar unpassend empfinden.

(Notiz vom 14. Juni 2009, von mir selbst verfasst)

Nun musste ich nur noch meinen kleinen, von Wut und Bitterkeit durchtränkten Bericht vom Stapel lassen: Die Vorbereitungen für *Cultur'Mix* in Rekordzeit, der vorgezogene Tag der ersten Sendung und schließlich die sabotierte Ausstrahlung. Lediglich

Louis' Reportage behielt ich für mich – natürlich. Ich musste alles nur ein wenig verallgemeinern und die Formel auf andere Formate und junge Journalisten anwenden, die schon vor mir im Sender gearbeitet hatten.

»David verbreitet falsche Informationen über die Sendungen und falsche Quoten, um die Beförderung der Mitarbeiterinnen zu rechtfertigen, die er sich ins Bett holt… oder zu holen gedenkt.«

Marchadeaus Blick ruhte noch eine Sekunde auf meinem Dekolleté, als genügte das, die Beweggründe seines Freundes zu rechtfertigen, dann hob er den Kopf, sichtlich gelangweilt. »Wenn das so ist und wenn ich mich nicht irre, dann ist Ihnen das einigermaßen gut gelungen! David ist nicht der Typ, die Erstbeste zu heiraten…«

»Ein Unternehmer hält seine Angestellten zum Narren, verplempert das Geld für persönliche Zwecke, und das stößt Ihnen nicht auf?«

»Wenn ich mich über alle Schandtaten der Bosse führender Aktiengesellschaften empören würde, verbrächte ich mein Leben mit der Nase im Taschentuch, Elle.«

Er sagte das ohne jeglichen Zynismus, für ihn war das eine Tatsache. Eine Realität, die er nicht imstande war in moralisch unbedenklichere Bahnen zu lenken.

»Glauben Sie mir«, fuhr er fort, »nicht dass ich hinsichtlich der faulen Tricks großer Bosse nachsichtig wäre; David weiß das. Unzählige Male sind wir darüber in Streit geraten, er und ich, sei es, weil er selbst in etwas verwickelt war oder er versucht hat, einen seiner kleinen Freunde zu decken.«

»Aber Sie erwähnen das in Ihren Spalten mit keinem Wort!«, empörte ich mich verächtlich.

»Wenn ich in den Ring steigen würde, wäre ich bald raus aus dem Spiel. Das zu hören dürfte für Sie nicht neu sein, so naiv sind Sie nicht. Als Gegner marschiert man besser verdeckt voran und lässt sich vom Fürsten den Nacken streicheln, statt mit dem Schwert gegen Windmühlen zu kämpfen.«

Seine Metapher überzeugte mich nicht restlos. Hatte er aus seiner Feder jemals eine Waffe gemacht? Hatte er jemals versucht, sich der wirtschaftlichen Macht zu entziehen, die ihn umklammert hielt, um laut auszusprechen, was die Journalisten in den Redaktionen sich verstohlen zuraunten?

»Ihre Loyalität in allen Ehren. David kann sich glücklich schätzen, solche Freunde zu haben«, heuchelte ich. »Sie werden mir verzeihen, wenn ich aus jugendlichem Übermut über die Stränge schlage, aber ich hege noch einige Illusionen in Bezug auf *unseren* Beruf.«

Alles, was ich erreichen wollte, lag in diesem »unseren«, das ihn und mich miteinander verband. Wir waren beide Journalisten, trotz des großen Altersunterschieds und des unterschiedlichen Grads unserer Erfahrungen.

»Jetzt kommen Sie mir nicht mit Sprüchen über Rechtschaffenheit, die sich mit dem Alter abschwächt, Elle – nicht *Sie*.«

Jetzt spielte er mit Andeutungen. Dieses *Sie*, das er so betonte, bezog sich nicht auf das junge Mädchen, das ihm gegenübersaß, sondern auf die Gespielin, die er sich vor wenigen Monaten im Paris genehmigt hatte. Ich wusste, dass es riskant war, aber wenn er diesen Weg schon einschlug, wollte ich den mitgehen.

»Wenn Sie das so sehen, François, dann ist das Ihre Entscheidung«, bluffte ich. »Ich werde darüber nachdenken, David zu informieren, wie Sie und ich an diesem Abend die Nacht miteinander verbracht haben.«

»Das werden Sie nicht tun. Sie haben zu viel zu verlieren.«

»Sie irren, das meiste habe ich schon verloren.«

»Und was wäre das?«

»Meine Illusionen – über ihn, über Sie …«

Ich deutete einen wütenden Abgang an, zog an meinem Rock, als ich mich erhob – da legten sich seine Finger um mein Handgelenk und drückten es auf das dunkle Holz des Tischs.

»Warten Sie …«

»Lassen Sie mich los«, befahl ich.

»Was Sie da erzählen, ist nichts im Vergleich zu den Dossiers, die ich über die Barlet-Gruppe beisammenhabe.«

Er ließ mich los, er konnte sich sicher sein, dass ich ihn anhören würde.

»Tatsächlich?«, hakte ich nach, damit er mehr erzählte.

»Tatsächlich.«

Seine Schultern sackten zusammen wie unter einer unsichtbaren Last. Was er mir sagen wollte, schien ihn bereits im Vorhinein zu erschöpfen. Ich war zugleich das Beste und das Schlimmste, was ihm passieren konnte. Ein Fluch, aber auch eine Gelegenheit, die so schnell nicht wiederkam. Die Gelegenheit, den Strick zu durchtrennen, der ihn an David fesselte. Die Stunde der Rache. Zeit, die Hand zu beißen, die ihm schon so lange den Kopf niederdrückte. Zu lange.

»Wir sind uns einig«, sagte er halblaut, »wir haben uns nie gesehen, und ich habe Ihnen das, was jetzt kommt, nie gesagt.«

»Einverstanden.«

Er nahm zwei Schluck Bier, bevor er loslegte: »Barlet produziert nicht nur Fernsehsendungen in Frankreich.«

»Das weiß ich.«

»Selbstverständlich… Was Sie nicht wissen, ist, dass es Länder gibt, in denen das, was von der Barlet-Gruppe produziert wird, nicht zum konventionellen Programm gehört.«

Ich hatte schon begriffen, wollte aber den Rest auch noch hören.

»Was für Produktionen sind das?«

»Porno. Hardcore. Unter dem Deckmantel verschiedenster Rundfunkgesellschaften, versteht sich.«

Die Verballhornung von Buch- oder Filmtiteln für pornografische Werke hat mich immer belustigt, und manchmal auch beschämt. »Pimmel über Berlin«, »Harry Fotzer«, »Pulp Ficktion«… Wenn ich es mir selbst machte, ließ ich häufig einen dieser Filme laufen und stellte mir dann vor, wie der Hauptdarsteller, ein gut ausgestatteter, kräftiger Hardcore-Darsteller, durch den Bildschirm stieg, zu mir ins Zimmer, um mich zu befriedigen. ~~Er lässt die Sau raus und verschont keines meiner Löcher.~~ Eigentlich nur zufällig bei mir gelandet, findet er mich letztlich besser als die silikonunterlegten DarstellerInnen auf der anderen Seite des Bildschirms, die verzweifelt nach ihm verlangen. Ihnen bleibt nun nichts anderes übrig, als uns bei unserem Treiben zu beobachten. Sein Penis ist zu groß für mich, deswegen nehmen wir Stellungen ein, die ihm erlauben, wenigstens seine Eichel und das obere, schmalere Drittel seines Schwanzes in mir zu versenken. Der Titel dieses Meisterwerks, das nur in meinem Kopfkino gezeigt wird, heißt: »Paris, Sex-Ass«.

(Notiz vom 14. Juni 2009, von mir selbst verfasst)

Ich grübelte kurz nach, dann entgegnete ich: »Und warum? Andere bekannte Mediengruppen verbergen nicht, dass sie *auch* Filme nur für Erwachsene produzieren. Niemand stört sich daran, nicht das Publikum und erst recht nicht die Aktionäre.«

»Sie haben recht. Es geht weniger um den Inhalt der Filme als um die Bedingungen, unter denen sie gedreht werden.«

»Wie meinen Sie das?«

Er räusperte sich und trank einen weiteren Schluck Bier. »Die jungen Frauen, die für solche Filme infrage kommen, sind in Osteuropa deutlich billiger und zieren sich nicht so: Ungarn, Bulgarien, die baltischen Staaten ... Da dreht so manch eine sogar ganz umsonst. Erst da wird es für Produzent und Vertrieb, in diesem Fall Barlet, so richtig interessant, ich meine, ökonomisch gesehen. Ein Minimum an Kosten, ein Maximum an Gewinn.«

»Umsonst?« Ich konnte mein Entsetzen kaum verbergen.

»Quasi umsonst. Die Produzenten vor Ort fädeln das ein nach dem Motto: ›Eine Hand wäscht die andere.‹ Das Mädchen dreht drei oder vier Filme und bekommt dafür eine reguläre Aufenthaltserlaubnis in einem Land ihrer Wahl: Frankreich, Großbritannien, Deutschland und so weiter. Einen Beamten zu bestechen, kommt immer noch billiger, als die Gage eines Pornostars ›Made in France‹.«

Eine Sache verstand ich noch nicht.

»Welchen Sinn macht das für einen Produzenten? Wenn die Mädchen billig sind, warum bezahlt man sie nicht einfach?«

»Könnte man. Aber diese Methode ist ein guter Weg, regelmäßig Frischfleisch auf den Markt zu bringen, es gibt nämlich deutlich mehr Kandidatinnen für die Auswanderung als für die Doppelpenetration. Als Pornostar wird man nur selten berühmt. Es gibt nur zwei oder drei Darstellerinnen, die mit ihrem Namen Kasse machen.«

Ich wurde das Gefühl nicht los, dass er von Vakuumverpackungen an der Frischetheke redete.

»Ist ja widerlich …«

»Allerdings. Aber wenn Sie fünfundzwanzig sind, einen Doktor in Chemie haben, einen Job, für den Sie dreihundert Euro im Monat bekommen, und null Perspektive in Ihrer Heimat, dann finden Sie es nicht mehr widerlich. Die Frauen nehmen das in Kauf, wie eine schlechte Zeit, durch die sie müssen, bevor sie ins Eldorado gelassen werden.«

Seine Analyse war schonungslos, aber sie entsprach den Tatsachen. Wieso ging er mit seinem ätzenden Scharfblick, der sich in seinen abgespannten Gesichtszügen widerspiegelte, derart sparsam um? Warum hatte er mich das damals nicht am eigenen Leib spüren lassen?

Ich durfte das eigentliche Thema unseres Treffens nicht aus den Augen verlieren: einen gewissen Galaabend, an dem ich David begegnet war.

»Warum haben Sie ihm nichts erzählt?«

»Was erzählt?« Er tauchte wie aus einem bösen Traum auf.

»Von mir. Von dem, was ich an dem Abend für Sie war …«

»David?«

»Ja, David. Die Abendveranstaltungen, Ihre Tennispartien … Sie hätten hundertmal Gelegenheit gehabt, ihm das zu erzählen. Sie hätten ganz leicht peinliche *Details* verschleiern können.«

Die Details, mit denen man sich im Liegen beschäftigt, im Zimmer Joséphine, Mata Hari oder wie sie alle hießen …

Da er nicht antwortete, hakte ich noch einmal nach: »Macht man das mit einem Freund nicht so? Man warnt ihn doch, weil man etwas über die Frau, für die er Feuer gefangen hat, entdeckt hat. Man bewahrt ihn davor, eine Verbindung einzugehen. Nennen Sie es Escortgirl oder Hotelle oder wie Sie wollen. Aber an jenem Abend war ich einfach nur eine Nutte.«

Er machte große, kindlich arglose Kulleraugen. Ich sah ihm an, dass seine Verblüffung echt war.

»Aber, Annabelle … David wusste sehr genau, *wer* und vor allem *was* Sie an diesem Abend für mich waren.«

In meinen Ohren setzte Rauschen ein. Meine Welt brach gerade zusammen.

»Was macht Sie da so sicher?«

»Was mich da so sicher macht...«, wiederholte er, mehr für sich selbst. »Wissen Sie denn nichts über seine Geschäfte außerhalb des Medienbetriebs?«

»Welche Geschäfte?«

Ich krallte mich mit beiden Händen am Stuhl fest, als drohte er nachzugeben.

»Belles de nuit, die Agentur...«

»Was ist damit?«

»Die gehört ihm«, sagte er dumpf, wohl wissend, was er mir damit zumutete.

Als guter Geschäftsmann, der er war, stets besorgt um die Rentabilität seiner Investitionen, war er in das eingestiegen, was für ihn nur ein »kleines Business« war, erklärte Marchadeau.

Mit anderen Worten: Keines der Mädchen aus Rebeccas Katalog war ihm fremd; und wenn er nicht ihr Gesicht schon einmal auf Glanzpapier oder einem Bildschirm gesehen hatte, so wusste er mindestens um ihren Ruf.

Kein Wort mehr sagen. Nicht mal einen Gruß. Aus dem Café gehen, ohne umzufallen. Keine Kinder umrennen. Durch die Sperren zu den Gleisen durchgehen. Mich in den Wagen quetschen und hoffen, niemals wieder da rauszukommen und dass der scharfe Wind mich wegtrug und zerstreute, was noch von mir übrig war.

Ins leere Hôtel Duchesnois zurückkehren, auf die Schnelle ein paar Sachen greifen und eine Tasche packen, ohne wirklich zu überlegen, was nützlich wäre und wie lange ich damit auskommen müsste.

Sophia anrufen, einen Kloß im Hals, einen im Bauch. Gerade so sprechen können. Fühlen, dass die bedingungslose Freundin, die sie noch immer ist, Angst um mich hat.

Félicité auf dem Schoß und in einen der Wohnzimmersessel versunken darauf warten, dass sie mich weit weg bringt, Tränen in den Augen. Ich verstehe nicht, wie mir geschieht.

Ich öffnete die Tür, um draußen auf Sophia zu warten, die bald kommen müsste, da entdeckte ich Ysiam vor dem Tor, auf den Armen ein Päckchen, das in eine Plastiktüte eingewickelt war. Ich hatte mich nicht getäuscht. Er war ein Rädchen in der Maschinerie, die mich zermalmte. Ein unschuldiges Teil, das Tag um Tag diese zerstörerische Kraft zu mir trug.

»Guten Tag, Mademoiselle.«

»Guten Tag, Ysiam.«

»Verreisen Sie?«

»Ja …«, stammelte ich. »Aber nicht für lange. Was führt Sie her?«

»Ich habe ein Päckchen für Sie.«

»Von wem?«

»Das weiß ich nicht. Monsieur Jacques hat mich gebeten, es auszuliefern. Also liefere ich es aus.«

Klack. Das Rädchen tat seinen Dienst.

»Ich verstehe. Geben Sie es mir.«

Ich nahm das Päckchen entgegen, bemühte mich um ein Lächeln.

»Ich hoffe, es sind gute Nachrichten«, sagte er noch.

»Ja, das hoffe ich auch.«

Im kleinen runden Hof riss ich das Paket hektisch auf. Ich erhoffte mir nichts. Ich wollte nur weg. Weg und verstehen. Alles, was ich wusste, war, dass dieses Päckchen mir wieder nur mehr Rätsel als Antworten bringen würde.

Keine Magnetkarte für das Paris. Keine Einladung zu einem Rendezvous. Es lag nur eine Sache darin, zusammen mit einem Kärtchen. Eine Maske, eine venezianische Maske, wie ich sie schon einmal bei einer Begegnung mit Louis getragen hatte. Ich stopfte sie nachlässig in meine Tasche mit dem kaputten Reißverschluss und griff nach dem Kärtchen, das auf der Rückseite unbeschrieben war. Auf der Vorderseite stand nur ein Gebot. Eines mehr. Das siebte.

7 – Das Unbekannte sollst du erforschen

Es war genau das, was ich gerade im Begriff war zu tun, dachte ich bei mir, als quietschende Reifen mich aus meinen Gedanken rüttelten. Höhlenforscherin in einem Abgrund, in den ich mich bald hinablassen wollte.

31

Die Sonne ging langsam unter, und es wurde frischer. Wir hielten an einer Raststätte, um das Dach des Cabrios wieder zuzuklappen. Ich hatte keine Ahnung, wo wir waren. Zwei Wochen vor den Ferien war die Raststätte noch leer, kein Kindergeschrei, keine fettigen Papierreste, die hier für den Rest der Sommersaison herumliegen würden.

Mit dem Bargeld, das ich Sophia gab, tankte sie voll; wir hatten noch immer kein Wort miteinander gewechselt. Erst hundert Kilometer weiter, wir bogen gerade auf den Abzweig in Richtung Rennes ab, brach ich mein störrisches Schweigen.

»Wie hast du Louis kennengelernt?«, blaffte ich sie barsch an.

»Ich schwöre, ich wusste nicht, dass er Louis Barlet ist.«

Sie schien ehrlich zu sein.

»Für wen hast du ihn denn gehalten?«

»Für einen Kunden … Einer, wie jeder andere.«

Erster Stich ins Herz: Sie hatten zusammen geschlafen.

Weil wir uns abgewechselt hatten und ich die Hände fest am Lenkrad hatte, konnte ich meiner Wut mit keiner Geste Ausdruck verleihen. Ich schloss nur für wenige Sekunden die Augen, bis Sophia rief: »Hey! Pass auf!«

Ich konzentrierte mich wieder auf die Straße, auf sie.

»Er hat dir nie seinen Namen genannt?«

»Nein, er hat sich unter einem falschen Namen vorgestellt, Richard.«

Richard, der Vorname seines Chauffeurs.

»Da ist er ja nicht der Einzige, das weißt du so gut wie ich«, fuhr sie fort. »Viele möchten lieber anonym bleiben, für den Fall, dass …«

Für den Fall, dass die Ehefrau zu neugierig wurde. Für den

Fall, dass wir, er und ich, uns durch Zufall in einem anderen, weniger privaten Kontext begegneten. Und, warum nicht, für den unwahrscheinlichen Fall, dass besagter Typ der Schwager – und Liebhaber – unserer besten Freundin war.

»Hast du ihn häufig getroffen?«

»Zwei-, dreimal, genau weiß ich es nicht mehr.«

Doch, natürlich wusste sie ganz genau, wann und wo sie sich getroffen hatten. Sie klang aber ungewohnt demütig, ich verstand, dass sie mich schonen wollte. Ich war ihr innerlich dankbar dafür, obwohl noch immer wütend.

»Und wie kam es, dass er dich gebeten hat, ihm ein Interview über deine Tätigkeit zu geben?«

»Er hat behauptet, er sei Journalist und Autor.«

»Hat er dir gesagt, für welchen Sender oder welches Blatt?«

»Nein, nur dass er Freelancer sei und seine Themen an Produktionsfirmen, Presseagenturen oder manchmal direkt an Sender verkaufe. Er hat das total runtergespielt, nach dem Motto: ›Kann sein, dass es nie gesendet wird.‹«

Ich traute Louis ohne Weiteres zu, sich auch die schlimmste Lüge keinen Deut anmerken zu lassen. Sophia hatte wahrscheinlich nicht das Vergnügen gehabt, sein Grübchen zu beobachten, das Grübchen, das nicht log.

»Aber du wusstest, dass Rebecca uns jegliche Aussage zu unserer Tätigkeit untersagt hatte.«

»Ja, klar. Er hat mir aber garantiert, dass ich unkenntlich gemacht würde, auch meine Stimme. Dass das also total anonym wäre.«

Anonym für alle, nur für mich nicht.

»Hat er dich bezahlt?«

Ich warf einen Blick in den Außenspiegel, bevor ich ausscherte, um den Wagen vor uns zu überholen; das Manöver hielt Sophia davon ab, mir sofort zu antworten. Aber ich ließ mich nicht ablenken.

»Und?«, insistierte ich. »Hat er's dir gut bezahlt?«

»Zweitausend«

»Euro?« Ich musste schlucken.

»Na ja, nicht Kopeken.«

»Wahrscheinlich in bar?«

»Ja. In Fünfhunderterscheinen. So was hatte ich noch nie in der Hand. Ich sag dir, du kannst dir gar nicht vorstellen, wie mächtig man sich plötzlich fühlt!«

Was ich bisher als hinterlistigen Dolchstoß interpretiert hatte, entpuppte sich als Tat der Notwendigkeit, als Überlebensinstinkt. Auch als Habgier. Louis war über ihre Lage sicher gut informiert und wusste auch um ihr verschwenderisches Wesen; er musste nicht lange überlegen, um zu wissen, dass sie sein Angebot ohne Zögern und Skrupel annehmen würde.

Louis' Wahl war nicht zufällig und ohne Hintergedanken auf Sophia gefallen. Ich allein war das Ziel dieser durchtriebenen Intrige.

Etliche Details und Fragen blieben ungeklärt. Wenn die Sendung der Reportage dazu gedacht war, mich aus der Fassung zu bringen, was bezweckte er damit? Dass ich entlassen wurde? Dass ich kündigte? Mein Weggang von BTV hätte mich umso mehr an ihn ausgeliefert. Aber musste er mich deswegen demütigen?

Kilometer um Kilometer grübelte ich und wanderten meine Gedanken von Louis zu David und wieder zu Louis. Hier schien mir des Rätsels Lösung zu liegen: Wenn David wusste, was an jenem Abend meine wirkliche Aufgabe war, warum wollte Louis mich damit erpressen?

Meine Gedanken verwirrten sich, während sich ein grau-rosa Schleier auf die grüne Landschaft legte, bevor sie in die Farblosigkeit abglitt.

»Hast du ihn noch einmal getroffen?«

»Seit dem Dreh nicht mehr, nein. Rebecca hat mir ein-, zweimal übermittelt, dass ›Richard‹ mich wiedersehen wolle, aber ich habe Nein gesagt. Ich fand die Vorstellung seltsam, mit einem Typen zu schl…«, sie unterbrach sich und fuhr peinlich berührt fort, »… einen Typen zu treffen, dem ich zu dem Thema ein Interview gegeben habe.«

Ihr panischer Gesichtsausdruck beim Bois de Vincennes – der war nicht gespielt. Auch nicht ihre Scham, die sie seitdem zu mir auf Abstand gehen ließ. Sie hatte keinen blassen Schimmer von der Maschinerie, zu der auch sie unwissentlich gehörte. Ich spürte ihre Not, sprachlos lehnte sie an der Tür und verstand noch weniger als ich.

Nach einer Weile sagte sie fast scherzhaft: »Ein bisschen bekloppt ist er ja schon…«

»Was meinst du?«

Sie lächelte mich verschmitzt an und fragte: »Sag mir nicht, dass du seine Tätowierungen nicht gesehen hast?«

»Doch. Ein A, ein D… Wieso?«

Ich nannte ihr die beiden, die ich erspäht hatte. Das Flackern in Sophias Augen verriet mir, dass sie im Gegensatz zu mir das Privileg gehabt hatte, sie alle zu sehen, und dass sich noch mehr Geheimnisse darin verbargen.

»Ha, das ist nur die Spitze des Eisbergs! Das eine Ende des Alphabet-Man!«

»Alphabet-Man?«, prustete ich beinahe los. »Was ist das denn für ein Spitzname?«

»Hat er dir das nicht erzählt? Er lässt sich das Alphabet auf den Körper stechen.«

»Doch, das weiß ich«, antwortete ich genervt.

»Ist doch bekloppt, oder? Er gibt sich vier oder fünf Jahre, um sich alle sechsundzwanzig Buchstaben in die Haut stechen zu lassen. Und die sind nicht alle gleich, sie sind unterschiedlich groß, aus verschiedenen Schriftarten et cetera.«

»Das ist verrückt«, stimmte ich zu.

Ja, das war das Werk eines Verrückten, gleichzeitig war es genial. Ganz er. Konsequent er. Es war gar nicht nötig, dass Sophia mir den Sinn dieses Unternehmens erläuterte, ich verstand es selbst: Louis träumte davon, von seiner Feder zu leben. Er würde alles dafür geben, zu schreiben und nur das zu tun. Er wollte das mit jeder Faser seines Körpers, der bald zum Lebendmaterial seiner Kunst würde und auf den er zurückgreifen könnte wie auf eine Farbpalette.

Ich dachte einen Moment an den entblößten Körper des Mannes im Latexkostüm, der mir in der Dunkelheit entwichen war. Ich versuchte in Gedanken, die Buchstaben des Alphabets einen nach dem anderen auf seinen gut gezeichneten, schmalen Muskeln zu platzieren, auf seinem Körper, dessen katzenhafte Bewegungen die Buchstaben tanzen ließen.

Ich sollte mich nicht in solchen Bildern verlieren. Schließlich war er der Mann, der mich getäuscht, mich die ganze Zeit benutzt hatte.

»Sophia, ich möchte dich noch etwas fragen, und …« Ich schluckte. Mein Hals tat mir plötzlich weh, als steckte eine Billardkugel darin.

»Ja?«

»… du musst mir die Wahrheit sagen!«

»Na klar!«, rief sie aus, so sehr wünschte sie sich, etwas gutzumachen.

»Hattest du … War David dein Kunde?«

»Was?« Jetzt schrie sie fast. »Bist du bescheuert? Nie im Leben!«

»Mit Louis hast du dich ja auch amüsiert, ohne zu wissen, wer er war.«

»Das hat doch damit nichts zu tun! David ist eine Person des öffentlichen Lebens, ich kenne ihn von Fotos.«

»Du hast ihn gegoogelt?«, fragte ich und lächelte.

»Sicher, was glaubst du denn? Meine beste Freundin ist mit einem Milliardär zusammen. Da ist es ja das Mindeste, mal zu gucken, wie der eigentlich aussieht, oder?«

»Doch, ja …«

Das Scheinwerferlicht glitt über ein Schild, das uns die Nähe von Rennes anzeigte und daran erinnerte, bald abzufahren, um die Stadt westlich zu umfahren und dann wieder nach Norden abzubiegen, in Richtung Saint-Malo.

»Warum fragst du mich das? Hältst du mich für so durchgeknallt, bewusst mit deinem Verlobten in die Kiste zu steigen?«

»Nicht doch, wie blöd wär das denn …«, entgegnete ich ihr in altbekannter, komplizenhafter Manier. »Das ist es nicht.«

»Was ist es dann?«

»Ich weiß nicht recht, ich hab da so eine Idee.«

Ein Albtraum, um genau zu sein. Eines dieser Hirngespinnste, das den finsteren Wäldern rechts und links unserer Lebenswege entspringt. Da fiel mir ein, dass wir gerade durch das Mayennais gefahren waren, eine Gegend, die bekannt ist für ihre düsteren Sagen, ihre Heiler und Hexen. Als hätten meine Gedanken ein Echo ausgesandt, wies vor uns plötzlich eine Werbetafel auf eine Ortschaft in der Bretagne hin: La Roche-aux-Fées, Feenfelsen. Ein kalter Schauder ergriff mich.

Zum Glück fragte Sophia nicht nach. Alles, was ich hätte sagen können, wäre Ausdruck meiner tiefsten Angst gewesen.

Waren David und Louis Komplizen in dieser finsteren und lächerlichen Inszenierung? Ich wollte es nicht glauben. Ihr Streit am Telefon, kurz bevor ich Fred an der Strippe hatte, genügte, mich davon zu überzeugen, dass sie sich überworfen hatten. Meinetwegen überworfen hatten.

Oder stritten sich die Akteure um ihre Beute, um mich? Noch weiter gedacht: War diese Szenerie ebenso Akt des Stücks, das sie mir gemeinschaftlich vorführten?

»Hast du keinen Hunger?« Sophia holte mich auf den Boden der Tatsachen zurück und wies mit dem Finger auf eine Raststätte mit einem kleinen Restaurant.

»Doch, du hast recht.«

Das Sandwich war pappig und schmeckte nach nichts. Meine Gedanken waren auch nicht erfrischender. Wir hielten uns möglichst kurz dort auf und beschlossen, nicht mehr anzuhalten, bevor wir ankamen.

Wir brauchten noch eine gute Stunde bis zur Pointe de la Malouine, wo eine der prächtigsten Villen der Küste stand. Gegenüber war Saint-Malo, wild, rau, ein historischer Ort. Dinard lag da wie eine schlafende Schöne, aristokratisch und brav, Prinzessin der Belle Époque in ihrem Kleid aus Granit und Schirmpinien. Der Himmel hatte sich verdunkelt, schwere Wolken zogen vom Meer aufs Land. Ein Regenschauer drohte.

Sind unsere Fantasien nur Marotten, die wir uns hüten sollten in die Realität umzusetzen, oder sind sie im Gegenteil wie Treibstoff, den wir in den Motor unserer Libido gießen müssen, um ihn am Laufen zu halten?
Ich weiß nur, dass einige der Fantasmen, die ich ausleben konnte, nicht sehr angenehm waren. Zum Beispiel im Wasser Sex haben. Fred

und ich haben das mal probiert, im Urlaub auf den Balearen. Das Salz, der Sand, die Bewegungen des Wassers, die Schwierigkeit, auf dem Grund festen Boden unter die Füßen zu bekommen, die Körpersäfte, die das Meer wegtrug... Nichts von allem war so leicht und schön, wie wir es uns ausgemalt hatten. Fred war das Wasser zu kalt, schließlich verging ihm die Erektion. Ein klägliches, freudloses Ende. Schlechte Idee, nicht zu empfehlen. Nächste Fantasie?

(Notiz vom 14. Juni 2009, von mir selbst verfasst)

Im Schritttempo fuhren wir durch die Avenue Poussineau und konnten unsere Blicke nicht von den herrlichen alten Häusern lösen. Sie waren reich verziert mit Friesen und Keramik, bei den Namen gerieten wir ins Schwärmen: Kerozar, Belle assise, Roche plate, Ker Annick … Les Roches brunes, Die braunen Felsen … Die Villa, die wir suchten, befand sich beim Steilhang, dort, wo der Zöllnerpfad im rechten Winkel nach Westen abging. Während bei den anderen Villen Granit und dunkler Stein dominierten, war dieses Haus im Stil des Jagdschlosses von Ludwig XIII. gehalten, wie aus Versailles eingeflogen. Die Villa war prächtiger als die anderen und direkt auf den Steilhang gebaut. Wir konnten unbesorgt davor parken. Es kam niemand, um uns zu fragen, was wir hier wollten, als wir vor dem Tor standen, dessen stählerne Spitzen jeden Versuch, es zu überklettern, zunichte machten.

»Und jetzt?«, fragte Sophia, »Wie kommen wir rein?«

Ich holte den großen Schlüssel aus meiner Tasche.

»Damit … hoffe ich.«

Die gezackte Metallspitze glitt widerstandslos ins Schlüsselloch, das seinerseits meinen zwei Umdrehungen im Schloss ebenso wenig entgegenzusetzen hatte. Zwischen dem Tor und der Eingangstür, die sich wie durch ein Wunder auch mit unserem einzigen Schlüssel öffnen ließ, lagen nur ein paar Schritte über den Sandweg. Das Sicherheitssystem war nicht das beste, auch ein Hinweis darauf, dass die Villa tatsächlich schon lange unbewohnt war.

Im Haus schlug uns der Geruch von Staub und Feuchtigkeit entgegen. Die zurückgelassenen Möbel waren wie in einem Geisterfilm mit einstmals weißen Laken bedeckt, die mit der Zeit ergraut waren.

»Hübsch, das Ferienhaus deines Verlobten!«, kommentierte Sophia.

Wir benötigten nur wenige Minuten, um den Strom einzuschalten, die Laken abzuziehen, einmal mit dem Besen durchzugehen und dem Erdgeschoss eine Art Leben einzuhauchen. Es war noch nicht sehr spät, aber keine von uns hatte vor, oben noch Betten zu bereiten.

Als ich in meiner Tasche nach einem Tuch wühlte – zu viele Staubmilben für meine empfindliche Nase –, fiel mir das Handy in die Hand. Es zeigte fünf SMS und drei Sprachnachrichten an. Alle von David. Ich zögerte keine Sekunde, es auszuschalten, ohne sie mir anzuhören.

Sophia ließ sich vom schlechten Zustand der Villa nicht abschrecken, stattdessen begeisterte sie sich für ihre glänzende Vergangenheit, die man in diesem und jenem Detail erkennen konnte und die alleine die Größe der Räume bezeugte. »Das ist doch verrückt, da besitzt man Dinge von solchem Wert und lässt sie verkommen … Ich werde nie verstehen, wie reiche Leute ticken. Als hätte nichts von allem, was sie besitzen, eine Bedeutung für sie. Das muss von dem vielen Geld kommen.«

Ich hörte nicht auf ihre Stammtischphilosophie, aber sie hatte etwas Interessantes gesagt: In dieser Beinaheruine, die innen baufällig und verdreckt war, wollte David mit mir die Flitterwochen verbringen? Das konnte ich mir kaum vorstellen.

Während Sophia in der Küche stöberte, sah ich mir die obere Etage an. Die Zimmer schienen aus einer Zeit deutlich vor der Tragödie mit Aurore zu kommen. Manche waren seit einem halben Jahrhundert nicht gestrichen worden. Die Farbe blätterte von den Wänden. Die Betten wirkten nach Generationen von Schläfern mehr als ausgedient. Aber damit wollte ich mich nicht aufhalten. Ich suchte nach anderen Sachen, nach Erinnerungen, nach Spuren, die besser als Möbel und Wandbehänge von dem Leben der Barlet-Brüder hier erzählen konnten. In den ersten beiden Räumen war nichts in dieser Hinsicht zu finden. Der dritte war ergiebiger, denn die drei klemmenden Schubfächer einer Kommode waren übervoll von Papieren, Heften und lose gestapelten Fotos.

Ich hielt mich zurück, nach Sophia zu rufen. Ich wollte die Dinge wenigstens einmal erst ganz alleine durchblättern. Das meiste waren Urlaubsbilder von vor über dreißig Jahren. David und Louis als kleine, lächelnde, scheinbar verschworene Jungen in den vielfältigsten Strandaufnahmen: im Schlauchboot, beim Bau einer Sandburg, von Kopf bis Fuß ausgestattet für den Krevettenfang, mit einem Krebs, der drohend die Scheren schwang, beim Jocarispiel und so fort. Lag es am Auge des Fotografen – André Barlet, nahm ich an –, oder spiegelte es nur ihre Beziehung wider? Jedenfalls stand David immer im Vordergrund, selbstsicher, triumphierend, während Louis immer in seinem Schatten und im Hintergrund blieb, obwohl er einige Zentimeter größer war. Der Dominante und der Dominierte. Der Jüngere: überzeugt von seinem baldigen Sieg. Der Ältere: unglücklicher Kronprinz, wahrscheinlich schon damit beschäftigt, seine Rache zu planen.

»Elle? Ist alles in Ordnung? Soll ich hochkommen?«, rief Sophia von unten.

»Nein, nein, ich komme. Bleib unten. Hier ist alles noch schlimmer.«

»Sollen wir nicht raus und noch was trinken gehen? Wir werden doch den Abend nicht hier zwischen dem verstaubten Zeug verbringen, oder?«

»Hm, nein, ich nicht, ich bin völlig erledigt. Aber geh doch, wenn du magst«, ermutigte ich sie. »Nimm den Schlüssel mit, er liegt auf dem Kaminsims im Wohnzimmer.«

Ich hörte ihre entschlossenen Schritte, dann wieder: »Sicher? Es würde dir guttun, dich auf andere Gedanken bringen.«

»Nein, wirklich nicht, lieb von dir.«

Ich hätte einen kleinen Muntermacher gut vertragen können. Aber im letzten Zimmer oben hatte ich gerade einen neuen Schatz entdeckt. Der Behälter war nicht größer als ein Schuhkarton, dafür quoll er über von Schnappschüssen der ganzen Familie, inklusive der Eltern André und Hortense.

»Gut«, sagte sie scheinbar resigniert, »dann bleibe ich eben hier.«

»Aber nein, geh schon, dir wird es auch guttun!«

Ich hörte ein ersticktes Lachen, ihre Schritte auf der knarrenden Treppe, dann im Gang, bis sie schließlich ihren Kopf durch die Tür streckte.

»Nein, schon gut. Schau mal, was ich ausgegraben habe.« Sie schwenkte eine rundliche Flasche, die mit einer klebrigen Schicht aus getrocknetem Likör und Staub bedeckt war, und zwei Gläser, die sie abgewaschen hatte.

»Was ist das?«, fragte ich und schaute hoch.

»Alter Armagnac, willst du auch?«

»Na komm …«, willigte ich ein.

Nachdem wir uns beide eingeschenkt hatten, hockte sie sich neben mich und nahm sich einen Stapel vor.

»Wonach suchen wir genau?«

»Nach allem, was aus der Zeit von Davids erster Ehe stammt.«

Die meisten Bilder in ihrem und meinem Stapel stammten aus einer wesentlich früheren Zeit. Aus der Zeit, als Mutter und Vater Barlet selbst noch ein junges Paar voller Projekte und Ideen waren.

Es gab Bilder von ihrer Hochzeit. Ich erkannte sofort das Schiaparelli-Kleid, das Hortense getragen hatte. Dieses Kleid, das ich selbst in drei Tagen tragen sollte und das an ihr so bezaubernd aussah, wie es nie bei mir sein würde. Wenn ich es überhaupt jemals tragen sollte …

Mir fiel ein, dass ich noch immer den Vertrag nicht unterschrieben hatte …

Familienessen, Ferien am Meer oder in den Bergen, Weihnachtsfeste im Salon der Roches brunes … Nichts von dem, was noch kam, war mir neu. Vor allem war nirgends eine weibliche Präsenz um die Barlet-Brüder herum zu erkennen. Selbst auf den Bildern, die sie als Erwachsene zeigten, war keine Spur von einer Verlobten oder Freundin. Keine Aurore, keine Rebecca auf diesen vergilbten Fotos mit weißem Rand, auch nicht auf den verblichenen Polaroidbildern, die wegen der gealterten Paste in kleinen Stapeln zusammenklebten.

Ein Klappern, gefolgt von einem metallischen Kreischen, durchdringend und unheimlich, ließ uns hochschrecken. Das Geräusch wiederholte sich noch ein-, zweimal und erzählte vom Wind, der sich draußen erhob und das Haus mit seinem keuchenden Atem umhüllte. Seinem Meeresatem.

»Das ist nichts, nur die Fensterläden«, wollte Sophia mich beruhigen. »Die Angeln sind bei der Feuchtigkeit sicher total verrostet.«

Ein großer Schluck Armagnac, der mir wie eine Flammenzunge die Kehle wärmte, stimmte mich wieder heiter.

»Ich muss Mama anrufen«, erinnerte ich mich plötzlich und richtete mich auf.

»Okay. Ich gucke noch ein bisschen weiter«, sagte Sophia, die schon wieder in die Betrachtung der vergilbten Bilder versunken war. Als ich nach unten ging, sah ich durch die gläserne Front, dass auf der Seeseite eine undurchdringliche schwarze Nacht das Haus umgab. Bis auf den Leuchtturm von Grand Jardin und die Lichter, die die Stadtmauern von Saint-Malo beleuchteten, war der Horizont kohlrabenschwarz.

Diese ganze Finsternis ließ mich an Mama denken.

»Ich bin's!«, sagte ich betont gelöst, was mich übermenschliche Anstrengung kostete.

»Guten Abend, mein Kind.«

Ihre Stimme an schlechten Tagen. Die Stimme, die zu verstecken versucht, was wirklich los ist. Die Stimme, von der sich alle täuschen ließen, sogar eine Laure Chappuis, nur ich nicht.

»Ich habe vorhin wieder einen wunderschönen Präsentkorb mit Obst bekommen.«

»Und, hast du schon probiert?«

»Nein … nein, ich bin nicht sehr hungrig, weißt du. Diese ganzen Therapien verderben mir den Magen.«

Die Naschkatze in Person versagte sich ihr größtes Vergnügen. Das war allerdings ein schlechtes Zeichen.

»Bist du sicher, dass es geht, Mama? Möchtest du, dass ich komme?«

»Aber nein … Bleib, wo du bist, mein Schatz.«

Dann brach sie die Unterhaltung, wo jedes Wort für sie eine Qual sein musste, ab. Kaum aufgelegt, wählte ich eine andere Nummer, die von Ludovic Poulain. Der junge Mann war Mamas behandelnder Arzt und ihr sehr ans Herz gewachsen. Bis zu dem Zeitpunkt, wo Maudes Zustand regelmäßige Krankenhausaufenthalte erforderlich gemacht hatte, hatte er sie behandelt, und er war es, den sie anrief, wenn es ihr plötzlich schlechter ging. Heute Abend war es schlimm, das spürte ich.

»Doktor Poulain?«

»Ja …« Die Stimme am anderen Ende klang ungehalten. »Wer spricht?«

»Es tut mir leid, dass ich Sie so spät störe, hier ist Annabelle Lorand. Wir sind uns bei meiner Mutter schon einmal begegnet. Ich bin die Tochter von Maude Lorand.«

»Ja, natürlich«, sagte er nun besänftigt.

»Herr Doktor, ich mache mir große Sorgen. Ich bin gerade nicht in der Stadt, habe aber eben mit meiner Mutter gesprochen, es geht ihr gar nicht gut.«

»Hm, möchten Sie, dass ich bei ihr vorbeischaue?«

Ich traute mich nicht, ihn darum zu bitten. Er war noch jung, aber er vermittelte Empathie und Können. Ich betete, dass das auch noch ein Weilchen so bleiben würde, jedenfalls solange Mama ihn brauchte.

»Wenn es Ihnen nichts ausmachen würde, das wäre schön.«

»Es macht mir nichts aus. Ich könnte morgen früh vor der Sprechstunde bei ihr vorbeifahren.«

»Morgen früh …«, murmelte ich.

»Sie möchten, dass ich jetzt hinfahre …?«

»Nein …« Doch!, brüllte ich innerlich.

»Machen Sie sich keine Gedanken. Ich verstehe. Ich ziehe rasch ein Paar Schuhe an und fahre los. Ich rufe Sie an, um Ihnen zu berichten.«

Als ich auflegte, fegte ein so heftiger Regenschauer übers Haus, dass die Balken knackten – ein Geräusch, das sich als düstere Klage durch das ganze Gebälk fortsetzte. Hier, an diesem Flecken der Küste, gab es nichts zwischen der Villa und dem weiten Meer. Die Nordwinde schlugen ungehemmt dagegen und gönnten den alten Knochen keine Verschnaufpause.

Solange ich nicht wusste, was mit Mama los war, stand mir nicht der Sinn nach Nachforschungen.

»Ich bleib ein bisschen unten«, rief ich Sophia zu.

»Okay.«

Kein Fernseher, kein Radio. Kein Magazin, nicht mal ein altes. Um mir die Warterei zu vertreiben, hatte ich nichts Besseres als das Buch, das ich bei meiner Abreise noch vom Musardine-Stapel genommen hatte. Der allererste von Louis' Liste: *Geheime Frauen* von Ania Oz. Auf erotische Literatur hatte ich gerade so viel Lust wie auf ein eisiges Bad in den Wellen, die ich gegen die Felsen rollen hörte. Die Wellen, in denen Aurore den Tod gefunden hatte.

Der Buchumschlag war hübsch: ein graziler Frauenkörper, um den Hals eine schwere Kamee, von einer lila Wolke umhüllt, die ihn nur geheimnisvoller machte. Seite um Seite versank ich in der Geschichte des Erzählers, eines Schriftstellers, der über das Verschwinden von Frauen rätselte, bis er eine unterirdische Welt entdeckte, wo eine Gemeinschaft von Amazonen sich Männer als Sexsklaven hielt. Darunter er selbst. Zunächst widerspenstiges, dann williges Opfer. So faszinierend die Geschichte auch war, so war sie doch das Gegenteil von meiner aktuellen Situation. Das männliche Pendant. Ich konnte mir nicht vorstellen, dass Louis diesen Text zufällig als ersten auf seine Liste gesetzt hatte. Über diesen offensichtlichen Gegensatz zu meiner eigenen Existenz hinaus vermutete ich darin noch andere verborgene Nachrichten, und diese Aussicht trieb mich an, noch aufmerksamer zu lesen. War es das, was er von mir erwartete: eine bedingungslose Aufgabe meines Körpers? In gewisser Weise, und das wusste er, hatte er das schon erreicht. Was wollte er noch?

Doktor Poulain hielt sein Versprechen, rief mich zurück und beruhigte mich ein wenig. Er hatte ihr etwas verschrieben, das ihr helfen würde, gut bis zur Hochzeit durchzuhalten, auch noch bis zu ihrer Abreise nach Los Angeles zwei Tage danach. Dann … Er wollte nichts garantieren und verwies auf die Therapie seiner amerikanischen Kollegen.

Ich war gerade dabei, uns ein Schlaflager in der oberen Etage zu richten, als ich von draußen Motorengeräusche vernahm. Inmitten des tosenden Windes und entfesselten Meeres tönte eine Hupe.

Ich warf einen Blick durch das Fensterglas der Eingangstür. Es regnete stark, und ich konnte das Auto kaum sehen, zumal seine Scheinwerfer, die auf das Haus gerichtet waren, mich blendeten. Sie gaben zwei kurze Signale, wie zuvor die Hupe. Also eilte ich nach draußen durch den Regen zum Auto. Nach wenigen Schritten erkannte ich den Wagen von Louis. Aber nicht er trat mir mit einem breiten Regenschirm aus dem Lichtkegel entgegen, sondern sein Chauffeur Richard.

»Guten Abend«, brummte er, mürrisch wie immer.

»Guten Abend. Dürfte ich erfahren, was Sie hier tun?«

»Ich soll Sie dorthin bringen, wo Sie erwartet werden. Das ist alles.«

»Und deswegen sind Sie aus Paris gekommen?«, wunderte ich mich der Form halber.

»Ja«, antwortete er einfach, als wäre es das Selbstverständlichste von der Welt.

»Und wohin fahren wir?«

»Das weiß ich nicht. Alles, was ich weiß, ist die Adresse, die man mir gab.«

Ich hätte ablehnen können. Ich hätte flüchten, ihn da stehen lassen und mich im Haus verbarrikadieren können. Ich hätte auch bis ans Ende des Gartens laufen und mich dort kopfüber vom Felsen ins Meer stürzen können, wie vor mir schon Aurore. Ich hätte die Barlets bestrafen können, indem ich ihnen ihr neues Spielzeug nahm.

Stattdessen bat ich nur: »Geben Sie mir trotzdem fünf Minuten zum Umziehen?«

»Das wird nicht nötig sein. Nehmen Sie nur die Maske, die Sie erhalten haben.«

Ohne zu mucken, gehorchte ich; mein durchnässtes Oberteil klebte mir an der Brust, die sich frenetisch hob und senkte.

»Sophia?«, rief ich vom Eingang aus.

»Ja, was?«

»Ich gehe aus!«

»Du *gehst aus*? Willst du mich verarschen? Noch vor zehn Minuten wolltest du nicht …«

»Es ist Louis …«

Keine Antwort.

»Hast du mich gehört?«

»Ja, sicher. Was soll ich machen? Geh und leb dein Leben.«

Bald ging ich wieder hinaus in den Sturzregen, die Maske in der Hand.

Wenn Louis schon selbst die Codes unserer Begegnungen erneuerte und unser Spielfeld versetzte, dann, weil wir in eine neue Phase eintraten. Es konnte nicht anders sein.

Das Auto fuhr im Schritttempo davon, um das Päckchen an seinen Empfänger abzuliefern. Ich war kaum mehr als das, und das erregte mich.

32

Was habe ich denn im Grunde zu verlieren? Was könnte sich zwischen mich und meine Lust schieben?

Mein Hunger nach Wahrheit? Ich sehe wohl, dass er mich bei jeder Entdeckung mehr von meinem Begehren entfernt. Meine Loyalität gegenüber David? Welche Loyalität? Das Wort erscheint mir unpassend in Bezug auf den Mann, der mich verraten hat. Über dieser Art von Dilemma stehe ich. Ab jetzt, und besonders heute Abend, bestimmt mein Körper, nur er allein. Er wird sich auf dem Rücksitz des Wagens schaukeln lassen. Er bringt mich zu einem neuen Sexrendezvous.

Um uns herrscht die Nacht, die vom Rauschen des Meeres widerhallt, und von Windböen, aber ich achte nicht darauf. Mich überrascht nicht einmal, dass das Auto mitten in einem Industriegebiet anhält, nachdem wir Saint-Malo verlassen haben. Die Straße liegt verlassen da, gesäumt von finsteren Lagerhallen. Fast meine ich, es müsse ein Scherz sein, als Richard vor der Auslage eines Sanitär-Großhändlers parkt. Er fährt die Trennwand zwischen uns hoch und macht mir Zeichen, dass ich auf dem Gehsteig gegenüber erwartet werde.

Der Eingang zur »Brigantine – Sauna, Hamam, Wellness« wirkt wie eine Strohhütte am Strand, die einer der viereckigen, grauen Lagerhallen einfach angeklebt worden ist. Mit der Maske in der Hand trete ich ein. Drinnen sieht es aus wie in einem Schwimmbad. Weiß, sauber, hygienisch. Ich werde von einem Muskelpaket mit rasiertem Schädel und engem T-Shirt, das seinen Sixpack betont, begrüßt, als kennten wir uns.

»Sie sind Elle. Sie bekommen von mir einen Bademantel und ein Handtuch. Die Garderoben sind hier gleich rechts.«

»Was bekommen Sie von mir?«

»Nichts. Alles ist schon geregelt.«

Der beißende Chlorgeruch eignet sich nicht gerade für die Liebe. Auf kleinen Bänken sitzen zwei Männer, die ebenso gut gebaut sind wie der erste, und entkleiden sich ungeniert. Etwas irritiert mich. Die beiden Jungs schenken mir null Beachtung, obwohl ich mich nun auch ausziehe, wobei ich ihnen lieber meinen runden Hintern zeige als meine Brüste und meine Scham. ~~Ich habe mich schon immer geschämt für die übermäßig gelockte Pracht an ebendieser Stelle.~~ Ihre Blicke mustern nicht meinen ausladenden Po, sondern das Geschlecht des jeweils anderen, ihre Blicke sind gierig und neugierig, Vorboten von Gesten, die bald expliziter und direkter werden. Die Halle, in die ich ihnen mit meiner Maske und dem über meinen schweren Brüsten halb geöffneten Bademantel folge, bestätigt mir, was ich schon ahnte: Die Brigantine ist ein Ort ausschließlich für Männer. Ich bin die einzige Frau hier. Vielleicht sogar die erste, die jemals diesen Ort betritt. Dieser Raum hier ist den ersten Annäherungen gewidmet. Einige Dutzend Männer, Handtuch um die Taille, werfen sich Blicke zu, lassen ihre Hände flüchtig oder schon forschend über einen anderen gleiten, geben sich mehr oder weniger leidenschaftlichen Küssen hin. Einer von ihnen erblickt mich und nimmt mich entschlossen bei der Hand.
»Komm… da hinten wird es interessant.«
Anscheinend sind sie, wie das Muskelpaket am Eingang, über mein Kommen informiert. Niemand scheint überrascht, mich zu sehen. Alle nehmen meine Anwesenheit in Kauf.
Er führt mich durch einen schwach beleuchteten Flur, in dessen Decke kleine rote Lämpchen eingelassen sind, und bringt mich in einen ebenso rötlich schimmernden, winzigen Alkoven. Nachdem sich die Augen an die Dunkelheit gewöhnt haben, reicht das Licht gerade aus, zu erkennen, wie viele Männer dort sind und wo sie liegen. Ich schätze, es sind um die fünfzehn. Eine Welle von tiefen Seufzern schlägt mir bei der Eingangstür entgegen. Schweißgeruch vermischt sich mit diversen Eaux de Toilette, die nach Moschus, Meer oder Blumen riechen, und noch ein bitterer Duft liegt in der Luft, der zweifellos anderen Ursprungs ist. Die meisten liegen als Paar herum, sie treiben es in der Missionarsstellung oder von hinten, andere tun sich zu dritt oder zu viert zusammen, sodass ich kaum erkennen kann, wer wen lutscht, wer in wem drin ist. Bald verflüchtigt sich mein Un-

wohlsein, und ich genieße mein Privileg, die einzige Frau zu sein, die einzige Person, die zusehen darf, ohne sich zu beteiligen. Die Art und Weise, wie ein junger dunkelhaariger Adonis um die zwanzig an dem übermäßig großen Glied seines Liebhabers saugt, haut mich um. Das ist mehr als nur Ausführung und Genuss. Er scheint selbst mehr Vergnügen daran zu haben als der, dem er seine gefälligen Lippen überstülpt. Als der andere ihm dann tief in den Mund spritzt, zuckt er zusammen, als hätte er selbst einen Orgasmus und nicht etwa einen berechtigten Erstickungsanfall.

Da tritt plötzlich jemand aus der Masse heraus und mir gegenüber. Jede Rundung kommt mir bekannt vor, jede Erhebung dieses wohlgeformten Oberkörpers. Ich wage es kaum, meinen Blick auf sein Gesicht zu heben. Ich fürchte mich, ihn zu erkennen. Aber da löst sich Louis' Phantom schon wieder auf. Die Haut des dunklen Mannes, der vor mir steht, strahlt förmlich, als sich unsere Blicke schließlich kreuzen. Ich kann nicht sagen, ob ich erleichtert oder enttäuscht bin.

Was hat nun dieses neuerliche Treffen zu bedeuten? Wozu mich hiermit konfrontieren? Ich sehe nur eine mögliche Antwort: Er will mich von der Schönheit dieser Gefühlswelten kosten lassen, die ohne Tabus und Hemmungen auskommen und von ungezierten, manchmal ungeschickten, zufälligen Umarmungen leben und deshalb so klar, so rein strahlen. Keine Schönen, keine Hässlichen, keine Armen, keine Reichen, keine guten oder schlechten Stöße, keine kleinen und großen Schwänze. Nur Latten und Hintern, die ausgehungert nacheinander gieren. Jubelnde erogene Zonen, die ihr Glück zufälligen anonymen Zusammenstößen verdanken. Pure Lust.

»Hier, das ist für dich.«

Da steht er wieder vor mir und reicht mir einen Dildo von einer beeindruckenden Größe. Ich sehe nicht, wie ich mir ein derartiges Monster reinstecken könnte. Noch weniger vor den Männern, so beschäftigt sie mit sich selbst auch sein mögen. Ich presse meinen Unterleib gegen die Wand, spreize die Beine nur so weit wie nötig und führe mir zwei Finger in meine nasse Möse ein. Ich bin schon lange nicht mehr so feucht gewesen. Ich bewege mein Becken wie einen Schwengel, aber sanft und langsam genug, um die Finger hineinzuschieben, die ich zu meinem Glück brauche. Mein Stöhnen vereint sich mit ihrem. Ich bin ihre Diva. Ich bin ihre Solistin. Und als ich endlich in einem andauernden Klageschrei explodiere, den Blick auf ihre glänzenden Schwänze geheftet, könnte ich schwören, sie applaudieren zu hören.

Ich habe das Unbekannte erforscht.

(Notiz vom 15. Juni 2009, von mir selbst verfasst)

33

15. Juni 2009

Ich kam sehr spät zurück. Und Sophia sehr früh, wie ich annahm, denn das Haus war leer, als ich kam. Allem Anschein nach hatte sie die Stapel alter Fotos sein lassen und sich einer Beschäftigung zugewandt, die eher ihren Gewohnheiten entsprach. Ich sah keine andere Möglichkeit, als Tor und Tür für sie offen zu lassen. Ich hörte sie nicht zurückkommen, denn ich fiel sogleich in einen tiefen Schlaf.

Einundzwanzig verpasste Anrufe, sieben Nachrichten zeigte mein Handy an. Ich wunderte mich ein wenig, dass David nicht selbst erschienen war, um mich zu holen. Oder wenigstens einen seiner Angestellten geschickt hatte. Aber wer weiß: Armand hatte vielleicht dichtgehalten, was allerdings nicht mein Verschwinden erklärte. Außerdem hatten wir heute Montag, den ersten Tag einer Woche, die üblicherweise bis auf das letzte Zeitfenster verplant war, blockiert von seinen Verpflichtungen als Chef eines Unternehmens. Dass seine Zukünftige sich aus dem Staub gemacht hatte, musste wohl unangenehm sein, ein Kratzer auf seinem Lackschuh, aber auch ein zweitrangiges Ereignis angesichts der geschäftlichen Zwänge.

»Hallo, Baby!«, rief ich Sophia zu, die ein altes T-Shirt und eine aus der Zeit gefallene Unterhose trug.

Ihre dunklen Locken fielen über ihr leicht derangiertes Gesicht. Die Nacht war wohl lang und feucht gewesen. Feucht … Bei Sophia war alles möglich.

»Hey, Süße!«

Sie griff sich an den Kopf, hielt sich die Ohren zu.

»Groß gefeiert?«

»Hm … Hab schon mal größer gefeiert …« Sie kicherte leise und zotig vor sich hin. »Aber nicht schlecht.«

Schockiert spielte ich die Rührmichnichtan.

»Sag nichts. Vor allem: Sag nichts.«

»Ich bin sowieso nicht fit …«

»Frühstück?«

»Allerdings. Einen doppelten Espresso, sonst nichts.«

Der Sturmregen von gestern war eitel Sonnenschein gewichen, unter wolkenlosem Himmel spazierten wir ins Stadtzentrum und setzten uns in ein Café an den Strand. Es waren kaum Leute dort. Dem pummeligen, liebenswürdigen Kellner war anzusehen, wie er sich freute, zwei junge Damen mit kleinen Extras bedienen zu dürfen: extra Portion Kaffee, Butter und Marmelade, frisch gepresster Saft statt Saft aus der Flasche, wie die Speisekarte es vorsah.

Kann man sich sexuell und unwiderstehlich von einem Mann angezogen fühlen, der uns anwidert?

Diese Debatte wird gerade in allen Tageszeitungen geführt. Eine Journalistin, Schriftstellerin und berühmte Feministin hat einen Roman veröffentlicht, in dem sie eine feurige Liebesaffäre mit einem gefallenen Politiker schildert, der zwei Jahre zuvor in einen moralisch aufsehenerregenden Skandal verwickelt war. Sie bringt darin ihre Faszination für diesen Menschen zum Ausdruck, den sie als »Schwein« bezeichnet, der zwanzig Jahre älter ist als sie, notorischer Verfechter von Gruppensexorgien ist und den seine anerkannte Sexsucht ins berufliche und mediale Aus gestürzt hat. Dass sie ihre Liebeswahl derart ausbreitet, ist faszinierend und schockierend zugleich.

Während ich die Artikel lese, die dieser Veröffentlichung folgen, frage ich mich, ob auch mir schon einmal etwas Derartiges passiert war. Mit hässlichen Männern oder solchen, die von anderen geächtet werden - nicht wirklich; ich sollte aber einmal darüber nachdenken, welche Macht ältere Männer auf mich als junge Frau ausüben.

Es wäre das Einfachste, alles auf den abwesenden Vater zu schieben, den ich versuche durch sie zu ersetzen. Aber es geht noch um etwas anderes, etwas Kruderes, Animalisches: um ihren rauen, behaarteren Körper, ihre mit der Zeit nachgedunkelte Eichel, ihren Hodensack, der schwer in meiner Hand liegt, ihren intensiveren Moschusduft. Ich liebe diese Eigenarten an ihnen. Niemals würde ich ihnen die bartlose Frische eines Milchgesichts vorziehen. Der Körper eines Mannes muss mir mehr versprechen als eine taktvolle Streicheleinheit. Er muss wie ein kratziger Massagehandschuh sein, bereit, mir das Leder wund zu reiben. Dass ihr Sperma zwar seltener ist, dafür aber klebriger und dickflüssiger, hatte ich schon einmal aufgeschrieben. Ich mag das.

(Notiz vom 15. Juni 2009, von mir selbst verfasst)

Gesättigt blickten wir lange auf die Bucht und das Meer dahinter, unter den finsteren und aufrührerischen Augen von Alfred Hitchcock. Seine Statue, die ihn mit zwei Rabenvögeln jeweils rechts und links auf seinen Schultern darstellte, zeigte auf die Villa, die auf dem Steilhang thronte und ein überzeugender Nachbau der Bates-Villa in *Psycho* war.

»Ist alles wegen des Festivals«, erklärte uns der für unseren Geschmack zu geschwätzige Kellner.

»Festival?«, fragte Sophia und zog genervt eine Augenbraue hoch.

»Ja, das britische Filmfestival. Ah, das müssen Sie sehen, da kommen alle möglichen Leute, Stars und so!«

Unser beharrliches Schweigen beendete irgendwann sein Geschwätz, und wir konnten uns ungestört unserer stillen Beobachtung hingeben. Die sanfte Brise, die über uns hinwegstrich, kündete einen lauen Tag an und trug vom Strand her die Schreie der Möwen und den Geruch des Tangs zu uns.

»Und, hast du nun was Interessantes gefunden?«, fragte Sophia unvermittelt.

»Was …?«

»Im Haus. Du hast doch alles durchsucht, oder?«

»Ach ja. Fast alles. Hab aber nichts Konkretes gefunden.«

»Was hattest du dir denn erhofft?«

Die Frage, die mich quälte, war mehr die nach dem »wer«, als nach dem »was«.

Angesichts des Geheimnisses, das die Brüder Barlet um Aurore Delbard machten, angesichts der Rolle der jungen Frau in ihrem Leben war ich eher enttäuscht als überrascht, dass sie nicht in das Familienarchiv eingegangen war. Ich zögerte kurz damit, Sophia ins Vertrauen zu ziehen, aber dann erzählte ich ihr, was ich über das Thema wusste.

»Wenn ich dich richtig verstehe, dann haben sie das Mädchen aus ihrem Leben quasi gelöscht?«

»Scheint so …«

»Das ist seltsam, da bin ich ganz einer Meinung mit dir«, meinte sie. »Aber, hey, wenn ein Mädchen stirbt, weil sie dem Konkurrenzgebaren deiner Söhne zum Opfer gefallen ist, das du immer wissentlich unterstützt hast, da behält man doch wenigstens ein paar Erinnerungsfotos.«

»Da magst du recht haben.«

»Wenn du willst, helfe ich dir beim Suchen. Bestimmt ist da noch Zeug in den alten Schränken …«

Ich nahm ihr Angebot an, und wir gingen zurück zu den Roches brunes, diesmal entlang der Zöllnerpfade, die nur bei Ebbe begehbar waren. Der schmale Granitweg, der nur zum Teil befestigt war, führte über die rauen Felsen der Malouine. Von hier aus war die Sicht auf Saint-Malo, die restliche Bucht, Grand und Petit Bé, Cézembre und Conchée großartig. Auf der Hälfte der Strecke warnte ein rot-weißes Schild die Schwimmer: »Achtung Lebensgefahr! Gefährliche Strömung!«

Kurz hinter dem Felsvorsprung meinte ich, einen Ort zu erkennen, wie Louis ihn mir beschrieben hatte. Das Mäuerchen unterhalb der Villa, in dem eine kleine weiße Tür war, mit Stufen, die zum Zöllnerpfad führten. Darunter ragten große Felsblöcke hervor, scharfkantige Granitspitzen, zwischen denen sich ein Fuß oder ein Bein leicht einklemmen konnte.

»Dort ist sie gestorben.« Ich zeigte Sophia die Stelle.

»Hier?«, wunderte sie sich. »Aber wir stehen auf der Küstenseite, hier kann man nicht ertrinken! Das ist lächerlich!«

Bei Ebbe und Sonnenschein schien es wirklich nicht gefährlich zu sein, aber es genügten wahrscheinlich nur ein paar bewegte Wellen mehr, um wen auch immer in dieser Falle festzusetzen, die so schnell mit Wasser volllief und einen von der nur wenige Meter entfernten Welt abschnitt.

Wie um diese Gedanken zu bestätigen, deutete ein Spaziergänger auf einen Mann in einem Taucheranzug, der offensichtlich vom steigenden Wasser an genau dieser Stelle überrascht worden war, nur hundertfünfzig Meter weit weg vom Strand. Die Distanz schien von unserem Standpunkt aus unwesentlich zu sein, trotzdem war er sichtlich hilflos. Nach wenigen Minuten des Nachdenkens, unter solchen Bedingungen wertvollen Minuten, sprang er ins Wasser und schwamm ans Ufer, nicht ohne Mühe und gegen die mächtige Strömung.

Wir schwiegen, bis wir beim Haus ankamen. Drinnen rissen wir erst einmal die Fenster und Läden auf, um frische Luft einzulassen, dann leerten wir den Inhalt aller zugänglichen Schränke auf dem staubigen Parkett aus. Zwei Schubladen bekamen wir trotz Kleiderbügel und Schraubenzieher nicht auf.

In den Dämpfen von altem Bohnerwachs und Fotoentwickler verbrachten wir die nächsten Stunden auf dem Boden und studierten jedes Bild, selbst die, die ich schon am Vorabend kurz gesichtet hatte. Wunder geschahen nicht – noch immer war kein Bild von Aurore aufgetaucht –, aber uns gerieten doch einige hübsche Aufnahmen zwischen die Finger. Darunter einige Bilder anscheinend von vor dem Verschwinden der jungen Frau, andere aus der Zeit danach, noch zu Lebzeiten von André und Hortense. Auf Ersteren wirkten die Gesichter fröhlicher als auf Letzteren. Der junge Louis mit dem offenen und sorglosen Lächeln, merkbar fülliger als heute, umarmte zärtlich eine hübsche Blonde mit wildem Blick, die ich nur schwerlich als Rebecca identifizierte. Aber sie war es zweifellos, schon damals modisch auf der Höhe ihrer Zeit.

»Also wirklich«, beschwerte sich Sophia, »die haben ja gründlich aufgeräumt.«

»Ja, das ist komisch …«

»Komisch?«

»Fast könnte man meinen, Aurore hätte absichtlich nichts dagelassen, als hätte sie selbst verschwinden wollen.«

Sophia ging nicht weiter auf diese absurde Vermutung ein und vertiefte sich wieder in die vergilbten Papierstapel.

Es war unsinnig, zu versuchen, ihr zu erklären, welches nebulöse Szenario mich zu dieser Annahme verleitet hatte. Aurore hätte sich dazu entschließen können, hinter sich Tabula rasa zu machen, wie die Verschwundenen in *Geheime Frauen*, um die Brüder Barlet für ihre schlechte Behandlung zu bestrafen. Aber da war es mit dem Vergleich auch schon zu Ende. Während sich die Amazonen von Ania Oz vor fremden Blicken schützten, um am Schluss triumphierend aufzutauchen, so war Aurore definitiv tot. Schwerer bestraft als die beiden, die sie in diese dramatische Geschichte hineingetrieben hatten.

Unsere letzte Stunde in der Villa verbrachten wir damit, jeden Winkel des Hauses systematisch zu durchforsten. Diesmal suchten wir nicht nur nach Fotos, sondern nach allen Indizien, die eine Spur zu Aurore sein konnten oder, besser gesagt, zu dem, was von ihrem Leben übrig war.

Wir wollten gerade aufgeben, da wir nur auf einen Haufen kaputten Trödel, alte Versandkataloge und abgelaufene Einmachgläser stießen, da schrie Sophia auf: »Guck mal!«

Aus tausend Seiten Versandkatalog zog sie eine beschmutzte und zerknickte Visitenkarte hervor.

Jean-François Delbard
Notar
8, Placître
35 400 ST-MALO
Telefon: +33 99 32 69 45
Fax: +33 99 32 69 47

»Delbard, ist das nicht der Name von deiner Ertrunkenen?«

»Doch«, bestätigte ich lakonisch.

Der Name Jean-François war mir noch nie zu Ohren gekommen. Weder Louis noch Rebecca hatten ihn jemals erwähnt.

»Hast du die Nummer gesehen?«, fragte Sophia. »Auch eine Faxnummer, ist sicher schon älter, die Karte.«

Allerdings. Sie zeigte uns aber auch, dass jemand von Aurores Familie hier in der Gegend gelebt und gearbeitet hatte, und zwar noch vor ihrem Tod, wenn man der nicht mehr gebräuchlichen Vorwahl Glauben schenken durfte. Ein Bruder? Ein Onkel? Oder gar ihr Vater?

»Wie ist noch mal die Vorwahl von hier?«, fragte ich.

Sophia griff nach dem erstbesten Touristenflyer und antwortete: »Null-zwei.«

Ich tippte die Nummer in mein Handy ein und wartete auf das Klingelzeichen. Stattdessen kündigte mir eine automatische Ansage an, dass die Nummer nicht vergeben sei. Seit wann nicht mehr? Sehr rätselhaft. Ich rief bei der Auskunft an, aber die Telefonistin fand in ihren Daten keinen Jean-François Delbard, weder in Dinard noch in Saint-Malo. Auch die Suche mit anderen Schreibweisen lieferte kein Ergebnis.

»Dann ist er weggezogen oder auch gestorben«, schloss Sophia, als ich aufgelegt hatte.

Tot.

Ihre scheinbar unbedeutende Bemerkung brachte mich auf eine Idee. »Du bist genial!«, rief ich aus und umarmte sie.

»Was hab ich denn gesagt?«

»Komm, wir brechen auf. Ich erklär's dir unterwegs.«

In einer Viertelstunde hatten wir alles in Ordnung gebracht und die Tür zu den wohlgehüteten Geheimnissen der Villa wieder verschlossen.

Wir hatten Glück, das entsprechende Büro im Standesamt von Dinard hatte noch geöffnet. Leider war im Geburten- und Sterberegister kein Eintrag zu Aurore Delbard verzeichnet, auch keiner zu Aurore Barlet.

Schon fuhren wir weiter zu den Amtskollegen von Saint-Malo.

»Ja, ich habe eine Aurore Delbard. Geboren am 12. April 1970. Gestorben am 25. Dezember 1989.«

»Scheiße …«, verlieh Sophia unserer Verblüffung Ausdruck. »Sie hat sich an Weihnachten umgebracht.«

An Weihnachten, und nicht bei einem Bad im Sommer, wie Louis in seiner allerersten Version behauptet hatte.

»Wo ist sie denn beerdigt?«, fragte ich die Beamtin.

»Sind Sie eine Familienangehörige, Mademoiselle?«

»Nein, aber sie war die erste Frau meines zukünftigen Mannes.«

Ich wirkte ehrlich und wohl auch mitleiderregend, denn sie billigte uns Folgendes zu: »Über diese Art von Informationen verfügen wir nicht. Aber angesichts der Adresse ist sie möglicherweise auf dem Friedhof von Rocabey beigesetzt, vorausgesetzt, die Familie hat dort ein Grabnutzungsrecht.«

Die Beamtin zeichnete uns den Weg dorthin auf einen touristischen Plan, mit dem bewaffnet wir zum Friedhof fuhren. Rocabey ist ein trostloses Viertel von Saint-Malo, eingeklemmt zwischen Bahnhof und den Docks des Wirtschaftshafens.

Wir irrten einige Minuten durch die Reihen, bis wir auf einen Totengräber mit Koteletten und Schubkarre stießen, der sich kurz am Kopf kratzte, um dann zu sagen: »Ach, ja! Delbard! Wie der Notar!«

Bingo.

»Genau«, sagte ich. »Wie der Notar. Aurore ist ja seine …« Ich ließ den Satz unbeendet, in der Hoffnung, er könnte ihn ergänzen.

»… seine Tochter, ja. Oder seine Nichte. Möglich, dass ich sie mit den Dolés verwechsle oder mit den Bazins.«

Mehr würde man aus ihm nicht rausholen, gab mir Sophia zu verstehen, indem sie die Augenbrauen hochzog.

Das Grab der Delbards war mit einem einfachen Stein aus rosa Marmor bestückt, an dem keine Porträts hingen und der anscheinend schon lange verwaist war. Keine Blumen, keine Dekoration, kein Zeichen von Anteilnahme an ihrer Grabstelle, auf der alles wild durcheinander wuchs und nie von jemandem gestutzt wurde. Auf dem Stein standen vier Inschriften mit demselben Familiennamen: Amédée (1910–1985), Suzanne (1912–1999), Jean-François (1938–2005) und Aurore (1970–1989).

»Sie ist vor ihrem Vater gestorben«, bemerkte Sophia.

»Sogar vor ihrer Großmutter.«

Niemand von ihrer Familie schien noch am Leben zu sein, niemand, den man befragen konnte. Es sei denn …

»Ihre Mutter. Sie steht nicht drauf.«

»Vielleicht lebt sie noch«, spekulierte ich.

»Hm… Wir haben nicht daran gedacht, beim Standesamt nach den Namen der Eltern zu fragen. Jetzt ist dort sicher keiner mehr.«

Ich nutzte die Internetverbindung meines Smartphones – dabei bemerkte ich nebenbei, dass David aufgegeben hatte, mich zu belästigen, jedenfalls waren keine Anrufversuche mehr angezeigt – und tippte »Rebecca Sibony« und »Belles de nuit« ein. Die Verbindung war hakelig, zeigte mir aber den Eintrag der Belles de nuit im Handelsregister an und mit ihm den Sitz des Unternehmens, das mit ihrer Wohnadresse identisch war: Belles de nuit GmbH, 118 Avenue Georges Mandel, 75116 Paris Cédex.

»Willst du, dass wir der Schlampe einen Besuch abstatten?«

Da war sie wieder, die echte Sophia.

»Ja.«

»Glaubst du, sie kann uns weiterhelfen?«

»Ich weiß nicht. Könnte sein.«

Ich hoffte es. Schließlich war sie, David und Louis einmal ausgenommen, die letzte Zeugin des Dramas. Zwar nicht unparteiisch, aber noch am Leben. Wir hatten während unseres Trips ans Meer nicht nur unter die weißen Laken geschaut, die die Möbel der Roches brunes vor Staub schützten, wir hatten auch den Schleier über dem Geheimnis der Barlets gelüftet. Ich zählte auf Rebecca, um endlich alles ans Licht zu bringen und ihre Erinnerungen zu entstauben. Sie musste mehr wissen, als sie mir bei unserem letzten Treffen gesagt hatte…

34

16. Juni 2009

Pinkelpause. Essenspause. Tankstopp. Wir kehrten in Etappen nach Paris zurück, als fürchteten wir diesen Tag der Entscheidung, der uns dort erwartete. Wir hatten es nicht eilig damit, die Schattenzonen auszuleuchten, die wir in den staubigen Schubladen der Roches brunes gefunden hatten. Wenn Aurore tatsächlich dort aus der Gegend stammte, wie hatten David und sie sich kennengelernt? Was war an jenem 25. Dezember 1989 wirklich geschehen, dass das junge Mädchen sich in die tosenden Fluten warf? Warum hatte David sich an Weihnachten »wegen der Geschäfte«, wie Louis behauptet hatte, zurückgezogen und seinen Bruder, seine Eltern und vor allem seine junge depressive Frau zurückgelassen? In welcher Beziehung standen sie alle zu den Belles de nuit? Wäre es möglich, dass Aurore auch eine Hotelle gewesen war?

Endlich steuerten wir ein Autobahnhotel zwischen Angers und Le Mans an. Unsere Nacht war kurz gewesen, Sophias noch kürzer als meine. Wir hatten ein Minimum an Schlaf nötig, wenn wir inmitten des dichten Lastwagenverkehrs keinen Unfall riskieren wollten.

Ich schreibe fast im Dunkeln. Ich glaube, Sophia schläft schon. Sie atmet laut, aber regelmäßig. Ich kann nicht schlafen. Wegen all der Entdeckungen? Wegen dem, was uns in Paris erwartet?
Nein, sondern weil ich mir bei jedem schnelleren Atemzug vorstelle, wie meine Freundin sich wollüstig selbst befriedigt, ~~ihren Zeigefinger auf der Klitoris, den Mittelfinger in die Scheide geschoben~~. Ich denke das nicht zum ersten Mal. Seitdem ich sechzehn bin, frage ich

mich jedes Mal, wenn ich mit einer Freundin ein Zimmer teile: Macht sie es sich selbst? Oder: Könnte sie sich streicheln, ohne dass ich es merken würde? Mich quält die Frage derart, dass ich mir jedes Mal selbst die Hand in den Slip schiebe und mir mit dem Zeigefinger über die Klitoris streichle, bis sie sich ergibt und mir einige Seufzer abtrotzt. Hat Sophia mich heute Nacht gehört? Das Beieinandersein von zwei Leuten gleichen oder nicht gleichen Geschlechts in einem Zimmer wirft immer dieselbe Frage auf: Hat sie Lust? Auf mich? Auf sich selbst?

(Notiz vom 16. Juni 2009, von mir selbst verfasst)

Am nächsten Morgen fuhren wir vor Sonnenaufgang weiter. Der Tunnel an der Porte d'Orléans, den ich wegen seiner orangefarbenen Beleuchtung sehr mochte, verschluckte uns, als der Tag noch ganz jung über dem Périphérique und dem Flechtwerk aus Umgehungsstraßen stand, die die südliche Vorstadt versorgten.

Wir nahmen die Straße nach Westen und fuhren an der Porte de la Muette raus, nachdem wir eine Viertelumfahrung auf dem Périphérique hinter uns gebracht hatten.

Es war noch sehr früh. An diesem Montagmorgen war der Verkehr flüssig, die Straßen einigermaßen ruhig. Nur die Bäcker und die Müllautos waren schon unterwegs, und so manch ein Café hatte schon geöffnet.

»Wir werden doch wohl nicht um diese Uhrzeit bei ihr einfallen, oder?«, fragte Sophia.

»Nein, du hast recht. Kaffee?«

»Kaffee«, antwortete sie einsilbig.

Die Nummer 118 der Avenue Georges Mandel war ein großes Gebäude aus den Siebziger- oder Achtzigerjahren, blendend weiß, und über jedem Fenster, jeder Glastür schwebte ein hervortretender Rundbogen.

Wir brauchten einige Zeit, um unter den vielen Namen den von Rebecca zu finden. Wie erwartet, sah ich auch einen Barlet in der achten Etage. Nach einer kleinen Ewigkeit antwortete eine noch belegte Stimme über das Haustelefon. Wir hatten sie anscheinend geweckt.

»Ja?«

»Rebecca, hier ist Annabelle.«

»Und Sophia!«, schrie diese mir über die Schulter.

»Ich öffne Ihnen«, sagte sie nur. »Neunte Etage, erste Tür rechts.«

Sie empfing uns barfuß, in einem fuchsiafarbenen Seidenmorgenmantel, den sie über einem Nachthemd von zarterem Rosa trug. Nicht frisiert und ungeschminkt sah sie tatsächlich nach den vierzig Jahren aus, die sie gut und gerne war. Ihre Augen blickten aber trotz der geschwollenen Lider so herausfordernd wie auf dem Foto, das ich eingesteckt hatte. Wer es wohl aufgenommen hatte?

»Kann ich Ihnen etwas anbieten? Tee? Kaffee? Wasser?«

Sie führte uns in ein kleines Wohnzimmer, das zur Straße hin lag. Es wirkte modern, sauber und hübsch, obwohl es mit Erinnerungen und Tand angefüllt war; im Wesentlichen von einer Fotogalerie, die Rebecca untergehakt in Begleitung einer beeindruckenden Reihe von Berühmtheiten zeigte. Sophia konnte sich nicht zurückhalten, ungläubig mit den Augen zu rollen, als sie den oder jenen Fernsehmoderator oder Sänger erkannte.

»Nein, danke, wir haben eben erst Kaffee getrunken«, antwortete ich für beide.

»Gut … Dann mache ich mir eben einen Tee, wenn es Sie nicht stört.«

Während sie Tee kochte, sahen wir uns genauer um. Unter ihrem Schreibtisch standen große graue Metallkästen, darauf lagen wackelige Papierstapel. Ich nahm an, es handelte sich um das Archiv der Belles de nuit. Der ganze Krempel aus den ausgeräumten Büroräumen der Rue du Roi-de-Sicile.

An der Wand gegenüber bemerkte ich ein seltsames Detail: Unter der blassgelben Tapete zeichnete sich als feine schwarze Borte klar der Umriss einer Tür ab. *Die Tür zu Louis' Wohnung!*, dachte ich mit einem Stich im Herzen, als die Hausherrin mit einer Tasse in der Hand das Zimmer betrat. Ein Hauch von Shalimar umfing uns und mischte sich unter den Jasminduft, der aus ihrem dampfenden Tee stieg.

Wie ich sie so ansah, während sie leidenschaftslos in ihrem ungesüßten Tee rührte, fiel mir unser letztes Treffen ein; ich musste an ihr Leben ganz allgemein denken: Auch ihres war einigermaßen fad gewesen, denn Louis hatte sie zurückgewiesen und sich geweigert, es dauerhaft zu versüßen. Von dieser Enttäuschung hatte sie sich offensichtlich nie recht erholt. Kein Flicken hatte das Loch, durch das ihre Energie letztendlich entwichen war, stopfen können.

Der Gedanke durchfährt mich, ich schiebe ihn sogleich wieder von mir: ein Raum, drei Frauen – alle hatte derselbe Mann geliebt. War das bedauernswert, lachhaft, empörend… oder im Gegenteil sogar aufregend? Welche von uns hat es ihm wohl am besten besorgt? Die schönste, die verliebteste… oder wider Erwarten die widerspenstigste?

(Notiz vom 16. Juni 2009, von mir selbst verfasst)

Rebecca wartete darauf, dass ich bald das Feuer eröffnen würde, dennoch traf meine erste Frage sie unerwartet.

»Rebecca, in welchem Jahr wurden die Belles de nuit gegründet?«

Ich wusste die Antwort bereits. Die Information stand auf der Seite des Handelsregisters, die ich aufgerufen hatte, um ihre Adresse herauszufinden.

»Im Februar 1992.«

Genau. Mehr als zwei Jahre nach dem Tod von Aurore. Die logische Schlussfolgerung wäre, dass sie also keine von uns gewesen sein konnte.

Nun brachte sich Sophia konstruktiv in das Gespräch ein: »Und vor Belles de nuit? Haben Sie vorher ähnliche Agenturen dieser Art geleitet?«

»Nein, das war die erste. Vorher hab ich als Angestellte Öffentlichkeitsarbeit gemacht.«

»Für welche Firma?«

»Für Veranstaltungssäle und einen Filmvertrieb. Aber das ist alles schon lange her.«

Die Freundschaften, die sie so offensichtlich auf ihren Wänden ausstellte, stammten vermutlich aus dieser Zeit, und ebendiese Personen reihten sich dann übergangslos und vorteilhaft in die Klientel ihrer Agentur ein.

»Aber Sie sind wohl nicht hier, um mit mir über meinen beruflichen Werdegang zu sprechen?«, hakte sie sanft und in nostalgischem Ton nach. »Wenn man das so nennen kann …«

Jetzt, da sie Louis an mich übergeben hatte, da sie in mir die offizielle Verwahrerin eines Mannes sah, mit dem sie nichts mehr anfangen konnte, blieben ihr nur die Erinnerungen. Und diese Wohnung, von der er bald fortziehen würde. Endgültig. Sie, die mir seit unserer ersten Begegnung so selbstsicher vorgekommen war, wirkte auf mich jetzt wie ein altes Schiffswrack, das zu viele Stürme durchfahren hatte und das man jetzt in einen Winkel weit weg vom Hafen schleppte, wo niemand es mehr besichtigen kam. Die Farbe blätterte ab, das Holz war morsch, bis aufs Gerippe freigelegt.

»Letztes Mal …«, fuhr ich mit meinen Fragen fort, »warum haben Sie mir da nicht gesagt, dass David Eigentümer der Belles de nuit ist?«

Natürlich trat er als solcher nirgends in Erscheinung. Dafür war er zu clever.

Sie blinzelte zweimal schnell und gab mir zu verstehen, dass sie diese Frage noch erstaunlicher fand. Nach einem großen Schluck heißen Tees hob sie den Blick zum Himmel: »Ich frage dich jetzt nicht, wer dir das erzählt hat …«

»Ich würde es Ihnen auch gar nicht sagen«, erwiderte ich frech. »Sie kennen ja die Regel: Ein Journalist darf nie seine Quelle verraten.«

Es gab keinen Grund, François Marchadeau zu decken. David würde ohnehin erfahren, wer ihn verraten hatte. Aber das ging nur seinen alten Freund, ihn und mich etwas an.

»David hat mir einfach nur Geld geliehen, um die Agentur gründen zu können«, redete sie sich lau heraus. »Das ist über fünfzehn Jahre her … Mehr ist da nicht.«

»Sie meinen, er ist an Ihrem Unternehmen nicht mehr beteiligt?«, fuhr Sophia ungeduldig dazwischen.

»Doch. Aber er hält schon lange keine Mehrheit mehr.«

Einige Recherchen würden genügen, um dies zu bestätigen. Aber damit wollte ich mich nicht abspeisen lassen.

»Sie haben mir nicht geantwortet: Weshalb verschweigen Sie

mir Davids Rolle bei Belles de nuit? Weshalb ließen Sie mich im Unklaren darüber, dass David seit der ersten Begegnung mit mir wusste, welche Rolle ich dort spielte?«

»Ist das wichtig?«, fragte sie und klimperte mit den Wimpern.

»Sicher«, antwortete ich unbeirrbar.

Dabei war alles, was ich hatte, nur eine Handvoll Daten und bruchstückhafter Informationen – das Ganze von einer Schicht Intuition bestäubt. Nichts wies darauf hin, dass die Aktivitäten ihrer Agentur mit dem Drama um Aurore zusammenhingen. Nichts erklärte, weshalb ich in diesem Stück eine so wichtige Rolle zwischen den Brüdern Barlet spielte, auch nicht, was der Zusammenhang zwischen beiden Akten war.

Rebecca erschauderte, weshalb sie reflexhaft den Kragen ihres Morgenmantels aufstellte. Weniger aus Schamhaftigkeit als aus dem Bedürfnis heraus, sich zu schützen, die weiche, satinierte, beschützende Rüstung fester um ihren ausgemergelten Körper zu wickeln.

»David war weiß Gott nicht der Ehemann, den sie sich erhofft hatte. Aber es war für ihn sehr, sehr schwer, ihr Verschwinden zu verkraften.«

Die Armbinde. Die Narben auf seinem linken Unterarm. Das alles wusste ich schon. Mit einem leichten Lächeln bewegte ich sie dazu, weiterzuerzählen.

»Die Jahre vergingen, und er kam über ihren Tod nicht hinweg. Da hatte er diese Idee. Oder Louis. Das habe ich nie genau erfahren.«

»Welche Idee?«

»Die Belles de nuit natürlich!«

»Ich verstehe nicht«, fuhr Sophia dazwischen. »Was hat das mit ihrem Ex zu tun?«

»Sagen wir, David ertrug es nicht, allein zu sein. Er wollte aber um keinen Preis eine Beziehung eingehen, die so zerstörerisch war wie die mit Aurore. Er wollte diesen Wahnsinn nicht mehr.«

»Die Agentur war für ihn nur ein riesengroßes Casting?«, flüsterte ich.

Auch Sophia konnte es nicht fassen. Während ich im Sofa versank, richtete sie sich im Gegenteil auf, bereit loszuspringen.

»Es ist ihm wohl nicht in den Sinn gekommen, dass er für die gescheiterte Beziehung mitverantwortlich sein könnte?«

»David ist nicht der Typ, der sich infrage stellt.«

Dem konnte ich nur zustimmen. Alles ergab plötzlich einen Sinn, alles, was ich in den letzten Wochen zusammengetragen hatte, nahm im Gesamtbild den rechten Platz ein. Da er mich nun gefunden hatte, da er mich für würdig hielt, Aurore nachzufolgen, war der weitere Betrieb der Agentur, die nur seiner Suche nach einer Frau gedient hatte, obsolet geworden.

Ich atmete ein paarmal tief durch, um mich von meiner Lähmung zu befreien, und fragte dann: »Und weshalb hat er Ihnen diese Mission anvertraut?«

»Ich hatte damals keinen Job. Ich glaube, Louis fühlte sich schuldig, mich wieder einmal verlassen zu haben.«

Sie sagte das beinahe entschuldigend, als hätte sie den Erwartungen des älteren Bruders nicht entsprechen können.

»Aber das macht aus Ihnen noch keine Kennerin.«

»Das stimmt, aber ich habe schnell gelernt. Und durch meine Jobs von früher hatte ich eine gute Kundenkartei – darauf kommt es an.«

Sie ließ den Blick über ihre Fotosammlung schweifen.

»Ich denke, es war alles Schein? Dann ist doch egal, wie Sie es machen.«

»Nicht, wenn man David als Chef hat.«

Mit anderen Worten: Schein oder nicht Schein, die Agentur war genauso ein Unternehmen wie alle anderen der Barlet-Gruppe und somit den Gesetzmäßigkeiten der Wirtschaftlichkeit unterworfen. Eine Sache irritierte mich allerdings.

»Sie haben doch wohl nicht siebzehn Jahre gebraucht, um ein Mädchen wie mich zu finden?«

So gewöhnlich, wie ich bin, deutete ich damit konsterniert an. Gab es Annabelle Lorands nicht zuhauf in den Castings, die Davids Sender das ganze Jahr lang ausstrahlten, frische Mädchen, die nur auf eine Gelegenheit zum Durchbruch warteten?

»Doch«, sagte sie. »Ich sagte dir ja: David ist sehr anspruchsvoll. In allem. Auch, was die Qualität der Frauen angeht, die er aufsucht. Erst recht die Qualität *seiner* Frau!«

»Wenn er das perfekte Mädchen gesucht hat, warum dann nicht auf den Plattformen, wo man Tausende von Kriterien zur Auswahl hat? An Kandidatinnen, die eine gute Partie machen wollen, mangelt es nicht, das können Sie mir glauben.«

»O ja, David wird von mehr jungen Mädchen umschwärmt, als er sich jemals ins Bett holen könnte. Aber diese Art Plattformen gab es damals noch nicht.« Sie setzte ihre Tasse ab und strich, wie um alle zur Ordnung zu rufen, eine ausgebleichte Strähne zurück, die ihr unentwegt ins Gesicht fiel. »Aber das ist auch gar nicht das Problem.«

»Das ist doch grotesk!« Ich konnte mich nicht mehr zurückhalten. »Was ist denn an mir so besonders?«

Sie sah mich wieder mit diesem zärtlichen und mitfühlenden Blick an, wie bei unserem letzten Treffen.

»Sagen wir… Sagen wir, es sind verschiedene Dinge«, wich sie der Frage geschickt aus. »Das ist schwierig in drei Worten zu beschreiben.«

»Dann eben in dreihundert«, antwortete Sophia schlagfertig. »Wir haben Zeit.«

Rebeccas Blick sagte mir, dass sie, ohne sich aus der Verantwortung stehlen zu wollen, diese Aufgabe lieber anderen überlassen würde. Ich täuschte mich nicht, denn sie richtete sich dann ausschließlich an mich, als wäre Sophia gar nicht da: »Ich denke, es ist an *ihnen*, dir das zu sagen…«

Ihre Antwort war doppelt zweideutig. Sie behauptete nicht, die Antwort nicht zu kennen, sie meinte nur, es sei angebrachter, wenn sie mir von anderen statt ihr gegeben würde. Von ihnen. Sie hätte sagen können: »Das muss David dir schon selbst sagen.« Aber sie hatte beide Brüder gemeint, vereint in diesem letzten Geheimnis. Auf ewig vereint.

In meiner Tasche vibrierte mein Handy. Der Anrufer ließ nicht locker.

»Ja? Hallo?«, fragte ich trocken.

Der Anrufer hatte seine Nummer unterdrückt.

»Annabelle?«

Die Stimme. Ich kannte sie. Ich erkannte vor allem ihr charakteristisches Timbre, das scheinbar entspannt klingen sollte, den dramatischen Hintergrund dieses Anrufs aber nicht verbergen konnte. Eine Stimme, die Unangenehmes verkünden musste, einen harten Schlag, das Ende.

»Ja … ich bin's.«

»Ludovic Poulain. Entschuldigen Sie, dass ich so früh anrufe. Störe ich?«

Sagen Sie mir bitte, dass Sie sich in der Nummer geirrt haben, Doktor Poulain. Erklären Sie mir etwas zu den Nebenwirkungen, die Ihre Therapie für Mama hat. Sagen Sie mir, was Sie wollen, irgendetwas, nur nicht den wahren Grund Ihres Anrufs, der, auch ohne dass Sie ihn mir sagen, schon wie Gift durch den Telefonhörer strömt.

Seine Worte durchbohrten mich, ohne das geringste Gefühl in mir auszulösen. Zitternd wühlte ich in meiner Handtasche herum, suchte nach etwas, ich wusste nicht, wonach, als ein Foto aus der Tasche fiel und auf den Boden glitt, mit dem Bild nach unten.

Rebecca beugte sich vor, hob es auf und drehte es um. Sie erblickte sich selbst, noch jung, auf dem Strand von Dinard, in den Armen von Louis. Er, der aus ihrem Leben verschwunden und doch in jeder ihrer Gesten präsent war, in jedem Wort, jeder Entscheidung. Unmöglich aus ihrem Leben zu radieren. Ihr eigener Krebs.

35

»Mama, Mama, hörst du mich?«

Keine Antwort, natürlich nicht. Nicht einmal ein Zwinkern als Zeichen, dass sie mich hörte. Nur eine reglose Masse in einem weißen Bett. Krankenhäuser haben diese Gabe, uns Nahestehende unkenntlich zu machen, auch wenn wir glaubten, uns ihre Erscheinung ein für alle Mal eingebrannt zu haben. Falsch! Sie sind nicht mehr Kind, Freund, Vater oder Mutter. Sondern ein Berg aus Haut, Laken und blinkenden Geräten. Man ruft sie nicht mehr Maude, Lola oder Henri. Ab jetzt waren sie nur noch Kranke – ohne Unterschiede, fast anonym.

Unter den Schläuchen und der Beatmungsmaske kam mir meine Mutter winzig vor, fast wie eines dieser Frühchen, deren Leben an Maschinen hängt, an künstlichen Luftströmen, die den Organismus in einer Illusion von Atem am Leben halten sollen.

Laure Chappuis hatte Alarm geschlagen. Die unerträgliche Madame Chappuis hatte also auf unserer Welt doch eine Aufgabe zu erfüllen, trotz ihrer ewigen Nörgeleien: Sie war ein Schutzengel. Ein verbitterter und widerborstiger zwar, aber einer, der im Notfall über meine Mutter wachte. Sie hatte es gerade bewiesen. Mitten in der Nacht hatte sie dicke Rauchschwaden bemerkt, die aus einem Lüftungsschacht ihrer Nachbarin stiegen. Man könnte meinen, sie hätte um diese Uhrzeit nichts Besseres zu tun, als die umgebenden Häuser zu inspizieren. Oder sie hatte den »netten Doktor« kurz vorher vorbeikommen sehen und sorgte sich wirklich um ihre Freundin.

Nach dem Hausbesuch, den Doktor Poulain ihr auf mein Bitten hin abgestattet hatte, war Maude während einer nächtlichen Hungerattacke nach einer Portion Kartoffelgratin gewesen, das sie am Vorabend vorbereitet hatte. Wo andere nur ihren Teller in die Mikrowelle geschoben hätten, hatte sie die ganze Form ins Rohr gestellt und die Temperatur hochgedreht.

Das Beruhigungsmittel, das der Arzt ihr verschrieben hatte, tat aber seine Wirkung – Mama schlief ein und überließ das Gratin in der Ofenhitze sich selbst. Zwei Stunden später war das Haus voll von dichtem, grauem Qualm, der drohte die Bewohnerin zu vergiften. Die Feuerwehr war gerade noch rechtzeitig gekommen, um ihr Sauerstoff zuzuführen und sie unverzüglich ins Krankenhaus von Nanterre zu bringen, wo sie alle drei Wochen auch ihre Chemotherapie bekam.

Als ich meine Sprache wiedergefunden hatte und ihnen erklären konnte, was der Grund dieses unpassenden Anrufs war, zögerte Sophia keine Sekunde.

»Okay, dann los, ich bring dich hin«, verfügte sie.

»Nein, lass nur, ich komme schon zurecht. Und du musst Peggy doch das Auto zurückbringen.«

»Hör auf mit dem Schwachsinn. Ich hab nur gesagt, ich bring's ihr heute zurück, nicht, wann. Los jetzt!«

Rebecca blieb in ihrem Sessel sitzen, das Foto in der Hand, und war wie erstarrt. Sie rang sich zum Abschied ein gequältes Lächeln ab. Immer wurde ihr alles verwehrt und weggeschnitten, sogar die große Enthüllungsszene. *Ihre* Szene.

Wir brauchten fast eine Stunde bis zum Krankenhaus. Dort angekommen, durchquerten wir einen Hof und gingen durch einen Torbogen, hinter dem sich der Aushang mit den Stationen befand. Ganz unten, mit roten Quadraten markiert, ließen mir zwei Bezeichnungen beinahe das Blut in den Adern gefrieren: Notaufnahme, Sterbezimmer. Ich las weiter, dann fiel mein Blick auf »Onkologie«, was auch nicht fröhlicher klang.

Sophia ließ mich an Mamas Bett allein, wo ich mich bald mangels Gesprächspartner auf einen Plastikstuhl niederließ, getragen vom regelmäßigen Piepen der Überwachungsgeräte, erschlagen von der Hitze, die im Raum herrschte.

»Elle… Elle… wie geht es?«

Noch bevor ich die Stimme zuordnen konnte, erkannte ich

ihn an der entschlossenen und warmen Hand auf meiner Schulter. Ich sprang nicht erschreckt auf. Ich öffnete die Augen, mein Traum verflüchtigte sich, ich wusste gleich, dass er wirklich da war. Er wirkte wie die krasse Realität dieses Krankenhauses: baufällig, trostlos, morbide.

Ohne genau zu überlegen, was ich sagte, jagte ich David aus dem Zimmer, mit einer Härte, die mich selbst überraschte, wie eine von ihrem eigenen Schmerz sedierte Furie.

»Raus hier.«

»Chérie …«

»Hau ab hier. Du hast hier nichts zu suchen.«

»Erklär mir wenigstens, was los ist!«

»Los ist, dass du sofort das Zimmer verlässt. Kapiert?«

»Verdammt, Elle. Du bist seit zwei Tagen verschwunden! Und jetzt finde ich dich hier …«

»Verpiss dich, hab ich gesagt!«

»Okay, okay …«

Er gab auf, ging rückwärts auf den Flur zurück und sagte im Gehen: »Ich warte im Hof auf dich.«

Wer hatte ihn benachrichtigt? Es konnte nur Rebecca gewesen sein, mit Sophia hatte ich Stillschweigen vereinbart.

Während der folgenden eineinhalb Stunden setzte ich alle Hebel in Bewegung, um den diensthabenden Arzt zu sprechen. Der grau melierte Schönling trug mit Stolz seine vorsaisonale Bräune zur Schau, als er kurz nach elf plötzlich auftauchte.

»Mademoiselle, Sie wollten mich sprechen?«

»Annabelle Lorand«, sagte ich und reichte ihm eine fiebrige, vor Hoffnung zitternde Hand. »Ich bin die Tochter.« Ich deutete vage auf Mama, ohne sie anzusehen.

»Professor Laurent Placement, ich leite die Station.«

Er hatte einen unbewegten, fast kalten Gesichtsausdruck, anders als das, was ich im Schwesternzimmer gesehen hatte. Aber ich wollte ja auch nur Fakten hören.

»Hat der Vorfall von letzter Nacht ihren Zustand verschlechtert?«

»Nein, er hat nur gezeigt, wie schwach Ihre Mutter ist.«

»Schwach … Wie schwach?«

»So schwach, dass sie nicht mehr allein zu Hause bleiben sollte«, sagte er nüchtern. »Sie braucht Pflege.«

»Hat man Sie informiert, dass sie in vier Tagen zur Therapie in die USA fliegen soll?«

Er schien nicht im Geringsten verärgert zu sein, obwohl ihn das in seiner Ehre als Arzt doch treffen musste.

»Ich bin auf dem Laufenden, ja. Ich bedaure aber, Ihnen sagen zu müssen, dass das unmöglich ist. Im Augenblick warte ich auf Untersuchungsergebnisse, die ich noch heute Nacht angefordert habe, als sie eingeliefert wurde.«

»Diese Reise ist ihre letzte Chance!«, begehrte ich auf. »Sie können ihr das nicht verbieten, nur um …«

Um Ihren Ruf zu wahren? Ihr Gehalt zu rechtfertigen? Ich wusste nicht, was ich ihm an den Kopf werfen sollte.

Er war es wohl gewohnt, dass die Familie der Kranken ihn attackierte, betäubt von Kummer und Ungewissheit. Jedenfalls spürte ich, dass er es mir nicht übel nahm, er löste in mir noch etwas anderes aus, außer blindem und seinen Argumenten gegenüber taubem Schmerz. Ruhig sagte er: »Mademoiselle Lorand, Ihre Mutter hat nicht mehr lange zu leben.«

»Aber das weiß ich doch! Genau deshalb will ich doch …«

»Sie verstehen nicht«, unterbrach er mich. »Ich rede nicht von Wochen, ich spreche von Tagen.«

Wie war das möglich? Noch vor Kurzem gaben dieselben Ärzte ihr noch mehrere Monate!

»Da waren wir in unseren Prognosen vielleicht etwas zu optimistisch«, gab er zu. »Die Untersuchungen, die wir letzte Nacht durchgeführt haben, bestätigen unseren Verdacht: Sie hat Metastasen in allen lebenswichtigen Organen. Selbst wenn wir ihr Herz, Lunge und Leber in einem Rutsch neu einsetzen würden, würde ihr das nicht mehr helfen. Alles, was wir jetzt tun müssen, ist, sie, so weit es geht, schmerzfrei zu machen.«

Klinisch, präzise, ohne Gefühlsregung. Ich war bedient, ich, die ich mir eine unverblümte Unterredung gewünscht hatte.

»Wissen Sie«, ergänzte er, in dem Bedürfnis, sich zu rechtfertigen, »ich war der Erste, der die alternative Therapie der amerikanischen Kollegen hier angeboten hat. Wenn der Patient früh behandelt wird, kann man damit gute Erfolge erzielen. Aber …«

»Aber damit hätte man schon viel früher beginnen müssen? Ist es das, was Sie mir sagen wollen?«

»Um ehrlich zu sein, im Fall Ihrer Mutter glaube ich nicht, dass es den Krankheitsverlauf verändert hätte. Als sie zu uns in Behandlung kam, war es zu spät, diese Methode mit einer echten Perspektive auf Erfolg anzuwenden. Die Krankheit war zu weit fortgeschritten.«

Mama und ihre Aufmerksamkeit, die sich auf alle außer auf sie selbst richtete. Mama und ihr »Aber nein, da ist nichts«, wenn ich ihr wegen ihrer Schmerzen zuredete. Mama, die, als ich noch klein war, schlimm die Treppe hinuntergefallen war, sich eine Radiusfraktur zugezogen und über eine Woche gebraucht hatte, um zum Arzt zu gehen, den blauen und geschwollenen Arm in ein Tuch gehängt.

Mama, die immer Besseres und Wichtigeres zu tun hatte, als sich um sich selbst zu kümmern.

»Wir hätten höchstens ein paar Wochen gewonnen, vielleicht ein paar Monate.«

Ihn beruhigte das wahrscheinlich, bei mir überwog der Zweifel. Ich würde selbst dann noch zweifeln, wenn Maude schon auf dem Friedhof wäre.

Ich wollte dem allen etwas entgegensetzen und bestand auf der rettenden Reise. »Für den Moment ziehe ich vor, dass wir bei den Plänen bleiben. Wenn sie transportfähig ist, natürlich«, sagte ich.

»Das ist sie …«, murmelte er. »Also, sie wird es sein, wenn sie rechtzeitig aus dem Koma erwacht.«

»Selbstverständlich«, stimmte ich hoffnungsvoll zu.

»Trotzdem wäre es das Beste, wenn Sie viel Zeit bei ihr verbringen könnten.«

Ich sah ihn mit großen Augen an, als könnte er mit einem breiten Lächeln diesem Albtraum ein Ende setzen.

»Ich heirate übermorgen«, entfuhr es mir.

Er schwieg einen Moment, fand keine passende Floskel mehr, dann sagte er: »Heiraten Sie. Es ist vielleicht das Beste, was Sie tun können. Für sich und für sie.«

Ein paar Jahre älter, und er wäre der ideale Papa gewesen, an dessen Arm ich gerne zum Altar geschritten wäre. Ich schlug mir diese alberne Vorstellung gleich wieder aus dem Kopf.

»Wird sie wieder bei Bewusstsein sein, ich meine, bevor...« Ich konnte mich nicht überwinden, das Wort zu sagen, auch zu keinem anderen. Ich entschied mich daher für die optimistische Formulierung: »... vor unserer Reise?«

»Ja, natürlich. Sie wird noch viele lichte Momente haben.«

Mir gefiel, wie er es sagte, trotzdem breitete sich in meinem Mund der bittere Geschmack der Ironie aus. »Lichte Momente.« Zwischen zwei was? Zwei Komas? Zwei Delirien? Waren die schönsten Momente unseres Lebens nicht Momente des Lachens, des Vergnügens, der Freude zwischen zwei Scheiben Schwarzbrot gewesen?

»Sorgen Sie sich nicht«, tröstete er mich. »Sie wird Sie sehen. Sie werden mit ihr sprechen können.«

Ich fühlte mich wie eine Puppe aus Watte und hätte mich am liebsten neben Mama gelegt und mit ihr darauf gewartet, dass eine von uns geht, oder mich auf dem grauen Linoleumboden mit den schwarzen, altersbedingten Schlieren verflüssigt.

Der Arzt griff erneut nach meinem Arm, dieses Mal, um mich zu stützen. »Wird es gehen?«, fragte er, wie um ein Mindestmaß an Menschlichkeit zu beweisen.

»Ja, ja, danke, ich glaube, ich brauche frische Luft.«

Und als ich aus dem Zimmer ging, sagte er: »Denken Sie bitte daran, den diensthabenden Schwestern Ihre Handynummer zu hinterlassen, damit Sie erreichbar sind, falls etwas ist.«

Ich kam seiner Bitte nicht gleich nach und lief nach draußen. Warme Sonnenstrahlen erinnerten mich erneut daran, dass in fünf Tagen der Sommer käme und mit ihm die wohltuende Wärme. Ich würde wenig davon haben. Dieses Jahr würde ich es mit der goldenen Bräune von Professor Placement nicht aufnehmen können.

Ich hatte keine drei Schritte im Hof gemacht, da stand David vor mir. Sein Auftauchen war wie ein schlechter Scherz. Dass er die ganze Zeit auf mich gewartet hatte, war vielleicht der absurdeste Aspekt seiner Anwesenheit an diesem Ort.

»Hast du heute keine Aufsichtsratssitzung?«, fauchte ich ihn kalt an.

Fassungslos riss er die Augen auf. »Nein…«

»Ach, nein, wie dumm von mir: Heute war ja nur eine Quote zu türken!«

Ich wusste nicht einmal, warum ich das sagte. *Cultur'Mix*, meine Phantomsendung, meine Totgeburt, war meine kleinste Sorge. Die Wut, die mich nach Freds Anruf ergriffen hatte, schien mir jetzt belanglos, lächerlich.

Ich lief weiter über das unebene Pflaster und knickte ein ums andere Mal um, da ergriff er mein Handgelenk und hielt mich fest.

»Kannst du mich das bitte erklären lassen?«

Ich musterte ihn mit leerem Blick, unfähig, in dieser kostümierten, in Ehrgeiz, Macht und Stolz gefangenen Marionette den Mann zu erkennen, der mich einst bei unseren ersten Begegnungen verzauberte. Sogar seine Stimme kam mir anders vor, ohne ihre berühmten Eigenschaften: Sie war mehr Krächzen als Streicheln.

»Dann erklär mal…«

Er, der Selbstgefällige, der Großartige, beeindruckte mich nun mit seinem Talent, mir die demütigste aller Rollen vorzuspielen. Sein Blick, für gewöhnlich gerade aufs Ziel gerichtet, verlor sich in den Unebenheiten des Bodens, ohne dass er mich losließ.

»Als ich dich in diesem Kleid sah, auf meinem Bildschirm, frisiert…«

»Was? Bist du jetzt der Experte fürs Kostüm? Ich dachte, du wärst mehr an dem Darunter interessiert.«

Mein Kommentar war ihm ein Schlag ins Gesicht, aber er schien die perfide Andeutung nicht zu registrieren.

»Als Papa noch den Sender leitete, hatte ich ihn gebeten, mit Aurore Probeaufnahmen zu machen.«

Der Rest der Geschichte ergab sich von selbst.

»In diesem Kleid, stimmt's?«

»Es war nicht dieses, aber ein sehr ähnliches, ja.«

Wenn das die Wahrheit war, konnte ich mir vorstellen, wie es ihn schockiert hatte, mich so auf dem Monitor zu sehen.

Ich ließ ihn weitererzählen.

»Ich glaube, es war… Ich habe es nicht ertragen, dass du so zurechtgemacht warst wie sie.«

An seinem gesenkten Blick erkannte ich, dass seine Verletzung nicht gespielt war.

»Hast du Guillaume darum gebeten, die Sendung nicht freizugeben?«

»Das war dumm, ich weiß. Es tut mir leid…«

Sei's drum.

Aber was sollte ich erwidern? So ehrlich seine Beichte auch war, den ganzen Rest erklärte sie nicht.

In keiner Weise erklärte sie, was ich nach und nach von François und Rebecca erfahren hatte.

Ich hätte mich mit seinem rührenden Geständnis zufriedengeben können, mich von seinen Tränen, die er kaum zurückhalten konnte, trösten lassen und mich erneut mit seinen Besserungsversprechen abgeben können. Aber ich wusste schon zu viel.

»Belles de nuit gab es nur, um für dich eine Frau zu finden, eine neue Aurore, stimmt's?«

Seine Miene erstarrte in einem verzerrten Ausdruck. Dass ich so viel wusste, kam für ihn unerwartet. Noch unerwarteter war meine Unverfrorenheit, von Angesicht zu Angesicht mit ihm darüber zu sprechen.

»So einfach ist das nicht«, antwortete er ausweichend.

»Ja oder nein: War Rebeccas Agentur nur dazu da, dir eine Partnerin zu suchen – ja oder nein?«, insistierte ich.

Er war beschämt, konnte aber einen gewissen Ärger nicht verbergen. Er stellte sich von einem Fuß auf den anderen oder tippte mit der Schuhspitze auf den Boden.

»Ja. Aber ich bestehe darauf, dass das Louis' Idee war.«

»Oder Louis. Das habe ich nie genau erfahren«, hatte Rebecca gesagt.

»Und was macht das bitte für einen Unterschied?«

»Es macht, dass ich das alles selbst nicht wollte. Belles de nuit sollte keine Falle sein, jedenfalls nicht, wenn es nach mir gegangen wäre. Nur ein Weg, unsere Begegnung zu ermöglichen.«

»Und Louis?«, drang ich weiter in ihn.

Meine Frage überraschte ihn.

»Louis ist ein ewiger Junggeselle. Ein Jäger und Sammler … Immer auf der Suche nach Frischfleisch.«

Dieser Vorwurf traf mich so hart, als wäre er an mich gerichtet. Nicht dass ich mich als eines seiner Lämmchen sah, die Louis – guter Wolf, der er war – sich aus dem zu diesem Zweck eingerichteten Gehege holte. Es war mehr, dass ich mich selbst wie dieser Jäger fühlte, den David beschrieb, und es passte mir nicht, dass er meine Bedürfnisse herabwürdigte wie einen vulgären Konsum oder einen Hang zum Morbiden.

Seit den verschiedenen Aufenthalten im Paris wusste ich: Es war mehr als das.

»Belles de nuit war für ihn lange Zeit ein Selbstbedienungsladen. Er musste nur Rebecca anrufen, damit sie ihn versorgte. Übrigens auch merkwürdig, wenn der Dealer auf das Dope neidisch ist, das er seinem Junkie verkauft.«

Es war das erste Mal, dass er mit mir so offen über seinen Bruder sprach. Er hatte anscheinend kein Problem damit, ihn so bloßzustellen. Er versuchte nicht einmal, zu rechtfertigen oder nachzuvollziehen, warum Sex für ihn so wichtig war. Er verurteilte es lediglich, allerdings ohne ein Blatt vor den Mund zu nehmen.

»Na, ich will die Details auch nicht alle kennen, aber sicher waren seine Treffen manchmal fragwürdig.«

»Fragwürdig?«, empörte ich mich. »So fragwürdig wie ein Porno mit osteuropäischen Sklavinnen?«

Mein Schuss traf ins Schwarze und verschlug ihm kurz die Sprache.

»Na?«, bohrte ich weiter. »So fragwürdig, wie mich am Abend unserer ersten Begegnung mit deinem besten Freund schlafen zu lassen?«

Er ließ mich auf der Stelle los. Ich sah ihm an, dass ich zu viel gesagt hatte. Er zog den Kopf ein, wie um sich vor den Schlägen zu schützen, die gleich auf ihn niedergehen würden; dann nahm er wieder Haltung an, richtete sich auf, um die Herausforderung anzunehmen.

»Die Investitionen, von denen du sprichst, sind ohne mein Wissen getätigt worden.«

»Ach wirklich?«, quälte ich ihn sarkastisch.

»Wirklich. Derjenige, der im Namen der Barlet-Gruppe dafür verantwortlich war, wurde vor Jahren entlassen. Aber in der fröhlichen Welt der Finanzen haften einem solche Geschichten lange an, selbst wenn du unschuldig bist.«

Ich war verblüfft. Das Medientier, das er war und das an die durchtriebensten Interviews gewöhnt war, übernahm wieder die Kontrolle. Wild entschlossen, sich nicht kampflos in die Seile zu hängen.

»Du kannst das überprüfen: Stephen Delacroix hieß der Controller, den ich eingestellt hatte und der mich betrogen hat.«

»Und warum soll er das getan haben?«

»Was glaubst du? Er hat es für die Konkurrenz gemacht. Um mich in einen moralisch verwerflichen Skandal zu verstricken, mich von meinem Posten zu verdrängen und die Barlet-Gruppe billig einzukaufen. Diese Dinge passieren jeden Tag, aber in den Medien wird darüber selten berichtet.«

In der Tat hatte diese Methode gewisse Ähnlichkeiten mit dem, was Marchadeau mir am Telefon und später im Marly erzählt hatte. Ein Wirtschaftskrieg, in dem alle Waffen erlaubt waren.

Noch immer schwieg ich beharrlich.

»Frag doch Marchadeau, wenn du mir nicht glaubst! Offensichtlich seid ihr euch doch näher, als ich dachte …«

War mein Nachspiel mit Marchadeau über die Vereinbarung der beiden hinausgegangen? Ich spielte im Geiste alles durch, so wie ich es mir jetzt zusammenreimen konnte: François reserviert mich auf Ansage von David bei Rebecca. Anschließend tut David, als hätte er mich auf jener Abendveranstaltung entdeckt; so verwischt er die wenig glanzvollen Spuren, die ihn zu mir geführt haben. Hätte ich ihn wiedertreffen wollen, wäre ich weniger fasziniert von ihm gewesen, wenn ich gewusst hätte, *was* und vor allem *wem* wir unsere wundersame Begegnung zu verdanken hatten? Marchadeau sollte dann eigentlich Platz machen, seine Mission war erfüllt. Stattdessen wird er im letzten

Moment weich und schleift mich ins Paris, überzeugt, dass ich meinem zukünftigen Mann einen solchen Fehltritt nie gestehen würde.

Ich musste zugeben, das alles passte zueinander. David war schließlich auf der Suche nach einer neuen Frau gewesen, nicht nach dem erstbesten Püppchen.

Nun war ich es, die nach seiner Hand griff. Und mich spontan an ihn schmiegte, er fühlte sich so fest und warm an, wie ich ihn in Erinnerung hatte. Er trug ein Eau de Toilette, das ich an ihm nicht kannte, einen leichten, herben Duft, der mich besänftigte.

Warum zu ihm zurückkommen, da ich mich doch nach anderen Armen sehnte? Wegen der Schuldgefühle? Oder hatte ich ein schlechtes Gewissen, weil ich in ihm ein Monster gesehen hatte, das er nicht war?

Es gab nichts zu verzeihen, warum sollte ich ihn nicht freisprechen? Was hatte ich ihm im Grunde vorzuwerfen? Alles darangesetzt zu haben, mich zu finden? Sein Vermögen dafür zu gebrauchen, sich ein schöneres, harmonischeres Leben ohne Dramen und Wahnsinn einzurichten?

Ich hatte mich letztlich auch nicht besser verhalten mit meiner ständigen Fragerei, meiner Besessenheit, die Wahrheit zu erfahren, meiner Neugier, die von Rebeccas und Louis' Enthüllungen stets neu angefüttert wurde.

David mochte vielleicht ein labiler und cholerischer Autokrat sein, anspruchsvoll und launisch, zu allem fähig, wenn es darum ging, das Spielzeug zu bekommen, von dem er träumte. Aber hatte er nicht das Recht auf eine Frau, die ihn wirklich liebte, statt dass sie nur immer nach Klarheit verlangte?

Er hatte seine Schattenseiten – und ich hatte meine.

Erst in diesem Augenblick realisierte ich, was Professor Placement gesagt hatte, und es gab keinen Balsam, der meinen Schmerz ob dieser grausamen Tatsache gelindert hätte: Mama würde sterben, ganz gleich, wie sich die amerikanische Therapie auswirken würde.

Vielleicht in einem Monat. Oder in einem Jahr. Oder hier und jetzt. In dem Raum mit der abgeblätterten Farbe. Ich könnte das nicht allein durchstehen. Ich brauchte jemanden, auf den ich mich stützen konnte. Einen David, an den ich mich lehnen konnte. Eine Säule für das zerbrechliche Bauwerk, das ich geworden war.

36

17. Juni 2009

Ist ein Waffenstillstand nicht gesichert und stehen neue Konflikte bevor, gibt es bestimmte Anzeichen. Ich hatte das im Geschichtsunterricht gelernt, als es um den Friedensvertrag von Versailles ging, von dem heute gerne gesagt wird, dass er den Samen des kommenden Weltkriegs schon in sich trug.

In den Stunden, die folgten, konnte ich trotzdem kein schlechtes Omen erkennen. Ich hätte mich hüten sollen. Die entspannte Atmosphäre, die das Hôtel Duchesnois erfüllte, war zu schön, um wahr zu sein. Sogar Félicité, Sinus und Cosinus schienen sich auf die Verteilung ihrer Spielplätze geeinigt zu haben. Erstere beanspruchte die erste Etage für sich, während die Möpse sich ihr Reich ebenerdig einrichteten.

Artikel eins: Niederlegung der Waffen.

Entgegen meiner Erwartung ging David nicht wieder ins Büro. In einem kurzen Telefonat teilte er Chloé mit, dass er den ganzen Tag nicht mehr im Haus sein werde. Schließlich, so erklärte er seiner Assistentin, sei dies der Vorabend seiner Hochzeit. Unserer Hochzeit.

Er bot sogar dem vor lauter Stress geröteten Armand an, ihm in einer eher drolligen Inversion der Rollen bei den letzten Details, in denen er zu ertrinken schien, unter die Arme zu greifen. Der Bräutigam übernahm es also, die Arbeiter anzuleiten, die dabei waren, auf dem stellenweise von der Hitze schon verbrannten Rasen das Hauptzelt zu errichten, die Bühne sowie mehrere kleine Nebenschauplätze.

Artikel zwei: Rückzug ins Lager.

Ich flüchtete mich ins Zimmer. Félicité war auf dem Ehevertrag eingeschlafen, der unser Bett nicht verlassen hatte. Ich zog die Mappe vorsichtig unter ihr hervor und paraphierte jede Seite der drei Exemplare, eine ermüdende Aufgabe, dann schwebte mein Stift eine lange Minute über dem leeren Kästchen, das meiner Unterschrift zugedacht war. Wenn es eine Handlung gibt, die man automatisch und in ihrem Ablauf unüberlegt vollbringt, dann ist es eine Unterschrift. In diesem Moment aber entschied ich mich in einem Reflex der Zurückhaltung oder des Schutzes dafür, nicht meine gewöhnliche Unterschrift einzusetzen. Ich zeichnete ein flüchtiges »Annabelle Lorand« aufs Papier, das explizit war und aus meiner Feder stammte, aber doch eine Lüge war. Eine falsche Unterschrift.

Armand fiel das nicht auf, als ich ihm den Ordner reichte, dessen wesentliche Seiten er noch vor meinen Augen überprüfte.

»Jetzt müssen wir nur noch beten, dass der Notariatsgehilfe das bis morgen Nachmittag abstempelt«, jammerte er.

»Ich habe vollstes Vertrauen in Sie.«

»Oh … Das Kleid ist zurück aus der Schneiderei. Wenn Sie das jetzt probieren könnten? Das würde uns morgen früh zusätzliche Sorgen ersparen.«

Artikel drei: Uniform ablegen, Zivilkleidung anlegen.

Ich tat es auf der Stelle. Allein vor dem großen Spiegel im Zimmer, lichtumflutet von der warmen Sonne, die die Gartenseite des Hauses liebkoste. Durch das geöffnete Fenster hörte ich das Geblaffe der Arbeiter, die sich in verschiedenen Sprachen verständigten, und das trockene Klappern der Metallverstrebungen, die beim Aufbau gegeneinanderstießen.

Die Schneiderin hatte perfekte Arbeit geleistet, das Schiaparelli-Kleid umfing meine weiblichen Kurven noch besser als bei der ersten Anprobe, wie eine zweite Haut, wie ein Handschuh … Ich hatte keine Worte mehr, um dieses erstaunliche Gefühl zu beschreiben, etwas zu tragen, das mir auf den Leib geschneidert war. Trotzdem empfand ich nichts dabei, mich in dieser perfekten Hülle zu sehen. Diese göttliche Verkleidung hatte nichts mit mir zu tun. Sie war wie die Haut einer anderen, in der ich eine Rolle spielte, die nicht für mich geschrieben war. Noch immer hatte ich keine Antwort bekommen auf die Frage, die mich umtrieb: Was war an mir so besonders?

Wie rechtfertigte ein einfaches Mädchen wie ich die siebzehn Jahre geduldiger und verbissener Suche? Welcher Mann war verrückt genug, so viel Zeit dafür zu investieren? Das alles für mich, uns? Ich wusste es nicht.

Artikel vier: Die Gefährten in Ehren halten.

Ich lag neben Félicité und drückte mich an sie, die Nase in ihrem warmen, duftenden Pelz vergraben, und gab mich meinen Gedanken hin, dabei war ich äußerlich so phlegmatisch, wie ich innerlich angespannt war. Ich hielt die *Geheimen Frauen* in den Händen, las aber keine Zeile. Erstmals seit vielen Tagen notierte ich nicht einmal etwas in mein Zehnmal-am-Tag.

Eros und Thanatos. Unzertrennbar. Ja, aber manchmal steckte man so tief im Königreich des einen fest, dass es unmöglich war, an den anderen zu denken. Denn dann war man so von Sex oder Tod erfüllt, dass einer von ihnen sich als guter Verlierer zurückzog, um dem Partner das Feld zu überlassen und ihren irrsinnigen Tango eine Zeit lang zu unterbrechen.

An diesem Morgen schien der Tod mir der große Gewinner der nächsten Tage und Stunden zu sein. Eben hatte ich das Zimmer einer Sterbenden verlassen … Bald würde ich das Kleid einer Toten tragen … Eine andere Tote würde ich bald am Arm ihres ehemaligen, sehr lebendigen Mannes ersetzen.

»Bist du mir böse, wenn ich heute Abend noch ausgehe?«, fragte ich David, der mit Armand über der Gästeliste brütete.

»Nein, natürlich nicht. Wo willst du hin?«

»Sophia hat einen Junggesellinnenabschied für mich organisiert.«

»Ah, verstehe. Na, dann viel Spaß.«

Sein gequältes Lächeln widersprach seinen Worten.

»Ich würde viel lieber hierbleiben und euch helfen.«

»Warum?«

»Mir ist das unangenehm. Und irgendwie ist mir gerade überhaupt nicht nach einem Abend mit Freundinnen.«

»Aber doch, nun geh schon! Das wird sicher nett. Deine Sophia scheint ja sehr unterhaltsam zu sein.«

Er zeigte sich plötzlich liberal. Anscheinend glaubte er an die heilenden Kräfte der Improvisation.

Ich hingegen redete mir ein, dass dies meine letzte Lüge wäre. Dass ich danach die beste Ehefrau überhaupt wäre, egal, ob unsere Ehe eine Stunde oder ein Leben lang halten würde.

Artikel fünf: Abschreckungsmittel überprüfen.

Wenige Minuten zuvor hatte ich erneut ein silbernes Paket auf der Konsole gefunden, was mich kaum überrascht hatte. Mir war kurz der verrückte Gedanke gekommen – den ich gleich wieder verwarf –, es vor Davids Augen zu öffnen, Beweis genug für meine guten Vorsätze. Ich wollte ihm zeigen, wie sein Bruder sich in seine Pläne eingeschlichen hatte, um mich von ihm zu entfernen. Ich wollte ihm vom Paris erzählen, von den Zimmern ohne Nummer, von den Rendezvous …

Aber nichts konnte die Brüder Barlet weiter auseinanderbringen, als sie es ohnehin schon waren. Die Stunde der Abrechnung würde noch früh genug kommen.

Neben der Schlüsselkarte enthielt das Paket das übliche Kärtchen und einen einzigen Gegenstand: ein Paar schwarze Boxershorts für Männer, wie ich sie an den knackigen Hintern der Jungs aus der Brigantine gesehen hatte. Welcher berühmten Kurtisane entsprach dieses Teil? Ich drehte und wendete die Hose in alle Richtungen, dabei fiel mir ein Detail auf: Neben dem üblichen Schlitz vorn gab es noch einen hinten, wo der Po war. Mehrere kleine tastbare Verdickungen verrieten, dass sich dort Druckknöpfe versteckten. Sie waren keine Zier. Sie befestigten ein Stück Stoff, das kaum länger und breiter war als ein Métrofahrschein. Ich kannte derartige Vorrichtungen schon von Frauenslips auf der Höhe der Spalte, die sie damit im Notfall frei machen konnten. Dieser Schlitz hier machte mich ratlos. Allerdings verflog die Ratlosigkeit, als ich das neue Gebot las.

Das war es also, was Louis sich in seinem Wahn für die Nacht vor meiner Hochzeit ausgedacht hatte: die Geheimtür. Der verbotene Eingang. Die höchste der Kapitulationen, ob Mann oder Frau … Die Öffnung eines neuen Ortes der Lust, einer neuen Gefühlsrosette, ein ebenso vergnüglicher wie gefürchteter Weg.

Artikel sechs: Die Allianzen stärken.

Eingeschlossen in den Wandschrank im Zimmer, geschützt vor neugierigen Ohren, rief ich Sophia an. Es kam nicht infrage, allein zu diesem letzten Rendezvous zu gehen.

»Wann kannst du im Paris sein?«, flüsterte ich.

»Ich bin bei der Arbeit …«

»Wo? Bei Pigalle?«

»Ja, noch vier Runden …«

Ich stellte sie mir vor, wie ich sie neulich gesehen hatte, den Blicken ausgeliefert, rot angeleuchtet, die Schamlippen gespreizt, zwei Finger in sich versenkt …

»Komm, bitte, ich zahl dir deinen Verlust in bar zurück.«

»Langsam! Wenn ich das mache, bin ich meinen Job los!«

»Scheiße, Sophia! Das nennst du einen Job? Ein Anruf von David, und du hast einen echten Job in einem echten Unternehmen. Kein mieser Strip mehr vor den fetten Ärschen!«

Es war mir so rausgerutscht.

»Wie gut zu wissen, dass du mir hättest helfen können, bevor ich hier lande«, erwiderte sie.

»Ich schaff das nicht allein«, belagerte ich sie weiter. »Ich brauch dich jetzt, echt.«

Es war die Wahrheit. Ich brauchte ein Sicherheitsgeländer. Natürlich gab es strengere Anstandsdamen als Sophia, wenn es darum ging, meinen Körper und meine Lust zu zügeln und mich zur Vernunft zu bringen. Aber ich hatte sonst niemanden.

Eine halbe Stunde später stand eine nachlässig gekleidete, struppige Sophia vor mir auf dem kleinen Platz vor dem Paris, genau vor der Telefonzelle, in der Louis mich einmal gequält hatte …

Monsieur Jacques legte überrascht die Stirn in Falten, als wir eintraten. Er hatte sicher nicht erwartet, uns als Delegation bei ihm absteigen zu sehen. Die Hotelles betraten das Hotel manchmal am Arm eines Mannes, verließen es aber stets allein. Nie kamen sie zu zweit, und noch weniger in schludriger Aufmachung.

»Welches Zimmer?«, fragte ich trocken und ohne großes Drumherum.

»Ich muss feststellen, dass Sie sich Ihre guten Manieren abgewöhnt haben, das ist schade für Sie, Elle …«

»Spielen Sie Ihr kleines Theater doch denen vor, die das Zimmer zahlen. Ich lege mich dort nur aufs Bett, wie Sie wissen.«

Meine unverblümte Anspielung auf den echten Hintergrund seines Betriebs ließ ihn eine erstaunte Grimasse ziehen. So war er, Monsieur Jacques, ein Heuchler im Stundenhotel. Man konnte sich in seinem Haus den schlimmsten Perversitäten hingeben, Hauptsache, man erwähnte es nicht vor ihm.

Er richtete sich auf, zupfte seine Livree zurecht und setzte an, mir die gewünschte Information zu geben: »Nun gut. Sie werden im Zimmer …«

Ich unterbrach ihn: »Warten Sie! Sagen Sie es nicht. Schreiben Sie es mir hier auf.«

Ich reichte ihm das Kärtchen mit dem achten Gebot, mit der weißen Seite nach oben. Meine plötzliche Laune verwirrte ihn.

»Wozu das?«

»Nur so. Bitte.«

Er musterte uns eine nach der anderen, dann drängte Sophia ihrerseits: »Nur zu, wo Mademoiselle Sie doch so nett darum bittet.«

Er griff nach dem Füllfederhalter, der immer auf seinem Tresen lag, ein glänzendes schwarzes Modell, mit dem er unentwegt herumhantierte, und notierte mit einer runden, breiten Schrift, die ich sofort erkannte.

Chevalier d'Eon
Dritte Etage

Mein Gespür hatte mich nicht getäuscht. Er war der Schreiber der Einladungen, und die Hoteldiener, angeführt von Ysiam, waren seine Boten. Das Paris war das Zentrum des Netzes, das Louis gesponnen hatte und in das er mich weiter einladen würde, solange dieses Kapitel unserer Beziehung nicht abgeschlossen wäre.

»Danke«, lächelte ich ihn dankbar an. »Das ist alles, was ich wissen wollte.« Wir liefen schon in Richtung Fahrstuhl, als ich mich noch einmal umdrehte. »Ach, eine Sache noch. Sophia wird bei der Tür stehen bleiben. Keiner Ihrer Angestellten wird sie vom Flur scheuchen, solange ich im Zimmer bin.«

»Wie Sie wünschen.«

An diesem Abend hatte der rothaarige Page Dienst. Er war so wortkarg wie eh und je, beschränkte sich darauf, uns in die dritte Etage zu bringen, die mit den nachtblauen Türen, und führte uns vor jene Tür, die am anderen Ende des Gangs lag. Nachdem er aufgeschlossen hatte, entließ Sophia ihn mit einem strengen Blick, woraufhin er sich kommentarlos zurückzog und uns vor der Tür allein ließ.

»Wird's gehen?«, fragte Sophia.

»Ja, mach dir keine Sorgen.«

»Wenn was ist, musst du schreien, ja?«

»Okay. Und du, wo stellst du dich hin?«

»Ich habe da eine Hintertreppe erspäht, neben dem Fahrstuhl. Da hinter der Tür warte ich.«

»Super.«

»Soll ich dich anrufen, wenn er kommt?«

Ich war mir sicher, dass Louis persönlich käme, statt mich einer brünstigen Meute oder einem Vertreter des einen oder anderen Geschlechts zu überlassen.

»Nein, das würde nichts ändern. Ich weiß, was ich zu tun habe.«

Ich sagte das und legte eine Hand an den karierten Kragen meines Trenchcoats, der für die Jahreszeit zu warm war, trotz seines feinen, ungefütterten Stoffs.

Sophia blinzelte mir ein letztes Mal ermutigend zu und verschwand im Halbdunkel des Flurs.

Artikel sieben: Die vom Feind verlassenen Gebiete besetzen.

Der üppige Louis-quinze-Stil wirkte auf die stickige Luft nicht gerade belebend. Das einzige Fenster war verschlossen, wie in den meisten anderen Räumen des Hotels. Die Einrichtung bestand aus einem dicken, orientalisch anmutenden Teppich, die Wände waren mit blauer Toile-de-Jouy bespannt, die Möbel aus schwerem Holz und mit Intarsien verziert. Beherrscht wurde der Raum aber von einer Frisierkommode mit schwenkbarem Spiegel und einem imposanten, mit Damast bezogenen Bett, dessen vergoldetes Holz von einem Baldachin aus blauer Seide gekrönt wurde, die auf die Farbe der Etage abgestimmt war.

Mir war heiß in meinem Mantel aus Kammgarn, ich fühlte mich, als wäre ich mit meinem Schwitzmantel in die Falle getappt, und soweit ich es in den verschiedenen Spiegeln sehen konnte, färbte mein Unwohlsein schon auf meine Wangen ab. Ich fuhr mir mit der Hand über den entblößten Nacken – ich trug die Haare locker zu einem Knoten gebunden –, in der vergeblichen Hoffnung, mich abzukühlen.

Trotzdem widerstand ich der Versuchung, mich auszuziehen. Jetzt war ich dran, ihn zu überraschen. Ich wollte ihm voraus sein. Nur einen Schritt. Ihm beweisen, dass ich in seiner geschickten Hand nicht nur ein Bauer war.

Die Tür flog plötzlich auf und läutete vielleicht den Moment meiner Befreiung ein. Dabei ging es mir nicht nur um die Befreiung aus diesem textilen Panzer, den ich mir freiwillig übergezogen hatte. Zum allerersten Mal trat er hier vor mich, in vollem Licht. Schluss mit den Masken und den Kostümen. Schluss mit dem Halbdunkel und den Inszenierungen, die ihn schützen und mich verunsichern sollten. Er trug einen seiner schmalen eleganten Anzüge über einer bronzefarbenen Weste. Mit dem Knauf seines Stocks schloss er hinter sich die Tür, dann klickte das Schloss.

»Guten Abend, Elle.«

Ich hatte lange über meinem Plan gebrütet, mir tausend Varianten überlegt, ihm gegenüberzutreten. Ihm meine Meinung zu sagen. Ihn ins Purgatorium seiner überspannten Libido und verdrehten Fantasmen zu schicken. Nichts schien mir passend.

Und nun stand ich vor ihm, unfähig, ein Wort herauszubringen. Ich hatte klug gehandelt, einen Plan B ins Auge zu fassen.

Er tat einen Schritt in meine Richtung und besah mich von Kopf bis Fuß, dabei wirkte er mehr bedrückt als wirklich erfreut darüber, mich einmal mehr zu einem Rendezvous begrüßen zu dürfen. Mit der Spitze seines Gehstocks hob er meinen Mantel an, langsam, vom Knie hoch bis über die Schenkel. Es machte mich wahnsinnig. Wie sein Blick sich hochtastete, im selben Tempo, wie sich der Stoff über meine Beine schob. Ich wartete darauf, dass das metallische Ende, das sich im Vergleich zu allem anderen kalt anfühlte, hoch genug zwischen meinen Beinen war, um es zu packen und an mich zu ziehen.

Reflexhaft klammerte er sich an das andere Ende seines Stocks und fiel, aus dem Gleichgewicht gekommen, vornüber in Richtung Bett.

Ich wusste: Es ist nicht nett, die Behinderung des Gegners zu seinem Vorteil zu nutzen.

Er schlug gegen den vergoldeten Bettrahmen, hockte mit den Knien auf dem Boden, sein Atem stockte ihm von dem Aufprall mit dem Brustbein am Pfosten. Dann, endlich, wandte er den Kopf zu mir.

Ich entknotete den Gürtel und öffnete weit den Trenchcoat. Brüste und Bauch waren nackt, ich trug lediglich die schwarzen Baumwollshorts, die er mir geschickt hatte.

Artikel acht: Die Regeln der Aufteilung.

Er richtete sich auf, stützte sich mit der flachen Hand ab und setzte sich auf den Bettrand. Er lächelte nicht so süffisant wie sonst, wenn wir uns trafen. Er war aber auch nicht das leidende, von seiner Vergangenheit erdrückte Wesen, das mich an den Tuilerien und bei Malmaison spazieren geführt hatte. Eher wirkte er wie ein Zuschauer, verblüfft, nicht beleidigt, verzaubert, nicht überrascht. Glücklich, vielleicht erstaunt darüber, dass ich nun die Initiative ergriff und er die Spielleitung an mich abgeben konnte.

Ich nutzte den Moment der Verblüffung, um meinen Mantel loszuwerden, der an meinem Körper langsam nach unten bis zum Boden glitt, dann stieg ich erst aus dem einen, dann aus dem anderen Schuh.

Ich kniete mich zwischen seine Beine, öffnete mit einem trockenen Ruck den Reißverschluss seiner Hose und fuhr mit der Hand in die Öffnung, dann in seine Unterhose, um sein Glied herauszuholen. Es wuchs wie eine Kletterpflanze, es war schmal, aber lang. Seine Eichel ragte schon hervor, ohne dass ich etwas tun musste. Ihre Form war die harmonische Verlängerung seines Geschlechts, sie wölbte sich nicht zu sehr hervor. Aus seiner Harnröhre perlte schon der Lusttropfen, bereit, über das Vorhautbändchen zu rollen und die blau geäderte Schleimhaut zu befeuchten.

Mit den Händen drückte ich seine Beine auseinander, um jede Gegenwehr zu unterbinden. Unter seinem verwunderten, hilflosen Blick tauchte ich mit dem Kopf ab, die Zunge schon in Richtung Eichel gestreckt. Mit meiner rosa Zungenspitze leckte ich ihm wie eine Katze den dicken Tropfen vom Schwanz, dann ganz um ihn herum, sodass er von Spucke glänzte und sich vor Lust in Falten legte, bevor ich ihn ohne Vorwarnung ganz in den Mund nahm.

»Nein… nicht so…«, sagte er, obwohl sein Glied in meinem Mund eine ganz andere Sprache sprach.

Mein Mund glitt auf und ab, sein Becken bewegte sich mit, verlangte nach mehr, immer heftiger, immer schneller. Bei jeder seiner Bewegungen zog ich mich zurück, ließ sein Glied einen kurzen Moment in der Luft stehen, um seine Qualen zu verlängern und sein Begehren zu entfesseln. Diese Intermezzi erlaubten mir, jedes Mal ein paar Worte zu sagen, bevor ich ihn wieder aufnahm.

»Was ist für dich das Verbotene?«

Ihn mir bis zur Kehle in den Mund zu stecken. Daran ein früher undenkbares Vergnügen zu finden.

»Die Frau deines Bruders zu besitzen?«

Ich duzte ihn erstmals.

Meine Zunge um die angeschwollene Eichel kreisen lassen, die gleich platzen würde, ihren weißen Strom in mich entleeren sollte. Fühlen, wie meine Spalte feucht wurde.

»Ihn anzulügen … dich zu rächen, indem du sie zum Höhepunkt bringst?«

Meine Zungenspitze in seine Harnröhre stecken und sein kurzes Zurückschrecken bemerken, dass ich einen derart sensiblen Ort angriff. Der Versuchung widerstehen, mir einen Finger reinzustecken und meine empfindsame Gebärmutter zu betasten, deren Flammen immer höher schlugen.

»Reicht dir das nicht?«

Das Auf und Ab beschleunigen. Saugende Geräusche machen, von denen einer meiner Liebhaber einmal gestand, sie würden seine Lust noch anfeuern.

»Ich habe David sowieso alles erzählt.«

Ihn mit einem Stoß auf seine Brust hintenüber aufs Bett werfen. Meinem Opfer keine Möglichkeit geben, sich zu wehren.

»Was?«, schrie er.

Meine Arbeit an seinem steifen Schwanz wiederaufnehmen, der nun außer seiner Kontrolle war, ganz meinen Launen ausgeliefert. Ihn zwischen meinen nassen, weit geöffneten Lippen verlieren, dann Mund und Wangen wieder fest um ihn schließen.

Ich steckte ihn mir so tief rein, dass ich keine Luft mehr bekam. Auch er sollte keine Luft mehr bekommen. Und nicht mehr reden.

»Aber er liebt mich, siehst du.«

Er versuchte, sich zu befreien, aber ich presste, sein zuckendes Fleisch in mir, meine Stirn gegen seinen Unterbauch, um jede Meuterei zu unterbinden. Ich war Herrin dieses Augenblicks und wollte das auch bleiben.

»Er hat mir alles verziehen.«

Ein letztes Eintauchen, ein Zucken, welches das nahende Ende ankündigte.

»Hör auf!«, schrie er. »Hör auf, sag ich!«

Die Ohrfeige kam ohne Vorwarnung. Sie war nicht sehr kräftig gewesen, aber heftig genug, dass er seinen Penis aus meinem Mund ziehen konnte. Überrascht von diesem Ende, richteten wir uns beide auf. Er hatte viel riskiert: Ich hätte auch reflexartig zubeißen können und sein Glied mit gebleckten Zähnen in der Mitte durchbeißen können wie einen Keks.

»Du verstehst nicht«, redete er weiter, während ihm der noch steife Penis aus der Hose ragte.

»Was verstehe ich nicht? Dass du ihn für den Tod von Aurore büßen lassen willst? Dass du meine Arbeit für die Agentur, über die David mich gefunden hast, ausgenutzt hast, um mich zu erpressen?«

»Das ist es nicht ...«, stammelte er, verletzlicher, als ich ihn je gesehen hatte.

»Was ist es dann?«, schrie ich nun fast. »Was tun wir denn hier, wenn es nicht ist, dass wir David verraten?«

Da war es wieder. Das Grübchen der Wahrheit. Die kleine Vertiefung, die sich in sein Gesicht grub, wenn er nicht log.

»Wir folgen seinem Plan.«

»Bitte?«

»Sein Plan ...«, wiederholte er mit leerem Blick.

»Er kämpft nicht gegen David«, hatte Rebecca ihn verteidigt. »Er tut alles für dich.« Für mich oder für seinen Bruder?

Plötzlich lichtete sich der Nebel über der verwüsteten Landschaft, die Louis darstellte. Ein Ruinenfeld. Ich hatte die ganze Zeit über geglaubt, sie seien Rivalen, nun stellte sich heraus, sie waren Komplizen.

»Du willst mir erzählen, David hat dich gebeten, mich hierher in diese Zimmer zu locken?«

Er nickte nur.

»Diese ganze Inszenierung, die Pakete, die Gebote – das war alles er?«

»Natürlich«, entfuhr es ihm schmerzhaft. »Jedenfalls in den Grundzügen. Die Details hat er mir überlassen.«

Ich wankte und hielt mich am erstbesten Möbel fest, einem Sekretär mit vielen kleinen Schubladen.

Alles war noch schlimmer, als ich es mir vorgestellt hatte. Ich hatte mich nicht wegen eines so noblen Motivs wie dem der Rache oder der enttäuschten Liebe der Unzucht ausgeliefert. Ich war lediglich der erotische Spielball zweier Verrückter geworden. Zweier Brüder, die irre genug waren, nicht nur ihre Fantasien, sondern auch ihre Gespielinnen miteinander zu teilen.

»Aber nicht aus dem Grund, den du dir denkst«, sagte er.

»Ach. Du willst mir jetzt nicht erklären, dass es einen guten Grund gibt für diese…« Ich deutete mit großer Geste auf das Zimmer und meinte damit das ganze Hotel, aber auch unsere früheren Treffen. Ich rang nach Worten, während ich jede einzelne Szene Revue passieren ließ – die ja von Mal zu Mal pikanter geworden waren, die meine Lust zutage gefördert hatten, meine blanke, wilde, unbekannte Lust. Das Aufblühen meines gierigen Geschlechts. »… diese ganze Scheiße!«

»Ja…«, sagte er mit gesenktem Blick.

»Na los! Sag schon!«

Seine Augen füllten sich mit unbekannter Zärtlichkeit. Er atmete tief durch, bevor er die Beichte ablegte.

»Damit du nicht wärst wie sie.«

Aurore. Den Brüdern Barlet nach das Alpha und Omega der Weiblichkeit. Das ewige Maß, mit dem sie mich, die sie beinahe zwanzig Jahre mit maßloser Anstrengung gesucht hatten, noch immer messen wollten.

O ja, ich konnte mir gut vorstellen, was ihr Problem gewesen war und was die Brüder bei mir dieses Mal korrigieren wollten: die Sexualität. Elle, ich, ihre Nachfolgerin, sollte keine leidende, freudlose Puppe sein. Die Auserwählte sollte, um die von David verlangte Perfektion zu erreichen, zurechtgemeißelt werden, ihre Sinne sollten erweckt, ihre Lüste angestachelt, die erogenen Zonen ihres Körpers und Geistes stimuliert werden. Sie sollte zur Lustmaschine werden.

»Damit du…«

Er suchte nach den passenden Worten, Worte, die er aus den Buchstaben, die auf seinen Körper tätowiert waren, hätte zusammensetzen können. Worte, die untrennbar mit seinem Körper und seiner Lust verbunden waren.

»Damit ich was wäre? Euer Ding? Ist es das? Ein Ding, das man in Hotels und Hinterzimmer bestellt, um es zu erniedrigen?«

»Nein, einfach nur, damit du vollkommen wärst.«

Die Anführungsstriche, die seine Worte umgaben, waren fast sichtbar, flatterten um mich herum. Um mich, um die Unvollkommene.

Wie ein angezählter Boxer wartete ich weder auf die Glocke noch auf den nächsten Schlag. Blitzartig zog ich die Nadel aus meinem Haar. Gleich darauf stand ich aufrecht vor ihm, ohne dass er reagieren konnte, und drückte ihm die silberne Spitze an den Hals, bereit, Blut fließen zu lassen. Er versuchte, nach meiner Hand zu greifen, aber ich war stärker, erfüllt von unvermuteter Kraft.

»Es gibt mindestens eine Sache, in der ihr recht habt, David und du …«

»Leg dieses Ding weg«, flehte er mich an.

»Ich werde niemals wie Aurore sein. Ich werde mich nicht erdrücken lassen wie sie. Von keinem von euch.«

Ich drückte die spitze Nadel fester an seinen Hals. Ich hätte zustechen können, hier und jetzt, den toten Louis in diesem überladenen Dekor liegen lassen, Opfer seiner eigenen Inszenierung, ermordet von seiner Protagonistin. Ich hätte meinem spontanen Impuls, der stärker war als meine innersten Gelüste, folgen können, dem Impuls, fertig zu werden damit.

»Elle, lass diese Nadel los, jetzt.«

Meine Stimme wurde sanfter, nicht aber meine Drohung – der Stachel saß noch immer an seinem Hals. »Ich werde loslassen. Aber das sage ich dir: Das Spiel ist aus, Louis.«

»Ja, ich weiß«, jammerte er, meilenweit entfernt von seinem früheren Dünkel.

»Jetzt gebe ich meinen Arsch, wann und wem ich will. Ich gebe ihn, kapiert? Ich verkaufe ihn nicht. Ich handle nicht damit. Und niemand anderes außer mir selbst bestimmt darüber.«

»Elle, hör mich an.«

»Nein!« Ich war wild entschlossen, ihn keine Sekunde zu Wort kommen zu lassen. »Nein, du bist es, der mich anhört. Morgen werde ich David heiraten, ob du es willst oder nicht. Ob er mich manipuliert hat, wie du sagst, oder ob das eine deiner Methoden ist – es ist mir scheißegal. Und ich werde nur noch mit ihm ficken, nur mit meinem Mann.«

»Ich flehe dich an, da ist noch etwas anderes.«

Ich war taub, hart, stark. Nichts von allem, was er mir noch sagen konnte, würde mich ins Wanken bringen.

»Du kannst meinetwegen die ganze Kartei der Belles de nuit durchbumsen, auch das ist mir scheißegal.«

An der Tür klopfte es dreimal kurz, ich erwachte aus meiner Trance.

»Elle, Elle? Ist alles in Ordnung?«

Sophia sorgte sich. Sie musste den gedämpften Lärm unseres Kampfs gehört haben.

Anstelle einer Antwort ließ ich die Haarnadel fallen, die klirrend über das Parkett hüpfte. Noch bevor er aufstehen konnte, griff ich nach meinem Mantel und lief zur Tür. Nackt. Ohne dieses Kostüm, das nicht meines war, befreit von der Identität, welche die Brüder mir hatten überstülpen wollen.

Im selben Moment zerbarst die riesige Sanduhr, wie ein Echo auf das Klirren meiner Haarnadel, auf dem Schachbrettmuster des Bodens im Hôtel Duchesnois. Ich sah das erst, als ich eine Stunde später heimkam.

Tausend und ein Splitter, die sich über die gesamte Eingangshalle verteilten. Die natürlichen Feinde hatten dem neu auflodernden Konflikt nicht aus dem Weg gehen können und mit ihrer letzten Salve den Koloss aus Holz und Glas zur Strecke gebracht.

Der Countdown war einige Stunden zu früh abgelaufen. Und das Schicksal, das die Uhr Stunde um Stunde abgezählt hatte, fand sich in dem Häufchen Sand wieder, inmitten der Trümmer: Ich würde David Barlet heiraten. Ich würde meinem Schicksal nicht entkommen, selbst wenn das Drehbuch nicht von mir war. Ich würde seine Frau sein, seine Liebhaberin und auch mehr als das, wenn er es verlangte: Ich würde aufmerksam gegenüber seinen Bedürfnissen sein, ohne meine eigenen zurückzustecken und ohne mich in den Schmerzen seiner Vergangenheit aufzulösen. In keinem Fall würde ich eine Aurore sein.

Nein. Ich würde nur ich sein.

37

18. Juni 2009

Der Wecker zeigte neun Uhr an. Unser Zimmer war schon in Licht getaucht, als wollte die Sonne den Tag möglichst schnell begehen. Weather Channel sollte heute recht behalten: ein herrlicher Tag mit wolkenlosem Himmel. Dies waren meine ersten Gedanken am Morgen unserer Hochzeit.

Dafür, dass dies so ein besonderer Tag war, stand ich viel zu spät auf. Ich war wie Dornröschen in einen tiefen Schlaf gefallen – was nach meiner Rückkehr aus dem Paris lange gedauert hatte – und wartete nun auf den Erweckungskuss meines Prinzen.

»Guten Tag, meine liebe Frau!« David lächelte mich an, als ich die Augen öffnete. Er saß auf dem Bettrand und trug eine sandfarbene Stoffhose und ein strohgelbes Poloshirt. Das geschäftige Treiben des extra für diesen Anlass engagierten Personals hallte schon im ganzen Hause wider, auch in Hof und Garten, und stieg in gedämpften Wellen zu uns herauf.

»In drei Stunden, verehrter Herr«, erwiderte ich in demselben scherzhaften Ton. »Vorher nicht. Für den Augenblick also bitte noch ›das Fräulein Braut‹.«

»Wie Sie wünschen. Darf der Herr das Fräulein Braut dennoch darauf aufmerksam machen, dass ihr gerade noch Zeit genug bleibt, sich zurechtzumachen, wie sie es wünscht?«

Während er so sprach, bemerkte ich, dass das Seidentuch um seinen linken Unterarm eine andere Farbe hatte. Der Perlmuttton war einem zarten Perlgrau gewichen, so zart, dass man es mit dem anderen verwechseln könnte. Ich nahm an, dass er es passend zum grauen Anzug ausgewählt hatte, den er bald überziehen würde.

»Bist du noch nicht angezogen?«, erkundigte ich mich, obwohl es offensichtlich war.

»Nein, es ist noch so viel zu tun. Und bei der Hitze, die für heute angesagt ist, wollte ich nicht jetzt schon Schweißränder auf meinem Anzug hinterlassen.«

So. Da waren wir also. Lächelnd, schön, freundlich. Ich plauderte ganz ungezwungen mit ihm, legte sorglose Lässigkeit an den Tag, obwohl ich extrem konzentriert war, mich und das, was ich gestern über David erfahren hatte, nicht zu verraten. David, der Manipulator. Der Perverse. Ein Mann, der verrückt oder unglücklich genug war, siebzehn Jahre seines Lebens damit zu verbringen, einen kleinen Fang wie mich an Land zu ziehen, ihm Körper und Geist zu verdrehen und alles zu tun, wie er es schon einmal getan hatte. Eine Frau für eine andere, diesmal nur allen Erwartungen entsprechend, sodass keine Krankheit, kein Unfall sein vorgefertigtes Glück zerstören könnte.

»Verstehe. Dann los! Ich bin sicher, dass Armand noch einiges für dich zu tun hat.«

Ich versuchte, nicht übertrieben zu lächeln.

»O ja, Arbeit gibt es genug!«, rief er, schon im Gehen.

Bevor ich mein Festtagsgewand anlegte, mich aber schon den Händen der Friseurin und Stylistin anvertraut hatte, zog ich einen grauen Hausmantel über und ging nach unten, um mich dort umzusehen. Es war wie in einem Bienenstock, überall summte es, dass es einem zu Kopf stieg; jeder schien sich an einem unsichtbaren Faden entlangzuhangeln, der zwischen dem Start- und dem Zielpunkt gespannt war. Vertreter aller Berufsstände waren schon am Werk: Empfangshostessen und Garderobieren, Handwerker, Gärtner, Köche, Sommeliers, Kellner, Floristen, Wäscherinnen, Feuerwerker, Veranstaltungs- und Tontechniker, sowie eine Schar an Leuten, die speziell für das Wohl der Gäste zuständig waren. Ich konnte gar nicht alle zuordnen.

»Guten Tag, Armand«, begrüßte ich den Majordomus.

»Guten Tag, Elle. Ich wünsche Ihnen alles Gute für diesen wundervollen Tag!«

»Danke.« Seine ungelenke Feierlichkeit war mir unangenehm;

ich wechselte darum rasch das Thema. »Was machen die Leute dort im Garten?« Mit einer diskreten Kopfbewegung wies ich auf zwei ältere Frauen, die baumwollene weiße Anzüge trugen, ihre Haare mit einem bunten Tuch hochgebunden hatten und durch den Gartenteil streiften, wo gerade die Tische hergerichtet wurden; die eine hielt ein Pendel in der Hand, die andere einen Finger in die Luft.

»Ah, das sind die Feng-Shui-Damen.«

»Feng-Shui?«, wiederholte ich verblüfft.

»Ja. Eigentlich sollte ich Ihnen das nicht verraten, es ist eines der Geschenke von Louis. Damit Ihre Hochzeit unter den besten Vorzeichen stattfinden kann, wollte er, dass sich Spezialisten des Orts annehmen.«

Gibt es ein erotisches Feng-Shui? Kann man die Art und die Qualität unseres Liebesaktes beeinflussen anhand der Orte, an denen er stattfindet und wie man sie einrichtet? Kann sich die Stellung der Möbel oder die Farbe der Wände auf die Empfindsamkeit meiner Klitoris auswirken? ~~Würde mein Anus mehr Gefallen daran finden und sich weiten, falls sich jemand dorthin vorwagte~~? Hätte mein Geliebter eine stärkere Erektion? Mein Rat: Orange für multiple Orgasmen!

(Notiz vom 18. Juni 2009, von mir selbst verfasst)

Dieses Geschenk mochte überraschend sein, entsprach aber dem Gespür, das mein zukünftiger Schwager für die Seele der Orte und ihr Gedächtnis hatte. Ob er bei seinem neuen Domizil, dem Hotel von Mademoiselle Mars, ebensolche Maßnahmen ergreifen würde? Wahrscheinlich … Eine Frage, die sogleich eine andere nach sich zog: Wann würde er einziehen? Wann würde er unser Nachbar werden?

Ich ließ Armand zu seinen Aufgaben zurückkehren und inspizierte weiter das Haus. Kein Raum, kein Eckchen, in das die Armee der Bediensteten nicht vorgedrungen war. Sportlich wich ich den Trägern und den Tabletts aus, den Sesseln und Pulten, schlängelte mich zwischen den Tischen und Servierwagen hindurch. Ich gab es bald auf, die Menge der Leckereien zu zählen, die tadellos verpackt an mir vorbeizogen. Manche verschwanden unter Silberglocken oder Aluminiumfolie, andere ließen sich gar nicht erst blicken; die Berge von Köstlichkeiten lenkten meine Gedanken zurück zur Königin der Naschkatzen, zu Mama, die nicht den kleinsten Krümel dieser süßen Schätze kosten könnte.

Seit ich aufgestanden war, hielt ich mein Telefon in der Hand wie einen lächerlichen Talisman. Endlich rief ich auf der Station an. In wenigen kurzen Sätzen erklärte die diensthabende Schwester mir dann aber, dass meine Mutter wieder bei Bewusstsein, aber noch immer sehr schwach sei. Sie mache anscheinend so wenige Worte, wie sie noch Tage zu leben hatte. Sie reduziere ihre Aussagen auf das Nötigste. »Ich glaube, sie spart sich ihre Kräfte für Sie auf«, redete die Schwester mir ein. Wenigstens ersparte sie mir diese fatale Frage, die ich mehr als alles andere fürchtete und vor der ich mich drückte: »Wann werden Sie sie besuchen?«

Wenn es zu spät war? Wenn sich die Worte nicht mehr in Tagen zählen ließen, sondern nur noch in Stunden, Minuten? Wenn sie mich nicht mehr erkannte?

In diesem Moment fiel mein Blick auf eines der rechteckigen, gefalteten Kärtchen, das auf einer blütenweißen Tischdecke stand, von der ein betörender Duft nach frisch geschnittenen Blumen aufstieg. Luc Doré stand auf dem Kärtchen. Fast riss ich das Tischkärtchen an mich. Aber es war nicht der Name des Gastes, der mir die Kehle zuschnürte.

Luc Doré

Es war die Handschrift. Dieselbe, die ich von den anonymen Zetteln meines Zehnmal-am-Tag kannte.

Ich blickte mich suchend um und entdeckte einen jungen Mann, der die Tischkärtchen verteilte. »Entschuldigen Sie«, rief ich. »Wissen Sie, wer diese Kärtchen geschrieben hat?«

»Ja, Mademoiselle, das war Monsieur Armand.«

»Sind Sie sicher?«

»O ja, da bin ich mir sicher, ich habe ihn selbst schreiben sehen. Einige sind sogar noch nicht getrocknet.«

Der Gedanke ließ mich erschaudern: Armand, Louis' altgedienter Gefährte, hatte sich von diesem Verrückten all diese schlimmen Sachen diktieren lassen, die er mir zukommen ließ. Was hatte Louis ihm versprochen, dass er sich auf diese verdrehte, mühselige Geschichte einließ? Ein paar Flaschen mehr? Sein Schweigen über die Plündereien des Majordomus im Weinkeller der Familie?

Oder war er selbst gar so pervers wie derjenige, in dessen Diensten er stand? Vor harmlos wirkenden, betagten Herren sollte man sich hüten. Man konnte nie wissen, wie viel Leben und Lust noch unter den Cordhosen und Strickjacken mit Zopfmuster steckten.

Ich frage mich, ob Louis unsere Begegnungen auch festgehalten hat? Hat er irgendwo aufgeschrieben, was er bei unseren Treffen empfand? ~~Existiert bei ihm ein zweites Zehnmal-am-Tag, das noch härter ist?~~ Er, der auf seine Texte so viel Wert legt, er, der von seiner Literatur gerne leben würde – welche Worte hat er gefunden, um meine Erregung zu beschreiben, meinen Körper, der nach ihm lechzt, mein Geschlecht, in das so viele mir von ihm geschenkte Dinge eingedrungen sind, ohne dass er mir sich selbst geschenkt hat?

(Notiz vom 18. Juni 2009, von mir selbst verfasst)

Natürlich war der Schuldige unauffindbar. Im Grunde war es mir aber egal. Ich wusste genug.

Die Türglocke schrillte munter, unentwegt wurde etwas geliefert: Kulinarisches, Blumen, Flaschen, Geschirr und verschiedene Decken, Klangtechnik, Feuerwerksmaterial …

Auf dem Weg in mein Zimmer fiel mir noch ein ganz anderes Päckchen vor die Füße.

»Ich bin's!«

Vor mir stand Sophia, in dem schamlosesten Kleid, das mir je unter die Augen gekommen war.

»Ja, ja, du darfst den Mund wieder zumachen!«

Sie posierte vor mir, wartete anscheinend darauf, dass ich begeistert um sie herumging. Das Stück Stoff, das sie bedeckte, lag nicht nur sehr eng an, es war zur Hälfte auch noch durchsichtig und kürzer als jeder andere Minirock im legalen Verkauf. Erstaunlicherweise kippte der Gesamteindruck nicht ins Vulgäre, wahrscheinlich wegen des Nude-Tons.

»Donnerwetter! Willst du dir einen Typen angeln, oder was?«

»Einen Typen … Weiß nicht. Aber ich glaube, dass ich *es* gefunden habe!«

Unnötig, weiter darauf einzugehen. Ich kannte sie und ihre Macken gut genug, um zu wissen, was sie meinte: das perfekte Outfit, das alle männlichen Wesen auf sie fliegen ließ. Die Männerfalle schlechthin.

Ich nickte und setzte eine übertrieben zustimmende Miene auf. »Kann man wohl sagen. Enger geht es nicht, es sei denn, Kleid und Haut werden miteinander verschmolzen. Wo hast du den Traumfummel denn her?«

»Ich habe mit Peggy alte Klamotten durchgeguckt. Du wirst es mir nicht glauben, aber sie wollte das Kleid wegschmeißen!«

»Peggy? Aber die ist doch ein echter Hungerhaken, hat die nicht zwei Kleidergrößen weniger als du?«

»Doch, eben!«

Das erklärte einiges.

»Oder glaubst du etwa, dass sich jemand nach dir umdreht, wenn du Kleider in deiner Größe trägst?«, entgegnete sie schlagfertig.

»So gesehen hast du wohl recht …«

Sie lachte so schallend, dass die Erinnerungen an die trostlosen Ereignisse der letzten Nacht wie weggeblasen waren.

»Aber das ist heute nicht die Hauptsache. Hast du mir nicht auch ein Kleid vorzuführen?«

Ich schleifte sie mit nach oben, wobei sie vor jedem Türspalt ungläubig stehen blieb.

»Als du mir von einem Stadtpalais erzählt hast, konnte ich ja nicht ahnen, dass es so luxuriös ist!«, sagte sie.

Ich zuckte mit den Schultern, wie um mich zu entschuldigen und ihr zu signalisieren, dass ich, wie sie, nur eine Besucherin war. In keinem Fall verantwortlich für dieses ausschweifende Ambiente. Als ich das Schiaparelli-Kleid aus seiner Plastikhülle holte und bedächtig aufs Bett legte, wo es sich ganz entfalten konnte, befürchtete ich, dass es jetzt mit Sophia endgültig vorbei sei.

Als sie ihre Sprachlosigkeit überwunden hatte, bedachte sie mich mit einem dieser Sprüche, in denen humorvoll stets das Wohlwollen gegenüber der Verbitterung oder dem Neid überwog: »Erinnerst du mich bitte daran, im nächsten Leben einen Milliardär zu heiraten?«

»Keine Sorge, mach ich«, antwortete ich belustigt.

»Ziehst du es jetzt an?«, drängte sie.

Ich sah sie kurz an, mein Lächeln nahm verschwörerische Züge an, so wie früher, als wir Studentinnen waren und uns über irgendeinen Blödsinn verständigten.

»Moment noch, ich hätte da eine Idee.«

Ich lief kurz zum begehbaren Kleiderschrank und kehrte bald mit Fadenrolle, einem Nadelkissen und verschiedenfarbigen Filzstückchen zurück.

»Warte mal, spinnst du jetzt?«

Sie hatte sofort begriffen, was ich vorhatte, sie kannte meine Marotten nur zu gut.

»Sehe ich so aus?«, fragte ich, während ich schon einen widerspenstigen rosa Faden durch das Nadelöhr schob.

»Scheiße, Elle, du willst jetzt nicht dein Hochzeitskleid verschönern, oder? Das ist nicht lustig!«

»Hm. Da sind wir ganz einer Meinung. Das ist wirklich nicht lustig.«

Sie war so verblüfft und empört, dass ihr fast die Puste wegblieb; sie hielt meine Hand, entschlossen, mich von meiner entweihenden Tat abzuhalten.

»Weißt du, was so ein Kleid kostet?«

Ich weiß selbst nicht, welcher Teufel mich in dem Moment ritt. Die einfachste und verständlichste Erklärung, die ich dafür hatte war: Ich wollte ich selbst sein.

»Ja, eben …«, antwortete ich ausweichend. »Das ist ja das Problem: Ich kenne den Preis.«

Und ich war mir nicht hundertprozentig sicher, ihn zahlen zu wollen, weder heute noch an einem anderen Tag. Lieber strengte ich mich an, den seidenen, bestickten Ballast irgendwie erträglicher zu gestalten; zum Beispiel mit Farben, *meinen* Farben, die mich vergessen ließen, wessen Leichentuch das Kleid einst gewesen war.

Ein Gedanke: Unsere Fantasien sind wie diese Stofffetzen, mit denen ich meine Kleider schmücke.
Wir setzen sie hierhin und dorthin auf unsere wirkliche Gefühlswelt, um sie bunter zu machen, sie aus ihrer Eintönigkeit zu holen. Wir verleihen unserer Sexualität damit eine eigene Note.
Beispiele solcher Stofffetzen: ein Mund, der sich an meinem Geschlecht festsaugt; ein Oberkörper, der an meinem Hintern klebt; eine Zunge, die ihn von oben nach unten leckt, wie um ihn zu waschen.

(Notiz vom 18. Juni 2009, von mir selbst verfasst)

Mit wenigen Scherenschnitten und gekonnten Stichen ließ ich auf dem Kleid eine bunte Wiese von Blumen erblühen, die bewusst grob wirkten, wild durcheinander wuchsen und mit Nadelstichen, so sichtbar wie nur möglich, aufgenäht waren.

Sophia wusste nicht, was sie noch sagen oder tun sollte, um mich von der Schandtat abzuhalten.

»Hast du keine Angst vor Davids Reaktion?«

»Angst? Nein, ich habe keine Angst mehr«, antwortete ich.

Zwischen zwei Stichen erzählte ich ihr von der, diesmal erwiesenen, Rolle, die Armand im Auftrag der Brüder Barlet in deren Machenschaften spielte. Ich dürfe mir erlauben, Sand in ihr Getriebe zu streuen, das ansonsten so rund liefe, dass es mich genauso gut zum Äußersten hätte treiben können wie Aurore.

»Jetzt verstehe ich auch, wie Louis so viel über mich wissen konnte, bevor wir uns überhaupt das erste Mal trafen. Ganz einfach, mit zwei Spionen vor Ort!«

»Was denn genau über dich wissen?«, fragte Sophia nach.

»Das kannst du dir gar nicht vorstellen. Sachen, die man sich nur auf dem Kopfkissen erzählt.«

Sophia vertrug allerhand Verschrobenheiten. Aber sie hatte auch klare Grenzen. Dazu gehörte der Respekt ihres Privatlebens.

»Du meinst, David ist so weit gegangen, Louis zu erzählen, wie du fickst?«

»Nach dem, was da so auf manchen Zetteln stand …«

Im Geiste ging ich alles durch, was ich David anvertraut hatte. Wenn nicht er die Quelle war, wollte ich lieber gar nicht wissen, wie Louis sich die Informationen verschafft hatte, die ich als anonyme Notizen in dem Ringbüchlein nachlesen konnte: die Entdeckung meines eigenen Geschlechts, mein erstes Mal, meine Vorliebe für die Hundestellung, meine ausgeprägte Nase für intime Gerüche, meine Orgasmen, die eher mit einem Nein! als einem Ja! kamen …

»… habe ich keinen Zweifel.«

»Krass!«, empörte sich Sophia wie eine Jugendliche.

Wir unterdrückten ein Lachen und steckten die Nasen in den Berg von Seide und ihre ausladenden Falten.

Ich hatte mich bald am Kleid ausgetobt. Sophia wagte es nicht, etwas dazu zu sagen, sie wusste, dass ich ohnehin nichts darauf geben würde. Ich zog das wunderschöne Kleid an, genau wie damals, als David mich auf dem Tisch genommen und mich das einzige Mal mit seinen eigenen oder fast nur eigenen Mitteln zum Orgasmus gebracht hatte.

»Wow!«, rief sie und rollte mit den Augen. »Ich weiß nicht, ob mein Kleid Lust darauf macht, mich zu vergewaltigen, aber deines macht auf jeden Fall Lust, dich zu heiraten.«

Ich schüttete mich aus vor Lachen über ihre Bemerkung, da klingelte mein Handy. Die angezeigte Nummer schien von einer Telefonzentrale zu kommen.

Unter dem starren Blick von Sophia und immer verkrampfter, je länger der seltsame Dialog andauerte, gab ich eine Reihe einsilbiger Wörter von mir.

»Das Krankenhaus?«

»Ja«, murmelte ich.

»Ist es …«

Das Ende, der Schluss, die Conclusio? Endstation für alle, für eine Frau im Besonderen. Sophia war nicht nur verlegen um den richtigen Begriff, sie war überhaupt verlegen, es kam ihr kein einziges Wort mehr über die Lippen.

Ich legte mein Handy auf das Bett, als könnte es in der Decke versinken und mit ihm alle schlechten Nachrichten.

»Nein, das Ende ist es noch nicht, aber sie möchte, dass ich jetzt bei ihr bin. Ich muss gehen.«

»Soll ich mitkommen?«

»Nein. Nein, bleib bei Armand. Er wird deine Hilfe gebrauchen können, um die Gäste bei Laune zu halten.«

»Okay. Wann kommen die denn?«

»Gegen Mittag, zum Aperitif.«

Ohne ein weiteres Wort schlüpfte ich in das erste Paar Ballerinas, das ich greifen konnte, und rannte die Treppe hinunter, Sophia mir hinterher.

»Hey! Sagst du nicht mal David Bescheid?«

»Tu du es!«, rief ich ihr über die Schulter zu.

»Aber er kennt mich ja gar nicht!«

Ihr hilfloser Schrei blieb nicht mal mehr in meiner Schleppe hängen. Ich war schon draußen und rannte in Richtung Taxistand, meine Füße schlugen auf den warmen Asphalt wie auf das Leder einer Trommel, jeder neue Aufprall setzte eine dumpfe Welle frei, die durch meine Schläfen jagte und meinen Schädel zu spalten schien wie eine überreife Frucht.

Auf dem Gang der Onkologie traf man den Tod unter vielen seiner Gesichter an. Ausgemergelte Kahlköpfe, Kranke im Schlafanzug, die ihre Infusion mit sich herumschoben wie Tausendjährige, erschöpfte Schwestern, kaum kraftvoller als ihre Patienten. Alle waren so mit sich beschäftigt, dass niemand an meinem übertriebenen Aufzug Anstoß nahm oder meinen Besuch in Mamas Zimmer außerhalb der vorgeschriebenen Zeiten bemerkte.

Ich sah nur sie. Noch weiter versunken unter dem Knäuel aus Schläuchen als bei meinem letzten Besuch. Ihre Augenlider zuckten nur schwach, verrieten aber, dass sie geistig wach war. Ich rückte einen Stuhl ans Bett und beugte mich über sie.

»Mama, Mama, ich bin es, Elle.«

Wieder ein Zucken zur Bestätigung. Dieses Mal brauchte ich keinen Arzt für die Prognose: Ihr Erwachen aus dem Koma war nur der letzte, endgültige Auftritt vor ihrem Abgang von der Bühne.

Wir würden nie zusammen Amerika sehen. Wir würden den Transatlantikflug nicht wagen. Das Abenteuer endete hier.

»Ich sehe, dass du mich hören kannst, aber kannst du auch mit mir sprechen?«

»Ja«, sagte sie so schwach, dass es auch ein leises Gurgeln aus einer der zahlreichen Infusionsbeutel hätte gewesen sein können.

»Komm näher«, bat sie, wobei sie die Worte nur mit den Lippen formte, weil ihr die Stimme fehlte, laut zu sprechen. »Es ist Louis …«

Sie lag im Sterben, und ihre letzten Worte galten dem Mann, dem ich mein Martyrium verdankte, meine erregenden, aufregenden Qualen. Dem Mann, dessen Namen sie in meiner Gegenwart nie ausgesprochen und mit dem sie sich im Geheimen ausgetauscht hatte.

»Was ist? Was hat er dir getan, Mama?«

»Er … hat mir diese Geschenke gemacht.«

Ich sah nur zwei riesige Blumensträuße und eine Schachtel Pralinen, so groß wie ihr Nachttisch. Ich verstand aber, dass ihr Geständnis weit über diese Geschenke hinausging und sie in ihm jetzt auch endlich diesen anonymen Wohltäter erkannte, der sie während der letzten Wochen mit Geschenken überhäuft hatte.

»Ich weiß. Aber du, woher …«

Sie legte mir einen zitternden, mageren Zeigefinger über die Lippen, damit ich schwieg. Wie um mir zu bedeuten, dass meine Fragen oberflächlich seien, dass sie mir noch mehr Antworten geben würde, als ich von ihr erwartete.

»Er hat sie selbst gebracht.«

»Du meinst heute?«

»Nein, jedes Mal.«

»Louis? Er war bei dir in Nanterre?«

Dieser Gedanke war mir nie gekommen. Dass sie miteinander telefonierten, hatte mich schon erstaunt. Aber Louis in dem Reihenhäuschen – das lag jenseits meiner Vorstellungskraft.

Sie nickte.

»War er häufig da?«

Nun geschah etwas Seltsames. Sie deutete ein Lächeln an, das breiter und breiter wurde und aus ihrem Antlitz einer Todkranken das einer strahlenden Ikone machte.

Trotzdem war es für sie enorm anstrengend, mir zu antworten.

»Fast jeden Tag. Und wenn er nicht kommen konnte, rief er mich an.«

Die Anrufe, die Fred abgehört hatte. Die Erinnerung an die Gespräche mit Louis schien sie den Schmerz vergessen zu lassen, der sie unablässig angriff wie ein bösartiger Hund.

Ich konnte es nicht leugnen: Aus welchen Beweggründen heraus auch immer – Louis Barlet hatte meiner Mutter ihre letzte Lebenszeit mit Trost und Freude versüßt, die ich selbst unfähig gewesen war ihr zu schenken. Mir erschien das absurd und so ungerecht, dass ich mir in die Wangen biss, um nicht aus der Haut zu fahren.

»Mama … Was ich dich jetzt frage, ist sehr wichtig: Seit wann kommt Louis dich besuchen, weißt du das noch?«

»Ja, ja … ich sterbe, aber ich bin nicht verrückt!«, empörte sie sich kaum hörbar. »Es müssen jetzt drei Monate sein, vielleicht mehr …«

Das war aller Wahrscheinlichkeit nach vor meiner Begegnung mit David, in der Zeit, die ich immer als »Annäherung« bezeichnete. Kaum dass die Brüder erkundet hatten, was ich für eine war, hatten sie minutiös begonnen, alle zu umgarnen – Maude, Sophia, Fred –, die zu meinem engsten Kreis gehörten. Auf diese Weise stellte sich keiner von ihnen gegen meine Aufnahme in die neue Familie, und das infernalische Duo musste mich nur noch pflücken.

Freilich erklärte das nicht die Regelmäßigkeit seines Erscheinens bei meiner Mutter. Dass die Aufmerksamkeit ihr schmeichelte, war verständlich. Aber welches Vergnügen fand der dekadente Dandy an ihrer Gesellschaft? Eine Frau aus der Vorstadt, arm und alt, sie war all das, was er als erotomanischer Ästhet fliehen müsste. Er hatte seine Rolle als Schmeichler deutlich übertrieben – wozu?

»Warum hast du mir das nie erzählt?«

»Er wollte es nicht. Es war unser kleines Geheimnis. Wie das mit den *Stätts*.«

»Du meinst die States?«, korrigierte ich sie gedankenlos.

»Ja, er sollte mit mir fliegen«, bestätigte sie stolz und so weit ihre klägliche Stimme das zuließ.

Ich wähnte sie im Delirium, vermutlich eine Nebenwirkung des Morphiums, das in beachtlicher Dosis erst durch die transparenten dünnen Schläuche, dann durch ihre Adern lief.

»Bist du sicher?«

»In meiner Tasche ...«

Mit müden Augen, die rot waren von geplatzten Gefäßen und wie von einem leichten weißen Schleier bedeckt, der nichts Gutes verhieß, wies sie auf den niedrigen Tisch auf der anderen Seite des Betts.

Die Tasche aus abgewetztem und ausgebeultem Leder enthielt nur wenige Dinge; bald fand ich den rot-blau-weißen Umschlag mit der Weltkarte darauf. Darinnen nicht nur ein, sondern in der Tat zwei Rückflugtickets für Los Angeles, datiert auf den einundzwanzigsten Juni, Businessclass.

Dass sie sich beinahe dagegen gewehrt hatte, von mir begleitet zu werden, erschien mir nun in einem ganz anderen Licht. Von Schamgefühl oder Opfern, die eine Mutter ihrem Kind bringt, konnte keine Rede mehr sein. Mein Henker und meine Mutter standen sich schon nahe genug, dass Mama bei dem Versteckspiel aus eigenem Antrieb mitmachte. Es war Louis zu verdanken, dass sie zur Leichtigkeit ihrer zwanzig Jahre zurückgefunden hatte und einen geheimen Garten pflegte, wie man es nur in diesem zarten, mit Illusionen erfüllten Alter tat. Allein schon dafür war ich ihm dankbar.

Sie atmete erschreckend geräuschvoll ein und ergänzte mit letzter Kraft nach der zwar kurzen, aber für sie anstrengenden Unterhaltung: »Ich glaube, er liebt dich auch sehr ...«

Ich wusste nicht, was ich darauf sagen sollte. Stattdessen stellte ich eine Gegenfrage: »Hat er dir das gesagt?«

Sie nickte kaum wahrnehmbar.

»Wann?«

Wieder waren es ihre Augen, die mir die Antwort wiesen. Sie

blickte auf die noch frischen Blumen, die unangetastete Schachtel Pralinen. Die Nachricht war klar: heute. Heute Morgen. Womöglich erst vor wenigen Minuten.

Ihr matter Blick blieb an meinem Kleid hängen, das sie erst jetzt zu entdecken schien; sie musterte es so genau, wie ihre Kräfte es ihr erlaubten.

»Du bist so schön…«, flüsterte sie. »Louis muss sehr stolz sein.«

Ich machte sie auf die Verwechslung der Vornamen nicht aufmerksam. Aber vielleicht war es gar keine. Vielleicht war es ihre Art, mir ihren Segen zu geben für die Entscheidung, die sich bei mir anbahnte.

Ich nahm ihren Kopf zwischen die Hände und vergrub meine Nase an ihrem Hals, der nur noch aus einer knochigen Mulde mit einem grauen, trockenen Hautlappen darüber bestand. Trotz der hartnäckigen Gerüche von Putzmittel und medizinischen Mitteln, mit denen sie gepflegt wurde, fand ich noch etwas von ihrem Rosenduft wieder. Jedenfalls bildete ich mir das ein, ich war mir nicht ganz sicher. Ich blieb lange so sitzen, um an dieser beruhigenden Quelle zu trinken, ich, das Mädchen, das so viel erhalten und so wenig gegeben hatte, ich, die ich unfähig gewesen war, den Durst meiner Mutter zu löschen – nicht einmal in diesen letzten Wochen, weil ich zu beschäftigt gewesen war, mich in meinem kleinen, falschen Glück einzurichten.

Louis war an ihrer Seite gewesen. Er hatte ihr das Leben versüßt und die zerstörerischen Auswirkungen der Krankheit abgemildert. Ihr Mund muss ihr weniger trocken vorgekommen sein, ihre Schwindelattacken weniger schlimm, ihre Schwächeanfälle überwindbar.

Er würde auf ewig der gute Geist ihrer letzten Tage bleiben.

Mama blinzelte mehrmals, mir schien, um meine Aufmerksamkeit auf sich zu lenken. Oder war es einer dieser letzten Reflexe, eine Muskelzuckung vor dem letzten großen Abtauchen?

Mit einem Klicken lief eine weitere Dosis Schmerzmittel in ihre Vene. Die Herzlinie auf dem Monitor war unverändert. Aber ich spürte, dass sie in eine andere Bewusstseinsebene eintrat, zu der ich ihr nicht folgen konnte. Ich konnte nicht einschätzen, ob sie noch einmal oder mehrmals auftauchen würde, bevor es zu Ende ging. Mein Gesicht war ganz nah bei ihrem, aber ihr Blick wich mir aus, sie sah nach links, wenn ihre Augen sich öffneten. Was wollte sie mir sagen?

Ich sah mich um, als sähe ich das Zimmer zum ersten Mal. Es wirkte leer, die Wände waren vergilbt. Außer den Geschenken von Louis lag da nur noch eine kleine rosa Strickjacke, die Doktor Poulain noch schnell gegriffen haben musste, bevor seine Patientin im Krankenwagen verschwand.

Der einzige Schrank, der zur Hälfte eine Garderobe war, stand leicht geöffnet. Ich fiel fast vom Stuhl, als ich durch den Spalt das Paket entdeckte, das nahezu einen ganzen Regalboden ausfüllte.

Ein silbernes Paket. Kein Zweifel, dass Louis persönlich es hier für mich hinterlassen hatte.

Wankend stand ich auf, zerrte das Paket aus dem Schrank und riss es mit wenigen Griffen auf. Obendrauf, auf dem doppelt eingeschlagenen Silberpapier, thronte wie üblich das Kärtchen mit dem gewohnten Gebot.

9 – Seine Fantasien sollst du heiraten

Welche Fantasien, und vor allem: wessen?

Ich legte das Kärtchen auf das gelbe Laken, von dem es als kleines reines Rechteck hervorstach, und nahm das Trennblatt herunter. Was ich darunter fand, kam so überraschend, dass ich einige Sekunden regungslos verharrte. Dann nahm ich den Stapel mit den Fotos in die Hand und sah sie mir an, eines nach dem anderen, mir stockte der Atem, ich zügelte mich, sie nicht zu schnell durchzublättern, um kein Detail zu übersehen.

Aber schon beim ersten Bild – entstanden auf den Stufen eines Standesamts, vielleicht in Dinard, am Tag der Hochzeit von David und Aurore – hatte ich das Gefühl, aus der Dunkelheit der letzten Monate herauszutreten. Endlich sah ich klar. Alles war so offensichtlich, es sprang mir von dem vergilbten Papier förmlich in die Augen. Hätte ich bevorzugt, nichts zu wissen und zu sehen?

Das Phänomen hätte von einem Bild zum nächsten schwächer werden können, weniger eindeutig, aber genau das Gegenteil war der Fall. Je mehr ich von Aurore entdeckte – wer sie war, wie sie gelebt hatte, hier am Arm von Hortense bei einem Spaziergang am Meer, dort ausgestreckt auf dem Sand in einem gepunkteten Badeanzug –, desto mehr drängte sie mich, der Wahrheit ins Auge zu sehen, so grausam, so nüchtern, so unwiderlegbar, so schneidend wie die Felsen, die sie umgebracht hatten: Ich war ihre Doppelgängerin. Und sie war meine. Zwillingsschwestern, geboren im Abstand von zwanzig Jahren, ihrem gemeinsamen Henker in die Hände gefallen.

Es war mehr als nur eine entfernte Ähnlichkeit. Wir hatten mehr gemeinsam als unsere Rundungen, unsere langen braunen Haare, die grünen Augen und die Sommersprossen auf Nase und Wangen. Wir glichen uns wie ein Ei dem anderen, bis auf die Gesichtsform, die Form der Lider, den fast unanständig fleischigen Mund.

»Ich werde niemals wie Aurore sein«, hatte ich mir am Vorabend im Paris geschworen, Louis zu meinen Füßen. Dennoch war ich nichts anderes gewesen als das, von der Sekunde an, da David – oder Louis oder Rebeccca – mich in der Kartei der Belles de nuit erspäht hatte, und während jeder weiteren Etappe: bei der wundersamen Begegnung mit David, seinem Antrag auf dem Boot und während der Momente, an denen ich mich fühlte wie ein Ball bei einem Spiel zwischen zwei Brüdern.

Auf den letzten drei Bildern trug Aurore ein Kleid, das kurz über dem Knie endete und in Schnitt und Muster dem auffällig ähnlich war, das die Garderobiere bei BTV für meine erste Sendung ausgesucht hatte. War sie von David in diese Richtung instruiert worden? Oder war das ein Zufall, der die impulsive Reaktion von David provoziert und ihn dazu veranlasst hatte, meine Sendung nicht ausstrahlen zu lassen?

Siebzehn Jahre, um den perfekten Klon zu finden. Zig Kandidatinnen, die David ohne ihr Wissen ausgespäht hatte. Bis ich kam. Ich, der Geist einer anderen Frau, Palimpsest einer Geschichte, die nicht meine war und die man mir hatte überstülpen wollen.

Aber ich war nicht perfekter als Aurore, Aurore die Verrückte, Aurore die Unberührbare, die Frigide. Hier kam Louis ins Spiel, hier hatte seine Mission begonnen: die Erinnerung an die Reine, die Heilige zu verwischen und aus mir eine ganze Frau zu machen, eine Frau, die begehrte und begehrenswert war, eine Frau mit Lüsten und Orgasmen dort, wo das Original sich in einer leidvollen Welt ohne jegliche Freude verloren hatte. Das war der Sinn seiner Ausbildung, die er mir bei jedem Treffen angedeihen ließ. »Alles, was ich tue, ist ans Licht bringen«, hatte er gesagt. Er wollte mich die unendliche, mir zugängliche Palette der Freuden entdecken lassen und mich gleichzeitig für seinen Bruder bewahren. Deshalb hatte er nie mit mir geschlafen und bewusst die nötige Distanz zwischen Schülerin und Lehrer eingehalten.

Das allerletzte Bild des Stapels war ein neuerlicher Schock. Es war eine Aufnahme aus der Galerie Sauvage, der Abend, als ich Louis traf. Mir war nicht bewusst, dass jemand diesen Augenblick fotografiert hatte. Wir standen uns gegenüber. Sahen uns an, intensiv, getragen von der seltsamen Spannung, die sofort zwischen uns herrschte. Es war nicht die schönste Erinnerung, die ich mit ihm teilte. Aber sie wirkte wie diese Zauberlösung, die nach und nach die Silbersalze meiner Erinnerung katalysierte: Louis, der über meine Mutter gewacht hatte; Louis, der Sophia in einer kritischen Lebenslage einen kleinen Verdienst ermöglicht hatte; Louis, der Fred aus der Arbeitslosigkeit geholt hatte; Louis, der, anders, als es die Mission im Namen seines Bruders vorsah, den guten Engel in schwierigen Zeiten spielte.

Louis, der, in Rebeccas Worten, alles nur für mich tat. Einfach nur für mich. Gegen den Willen seines Bruders.

»Geht es Ihnen gut, Mademoiselle?«

Die Frage der Krankenschwester, die mir über den Weg lief, als ich taumelnd und verloren wie ein kleines Mädchen in meinem zerknitterten Brautkleid und mit dem Stapel Fotos in der Hand über den Gang lief, traf mich unvermittelt. Lautlos kullerten mir dicke, wohltuende Tränen aus den Augen. Bevor ich das Zimmer verließ, hatte ich Mama Adieu gesagt, so zärtlich wie möglich, mit einem langen Kuss auf ihre Stirn, dann auf ihre Wangen. Ich konnte nicht mehr tun. Was jetzt folgte, würde ich nicht ertragen. Ich hatte ihre Lider, die noch warm waren und zuckten, geschlossen, aus ihren Augen war nach und nach das Licht gewichen, bis nur noch zwei kleine Flammen zu sehen waren, die dem Hauch des Todes nicht mehr lange standhalten könnten.

Die Krankenschwester ließ nicht locker. »Geht es? Wollen Sie sich setzen? Möchten Sie ein Glas Wasser?«

Was sollte ich antworten? Dass ich meine Mutter verlor und eine neue Liebe gewann? Dass ich die Mutter auf ihrem Sterbebett allein ließ, um geradewegs meiner neuen Liebe entgegenzueilen? Dass mein Bauch endlich im Einklang mit meinem Herzen war? Dass ich endlich dem Gefühl freien Lauf lassen konnte, das ich schon bei unseren Spaziergängen verspürt hatte und, wenn auch flüchtiger, bei unseren Treffen im Paris? Dass meine Zweifel verflogen, je mehr Louis' Bild sich auf einmal von Zynismus befreite und dem Porträt annäherte, das Rebecca von ihm gezeichnet hatte?

Ein Lächeln kämpfte sich auf meine tränennassen Lippen.

»Danke. Es wird schon gehen. Jetzt wird alles gut werden.«

38

Dabei war nichts unsicherer als das. Ich war nichts als eine Braut in einem zerfetzten Kleid, mit tränenüberströmtem Gesicht, die durch den Flur stolperte.

Annabelle = Aurore. Eine denkbar einfache Gleichung, trotzdem verstand ich sie nicht, noch weniger akzeptierte ich sie. Was, wenn diese Bilderklärung nur eine letzte List von Louis war? Wenn ich jetzt in die letzte Phase des von David ausgedachten Plans eintrat, den sein Bruder aus Gründen, die ich noch nicht begriff, bis ins Kleinste befolgte?

Dabei hatte ich ja die Aufrichtigkeit in seinem Gesicht erkannt, die sich in Form eines Grübchens zeigte. »Da ist noch etwas anderes«, hatte er letzte Nacht gemurmelt, kurz bevor ich das Zimmer verließ. Etwas anderes, das er mir sagen, mir zeigen … Mit mir anstellen wollte?

Die Wartenden an der Bushaltestelle ignorierten meine exzentrische Aufmachung und meinen verwirrten Gesichtsausdruck, sie waren damit beschäftigt, schwere Taschen zu tragen oder an ihrem eigenen Leid zu knabbern. Anscheinend war ich nicht die erste zerlumpte Braut, die sie sahen. Das war der Vorteil der heruntergekommenen Viertel: Hier kultivierte jeder sein eigenes Unglück, ohne sich in das der anderen einzumischen, in einer Art gleichgültigen Respekts, der den Kummer der anderen verschonte.

Dann kam der Bus, und die kleine Gruppe drängte hinein.

Ich war so schnell aus dem Haus gerannt, dass ich nichts dabeihatte außer einer kleinen Tasche mit Schlüsseln und einer Packung Taschentücher, mit denen ich alles abwischte, was abzuwischen ging, Tränen, Schminke …

»Ihr Fahrschein, Mademoiselle«, forderte der Busfahrer.

»Ach, ja ...«, stotterte ich.

Ich wühlte in meiner Tasche herum, als mir jemand entschlossen zu Hilfe kam.

»Es ist gut, sie fährt mit mir.«

Irgendwoher kam mir das Gesicht bekannt vor.

»Super. Glückwunsch an die Braut«, spottete der Fahrer. »Aber ihre Fahrt muss sie trotzdem zahlen.«

Mein Helfer fischte eine Zweieuromünze heraus. »Bitte. Reicht das?«

»Ihr Rückgeld«, antwortete der Fahrer trocken, »Ihr Fahrschein.«

Mein Retter entwertete das Ticket für mich und zog mich zu einem Sitz, auf den ich wortlos niedersank, den Blick auf den langen Strom der ärmlichen Häuschen und Wohnblöcke geheftet. Sogar im Sonnenlicht verströmte dieser Vorort einen trostlosen Charme.

»Erkennen Sie mich nicht?«, fragte der Mann schüchtern.

Ich musterte ihn kurz, dann meinte ich wortkarg: »Nein, nicht wirklich.«

»Bertrand Passadier. Wir haben uns neulich im RER unterhalten.«

Es dämmerte mir dunkel. »Möglich«, räumte ich ein.

»Nein, ganz sicher, ich erinnere mich gut.«

Ich antwortete nicht. Was sollte ich auch sagen?

»Ihr Kleid ...«, begann er und ließ den Rest in der Luft hängen.

»Das ist nur eine Verkleidung.«

»Ach so. Das hätte mich auch gewundert.«

Ich kramte nervös in meiner Tasche herum, bis ich feststellen musste, dass ich mein Handy in unserem Schlafzimmer gelassen hatte, das ich nie mehr betreten wollte.

»Haben Sie ein Handy?«, fragte ich und sah ihn mit verweinten Augen an.

»Natürlich.«

»Könnten Sie für mich telefonieren?«

»An Ihrer Stelle, meinen Sie?«

»Genau.«

Er zog ein Smartphone heraus und hielt es mir hin. »Möchten Sie nicht lieber, dass ich es Ihnen leihe?«

»Nein… Nein, wirklich nicht.«

Ich hatte keine Lust darauf, mir von Armand die Leviten lesen zu lassen und im Hintergrund die ungeduldigen Gäste zu hören beziehungsweise die Wutschreie von David, der versuchte, ihm den Hörer aus der Hand zu reißen. Und so diktierte ich dem verwirrten Bertrand Passadier die Nummer des Hôtel Duchesnois.

»Wen soll ich verlangen?«

»Ganz egal…«

»Und was genau wollen Sie, dass ich denen sage?«

»Sagen Sie nur, dass Sie im Auftrag von Aurore anrufen.«

Die Nachricht erschien mir klar genug. David würde begreifen, dass ich alles wusste. Die Masken würden fallen und das Bild, das David von meinem Gesicht hatte, enthüllt werden – das Bild einer anderen als ich. Das Bild seiner verstorbenen Frau, der einzigen und einzigartigen Madame David Barlet. Seine Frau bis in alle Ewigkeit. Eher gesagt, bis in den Tod.

»Ist Aurore Ihr Vorname?«, fragte er.

»Ja«, log ich. »Sagen Sie, dass Aurore ihre Sachen in Nanterre haben will und dass sie nicht mehr wiederkommt.«

»Sind Sie sicher?«

Seine Miene verdüsterte sich, als ihm die Ausmaße des Dramas, das er bislang für einen glücklichen Zufall hielt, bewusst wurden.

»Ja.«

»Und wenn die Person mit Ihnen sprechen möchte?«

»Sagen Sie… dass ich nicht mehr bei Ihnen bin, dass Sie nur der Überbringer der Nachricht sind.«

Er nickte gezwungen und tat, worum ich ihn gebeten hatte. Das Stimmengewirr aus dem Hörer wurde immer lauter, ich gab ihm deswegen ein Zeichen aufzulegen, um sich nicht der Hysterie und den drängenden Nachfragen nach mir auszusetzen.

»Da, wo ich eben angerufen habe«, erkundigte er sich, »das war Ihre Hochzeit, richtig?«

»*War*, ja. Ist es aber nicht mehr.«

»Sind Sie sich sicher?«

Wieder hatte ich keine Antwort. Nichts war sicher, außer vielleicht mein Überlebensinstinkt, der mich weit von der Rue de la Tour des Dames wegbrachte.

Ich musste mich nicht anstrengen, um mir vorzustellen, welches Chaos ich hinterlassen hatte: David außer sich vor Wut. Armand bitter enttäuscht. Sophia genötigt, meine Desertion zu erklären. Die sprachlosen Gäste, die ob des kinoreifen Szenarios kaum fassen konnten, was geschah, und zwischen höflichem Rückzug und unerschütterlichem Beistand für den besudelten Ehemann schwankten.

Das für den Tag bestellte Personal war wohl schon dabei, die Delikatessen, Alkoholika und süßen Leckereien wieder einzupacken. Selbst die Blumen ließen in ihren Vasen die Köpfe hängen. Schon leierten alle ihre bedauernden Floskeln herunter und boten Hilfe an, die sie nicht ernst meinten, um danach den Ort des Schreckens rasch zu verlassen, möglichst ohne sich zu infizieren. Denn es gibt Unglücke, die sind ansteckend.

An der Endhaltestelle reichte er mir seine Visitenkarte.

»Hier. Man kann nie wissen, vielleicht möchten Sie mit jemandem reden. Über irgendwas.«

Ich nahm und warf sie, als Passadier um die Ecke hinter der Bahnhofsapotheke verschwunden war, in den ersten Mülleimer. Ich brauchte in meinem Leben keine Passadiers mehr, auch keine Freds und Davids.

Hat Bertrand Passadier sich einen runtergeholt, wenn er in den letzten Wochen an mich dachte? Nein, die richtige Frage ist: Wie oft hat er sich einen runtergeholt, während er an mich dachte? War sein Orgasmus mit mir besser als mit seinen anderen Kopfbildern ~~oder den Weibern, die er mit Sicherheit im Internet begaffte~~?

Wir alle sollten mit einer Art Detektor ausgestattet sein, einer erotischen Kristallkugel, die uns gleich beim ersten Kontakt sagen kann, ob wir mit diesem Menschen, der uns so anzieht, schlafen werden. Wie viele Enttäuschungen, die uns erspart blieben, wie viele Spannungen, Konflikte, vielleicht gar Kriege, die uns ein derartiges Gadget ersparen könnte! Wie viel Zeit und Energie, die wir für edlere

Ziele einsetzen könnten! Stattdessen verbringen wir unser Leben damit, allem hinterherzulaufen, was schöner und attraktiver ist als wir selbst…

(Notiz vom 19. Juni 2009, von mir selbst verfasst)

Es war ein seltsames Gefühl, in das kleine, stille Häuschen zu kommen. Von nun an wäre ich die Einzige, die hier ihre Füße hineinsetzte. Ich war an diesem Ort aufgewachsen, dennoch fühlte ich mich zwischen Mamas Sachen, ihren angehäuften Staubfängern wie ein Eindringling. Es roch in allen Zimmern noch nach Verbranntem. Seit ihrem Abtransport ins Krankenhaus hatte hier wohl niemand gelüftet.

Im Wohnzimmer fand ich neben dem kleinen Altar, auf dem ausschließlich Bilder von mir standen, die Reste der Geschenke, die Louis persönlich abgeliefert hatte; die Schachteln und Verpackungen andächtig aufgehoben, sogar die leeren. Macarons, Calissons, Geleefrüchte … Ich sah alle Schachteln durch und biss appetitlos in die eine oder andere übrig gebliebene Süßigkeit hinein. Die Aussicht auf die Arbeit, die mich erwartete, die vielen Müllbeutel, die ich mit den Überresten ihres Lebens füllen und am Tag der Müllleerung auf die Straße stellen müsste, schob ich weit von mir.

In meinem Zimmer, ich konnte nicht sagen, wann ich es zuletzt betreten hatte, wurde ich von einem Fetzen Silberpapier geblendet, das zerknüllt im Papierkorb lag und in den Sonnenstrahlen glitzerte wie eine von der Decke gefallene Discokugel. Irgendwie drollig und unpassend. Es gab eine Zeit, da hätte Mama das Ding bei ihrem täglichen Hausputz gleich entsorgt. Aber in den letzten Wochen hatte sie nur noch das Allernötigste geschafft.

Das Klingeln des Telefons riss mich aus meinen bedrückenden Gedanken. Ich zögerte kurz, abzunehmen. Nach zweimaligem Klingeln war es still, dann klingelte es wieder, nach genau drei Sekunden, wieder zweimal und so fort. Das war Sophias und mein Code.

»Sophia?«

»Ich bin's. Ich hab nicht viel Zeit.«

»Bist du immer noch da drüben?«

»Ja. Das heißt, ich hab mich zwei Minuten nach draußen geschlichen. David lässt mich nicht gehen.«

»Das tut mir leid.«

»Muss es aber nicht, wirklich. Der Typ ist ja verrückt. Seit dem Anruf von deinem Freund bei Armand tyrannisiert er hier alle. Er vergreift sich am Personal und setzt alle vor die Tür, die ihn daran hindern, Tische umzuschmeißen.«

Es fiel mir schwer, ihn mir so gewalttätig vorzustellen. Obwohl …

»Na ja, er hat auch allen Grund …«, gab ich zu.

»Deswegen rufe ich dich an. Er weiß, dass du bei deiner Mutter bist, er wird dich holen kommen.«

Ich konnte mich zu Hause verbarrikadieren, wie mit Mama an dem Tag, als Fred hier betrunken aufgetaucht war. Ich wusste, dass David andere Mittel und Wege finden würde, mich zu überreden, als wutschnaubend an die Eingangstür zu trommeln. Er hatte gute Kontakte bei der Polizei …

»Danke, Sophia.«

»Gern geschehen. Vor allem, verdrück dich von da.«

Sie hatte recht. Ich sollte so schnell wie möglich die Flucht ergreifen. Bloß keine Konfrontation riskieren, die nur zu meinem Nachteil enden konnte und von der nichts mehr zu erwarten war. Ich trug die Wahrheit auf meinem Körper, in meinem Gesicht, in jedem Zug darin, der mich an meine Vergangenheit erinnerte. An *ihre* Vergangenheit.

»Ist Louis eigentlich da?«

»Nee, der große böse Wolf war noch nicht da.«

Unter anderen Umständen hätte mich diese Formulierung aus dem Mund einer Frau, die ein freizügiges Sexualleben führte, zum Lachen gebracht. Jetzt nahm ich sie nur zur Kenntnis. Louis war nicht zufällig nicht da. Er konnte sich denken, dass ich sein letztes Geschenk noch vor der Trauzeremonie finden würde. Er wusste, wie mich seine Enthüllungen schockieren würden und dass das Gebot »Seine Fantasien sollst du heiraten« wie ein Motto unter den Fotos stand, die Davids Maschinerie enttarnten.

Ich legte auf und lief die Treppe hoch. Aus seinem Schlupfwinkel hörte das Silberpapier nicht auf, mir zuzuzwinkern. Sein

Flitter und seine tausend Illusionen, die in den Sonnenstrahlen glänzten, hatten sich als authentischer erwiesen als alle Gefühlsbezeugungen von David. Es war immer von Geheimnis umgeben gewesen, hatte mir aber den Weg zu dem tief in mir verborgenen Teil meines Ichs gezeigt. Zu Gefühlen, die mir bis dahin nicht zugänglich gewesen waren, zu unerwarteten Lüsten.

Louis hatte es mir mehrmals gesagt: Die anzüglichen Spielchen, die er sich für mich ausgedacht hatte, hatten allein das Ziel, mein Ich »ans Licht zu bringen«. Sie entsprangen nicht dem kranken Geist seines Bruders David. Er allein hatte sie sich ausgedacht, in Liebe zu mir.

Worauf wartete ich also, um endlich zu handeln?

Ich nahm das zerknüllte Papier, wobei ich unter der ersten noch eine zweite Kugel von demselben Silberpapier fand. Die Verpackung seines allerersten Geschenks. Das war es, was ich brauchte. Mit ihm wollte ich den Kreis schließen. Ganz unten im Papierkorb fand ich dann auch den Karton, der im Papier eingewickelt gewesen war.

Nun wusste ich, was zu tun war, bevor ich die Flucht ergriff. Ich zweifelte nicht mehr, nicht am Empfänger meines Päckchens, nicht am Inhalt. Zufällig fand ich im Badezimmer noch einige Kondome aus der Zeit von Fred. Ich nahm eines und legte es in den Karton. Weil ich kein unbeschriebenes Kärtchen zur Hand hatte, schrieb ich das letzte Gebot auf ein gewöhnliches buntes Papier, das ich aus einem Block riss.

10 – Meinem Herrn ergebe ich mich

Ist das frommste Gebot nicht jenes, das der Getreue selbst in Worte fasst und aufschreibt, auch wenn es ein Akt der Unterwerfung ist? Der Gedanke, mit Louis' Mitteln zu spielen, seine Rhetorik zu kopieren, ihn zu paraphrasieren, gefiel mir.

Es war meine Initiative.

Ich möchte mich hingeben, mich öffnen, nass werden, unendlich, für dich. Ich will mir neue Organe ausdenken, Löcher und Geschlechtsteile, um dich zu empfangen. Ich will meine DNA umcodieren, um dir einen Körper zu schenken, wie ihn kein Mann je gekannt hat. Ich will für dich die Regeln der Unterwerfung neu schreiben. Ich will die multiple Frau sein, die alle anderen ersetzt, die Frau, die das Tier in dir weckt und das Lamm in dir streichelt, denn beide sind in dir endlich versöhnt.

(Notiz vom 18. Juni 2009, von mir selbst verfasst)

Ich packte alles schnell ein und schrieb noch Namen und Adresse auf ein weißes Blatt, das ich obendrauf festklebte.

LOUIS BARLET

Bei der Anschrift zögerte ich. Aber da Louis vorzog, sich im Hintergrund zu halten, schrieb ich:

118, Avenue Georges Mandel
75016 Paris

Meine Gesten waren fahrig. Meine Schrift zittrig, aber lesbar genug, wie ich fand, um in die richtigen Hände zu gelangen. Hände, die, so stellte ich es mir vor, das Papier zerrissen, bevor sie bald über meinen Körper fahren würden, frei von allen brüderlichen Zwängen.

Bewusst unterließ ich es, Zeit und Ort unseres Rendezvous zu notieren. Verstanden die sich nicht von selbst? Zweiundzwanzig Uhr. Er wusste, wo.

Was das Zimmer betraf, so brauchte er weder Augen noch Intelligenz, um das richtige zu erraten. Nur sein Gedächtnis. Und seine Nase. Ich nahm etwas von Mamas Rosenwasser, das wie immer auf dem Schminktischchen in ihrem Zimmer stand, und sprühte das Päckchen damit großzügig ein. Rosen, wie in Schloss Malmaison. Rosa, wie Joséphine. Rosen, wie der Duft einer Frau, die keinen anderen Napoleon mehr wollte.

Die Zeit lief, es war Gefahr im Verzug. Aber ich war noch nicht fertig. Auf ein loses Blatt schrieb ich folgende Zeilen:

David,

wir können nie genau genug sein, wenn wir erforschen, was uns antreibt, das Leben mit einem Mann oder einer Frau zu teilen.

Ich fürchte, was mich anging, hast du das nur allzu gut gewusst.

Ich möchte keine andere werden, selbst wenn du mich bis zum Wahnsinn liebst, selbst wenn ich, von dir zurechtgestutzt, ohne die »Makel« derjenigen bin, die ich ersetzen soll.

Anders, als meine Nachricht an Armand vorhin lautete, bin ich Annabelle, Elle, und nicht etwa Aurore. Unsere Hüllen ähneln sich, aber unsere Herzen könnten nicht unterschiedlicher sein. Ich will leben, will jeden Augenblick genießen.

Ich lasse dich ihrer Seele nachjagen; ich für meinen Teil werde meine Seele beflügeln, wie es nur geht.

Ich bitte dich im Voraus um Verzeihung, wenn manch zukünftige Wahl meinerseits dich verletzt. Ich denke, wir sind dann quitt.

Ich küsse dich.

Elle

Ich schob den Brief in einen Umschlag, zog das Foto von Aurore hervor, das ich mir in die Unterhose gesteckt hatte, und legte es mit hinein. Den Umschlag legte ich verschlossen auf den Tisch im Wohnzimmer.

Auf dem alten Telefon mit der runden Wählscheibe wählte ich die Nummer des Botendienstes, der zur Barlet-Gruppe gehörte.

»Guten Tag, Annabelle Lorand hier, von BTV.«

»Guten Tag, Ihre Kundennummer bitte?«

»Achtzehn null sechs.«

Die Kundennummer hatte ich mir ausgesucht. Mein Geburtsdatum. Das Datum des heutigen Tages, den achtzehnten Juni. Der Tag eines Anrufs, der mein Leben verändern sollte.

»Wunderbar. Was kann ich für Sie tun, Mademoiselle?«

»Ich bräuchte einen Boten, der in der Rue Rigault Nummer neunundzwanzig in Nanterre einen Umschlag abholt.«

»Wohin soll der gehen, bitte?«

»In die Avenue Georges Mandel 118, im sechzehnten Arrondissement.«

»Sehr gut. Ist es dringend?«

»Ja, *sehr* dringend«, betonte ich.

»Ist vermerkt! Einen schönen T…«

»Warten Sie! Könnte der Bote den Umschlag auch bei der Nummer siebenundzwanzig in der Rue Rigault abholen?«

»Sicher, kein Problem. Bei wem?«

»Bei Madame Chappuis, Laure Chappuis.«

»Gut, also Rue Rigault siebenundzwanzig.«

»Genau, vielen Dank.«

Madame Chappuis wunderte sich über gar nichts – nicht darüber, mich im Brautkleid bei ihr aufkreuzen zu sehen, nicht über mein verschmiertes Make-up, nicht darüber, dass ich zur Zeit meiner eigentlichen Trauungszeremonie vor ihr stand. Selbst der Gefallen, um den ich sie bat, überraschte sie nicht. Wichtig war ihr einzig, was ich ihr über meine Mutter berichten konnte, und das war in ihren Augen Grund genug, mich in diesem Zustand bei ihr aufkreuzen zu sehen. Laure Chappuis mochte ihre Nachbarin. Wie eine Freundin, oder sogar eine Schwester. Das bewiesen nicht nur die beiden dicken Tränen, die über ihre welken Wangen kullerten und dabei etwas von ihrem Puder mitnahmen. Es hatte Jahrzehnte nüchterner Nachbarschaft und Kabbeleien gedauert, bis sie ihre griesgrämige Maske fallen ließ.

Sie versicherte mir, sich um den Umschlag zu kümmern, und schlug ohne ein weiteres Wort die Tür zu.

39

Ich heiße Annabelle Caroline Lorand.

Aber alle nennen mich Elle. Jedenfalls meine Freunde.

Ich wurde am 18. Juni 1986, um ziemlich genau zweiundzwanzig Uhr, geboren.

Auf die Stunde, auf die Minute und Sekunde genau betrat ich am 18. Juni 2009, an meinem dreiundzwanzigsten Geburtstag, das Zimmer der Joséphine de Beauharnais im Hôtel de Paris. Ich trat ein, um aus einer Jugend auszutreten, die schon viel zu lang gedauert hatte. Ich trat ein, um diese Haut abzustreifen, die mir nicht mehr passte und von der mich zu befreien die neu erwachsende Liebe mir half. Ich verließ die verschwommenen Umrisse des jungen, molligen Mädchens, um mich in die erfüllte Frau zu verwandeln, die Louis in mir entdeckt hatte. Neu geformt, geschliffen von den scharfen Klingen seines Blicks und seiner feinen Hände. Geschlüpft aus meiner Schale.

Geboren aus meinem Geschlecht.

Nachdem ich die Flucht aus Nanterre ergriffen hatte, war ich in meinem geflickten Brautkleid, die Ballerinas in der Hand, barfuß über den von der Sonne aufgeheizten Asphalt in Paris geirrt. Der Sommer war schon da, einige Tage zu früh. Der Sommer mit seinen überfüllten Caféterrassen. Der Sommer mit seinen kurzen Kleidchen, die Schenkel, Bäuche und Schultern befreiten. Der Sommer mit seinen Schürzenjägern, die von den ersten Strahlen aus ihrem Winterschlaf gekitzelt wurden. Wo ich gerade war, ließ ich mich von ihnen ansprechen, es entsprach dem Wohlgefühl, das in mir wuchs. Ein Feuer, dessen verheerender Atem sich zeigen würde, sobald ich es aufsteigen ließ. Bald, heute Abend.

»He, Süße! Heiratest du mich?«

»Tut mir leid, heute passt es nicht!« Ich lachte herzhaft mit.

»Ach, komm schon, hab dich nicht so! Guck mal, du hast das Kleid, du hast Klasse, alles hast du! Ich werd dein Mann und mach dir einen Haufen Kinder!«

Der Schuft schwang suggestiv seine Hüften, seine Schneidezähne bohrten sich in seine Unterlippe, dabei schnitt er eine Grimasse wie kurz vor dem Abschuss.

Mein Aufzug ließ hier niemanden kalt. Es drehten sich aber nicht nur brünstige Männer nach mir um. Für die jungen Frauen war ich eine Erscheinung wie aus ihrem Märchenbuch. Die Jugendlichen sahen in mir eine Braut im Trash-Look aus einer Alternativ-Rock-Band. Für die restlichen Erwachsenen war ich eine Verrückte, eine Exzentrikerin, vielleicht sogar gefährlich, ein Junkie, den man besser mied, einige wechselten gar die Straßenseite, als sie mich von Weitem sahen.

Mir war alles ziemlich egal. Ich ignorierte die Blicke. Ich war ausgelaugt, aber zufrieden. Meine Füße schienen über dem vor Hitze glänzenden Straßenpflaster zu schweben, getragen von einem Luftkissen oder von Ungezwungenheit. Ich fürchtete kein Hindernis mehr, keine Begegnung, nun, da ich wusste, zu wem es mich hinzog. Zu welchem großen und bedingungslosen Glück. Manchmal dachte ich an Mama, aber ich wusste, dass sie mich ermutigt hätte, meine Chance zu ergreifen, mich nicht selbst zu bemitleiden, mein Leben zu leben, ohne erst ihren unabwendbaren Weggang abzuwarten.

Aus einer alten Kaffeemühle in der Küche hatte ich ein paar Zehneuroscheine genommen. Der »Notfalltresor«, wie Mama zu sagen pflegte. Genug, mir ein paar Monacos und eine Kleinigkeit zu essen in einem Bistro zu gönnen.

Eine einfache Kneipe, leicht an dem Telefon hinter dem Tresen zu erkennen. Die Wirtin, eine Rothaarige um die fünfzig, hielt mir verschwörerisch den Hörer hin.

»Hier, Herzchen! Ich geb dir fünf Minuten, um Nein zu sagen!«

»Ich sag sofort Ja!«, lallte ein Besoffener am anderen Ende des blitzenden Tresens. »Hast du die Maus gesehen, Simone? Wie meine Vero …«

»Eben, deine Vero hat Nein gesagt, also lass Mademoiselle in Frieden, okay?«

Ich rief im Krankenhaus an. Mamas Zustand war kritisch, aber sie lag noch auf der Station. Jede Minute konnte entscheidend sein, ohne dass es vorherzusehen war. Ich gab der Krankenschwester Sophias Handynummer und bat sie, im Notfall bei ihr eine Nachricht zu hinterlassen. Bis morgen jedenfalls, wer weiß, wo ich danach sein würde und ob man mich dort erreichen könnte.

Nachdem ich diese nötigen Vorkehrungen getroffen hatte, spazierte ich weiter durch die Stadt, gemächlich und übervoll mit Lebensfreude, von der meine Brust fast zersprang.

Beim Louvre des Antiquaires blieb ich staunend vor einer Vitrine mit alten Gehstöcken stehen. Adieu Vintageuhr. Ich hatte nur noch Augen für diese eleganten Gehhilfen, deren ziselierte, silberne, vergoldete oder elfenbeinerne Knäufe einzigartige Geschichten erzählten.

Ich weiß nicht recht, wie ich in die Rue du Chemin-Vert gelangte. Ich erkannte aber sofort die kleinen Läden und Kebabbuden, dann das Schild und die rote Ladenfront. Als die Türklingel ging, wandten sich mir zehn männliche Augenpaare zu, der imposanten Gestalt aus Seide und Filzstückchen. Ich meinte, ein oder zwei Gesichter zu erkennen, die ich bei meinem ersten Besuch hier schon gesehen hatte.

Ich machte einen Bogen um *Pink Pussy* und ging schnurstracks zu einem Exemplar von *Geheime Frauen*, das auf einem der Tische lag. Ich hatte nur noch etwa fünfzig Seiten zu lesen. Grund genug, noch ein Exemplar zu kaufen.

Das Buch in der Hand und um meine letzten Euros erleichtert, ging ich die Einbahnstraße am Père-Lachaise entlang. Ich suchte mir die erste Bank aus, um mich unter dem dichten Laub des Boulevard Ménilmontant niederzulassen, und vertiefte mich in meine Lektüre.

Mein erster Eindruck war enttäuschend. Die Hauptperson, ein Schriftsteller, der sich auf die Suche nach seiner in einer labyrinthischen, unterirdischen Stadt verloren gegangenen Frau machte, akzeptierte seinen dortigen Status eines Sexsklaven, der den Damen zu gefallen hatte, ohne zu murren. Nachdem er in den Besitz von Cyprie und Sophie übergegangen war, schloss er sich freiwillig ihrem Vorhaben an, eine neue Amazonengemeinschaft zu gründen.

Der Vergleich mit meiner eigenen Situation drängte sich auf. Auch ich war bereit, mich gänzlich und ohne Vorbehalt hinzugeben, würde nur mein Hunger nach Entdeckung gestillt, der mir grenzenlos schien. Ich ergab mich aber, ähnlich wie der Erzähler des Romans, nicht aus purer Sinnlichkeit. Meine Hingabe an Louis war nicht nur die Kapitulation vor meinen überhitzten Sinnen, die er mit seinen Lehren angefacht hatte; sie war nicht einmal eine extreme Handlung, die nur aus Liebe zu ihm geschah. Ich sah jetzt alles ganz klar: Es war die letzte Konsequenz aus der Entfaltung meines Wesens. Wie man eine Frucht schält, hatte jede prickelnde Berührung meines Körpers die nächsttiefere Schicht freigelegt, Treffen für Treffen, bis nichts als nur noch mein bebender Leib übrig war. Mein liebender Leib. Bis alle meine Gefühle ausgegraben waren und nun bei Tageslicht flackerten.

Der Nachmittag zog vorbei wie im Traum, aus weiter Ferne drangen Stimmen von Spaziergängern zu mir her und Bilder aus meinen Nächten im Paris. Als würde ich gedanklich durch alle Zimmer wandern, als löste jedes davon in mir ein neues Gefühl aus, ein nicht gekanntes Verlangen. Hinter jeder Tür fand ich einen Buchstaben, den mein Alphabet-Man dort hinterlassen hatte. Hatte das Hotel nicht genau sechsundzwanzig Zimmer? Das bescherte mir vergnügliche Aussichten … Träge gab ich mich diesen Spinnereien hin.

Ich stellte mir noch vor, wie der Bote mein Päckchen in der Avenue Mandel ablieferte, wie Louis dem Mann öffnete und den Inhalt erforschte, das schmale Gesicht angespannt vor Überraschung und durchzogen von einem ernsten Lächeln.

Um die Abendzeit herum fuhr ich mit der Métro in die Nähe unseres Treffpunkts. Ich stieg an der Station Notre-Dame-de-Lorette aus. Die Neugier trieb mich in die Rue Saint-Lazare, die nur wenige Schritte vom Hôtel Duchesnois entfernt auf die Rue de la Tour des Dames führte. Von dort aus betrachtet, schien die Panik nach meinem Abgang sich gelegt zu haben. Die Gäste hatten sich längst zurückgezogen, seit ihnen die tröstenden oder ermutigenden Floskeln ausgegangen waren.

Ich erspähte nur noch zwei gemietete Lastwagen mit geöffneten Hecktüren, der eine mit unangetastetem Essen beladen, der andere mit Brettern und Metallrohren, wahrscheinlich von der abgebauten Bühne.

Weiter kam ich mit meinen Beobachtungen nicht, denn eine rundliche Gestalt hastete aus dem runden Innenhof auf mich zu.

»Elle!«

Ich flüchtete schnell, Armand keuchte hinter mir her.

»Elle! Kommen Sie zurück!«

Die Straße war recht abschüssig, sodass ich trotz der Seidenrüschen zwischen meinen Beinen keine Mühe hatte, ihn abzuhängen. Bald war klar, dass er mich nicht mehr einholen konnte. Ich spähte über die Schulter zurück und sah, dass er aufgegeben hatte und vermutlich auf dem Weg zu seinem Herrn war, um ihn über mein flüchtiges Erscheinen zu unterrichten.

Mein plötzliches Auftauchen dort war dumm gewesen, aber womöglich nötig. Man lässt seine alte Haut nicht einfach so hinter sich. Ich hatte das Bedürfnis, noch einmal zu sehen, was ich aufgab, um das, was ich dadurch bald gewinnen würde, noch besser wertzuschätzen.

Ich überlegte, Sophia anzurufen, ließ es dann aber bleiben. Sie hätte mir nichts sagen können, was ich nicht schon wusste. Was vorbei war, war vorbei, jetzt genoss ich es, zu spüren, wie die kleine Blase der Gegenwart prickelnd und süß in mir aufstieg, erfüllt von Versprechungen und unmittelbar bevorstehenden Sinneseindrücken.

Ich konnte es kaum erwarten. Je später die Stunde, desto unruhiger wurde ich, auch setzen wollte ich mich nicht. Beim Vietnamesen, nicht weit vom Paris entfernt, gönnte ich mir im Stehen ein feines Bun bo.

Während der letzten Stunde, als die Läden nach und nach

schlossen, drehte ich immer dieselbe Runde durchs Viertel und beobachtete die Veränderungen der Kulisse. Mit jeder Runde fühlte ich mich dem Viertel mehr zugehörig und passte mich seinen Fassaden an. Ich wurde endlich eine Athenerin. Natürlich konnte ich die architektonischen Details nicht so kenntnisreich entschlüsseln wie Louis, der sie las, als gälten sie nur ihm, aber ich war dem Flair des Viertels gegenüber aufmerksamer als vorher. Das Viertel schrieb sich jetzt in mich ein, wie mein Name schon auf ihm geschrieben war.

Zweiundzwanzig Uhr und eine Minute. 22 + 1 = 23. Ich bin dreiundzwanzig.

Monsieur Jacques gab mir eine Magnetkarte, ohne sich auch nur die geringste unfreundliche Bemerkung zu erlauben. Er wirkte beinahe erleichtert, mich zu sehen. Ich bin ein Teil dieses Hotels. Wie Marie, Margaretha, Caroline, Esther, Lola und die anderen. Ich bin jetzt eine von ihnen.

Ich drücke die Tür zu Joséphines Zimmer auf. Das Zimmer ist so, wie ich es in Erinnerung habe. Nur dass es damals stockfinster war, heute scheint das Licht der späten Abenddämmerung herein. Vor kaum drei Minuten ist die Sonne untergegangen und umfängt das Gebäude mit ihren letzten Strahlen. Das einzige Fenster ist geöffnet. Das Licht flutet die Vergoldungen, die in dem orangefarbenen Schein nur umso heftiger glänzen.

Louis steht mitten im Raum. Nackt. Verletzlich.

Er erwartet mich.

Auch er sieht in den untergehenden Flammen anders aus. Auch er liefert sich aus, zum ersten Mal, ohne Kunstgriffe und Ausflüchte. Sogar ohne seinen unvermeidlichen Stock. Nur er, der sich dem Beginn einer neuen Geschichte preisgibt; nur er und sein plötzlich so verletzliches Wesen, das vor mir liegt wie die weißen Seiten eines zweiten Ringbüchleins, das wir nun gemeinsam schreiben werden. Anders als ich es auf meiner Einladung formuliert hatte, wird von nun an keiner mehr über den anderen bestimmen. Wir werden uns entdecken, den Moment annehmen, bereit, alles emporschießen zu lassen, was zwischen uns wächst. Nichts vorwegnehmen, nichts planen.

Stumm sieht er mich eintreten. Einen Finger über die Lippen gelegt, bedeutet er mir, dass heute Abend jedes Wort zu viel wäre. Ich bleibe wenige Schritte vor ihm stehen, betrachte ihn. Will den See sehen, in dem ich gleich baden werde. Will mich an seiner Haut reiben, mich von seiner Lust bespritzen lassen, mich in seinem Schweiß wälzen, in seinem Geruch, will mich vergolden im Gold seiner Liebe.

Das Licht formt ihn, er ist eine Statue mit weißer Haut und feinen Muskeln, die ich kaum erwarten kann zu beißen und zu umarmen. Ich entdecke ihn wirklich zum ersten Mal in seiner Gesamtheit. Mit all seiner Eleganz. Ich weide mich an seinen harmonischen Formen. Wer sagt denn, dass nur der Körper einer Frau ein faszinierendes Spektakel sein kann?

Mein Appetit auf ihn ist gänzlich, vollständig, gierig, eine warme Kugel, die je nach Moment in meiner Brust, meinem Bauch oder meinem Geschlecht pulsiert. Ich kann mich kaum mehr zurückhalten. Bald reden wir nicht mehr von Körpern, die sich suchen, sich durchkneten und schließlich verschmelzen. Bald lieben wir uns.

Aber es nützt nichts, die Dinge vorwegzunehmen. Seine Augen sagen es mir.

Das letzte Licht der Sonne, die ihren Lauf hinter den weißen Kuppeln von Sacré-Cœur beendet hat, taucht seinen Körper in Dunkelheit. Nur sein Profil und seine linke Schulter werden noch angestrahlt. Ich hatte das neue Tattoo darauf noch nicht bemerkt: seine Initialen, in englischen Arabesken, versteckt in einem Busch von Kletterrosen aus schwarzer Tinte. Keine Farben, nur Linien und Abstufungen von Grautönen. Ein dorniger Stiel ragt über sein Schlüsselbein bis an seinen Hals, wo sich eine schüchterne Knospe zeigt. Er muss es erst kürzlich gestochen haben lassen, sonst hätte ich es aus dem Kragen lugen sehen.

Er wird vor meinen Augen leibhaftig: der Alphabet-Man, entschlossen, seine Sprache auf mir zu schreiben. Endlich die richtigen Worte zu finden. Nicht solche, die gespielt sind und mit mir spielen, sondern solche, die etwas ausdrücken, die man riechen und fühlen kann.

Seine Anwesenheit lässt die Luft vibrieren wie die gedämpfte Musik, die den leeren Raum zwischen uns füllt und die Staubkörnchen in der Luft umherwirbelt: *Words like violence break the silence, come crashing in, into my little world.*

Das Dekor um uns herum löst sich auf und verschwimmt mit den ringsumher schwebenden Partikeln. Bald ist alles verschwunden. Es gibt nur noch ihn. Und mich. Und dieses Licht.

Er nähert sich mir langsam. Er hat es nicht eilig. Ich auch nicht. Wir haben die ganze Nacht Zeit, um den skizzenhaft gebliebenen Text zusammen durchzugehen.

Sein Blick taucht in mich hinab, durchstößt mich sanft, Spitzen erglühen in meinem Bauch. Sie flackern auf und verbrennen mich. *Painful to me, pierce right through me. Can't you understand, oh my little girl.* Louis unterstreicht seine Absicht, er klopft mit seinem Engelsfinger im Rhythmus der elektronischen Musik gegen den Amorbogen seiner Oberlippe. Ich habe meine Lektion gelernt: Unsere Körper, und nur die, sollen sich ausdrücken. Ihnen fällt die irre Aufgabe zu, unsere Wunden zu verbinden und die tausend Risse zu kitten, die uns noch voneinander trennen.

Seine Hände wagen sich als Erste vor, wie Botschafter der Lüste. Sie sind mir näher als jemals zuvor. So fein und doch so entschieden, so kraftvoll.

Mit wenigen Gesten befreien sie mich von meinen weißseidenen Blütenblättern. Das Kleid sinkt weich auf dem orientalischen Teppich in sich zusammen. Ich bin nur noch mit einem BH und einem strahlend weißen Höschen bekleidet. Seine zitternden Hände schmiegen sich ganz natürlich der Form meiner Taille an. Ich fühle meinen Körper unter seinen Händen strahlen. Unsere Häute verschmelzen zu einer. *All I ever wanted, all I ever needed is here, in my arms. Words are very unnecessary, they can only do harm.* Endlich bin ich die Seine. Endlich ist er der Meine. Wir haben gewonnen, jedes Hindernis überwunden. Wir haben uns gefunden.

Der leichte Schauder, der ihn überkommt, verrät, dass er es selbst noch nicht glauben kann. Also drückt er mich fester. Er hält mich, will nicht mehr loslassen. Er umklammert mich, als könnte ich wegfliegen. Aber gerade seine Art, mich zu halten, zeigt mir, dass er mich freilässt. Dass seine Liebe nicht mehr dieser stickige Kerker sein wird, wie sie es am Anfang unserer Geschichte war.

Nun erzittere ich so heftig, dass ich fast zusammensinke. Er hält mich aufrecht. Jeder neue Druck lässt mich fast in Ohnmacht fallen. Er ist die Ursache und die Lösung. Der Schmerz … und das Schmerzmittel. Ich möchte mich gegen seinen Oberkörper lehnen, seine Kraft spüren und mich ihm ganz ausliefern.

Das ist es nicht, was er will. Er hebt mich auf. Er will mich aufrecht, stolz. Göttlich. Ich werde keine träge Puppe in seinen Armen sein. Er hat mich diese Phasen nicht durchlaufen und mich meine Gefühle entdecken lassen, um jetzt meine Aufgabe zu fordern. Bin ich schon so geliebt worden? Wurde ich je so begehrt, dass man mir tausend Qualen und, untrennbar, tausend Wonnen antat, die einen so süß wie die anderen bitter? Tränen überwältigen mich.

Aber ich darf mich nicht gehen lassen. Ich muss handeln. Ich muss auch ihn in die Arme schließen. Ich muss ihn erklimmen wie einen Berg, meine Krallen wie Spitzhacken in ihn schlagen. Er hat mich schon erklommen, Körper, Herz und Seele gewonnen. Ich will ihn besitzen, wie ein Mann eine Frau besitzt. Jetzt muss ich seine Organe für mich gewinnen und das Blut schneller pulsieren lassen. Ich bringe ihm das Leben.

Nächtliches Lachen schallt von der Straße zu uns und pustet uns aus wie zwei Kerzen. Aber wir wollen nicht ausgehen. Wir brennen. Unsere Körper haben sich noch kaum berührt und verbrennen schon.

Seinem Eau de Toilette mischt sich ein anderer, körperlicher Geruch bei, den ich zum ersten Mal wahrnehme. Von zwischen seinen Schenkeln steigt der Duft seines Geschlechts empor, das schon hungrig bereitsteht. Es reckt sich mir entgegen, überwindet die letzte Distanz zwischen uns. Unsere Geschlechter werden sich mit ebenso viel Grazie vereinen wie unsere Gerüche. Das Bukett unserer Haut und unserer Haare wird ebenso harmonisch sein. Touch down.

Diesmal bin ich diejenige, die ihn einweiht, ihn erobert. Ich greife nach seinem Glied – die samtweiche Haut seines Penis ist eine göttliche Überraschung – und führe es sanft an meine feuchten Lippen. Als seine Eichel über meine Klitoris streift, ist das wie ein elektrischer Schlag. Während mein Hals ganz trocken wird, braust ein Lavaball von meiner Brust in meinen Bauch und löst dabei wilde, köstliche Reaktionen aus. Ich biege meinen Rücken, wölbe meinen Leib, öffne meine gierigen Lippen. Die Lust presst ein kurzes Stöhnen aus mir heraus, das von einer neuerlichen Welle abgelöst wird, mein Unterleib schüttelt sich, ich taumle. Ich brenne und schmelze gleichzeitig.

Jahre der Lust ergießen sich und überfluten mich, ich bin ein Seemann, der von einer Welle davongetragen wird. Ich schwanke kurz, richte mich wieder auf, bin noch auf den Beinen, ich bestimme über meinen Körper.

Seit Wochen warte ich nur auf eines: ihn in mir zu spüren. Auch er wünscht sich das seit Langem. Ich erwarte ihn, warte auf ihn, bereit für mich. Dafür bestimmt, mich zu erfüllen.

Aber sein Geschlecht allein kann die Erinnerungen an meine Qualen nicht mit einem Stoß hinwegfegen. Das wäre zu einfach. Da müsste ich noch viele Orgasmen haben, um das wiedergutzumachen. Ihn noch mehr lieben. Millionen Zärtlichkeiten, sanfte Berührungen, Blicke, die von Begehren und Zuneigung erfüllt sind.

Auch er soll außer sich sein, ich will den Ton angeben, seine Sinne quälen, unerbittlich, lüstern, geil, um uns unsere manipulierten Anfänge vergessen zu machen.

Ich glaube fest daran, dass unsere vereinten, zu einer orgastischen, schweren und klebrigen Masse verschmolzenen Körper alle verletzenden Worte zudecken können, die wir uns gesagt haben.

Wie um mir recht zu geben, erschüttert uns ein neuer Vulkanausbruch, dort, wo unsere Geschlechter sich berühren.

Mit einer Hand reibe ich sein Glied an meinem Schenkel. Er hat aus meiner Lust eine unendlich lange Qual gemacht. Ich will, dass er Frust hat bis zur Explosion, bis er nicht mehr kann, bis er mich anbettelt. Ich will, dass er sich an mir reibt wie ein Hund, rasend vor Lust. Dass er vor Begehren winselt, mich beißt vor

Raserei. Jetzt spiele ich mit ihm. Vorsichtig, zärtlich, wie mit meinem wertvollsten Spielzeug. Meine Hand kommt mir winzig vor an seinem Glied. Ich kann es kaum ganz umfassen. Ich mag, dass es sich für mich so groß macht. Ich streichle ihn mit den Fingerspitzen, jede Berührung lässt den langen seidigen Schaft erzittern und verzückt ihn. Mal halte ich ihn in der Hand fest wie einen gefangenen Vogel, den ich sogleich wieder freilasse, damit er davonfliegen kann. Mal spüre ich seine feuchte, geschwollene Eichel in meiner Hand zucken, als pochte sein Herz in jedem seiner Organe.

Je mehr ich ihn streichle, desto mehr leidet er, das fühle ich. Kurze Atemstöße wechseln sich mit langen Seufzern ab. Ein andauernder Klagegesang. Es macht ihn verrückt. Er bettelt mich mit seiner tiefen Stimme an, die wie eine Hummel an meinem Ohr klingt.

»Nimm mich, nimm mich jetzt.«

Dass er mich anbettelt, wie eine Frau es tun würde, löst in mir eine glühende Welle aus, die meine Eingeweide überrollt. Dass er sich mir ausliefert, überwältigt mich. Draußen ist der Tag verschwunden. Unsere Körper treten nur noch in den Lichtsplittern der Straßenlaternen auf dem Platz aus dem Schatten heraus.

Tropfen seiner Lust fallen auf meinen Schenkel und laufen in den Bach aus Liebesnektar, der dort schon fließt. Unsere Säfte sind eins. Sie reiben mich mit seiner Lust ein. Ich kann mich immer weniger bremsen. Wenn ich unser Spiel kontrolliere, kann ich ihm nicht auch erliegen, wie ich es mir vorstelle? Mich hingeben, wann ich es mir wünsche?

Unsere Bäuche pressen sich aneinander. Unser Atem bläht sie auf, drückt sie noch enger zusammen, sanftes, linderndes Vorspiel, bevor unsere Geschlechter sich vereinen. Aber wieder drängt uns nichts. Vor uns öffnet sich eine Stunde, eine Nacht, ein Leben voller Lust.

Er versucht, mir einen Finger hineinzuschieben, nach dem ich aber greife, um ihn an den Rand meiner Vagina zu führen, über die flammenden Ränder meiner Schamlippen, durch den irrsinnigen Busch, der sie von außen bedeckt, bis hin zu der gierigen Spitze, die aus ihnen hervorlugt. Mein Liebesgipfel. Die Berührung meines verborgenen Gipfels mit seinem Zeigefinger presst mir wieder eine Träne ab. Er ist nicht mehr der Wilde, der mich zugrunde richtet, nicht mehr der Söldner, der auf Befehl losmarschiert. Er ist der Mann, der alles von mir will, der Sieger, den mein winziger Bogen triumphal empfängt.

Er weiß das. Er drückt weiter darauf herum, malt Kreise um meine Knospe, die meine Augen feucht werden lassen. Er schließt die Augen, konzentriert sich allein auf die Gefühle, die unter seinen Fingerkuppen hervorsprießen. Zu sehen, wie ich explodiere, treibt ihn zum Höhepunkt. Er liebt es, dass ich mich liebe. Mein Becken bewegt sich mit, ohne dass ich es kontrollieren kann. Mein Körper entzieht sich mir. Er gehorcht nur noch seinen kundigen Händen. Wir wiegen uns, leicht, flüssig, nur manchmal von kleinen Erschütterungen gestört, in einem Tanz, dessen Figuren uns erfinden und definieren.

Ich hebe den Blick und suche nach seinem. Eine stille Welle überkommt uns. Dieser Moment am Rande des Abgrunds ist der köstlichste, den wir bislang erlebt haben. Wir wissen, dass uns noch erhabenere Augenblicke erwarten, trotzdem halten wir inne, lutschen an der Sekunde wie an einem nicht zu Ende gehenden Bonbon. Es schmeckt leicht säuerlich. Mein Hals ist wie zugeschnürt, ich unterdrücke tausend Zärtlichkeiten und den Satz: »Ich liebe dich.« Aber die Stunde der Geständnisse kommt früh genug. Wir haben keinen Druck, nur unsere Körper.

Während er sorgfältig meine Schamlippen verwöhnt, schließe ich die Augen und spüre den Orgasmus am Horizont meines Bauchs poltern, ein Tsunami, der sich schon über meine Landschaft ergießt, vom Bauchnabel bis zu den Schamlippen, bereit, alles mitzureißen. Louis keucht, sein Glied drückt sich gegen meine Hüfte. Kommen wir zusammen zum Höhepunkt? Ist es möglich, sich so schnell, mit wenigen Berührungen, so viel Lust zu bereiten?

Also bin ich die Frau des Untergangs, der Engel unseres sinnlichen Absturzes. Ich nehme ihn an die Hand, wie es ein Mädchen mit ihrem ersten Liebhaber tun würde. Ich führe ihn zum Bett. Wir haben alle Zeit der Welt, um unser Begehren neu zu erfinden, aber ich weiß, was ich jetzt von ihm will. Ich erinnere mich an das Zitat von Saint-Exupéry, das meine Schulfreundinnen in ihre Hefte kritzelten: »Liebe besteht nicht darin, dass man einander ansieht, sondern dass man gemeinsam in dieselbe Richtung blickt.«

Heute Abend werden wir uns nicht Auge in Auge lieben, sondern in dieselbe Richtung. Unsere Orgasmen haben dasselbe, weit entfernte, unsichtbare Ziel. Das Firmament.

Ich lege mich auf den Bauch. Ich öffne die Schenkel leicht, um ihm genügend Platz zu lassen. Ich drücke den Rücken durch, strecke stolz meinen wohlgeformten Po in die Höhe. Meine vor Lust glänzende Spalte lässt sich zwischen meinen Beinen nur erahnen. Und doch hat sie noch nie so unmissverständlich danach verlangt, genommen zu werden. Er legt sich auf mich, ohne mich zu erdrücken, wie eine Decke aus Haut, lang und warm, weich. Seine Schultern, seine Brust und, weiter unten, sein Bauch, alles unglaublich fest, vermählen sich mit jedem breiten und schmalen Körperteil von mir.

Mit einer Hand greift er nach dem silbernen Päckchen, das auf dem Nachttisch liegt. Wieder mit einer Hand reißt er es auf und lässt seinen Inhalt herausrutschen. Noch immer mit einer Hand streift er es sich über sein Glied, das sehnsüchtig zwischen meinen Pobacken abwartet. Er könnte es bleiben lassen. Ich könnte es bleiben lassen. Aber er respektiert meinen Wunsch: Er will so sein, wie ich ihn haben will.

Langsam, Zentimeter für Zentimeter, dringt er in mich ein. Ein wohliges und befreiendes Gefühl überkommt mich. Mein Körper empfängt ihn zum ersten Mal, aber meine Vagina erkennt ihn wieder. Er ist, wie ich ihn schon einmal gesehen und dann in den Mund genommen hatte. Lang und dünn. Genau, wenn es darum geht, die empfindsamen Zonen meines Inneren zu berühren. Sanft, wenn es darum geht, sie zu drücken, wo sie am empfindlichsten sind, an dem Grat zwischen Ekstase und Schmerz. Kraftvoll, wenn er in mich dringt oder mich verlässt. Meine Scheidenwände passen sich seiner Form an, machen seinen Stößen Platz und zeigen seiner Eichel, seinem Schaft, den Weg zu den köstlichsten Verstecken. Ich empfange ihn, atme ihn ein, verschlucke ihn. Ich mache mich tief, damit er mich ganz nehmen kann. Manchmal zieht er sich zurück, um die perfekte Sanftheit des Moments besser zu spüren und uns beiden Freude am Wiedersehen zu schenken, wenn er mich wieder ausfüllt.

Bald werde ich erneut erschüttert, eine Welle durchströmt mich, dann noch eine, und schwillt dermaßen an, dass sie meine Lust an meiner Spalte überrollt, die sich ihm noch weiter öffnet. Ich habe das Gefühl, es wachsen zwei Blumen aus mir, eine oben, die andere unten, aber sie kommen aus derselben Wurzel, werden vom selben Saft genährt.

Beim ersten Orgasmus vergrabe ich mein Gesicht im Kopfkissen. Ich werfe den Kopf nach rechts und links, er widersetzt sich noch, aber mein Geschlecht ergibt sich schon. Ich seufze lange, die Lippen halb geöffnet, die Wange verdeckt vom schamhaften Vorhang meiner Haare, durch den meine Lippen zu sehen sind, so fleischig wie Orchideen. Seine Zähne knabbern an ihnen. Er stößt fester zu, gegen meinen weichen Po. Er wird schneller. Mein Loch fängt Feuer. Er gönnt mir keine Pause, gibt sich nicht mit einem Orgasmus zufrieden. Die Lust soll uns betäuben, die Liebe uns erschöpfen. Kussbomben-Teppich. Hiroshima, mein A, mein E, mein L.

Seine rechte Hand hat sich unter meinen Bauch geschoben, wo ich sie unter dem Gebirgszug meiner Vulva spüre. Sein Mittelfinger massiert meine Klitoris. Sie nimmt die Massage erst widerspenstig hin, dann wird sie größer, grollt und verlangt nach härteren Maßnahmen. Ein fast schmerzhafter Gipfel sticht hervor und gesellt sich zu dem dumpfen Dröhnen, das aus meiner Gebärmutter schallt. Die Vibrationen vereinen sich in einem Konzert, wo das unkontrollierbare Pizzikato meiner Schreie das Gebrüll der Raubkatze bei der Ejakulation noch unterstreicht.

Dort, wo meine Liebhaber von gestern zusammengesackt wären, wälzt er sich weiter auf mir, in mir, fest und entschlossen. Ich begreife, dass wir erst ganz am Anfang sind, meine Möse bebt, zittert, glüht, noch ungesättigt.

»Noch mehr ...«

Ich erwarte keine Antwort, ich weiß, dass es mehr geben wird, nächtelang, tagelang, von einem Zimmer ins nächste. Wir werden tausende neue Regeln erstellen, die wir ständig brechen werden.

Seine Hartnäckigkeit in diesem neuerlichen Anlauf zeigt mir, wie sehr er mich will, begehrt, erwartet hat. Vielleicht sogar geliebt. Nein, mein Glück diktiert mir: mit Sicherheit geliebt. Absolut geliebt. Unsere Körper geben ein seltsames Licht ab, einen wundersamen Schein, der Anbruch aller zukünftigen Orgasmen. Es umgibt uns, ohne sich je zu verdunkeln, es lässt uns schweben, zitternd und verletzlich wie zwei verliebte Schmetterlinge.

Das Zimmer existiert schon längst nicht mehr. Stattdessen öffnet sich der Himmel über uns und ruft uns. Die Lichtblase steigt langsam empor und nimmt uns mit, in sich, zu den Wolken. Einen Atemzug lang, einen Windstoß in der Nacht lang schweben wir im Orbit wie zwei aneinandergeschweißte Föten. Wir betrachten die neue Erde, die unter uns entsteht. Es könnte nur eine Sekunde sein oder Milliarden Jahre dauern. Zeit und Raum gibt es nicht mehr, haben unsere vereinten Körper entschieden. Wir schlafen nicht, wir träumen nicht. Wir leben den Moment und erfinden die Welt nach unserem Geschmack neu. Elle und Louis. Elle und er.

Ohne sein nun schon friedlicheres Kommen und Gehen zu unterbrechen, greift er in Richtung Schublade und entnimmt ihr ein flaches Ding, das ich nicht sofort erkenne, obwohl es im Halbdunkel merkwürdig bekannt schimmert.

Mein Zehnmal-am-Tag! Jetzt sehe ich es – unter Tausenden würde ich es wiedererkennen. Louis schlägt es auf der letzten Seite auf, deren Zeilen nicht aus meiner Feder stammen. Wie er es sich auch verschafft haben mag, es ist mir ganz gleich.

Alles, was ich sehe, sind die tanzenden Buchstaben, der Walzer unserer sich verquickenden Geständnisse.

Ich lächle. Ich habe begriffen. Er sieht es und bedeckt meinen Nacken mit leichten Küssen, sie sind wie ein sanfter Regen, der mich erschaudern lässt und den Appetit zwischen meinen Schenkeln erweckt.

Mein Begehren nach dir ist fatal, wäre fatal. Ich will mein Leben damit verbringen, dich zu erforschen und vor allem niemals ganz zu entdecken. Je öfter ich dich besitzen werde, desto mehr Geheimnisse sollst du offenbaren, desto mehr wird dein Geschlecht für mich dieser unbekannte, wilde Kontinent bleiben, reich an Schätzen. Versprich es mir.

(Notiz vom 18. Juni 2009, von Louis)

Wieder greift er in die Schublade, diesmal holt er etwas hervor, das in seiner Hand Platz hat. Er legt das Ding auf die Seiten unseres gemeinsamen Werks. Es ist ein Schlüssel. Keine Magnetkarte, sondern ein richtiger Schlüssel, der matt glänzt und schwer in seiner Hand liegt. An ihm ist ein kleines Schild befestigt. Trotz der Dunkelheit kann ich die Nachricht entziffern.

Willkommen in Zimmer Nummer eins

Zimmer Nummer eins?

Fast hätte ich unser Schweigen unterbrochen, um ihn zu fragen. Aber ich halte mich zurück. Wenn die Zimmer im Paris keine Nummern haben, dann, weil jeder selbst ihnen eine zuteilen soll, je nach den Erfahrungen, die er darin macht. Nach der Liebe, die dort entsteht.

Joséphines Zimmer wird für mich immer Zimmer Nummer eins sein. Das Zimmer meines ersten Orgasmus einer erfüllten Frau, einer Frau, die sich für die Kapitulation entschieden hat, um bessere Orgasmen zu haben. Das Zimmer unserer ersten Nacht.

Die Aura, die uns umgab, ist noch immer nicht erloschen. Im Gegenteil. Sie ist intensiver als je zuvor. Ich kann sie sehen, ich kenne sie. Sie wird uns nicht mehr verlassen.

Was ich zunächst nicht bemerkt hatte, war, dass auf den ersten, sinnerfüllten Song ein sanfterer, hypnotischer Klangteppich gefolgt war, den ich nicht benennen konnte.

»*Home*«, flüsterte er mir ins Ohr.

Der Titel des Stücks. Der neue Status dieses Hotels, das auf immer unser Liebesnest sein würde. Unser Hafen. Unser Haus.

Ich habe nie zu den Frauen gehört, die behaupten, alle Hotelzimmer sähen gleich aus. Sie seien anonyme Räume, ohne Eigenheiten und Charakter.

Jetzt weiß ich, warum.

Danksagung

An erster Stelle will ich mich bei meiner Agentin Anna Jarota bedanken.

Dank auch an ihr wunderbares Team, das über die Entwicklung des Projekts gewacht hat: Ted, Gwladys, Marc, Anne und alle, die ich vergesse und die sich wiedererkennen werden.

Danke an die Verleger da draußen in der Welt, die der französischen Feder mit all ihren Ticks, ihrer Koketterie und den unübersetzbaren Gallizismen vertraut haben!

Danke meinem Vater, denn meine Vorstellungskraft zehrt noch heute von den Büchern, die früher, als ich noch jung war, zu Hause herumlagen.

Danke an die Tätowierer, die die Entstehung dieses Werks auf ihre Weise begleitet haben, besonders auch an die wundervollen Mädchen von Dragon Tattoo.

Danke an den Alphabet-Man, der weniger virtuell ist, als er selbst glaubt.

Danke an die Freunde, die mich unerschütterlich unterstützt haben, manche haben mich auch traktiert: Valérie, Thomas & Miguel, Sophie, Éric, Florence, Virginie, Cécile, Ovidie …

Nicht zuletzt danke auch an Emmanuelle, die, ich weiß es genau, mir meine – zahlreichen? – Ausleihen verzeiht. Sie hat es mir einmal selbst in Bezug auf mein Schreiben gesagt: »I'm a writer, everything you say or do may end up in my novel.« Sie wusste gar nicht, wie recht sie hatte …

Auswahlbibliografie

Alle unter Ihnen, die gerne bei Musik lesen, könnten sich bei der Lektüre der vorherigen Seiten von folgenden Stücken begleiten lassen – unsortiert:

Nocturne n°20 in cis-Moll, Frédéric Chopin
More Than This, Roxy Music
Neighborhood #1 (Tunnels), Arcade Fire
69, année érotique, Serge Gainsbourg
Boléro, Maurice Ravel
Karmacoma, Massive Attack
Dancin', Chris Isaak
Forever Without End, Jocelyn Pook
If You'll Be Mine, Babybird
Klaviertrio n°2 (zweiter Satz), Franz Schubert
Bust Apart, The Antlers
If You Run, The Boxer Rebellion
Carolyn's Fingers, Cocteau Twins
L'amour, Dominique A
Party Day, Cosmo Vitelli
Dead Can Dance, Shadow Magnet
The Last Beat Of My Heart, Devotchka
Something Good, Paul Haig
By This River, Brian Eno
Bela Lugosi's Dead, Camping Car
Walker, Cascadeur
Willow Tree, Chad VanGaalen
Für Alina, Arvo Pärt
Hoppipolla, Sigur Ros

Gnosienne n°1, Erik Satie
The Persuaders Theme, John Barry
I Sold My Hands For Food So Please Feed Me, Get Well Soon
See My Eyes, DWNTWN
Breathe, Telepopmusic
Surface To Air, The Chemical Brothers
Consequence, The Notwist
Go With The Flow, Lacquer
A Pure Person, Lim Giong
Lady Sleep, Maximilian Hecker
A New Error, Moderat
Your Silent Face, New Order
Our Darkness, Ann Clark
Sehnsucht, Ellen Ellien
All I Want, Kodaline
How It Ended, The Drums
Enjoy The Silence, Depeche Mode
Home, Wave Machines

Wer gerade erst damit beginnt, sich eine erotische Bibliothek zusammenzustellen, kann die sehr nützlichen Empfehlungen von Louis Barlet befolgen – in der Reihenfolge ihrer Publikation:

Hymne an Aphrodite, Sappho
Satyricon, Titus Petronius
Ars amatoria, Ovid
Das Dekameron, Boccaccio
The Canterbury Tales, Geoffrey Chaucer
Das Leben der galanten Damen, Pierre de Bourdeille
Verbotene Fabeln, Jean de la Fontaine
Erotische Sonette, Giorgio Baffo
Geschichte meines Lebens, Giacomo Casanova
Das Sofa, Moralische Erzählung, Claude Crébillon
Fanny Hill, John Cleland
Erotika Biblion, Honoré-Gabriel de Mirabeau
Der Pornograph, Nicolas Edme Restif de la Bretonne
Die Philosophie im Boudoir, Marquis de Sade

Mein geheimes Leben, Anonym
Kind des Bordells, Pigault-Lebrun
Gamiani, Alfred de Musset
Venus im Pelz, Leopold von Sacher-Masoch
Lieder für sie, Paul Verlaine
Tagebuch eines schlimmen Kindes, Hugues Rebell
Die elftausend Ruten, Guillaume Apollinaire
Die Großtaten eines jungen Don Juan, Guillaume Apollinaire
Handbuch für junge Mädchen, Pierre Louÿs
Irenes Möse, Louis Aragon
Die Geschichte des Auges, Georges Bataille
Lady Chatterly, D. H. Lawrence
Wendekreis des Krebses, Henry Miller
Notre-Dame-des-Fleurs, Jean Genet
Sexus, Henry Miller
Geschichte der O, Pauline Réage
Lolita, Vladimir Nabokov
Emmanuelle, Emmanuelle Arsan
Septentrion, Louis Calaferte
Der Rand, André Pieyre de Mandiargues
Portnoys Beschwerden, Philip Roth
Venus Erotica, Anaïs Nin
Kaputt in Hollywood, Charles Bukowski
Ich und Er, Alberto Moravia
Angst vorm Fliegen, Erica Jong
Memoiren eines Spitzenhöschens, Aymé Dubois-Jolly
Bitter Moon, Pascal Bruckner
Der Liebhaber, Marguerite Duras
Das Gewitter, Régine Desforges
Der Schlachter, Alina Reyes
Die Papierfrau, Françoise Rey
Die Mechanik der Frauen, Louis Calaferte
Selbstporträt eines Aufrechten, Guillaume Fabert
Baise-moi – Fick mich, Virgines Despentes
Sex Vox Dominam, Richard Morgiève
Der mechanische Eros, Pierre Bourgeade
In meinem Zimmer, Guillaume Dustand

Der Schweinemarkt, Esparbec
Schwarze Tage, Weiße Nächte, Philippe Djian
Das sexuelle Leben der Catherine M., Catherine Millet
Ich ergebe mich, Toni Bentley
Geheime Frauen, Ania Oz